NOCES INDIENNES

Du même auteur aux Éditions J'ai lu

La danse des paons (6962)

SHARON
Maas

NOCES INDIENNES

ROMAN

Traduit de l'anglais par
Martine Leroy-Battistelli

Titre original :
Of marriageable age
HarperCollinsPublisher

Aux chenilles du monde entier
et aux papillons qu'elles renferment

LIVRE I

1

NAT

Tamil Nadu, État de Madras, 1947

Paul avait quatre ans quand le *sahib** le retira de la maison où vivaient les enfants. Jamais il n'oublierait ce jour. Des coups frappés sur une grande assiette de cuivre le tirèrent de son sommeil : c'était Sœur Maria qui sonnait le réveil, tandis qu'au dehors les corbeaux en proie à une grande excitation croassaient en s'envolant dans de grands battements d'ailes désordonnés, comme s'ils savaient que c'était une journée exceptionnelle. Il s'agenouilla sur sa natte pour réciter sa prière, puis il se leva en bâillant, s'étira et sortit faire pipi.

À côté du robinet du puits, il y avait plusieurs seaux remplis d'eau, munis chacun de trois timbales accrochées au rebord. Les enfants avançaient en jacassant dans une joyeuse bousculade et, comme d'habitude, Paul se trouva être le dernier. Il puisa un gobelet d'eau et s'en aspergea en s'en versant une moitié sur le devant du corps et l'autre derrière, par-dessus l'épaule, ce qui fit reluire sa peau et ressortir tous ses pores, tels ceux d'un poulet plumé. Il se frotta des pieds à la tête avec son morceau de savon personnel, désormais réduit à la

* Les mots indiens en italique font l'objet d'un glossaire en fin d'ouvrage (voir p. 663-666).

dimension d'une pièce d'une roupie, jusqu'à être entièrement recouvert de mousse, puis il se rinça avec trois timbales d'eau froide. Sœur Bernadette leur avait dit de ne jamais utiliser plus de quatre gobelets en tout, parce que l'eau était une chose précieuse, que le puits était presque à sec et que nul ne savait si la mousson d'hiver serait au rendez-vous cette année, et si jamais elle ne venait pas, eh bien, on ne pourrait plus ni se laver ni faire la lessive, et ensuite il faudrait se passer de boire et alors ce serait la mort. Chaque jour Paul priait pour que vienne la mousson.

Il manquait un bouton à la braguette de son short. Il l'avait signalé à Sœur Bernadette, la dame en blanc qu'il préférait ; elle l'avait envoyé à sa recherche, mais comme il ne le retrouvait pas, elle lui avait dit qu'il devrait s'en passer, vu que la réserve de boutons était épuisée. Il en manquait également deux à sa chemisette blanche, mais c'était moins grave que pour la braguette. Les enfants portaient presque tous une chemise à laquelle il manquait plusieurs boutons. Paul se demandait parfois où passaient tous ces boutons. Comment se faisait-il qu'ils disparaissaient sans qu'on pût jamais remettre la main dessus ? Un jour qu'il interrogeait Sœur Bernadette sur le sort de ces boutons de chemises, de robes et de shorts, elle avait souri et répondu que c'était peut-être le Petit Jésus qui les prenait pour jouer avec. « Mais si le Petit Jésus prend les boutons, c'est du vol », avait répliqué Paul, et Sœur Bernadette avait encore souri et dit : « Non, non, Paul. Le Petit Jésus n'est pas un voleur, c'est le Petit Krishna qui chipe les boutons et les emmène au ciel pour que le Petit Jésus et lui s'amusent avec. »

Le Petit Jésus et le Petit Krishna sont très bons amis, disait Sœur Bernadette. Elle connaissait une foule d'histoires sur le Petit Krishna mais elle n'avait pas le droit de les raconter aux enfants, car Mère Immaculata prétendait que le Petit Krishna était vilain, qu'il volait du beurre et du lait caillé, alors que le Petit Jésus était gentil. Voilà pourquoi Sœur Bernadette disait que c'était le Petit Krishna qui volait les boutons et pourquoi on lui défendait de raconter des histoires sur lui. Il lui arrivait toutefois d'en raconter en cachette.

Il faisait encore nuit et on sentait de la fraîcheur dans l'air, mais les corbeaux sillonnaient déjà le ciel, et en montant sur le toit on aurait pu voir une lueur jaune rosé du côté de l'est. Tout le monde se rassembla dans la cour centrale, entre la maison et l'école ; maintenant il fallait se taire, s'agenouiller dans le sable – Paul avait mal aux genoux à cause des grains de sable qui s'y incrustaient – et joindre les mains. Mère Immaculata, une grosse dame imposante toute de blanc vêtue avec une grande croix de bois se balançant sur sa généreuse poitrine, qui fronçait toujours les sourcils et terrorisait Paul, vint se placer face aux enfants. Ils récitèrent leurs prières en chœur : « Notre Père qui êtes aux cieux… »

Après les prières, ils prirent leur petit déjeuner, assis sur une natte, dans la véranda de l'école : un bon *iddly* croustillant avec une cuillerée de *jaggary*, accompagné de thé au lait sucré, après quoi une dame en sari blanc vint ramasser les feuilles de bananier qui servaient d'assiettes tandis qu'une autre arrivait munie d'un grand seau et d'une louche avec laquelle elle leur versa de l'eau sur les mains pour les rincer, puis ce fut l'heure de la leçon, au même endroit, sur les nattes.

Ce matin-là, la classe commença par la leçon d'anglais, et la maîtresse désigna Paul, bien que les enfants eussent tous levé la main, tous sauf deux ou trois qui ne savaient pas encore leur alphabet. Paul, lui, le connaissait. *A, b, c, d…* commença-t-il, en n'hésitant qu'une seule fois, avant le *m* – il confondait toujours le *m* et le *n* –, mais sans toutefois se tromper, et quand il eut terminé, les enfants et la maîtresse applaudirent. Ensuite il y eut la leçon de hindi et de tamoul, puis garçons et filles se rendirent aux toilettes ; ils avançaient sur un rang, chacun se tenant aux épaules de celui qui le précédait, et surtout sans courir. Dans le champ qui servait de latrines, il fallait faire attention, à cause des épines, mais Paul avait la plante des pieds endurcie et les épines ne le dérangeaient guère, sauf quand elles pénétraient en profondeur. Lorsque cela se produisait, il ne pleurait pas, il allait le dire à la maîtresse et la maîtresse ôtait l'épine avec une pince à épiler rouillée, posée sur une étagère, au-dessus de la fenêtre. La maîtresse était gentille. Quand on voulait faire sa grosse commission, elle vous donnait une tasse d'eau pour se laver le derrière ainsi qu'une petite pelle pour recouvrir la chose de sable. Il fallait prendre garde de ne pas marcher sur les crottes des autres enfants. Mais c'était surtout derrière les buissons et les rochers qu'on en trouvait.

Ensuite il y avait d'autres leçons, puis c'était le déjeuner. Les enfants s'asseyaient sur leur natte et deux dames passaient dans les rangs en poussant un chariot où trônait une gigantesque marmite, et leur distribuaient à chacun une louche de riz sur une feuille de bananier, puis une cuillerée de *sambar*. Paul avait tellement faim qu'il ne laissait jamais un seul grain de riz et, avec son index, il nettoyait bien son assiette de fortune dont le vert prenait une éclatante teinte vernissée. Après le déjeuner, les enfants s'allongeaient sur leur natte pour dormir. Le soleil était alors haut dans le ciel et le sol si chaud qu'il vous brûlait la plante des pieds, mais la véranda était ombragée par un toit de palmes et même si la brise qui soufflait était chaude elle aussi, c'était bon de se sentir tout ensommeillé.

Paul était en train de s'assoupir quand il entendit le ronflement d'une moto qui entrait dans la cour, dans une pluie de gravillons. Il tourna la tête vers l'endroit d'où provenait ce bruit et entrouvrit les yeux. Il vit tout de suite que le motocycliste était un *sahib*, bien qu'il portât, comme tout le monde, une chemise et un *lungi* blancs, car s'il avait la peau brune, c'était d'un brun cuivré et ses cheveux n'étaient pas noirs mais châtain doré. Paul n'avait encore jamais vu de vrai *sahib*, ni de *memsahib*, sauf sur les images de ses livres de classe, aussi fit-il semblant de dormir tout en regardant entre ses cils le *sahib* passer une jambe par-dessus la selle de sa moto, qu'il cala sur sa béquille, puis s'avancer avec l'air d'une personne qui attend quelqu'un. Paul s'aperçut qu'il boitait et, chose étrange entre toutes, qu'il portait des chaussettes sous ses *chappal*. Paul avait vu des dessins de chaussettes dans son abécédaire anglais – C comme Chaussette – mais jamais il n'avait vu quelqu'un en porter. Celles-ci étaient grises avec une rayure bleue.

Mère Immaculata se précipita au-devant de l'inconnu, ce qui fit trembloter le bourrelet de graisse coincé entre sa jupe et le corsage de son sari. Paul savait que les *sahib* se serraient la main pour se dire bonjour, mais ce *sahib*-là adressa un pranam à Mère Immaculata, en joignant ses paumes, ainsi qu'ils le faisaient pour prier. Mère Immaculata ne parut pas apprécier. Elle tendit la main et il la lui prit. Paul observait la scène avec attention, car elle était très inhabituelle et très intéressante. Qu'est-ce que cet homme venait faire ici ? Quelquefois – pas très souvent – les enfants recevaient des visites, des adultes venaient les voir. Paul savait qu'il s'agissait d'oncles ou de tantes de ses camarades, mais pour sa part il n'avait ni oncle ni tante. En tout cas, ce n'étaient jamais des *sahib*. Serait-il venu choisir un enfant ?

Paul sentit son cœur s'accélérer. Il arrivait très rarement qu'on vînt choisir un enfant, et là, ce ne pouvait être le cas, sinon il y aurait eu une dame avec le *sahib*. Un jour, juste avant Noël, un monsieur et une dame étaient arrivés dans une grosse auto noire. La veille, Mère Immaculata leur avait dit qu'ils venaient choisir un enfant qui deviendrait le leur, parce que la dame avait perdu le sien – Paul avait trouvé que c'était bien négligent de sa part, il pouvait imaginer qu'on perdît un bouton, mais comment pouvait-on perdre un enfant ? Ou alors le Petit Krishna l'aurait-il volé ? – et que cet enfant chanceux irait vivre avec eux et les appellerait papa et maman. Tous les enfants s'étaient donc précipités au-devant des visiteurs, en poussant des cris, en sautant, en leur faisant des signes, agglutinés autour d'eux, les tirant par les vêtements et en criant *Namaste ! Namaste !* car tous voulaient être choisis.

Paul avait prié pour que ce soit lui, et d'ailleurs ça avait bien failli *être* lui, car la dame au regard triste, qui portait un sari pourpre et des quantités de bracelets d'or, s'était arrêtée pour le regarder en souriant. « Il a un magnifique teint de blé, l'avait-il entendue remarquer, en anglais. Il vient du Nord ? » Paul avait prié de tout son cœur et même commencé à espérer, parce qu'il *savait* que la dame le voulait.

Mais Mère Immaculata avait secoué catégoriquement la tête. Elle avait pris la dame par le coude et l'avait entraînée à l'écart en se penchant pour lui dire à l'oreille quelque chose d'épouvantable que Paul n'était pas censé savoir, quelque chose qui avait fait que la dame avait hoché la tête d'un air entendu et choisi un autre enfant, un tout petit, trop jeune pour aller en classe. Paul était parmi les plus âgés. À cinq ans, il partirait au Bon Pasteur, à Madras, un endroit affreux, pour les grands qui ne seraient jamais choisis. Mère Immaculata disait que les enfants du Bon Pasteur étaient les petits agneaux de Jésus. Mais Paul ne voulait pas être un agneau, vu qu'il était un petit garçon. Oh, cher Petit Jésus, s'il te plaît, fais que le *sahib* me choisisse ! Oh, s'il te plaît, fais qu'il me choisisse, Petit Jésus ! murmura Paul en lui-même, puis il s'endormit. Le Petit Jésus n'avait pas répondu à sa prière la dernière fois et ce serait pareil aujourd'hui.

Il se réveilla parce que quelqu'un le secouait par les épaules en l'appelant : « Paul ! Paul ! » Il se frotta les yeux et leva la tête. C'était la maîtresse et elle souriait. Derrière elle se tenaient le *sahib* et Mère Immaculata : ils parlaient ensemble et le grand monsieur le regardait, lui, Paul. Paul n'osait pas espérer ; il savait que Mère Immaculata ne tarderait pas à révéler au *sahib* l'épouvantable secret le concernant et que le *sahib* s'éloignerait, rempli de dégoût. Mais non ; voilà que Mère Immaculata s'approchait vers lui, la main tendue, et comme Paul ne réagissait pas immédiatement, elle agita les doigts d'un geste impatient et dit : « Allons, allons, Paul, lève-toi, lève-toi ! » Paul se mit alors debout précipitamment. Et il resta planté là à regarder le *sahib* qui le dominait de toute sa taille, avec ses yeux d'un gris-bleu sombre et son énorme main qu'il posa sur la tête de Paul. C'était comme un casque agréable et frais, un casque blanc et frais, comme en portaient les *sahib* des images, mais ce *sahib*-là était nu-tête, à croire que le soleil ne le gênait pas.

Ils parlaient en anglais. Paul saisit quelques mots. Mère Immaculata appelait le monsieur *daktah*, à l'étonnement de l'enfant, certain de ne pas être malade, alors pourquoi ce *daktah* venait-il le voir ? Peut-être pour lui planter une aiguille dans le bras, ainsi que le faisaient parfois les *daktah*. Mais dans ce cas, pourquoi n'avait-il pas de tuyau accroché dans ses oreilles, comme le *daktah* qui venait ici d'habitude ? Paul espéra que ce n'était pas un *daktah*, car sinon, il repartirait. Il espérait qu'il était venu choisir un enfant et que cet enfant serait lui, Paul.

Le *sahib* parlait de sa femme, qui était morte, et Mère Immaculata fit l'éloge de Paul à cause de son teint clair. Elle ajouta qu'il était intelligent. Paul l'entendit qui disait :

« C'est un enfant intelligent. Très intelligent. »

Et le *sahib* hocha la tête en le regardant d'un air satisfait.

« Paul, compte jusqu'à cent ! » dit Mère Immaculata et, aussitôt, Paul débita sa litanie, en s'arrêtant à peine pour reprendre sa respiration, et le monsieur continua à le regarder en souriant, avec ces yeux gris-bleu, si chauds que Paul se sentit tout engourdi de bien-être, tel un chiot lové contre sa mère. Ces yeux lui rappelaient quelque chose de très précieux. Ah oui… c'était ça. La spirale gris-bleu incluse dans le milieu de la bille qu'il avait dans sa poche. Il y plongea la main pour s'assurer qu'elle était toujours là et referma ses doigts dessus. Il avait eu cette bille en cadeau, pour Noël. Les garçons en avaient tous reçu une, et pour les filles, ç'avait été un morceau de ficelle noué en boucle avec lequel elles jouaient à quelque chose qu'on appelait le jeu du berceau, mais Paul préférait sa bille. Il y avait des garçons qui faisaient des parties de billes à plusieurs, mais Paul aimait mieux jouer seul, dans le sable, pour ne pas la mélanger aux autres, bien qu'il fût parfaitement capable de l'identifier, à cause de la spirale gris-bleu de son milieu, qu'il connaissait par cœur à force de la regarder. Cette bille était son bien le plus précieux et il savait qu'elle lui porterait chance ; peut-être la chance était-elle ce *sahib* dont les yeux avaient la même couleur, tout en étant différents, car au lieu d'être froids et immobiles comme la bille, ils étaient pleins de vie et de chaleur, et quand on y plongeait son regard, quelque chose de minuscule remuait dans le grand vide triste qu'on sentait à l'intérieur de soi. Comme une graine qui commence à germer.

Le cœur de Paul cognait si fort qu'il l'entendait battre. Il caressa le grain de beauté qu'il avait derrière l'oreille, en ne cessant de répéter une prière muette : « S'il te plaît, Petit Jésus, s'il te plaît, s'il te plaît, Petit Jésus. » Il avait une peur bleue que Mère Immaculata ne révèle l'épouvantable secret au *sahib*, qui choisirait alors quelqu'un d'autre.

« … un tout petit bébé d'à peine quelques jours, enveloppé dans un vieux sari sale… devant le portail », disait Mère Immaculata. Est-ce qu'elle parlait de lui ? C'était comme ça qu'il était arrivé ici ? « Un mot, avec son nom… Nataraj. Et puis une chose inexprimable, docteur, inexprimable ! »

Paul en aurait pleuré. Elle lui avait dit ! Elle avait dit au *sahib* la chose épouvantable ! Que signifiait « inexprimable » ? Était-ce pire que « épouvantable » ? Mère Immaculata faisait une telle grimace que c'était sûrement pire. Et maintenant le *sahib* allait… Mais non, voilà qu'il lui prenait la main, l'examinait et lui caressait les doigts, tout en écoutant ce que racontait Mère Immaculata et en regardant Paul de temps à autre sans cesser de sourire, à croire que Mère Immaculata disait de gentilles choses sur lui. Elle va lui parler de la fois où j'ai fait pipi en classe parce je ne pouvais plus me retenir, pensa-t-il. Il se demanda si l'épouvantable secret était encore pire que ça, mais jugea que ce n'était pas possible. Ce jour-là, Mère Immaculata lui avait dit que le Petit Jésus était très, très triste à cause de lui, et il avait dû rester agenouillé tout l'après-midi sur des grains de riz en récitant son Je vous salue Marie, pour que le Petit Jésus retrouve la joie. *S'il te plaît, Petit Jésus, s'il te plaît,* cognait son cœur, et voilà que le *sahib* le tirait doucement par la main pour le guider entre les corps des enfants endormis dans la véranda, et l'entraînait vers le bureau de Mère Immaculata. Paul s'empara de l'index du *sahib* et le serra de toutes ses forces, pour être sûr qu'il ne l'abandonnerait pas. Ils entrèrent dans le bureau, mère Immaculata frappa dans ses mains et, quand sœur Maria entra en trombe, elle lui dit d'apporter deux tasses de thé. Le *sahib* s'assit devant la table pour examiner des papiers, et le cœur de Paul se mit à battre encore plus fort, parce qu'il lui semblait que le *sahib* l'avait complètement oublié. Mais bientôt il leva la main droite, regarda Paul et rit, parce que Paul continuait à lui serrer le doigt de toutes ses forces.

« Je vais être obligé de signer de la main gauche », dit le *sahib* sans cesser de sourire, et il écrivit quelque chose sur les papiers avec son autre main. Mère Immaculata rangea ensuite quelques-uns des documents dans un grand classeur en carton, tandis que le *sahib* pliait maladroitement une feuille de la main gauche, pour la glisser dans la poche de sa chemise, après quoi il sortit avec Paul dans la cour inondée de soleil, en direction de la motocyclette.

« Tu es déjà monté sur une moto ? demanda-t-il à Paul, qui secoua la tête. Il va falloir que tu me lâches, si tu veux grimper dessus, poursuivit-il en riant, tout en détachant un par un les doigts de l'enfant. Tu n'auras qu'à me tenir par les poignets… tiens, installe-toi devant, avance-toi un peu pour que j'aie la place de m'asseoir derrière toi. »

Le *sahib* rabattit la béquille de la moto. « Tu es déjà allé à Madras, Paul ? » demanda-t-il, en tamoul cette fois, pendant qu'il dénouait un coin de son *lungi* dans lequel il avait enveloppé la clé.

« Ille, sahib, sah, dit Paul.

— Bien, allons-y, alors ! » dit le *sahib* en anglais, puis il retroussa son *lungi* sur ses genoux et passa une jambe par-dessus la moto, une jambe terminée par un pied de bois, ce dont Paul ne s'aperçut qu'après, quand ils furent arrivés à Madras et que le *sahib* eut ôté sa chaussette grise.

Le *sahib* se pencha et dit : « Écoute, je n'aime pas qu'on m'appelle monsieur. À partir d'aujourd'hui, appelle-moi papa. Et moi je t'appellerai Nataraj. Nat. »

2

SAROJ

Georgetown, Guyane britannique, Amérique du Sud, 1956

Ma désigna quelque chose dans la pénombre, tout au fond de l'étal de Mr Gupta. Saroj l'entendit qui disait : « Pourriez-vous me montrer ça ? Non… non, pas le vase, ce qui est derrière. Oui… ça. »

Saroj était trop petite pour voir le dessus du comptoir, elle ne savait pas ce que tenait Mr Gupta et, même en se hissant sur la pointe des pieds, elle parvenait seulement à apercevoir des mains brunes et maigres en train d'essuyer un objet long avec un chiffon. L'objet était lourd et rendit un son mat quand il le posa sur le comptoir. Saroj se grandit encore un peu et réussit à capter vaguement quelque chose, mais ce n'est que lorsque Ma prit l'objet qu'elle vit qu'il s'agissait d'une épée. Ma l'éleva en l'air, sourit, la retourna d'un côté et de l'autre, et fit courir son index sur le fourreau. Elle en sortit l'épée et passa le doigt sur la lame pour voir si elle était tranchante, puis la remit dans son étui. Tenant l'épée à deux mains, elle se pencha pour la montrer à Saroj, qui la toucha. C'était dur et froid, et le métal était gravé de lettres bouclées.

« Elle vient du Rajasthan », dit Mr Gupta. Ma secoua la tête et répliqua : « Ça m'étonnerait. Mais elle est magnifique. » Ils se mirent alors à discuter du prix, puis Ma sortit son porte-monnaie de son panier et donna plusieurs billets rouges à Mr Gupta. Mr Gupta lui demanda s'il fallait l'emballer et Ma répondit que oui. Mr Gupta lui remit l'épée enveloppée dans du papier journal. Puis il se pencha par-dessus le comptoir et regarda Saroj en souriant.

« Dis-moi, petite, comment t'appelles-tu ? »

Il connaissait son nom, bien entendu, car il le lui avait déjà demandé plusieurs fois, mais Saroj le lui redit, en pensant qu'il avait dû oublier.

« Sarojini-Balojini-Sapodilla-Mango-ROY ! » Les mots tombaient en cascade de sa bouche, sur un rythme chantonné, car ils se connaissaient par cœur. Mr Gupta eut un petit rire et lui tendit deux boîtes, l'une qui contenait des frisettes de *mitthai* et l'autre des berlingots rose et blanc. Sarojani prit deux *mitthai* et un berlingot en disant merci beaucoup, parce que c'était poli.

Les gens lui demandaient toujours son nom et riaient quand elle répondait : Sarojini parce qu'elle était Sarojini, diminutif Saroj. Balojini pour rimer avec Sarojini. Sapodilla parce qu'elle était brune comme une sapotille (et tout aussi douce, disait maman), mango parce que la mangue était son fruit préféré – les mangues Julie, succulentes et dorées, gorgées de jus jaune et liquoreux, ou bien vertes et râpées, avec du sel et du poivre. Et Roy parce qu'elle était une Roy. Ceux qui s'appelaient Roy étaient tous parents, ils formaient une famille et la famille était la colonne vertébrale de la société. Au dire de Baba.

L'épée encombrait Ma, qui avait également un panier bien rempli et une ombrelle. Elle la glissa sous son bras en la cachant dans les plis de son sari, puis elles allèrent jusqu'à l'arrêt de l'autobus pour rentrer à la maison. Saroj ne prononça pas un mot pendant tout le trajet parce qu'elle pensait à l'épée. Les guerriers se servaient d'une épée pour tuer les gens. Qui donc Ma allait-elle tuer ?

Une fois rentrée à la maison, Ma ne tua personne. Elle astiqua l'épée pour la faire briller comme de l'or, puis elle l'accrocha au mur, dans la pièce de la *puja*.

Ordinairement elles ne prenaient pas l'autobus, surtout le lundi, jour du marché. Le lundi, Ma allait à Stabroek à pied, son ombrelle ouverte dans une main et son panier dans l'autre, avec Saroj qui trottinait à ses côtés. Comme elle n'avait pas de main libre pour l'enfant, Ma disait : « Accroche-toi à moi, ma chérie », et Saroj – qui avait alors presque cinq ans et était grande pour son âge – se pendait à son bras. Ma tenait l'ombrelle au-dessus de leurs têtes et elles coupaient par le jardin de la Promenade, entre Waterloo et Carmichael Streets, pour arriver dans Main Street.

Saroj aimait le marché de Stabroek qui grouillait de monde, de bruits, d'odeurs appétissantes, de légumes, de fruits, de grosses marchandes noires qui hélaient le chaland, de poissons moribonds et visqueux qui battaient de la queue sur le sol, de paniers de crabes roses bien vivants, qui vous pinçaient quand on mettait le doigt dessus. On pouvait y acheter des épées et plein d'autres choses : épingles à cheveux, balais, talc pour bébé, sirop pour la toux et poudres digestives. Saroj aimait aussi la remontée dans Main Street, et le grand palais blanc où, avec un peu de chance, on pouvait voir des Blancs, mais Ma disait qu'il ne fallait pas les dévisager, que c'était malpoli. Il y avait plein de palais dans Main Street.

Saroj avait l'impression qu'en fermant les yeux Georgetown allait tendre ses vastes bras si doux et les refermer sur vous pour vous envelopper dans sa douceur. Si l'on ouvrait les yeux et que l'on parcourait, en sautillant à côté de Ma, ses larges avenues verdoyantes, ombragées par des flamboyants aux branches déployées, toutes couvertes de fleurs écarlates, Georgetown souriait avec un regard attendri en hochant la tête avec indulgence, et on se sentait bien au-dedans, baigné de lumière et de couleurs. On pouvait sauter par-dessus les rigoles des bas-côtés herbeux, attraper des petits poissons dans le caniveau ou ramasser des crapauds. On pouvait se cacher derrière les flamboyants et glisser un coup d'œil en direction des maisons, derrière les haies, au cas où l'on apercevrait les Blancs qui les habitaient.

Quand on passait devant ces maisons de bois d'une blancheur éclatante, on avait l'impression qu'elles chuchotaient une invite. C'étaient des palais de contes de fées, avec des tourelles, des clochetons, des colonnades dans le bas, des boiseries ajourées au-dessus, des fenêtres en saillie et en rotonde, des escaliers intérieurs et extérieurs, des vérandas, des portiques et des palissades ; des demeures construites par les Hollandais sur de vastes terrains, car l'espace ne manquait pas dans cette plaine au bord de l'océan, baignée par le soleil et balayée par le vent. Ces maisons à demi dissimulées se nichaient parmi des manguiers luxuriants, des tamariniers et des arbustes touffus, au milieu de grandes pelouses émeraude. Leur raffinement et leur élégance contrastaient avec la profusion végétale qui leur servait de cadre, les jardins débordant de couleurs et saturés d'arômes, les hibiscus et les lauriers-roses répandus par-dessus les clôtures blanches, les bougainvilliers géants qui grimpaient à l'assaut des murs chaulés pour buter en volutes sur le bleu éclatant du ciel, dans une explosion de bouquets rose et pourpre.

Les maisons de Waterloo Street étaient des répliques en miniature des palais de Main Street. Exemple, leur maison. Maman avait fait du jardin un paradis : au fond, des bougainvilliers tellement gigantesques qu'on pouvait s'y cacher, des crotons et des fougères pour mettre les roses en valeur. Des lauriers-roses et des frangipaniers fleurissaient dans le jardin de devant, en mêlant leurs senteurs. Des poinsettias d'un mètre de haut et de longs cannas élancés bordaient l'allée gravillonnée menant à la porte de la tour, des hibiscus roses et jaunes croissaient le long de la clôture blanche, tandis que des végétaux indéterminés, allongés et feuillus, où rampaient des chenilles, grimpaient jusqu'aux fenêtres de la galerie.

Les chenilles transportaient leur maison sur le dos. Ces maisons étaient de vilaines choses brunâtres faites de brindilles, de fragments de feuilles sèches et de filaments poisseux. Dès qu'on touchait une chenille, elle rabattait sa maison sur sa tête et disparaissait à l'intérieur. Certaines n'en ressortaient jamais. Elles se transformaient en rien. Les vilaines maisons de brindilles désertées restaient suspendues aux feuilles. Quand on appuyait dessus, de l'air s'en échappait. Mais en réalité, ce n'était pas rien. À l'intérieur, les chenilles s'étaient transformées en papillons, disait Ma en montrant les insectes multicolores voletant dans le jardin. « Les choses laides sont parfois belles à l'intérieur, expliquait-elle. L'extérieur n'a pas d'importance. C'est l'intérieur qui est vrai. »

Saroj courait après les papillons dans le jardin de derrière. « Ne les poursuis pas, dit Ma. Ne bouge pas et, avec un peu de chance, l'un d'eux se posera peut-être sur ton épaule. Regarde... »

Elle resta alors immobile comme une statue, la main levée, et un gros papillon bleu, magnifique, se posa sur ses doigts. Ma baissa la main et se pencha vers Saroj pour lui montrer le papillon. Saroj tendit la main, mais le papillon s'envola. Elle ne bougea plus du tout, pour que le papillon vienne se poser sur elle, mais en vain.

« Tu en as trop envie, dit Ma en souriant. Il faut être aussi immobile au-dedans qu'au-dehors. Tes pensées continuent à le poursuivre et tu l'effraies. Mais si tu te fais oublier, il viendra. »

Au centre de cette maison, au centre de la vie de Saroj, il y avait Ma. Ma emplissait le monde et en faisait quelque chose de bon. La maison sentait bon quand Ma y était. La maison se sentait bien. On s'y sentait bien. Personne d'autre que Ma n'avait ce pouvoir. Indrani était une idiote parce qu'elle ne voulait pas jouer avec Saroj. Ganesh était turbulent et Baba disait qu'il était déraisonnable. Déraisonnable vient de derrière. Ganesh descendait la rampe en glissant sur son derrière. Quelquefois, quand Baba avait le dos tourné, Ganesh baissait sa culotte et lui montrait son derrière, alors Saroj riait en cachette. Derrière est un gros mot. Celui qui montre son derrière est déraisonnable. Saroj aurait bien aimé être déraisonnable, elle aussi, mais Baba se fâcherait. Baba se fâchait pour presque tout. Quand il rentrait du travail, il fallait se tenir tranquille. Saroj n'aimait pas beaucoup Baba, parce qu'il était méchant avec Parvati. Maman disait qu'il ne fallait pas être méchant, mais Baba l'était, même avec des personnes gentilles comme Parvati.

Parvati s'en allait toujours avant le retour de Baba, mais un jour qu'il était rentré de bonne heure, il avait dit : « Qu'est-ce que cette fille fait ici ? Je t'avais dit que je ne voulais plus la voir. Saroj est trop grande pour avoir une nounou. »

Baba n'aimait pas Parvati parce que, d'après lui, elle pourrissait Saroj. Saroj était très malheureuse quand il disait ça. Les choses pourries sont affreuses. Sur le tas de compost, le riz pourri était recouvert de moisi. Les œufs pourris empestaient. Les mangues pourries devenaient visqueuses et dégoûtantes. Elle se regardait dans la glace et n'y voyait aucune moisissure bleutée ni rien de visqueux et de dégoûtant. Elle reniflait ses aisselles, mais elles sentaient le talc pour bébé et c'était une odeur agréable. Elle adressait une grimace à la glace. Puis elle lui montrait son derrière, en faisant comme si c'était Baba. Saroj aimait quasiment tout, sauf Baba.

Parvati avait de longs cheveux noirs soyeux et elle emmenait Saroj au Mur de la mer, d'où l'on pouvait contempler l'Éternité, en pensant à des choses qui n'ont pas de fin. Parvati emmenait Saroj patauger dans l'eau. Elle lui montrait les crabes qui sortaient de leur trou en marchant de côté, avant de s'y ruer de nouveau. Elle apprit à Saroj à manœuvrer un cerf-volant. Après Ma, c'était Parvati que Saroj aimait le plus au monde. Indrani n'arrêtait pas de la faire enrager à cause de Parvati. « Le bébé, le bébé, chantait-elle en redressant le nez. Le bébé a une nounou ! Je n'ai jamais eu de nounou et Ganesh non plus. Il n'y a que les bébés qui ont une nounou. Tu as toujours eu une nounou et ça veut dire que tu es une grosse gourde de bébé ! »

Oncle Balwant prit Saroj en photo. Le jour de ses cinq ans. Quand c'était l'anniversaire d'Indrani, de Ganesh ou de Saroj, l'oncle Balwant faisait une photo de toute la famille. Saroj aurait aimé que Parvati soit sur la photo, mais Ma avait dit que Parvati n'assisterait pas à la fête et qu'elle ne serait pas sur la photo, parce que ça ne plairait pas à Baba. Baba était fâché contre Ganesh qui avait tiré la langue à l'instant même où l'oncle Balwant appuyait sur le bouton. Il fut privé de gâteau. Toutes ces photos étaient collées dans un album et quelquefois Ma prenait Saroj sur ses genoux pour les lui montrer. Elle n'était sur aucune des premières photos, car, disait Ma, elle n'était pas encore née. Il y avait des photos prises à la plage. Ma disait que c'était une plage de Trinidad, parce qu'on fêtait autrefois l'anniversaire de Ganesh à Trinidad. Saroj était née à Trinidad, disait Ma. Mais on n'y allait plus et ce n'était pas juste. La plage avait l'air bien, parce que la mer était bleue, contrairement à l'océan qui est marron. « Pourquoi est-ce qu'on ne va plus à la plage, Ma ? » demandait Saroj. Mais Ma se contentait de secouer la tête.

Saroj avait six ans quand Jagan devint roi. Plusieurs oncles étaient venus dîner. Il y avait oncle Basdeo et oncle Rajpaul ; oncle Basdeo qui agitait une brochure au nez d'oncle Rajpaul et qui battait l'air de son index. Trois autres oncles, oncle Vijay, oncle Arjun et oncle Bolanauth, assis sur le canapé rouge en face de Baba, installé dans un fauteuil, riaient d'une blague que venait de raconter oncle Balwant. Baba avait l'air furieux. Il n'aimait pas que les oncles racontent des blagues, mais oncle Balwant en avait toute une collection et c'était l'oncle que Saroj préférait.

Saroj aidait maman et Indrani à débarrasser la table. Les oncles et les tantes étaient tous venus dîner là, mais les tantes étaient rentrées chez elles de bonne heure, pour laisser les oncles passer la soirée entre hommes. Car c'était un jour important. Dès le matin, Saroj avait senti que l'Importance prenait possession de la maison. Elle se rendait compte qu'il se passait quelque chose mais ne savait pas quoi.

On entendait crachoter la voix ronronnante du speaker. Soudain Baba s'écria : « Chut ! Ça va y être ! » et les oncles qui étaient assis se levèrent brusquement en s'interrompant au milieu d'une phrase, pour se grouper autour du poste, tandis que l'oncle Bolanauth tripotait le bouton et que la voix du speaker s'élevait d'un ton. Alors retentit un cri de victoire général ; le poing levé, Baba et tous les oncles hurlèrent : « Jai ! Jai ! Jai ! », en s'étreignant à grand renfort de tapes dans le dos.

« Qu'est-ce qu'il se passe ? demanda Saroj, mais Ma haussa les épaules et disparut dans la cuisine. Saroj tira Ganesh par la manche. « Qu'est-ce qu'il se passe ? » répéta-t-elle d'un ton suppliant. Avec ses deux ans de plus qu'elle, Ganesh était déjà un jeune homme. Ganesh connaissait les secrets des oncles.

« On a gagné les élections ! s'écria-t-il, le regard brûlant d'un feu dont Saroj ne comprenait pas la cause.

— C'est quoi des élections ? Et comment se fait-il que nous les ayons gagnées ? Y aura-t-il une récompense, comme lorsqu'on a fait quelque chose de bien en classe ou à la fête foraine du Premier Mai et qu'on gagne le gros lot à la tombola ?

— Non, non, il n'y aura pas de récompense, Sarojini-Balojini », dit patiemment Ganesh. Ganesh prenait toujours le temps d'expliquer les choses. Il se pencha vers elle et lui parla comme s'ils avaient la même taille, le même âge. D'un geste tendre, il écarta les cheveux de son visage. « Ça veut seulement dire que nous les Indiens, on se présentait contre les Africains, et on a gagné.

— Ah, c'était une *course*, alors... Pourquoi n'est-on pas allés la voir au lieu de l'écouter la radio ? C'est bien plus amusant...

— Oui, Saroj, c'est un peu comme une course, sauf que les Africains ne faisaient pas vraiment la course avec les Indiens, ils voulaient seulement se faire élire et...

— Que racontes-tu à cette enfant, Ganesh ? » Saroj leva la tête et rencontra le visage renfrogné de Baba, cet air fâché qu'il avait de plus en plus fréquemment désormais. Ganesh se redressa. Saroj le trouvait très grand, mais en réalité il arrivait à peine à la taille de Baba, qu'ils regardaient tous les deux en levant la tête, comme s'ils se trouvaient devant une haute tour blanche. Saroj se dit qu'ils avaient dû faire quelque chose de mal mais elle ignorait quoi.

« Je lui explique pour les élections, Baba, dit Ganesh, les yeux baissés, en tortillant le bas de son *kurta*.

— Et qu'est-ce que tu sais au sujet de ces élections, hein ? Qu'est-ce que tu en sais ? Est-ce que tu y comprends quelque chose ?

— Tu avais dit que si Cheddi gagnait les élections, les Indiens auraient le pouvoir !

— Oui ! Et sais-tu ce que ça signifie ? Ça signifie que c'est un grand jour pour nous autres Indiens ! Un grand jour ! C'est le début d'une ère nouvelle, comme je te l'ai toujours dit, Balwant, c'est une question purement arithmétique... Les Indiens sont plus nombreux que les Africains et tant que les hindous et les musulmans se tiendront les coudes et voteront comme un seul homme, nous serons les maîtres et remettrons à leur place ces Africains arrogants – le pays court à sa perte, je te le dis, mais Dieu est avec nous et je te dis... »

Saroj écoutait cette harangue sans rien y comprendre, mais la fureur grandissante qu'elle y percevait la terrorisait. Marxisme-léninisme. Communisme. Moscou. Impérialisme. Colonialisme. Fascinée, elle regardait Baba, dont la figure avait pris une teinte rouge cuivré, tandis que ses yeux fulminaient d'indignation. Son emportement faisait penser à un volcan qui gronde, à quelque chose d'indéfinissable qui fermente et bouillonne juste sous la surface. Son index pointé s'agitait en tous sens et sa voix saccadée et tonitruante résonnait comme un aboiement. Saroj crut qu'il s'en prenait à l'oncle Balwant, resté calme et maître de lui, qui essayait de l'apaiser par des gestes pacificateurs, tandis que les autres oncles, groupés autour d'eux, écoutaient sans rien dire. Baba devenait de plus en plus véhément à chaque mot prononcé.

Elle regarda Ganesh, l'air désemparé et épouvanté. Avec un rire rassurant, il la prit par la main et l'emmena dans la cuisine où Ma, le dos tourné, faisait cuire des *puri* dans une poêle grésillante.

« Ne t'occupe pas de Baba, Saroj, dit gentiment Ganesh d'un ton rassurant. Regarde, voilà un *puri*, tu peux le prendre avec la main, ce n'est pas chaud. Tu sais, c'est seulement de la politique, un jeu qui plaît aux grandes personnes, comme nous, les enfants, nous nous amusons avec des jouets. »

Dans la maison d'à côté, une jolie maison de bois peinte en vert et blanc, toute en vérandas et fenêtres à jalousie, habitaient les Cameron. Mr Cameron était très noir. C'est un Africain, disait Ma, et les Africains sont noirs avec des cheveux crépus. La femme de Mr Cameron était très jolie, Saroj l'appelait tante Betty et elle aussi était noire, mais pas autant que son mari. Les Cameron avaient un immense jardin, constitué d'un enchevêtrement d'arbres, d'arbustes et de buissons. Tante Betty n'entendait pas grand-chose au jardinage, contrairement à Ma. Un dénommé Hussein venait une fois par semaine, avec du crottin dans une charrette à âne, et passait une heure à bêcher çà et là, mais le jardin de tante Betty gardait son aspect sauvage et Saroj le trouvait merveilleux.

De temps à autre Ma et tante Betty faisaient la causette à travers la palissade blanche, elles parlaient de leur jardin, de cuisine et des enfants. Les Cameron avaient trois enfants plus jeunes que Saroj. L'aîné, un garçon âgé de quatre ans à peine, se prénommait Wayne.

Un jour, Saroj avait aperçu Wayne par une fente de la clôture séparant les deux jardins. Ayant repéré la seule planche déclouée, elle la poussa et le rejoignit en se faufilant par l'ouverture.

Après cela, elle prit l'habitude d'aller jouer chez Wayne, sans que ni tante Betty ni Ma ne l'en empêchent. Tante

Betty était vraiment gentille. Elle leur donnait du jus de cachiman, des tartes aux pignons de pin, des boules de tamarinier, des tartines à la gelée de goyave et des Milo glacés. Mais jamais Wayne ne venait jouer chez elle. Saroj aurait bien aimé l'inviter, mais Ma avait dit non. Saroj n'était autorisée à aller jouer chez Wayne que lorsque Baba n'était pas à la maison, mais elle ne devait pas le dire à Baba, ni lui parler de tante Betty. Au reste elle le savait sans qu'on ait besoin de le lui dire. Elle savait ce qui risquait de fâcher Baba. Elle savait qu'il y avait des choses qu'il fallait lui cacher.

Mrs Cameron jouait à cache-cache avec Saroj, Wayne et ses deux petites filles; elle leur racontait des histoires et leur chantait des chansons. Mrs Cameron était plus drôle que Ma. Et même que Parvati. Saroj franchissait la clôture pour aller jouer chez Wayne même quand Ma la laissait seule avec Parvati, pour aller au temple de Purushottama. Wayne était plus drôle que le cousin Soona qui, disait Baba, aurait dû être son ami. Le cousin Soona n'était pas vraiment un ami, puisque c'était un cousin. Wayne était son seul ami. Même à l'école elle n'avait pas d'amis, parce que les enfants avec qui elle jouait à la récréation n'étaient pas autorisés à venir chez elle et qu'elle n'avait pas non plus le droit d'aller chez eux. Baba en avait décidé ainsi. Baba lui permettait seulement de rendre visite à des personnes de la famille. Le cousin Soona était bête.

Un après-midi, tante Betty gonfla une piscine en plastique qu'elle installa sur un endroit plat de la pelouse, sous le pommier; elle y plongea l'extrémité du tuyau d'arrosage, ouvrit le robinet du jardin et la remplit d'eau.

« Vous l'avez rien que pour vous deux pendant une heure, dit-elle à Saroj et à Wayne de sa voix qui souriait. Mais quand Caroline et Alison se réveilleront, je les amènerai et il faudra partager ! »

Les deux enfants se regardèrent, les yeux brillants. Dès que tante Betty fut rentrée dans la maison, ils s'empressèrent de se déshabiller et, l'instant d'après, ils barbotaient tout nus dans l'eau fraîche, en poussant des cris. Wayne ouvrit le robinet, s'empara du tuyau et poursuivit Saroj à travers les arbres, aussi loin que le permettait le fouillis de végétaux, tandis qu'elle hurlait de plaisir, en courant pour échapper au jet et aux terribles menaces qu'il lui lançait. Le jardin retentissait d'appels, de glapissements, de cris de guerre et il s'écoula un temps infini avant qu'un rappel à l'ordre cinglant, provenant de l'autre côté de la clôture, ne parvienne aux oreilles de Saroj.

« Sarojini ! Viens ici tout de suite ! »

En un instant, le silence enveloppa les deux enfants de son funèbre manteau. Ils en restèrent comme pétrifiés. Saroj n'osait pas regarder Baba, mais elle sentait ses yeux qui la transperçaient et elle l'entendit répéter d'une voix qui l'emplit d'un vide glaçant : « Sarojini. Ramasse tes affaires et viens ici tout de suite. »

Elle s'exécuta. Puis Baba la saisit par les cheveux, l'obligea à marcher devant lui, toute nue, lui fit monter les marches conduisant à la cuisine et la poussa jusque dans son bureau, qui donnait sur le jardin des Cameron. Il prit sa canne et l'agita en l'air par trois fois. En entendant son sifflement bref et coupant, Saroj sentit son sang se figer.

Il se mit à la battre en cadence. « On-ne-doit-pas-jouer-avec-les-nègres. On-ne-doit-pas-jouer-avec-les-nègres. On-ne-doit-pas… » Il faisait pénétrer les mots dans sa peau, dans sa chair, dans son sang. Elle hurlait assez fort pour faire s'écrouler le ciel, mais personne ne l'entendait. Où étaient Indrani et Ganesh ? Où était Ma ? Où était Parvati ? Pourquoi ne venait-on pas à son secours ?

Et entre ses hurlements, elle vit son visage. Il était laid. Si laid qu'elle fut prise de nausées et vomit des restes de boulettes de tamariniers et des grumeaux de Milo sur Baba qui, indifférent à la puanteur et à l'infâme magma, la fouettait encore et encore.

Quand il en eut assez, il l'emmena dans la salle de bains, la poussa sous la douche, la lava entièrement, l'essuya de quelques douloureux coups de serviette et lui enfila brutalement une chemise de nuit propre par la tête. Il la conduisit dans sa chambre *manu militari*, plaça une chaise devant le bureau, ouvrit un tiroir, sortit un cahier d'exercices, fouilla dans un autre tiroir pour y prendre un crayon, puis écrivit sur la première page : *Je ne dois pas jouer avec les nègres*.

« Tu vas me remplir tout ce cahier. Tu devras écrire sur toutes les lignes. Tant que tu n'auras pas terminé, tu n'auras ni le droit de manger ni de te reposer. »

C'est ainsi que Ma trouva Saroj, quand elle rentra à la maison, peu avant le coucher du soleil. Courbée sur sa page, traçant avec soin les mots que Baba lui avait donnés à écrire, les joues mouillées de larmes. Elle sentit la main de Ma sur sa tête, leva les yeux, et de nouvelles larmes jaillirent, un véritable torrent. Elle était secouée de sanglots.

Ma la souleva de sa chaise et l'emporta jusqu'à son lit. Elle la déshabilla et la coucha sur le ventre pour examiner ses plaies. Elle partit dans la pièce de la *puja* et Saroj comprit qu'elle était allée chercher une de ses médications. Quand elle réapparut, elle mélangeait quelque chose dans un bol, puis avec des doigts aussi doux et légers qu'une plume, elle étala la pâte rafraîchissante sur les meurtrissures, tandis que Saroj restait étendue sans bouger, afin que le baume bienfaisant puisse pénétrer en elle. À la fin, Ma l'assit dans le lit, l'enveloppa souplement dans un drap, la prit sur ses genoux, tout contre elle, sans rien dire et en veillant à ne pas toucher les plaies.

« J'ai encore des phrases à écrire ! dit Saroj non sans difficulté.

— Non. C'est fini. Tout est fini, Saroj. »

Saroj crut alors que tout était fini avec Baba et elle se réjouit à l'idée qu'elles allaient partir et le quitter pour toujours. Mais ce n'était pas ce que voulait dire Ma. Elle voulait seulement dire que la punition était levée et que jamais plus Baba ne la frapperait, ce qui s'avéra. Mais maintenant Saroj haïssait Baba pour de bon.

Quelques semaines plus tard, les Cameron déménagèrent. Saroj ne revit jamais Wayne ni aucune personne de sa famille. Baba renvoya Parvati, parce qu'elle avait laissé Saroj jouer avec Wayne. Saroj ne revit jamais Parvati. À cause de ça, surtout, elle haïssait Baba.

Ma confectionnait des *dhal puri* ; elle les lançait en l'air, puis les tapotait entre ses mains au moment où ils retombaient, légers comme une plume, tels des flocons de soie. Ils sentaient le ghee chaud, les aromates et la pâte tendre en train de cuire, et ils étaient si moelleux qu'ils fondaient dans la bouche.

« Ma », dit Saroj, en tirant sa mère par le sari.

Ma la regarda et sourit. Elle avait les bras blancs de farine jusqu'au coude.

« Oui, mon trésor ?

— C'est vrai que les Noirs sont des vilains ? »

Le front de maman se plissa, mais elle souriait toujours. Elle répondit sans que ses mains cessent de s'activer.

« Ne crois pas ça, ma chérie. Ne crois jamais ça. Personne n'est mauvais uniquement à cause de son apparence. C'est ce qu'il y a à l'intérieur d'une personne qui est important.

— Mais qu'est-ce qu'il y a à l'intérieur d'une personne, maman ? Quand les gens ont l'air différent, est-ce qu'ils sont différents à l'intérieur aussi ? »

Ma ne répondit pas, elle regardait ses mains qui pétrissaient une boule de pâte. Croyant qu'elle l'avait oubliée, Saroj dit : « Ma ? »

Les yeux de Ma se posèrent de nouveau sur Saroj. « Je vais te le montrer dans un instant, ma chérie. Attends que j'aie terminé cette fournée. »

Quand la pile de *dhal puri* se fut transformée en une tour ronde et aplatie, Ma annonça qu'elle avait terminé, la recouvrit avec un torchon et se lava les mains. Ensuite elle ouvrit le placard où elle rangeait des bocaux et des bouteilles vides et prit six pots qu'elle posa sur le comptoir de la cuisine.

« Tu vois ces pots, Saroj ? Est-ce qu'ils sont tous pareils ? »

Saroj secoua la tête. « Non, Ma. » Il y avait un pot bas et large, un pot haut et étroit, un pot de contenance moyenne et plusieurs autres de taille intermédiaire.

« Bien. Et maintenant imagine que ces pots sont des personnes. Des personnes avec des corps différents. Tu y es ? »

Saroj acquiesça de la tête. Ma prit une grande cruche, la remplit au robinet et versa de l'eau dans chacun des pots.

« Tu vois, Saroj ? Maintenant ils sont tous pleins. Tous les corps sont vivants ! Ils ont tous ce qu'on appelle un esprit. Alors, dis-moi, cet esprit est-il le même dans tous les pots, ou bien est-il différent ?

— Il est le même, Ma. Donc les personnes sont... »

Ma l'interrompit. « Et maintenant cours à l'office et rapporte-moi la boîte en fer où je mets mes colorants. Tu la connais, je crois ? »

Saroj était de retour avant même que Ma eût fini de parler. Ma ouvrit la boîte et y prit un minuscule flacon de poudre couleur cerise. Ma éleva le flacon au-dessus de l'un des pots et en versa une pincée. Aussitôt, l'eau devint rouge rosé. Ma reboucha le flacon et en prit un autre. L'eau devint vert tilleul. Elle renouvela six fois l'opération et, chaque fois, l'eau prit une couleur particulière, si bien qu'à la fin Ma avait six bocaux de formes et de couleurs différentes.

« Et maintenant, Saroj, réponds-moi. Est-ce que ces personnes que tu vois là sont toutes pareilles à l'intérieur ou, au contraire, est-ce qu'elles sont différentes ? »

Saroj mit du temps avant de répondre. Elle fronçait les sourcils et réfléchissait intensément. À la fin, elle dit :

« Eh bien, en réalité elles sont toutes pareilles, mais à cause des couleurs, elles ont l'air différentes.

— Oui, mais qu'est-ce qui a le plus de réalité, la ressemblance ou les différences ? »

Saroj réfléchit à nouveau. « La ressemblance, Ma. Parce que la ressemblance était là avant les différences.

Les différences sont seulement les poudres que tu as mises dedans.

— Exactement. Par conséquent, dis-toi que ces personnes ont toutes un esprit, qui est le même pour chacune d'entre elles, mais que chacune est également différente des autres – parce qu'elles ont chacune des pensées différentes. Certaines ont des pensées affectueuses, d'autres des pensées agressives, des pensées ennuyeuses, ou encore de vilaines pensées. La plupart des gens ont tout un mélange de pensées, mais les pensées de chacun d'entre eux sont différentes, par conséquent ils sont tous différents. Différents à l'extérieur et différents à l'intérieur. Et ils voient ces différences chez les autres, alors ils se chamaillent et se battent, parce que chacun estime que c'est sa manière d'être qui est la bonne. Mais si, au-delà des différences, ils pouvaient voir la chose unique qui les relie tous, alors…

— Alors quoi, Ma ?

— Alors nous serions tous des sages, Saroj ! »

Ma expliqua à Saroj que c'était mal de haïr. Elle disait qu'il fallait aimer tout le monde, même Baba, même s'il lui avait interdit de jouer avec Wayne et même s'il avait renvoyé Parvati. Chaque soir, Ma emmenait les trois enfants dans la pièce de la *puja*, et pendant qu'ils la regardaient, les mains jointes, elle plongeait un bâton d'encens dans la petite flamme éternelle jusqu'à ce qu'il prenne feu et qu'un mince filet de fumée âcre et douce s'élève vers le plafond. Elle agitait délicatement le bâton d'encens devant le *lingam*, puis elle leur faisait signe de s'asseoir. Le coffret de *sruti* posé entre ses jambes croisées, elle chantait son amour pour son Seigneur, avec les enfants pelotonnés autour d'elle sur la natte qui l'accompagnaient de leur voix.

En chantant, les lèvres de Ma paraissaient se desceller. Elle leur racontait des histoires des prestigieux héros et héroïnes des légendes et mythes indiens, Arjuna et Karna, Rama et Hanuman, Sita et Draupadi, des hommes et des femmes de la caste des guerriers qui ne craignaient ni la peur ni la souffrance et ne reculaient jamais devant le danger. Elle leur révéla un grand secret, le secret permettant de faire barrage à la souffrance. Il faut se réfugier derrière le corps-pensée, disait-elle. Pénétrer dans ce silence où la souffrance n'existe pas... Indrani n'écoutait que d'une oreille. Elle était l'aînée, la douce, l'obéissante. Ganesh, tout ouïe, buvait chacune de ses paroles.

Au début, Saroj écoutait elle aussi de toutes ses oreilles. Et puis Baba avait fait des choses qu'elle ne pouvait lui pardonner. Il l'avait battue pour avoir joué avec Wayne et avait contraint les gentils Cameron à déménager. Il avait renvoyé Parvati. Il lui avait enlevé les êtres qu'elle aimait et, par conséquent, elle était résolue à le haïr. Baba était un méchant, un démon malveillant, pire que Ravana ou que les Rakshasas, et il n'y avait pas de Krishna, d'Arjuna ou de Rama pour l'anéantir.

Aussi pendant que Ma racontait ses histoires d'amour et de courage, Saroj pensait à Baba et une petite graine de ressentiment apparut dans son cœur. Elle surveilla cette graine et la vit germer. Elle lui prodigua des soins et elle poussa. Il m'a fait mal, se disait-elle. Un jour, quand je serai grande, je le lui rendrai.

Ma leur parlait du Mahatma Gandhi et de la non-violence. « Trouvez la paix du cœur, disait-elle, et vous deviendrez plus forts que la plus violente des tempêtes. » Quel tissu d'absurdités ! criait le cœur de la petite Saroj. N'était-ce justement pas la violence qui avait tué Gandhi ? Même un enfant pouvait comprendre que la bonté était synonyme de faiblesse. Aussi quand Ma parlait du Pouvoir de l'Amour et du Pardon, et leur rappelait que Dieu était compatissant, Saroj pensait à Kali aux bras multiples, déesse de la Destruction. Elle avait vu une représentation de Kali au temple de Purushottama et aurait voulu voir Kali entrer dans sa vie : le visage et la bouche sanglants, un collier de crânes autour du cou, brandissant un coutelas dirigé vers la gorge de Baba. Kali était sa divinité préférée entre toutes. Gandhi se trompait. Il fallait combattre le feu par le feu. Il fallait résister ! Dès cinq ans, Saroj entra en guerre contre Baba. Au début elle ne le montra pas. Elle était encore trop petite. Elle n'en parla pas à Ma. Ma lui aurait dit d'extirper de son cœur le petit germe de haine, et Saroj aimait bien le sentir là.

3

SAVITRI

Madras, Inde, 1921

C'était la fille du cuisinier, la petite dernière, sa préférée, la prunelle de ses yeux, l'étincelle de son bûcher funéraire. Elle atteignit l'âge de six ans au cours de ce long été caniculaire; ses cheveux retombaient sur ses épaules en deux épaisses nattes attachées avec des brins de fil et des tortillons de jasmin, et elle était mince, brune, agile, aussi intrépide qu'un garçon, malgré l'ample jupe qui lui couvrait les chevilles. Elle aimait David et l'aimerait toujours.

Iyer le cuisinier et son épouse Nirmala le savaient et cet attachement leur inspirait des sentiments mélangés. Il n'est pas bon que maîtres et serviteurs jouent ensemble, et Savitri n'était-elle pas la servante de David ? Puisqu'ils étaient eux-mêmes des domestiques, leur fille n'était-elle pas la domestique du fils des maîtres ? Comment pouvait-elle être l'amie du jeune maître ? Ce n'était pas convenable. Mais amis ils l'étaient bel et bien, et les Iyer pouvaient-ils s'opposer aux volontés du jeune maître, alors que le maître et la maîtresse le laissaient faire ?

Savitri avait donc ses entrées dans le jardin et la maison. Elle ne se comportait pas du tout en fille. Elle grimpait aux arbres, jouait au cricket, était capable d'atteindre une mangue avec une fronde, aussi bien que David, et leurs rires mêlés rivalisaient avec le chant des oiseaux dans tout les Oleander Gardens. Quand elle montait dans les arbres, elle passait sa jupe et son jupon entre ses jambes, puis en rentrait l'ourlet par-derrière, dans sa ceinture, et quand ils jouaient au cricket, elle relevait ses jupes, laissant voir ses genoux, et ne mettait jamais les bracelets de cheville qu'elle était censée porter. Ce n'était pas une petite fille présentable. Ses parents ne savaient plus que faire, car lorsqu'ils lui rappelaient qu'il ne fallait pas montrer ses jambes, elle les regardait avec de grands yeux innocents, hochait la tête en promettant de s'en souvenir, mais elle oubliait toujours.

Il y avait beaucoup d'enfants, mais aucun comme ces deux-là. Les quatre frères de Savitri, Mani, Gopal, Natesan et Narayan, restaient chez eux, de même que les enfants des autres domestiques. Les Iyer logeaient près de l'entrée de service donnant sur Old Market Street, une artère bruyante et animée, comme toutes les rues de Madras. Fairwinds, la propriété des Lindsay, se terminait par une enfilade de sept maisons occupées par les domestiques et chacune avait une entrée sur la rue. Vue de Old Market Street, cette rangée de maisonnettes ne semblait être qu'une simple rangée de maisonnettes, et les passants ne pouvaient savoir qu'elles possédaient toutes une autre issue ouvrant sur un paradis.

L'allée du fond partageait le quartier des domestiques en deux zones. D'un côté, il y avait les Iyer – un peu mieux logés, légèrement à l'écart des autres, car c'étaient des *brahmanes* –, Muthu le jardinier et sa famille, Kannan le *dhobi* et sa famille, et Pandian le chauffeur avec les siens. De l'autre côté vivaient la famille de Kuppusamy le balayeur, celle de Shakoor le veilleur de nuit, et enfin Khan, qui était célibataire. Khan avait pour fonction de pousser le fauteuil roulant de l'amiral. L'infirmier de l'amiral, un chrétien nommé Joseph, habitait avec les *sahib* dans la grande maison, où nul n'avait le droit d'entrer, s'il n'y travaillait pas, et en tout cas pas les enfants – sauf Savitri.

L'allée de devant conduisait dans Atkinson Avenue, la voie principale des Oleander Gardens, une rue large et paisible bordée de jacarandas, où l'on voyait de temps à autre un *sahib* coiffé d'un casque colonial et vêtu d'un complet de toile blanche passer sur sa bicyclette, raide comme la justice, pour se rendre à son club, ou encore deux *memsahib* marcher sur le trottoir en échangeant des potins et des nouvelles d'Angleterre, ou bien une *ayah* poussant un landau. Les *ayah* étaient d'ailleurs les seules Indiennes qu'on rencontrait dans Atkinson Avenue – excepté, bien sûr, les dignes chauffeurs de ces automobiles noires, pareilles à des corbillards, qui voguaient majestueusement dans le milieu de la chaussée –, les gardiens sommeillant devant les portails et, enfin, chaque après-midi sur le coup de trois heures, Savitri.

Elle avait du chemin à faire pour aller de chez elle jusqu'à Atkinson Avenue, par un long sentier sablonneux sinuant parmi des bougainvilliers géants, derrière des palmiers et une véritable jungle de jacarandas. Aux abords de la maison des Vijayan, le chemin s'assagissait, devenait plus discipliné, avec ses bordures où se mêlaient des hibiscus rouges, roses et jaunes, quelques lauriers-roses, des frangipaniers et des cannas. Les Vijayan habitaient près de l'entrée principale, dans une jolie maisonnette blanchie à la chaux. Devant, leur jardin foisonnait de soucis et de jasmins, tandis que derrière, autour du puits, s'amassaient des papayers, et même si Vijayan n'était pas de service, on y voyait sa femme en train de faire la lessive, toujours de bonne humeur, et ses chiens qui aboyaient dès que quelqu'un passait, sauf quand c'était Savitri, car ils l'adoraient et, dès qu'elle apparaissait, ils accouraient en remuant la queue, avec de petits jappements, lui sautaient dessus et se roulaient dans le sable pour qu'elle puisse leur gratter le ventre. Elle était censée ne pas toucher les chiens, car ils étaient impurs, mais elle le faisait quand même parce qu'elle les aimait – et ils le savaient.

En tournant à gauche dans Atkinson Avenue, puis en continuant encore pendant cinq minutes, après la propriété des Wyndham-Jones, en direction de la demi-lune où le flamboyant passait par-dessus la haie d'hibiscus et déversait ses pétales sur le trottoir, et enfin, en traversant l'avenue à cet endroit précis, on rencontrait un petit chemin séparant les propriétés des Todd et des Pennington. Et si l'on marchait sur ce chemin – sauf que jamais Savitri ne marchait, car elle sautait, dansait, courait à reculons aux côtés de David, en chantant pour lui – pendant encore dix minutes, on arrivait à la plage et à l'océan Indien, où l'on pouvait se baigner. Cet été-là, David et Savitri apprenaient à nager. Maintenant, alors qu'il restait encore du temps avant que les Lindsay ne partent pour Ootacamund, à la montagne ; maintenant, pendant les quelques semaines qui leur restaient à passer ensemble.

On était en avril. La chaleur était insupportable, mais l'eau fraîche, délicieuse, et ce n'était tout simplement pas juste. Savitri se savait capable d'apprendre à nager sans difficulté, parce qu'elle connaissait déjà les mouvements et s'entraînait le soir, sur sa natte, à plier et à déplier les jambes, comme une grenouille, en arrondissant les bras avec grâce, aussi était-elle jalouse parce que David avait déjà appris avec son précepteur, Mr Baldwin, qui l'emmenait parfois à la mer, le matin, et elle voulait faire tout ce que faisait David, exactement tout, et ce n'était vraiment pas juste. Bien sûr, si elle avait porté un short, comme lui, elle aurait su nager depuis longtemps, mais elle était affublée de cette longue jupe à fronces, qui refusait de rester rentrée dans sa ceinture quand elle nageait. Des mètres de coton se plaquaient à sa peau, s'entortillaient entre ses jambes ou les emprisonnaient étroitement, en les serrant comme des cordes, et quand on ne peut bouger librement ses jambes, comment faire pour nager ? Ce n'était vraiment pas juste.

« Mais pourquoi est-ce que tu n'enlèves pas ta jupe ? » disait David quand elle se plaignait. Il voyait bien où était le problème : debout dans l'eau qui lui caressait les chevilles, Savitri semblait porter un pantalon, avec sa jupe plaquée à ses jambes qu'elle pouvait à peine bouger, car même quand elle tirait sur l'étoffe pour la décoller, celle-ci trouvait aussitôt un autre endroit pour s'y agripper et s'y fixer. « Que j'enlève ma jupe ? » Jamais Savitri n'avait entendu une chose pareille. Les femmes n'ôtaient jamais leur jupe ou leur sari, pas même pour dormir ou pour se laver. Elles allaient à la fontaine de Old Market Street, non loin de chez les Iyer, ou bien dans la cabane prévue pour la toilette, près du quartier des domestiques de Fairwinds, et elles s'arrosaient des pieds à la tête, tout habillées, si bien que le sari adhérait à leur corps telle une seconde peau, puis elles se savonnaient et se drapaient dans un sari sec, sans dénuder le moindre centimètre carré de peau taboue ; par conséquent, bien qu'on ne le lui eût jamais dit explicitement, Savitri savait qu'une femme ne devait pas montrer ses jambes. En tout cas pas à un homme. Et elle était une femme, et David un homme, tout en étant également un enfant de trois mois plus âgé qu'elle. Un enfant-homme. Cette pensée bizarre lui vint à l'esprit pour la première fois.

« Je ne peux pas », dit-elle, et, si cela avait été possible, elle serait devenue toute rouge ; ça aussi c'était bizarre, cette gêne qu'elle ressentait devant David, qui après tout était comme un frère, plus proche et plus cher que ses vrais frères, qui ne s'occupaient pas d'elle.

« Et pourquoi ? Tu peux bien nager en culotte, non ? »

Savitri n'ignorait pas ce qu'était une culotte. Elle en avait vu sécher sur la corde à linge, et avait questionné le *dhobi*, qui lui avait donné des explications. La grande sœur et la mère de David portaient une culotte, elle le savait, David et son père également, mais c'était une culotte qui ne ressemblait pas tout à fait à celles des femmes.

Ils restèrent un moment à se regarder, immobiles, les pieds dans l'eau. Et ce fut alors David qui rougit, comme s'il venait lui aussi de se souvenir que les femmes ne se montraient jamais en culotte devant les hommes.

Pour la première fois, ils prenaient conscience de leur différence – à savoir que Savitri était une enfant-femme et David un enfant-homme –, et tout ce qu'impliquait cette découverte leur apparut soudain.

« Eh bien, tu n'as qu'à rentrer ta jupe dans ta culotte, murmura David en détournant un peu la tête, parce qu'il se rendait compte que le seul fait de *prononcer* le mot culotte devant une femme n'était pas poli, et que Savitri était une enfant-femme.

« Mais je n'en ai pas ! » s'exclama-t-elle en explosant de rire ; et alors David pouffa lui aussi, car il n'existait rien de plus ridicule qu'une culotte. Et voilà qu'ils étaient de nouveau des enfants, au lieu d'être un homme et une femme, aussi oubliant leur embarras tant ils riaient, ils redevinrent eux-mêmes.

« Nous, on ne porte pas de culotte ! » ajouta Savitri, la main devant la bouche et les épaules rentrées. C'était osé de dire une chose pareille, elle le savait, mais c'était plus fort qu'elle. « Les Indiennes n'en portent pas. Seulement les *memsahib* ! »

Elle dégrafa sa jupe, qui tomba sur le sable avec son jupon, l'enjamba et se mit à l'eau. Elle avait totalement oublié qu'elle devait rentrer chez elle à quatre heures pour subir l'inspection de la tante d'un garçon appartenant à une famille de *brahmanes,* en vue d'un éventuel mariage.

Mani les aperçut dans l'océan ; leurs petites têtes dansaient derrière la ligne blanche des vagues, noire pour Savitri et couleur de blé pour David. Iyer avait envoyé Mani à la recherche de sa sœur ; il avait fouillé toute la propriété en demandant partout si on l'avait vue, et ayant appris par Vijayan qu'elle était allée à la plage, il l'avait trouvée en train de nager – de nager véritablement ! – sa jupe et son jupon gisant en un tas mouillé sur le sable Mani appela Savitri, qui ne l'entendit pas tout de suite, à cause du vent qui emportait ses paroles. Quand enfin elle se rendit compte qu'il était là, elle sortit de l'eau, vêtue seulement de son corsage trempé plaqué sur sa peau, qui ne lui couvrait même pas les hanches, et elle eut honte que son grand frère la voie dans sa nudité. Mani était hors de lui. Il la gifla, lui ordonna sans un regard de remettre sa jupe, puis sans même lui laisser le temps de se retourner pour adresser un signe de la main à David, il la saisit par la peau du cou et la poussa jusqu'à la maison, toute dégoulinante d'eau.

Mani était trop bête pour comprendre qu'il ne pouvait pas la ramener à la maison dans cet état. C'est pourtant ce qu'il fit et, dans sa fureur, il déballa toute l'histoire devant la tante du garçon, au lieu de rester calme, de trouver une excuse pour sa sœur et d'attendre que la visiteuse soit partie. En voyant apparaître Savitri trempée comme un rat noyé et en apprenant qu'elle avait ôté sa jupe pour nager avec le petit *sahib*, la dame ouvrit de grands yeux, s'en alla précipitamment sous un prétexte quelconque et jamais plus on n'eut de nouvelles de la famille de ce garçon.

Mani dit à son père que David allait corrompre Savitri et qu'il deviendrait impossible de la marier. Iyer interdit à sa fille de jouer avec David. Savitri alla le dire à David.

Quand vint la nuit, elle attendit qu'ils soient tous endormis, enroulés dans leur drap pour se protéger des moustiques. Thatha, le grand-père, dormait seul dans le *tinnai*, la véranda de devant. Les autres hommes de la famille couchaient dans la véranda latérale, tandis que Savitri s'installait avec sa mère, dans la véranda de derrière, face au jardin, car en avril, il était impossible de dormir à l'intérieur, à cause de la chaleur. Aussi silencieuse qu'une plume de paon effleurant le sable, elle descendit en courant l'allée conduisant à la maison des maîtres, dont elle fit le tour pour arriver devant la fenêtre de la chambre de David qui, bien entendu, était grande ouverte.

Elle poussa le cri du coucou-épervier. Savitri imitait si bien les oiseaux et les animaux que tout le monde s'y trompait. Elle reproduisait à la perfection le criaillement du paon, elle piaillait comme un singe ou un écureuil rayé, et son cri du coucou-épervier était tellement vrai que David ne réagit pas. Elle sonda les ténèbres qui envahissaient la chambre ; les barreaux l'empêchaient d'y pénétrer, mais sachant que le lit de David était tout près de la fenêtre, elle plongea la main aussi loin que possible et tira sur la moustiquaire. Comme David ne bougeait toujours pas, même quand elle chuchota son nom très fort, elle partit à la recherche d'un grand bâton et trouva la gaule qui servait à décrocher les mangues, dont l'extrémité était munie d'une petite lame. Elle réussit non sans mal à l'introduire entre les barreaux – en veillant à ne pas utiliser la lame – de façon à la faire courir le long du mur, et éperonna David dans le creux des reins.

« Aïe ! » fit-il, se redressant en sursaut.

Savitri étouffa un rire et l'appela par son nom, un peu plus fort cette fois, et quand il comprit que c'était elle, il vint à la fenêtre et ils se parlèrent à travers les barreaux.

« Ils sont en train de me chercher un mari, alors je ne peux plus jouer avec toi.

— Mais c'est ridicule. Puisque c'est moi qui vais t'épouser !

— Je sais. Mais ils me cherchent quand même un mari.

— Comment pourrais-tu te marier avec un autre que moi ? Tu ne le feras pas, dis ? Promets-moi que tu ne le feras pas ?

— Je te le promets, David. Je t'aime plus que n'importe qui au monde. Plus que ma mère et que mon père. Plus que Dieu, même.

— Bien. Tout est arrangé. Et moi je n'épouserai personne d'autre que toi, je ne t'avais jamais considérée comme une fille parce que tu n'es pas du tout comme Maybelline Todd, Joan Pennington et les autres. Je croyais détester les filles et c'est pourquoi tu n'en étais pas une à mes yeux, mais maintenant on sait, n'est-ce pas ? »

Savitri hocha énergiquement la tête dans l'obscurité.

« Et on aura des tas d'enfants, hein ? reprit David. Et *voilà…* »

Il passa la main par la fenêtre et, délicatement, attira si près son visage qu'il lui écrasa les joues sur les barreaux. Puis il se pencha et déposa un baiser sur ses lèvres stupéfaites, en répétant :

« Voilà. Maintenant on est fiancés, je te donnerai une bague dès que je le pourrai et ils ne nous empêcheront plus de jouer ensemble. Plus jamais. Je te le promets, Savitri. Je vais m'en occuper. Je suis le jeune maître et j'ai le droit de faire tout ce qui me plaît. »

4

NAT

Nat rêvait qu'une femme à la voix perçante et affolée appelait son père depuis la véranda, en criant et en tapant si fort contre la porte que ses hurlements finirent par traverser les multiples couches de son sommeil et déchirèrent son rêve pour devenir réalité. Il s'assit sur son *sharpai*, se frotta les yeux parce que son père avait allumé l'électricité et, dans la lumière crue de l'unique ampoule suspendue au milieu du plafond, il le vit en train de draper hâtivement son *lungi* autour de ses hanches.

« J'arrive », dit le docteur en tamoul.

Il prit sa mallette sur l'étagère, se dirigea vers la porte et tira le verrou. Nat descendit de son *sharpai*, s'enveloppa dans sa couverture et s'approcha de l'entrée pour regarder par le grillage de la moustiquaire. Son père avait éclairé la véranda. La femme tenait un paquet dans les bras, sous le *pallu* de son sari. Nat vit que c'était un bébé à cause du petit pied noir dépassant des plis du sari déchiré dans lesquels il était enveloppé. Son père prononçait des paroles apaisantes, tout en essayant de prendre son paquet à la femme, qui le serrait encore plus fort contre elle, refusant de le lâcher et invectivant le médecin comme s'il était responsable de l'état de son enfant, qui était inquiétant, Nat en avait la certitude. Le bébé était probablement mort. Quand elles arrivaient en pleine nuit avec un enfant, c'était généralement trop tard.

Devant le portail, Nat distingua dans la pénombre la forme massive d'une charrette remplie de branches de cocotier. Le bœuf, la tête baissée, essayait de dormir et le conducteur, indifférent à la détresse de la femme, s'était déjà allongé dans son véhicule, recouvert d'un drap. Il dormirait là jusqu'à l'aube, Nat le savait, puis il poursuivrait son voyage jusqu'au village où il devait se rendre, accroupi dans sa charrette, derrière le bœuf qui avancerait d'un pas somnolent sur les chemins poussiéreux, en lui tenant la queue entre ses orteils pour pouvoir la lui tordre quand il ralentissait trop.

Le docteur finit par convaincre la femme de poser l'enfant sur le *sharpai* de la véranda, et il se pencha pour le démailloter, tout en parlant à la mère qui s'était considérablement apaisée. Il lui posait des questions de cette voix chaude et grave qui ne manquait jamais d'avoir un effet magique sur les gens du village. On aurait dit que le processus de guérison commençait déjà avec cette chaleur qui s'infiltrait dans le cocon de léthargie et d'impuissance qui les enveloppait, jusqu'à cet enfant entouré de chiffons, pour les ramener à la vie. Ou encore, comme dans le cas de cette femme affolée, pour passer sur eux un baume comme on passe la main sur la tête d'un enfant terrorisé, afin qu'ils se calment suffisamment pour qu'on puisse leur poser des questions et obtenir une réponse.

À quand remontait la blessure de l'enfant ? Comment cela était-il arrivé ? Pourquoi n'était-elle pas venue plus tôt ? Qu'avait-elle fait jusqu'à présent ? D'où venait-elle et par quel moyen de locomotion ? Quel métier faisait son mari ? Combien d'enfants avait-elle ? Tout en pleurant sans bruit, la femme répondait. Elle savait, de même que Nat, car son père n'aurait pas parlé autant s'il avait pu faire quelque chose pour sauver l'enfant, que c'était trop tard, que le bébé était déjà mort et que même le *sahib daktah* était incapable de lui redonner la vie. Nat entendit la femme dire qu'elle habitait à une trentaine de kilomètres à l'est. Son mari était ouvrier dans une carrière de pierres, ils avaient cinq enfants, celui-ci était le plus jeune, et toute la famille était allée aider le père dans son travail, quand une grosse pierre était tombée sur le pied du bébé et l'avait écrasé en laissant une effrayante plaie ouverte. Elle avait essayé de le soigner avec des emplâtres de bouse de vache fraîche, mais la blessure s'était envenimée et, hier, la fièvre s'était déclarée. Bien entendu, elle avait entendu parler du *sahib daktah*, mais elle n'avait pu venir plus tôt à cause de son travail. Puis hier elle s'était mise en route avec son second fils âgé de six ans et avait fait à pied la plus grande partie du chemin, en portant l'enfant malade, mais à la tombée de la nuit, comme elle avait eu peur de continuer seule et que son fils n'en pouvait plus, elle avait donné ses derniers *anna* à un charretier pour qu'il les emmène et elle n'avait rien mangé depuis le petit déjeuner de la veille, et le petit était encore vivant quand elle était partie de chez elle, mais il s'était éteint tranquillement au cours de la journée précédente.

« Je ne peux rien faire. L'enfant est mort », dit le père de Nat, et la femme éclata en sanglots bruyants et désespérés, tout en se martelant le front de ses poings. Nat fut pris d'une envie folle de rentrer dans la maison pour se cacher sous sa couverture, mais il restait là, sachant que c'était dur aussi pour son père, qui devait le sentir là, dans l'ombre, à regarder, et qui voudrait qu'il soit courageux, car on ne peut se cacher de la mort, on peut seulement puiser en soi pour trouver la force de l'affronter. Et c'était leur devoir, à son père et à lui, de soutenir cette femme dans son affliction.

« Où est ton fils ? » demanda le docteur à la femme.

Elle montra le chariot en disant : « Il dort.

— Va le chercher, vous n'aurez qu'à dormir dans la véranda et demain matin je ferai venir une charrette pour vous ramener chez vous. Nat, apporte des nattes et des couvertures ! »

Nat ouvrit aussitôt la porte grillagée et courut dans le coin de la véranda où étaient rangées des nattes roulées destinées aux visiteurs. Il en prit deux et les étala sur le ciment avec deux couvertures pliées par-dessus ; puis il regarda son père d'un air interrogateur, bien qu'il connût la suite.

La femme, qui était allée au chariot, revint avec l'enfant endormi dans ses bras et le coucha sur l'une des nattes. Le père de Nat le recouvrit d'une mince couverture. Nat vit que si l'enfant avait à peu près le même âge que lui – six ans –, il était bien plus petit, frêle et maigre, et que ses jambes et ses bras maigrichons semblaient cassants comme du petit bois sec. Assise en tailleur à côté de lui, l'enfant mort serré contre elle, sous son sari, la femme pleurait en silence. Nat pensa qu'elle ne dormirait pas de la nuit. Il regarda son père, qui lui répondit par un signe de tête affirmatif, se précipita dans la maison, et ouvrit le petit réfrigérateur pour y prendre le saladier d'*iddly*. Il en préleva deux, les mit dans une assiette en aluminium, versa dessus une louche de *sambar* et l'apporta à la femme, qui prit l'assiette sans un mot et le regarda avec des yeux d'où les larmes semblaient saigner. « Je la garde pour quand le petit se réveillera », dit-elle au docteur en posant l'assiette par terre, à côté d'elle, mais le docteur l'assura que l'enfant aurait lui aussi une assiette à son réveil, et que cette assiette-ci était pour elle. Elle joignit les paumes de ses mains en signe de remerciement et commença à manger en prenant un morceau d'*iddly* avec les doigts pour le porter à sa bouche, et comme ce n'était pas poli de regarder quelqu'un manger, Nat et son père la laissèrent seule et rentrèrent dans la maison, Nat devant, avec la main réconfortante de son père posée sur son épaule.

Nat avait bien envie de pleurer, mais il se retenait. Il avait envie de parler, mais ne savait quoi dire. Il avait vu très souvent des choses semblables à celle-ci et même pires ; souvent ils étaient tirés de leur sommeil par une personne venue de loin, un mourant généralement car, s'ils n'étaient pas mourants, les gens attendaient le lendemain matin. Parfois le père de Nat réussissait à les sauver, d'autres fois il les emmenait à l'hôpital de la ville sur sa motocyclette, ou bien il glissait une torche dans les mains de Nat et l'envoyait réveiller Pandu qui dormait dans son vélo-rickshaw. Pandu arrivait pour conduire le malade à l'hôpital, tandis que le père de Nat suivait sur sa moto, et Nat devait rester à la maison en essayant de se rendormir, mais il n'y parvenait jamais.

Nat savait que son père n'aimait pas qu'il se lève pendant la nuit quand arrivait un malade, et, au début, il l'obligeait à rester couché sur son *sharpai* ; mais comme de toute manière il ne dormait pas, il avait fini par l'autoriser à se lever pour venir l'aider. Si les soins duraient trop longtemps, il le renvoyait au lit, seulement il ne pouvait l'obliger à dormir ; ce n'était que lorsque Nat se rendait compte qu'on ne pouvait plus rien faire, parce que le malade était mort ou parce que son père lui avait donné un calmant, en cachet ou en piqûre, afin qu'il dorme jusqu'au lendemain matin, ou lorsque le malade était capable de se lever pour rentrer chez lui, que Nat retrouvait assez de tranquillité d'esprit pour se laisser emporter par le sommeil.

Il en était ainsi depuis toujours. Depuis qu'il avait un père, Nat savait que les nuits ne leur appartenaient pas. D'ailleurs, rien ne leur appartenait.

Lorsque Nat était venu vivre au village, deux ans auparavant, il s'était tout de suite rendu compte que son père était différent. Parce que c'était un *sahib*, et pas seulement un *sahib* comme les autres, mais un *sahib daktah*. Partout où ils allaient, les gens joignaient les mains en inclinant légèrement la tête. Quelquefois, ils se courbaient en deux pour toucher les pieds de son père. Il y avait même des hommes qui se prosternaient et se couchaient par terre de tout leur long, les mains sur les pieds du docteur. Ou bien des femmes s'accroupissaient pour poser la tête sur l'extrémité de ses chaussures. Son père n'aimait pas du tout ça, il le disait et le répétait sans cesse et, chaque fois, il se penchait pour relever les gens, mais rien ne les décourageait.

Au début, en voyant les gens s'incliner devant son père, Nat avait cru qu'il était Dieu en personne.

« Pourquoi est-ce qu'ils s'inclinent, papa ? Tu es Dieu ? » avait-il demandé après avoir vu des fidèles s'incliner devant le Seigneur Shiva installé dans le saint des saints du grand temple de la ville, et se prosterner devant lui comme devant son père. Le docteur avait secoué la tête en riant.

« Ils voient Dieu en moi et Le remercient parce que je les ai guéris, par conséquent ils s'inclinent devant Dieu à travers moi, Nat.

— Mais c'est toi qui les as guéris, pas Dieu.

— Oui, mais je ne pourrais pas les guérir sans l'aide et le pouvoir de Dieu, Nat. C'est Lui qui les guérit par mon intermédiaire. C'est un don que Dieu m'a donné, mais cela ne signifie pas que je sois Dieu. Cela signifie que je dois mettre ma vie au service de Dieu et Le voir dans tous ceux qui viennent à moi, dans le plus humble d'entre eux, et Le remercier pour Ses dons. »

Nat savait malgré tout que son père était Dieu pour les habitants du village et il savait qu'eux deux étaient différents. Pas seulement parce qu'ils étaient grands et forts et n'avaient pas la peau noire. Il suffisait de voir la maison où ils habitaient : elle était plus spacieuse que toutes les autres et beaucoup plus belle, une maison en briques blanches à toit plat, entourée d'une véranda protégée par un auvent de chaume, située en bordure du village, au milieu d'un jardin. Elle se composait de deux pièces, plus une petite cuisine et une salle de bains. Dans la plus petite pièce son père recevait les patients, qui arrivaient longtemps avant l'aube et attendaient patiemment leur tour, accroupis dans la poussière, sur la route, devant le portail. Le père et le fils dormaient dans l'autre pièce où se trouvaient les deux *sharpai*, une armoire en bois pour ranger les vêtements, le réfrigérateur à moitié plein de remèdes et un pupitre bas dont le couvercle se relevait, où le docteur faisait son courrier et réglait ses affaires, assis en tailleur sur le tapis recouvrant le sol.

Tout autour de cette pièce, il y avait des fenêtres disposées par trois l'une au-dessus de l'autre ; elles étaient munies de volets de bois se repliant vers l'intérieur, de manière à pouvoir les ouvrir pour laisser entrer l'air ou les fermer pour empêcher le froid de l'hiver de pénétrer. Quand toutes les fenêtres étaient ouvertes, on avait presque l'impression d'être dehors, étant donné qu'elles prenaient naissance dans le bas des murs et montaient quasiment jusqu'au plafond. Elles étaient protégées par des barreaux de fer pour tenir les voleurs en respect et d'un grillage pour éloigner singes et moustiques. Si jamais les singes entraient, ils saccageraient tout, disait le père de Nat. Ils chiperaient les bananes, renverseraient les bocaux de riz, de sucre et de farine, et ouvriraient le réfrigérateur pour le vider de tous les flacons de médicaments.

Les singes arrivaient en bandes, conduits par un énorme roi-singe que les enfants avaient baptisé Ravana. Il s'installait dans le manguier, près de la maison de Nat, braquant ses yeux menaçants sur le village, montrant les dents, sifflant, agitant la tête d'avant en arrière dès que quelqu'un s'approchait trop. Les guenons, ses épouses, se mettaient derrière lui, sur les branches, avec un petit accroché à leur ventre ou assis auprès d'elles ; il y avait aussi de jeunes singes qui jouaient ensemble, exactement comme des enfants.

Quand personne ne se trouvait dans les parages, quand les enfants étaient à l'école ou aidaient leurs parents aux champs, que les hommes étaient à leur travail et les mères en train de puiser de l'eau, les singes passaient à l'attaque. Soudain, ils dégringolaient de l'arbre et envahissaient le village, en quête d'une porte ou d'une fenêtre ouvertes, d'un enfant en bas âge laissé sans surveillance, une banane à la main. Les maisons ne renfermaient jamais grand-chose à manger, aussi, dans leur fureur, ils saccageaient ce qui pouvait l'être, et le pauvre gamin hurlait de terreur au moment où Ravana ou l'une de ses épouses s'emparait de sa banane ; alors la mère accourait, en criant et en leur jetant des pierres, et prenait le petit affolé dans ses bras. Les jeunes garçons avaient par conséquent pour tâche de chasser les singes.

À son arrivée au village, Nat avait également appris à se servir d'un lance-pierres et, à six ans, il était capable de faire mouche à tout coup, aussi bien sur une cible mobile et très petite que sur une guenon dans le manguier. Mais il ne s'en prenait pas encore à Ravana, car lorsque le singe voyait un tout jeune garçon ramasser une pierre pour sa fronde, on pouvait être presque sûr qu'il allait lui sauter dessus pour le griffer et le mordre, et par conséquent, c'étaient les aînés qui se chargeaient de Ravana. Quand les enfants se groupaient pour passer à l'attaque et traversaient le village au pas de charge en direction du manguier en brandissant leur fronde, quand ils se plantaient tous sous l'arbre en poussant leur cri de guerre, quand ils bombardaient en chœur les singes d'un tir nourri pour leur montrer qui était le plus fort, alors Ravana donnait l'ordre à ses troupes de se replier, ce qui signifiait franchir au galop un vaste espace découvert, avec tous les enfants du village à leurs trousses, qui les bombardaient de pierres, à grand renfort de cris. Mais les singes étaient plus rapides ; ils avaient tôt fait de regagner les bois, de l'autre côté du champ, de se perdre dans les branchages et de disparaître. Mais tôt ou tard ils réapparaissaient.

Nat et son père dormaient sur des *sharpai* et le dallage de leur maison était recouvert de tapis. Les autres dormaient sur la terre battue, dans des cabanes en pisé ; ils se servaient de bouse détrempée pour replâtrer les sols et les murs et les maintenir propres ; leurs habitations ne possédaient ni portes ni fenêtres, seulement une ouverture pour en sortir et de petits trous dans les murs, si bien qu'il faisait noir à l'intérieur.

Chez Nat et son père l'électricité de la ville arrivait par de longs câbles suspendus à de grands poteaux, pour faire marcher les ampoules et le réfrigérateur ; il y avait aussi des bouteilles de gaz sous le fourneau, si bien qu'il suffisait de tourner un bouton et de frotter une allumette pour cuisiner. Les villageois devaient ramasser du bois sec et de la bouse pour en faire des galettes servant de combustible, avant de pouvoir cuire leurs aliments. Ils étaient vêtus de guenilles et ils avaient beau les laver fréquemment dans le bassin, en les battant sur une pierre pour en extraire la saleté, elles n'avaient jamais vraiment l'air propre. Alors que Nat et le docteur ne faisaient pas leur lessive. Une fois par semaine un *dhobi* venait chercher leur linge sale et ramenait un paquet d'effets lavés, repassés, pliés et parfumés avec la poudre Surf fournie par le docteur.

Mais ce qui le différenciait le plus des autres enfants était une chose qui le désolait. Les autres allaient à l'école du village, quand toutefois ils allaient à l'école, ce qui n'était pas le cas de la plupart d'entre eux, surtout les filles. Nat allait en classe à la ville. Chaque matin, quand Pandu arrivait, il prenait son sac au clou de la chambre, montait dans le rickshaw, et Pandu le conduisait à l'école primaire anglaise, où il apprenait à lire et à écrire l'anglais, ainsi que le tamoul et des rudiments de hindi.

Nat était le seul de tout le village à fréquenter cette école, et il trouvait cela injuste, même si son père disait que c'était un privilège. Les autres enfants gardaient des chèvres, des vaches, des bébés, allaient ramasser de la bouse ou du bois sec pour le feu, couper des branches sur les petits arbres que le Bureau de reboisement avait plantés, chercher de l'eau au puits, ou bien ils plantaient du riz ou récoltaient les cacahuètes. Et même s'ils allaient en classe, le maître s'absentait souvent, et ils n'apprenaient pas grand-chose. C'est pourquoi le père de Nat l'envoyait chaque matin à la ville, avec Pandu. Et ce n'était pas juste.

En arrivant chez son père, Nat avait remarqué la photo d'une dame, accrochée au mur, au-dessus du *sharpai* du docteur. C'était une grande photo, presque grandeur nature, qui ne montrait que la tête et les épaules de la dame en question. Elle était si belle que Nat resta un long moment sans pouvoir détacher son regard de ses yeux sombres et gais, dont l'expression tendre et douce semblait dire tant de choses. Cette dame avait été la femme de son père et elle était morte. Ce n'était pas une *memsahib*, mais une dame indienne, puisqu'elle avait la peau foncée, plus foncée même que celle de Nat, de plus un *tika* ornait le milieu de son front et elle portait un sari avec un pan rabattu sur l'épaule. Si Nat avait pu demander qu'un seul de ses vœux se réalise, ç'aurait été que cette dame puisse être sa mère, qu'elle ne soit pas morte, qu'elle habite avec eux, dans cette petite maison, qu'elle leur prépare à manger comme les autres mères, qu'elle le serre contre son cœur, qu'elle le masse avec de l'huile jusqu'à ce que sa peau brille et qu'elle lui raconte des histoires, assise dans la véranda, avec lui sur ses genoux. Oui, mais si elle avait vécu, Nat ne serait sans doute pas venu vivre avec son père, car la dame aurait eu des enfants à elle et le père de Nat n'aurait pas eu besoin d'aller le choisir à l'institution. Nat se répétait donc qu'il avait eu de la chance d'avoir été choisi et qu'il ne devait pas trop penser à la dame ni au bonheur d'avoir une mère pour l'aimer et s'occuper de lui. Il avait un père et cela était en soi une réponse à sa prière.

La femme et le petit garçon prirent leur petit déjeuner avec Nat et le docteur. Le village palpitait de bruits ; on ne voyait rien à cause de la barrière de bougainvilliers roses, orange et violets qui retombaient en cascade autour de la maison, mais on entendait le cliquetis des récipients métalliques, le chuintement des balais de coco et le clapotis de l'eau dont les mères aspergeaient le seuil des huttes pour que les petites filles puissent tracer de magnifiques *kolam* sur la terre humide, tandis qu'elles répandaient de la poudre de craie en faisant pivoter et virevolter leurs poignets. Radha, la plus jeune des filles de Pandu, âgée de treize ans, venait chaque matin leur dessiner un *kolam* ; il importait d'en avoir un car il vous inspirait de bonnes pensées avant d'entrer ou de sortir de la maison. Pour ce travail, le docteur lui donnait chaque jour une roupie qu'elle prenait entre ses paumes et élevait à son front en signe de remerciement, avant de rentrer chez elle au plus vite pour aider sa mère à la cuisine. Radha n'allait pas à l'école. Pandu espérait lui trouver un mari dans un an ou deux, mais il s'inquiétait à cause de la dot, car les prétendants étaient très exigeants sur ce point. L'année précédente, il avait déjà eu beaucoup de mal à marier sa fille aînée. Le premier parti à se présenter avait demandé une moto, mais Pandu n'était bien entendu pas assez riche pour lui en offrir une et le mariage ne s'était pas fait. Le suivant voulait une montre, un article également trop coûteux. On avait finalement trouvé un garçon qui s'était contenté d'une chemise en Nylon achetée en ville, ce qui avait permis de caser la jeune fille, mais c'était maintenant le tour de Radha et Pandu ne parlait que de ça chaque fois qu'il voyait le docteur. Depuis les difficultés rencontrées par le *rickshaw wallah* pour marier son aînée (qui, pour comble de malchance, n'était pas jolie), le père de Nat offrait aux parents qui voyaient naître une fille une pousse de teck qu'il les autorisait à planter dans son champ, derrière la maison. Le jour où la fille atteindrait l'âge de se marier, on aurait un bel arbre que son père pourrait vendre pour un *lakh* de roupies afin de lui procurer un bon parti. Ce n'était certes pas une solution, le docteur le reconnaissait, mais cela permettait au moins à la fille de trouver un mari, dont il ne restait plus qu'à espérer qu'il ne la battrait pas et ne dépenserait pas tout cet argent en le buvant.

Radha revint ensuite avec un panier rempli d'upma, confectionnés par Vasantha, la femme de Pandu, qui constituerait leur petit déjeuner du jour. Le docteur l'avait fait prévenir de bon matin de la présence de ses invités, et Vasantha en avait préparé une copieuse quantité que la femme et son petit garçon mangèrent avec appétit. Quand ils eurent terminé, Pandu et son fils Anand attendaient déjà devant le portail, Pandu avec son rickshaw pour conduire Nat à l'école de la ville, et Anand pour ramener la femme chez elle sur la moto.

Le père de Nat formait Anand pour en faire son assistant. Tantôt Anand s'occupait des malades, tantôt, comme Pandu travaillait en ville pendant la journée, il partait avec la moto pour chercher des médicaments, emmener des malades à l'hôpital ou, dans des cas comme celui de cette femme, les ramener chez eux, si le docteur estimait qu'ils ne pouvaient pas marcher. Anand reconduisit donc à son village la femme avec l'enfant mort dans ses bras et le petit garçon assis entre eux deux, ce qui voulait dire que le docteur n'aurait personne pour l'aider pendant toute la matinée. C'était ennuyeux, car quatre patients attendaient déjà que le dispensaire ouvre, accroupis dans la poussière, devant le portail.

Voilà pourquoi Nat devait aller à l'école de la ville. Son père tenait à ce qu'il reçoive ce qu'il appelait une bonne instruction. Nat ignorait de quoi il s'agissait, mais il savait que cela signifiait qu'il devrait entrer un jour au collège anglais, puis, plus tard, quitter son père pour traverser les océans afin de devenir un docteur, lui aussi, et revenir ensuite l'aider au dispensaire. Mais c'était dans très, très longtemps.

Il se rappellerait très nettement cette matinée, la matinée où la femme à l'enfant mort avait pris son petit déjeuner avec eux, parce que juste après que la mère, le bébé mort et le petit garçon furent partis avec Anand, au moment même où il allait monter dans le rickshaw de Pandu, un autre rickshaw arriva, un rickshaw jaune tout neuf, et un homme de haute taille, vêtu d'un pantalon noir et d'une impeccable chemise blanche à manches longues, en descendit. C'était son oncle Gopal, mais il ne le savait pas encore.

En le voyant, son père s'exclama : « Gopal ! », et l'inconnu partit d'un rire chaleureux, en se jetant presque dans les bras ouverts du docteur, avec ces mots : « Ah, mon ami, mon cher ami, comme je suis heureux de te revoir ! »

Nat les regardait, ébahi, car jamais auparavant il n'avait vu son père accueillir quelqu'un ou être accueilli de cette façon. À sa connaissance, son père n'avait pas d'amis, pas de vrais amis comme il en avait, lui, Nat. Les gens du village vénéraient son père, par conséquent ils ne pouvaient le traiter en ami. Avec eux, son père parlait tamoul, mais avec Nat, il parlait anglais. L'anglais était leur monde réservé, dans lequel personne ne pouvait entrer, pas même Anand, même s'il comprenait quelques mots. Mais voilà que cet étranger si élégant, arrivé en rickshaw, était autorisé à pénétrer dans leur petit univers intime.

Celui que son père avait appelé Gopal regardait maintenant Nat, avec un vif intérêt, et il déclara : « Alors, c'est toi, Nataraj ! », ce qui étonna suprêmement l'enfant, car comment cet inconnu avait-il pu deviner son nom ? Alors l'homme avança la main et lui pinça la joue, en tordant un morceau de peau entre ses doigts. Nat eut tellement mal qu'il décida de ne pas l'aimer. Toutefois sa curiosité lui fit espérer que son père le dispenserait d'école ce jour-là, de manière qu'il puisse en apprendre davantage sur son compte, mais au moment même où il formulait ce vœu, son père dit : « Eh bien, Nat, qu'est-ce que tu attends ? File à l'école, sinon le maître se fâchera ! Oncle Gopal sera encore là à ton retour… n'est-ce pas, Gopal ? Je vois que tu as une valise.

— Oui, oui, j'espérais pouvoir rester… j'ai apporté quelques affaires… et un cadeau pour Nataraj. » Sur ce, il alla chercher une reluisante valise noire dans le rickshaw qui l'avait amené, et au moment où Nat montait dans celui de Pandu, il entendit son père qui disait : « Mais comment diable as-tu su où j'habitais, mon vieux ? On m'a dit que tu… »

Nat n'entendit pas la suite car Pandu avait déjà enfourché son vélo et démarrait en pédalant dans la poussière. Il s'agenouilla sur le siège, tournant le dos à Pandu, les bras posés sur la capote repliée, et vit son père parler avec son premier malade de la journée, un vieillard à qui il tendit la main pour l'aider à se relever. Debout sur le bas-côté, sa valise à la main, l'oncle Gopal regardait le docteur soutenir le vieux qui entrait d'un pas chancelant dans la maison, avec, sur le visage, un air sombre qui fit naître une terreur moite et glacée dans le cœur de Nat.

5

SAROJ

Le jour de son treizième anniversaire, Saroj se trouva contrainte de s'engager dans un combat qui allait devenir le combat de sa vie, le combat *pour* sa vie. La chose se produisit pendant le petit déjeuner.

« J'ai trouvé un mari pour Sarojini », déclara Baba de la voix tonitruante qu'il prenait dans les grandes occasions. La cuillerée de céréales au lait que Saroj tenait à la main s'immobilisa à mi-parcours, tandis que la bouche ouverte qui s'apprêtait à l'accueillir se déformait sous le coup de la stupeur.

Les paroles de Baba contrastaient avec la façon nonchalante dont ses longues mains maigres étalaient la confiture d'oranges sur le toast. Il découpa sa tartine en petits carrés orange, jaune et blanc, qu'il porta ensuite à ses lèvres avec une délicatesse presque féminine. Ses doigts possédaient une adresse et une légèreté arachnéennes. Saroj les imagina en train de tisser une toile. C'était à vous donner la chair de poule. Elle détourna les yeux en frissonnant, dans l'attente de ce qui allait suivre.

Du reste, tout le monde attendait, mais Baba prenait son temps. Ma considéra Saroj en haussant un peu les sourcils, et le *tika* rouge qui ornait son front se souleva. Saroj se tourna vers Ganesh, qui de son côté regardait Baba, lequel, assuré de l'attention générale, reprit enfin :

« Elle sera bientôt en âge de se marier, après tout. J'ai pris tous les renseignements nécessaires. »

Cette fois, tout le monde regarda Baba, sauf Indrani, qui beurrait son toast avec des gestes maniérés et un détachement étudié. *Elle*, bien sûr, pouvait se permettre de jouer les indifférentes. Son futur mari était déjà choisi, et de l'avis général, c'était un très bon parti ; la semaine précédente, son sari de mariée était arrivé d'Inde, expédié depuis l'autre bout du monde par un lointain parent bengali de Baba, que personne, pas même Baba, ne connaissait.

Baba promena les yeux sur sa famille, comme pour la rassembler sous son autorité, et il se redressa pour passer à la deuxième phase de son communiqué.

« J'ai choisi le fils Ghosh. »

Cette fois, même Indrani haussa les sourcils. Baba attendait.

« La famille Ghosh, précisa-t-il, voyant que personne ne faisait de commentaires, ne sursautait, n'applaudissait ni ne s'évanouissait. Les Ghosh des Tissus et Saris Ghosh et frères, dans Regent Street. Mrs Ghosh est la cousine de Narayan au second degré et ils ont un fils d'âge approprié. »

Mr Narayan, un demi-*brahmane* certifié, était l'associé de Baba – Narayan et Roy de Robb Street, réputé comme étant le deuxième cabinet juridique de Georgetown –, ce qui signifiait que toute personne apparentée aux Narayan convenait forcément pour les enfants de Baba, et vice versa. Narayan, lui, n'avait que des filles, ce que personne n'ignorait, car Baba s'en désolait fréquemment. Deux fils Narayan pour les deux filles Roy, voilà qui aurait été parfait. Étant donné la situation, la fille cadette de Narayan devait épouser Ganesh, c'était une chose réglée depuis toujours et Saroj était la seule à savoir que ce mariage ne se ferait pas, fût-ce au prix de la mort de quelqu'un, à savoir la fille de Narayan. Ganesh projetait de l'assassiner et Saroj n'était pas absolument certaine qu'il plaisantait. Elle vénérait Ganesh. Chaque mot qui sortait de sa bouche était parole d'évangile et, à douze ans – presque treize –, tout lui semblait possible. Même quand il plaisantait, elle faisait semblant de croire qu'il parlait sérieusement, parce que les plaisanteries de Ganesh lui permettaient d'aller jusqu'au bout de ses fantasmes les plus secrets.

« Mr Ghosh vient d'une famille brahmane à cent pour cent. De Calcutta, déclara Baba sur un ton triomphant, mais sans susciter la moindre exclamation admirative.

— Les Ghosh ? Où habitent-ils ? » Ma fronça les sourcils en regardant Baba d'un air interrogateur, et pendant que les parents s'entretenaient, Ganesh murmura dans l'oreille de Saroj. « Oh, Ghosh ![1] » en roulant des yeux.

Elle faillit s'étouffer en buvant son thé. Mais profitant de ce que ses parents ne s'étaient aperçus de rien, elle chuchota derrière sa main : « Tu m'aideras à l'assassiner ?

— Par lente strangulation.

— Où cacherons-nous le corps ?

— *Les* corps. Ce sera un double meurtre… le fils Ghosh et la fille Narayan.

— On mettra leurs yeux à mariner dans le vinaigre et…

— Qu'y a-t-il, Sarojini ? » Saroj sursauta et rencontra le regard de Baba, acéré, menaçant – *à faire cailler le sang*, pensa-t-elle avec un frisson. *C'est plutôt toi que je voudrais tuer, Baba, et ce n'est pas une plaisanterie*.

« Rien, Baba. » Elle baissa sagement les yeux sur son assiette et prit une cuillerée de céréales qu'elle porta à sa bouche en s'efforçant d'ignorer Ganesh qui lui pinçait la cuisse. Il se pencha pour prendre la théière et renversa fort à propos du lait sur la robe d'Indrani. L'exclamation irritée que celle-ci poussa, ainsi que le remue-ménage qui l'accompagna couvrirent les paroles furtives qu'il chuchota d'un ton plein d'importance. « Je prendrai les renseignements nécessaires », dit-il en roulant à nouveau des yeux.

---

1. Jeu de mots intraduisible, *gosh* étant une interjection signifiant « zut alors ! » en anglais. *(N.d.T.)*

L'après-midi, un million de personnes, au bas mot, vinrent assister à la fête. C'étaient toutes des Roy et, en réalité, elles n'étaient pas là pour l'anniversaire de la jeune fille, mais pour les légendaires *samosa* de Ma et pour les cancans. Cette année-là, la rumeur concernant le fils Ghosh avait déjà fait le tour de la famille. Chaque fois qu'une tante la harponnait pour couvrir sa joue de baisers de circonstance et lui fourrer un cadeau dans la main tout en glapissant : « Alors, comment va l'héroïne du jour ? » Saroj savait, rien qu'à la lueur qui brillait dans ses yeux, que ladite tante ne se contenait plus et avait hâte d'en finir avec elle, pour aller échanger des informations avec une autre tante. *Tu le connais ? Sa mère ? Le cousin de mon mari au second degré a épousé la nièce de son père...* et ainsi de suite. On avait déjà vécu ça avec Indrani. Bien entendu, on ne prononçait pas le nom du garçon en sa présence, mais elle se rendait compte de l'émoi qui agitait ce régiment de tantes et devinait de quoi elles parlaient au bruissement significatif de tous ces saris en polyester pressés les uns contre les autres. Ça lui donnait envie de vomir. Si au moins elles apportaient des cadeaux intéressants, des livres, des disques ou des choses de ce genre, mais elle savait d'un seul regard et rien qu'à les effleurer ce que renfermaient ces paquets joliment enveloppés et ficelés qui s'entassaient en montagne multicolore sur un guéridon. Vingt-cinq pour cent de culottes. Vingt-cinq pour cent de mouchoirs. Vingt-cinq pour cent de porte-monnaie. Vingt-cinq pour cent de nécessaires à cheveux. Comme d'habitude. Les tantes aimaient offrir des choses pratiques et utiles. Après tout, de quoi une adolescente comme Saroj pouvait-elle avoir besoin, à part de culottes, de mouchoirs, de brosses à cheveux et de porte-monnaie...

Elle se trouvait emprisonnée dans les bras replets de la tante Premavati, le nez écrasé sur les épines de la broche en forme de rose qui maintenait son sari sur son épaule imprégnée de l'odeur entêtante de *Soir de Paris* quand, par-dessus cette même épaule, elle aperçut Ganesh qui lui adressait des signes insistants. Elle dut continuer à sourire pendant encore trois bonnes minutes, en écoutant sa tante lui raconter en détail le film magnifique qu'elle venait de voir avec sa fille au cinéma Le Bombay et lui faire part de ses regrets qu'elle n'ait pas pu les accompagner, car elle aurait été emballée. Hélas, tout le monde savait que Baba ne permettait pas à ses filles d'aller au cinéma, même pour voir des films indiens !

La tante Premavati la libéra enfin pour sortir d'un volumineux sac en plastique un petit paquet plat, mou et emballé dans du papier rose, qu'elle lui glissa dans la main, avec ces mots : « Tiens, ma chérie, j'espère que ça ira ! » Elle planta un baiser mouillé sur une joue offerte sans empressement, pinça l'autre joue, et partit en se dandinant pour papoter avec la tante Rukmini.

Au moment où Saroj se préparait à suivre Ganesh dans la cuisine, une petite main agrippa la sienne. « Tata Saroj, tata Saroj, tu avais promis de m'aider pour mon cerf-volant. Celui de Shiv Sahai est terminé et tu m'avais *promis* ! » pépia une petite voix aiguë, tout près d'elle. Elle sourit en voyant Sahadeva. Sahadeva, son petit cousin, le jumeau de Shiv Sahai, le fils de l'oncle Balwant. L'oncle Balwant et sa femme étaient des gens modernes, professeurs tous les deux, lui d'histoire, elle (avant son mariage) de biologie, et ils lui offraient toujours des cadeaux d'anniversaire intelligents. Un microscope, l'année précédente, cette fois un kit de chimiste. Elle avait, disaient-ils, un esprit mathématique qu'il fallait cultiver et ils la prenaient au sérieux. Ils habitaient Kingston, près de l'Antlantique, et elle allait les voir une ou deux fois par semaine sous prétexte d'aider les jumeaux à faire leurs devoirs et parce que Baba lui avait choisi le cousin Soona comme camarade de jeu. Mais c'était aussi l'occasion pour elle de retrouver l'océan, de courir le long du Mur de la mer, de marcher dans l'eau, pieds nus, les orteils caressés par la frange d'écume tiède et brune, quand la marée remontait doucement et venait lécher le sable. L'océan symbolisait la liberté. Debout sur la plage, le regard perdu à l'horizon, en direction de l'est, elle sentait un élan puissant et douloureux, provenant du plus profond de son être, qui la projetait loin, très loin, vers cet immense horizon, vers les rivages invisibles s'étendant de l'autre côté et, plus loin encore, vers l'infini du ciel, l'infini du temps.

« Oui, je sais, Sahadeva. Écoute, je ne peux pas venir pour le moment, mais je te téléphonerai dans un jour ou deux, d'accord ?

— C'est promis, tata ?

— Promis. » Elle tapota les cheveux noirs et ébouriffés, sourit encore et croisa les doigts en disant : « Croix de bois, croix de fer. Et on fabriquera le plus beau cerf-volant du monde. D'accord ?

— D'accord, tata, et on aura le prix à Pâques prochain, j'en suis sûr ! » et Sahadeva détala.

Elle trouva Ganesh dans la cuisine, en train de vider une assiette de *samosa* dans son cartable.

« Tu es fou, ou quoi ?

— J'avais d'abord enlevé mes livres. Viens, montons dans la tour, je vais devenir dingue si je reste ici une minute de plus, et puis j'ai une nouvelle pour toi.

— Bon. Attends une minute. » Elle ouvrit le réfrigérateur, y prit deux bouteilles de soda, un à l'orange et l'autre au citron, et les glissa dans le corsage de sa robe. Ganesh eut un sourire moqueur.

« Tu t'imagines que ça va passer inaperçu ? Tu aurais mieux fait de prendre deux pamplemousses. Ça ferait plus vrai.

— Tu m'embêtes. » Elle retira pourtant les bouteilles parce que Ganesh avait raison. Comme toujours. Il tendit son cartable ouvert et elle posa les boissons sur les *samosa*.

« Ton cartable va être tout graisseux et plein de miettes.

— Oh, je le secouerai. Bon, allons-y ! Et tâche de ne pas te faire happer au passage. »

Ganesh et Saroj traversèrent le salon en écartant la parentèle agglutinée et mastiquante, avec un sourire à l'un et à l'autre, en murmurant des excusez-moi, excusez-moi s'il vous plaît, pour arriver enfin au pied de l'escalier intérieur qui descendait jusqu'à la porte d'entrée pour remonter ensuite dans la tour.

La demeure des Roy reposait solidement sur de grands pilotis massifs, qui mettaient les pièces d'habitation à l'abri des inondations pendant la saison des pluies. Mais tandis que la plupart des maisons possédaient un escalier extérieur donnant accès à l'entrée, la leur était desservie par un escalier en zigzag enfermé dans une tour. Cette tour, qui formait une saillie sur l'angle avant gauche de la maison, surplombait le toit par une petite guérite pourvue de fenêtres et entourée d'une sorte d'étroit chemin de ronde. La maison et la tour, toutes deux d'une blancheur éclatante et généreusement pourvues en ouvertures, étaient entièrement construites en lattes de bois disposées horizontalement. Des rangées de fenêtres à guillotine à petits carreaux, protégées par des volets inclinés fixés par le haut, dispensaient partout ombre ou lumière, chaleur ou fraîcheur. Le matin et en fin d'après-midi, on les ouvrait pour permettre au vent rafraîchissant de l'Atlantique de s'engouffrer gaiement dans les pièces inondées de lumière. Dans le brûlant soleil de midi, Ma les fermait pour laisser la maison s'endormir dans le silence et rêver dans la pénombre fraîche et moite, derrière ses persiennes closes, en cachant ses secrets au monde impudent et cynique.

Mais la pièce de la tour n'était que fenêtres, sans un seul volet. On les ouvrait et le vent l'emplissait, un vent purificateur, vigoureux, qui emportait les soucis et extirpait l'angoisse. Là-haut, on se sentait grand, libre et fort. Là-haut, rien ne pouvait vous atteindre. C'était un abri contre la touffeur du jour, un antidote au mal de vivre. Un moyen d'échapper au destin qui vous avait fait naître parmi les Roy.

Saroj et Ganesh grimpèrent les marches quatre à quatre. Une fois en haut, ils se laissèrent tomber sur le plancher en riant, soulagés et à bout de souffle.

« Alors, qu'est-ce que tu voulais me dire ? fit enfin Saroj.

— J'ai eu Kevin Grant au téléphone, cet après-midi, et il le connaît.

— Il connaît qui ?

— Ce garçon, bien sûr, le fils Ghosh, ton futur mari. Et maintenant, respire à fond, Saroj, et accroche-toi bien, voilà ma main, tiens-la fort et ne t'évanouis pas. Tu es prête ?

— Ah, mon Dieu, Ganesh. Tais-toi. C'est un nain qui louche et qui fait du monocycle. Ou bien un veuf quinquagénaire avec un dentier et une vessie qui fuit. Baba l'a importé de Calcutta et il amène avec lui une couvée de sept mioches morveux, braillards, et...

— Pas mal, mais tu n'y es pas du tout. Souviens-toi, le mot capital est "garçon". Baba lui-même ne qualifierait jamais de garçon un type de plus de quarante ans.

— Bon. Alors c'est cet adorable gamin de dix ans qui vend l'*Argosy* au coin de Camp Street et Baba a découvert qu'il était en réalité l'héritier illégitime des millions de Purushottama, et il veut faire de lui un homme honnête...

— *Illégitime* ? Où as-tu appris ce langage obscène ? Pour l'amour de Dieu, Saroj, sais-tu même ce que ça veut dire, et est-ce que papa est au courant ?

— D'accord, Ganesh, ça suffit. Dis-le-moi avant que je me jette par la fenêtre : *Qui est-ce ?*

— Eh bien... Sois courageuse. »

Elle s'agrippa si fort à la rambarde que les articulations de ses mains blanchirent et ses bras se mirent à trembler, puis écarquillant les yeux, elle dit, les dents serrés : « Voilà, je suis prête. Dis-moi toute la vérité, et ensuite je te dicterai mon épitaphe.

— Bon, en un mot, c'est un cornichon. Un petit cornichon. Il a quinze ans et a redoublé une classe, un petit crétin malingre avec les dents qui avancent, des cheveux gras plaqués en arrière, et il s'appelle Keedernat, diminutif Keet. Mais il préfère qu'on l'appelle Keith. »

Saroj rit et se détendit. « C'est tout ?

— Ça ne te suffit pas ? Attends voir, il a peut-être une odeur corporelle, j'irai le renifler lundi et je te le ferai savoir. Ou alors... »

Brusquement Saroj décrocha. Elle n'arrivait plus à jouer le jeu. Elle s'affaissa contre le mur, fatiguée de Ganesh et de son éternel persiflage, de son refus de cesser de plaisanter, ne serait-ce qu'un instant. Ganesh lui avait appris à voir le côté léger de toutes choses. À prendre du recul par rapport à la vie et à en rire. À considérer le monde comme une scène de théâtre où des personnages comiques joueraient leur rôle, tandis qu'eux deux seraient les seuls à être lucides, les seuls à garder un visage impassible, mais une âme sarcastique. Tous les deux, ils traversaient l'existence en avançant de biais, en se gaussant de ses caprices et en faisant des pieds de nez à ses mauvais tours. C'est ainsi que Ganesh aimait Saroj et, pour lui, elle tenait son rôle. Ou plutôt elle le jouait quand il était là. Seule, elle en était incapable. Parce que ce n'était pas la réalité. Ce n'était pas elle. Elle jouait le rôle d'une personne jouant un rôle, mais pour le moment elle avait oublié son texte et c'est en vain que Ganesh le lui soufflait.

Elle le regarda avec des yeux qui le suppliaient d'arrêter et dit simplement : « Que dois-je faire ? »

Le mot « assassinat » commença à se former sur les lèvres amusées de Ganesh, mais il dut percevoir l'expression de détresse qui voilait les yeux de sa sœur, car il s'interrompit, la considéra en gardant un silence inhabituel de sa part et dit : « Je ne sais pas, Saroj. Est-ce que tu ne pourrais pas simplement... carrément dire non ? »

Elle lui lança un regard qui se voulait foudroyant, mais c'est dur d'avoir un regard foudroyant quand le désespoir vous taraude.

Elle prit le décapsuleur et la bouteille de soda au citron dans le cartable de Ganesh et l'ouvrit avec un bruit sec. Pourtant elle ne buvait pas. La bouteille à la main, elle regardait, par la fenêtre donnant sur Waterloo Street, le panorama spectaculaire qu'offraient la cime des arbres de Georgetown, les toits d'ardoise noirs, le ciel parcouru de nuages effilochés et, au loin, l'échappée sur l'Atlantique.

« En dernier recours, je pourrai toujours sauter d'ici.

— Tu n'avais jamais dit ça, Saroj, et je ne veux plus jamais te l'entendre dire.

— Mais si je ne fais rien, Ganesh, ça se passera comme pour Indrani. L'affaire Ghosh continuera simplement à suivre son cours, en prenant peu à peu de la vitesse, et un beau jour je me réveillerai et je serai Mrs Keedernat Ghosh.

— Écoute, Saroj, ne t'affole pas. Indrani a seize ans ; il ne pourra rien se passer de définitif avant que tu aies seize ans toi aussi. Ça nous laisse du temps. Ce que je ne comprends pas, c'est pourquoi Baba a choisi ce garçon. Tout de même... une fille comme toi, de bonne famille, jolie, riche, intelligente... tu as tout pour toi. Pourquoi n'a-t-il pas visé plus haut ? Pourquoi n'a-t-il pas jeté son dévolu sur un Luckhoo, par exemple ? »

Les Luckhoo constituaient le clan le plus en vue de Georgetown dans le monde juridique. Chez eux, il y avait *vraiment* tout : des diplômés d'Oxbridge, des magistrats, des notables chargés de titres honorifiques et deux garçons en âge de se marier.

« La raison est évidente. Crois-tu qu'un fils Luckhoo pourrait seulement *imaginer* qu'on lui choisisse une épouse ? Mais enfin, bonté divine, où vivons-nous ? Dans un village bengali ou quoi ? Quant à toi... tu aurais moins le cœur à plaisanter à propos de tout ça si tu n'avais pas un atout dans ta manche, pour ce qui est de la fille Narayan. Que penses-tu faire ? Sérieusement, pour une fois ?

— Pour moi, c'est plus facile. Je vais partir faire mes études en Angleterre et ça résoudra pas mal de problèmes. Il me suffira de ne jamais revenir. Ils s'en remettront. L'avantage de ces longues fiançailles, c'est qu'elles vous laissent du temps pour s'en dégager. Je disparaîtrai de la scène... pffft !

— Peut-être que ce Keedernat s'en ira lui aussi pour ne jamais revenir ! »

Ganesh secoua la tête, l'air désolé. Il s'appuya contre la fenêtre en allongeant une jambe longue et maigre, moulée dans un jean. « Tu n'auras pas cette chance, Saroj. Dans ce cas, Baba aurait choisi un garçon plus âgé, quelqu'un qui serait déjà en Angleterre et devrait rentrer dans un an ou deux. Comme pour Indrani. Le fils Ghosh présentera ses O Levels[1] l'an prochain, il réussira dans deux ou trois matières, puis il entrera directement dans l'affaire de son père pour vendre des tissus et des saris. Ensuite, au bout de deux ans, il t'épousera, quand il aura dix-huit ans et toi seize. »

Ganesh sortit deux *samosa* de son cartable, lui en lança un et planta ses dents dans l'autre. Une expression de pure extase passa sur son visage. « Mmm... Comment Ma fait-elle pour qu'ils aient ce goût ? Jamais je ne le saurai. J'ai fait des quantités d'essai, mais les miens ne sont vraiment pas pareils. »

Saroj ressentit une pointe d'agacement. Quel esprit superficiel ! Comment pouvait-il évoquer dans la même phrase son mariage avec le fils Ghosh et les *samosa* de Ma ?

Ganesh adorait cuisiner et avait fait siennes toutes les recettes de Ma, sans avoir toutefois encore réussi à trouver ce petit quelque chose, cet ingrédient magique qui faisait des plats de sa mère d'exquises œuvres d'art et des siens, en raison même de l'absence de cette substance, une nourriture simplement savoureuse. Ma connaissait tous les secrets de la cuisine. Elle connaissait les mets dits *sattvic*, qui permettent à l'intellect d'atteindre de très hauts sommets, les *rajasic*, qui excitent l'esprit et le portent jusqu'au point d'ébullition, et les *tamasic*, qui le tirent vers de lourdes et ténébreuses profondeurs. La cuisine est affaire de mesure : quand ajouter quoi, en

1. Ordinary Levels : examen correspondant au brevet des collèges. *(N.d.T.)*

telle quantité et pas un gramme de plus. Mesurer la chaleur et l'humidité, maintenir la bonne température, régler la flamme, car si le feu est créateur, il lui arrive de se révéler destructeur. Calculer l'apport en eau, qui a le pouvoir de donner la vie mais aussi de noyer et de s'introduire dans une préparation sans y être invitée. Mais il ne s'agit là que de technique. Ma y ajoutait du mystère, elle usait de chacun des ingrédients comme s'il devait être consommé par Dieu en personne. La première cuillerée d'un plat était une offrande que des lèvres humaines ne devaient pas souiller. Ma parlait à ses plats et chantait pour eux. Ganesh connaissait l'aspect technique de la cuisine mais ignorait ses mystères.

Saroj n'avait aucune envie d'engager un débat à propos des *samosa* de Ma.

« Quelle chiffe molle, tout de même ! s'exclama-t-elle. Le seul fait d'accepter qu'on le choisisse prouve bien que c'est une chiffe molle. S'il avait un peu d'amour-propre, il refuserait.

— Mais qui te dit qu'il ne l'a pas fait ou qu'il ne le fera pas ? rétorqua Ganesh. Qui te dit qu'en ce moment même il n'est pas en train de faire un raffut de tous les diables et de menacer sa famille de se trancher la gorge si on le force à t'épouser ? Parce qu'il ne t'a pas encore vue, évidemment. Ça changera tout.

— Mais que vais-je faire, Ganesh ? Je ne veux pas l'épouser. En dehors du fait que c'est une chiffe molle, jamais je ne marierai avec un garçon choisi par Baba. Même si c'était Paul McCartney. D'ailleurs je ne me marierai jamais ! »

Ganesh s'esclaffa et, telle une bulle d'air cherchant à monter vers le ciel, sa gaieté perça le voile de tristesse que Saroj avait jeté dessus.

« Tu es quelqu'un de trop merveilleux pour ne pas te marier, Saroj, ce serait du gâchis. Si Baba avait un peu de bon sens, il te laisserait trouver un mari toute seule. Tu n'aurais qu'à choisir... je parie que tu finirais par lui ramener un Luckhoo ! Si Baba ne te tenait pas enfermée comme une pierre précieuse dans un coffre-fort, tu aurais la moitié des garçons de Georgetown à tes pieds, en train de saliver.

— Tu es dégoûtant. Contente-toi de me dire ce que je dois faire.

— Eh bien, peut-être devrais-tu en parler à Ma.

— En parler à Ma ? Tu es devenu fou ? Ma approuve les mariages arrangés, tu le sais bien. Elle a contribué à la recherche d'un mari pour Indrani. Et puis de toute manière, Ma ne parle pas, enfin, pas vraiment.

— Mais si. Avec moi, elle parle.

— Avec toi peut-être, en effet. Mais Ma et toi vous êtes différents, ou plutôt, vous êtes pareils. Vous avez votre univers personnel et vous parlez le même langage.

— Tu n'essaies même pas de mieux la connaître.

— Ma est un livre aux sept sceaux. Et si tu les ôtes, tu ne trouveras que de la superstition. Elle est trop… trop indienne. Elle a simplement apporté l'Inde ici, dans la maison de Baba, et continue à y vivre, comme si elle ne l'avait jamais quittée. Elle n'a pas la moindre idée de la réalité du monde, elle n'a pour seul horizon que son temple de Purushottama, son coffret de *sruti* et tous ces machins. Elle ignore tout de la vie moderne, de ce que je suis et de ce que je veux être. Je crois bien qu'elle n'a même jamais entendu parler de Pat Boone et encore moins des Beatles. Comment pourrais-je parler avec quelqu'un comme elle ? »

Sa maison exceptée, le temple Purushottama constituait effectivement tout l'univers de Ma – ça et le marché de Stabroek. Mr Purushottama, le propriétaire du temple, était un Indien authentique, originaire de Kanpur, venu s'installer à Georgetown avec des fonds suffisants pour « démarrer », ainsi qu'il le disait. C'était un colosse jovial, invariablement vêtu de son *kurta* ; il avait ouvert une banque dans High Street, la New Baratha Bank, en incitant, ou plutôt en enjoignant à tous les Indiens d'y déposer leurs économies. Pour les remercier de leur confiance, il avait acheté à Brickdam une grande maison de bois verte et blanche de style colonial hollandais avec une abondance de fenêtres à jalousie ornées de vitraux, une galerie ouverte soutenue par des colonnes ouvragées, de prétentieuses boiseries à claire-voie et des arcades tout autour du premier étage. La partie inférieure, circonscrite entre les piliers sur lesquels reposait la maison, était entièrement cachée aux yeux indiscrets par un treillage ouvrant sur l'arrière du jardin, et c'est là que se tenaient cérémonies et réunions – le Diwali, le Phagwah, l'anniversaire de Krishna et toutes les occasions que les Indiens désiraient fêter. (Mr Purushottama avait également acheté une mosquée pour les musulmans, mais Saroj l'ignorait.)

Le temple était ouvert aux hindous de toutes obédiences. En haut, dans la maison, il y avait une salle de *puja* pour les adorateurs de Shiva et une autre pour ceux de Krishna ; Rama, Kali, Hanuman, Ganesh, Parvati et Lakshmi avaient chacun leur chapelle où les fidèles pouvaient se réunir à toute heure du jour ou de la nuit. Chacune de ces pièces constituait un petit refuge douillet, agrémenté de tapis et de tentures indiennes, d'images de divinités et de cuivres reluisants. La plupart du temps, il y régnait une agréable pénombre grâce aux volets fermés, et on y respirait une atmosphère alourdie par le parfum entêtant des roses, du jasmin, du ghee et de l'encens. Sur les autels, de petites lampes à huile dont la flamme ne vacillait jamais et qu'entourait un halo bleu et doré dispensaient une faible clarté. Au moment des cérémonies religieuses, tout le temple grouillait d'Indiens. Le treillage était orné de guirlandes de tagètes, des fleurs d'hibiscus étaient piquées entre les lattes de bois et l'air lui-même vibrait d'une atmosphère de fête.

De temps en temps Ma les emmenait tous à la chapelle de Shiva, pour la *puja*. Le dimanche, Baba aimait voir les membres de sa famille – proche et éloignée – sur leur trente et un : un *kurta* d'une blancheur immaculée et repassé avec soin pour les hommes et les garçons, un sari ou une jupe aux couleurs rutilantes pour les femmes et les fillettes.

Petite, Saroj aimait bien aller au temple de Purushottama. C'était pour elle un lieu rempli d'histoires et de secrets, habité par d'épais mystères, un univers excitant, exotique, complètement en dehors de la réalité. Elle adorait les couleurs, les odeurs, les idoles dissimulées derrière d'épais rideaux, les psalmodies, les chants et le climat de céleste béatitude. Tout changea brutalement quand elle atteignit l'âge de raison. Le temple devint alors à ses yeux un antre de la superstition. Elle continuait à s'y rendre, sur ordre de Baba, mais avec un cœur fermé à double tour et un esprit de dérision. *Idolâtrie! Fumisterie!* L'air dédaigneux et une petite moue aux lèvres, elle assistait aux *puja* et aux *kirtan* interminables; elle avait beau joindre les mains dans un feint respect et murmurer les réponses appropriées, elle était persuadée au fond d'elle-même que tout cela n'était que mensonges. Un monde d'illusions pour adultes.

Et Ma faisait partie de ce monde qui défiait la raison.

Maintenant qu'elle avait treize ans, Saroj se souvenait à peine de l'époque où elle ne faisait quasiment qu'un avec Ma – l'époque où elle ne pensait pas encore, quand vivre se réduisait à l'impression de se trouver dans un nid chaud et duveteux, du moment que Ma était là. Ma, avec son regard lumineux et son sourire qui vous enveloppait. C'était le temps où elle vénérait Ma, comme tous les enfants vénèrent leur mère. Pour un enfant, une mère n'est-elle pas pareille à Dieu, qui sait tout, voit tout et pardonne tout? Ma qui attirait à elle les papillons, qui parlait aux roses et les faisait s'épanouir. Ma pouvait tout: dissiper les nuages et faire apparaître le soleil. La déesse Parvati aux quatre bras, sur son trône céleste.

Mais les petites filles grandissent. Elles apprennent à réfléchir et à raisonner, leur horizon s'élargit, leur vision change. Elles vont en classe, elles lisent des livres et des journaux. Leur esprit se libère, l'auréole de la Mère se ternit, deux de ses bras tombent et elle reprend sa véritable dimension, humaine et faillible.

Saroj voyait désormais Ma pour ce qu'elle avait toujours été: une excellente cuisinière, une ménagère méticuleuse, une mère dévouée, une épouse zélée, une hindoue fervente. La mère de famille indienne typique, docile, soumise. Aimante, bonne et forte ; forte au sens où toutes les mères sont fortes pour leurs enfants, tout en étant une figure impuissante, cantonnée à l'arrière-plan, timorée et craintive, sous la férule de Baba. La domination de Baba était absolue, sa volonté faisait loi et personne n'osait désobéir, Ma moins que quiconque.

Ma, accrochée aux étranges coutumes archaïques qu'elle avait rapportées du pays de ses ancêtres, une petite femme silencieuse, engluée dans la tradition, vivant dans un monde situé à des années-lumière de la réalité, avec pour centre le temple de Purushottama, ce musée d'idoles de pierres mortes.

« Puisque je peux parler avec elle, tu le peux aussi, déclara Ganesh. Ce n'est pas si difficile. Ma te connaît mieux que tu le penses. Elle en sait plus sur moi que je l'imaginais. À ton avis, qui m'a dit de ne pas m'inquiéter au sujet de la fille Narayan ? De partir à l'université, de vivre ma vie et de laisser toute cette histoire finir d'elle-même ?

— Ma ? C'est Ma qui te l'a dit ? Tu me fais marcher ! »

Mais Ganesh hochait la tête et ses yeux riaient.

« Je n'arrivais pas à y croire moi-même.

— Moi qui pensais que c'était Ma qui avait mis en route toute cette affaire !

— Non, c'était Baba. Ma a fait mine de l'approuver tant que je ne soulevais pas d'objections. Et puis je me suis confié à elle et elle a complètement viré de bord ; elle m'a dit de ne pas m'inquiéter et que tout finirait par s'arranger.

— Pourquoi ne me l'as-tu pas dit plus tôt ?

— Les grands frères ne racontent pas *tout* à leurs petites sœurs, vois-tu. Mais maintenant tu es une jeune fille de treize ans et il faut que tu sois au courant des secrets des grandes personnes. Ma a plus d'influence qu'elle n'en a l'air. Elle me soutient et elle te soutiendra et t'aidera si tu lui fais confiance. Elle est très maligne, tu sais. Elle sait comment s'y prendre pour arriver à ses fins. »

Saroj avait besoin d'un peu de temps pour digérer l'information. Elle oublia le fils Ghosh pour méditer sur le cas de Ma. Elle mordit dans un autre *samosa*, ferma les yeux et ouvrit ses sens pour tenter de déceler Ma à travers ce goût subtil et réfléchir dans le calme. Ce que Ganesh venait de lui dire la surprenait, mais c'était un garçon, après tout, un fils unique bien-aimé. Le fait que Ma prît son parti, qu'elle le soutînt dans tous ses projets, prouvait bien que Saroj voyait juste ! Comme d'habitude, Ganesh se laissait emporter par son imagination.

Oui, Ganesh se trompait. Ma ne pouvait pas, ne voulait pas l'aider. Saroj était une fille et cela faisait toute la différence. C'en était fini de l'enfance ; le temps était venu de grandir, de devenir une jeune-fille-comme-il-faut et Ma s'était liguée avec Baba. Baba qui avait un plan bien établi la concernant.

Depuis toujours, Baba façonnait Saroj afin qu'elle se coule dans le moule de la société hindoue, pour faire d'elle la fille docile et soumise qu'exigeait leur culture, une copie carbone de Ma. Il avait réussi avec Indrani. Indrani était fin prête pour épouser le garçon choisi par lui, et Saroj était la suivante sur la liste. Jusque-là Saroj avait ruminé son hostilité au-dedans et cultivé l'assentiment au-dehors. C'était une question de survie.

Mais maintenant, en pensant au fils Ghosh et à ses dents en avant, un cri jaillit du plus profond d'elle-même, un cri de révolte qui marqua le moment précis de son passage à l'âge adulte : *Non ! Je ne veux pas !*

Terminés, les hochements de tête soumis par-devant et les grincements de dents par-derrière. Elle savait avec une certitude qui l'emplissait tout entière et lui communiquait une force joyeuse, jubilatoire, qu'elle n'accepterait pas, non, non, trois fois non, un destin tracé par Baba.

« Le caractère fait le destin, dit-elle tout haut.

— Quoi ? demanda Ganesh.

— Le caractère fait le destin », répéta-t-elle en éclatant d'un rire nerveux et, du coup, Ganesh cessa de sourire pour la considérer avec attention. Jusqu'à présent, c'était la culture plutôt que le caractère qui avait dicté le destin de sa famille. La culture avait façonné le caractère pour qu'il s'accorde avec ses diktats, si bien que culture, caractère et destin étaient entremêlés, entrelacés, enchevêtrés selon une trame prévisible et préétablie.

Saroj était le seul fil libre de cette trame. C'était son tour de s'insérer dans le motif, selon ce qui était prévu.

Mais elle ne se laisserait pas insérer.

Et cela signifiait se dépouiller de tout ce que son éducation lui avait appris à être. Il lui faudrait débarrasser son âme de toute influence de l'Inde, renier la culture léguée par ses parents.

6

SAVITRI

L'amiral et son épouse étaient trop absorbés par leurs occupations personnelles pour s'apercevoir que Savitri, la petite indigène, accaparait toute l'attention de leur fils. Ils étaient ravis de ne pas avoir à s'en occuper. Grièvement blessé aux bras, aux jambes et à la colonne vertébrale lors du torpillage de son navire, au cours des tout derniers moments de la guerre, l'amiral était cloué sur sa chaise roulante et il avait trouvé dans la rédaction de ses Mémoires une nouvelle raison de vivre. La seule compagnie dont il eût vraiment besoin se composait d'une part de Joseph, son infirmier, un Indien chrétien qui le levait, l'habillait, l'aidait à manger le matin, et lui faisait prendre ses remèdes pendant la journée, et de Khan, qui le roulait dans la bibliothèque, l'installait dans le fauteuil spécialement conçu pour soutenir son dos pendant qu'il écrivait, restait en permanence à sa disposition, actionnait le *punkah* et lui apportait les innombrables tasses de thé nécessaires à son inspiration. Tous les mardis soir, Khan l'aidait à monter en voiture et Pandian, le chauffeur, le conduisait à son club où il retrouvait le colonel Hurst avec qui il passait des moments fort plaisants à évoquer la Grande Guerre, tout en dégustant un excellent dîner, dont le plat principal n'était pas végétarien.

Sa femme ne permettait pas qu'on serve de la viande dans sa maison. Comme son mari, elle organisait agréablement ses journées. Son existence était axée autour de la Société théosophique d'Adyar où elle se rendait pour assister à des conférences, des colloques et des séminaires, ou simplement pour lire à la bibliothèque et rencontrer des amis partageant ses idées. Elle éprouvait beaucoup de plaisir à parcourir les allées ombragées du magnifique parc d'Adyar, à étaler une couverture sous le banian pour lire auprès de sa très chère amie, lady Jane Ingram. De temps en temps, les deux femmes interrompaient leur lecture pour discuter d'un point particulier de la théorie théosophique dont il était question dans leur livre, ou bien l'une d'elles en lisait un passage à haute voix, ce qu'elles trouvaient toutes deux hautement enrichissant. Mrs Lindsay avait un jour rencontré Annie Besant et estimait que les quelques mots qu'elle avait pu échanger avec elle lui fournissaient la grande source d'inspiration de sa vie, outre qu'ils servaient à alimenter d'interminables conversations. Bien qu'elle ne fût pas vraiment convaincue par cette affaire de *Home Rule*[1]. Non, pas ça. Les Indiens étaient pareils à de petits enfants, ils avaient besoin de la main bienveillante des Anglais pour les guider. Elle apportait d'ailleurs sa modeste contribution à cette entreprise, dans sa propriété de Fairwinds. Sans elle, que deviendraient ses domestiques ? Que deviendraient les Indiens sans les Anglais ?

Chez elle, elle lisait encore, assise dans la fraîcheur de la véranda ou sous la tonnelle de roses ; elle tenait aussi son journal et recevait des amis qui n'étaient pas tous théosophes, loin s'en faut. Elle veillait à ce que le jardin et la maison soient toujours bien tenus, car ils étaient pour elle un sujet de fierté. Enfouie parmi des bougainvilliers géants grimpant à l'assaut des treillages, et parmi les arbres enserrant la galerie courant tout autour, la maison était invisible du jardin. Elle était couverte d'un toit plat, bordé par un auvent en tuiles

1. Autonomie que certains Britanniques (dont Annie Besant) avaient demandé pour l'Inde. *(N.d.T.)*

protégeant la véranda, dans laquelle Mrs Lindsay avait placé des guéridons et des fauteuils en osier pour s'y asseoir au frais avec ses amis et jouir de la petite brise de l'océan, tout en bavardant aimablement à propos des domestiques et des enfants.

On pouvait se perdre dans Fairwinds. C'était la plus vaste propriété de tous les Oleander Gardens, avec des jardins magnifiquement entretenus par Muthu et son équipe de boys constamment renouvelée et qui recevaient tous automatiquement le nom de Boy, quel que fût leur âge. Seuls David et Savitri en connaissaient peut-être chaque coin et recoin, puisque Muthu lui-même restait cantonné dans sa partie de jardin, délimitée par un ruisseau. Ce ruisseau, parallèle à Atkinson Avenue et Old Market Street, traversait la propriété de part en part, et pendant la mousson, il se transformait en un torrent tumultueux qui submergeait ses rives. Le restant de l'année, encombré de cailloux et de sédiments, il restait à sec et l'on pouvait facilement sauter par-dessus aux endroits où la berge opposée n'était pas envahie d'épineux. En effet, de ce côté-là, la nature retrouvait tous ses droits. Muthu ne s'en occupait pas, bien qu'il y habitât, dans le hameau des domestiques longeant Old Market Street. Serpents, scorpions et autres créatures répugnantes vivaient là, sous les pierres, dans les trous et sous les fourrés. David avait reçu la consigne de ne pas ôter ses chaussures dans le jardin, aussi bien devant que derrière, mais Savitri, qui courait partout pieds nus, ne s'était jamais fait ni mordre ni piquer.

Le jardin de la propriété était constamment désherbé et l'on répandait du sable entre les parterres de fleurs, afin qu'il s'en dégage une impression de fraîcheur, de propreté et de respectabilité, une fois serpents et scorpions délogés. Mrs Lindsay se sentait très grande dame quand elle faisait le tour de son jardin pour voir s'il était bien fleuri, quand elle sortait dans la véranda et frappait dans ses mains pour appeler un boy ou qu'elle se penchait sur les petites piles de linge rapporté par le *dhobi* et comptait les pièces pour s'assurer qu'il n'avait rien volé.

Elle ne manquait jamais de dresser un inventaire détaillé du linge sale qui sortait et du linge propre qui entrait, et bien qu'elle n'eût pas même constaté la disparition d'un seul mouchoir en toutes ces années, elle savait qu'elle ne le devait qu'à son extrême vigilance, car outre sa désespérante imprécision, Kannan était analphabète et on ne pouvait pas lui donner une liste à laquelle se référer. Il notait tout dans sa tête.

« Lundi je t'ai donné trois corsages, dit Mrs Lindsay en consultant sa liste, et tu ne m'en as rapporté que deux.

— Trois corsages vous m'avoir donnés, m'dame ? » L'air sincèrement étonné, Kannan se gratta la tête en se livrant à un petit calcul mental, puis sa physionomie s'illumina et il répondit, tout joyeux : « Oui, m'dame, moi laver, moi rapporter *naligi*.

— Non, pas rapporter *naligi* ! Toi revenir et rapporter *aujourd'hui* ! » dit Mrs Lindsay d'un ton sévère, en utilisant le pidgin pour mieux se faire comprendre, alors Kannan tira sur sa barbe, rajusta son turban, secoua la tête d'un côté et de l'autre pour exprimer son accord et dit : « Sûr, m'dame, moi apporter aujourd'hui. Ce soir. » Mrs Lindsay fronça les sourcils, agacée. Quand les domestiques comprendraient-ils que secouer la tête signifiait non et pas oui ? Elle ouvrit la bouche pour le rappeler à Kannan, mais il était déjà parti.

On ne le revit pas de la journée. Mais demain, Mrs Lindsay le savait d'expérience, le corsage, propre, repassé et plié figurerait dans la livraison de linge quotidienne, et les yeux brillants de fierté, Kannan s'écrierait : « Le corsage, moi rapporter, m'dame ! »

De tous les domestiques, Joseph était, hélas, le seul à parler anglais. Mais la fille du cuisinier était parfaitement bilingue. Quand Mrs Lindsay établissait les menus de la semaine ou dressait la liste des courses avec Iyer et qu'il y avait quelque chose qu'il ne comprenait pas, il portait deux doigts à sa bouche, émettait un sifflement aigu et, en moins de trois secondes, Savitri surgissait de derrière un buisson, les cheveux en bataille, la jupe de travers, le corsage veuf de quelques boutons, les joues barbouillées de terre, et elle exécutait une révérence. Quelle gentille petite, si vive et si polie ! Mrs Lindsay ne manquait pas de ressentir une pointe de fierté toutes les fois qu'elle avait affaire à Savitri. C'était une fillette assez exceptionnelle, bien qu'un peu fantasque et bizarrement accoutrée. Mais elle était si bien élevée que Mrs Lindsay sentait son cœur fondre. Elle se glorifiait tout particulièrement de l'excellence de son anglais, de son accent impeccable, consciente que tout le mérite lui en revenait.

Il faut dire que rares étaient les Anglaises qui laissaient leurs enfants frayer avec ceux des domestiques. Mais Mrs Lindsay était une théosophe et les théosophes savent que les êtres humains sont tous nés égaux, malgré des différences extérieures de couleur et de statut social, aussi estimait-elle que c'était bien d'aider ses domestiques – quelques-uns, du moins – à sortir de leur condition. De plus, à l'évidence, la promotion de Savitri était prescrite d'en haut. C'était le destin. Depuis le tout début.

Nirmala avait mis Savitri au monde quelques semaines à peine après la naissance de David, alors que Mrs Lindsay commençait à voir son lait se tarir. Ce fut le premier signe. Mrs Lindsay put donc lui confier son fils, en se disant que cela tombait fort à propos, car l'allaitement maternel lui semblait personnellement une chose assez répugnante – sans compter que cela abîmait les seins. Il n'était évidemment pas question que David habite chez les Iyer. Elle donna donc l'ordre à la mère de Savitri de venir s'installer dans la nursery avec les deux bébés, qui furent élevés comme des jumeaux, l'un blanc et l'autre brune, et tous deux bilingues, puisque Nirmala ne parlait pratiquement pas un mot d'anglais. En conséquence David appelait Nirmala *Amma* et apprit à parler couramment le tamoul, pendant que Savitri, qui était chez elle dans la maison, apprenait l'anglais – le meilleur anglais. Il y avait donc deux enfants interprètes à Fairways, bien que Mrs Lindsay ne permît jamais à son fils de traduire ses paroles, car elle se sentait un peu humiliée de l'entendre s'entretenir avec les domestiques, alors qu'elle-même ne comprenait rien. Nirmala était bien plus qu'une *ayah*. Mrs Lindsay éprouvait parfois une vague jalousie, en constatant combien son fils était attaché à la mère de Savitri. Mais comme ses amies ne cessaient de lui dire que Nirmala était une perle, elle s'estimait favorisée et en plus David n'était pas pour elle un souci.

Grâce à Savitri, David ne s'ennuyait jamais, et c'était une bénédiction. Mrs Lindsay ne savait que trop qu'un enfant peut être une calamité. Les enfants de certaines de ses amies étaient de véritables fléaux, gâtés à en devenir insupportables, et bien qu'ils eussent tous leur *ayah*, ils ne laissaient jamais leur mère en paix. Fiona, sa fille, avait eu une nurse anglaise, une jeune fille de Birmingham venue en Inde dans l'espoir d'y trouver un mari et qui, ayant échoué dans sa quête, était devenue de plus en plus acariâtre avec les années. Ç'avait été une joie de s'en débarrasser après la naissance de David.

Mrs Lindsay avait eu de la chance avec ses deux enfants. Fiona était une petite fille sage ; toujours plongée dans ses livres, elle ne restait pas pendue aux jupes de sa mère, contrairement à beaucoup, et puisqu'elle avait maintenant douze ans, elle ne tarderait pas à partir en Angleterre, chez sa tante Jemima, la sœur de Mrs Lindsay, pour poursuivre sa scolarité dans une excellente pension de jeunes filles. Dans une semaine, les Lindsay s'en iraient à la montagne, à Ooty, pour y passer l'été, ensuite, Fiona s'embarquerait à Bombay avec les Carter, qui regagnaient l'Angleterre pour un congé de longue durée, puis en septembre, elle entrerait comme interne au Queen Ethelberga. On pouvait espérer que la tante Jemima ferait le maximum pour l'introduire dans la meilleure société, ainsi, le moment venu, elle épouserait un homme fortuné et rien ne l'obligerait à revenir en Inde, sauf en vacances, pour faire admirer ses enfants. Avec un peu de chance, ils sauraient se tenir comme il faut, à l'image de Fiona elle-même.

Évidemment, cette petite Savitri était tout sauf comme il faut; quel garçon manqué! En rien semblable à la plupart des petites Indiennes, ce qui en faisait justement une excellente compagne de jeu pour David, et c'était tant mieux. Pour une raison quelconque David ne s'était lié avec aucun des autres petits Anglais des Oleander Gardens, aussi sans Savitri, il se serait retrouvé totalement seul et il aurait fallu s'occuper de lui.

Chère petite Savitri! Chaque fois que Mrs Lindsay pensait à elle, un agréable sentiment de chaleur emplissait son cœur. Elle éprouvait souvent des « sentiments » pour les gens, les Indiens, en particulier, et surtout pour les domestiques. Il s'agissait le plus souvent de sentiments négatifs, mais ce n'était pas le cas pour Savitri. La fillette lui semblait être un élément bénéfique. À sa façon de glisser sans bruit entre les bougainvilliers, exactement comme un papillon, on avait l'impression qu'elle allait s'envoler, en agitant ses jupes et son châle, et puis quelles fantastiques couleurs! Les Indiens n'avaient aucun sens des couleurs. Savitri pouvait très bien porter une jupe d'un rose criard avec un *choli* vert tilleul et un châle mandarine. Oui, comme un papillon. Et toujours des fleurs, que sa mère lui mettait dans les cheveux, le matin de bonne heure, pendant la séance de coiffage. Comment diable les mères indiennes trouvaient-elles le temps non seulement de tresser les cheveux de leurs filles, mais encore d'y entrelacer des guirlandes de fleurs, en plus de toutes leurs autres besognes matinales?

Un jour, Mrs Lindsay avait surpris Savitri qui, se croyant seule, dansait sur le terre-plein sablonneux, de l'autre côté de la tonnelle, et, à ce spectacle, elle avait senti se dresser les petits cheveux de sa nuque. Car lorsqu'elle dansait Savitri n'appartenait plus à ce monde. On aurait dit qu'elle *était* dansée, que la danse prenait possession de son corps et animait ses membres à son gré. Mrs Lindsay identifia aussitôt ses gestes: Savitri dansait le Bharata Natyam, la danse traditionnelle de Shiva sous la forme de Nataraj. Ses doigts formaient des *mudra*, ses genoux se pliaient, sa taille se balançait tandis qu'elle prenait l'attitude de Shiva en train de recevoir le Gange dans sa chevelure, la tête ornée d'un croissant de lune. À ses chevilles, les clochettes tintaient en cadence à mesure qu'elle frappait le sol de ses talons, dans une savante exécution de la danse sacrée, tandis que ses bras et ses jambes se mouvaient avec délicatesse pour raconter une histoire des temps anciens. Dans l'extase de la danse, Savitri semblait enveloppée d'immobilité, comme si le monde entier et la totalité de la nature la contemplaient avec un effroi respectueux et qu'elle, elle seulement, bougeait en son centre. Elle *est* Shakti, s'était dit Mrs Lindsay, qui en avait eu la respiration coupée.

Quand elle apportait le lait le matin, à sept heures, Savitri était l'image de la beauté féminine à l'indienne, toute grâce et docilité, lavée et pomponnée, avec des fleurs dans les cheveux, des vêtements propres, et l'indispensable châle drapé sur l'épaule. Elle portait à son front les signes caractéristiques des païennes, dessinés avec de la cendre et de la poudre rouge (Mrs Lindsay permettait à ses domestiques de respecter leurs coutumes païennes, car étant théosophe elle faisait preuve de tolérance envers toutes les religions, mais ces signes étaient tout de même un peu déroutants). Elle portait des bracelets aux poignets et, autour des chevilles des anneaux d'argent où se balançaient de petites breloques qui tintaient quand elle marchait. Le matin, quand elle n'allait pas à l'école, elle aidait son père à la cuisine, avec beaucoup de zèle et d'application. Mais dès que David s'échappait de la salle d'études, elle partait en courant – débarrassée de son châle et de ses bracelets, les jupes au vent, les fleurs glissant de ses cheveux noirs et brillants – pour partager avec lui des centaines de jeux, dans des milliers d'endroits secrets, ignorés des adultes.

Savitri était une bénédiction et Mrs Lindsay avait juré de « faire quelque chose pour elle ». N'ayant qu'une seule fille, les Iyer se trouvaient dans une bien meilleure situation que Kannan qui en avait trois, mais de toute manière, avoir des filles était une calamité pour les pauvres pères hindous. Il fallait les marier et quand elles étaient trop nombreuses, cela pouvait entraîner la ruine d'une famille. Bien que la pratique de la dot fût désapprouvée, l'argent restait à l'évidence la clé d'une existence meilleure. Mrs Lindsay était bien placée pour le savoir. Oui, décidément, elle ferait quelque chose pour Savitri.

Elle réfléchissait à la question depuis un certain temps et avait décidé que ce « quelque chose » serait un don en argent. L'histoire de sa famille était liée à celle de l'Inde depuis longtemps, depuis l'époque où la John Company faisait la loi dans l'Empire britannique. Ce n'était plus pareil, certes, mais il restait les placements. Mrs Lindsay ne savait pas trop elle-même en quoi consistaient ces placements. Elle s'efforçait de ne pas se salir l'esprit par des préoccupations pécuniaires et autres choses matérielles. Un notaire de Londres s'occupait de la gestion de ses biens, et elle savait seulement qu'elle disposait d'une source de revenus inépuisable, auxquels elle ne touchait pratiquement pas afin que David puisse un jour se retrouver à la tête d'une fortune.

David approuverait certainement son idée de « faire quelque chose » pour Savitri. Mais plus tard ; il n'avait que six ans et on avait tout le temps. Le moment venu, cet argent permettrait de trouver un mari de premier choix pour la petite. En effet, on aurait beau tout faire pour supprimer les dots, une fille riche bénéficierait toujours d'un avantage dans le choix d'un mari. Au reste, c'était pareil en Angleterre. Elle ferait donc en sorte que Savitri ne soit pas mariée au premier prétendant venu. Elle lui donnerait de l'argent et la laisserait – elle, ses parents ou quiconque ayant son mot à dire en la matière – faire un choix.

Elle était plongée dans ces généreuses et agréables pensées quand David arriva pour lui soumettre une idée, et cette idée s'accordait si bien avec ses projets concernant Savitri qu'elle serra très fort son fils dans ses bras – un événement tellement rarissime qu'il faillit en avoir la respiration coupée – et comprit qu'il s'agissait là d'un phénomène de télépathie. Ce qui ne fit que la conforter dans la certitude que cette idée lui venait d'En Haut et qu'elle n'était elle-même qu'un instrument du Divin sur la terre.

7

SAROJ

Baba avait importé Ma d'Inde, exactement comme le sari de mariée d'Indrani. C'était tout ce que ses enfants savaient d'elle. Ma ne comptait pas ; ce qui comptait, c'était l'histoire des Roy.

L'oncle Balwant s'était institué gardien de l'histoire familiale. Il faut dire qu'il était professeur d'histoire au Queen's College et donc parfaitement qualifié pour conserver les archives de la famille ; il avait des tiroirs remplis de photos jaunies et gondolées, des cartons bourrés de lettres qui se déchiraient aux pliures et un gros registre relié où étaient inscrites les dates de naissance, de mariage et de décès de tous les Roy sans exception.

Ce registre était maintenant presque plein ; tout avait pourtant commencé très simplement.

Un jour de 1859, trois frères *brahmanes,* Devadas, Ramdas et Shridas Roy traversaient le bazar de Calcutta pour se rendre au temple de Kali, quand un recruteur les aborda. « Venez à Damra Tapu, leur dit-il. C'est un pays très lointain, de l'autre côté de la mer, un pays merveilleux où l'argent pousse sur les arbres. Un grand nombre d'Indiens y sont déjà en train de faire fortune. Dans cinq ans, quand vous serez riches, vous pourrez retourner en Inde. Il n'y aura pas de problème. »

Les trois frères virent dans les paroles du recruteur un signe de Dieu. La veille, leur père, un instituteur, avait été mordu par un scorpion noir sous le margousier et il était mort instantanément. Ses fils allaient justement au temple pour prier Dieu de les aider et de les guider. Il était difficile de trouver un emploi, surtout pour des jeunes gens sans qualifications, et leur aîné, Baladas, qui était marié et avait déjà sa propre famille à nourrir, ne pouvait subvenir en plus aux besoins de ses frères, de sa mère et de ses deux sœurs. Aussi se dirent-ils que le recruteur était Dieu ayant revêtu une forme humaine pour les guider. Ils accompagnèrent l'agent au bureau de recrutement et signèrent un contrat pour aller travailler dans une plantation de canne à sucre dans la province de Demerara (Damra Tapu) en Guyane britannique, une colonie d'Amérique du Sud, afin de remplacer des esclaves africains libérés depuis peu. Ils se rendirent ensuite au temple pour remercier Dieu de leur avoir montré la voie de façon si claire. Peu de temps après ils quittèrent l'Inde sur le *Victor-Emmanuel*, laissant leur mère et leurs sœurs à la garde de Baladas.

Les trois frères furent affectés à la plantation Post Mourant en tant que travailleurs sous contrat, mais grâce à leur tempérament entreprenant et à leur esprit astucieux, déjà affiné par des rudiments d'instruction anglaise, ils eurent vite fait de s'élever dans l'échelle sociale. Ayant constaté que certaines cérémonies hindoues étaient fort simples à célébrer, Ramdas, le plus âgé, se fit prêtre, les modestes honoraires qu'il touchait ainsi étant plus rémunérateurs que son salaire d'ouvrier dans la plantation. Il fut ensuite nommé sirdar (contremaître) sur le domaine, économisa chaque centime et acheta Full Cup, une plantation de canne à sucre à l'abandon sur la rive orientale du Demerara. Shridas fit l'acquisition d'une carriole et d'un cheval, et organisa dans la localité de Hague un service de taxis qui rencontra un grand succès, puis il s'installa à Georgetown où il monta une agence de location de véhicules motorisés et acheta une grande maison blanche à Kingston. Devadas devint interprète anglais-hindi, puis enseigna dans une institution privée pour finalement fonder lui-même une école fréquentée par des enfants indiens. Ce fut son neveu, Ramsaroop, qui ouvrit à Georgetown le premier cinéma de langue hindie, les Bombay Talkies. Ainsi les trois frères demeurèrent dans la colonie, après la fin de leur contrat de cinq ans.

Le seul point noir, c'était la difficulté de trouver des épouses. Les Indiennes se montraient réticentes à quitter leur pays et leur famille pour s'embarquer dans une longue traversée vers un autre continent, et les parents hésitaient à envoyer leurs filles au loin, dans un pays qui, disait-on, pullulait de sauvages noirs et féroces, ces esclaves africains libérés. En conséquence, les femmes représentaient moins de trente pour cent de la population indienne, ce qui, d'après Balwant, expliquait le taux de suicides élevé parmi les travailleurs indiens sous contrat.

Les trois frères écrivirent à leur mère en lui demandant de leur envoyer à chacun une épouse. Elle réussit seulement à trouver une veuve de vingt-sept ans (un âge avancé), une orpheline de basse caste de seize ans et une femme de vingt-cinq ans affublée d'un bec de lièvre, la seule à disposer d'une dot. Elle envoya Baladas graisser la patte à cet agent même qui avait recruté ses fils et, grâce à la dot de la fiancée au bec de lièvre, fit embarquer les trois femmes sur le *Gange*, qui mit les voiles vers Georgetown en 1865.

La famille Roy prospéra en nombre et en notoriété dans la colonie en plein essor. Au tournant du siècle, la troisième génération était solidement implantée à Georgetown.

En 1964, l'année du treizième anniversaire de Saroj, on comptait plus d'une centaine de descendants de Ramdas, Shridas et Devadas – morts et incinérés depuis belle lurette, leurs cendres réexpédiées en Inde pour être répandues dans le Gange. Les Roy continuaient à s'enrichir. Les Indiens étaient de gros travailleurs et chaque famille avait tendance à se spécialiser dans une profession déterminée. Les Luckhoo avaient choisi le droit ; les Jaikaran la médecine et les Roy le commerce. Ces derniers étaient propriétaires de quatre bazars, de deux pharmacies, d'un cinéma, de deux épiceries, d'une société de matériel électrique, d'un magasin de meubles, de trois quincailleries, d'une entreprise de construction et d'une fabrique de boissons gazeuses. Plusieurs Roy émigrèrent en Angleterre, au Canada et aux États-Unis. Quelques-uns s'étaient installés à Trinidad, d'autres au Surinam. Mais à la connaissance de Saroj, personne n'était jamais retourné en Inde.

On ne retournait pas en Inde. On la quittait.

Pendant ce temps, à Calcutta, Deodat Roy, le premier petit-fils de Baladas, grandissait. Il obtint une bourse pour aller étudier le droit en Angleterre où il décrocha son diplôme avec les félicitations, après quoi il exerça à Londres pendant quelques années comme avocat. Mais Deodat restait un Indien cent pour cent et le climat de l'Angleterre raciste ne lui convenait pas, lui qui faisait partie d'une communauté immigrée et méprisée. L'Angleterre était trop laïque, trop matérialiste, trop froide. Malgré ses qualifications, il n'était pas traité avec le respect auquel il avait droit. Grâce au téléphone arabe, sa famille avait eu vent de son mécontentement et de ses projets de retour, et la rumeur parvint jusqu'à Georgetown. En 1929, il reçut une lettre envoyée par ses trois grands-oncles devenus vieux, les chefs du clan Roy de Georgetown.

Cette lettre constituait l'une des pièces majeures des archives familiales, car elle annonçait une ère nouvelle dans l'histoire des Roy. L'oncle Balwant en donnait souvent lecture au cours des réunions de famille. *C'est une colonie superbe et florissante, sans comparaison avec l'Inde*, avaient écrit les trois grands-oncles, *où on a un besoin pressant d'avocats indiens expérimentés. Ne retourne pas à Calcutta, viens t'installer en Guyane britannique. En Inde, même si tu réussis, tu seras au mieux un petit poisson dans un grand étang; ici tu pourras devenir un gros poisson dans une petite mare.* (C'était le dicton favori de l'oncle Balwant.) *Tu n'imagines pas avec quelle rapidité les Indiens font leur chemin ! Nous sommes arrivés dans cette colonie pauvres comme des coolies, sans rien et même moins que rien, mais par la grâce de Dieu, et aussi par notre travail et notre esprit d'épargne, nous les Roy, nous sommes aujourd'hui des gens aisés, des piliers respectés de la société, et nous ne sommes absolument pas une exception ! Il y a maintenant ici plus de 300 000 Indiens et nous représentons plus de quarante pour cent de la population ! Le Diwali et le Holi sont des fêtes nationales, comme le Eid-al Mubarak pour les musulmans. C'est véritablement une Petite Inde et c'est une chance à saisir ! Viens donc, s'il te plaît, mettre la main à la pâte pour nous aider à construire la colonie ! Nous, tes grands-oncles affectionnés, nous te ferons un accueil chaleureux. Un seul conseil : marie-toi avant de partir, car les femmes sont rares ici. Il serait bon que tu trouves une épouse avec plusieurs sœurs ou cousines pour l'accompagner, car nous connaissons un grand nombre de jeunes Indiens qui feraient d'excellents partis et cherchent désespérément une femme, et le mariage permet d'établir des alliances très profitables. La dot et la caste n'ont pas importance.*

Cette ultime remarque inquiéta fort Deodat. Il s'empressa de prendre pour épouse une fille de *brahmanes* émigrés, prénommée Sundari, et l'emmena en Guyane britannique avec ses deux sœurs. Celles-ci trouvèrent aussitôt un mari dans d'éminentes familles de Georgetown, si bien que la branche guyanaise du clan Roy continua à prospérer.

Sundari donna rapidement naissance à trois garçons, Natarajeshwar, Nathuram et Narendra, mais ce dernier avait à peine onze ans quand sa mère se tua en tombant dans l'escalier de la tour de la maison de Waterloo Street. Les trois enfants furent aussitôt confiés à d'autres Roy et eurent vite fait de surmonter cette tragédie, tandis que Deodat se mettait en quête d'une nouvelle épouse. Mais il se trouva confronté à un certain nombre de difficultés.

Pour Deodat, *brahmane* orthodoxe, il n'était pas question de prendre femme parmi les jeunes filles nées et élevées en Guyane britannique, dans des familles où, selon lui, les traditions et la culture se perdaient. Il était catastrophé par la désintégration progressive des coutumes hindoues et par la lâche capitulation de ses compatriotes devant l'esprit laïque régnant dans la colonie.

En réalité, les hindous étaient divisés en deux groupes. D'un côté il y avait les traditionalistes, qui s'efforçaient autant que possible d'observer les règles, sans jamais atteindre les normes exigeantes de Baba. Il s'agissait après tout de la seconde, troisième, quatrième et même cinquième génération d'Indiens, dont pas un seul ne connaissait l'Inde et dont presque aucun ne parlait l'hindi, ce qui avait fatalement entraîné un certain relâchement. De cette coterie, Baba était le chef et l'autorité incontestés, car il avait grandi en Inde, parlait l'hindi, de même que le bengali et quelques mots d'urdu.

Les modernistes étaient des hindous non pratiquants ayant sombré dans la débauche, de plus en plus pervertis de génération en génération. Désormais Indiens et Indiennes allaient à des réceptions où ils *dansaient*, les femmes portaient des pantalons ou des robes découvrant le genou et choisissaient elles-mêmes leur mari. Tous ces gens-là mangeaient de la viande, même du bœuf. Ils se convertissaient au christianisme, donnaient à leurs enfants des prénoms anglais, des prénoms chrétiens. Le prénom ne signifiait plus rien. Impossible de savoir à quelle caste appartenait un individu d'après son nom, puisque les castes n'existaient plus. Les *brahmanes* ne portaient plus le cordon sacré, et seuls quelques *pandits* connaissaient les règles qu'il fallait observer pour conserver la pureté rituelle, des règles que plus personne ne respectait. Pour tout dire, excepté quelques Roy élevés dans l'orthodoxie, il n'y avait plus de *brahmanes*. Les hindous étaient des bâtards, ils formaient un innommable magma dans lequel personne ne reconnaissait ses racines.

D'après l'oncle Balwant, cette situation était due à des raisons historiques. Les premiers Indiens arrivés dans les plantations vivaient entassés les uns sur les autres dans des cases d'esclaves abandonnées, sans se préoccuper de la caste ou du clan, et contraints de faire des compromis avec leurs règles millénaires.

Deodat refusait de se compromettre. Il ne prendrait pas une épouse abâtardie. Sa femme devrait être de sang pur et avoir reçu une éducation orthodoxe. Elle aurait pour rôle de fonder une famille de pure tradition et d'élever ses enfants en bon *brahmanes*. Une épouse hindoue dévouée, imbibée de l'esprit de sa religion, une femme capable de raviver la foi mourante. Point très important, ses trois fils aînés devraient revenir sous le toit paternel avant de succomber eux aussi à l'attrait d'une société laïque. Il lui fallait une femme à la maison. Et il allait devoir la faire venir d'Inde.

La branche bengali de la famille Roy passa dans le *Times of India* une annonce pour Deodat. Il s'avéra malheureusement presque impossible de lui trouver une bonne épouse brahmine. Les pères refusaient obstinément d'envoyer leurs filles aux antipodes, synonymes pour eux des Enfers. Deodat songea à retourner en Angleterre pour chercher une compagne, mais cela aurait été en contradiction avec ses intentions premières. Il voulait une femme née et élevée sur le sol indien. Ses parents bengalis lui conseillèrent de se contenter d'une veuve. Conscient qu'il fallait faire des concessions, Deodat accepta à contrecœur que les mots *veuve non exclue* soient ajoutés à l'annonce.

Quelques mois plus tard, Ma débarquait dans le port de Georgetown. Ce fut aussi simple que cela.

Ma s'installa à Waterloo Street et donna naissance à trois enfants espacés chacun de deux ans : Indrani, Ganesh et Sarojini. Deodat était comblé car Ma correspondait exactement à ce qu'il souhaitait, elle était l'âme du foyer, calme, silencieuse, dévouée à ses enfants, bonne cuisinière et, surtout, ardente adoratrice de Shiva.

Quand Ma vint habiter à Waterloo Street, sa première initiative consista à aménager une pièce pour la *puja*, et elle s'empressa de mettre aux murs des images de Krishna, de Rama, de Lakshmi, l'épouse de Vishnou, à côté de celles de Shiva, de Saraswati et de Ganesh, et même des représentations de Jésus, de Marie et du Bouddha. Baba était donc satisfait... enfin presque. Il lui restait deux raisons de se lamenter. D'abord Natarajeshwar, Nathuram et Narendra refusèrent tous trois de regagner le bercail. Narendra n'avait que treize ans et Baba l'obligea à revenir, mais il s'enfuit à neuf reprises et comme cela risquait de l'entraîner à de très mauvaises fréquentations, Baba jugea qu'il valait mieux le laisser à la garde de Roy mécréants plutôt que de le voir mener une existence de vagabond. Ainsi que Baba le redoutait, les trois années passées dans un foyer adoptif avaient détaché à jamais ses fils de la religion. Ils avaient joui d'une liberté inconnue jusqu'alors ; jamais, au grand jamais ils ne reviendraient à l'orthodoxie et avaient pris chacun un prénom chrétien. Rebaptisés Richard, Walter et James, ils s'étaient installés à Londres tous les trois. Mais Baba continuerait à les appeler par leur nom indien jusqu'à la fin de ses jours.

Son second sujet d'amertume provenait du fait que c'en était désormais fini de la pureté de caste. Le moment venu, il serait hors de question d'importer de l'Inde des époux et des épouses pour ses enfants. Il lui faudrait les marier avec des bâtards.

Ma marchait sur les traces de Baba.

L'assimilation de Ma au clan Roy était illustrée par deux pièces des archives de l'oncle Balwant : une photo d'identité, avachie et froissée, représentant Ma jeune, belle, souriante, sûre d'elle, tout cela à la fois et plus encore. Et une coupure du *Times of India* :

> Avocat brahmane éducation anglaise, veuf, bien établi à Georgetown, Guyane britannique, Amérique du Sud, revenus et statut social excellents, cherche en vue rema-

riage femme brahmine en âge d'avoir des enfants, désireuse de refaire sa vie dans grande et agréable maison de Georgetown et d'élever une famille. Veuve non exclue. Dot non exigée. Condition indispensable : savoir lire et écrire, et parler excellent anglais. Prière envoyer photo.

À la suite de quel cheminement Ma avait-elle rejoint Baba ? Nul ne le savait et Ma elle-même n'y faisait jamais allusion. C'était une femme sans passé, sans nom. Baba l'appelait Mrs Roy et disait « ma femme » ou simplement « elle », quand il en parlait. Les parents et les amis l'appelaient « Mrs Roy » ou « Mrs Deodat », et même « Mrs D » ou encore « Ma D », selon leur degré d'intimité. L'oncle Balwant et sa femme l'appelaient Dee, et ses neveux et nièces tante Dee, diminutif de Deodat. Ses enfants l'appelaient Ma. De son côté, Ma ne prononçait jamais le prénom de son mari en public. Elle l'appelait Mr Roy ou bien, avec une majuscule, « Lui », « Il » ou encore « mon Mari ».

Ma était peu loquace. Bien qu'elle parlât un anglais excellent (personne ne lui demandait ni se souciait de savoir comment il se faisait qu'elle eût un accent britannique si parfait) c'était toujours Baba qui alimentait la conversation. Bien sûr, les histoires de Ma pouvaient durer des heures, mais avec ses enfants pour seuls auditeurs.

Ma chantait. Ma accomplissait les *puja*. Ma adorait Shiva. Ma guérissait. Ma cuisinait. Ma nourrissait. Ma était une figure très appréciée à toutes les fêtes de famille, en particulier aux anniversaires et aux veillées funèbres. On disait que lorsque Ma était aux fourneaux, on était sûr de ne pas manquer de nourriture, et même lorsque cinquante personnes arrivaient à l'improviste, ce qui se produisait souvent car la réputation de Ma s'était propagée et les gens voulaient à tout prix savoir si elle était fondée, il y avait toujours des restes.

Ma faisait bien entendu de la cuisine de l'Inde du Sud, du riz et du *sambar*, mais aussi des plats bengalis, penjabis et gujaratis. Le badaam kheer, les sooji halwa et les kajoo barfi fondaient tel du nectar sur les langues gourmandes des Roy. Un jour ils découvrirent qu'elle savait même confectionner des Yorkshire puddings, mais personne ne lui demanda comment elle avait appris à les faire et nul ne se souciait de le savoir. Les Roy de sexe masculin se bourraient des bonnes choses qu'elle leur avait préparées puis, le ventre près d'éclater, ils allaient se laver les mains et la bouche dans l'évier, en rotant et en pétant de satisfaction. Leurs épouses regardaient Ma cuisiner avec des yeux envieux, mais elle était trop rapide pour qu'elles puissent surprendre ses secrets. Les chapati s'échappaient de son rouleau pour aller atterrir sur la pile de crêpes grandissante, comme des soucoupes volantes miniatures, tandis que ses petites mains fines et expertes voltigeaient entre les boules de pâte, le rouleau et la montagne de farine. Ma ne donnait jamais d'explications. « Il faut cuisiner avec amour », se contentait-elle de dire, et les dames Roy, dépitées, s'assemblaient par trois ou quatre pour évoquer les points faibles de Ma.

Les mains de Ma étaient magiques. Quand ses enfants rentraient avec des bleus ou des égratignures, elle passait dessus ses mains brunes et tout rentrait dans l'ordre. Lorsqu'ils avaient mal au ventre, aux oreilles ou avaient des douleurs dues à leur croissance, Ma prélevait cinq ou six granules dans de petits tubes rangés dans un vieux coffre de bois, ou bien elle versait une poudre bizarre dans un verre d'eau chaude qu'elle leur faisait boire, et ils étaient aussitôt soulagés.

Qui sait ce qui serait arrivé si le clan Roy avait su que les mains de Ma pouvaient guérir ! Seuls ses enfants étaient au courant. Ce don-là restait le secret et l'exclusivité de ses proches, non parce qu'ils cherchaient à le cacher, mais parce qu'ils trouvaient ça normal. Les mains guérisseuses de Ma étaient une chose de la vie, de même que le vent rafraîchissant de l'Atlantique et le cri du pitanga. Aucun de ses enfants ne mettait ce fait en question et ils n'en parlaient jamais, parce qu'ils pensaient que toutes les mères en faisaient autant.

Ma semblait vouloir à tout prix s'effacer. Avec chaque année qui passait, elle paraissait occuper de moins en moins de place. Elle se nourrissait de silence. Elle émettait un courant d'immobilité souterrain, aussi subtil que l'éther, et elle aurait très bien pu cesser d'exister s'il n'y avait eu les enfants. On aurait pu croire qu'elle les montait contre leur père, mais sans jamais dire un mot pour le critiquer, sans même hausser un sourcil en signe de réprobation.

Ma possédait des dons merveilleux, et Saroj était la première à le reconnaître, mais elle n'avait pas la volonté nécessaire pour arracher sa fille cadette au pouvoir de Baba et au destin qu'il avait choisi pour elle. Ma n'était pas une battante. Saroj devrait mener son combat toute seule.

Et il ne fallait pas compter sur Ganesh. Là-haut, dans la tour, le jour de son treizième anniversaire, Saroj regardait d'un œil calme et objectif son frère mordre dans un *samosa* dont il examinait les entrailles comme s'il allait y découvrir le secret de toute la création. Ce frère bien-aimé manquait de conviction et de persévérance. Il était le fils de sa mère : lui non plus n'était pas un battant. Il pourrait se battre pour réussir le parfait *samosa*, mais pour les combats plus importants, pour le combat de vie et de mort qui attendait Saroj, il n'était pas équipé. Et elle n'était guère mieux équipée que lui – sauf au niveau de la détermination.

Un oiseau en cage ne possède rien d'autre que la volonté de s'échapper. De désespoir, il bat des ailes et se jette contre les barreaux ; mais le verrou de la cage ne s'ouvre que de l'extérieur et c'est le propriétaire de l'oiseau qui détient la clé. Même si l'oiseau parvient à s'envoler, son avenir est sombre, car il n'a aucune expérience du monde. Une fois libre, son innocence devient son pire ennemi. Mais peut-être un passant verra-t-il la cage, avec l'oiseau qui cherche se libérer, et écartera les barreaux pour qu'il puisse se glisser au travers. Et ce passant, devenu un ami, initiera aux coutumes du monde l'oiseau qui pourra ensuite voler de ses propres ailes.

Saroj ne se doutait pas que Trixie Macintosh allait entrer dans sa vie.

8

SAVITRI

Lorsque les fleurs pleuraient, Savitri les consolait. Elle savait qu'elles souffraient quand on les cueillait, aussi commençait-elle toujours par leur parler dans sa tête, car elle se rendait compte qu'en l'entendant elles reprenaient courage. Elle leur disait qu'elles étaient exceptionnelles, qu'elles étaient jolies, qu'elle les avait justement choisies à cause de cela, vu qu'elle ne prenait pour Dieu que les plus épanouies, les plus belles, les plus parfaites.

Quand son panier était plein, elle s'asseyait en tailleur sur une natte, devant la cuisine, et tressait des guirlandes, des guirlandes de pourpre et de blanc, de jasmin et de petites fleurs orange. Elle allait ensuite dans la pièce de la *puja* pour les déposer aux pieds de Nataraj et en garnir la statue en stéatite de Ganesh, ainsi que le cadre renfermant l'image de Shiva. Pour finir, elle plaçait quelques fleurs d'hibiscus d'une absolue perfection à des endroits stratégiques: les coins du cadre, les pieds de Nataraj ou le creux du bras de Ganesh.

Quand l'autel était prêt, elle prévenait *Amma,* puis allait dans la chambre du fond pour aider Thatha à se lever. Elle lui tendait son bâton et, s'appuyant sur son épaule, le vieillard se dirigeait d'un pas chancelant vers la pièce de la *puja*, où l'encens brûlait, où sa mère préparait le camphre pour la cérémonie et où ses frères et son père s'étaient rassemblés, délaissant leurs besognes. Bien que vieux et décrépit, Thatha continuait à officier, puisqu'il était le doyen de la famille. Il agitait lentement la flamme du camphre en combustion devant Nataraj en psalmodiant le verset approprié, puis il passait la soucoupe aux autres membres de la maisonnée, qui touchaient la flamme et trempaient les doigts dans la cendre pour tracer sur leur front les rayures de Shiva avec, au milieu, le point rouge de l'Amour. La *puja* durait très peu de temps, à peine quelques minutes. Quand c'était fini, la mère de Savitri piquait dans ses cheveux un bouquet de fleurs fraîches qu'on avait posé sur un côté pour recevoir la bénédiction de Shiva. Savitri sortait de la maison et dessinait sur le seuil un *kolam* élaboré, après quoi elle partait chercher de l'eau.

Amma avait déjà rapporté de d'eau pour la toilette de la famille, mais cela ne suffirait pas pour la journée. Savitri prit le grand récipient de cuivre, passa le bras autour de ses flancs arrondis et se mit en route vers le puits de Old Market Street. Une queue s'était déjà formée car un certain nombre de femmes et de petites filles étaient arrivées avant elle ; quelques-unes se lavaient en s'arrosant avec de l'eau dans le coin prévu à cet effet, pendant que d'autres remontaient le seau à l'aide de la poulie pour remplir leur baquet qu'elles hissaient sur leur tête avant de repartir chez elles. Savitri les écouta bavarder, puis, quand ce fut son tour, elle laissa le seau retomber dans le puits avec un grand floc et tira sur la corde de toutes ses forces pour le remonter sur la margelle. Elle vida l'eau dans son récipient, plaça sur sa tête une vieille serviette tordue en cercle, installa le récipient dessus et se redressa avec précaution. La vasque était bien plus large que le sommet de son crâne et extrêmement lourde, mais Savitri savait maintenant l'équilibrer sans peine. Elle repartit vers la maison dans un ample et souple balancement des hanches, le buste, la tête et le cou parfaitement immobiles, sans se servir de ses mains. *Amma* disait qu'elle rapporterait bientôt trois récipients pleins et qu'elle aurait donc besoin de ses mains pour les deux autres. Pour commencer, on lui confierait un deuxième récipient qu'elle calerait contre sa frêle hanche, en le maintenant de son bras passé autour de ses flancs.

De retour chez elle, elle vida l'eau dans la citerne placée à côté de la cabane réservée à la toilette. Cette eau servait à laver le linge. Pour l'eau potable, il y avait un autre puits que les Intouchables n'utilisaient pas. *Appa* disait que les Intouchables rendaient l'eau impure, ce que Savitri n'arrivait pas à comprendre.

Amma lui donna ensuite un pot et l'envoya chercher du lait pour les maîtres. Savitri était si pleine de joie qu'elle n'arrivait pas à marcher. Elle sautait, courait, dansait, tout en gardant le pot à lait absolument droit et immobile, afin de ne pas en perdre une seule goutte. Elle était pleine de joie à cause de la superbe matinée, du soleil filtrant à travers les frondaisons bordant le chemin, des couleurs éclatantes des fleurs, de l'allée sablée que Muthu venait de balayer, des sept sœurs voletant dans le tamarinier, qui pépiaient de joie elles aussi, du bleu saphir du ciel, du cri du paon appelant sa compagne – c'était beaucoup trop pour le cœur d'une petite fille, et l'allégresse qui s'échappait d'elle faisait danser ses pieds, sans qu'une seule goutte de lait déborde. Elle déposa précautionneusement le pot au bord du chemin, exécuta une pirouette et éclata de rire en voyant sa jupe se soulever dans un tourbillon de couleurs et, tout en virevoltant, elle agita son châle que l'air gonfla, ainsi qu'un étincelant voile rouge filtrant la lumière du matin. C'est alors que, tout près, elle entendit le cri insistant de Vali, accompagné d'un bruyant battement d'ailes, et le volatile atterrit sur le sable, à ses pieds. Elle s'arrêta aussitôt de tourner, car les visites de Vali étaient un événement. Et quand il venait la voir de bon matin, comme aujourd'hui, c'était un heureux présage pour la journée.

Bonjour, Vali ! pensa-t-elle, et Vali, qui se pavanait devant elle en faisant de petits pas d'avant en arrière, s'immobilisa et hocha poliment la tête par trois fois pour lui rendre ses salutations.

« Je n'ai rien pour toi ce matin, mais tout à l'heure, si je travaille à la cuisine, je te rapporterai du riz soufflé. Je ne t'ai pas vu hier, où étais-tu passé ? Est-ce que tu étais allé voir les paonnes dans le jardin des voisins ? » demanda-t-elle tout haut.

Vali rejeta la tête en arrière avec un peu d'humeur, et Savitri se mit à rire.

« C'était seulement pour te taquiner », dit-elle, puis elle se tut car Vali avait commencé à relever sa queue, qu'il déployait peu à peu en une roue parfaite, et elle savait qu'il souhaitait être admiré. Observant un silence respectueux, elle le regarda agiter ses longues plumes aux mille yeux, qui se mirent à frémir et à frissonner en faisant chatoyer leurs couleurs irisées, alors Vali se mit à danser pour elle, en se balançant avec des pas de côté, et devant une beauté si parfaite, elle ferma les yeux, son âme se glissa dans la sienne et elle le connut. Satisfait, Vali ébouriffa une dernière fois ses plumes, s'inclina, referma sa roue et alla se percher tout en haut d'un jeune cocotier.

Au début, Savitri croyait que tout le monde pouvait parler aux plantes, aux oiseaux et aux animaux, que tout le monde connaissait leur langage. Quand elle était toute petite, ses silences inquiétaient ses proches ; ils la croyaient retardée, car elle avait mis du temps à parler, mais c'était en réalité parce que les paroles ne lui semblaient pas nécessaires, étant donné qu'elle s'exprimait silencieusement. C'est seulement lorsqu'elle s'aperçut que les humains ne comprenaient pas le silence qu'elle commença à se servir des mots, qui sortirent alors de sa bouche en phrases parfaitement composées, et en deux langues, à la stupéfaction générale. Seules les autres créatures, plantes, oiseaux, animaux, comprenaient le silence. Les hommes, elle le savait maintenant, vivaient tout enveloppés dans un corps-pensée, et c'est pourquoi ils ne comprenaient pas le silence. Leur corps-pensée faisait barrage. Il était pareil à un épais nuage noir que la pureté du silence ne peut pénétrer, il emprisonnait la personne et l'engourdissait. Quelquefois ces corps-pensées avaient des trous, comme celui d'*Amma,* par exemple, et ces trous étaient les silences du parfait amour. Thatha n'avait pratiquement pas de corps-pensée et les bébés en étaient totalement dépourvus. Chez les petits enfants, il était très mince, et celui de David, parce qu'il l'aimait, était transparent. Savitri percevait si nettement ces corps-pensées qu'ils en devenaient pour ainsi dire tangibles, comme d'épaisses barrières de ronces ; ça faisait mal, presque, car l'envie de savoir ce qu'il y avait derrière était si forte qu'on s'approchait trop près et alors ils vous piquaient. Savitri apprit donc qu'il existait deux façons de vivre : de l'intérieur vers l'extérieur et de l'extérieur vers l'intérieur.

Vivre du dedans vers le dehors lui venait naturellement. Il est si facile de se glisser à l'intérieur d'un autre être pour ressentir la beauté de l'identité, et du moment qu'on a éprouvé cela, il n'y a plus rien à dire. Que dire à une fleur, par exemple, à un papillon posé sur votre épaule, ou à un écureuil qui vous mange dans la main ? Comme tu sens bon, comme tes ailes sont joyeuses, comme ta fourrure est douce ! On peut le leur dire, mais étant donné qu'ils le savent déjà, il suffit de s'en réjouir avec eux. La nature se réjouit constamment, elle ne cesse de chanter et de danser, et la seule chose à faire, en vérité, c'est de se joindre à la fête.

Avec les êtres humains, c'était différent ; ils vivaient du dehors vers le dedans. Ils voyaient des plantes, des animaux, des oiseaux et pensaient que c'étaient des créatures extérieures à eux et différentes, des choses à attraper, à garder, à blesser et à utiliser. Ils ne savaient pas que faire du mal à quoi que ce soit de vivant c'est se faire du mal à soi-même ; ils ne sentaient pas la souffrance chez les autres, parce qu'ils leur étaient extérieurs.

Surtout les Anglais. Leur corps-pensée était particulièrement puissant ; si l'on n'y prenait garde, il pouvait vous balayer et vous piétiner. Pour avoir grandi parmi eux, Savitri l'avait appris à ses dépens ; si on ne leur parlait pas d'une certaine façon, si on ne leur montrait pas qu'on savait qu'ils étaient beaucoup plus importants que vous, ils essayaient de vous faire du mal. Parce qu'ils vivaient totalement enfermés dans leur corps-pensée, qui en réalité leur était extérieur. Ils avaient la conviction que ces corps-pensées étaient bien plus vrais que ce qui se trouvait à l'intérieur. Comme si un papillon enveloppé dans son cocon croyait que ce cocon était lui ! C'était une forme de cécité, une forme de mort.

Savitri aussi avait un corps-pensée, mais le sien était comme de la gaze, comme le châle qu'elle jetait parfois sur ses épaules ou sur sa tête, qu'elle agitait dans le soleil en dansant, ou lançait simplement sur un buisson pour être plus libre. Il ne l'emprisonnait pas ; il la rendait quelquefois triste, pensive ou timide – surtout en présence de Mrs Lindsay – mais la plupart du temps son corps-pensée était fait de dentelle-pensée joyeuse et translucide, et se délectait du spectacle des choses vivantes et de leur beauté.

Là-haut dans le palmier, Vali agita une dernière fois la tête à son intention et, en réponse, elle lui fit une révérence, un signe de la main et se hâta de repartir.

Peut-être verrait-elle David.

À cette heure de la journée, elle n'était jamais sûre de le rencontrer. Il pouvait être dans la salle de bains, de l'autre côté de la maison, ou encore en train de s'habiller, dans la nursery – la nursery où elle avait vécu, elle aussi, avec sa mère, jusqu'à l'âge de cinq ans, lorsqu'on jugea qu'il convenait que Nirmala et Savitri retournent chez elles. Depuis, Savitri n'était plus jamais entrée chez les maîtres – pas parce qu'on le lui interdisait, mais parce qu'elle n'en avait pas envie. La maison était trop pleine de *choses*. La plupart de ces choses étaient précieuses, au dire de Mrs Lindsay, ce qui signifiait qu'il ne fallait pas y toucher. Mrs Lindsay passait un temps fou à penser à ses choses, à les montrer aux visiteurs, à les faire astiquer par les bonnes. Elle mourait de peur à l'idée qu'on les casse ou qu'on les vole. Il semblait à Savitri que le corps-pensée de Mrs Lindsay et ses choses étaient intimement imbriqués. Peut-être était-ce pour cela que Mrs Lindsay avait tant de mal à se dégager de son corps-pensée – parce que les choses la retenaient enchaînée ? Pour Savitri, c'était un mystère. En tout cas, la maison était à ses yeux un énorme entassement de choses et elle n'aimait pas y entrer, excepté dans la cuisine.

Ce jour-là, David était justement devant la porte de la cuisine, à l'attendre. Son sourire s'effaça parce que derrière David, dans la pénombre, elle vit *Appa,* qui avait une expression sévère, préoccupée, et Mrs Lindsay était là aussi, l'air fébrile et annonciateur de surprises, aussi Savitri ne savait que penser. Cette visite matinale à la cuisine, pour apporter le lait, constituait toujours un moment important, un moment décisif, et c'était son père qui prenait la décision. Il s'agissait de savoir si elle irait ou non à l'école. Si Mrs Lindsay avait commandé un repas raffiné pour quelques invités, Savitri resterait pour aider Iyer à préparer le repas. Au contraire, si Mrs Lindsay déjeunait à l'extérieur et que l'amiral restait seul à la maison, Savitri irait à l'école et devrait courir chez elle mettre son uniforme. À midi, l'amiral préférait manger légèrement – un sandwich, une omelette, rien d'autre. Savitri espérait chaque fois que ce serait un « jour de l'amiral ». Elle aimait l'école – un million de fois plus que la cuisine. Mais tout dépendait de la volonté de Dieu, et quoi que la journée lui réservât, par l'intermédiaire de la chaîne de l'autorité – Dieu, puis Mrs Lindsay et *Appa* – elle obéissait, pour Lui, d'un cœur joyeux et du mieux qu'elle le pouvait.

Mais voilà que David se précipitait pour la prendre par la main, tandis que Mrs Lindsay lui tapotait la joue en souriant, avec un corps-pensée très mince ce jour-là, alors que celui d'*Appa* était plus épais que jamais, et qu'ils s'agglutinaient tous autour d'elle. Le regard de Savitri allait de l'un à l'autre, car pareille chose ne lui était encore jamais arrivée. C'était peut-être en rapport avec la baignade de la veille, mais elle n'arrivait pas à faire concorder la mine attristée d'*Appa* avec la joie évidente des deux autres visages, par conséquent elle restait là à attendre qu'on lui donne une explication.

« Savitri, devine ! chantonna David. J'ai demandé à maman si tu pouvais suivre les cours de Mr Baldwin avec moi et elle a dit oui ! Ton père a dit oui aussi, et maintenant tu iras tous les jours à l'école anglaise ! Avec moi ! C'est moi qui ai eu l'idée ! »

Savitri sentit son cœur bondir de joie, mais elle regarda alors *Appa* et comprit qu'il y avait des obstacles que David ne voyait pas, ne pouvait pas voir.

« Mais qui aidera mon père ? » demanda-t-elle en fille dévouée et, se tournant vers lui, car ç'aurait été un manque de respect de parler avec la dame étrangère, sans qu'il puisse comprendre, elle lui demanda : « *Appa*, est-ce que tu as donné ta permission pour que j'assiste aux leçons avec le jeune maître ? »

David, qui comprenait le tamoul, n'attendit pas la réponse de Iyer.

« Mais bien sûr, bien sûr, Savitri ! Je lui ai déjà dit que maman payerait pour toi et il est d'accord, n'est-ce pas ? »

Iyer hocha la tête, car ç'aurait été manquer de respect que de contredire ouvertement le jeune maître, mais Savitri sentit son corps-pensée la picoter et comprit que tout n'était pas aussi simple.

« Mais qui t'aidera à la cuisine, *Appa* ? répéta-t-elle.

— Il faut qu'on parle sérieusement de ça à la maison, avec Thatha, ta mère et tes frères. Ce n'est pas bien que tu suives les cours du maître anglais, alors que tes frères vont tous à l'école tamoul. Que la *memsahib* m'excuse, mais il ne faut pas qu'une fille ait une meilleure instruction que ses frères. »

La déception se peignit sur le visage de David.

« Mais voyons, elle est déjà très bonne en anglais ! Tes fils apprennent l'anglais à l'école, et Savitri est meilleure, bien meilleure qu'eux ! Je lui apprends à lire et à écrire, et elle est déjà très avancée !

— Qu'est-ce que tu dis, David ? Tu sais que je n'aime pas que tu parles tamoul en ma présence. Traduis, s'il te plaît. »

David rapporta à sa mère ce qu'avait dit Iyer et Savitri ajouta : « Ce n'est pas dans nos coutumes, Mrs Lindsay, que les filles soient plus instruites que les garçons. Je vous remercie beaucoup de votre aimable proposition, mais je dois obéir à mon père. » Elle parlait lentement, en articulant bien chaque mot, comme toujours quand elle s'adressait à Mrs Lindsay, avec cette politesse qui ne manquait jamais d'impressionner, et l'Anglaise eut soudain une illumination, une solution toute simple s'imposa à son esprit et elle vit ce qu'il fallait faire.

« Dans ce cas, dit-elle d'un ton décidé, il va falloir que tes frères eux aussi fassent des études, n'est-ce pas ? Nous les enverrons tous au collège anglais. Oui, tous. Vois-tu, Savitri, ma décision est irrévocable, il faut que tu suives les cours de Mr Baldwin. David m'a montré tes cahiers d'exercices et ton travail m'a énormément impressionnée. Je suis certaine que Mr Baldwin sera ravi de t'avoir comme élève. Et maintenant explique tout ça à ton père. »

L'espoir et l'angoisse se partageaient le cœur de Savitri, tandis qu'elle traduisait les paroles de Mrs Lindsay. Serait-ce possible ? Étudier avec Mr Baldwin ? Elle l'avait souvent rencontré, il était si drôle, si gentil, et elle se donnait tant de mal dans l'arbre-maison, avec David, pour tâcher de se maintenir à son niveau, en anglais. Elle était capable de lire son livre de lecture presque aussi bien que lui et d'écrire tous les mots qui y figuraient, sans regarder. Serait-ce possible, serait-ce possible ? Mon Dieu, je vous en prie !

Mais *Appa* ne le permettrait pas, c'était clair. Il avait le front plissé, le regard sombre et, à sa façon de se gratter la tête, elle comprit qu'il ne le permettrait pas. Son corps-pensée était impénétrable.

Mrs Lindsay s'en était aperçue, elle aussi.

« Qu'est-ce qui le tracasse, maintenant ? » demanda-t-elle à Savitri, qui traduisit.

Iyer se lança dans un grand discours. Un torrent de tamoul jaillit de ses lèvres, un déluge de mots sonores, hachés, enflammés, qui déferla sur eux et les réduisit au silence, tant ils étaient stupéfaits. Mrs Lindsay, bouche bée, regardait son cuisinier qu'elle avait toujours connu réservé et docile, tandis que David, les yeux écarquillés, se mordillait la lèvre inférieure et tripotait les boutons de sa chemise. Des larmes refoulées voilaient les yeux de Savitri, elle regardait son père en hochant la tête, et quand il se tut, ayant mis subitement fin à sa harangue, elle baissa la tête et se détourna à demi, tandis que Iyer se tournait de l'autre côté, tout en restant à moitié face à Mrs Lindsay, par respect.

« Alors ? Qu'est-ce qu'il a raconté ? Qu'est-ce que tout ça veut dire ? demanda Mrs Lindsay.

— Appaji dit que ce n'est pas possible, marmonna Savitri.

— Pas possible ? Et pourquoi donc ? Je n'ai jamais entendu une chose pareille. Savitri, explique-moi, j'y tiens absolument. »

Mais voyant que Savitri gardait le silence, Mrs Lindsay s'adressa à son fils : « David, traduis-moi, toi ! Qu'est-ce qu'il a dit ?

— Je n'ai pas tout compris, maman, avoua-t-il. Il a parlé de ses fils. L'aîné va entrer dans l'armée. C'est tout ce que j'ai compris.

— Savitri, j'aimerais que tu m'expliques. Toi, tu as forcément tout compris ! »

Savitri fit face à Mrs Lindsay et la regarda avec des yeux si implorants que celle-ci se sentit prise de pitié.

« Mon père a dit qu'il avait des projets pour ses fils, madame, expliqua Savitri. Mon frère aîné va bientôt entrer dans l'armée. Le plus jeune doit partir chez mon oncle pour devenir prêtre. L'avant-dernier sera cuisinier et mon père le prendra avec lui pour le former. Aucun d'eux n'a besoin de faire des études en anglais.

— Mais dans ce cas, juste ciel, où est le problème ?

— Le problème c'est mon frère Gopal, le deuxième.

— Seigneur, combien de frères as-tu ? Continue, continue, explique-moi !

— Mon frère est très intelligent. Il ira à l'université.

— Formidable ! C'est lui qui ira à l'école anglaise.

— Mon père dit qu'il y a le problème de votre fille, madame.

— Fiona ? Qu'est-ce qu'elle vient faire dans tout ça ?

— Madame… tout le monde sait que votre fille va partir en Angleterre, et quand elle s'en ira, Mr Baldwin n'aura pas de fille dans sa classe, excepté moi.

— C'est exact.

— Mon père dit que ce serait contraire aux convenances. »

Mrs Lindsay eut un mouvement de surprise car Savitri avait prononcé ces mots très correctement, avec le plus grand calme, sans trébucher sur les syllabes inhabituelles, bien qu'elle les utilisât sans doute pour la première fois de sa vie. Mrs Lindsay était partagée entre son envie de questionner Savitri à propos de ce vocabulaire inaccoutumé et sa hâte de découvrir la relation entre les convenances et les études de son frère. Une étrange logique, zigzaguant entre une multitude de facteurs sans lien apparent, associés les uns aux autres par des rapports tacites de causalité, gouvernait la vie de ces Indiens, et s'il était évident que Savitri saisissait parfaitement la corrélation, Mrs Lindsay, pour sa part, n'y comprenait rien – et David encore moins. Le petit David qui avait l'air tellement enfantin à côté de Savitri.

Tous les quatre, Savitri et son père, David et sa mère, se tenaient en rond devant la porte de la cuisine, chacun d'eux l'air préoccupé, prisonnier dans le petit univers de son corps-pensée auquel les autres n'avaient pas accès. Mrs Lindsay était décidée à avoir le dernier mot et à œuvrer à l'ascension sociale de cette famille – du moins pour un ou deux de ses membres. David voulait que Savitri assiste aux leçons avec lui et il détestait les discussions des grandes personnes. Savitri était déchirée entre l'amour et le devoir. Iyer savait ce qui était bien et ce qui était mal.

Mrs Lindsay rompit le silence et posa la main sur l'épaule de Savitri.

« Qu'est-ce que ton père veut dire par là ? »

Elle entendit l'enfant prendre une grande respiration,

comme pour rassembler la force et le courage de faire l'interprète entre deux univers.

« Mon père dit que je ne peux pas suivre des cours avec deux personnes de sexe masculin, car cela salirait ma personne et ma réputation. Cela ne serait possible que si l'un de mes frères m'accompagnait pour me protéger.

— Tu veux dire te *chaperonner* ? »

Mrs Lindsay ne savait pas trop si Savitri connaissait ce mot compliqué, mais elle s'inquiétait à tort car tout en la regardant avec des yeux doux et liquides comme si elle allait se mettre à pleurer, la fillette hocha vigoureusement la tête. Peut-être apprend-elle le dictionnaire par cœur, pensa-t-elle soudain, en se rappelant avoir cherché en vain ce dernier pas plus tard que la semaine dernière, pour trouver l'explication d'un mot rencontré dans une lecture. Ne pas oublier de demander à David, nota-t-elle mentalement, mais tout à l'heure, pas maintenant. Maintenant, en effet, elle avait besoin de se concentrer afin de ne pas rire, car le rire, c'était certain, anéantirait totalement l'atmosphère d'extrême dignité nécessaire pour conduire l'entretien vers une issue satisfaisante.

Et maintenant, maintenant qu'on en arrivait au nœud du problème, elle se rendait compte, en définitive, que la solution était simple. Ridiculement simple.

« Ton père veut que ton frère te chaperonne ? Eh bien, c'est d'accord. »

Elle prononça ces mots sur un ton définitif, en frappant du pied pour souligner son propos, mais avec une égale détermination, Savitri s'avança d'un pas en secouant ses longues tresses, et les fleurs glissèrent de ses cheveux.

David se baissa pour les ramasser et les rendit à Savitri, qui déclara :

« Non, non, madame. Mon frère doit aller à l'école, puis à l'université, donc il ne pourra pas me protéger. » Elle avait dit le mot « protéger » très naturellement, bien qu'elle sût à l'évidence, ainsi que son père, qu'elle n'avait nul besoin de quelqu'un pour la protéger dans cette maison, et surtout pas de ce cher Mr Baldwin – c'était une question de formes, de règles qu'il fallait respecter, afin qu'il n'y ait jamais le moindre doute quant à la pureté de la jeune fille, quand le moment serait venu de la marier. Le mariage… ça lui rappelait quelque chose… ah oui, il y avait aussi la question de la dot, mais on verrait ça une autre fois; ce serait sûrement aussi compliqué que cette affaire d'école et, pour le moment, Mrs Lindsay était épuisée.

Elle aurait aimé pouvoir prendre la main d'Iyer pour le convaincre de ses bonnes intentions et le contraindre à abandonner cette stupide fierté qui le faisait rester debout devant elle, raide comme un piquet.

« Non, mon petit, non. Tu n'as pas compris. Je ne veux pas dire que ton frère ne devra être là que pour monter la garde auprès de toi. Je veux dire qu'il suivra les cours. Quand nous rentrerons d'Ooty, il aura Mr Baldwin comme précepteur, exactement comme toi, et je paierai pour lui. Ensuite il ira à l'université, comme prévu. Dis-le à ton père et, je t'en prie, cesse de t'inquiéter et de prendre cet air malheureux. Allons, dis-le à ton père ! »

Mais Savitri ne put que rester immobile, les mains jointes, car à cet instant-même, le corps-pensée de Mrs Lindsay se dissipa totalement, il avait tout simplement disparu… et en l'absence des corps-pensées, ce seul geste de joindre les mains suffisait en matière de remerciements; car c'était Dieu, qui voit dans le silence, qu'elle remerciait.

« Ce n'est pas bien qu'une fille fasse des études. Et pire encore, avec ces *sahib*. » Bien qu'il n'eût que dix-sept ans, Mani éprouvait souvent le besoin d'énoncer des vérités, quand son père manquait de le faire. *Appa* subissait trop l'influence de ses maîtres anglais. C'était par conséquent à Mani de parler, car bien qu'un fils dût obéir à son père, quand ce père s'engageait sur une mauvaise voie, son fils aîné se devait de le mettre en garde.

« Mais c'est une chance pour Gopal.

— Elle sera polluée si elle se mêle aux *sahib*. Elle a déjà failli aux règles de sa caste.

— Du moment qu'elle ne mange pas avec eux.

— Mais elle se mêle à eux. Sa réputation va en pâtir. Les gens commencent déjà à parler.

— Mais Gopal sera là. Il ne lui arrivera rien de mal.

— Il vaut mieux la marier tout de suite. Écrivons à l'oncle Madanlal, à Bombay ; demandons-lui d'entreprendre des démarches pour lui trouver un mari. Ensuite il n'y aura qu'à l'envoyer à Bombay, chez son futur beau-père et nous serons débarrassés de ce problème.

— C'est une bonne idée. Mais prenons d'abord conseil auprès de *Thatha*. Après tout, c'est l'éducation de Gopal qui est en jeu. »

9

NAT

L'après-midi, quand Nat rentra de l'école, son père était toujours dans la salle de consultation, mais il n'y avait plus que deux personnes devant le portail, une femme avec une petite fille aux jambes rachitiques, déformées au genou. Nat savait pourquoi : elle avait la polio, et il savait aussi que son père ne pourrait rien faire, si ce n'est conseiller à la mère de l'emmener à Vellore ou à Madras pour consulter un spécialiste qui lui donnerait des attelles, des béquilles ou une chaise roulante. Mais la mère ne ferait probablement rien ; elle n'aurait pas l'argent pour aller à Madras ou à Vellore. Et même si le docteur lui payait le car, elle n'aurait pas le temps. La petite resterait comme elle était, elle se déplacerait en se servant de ses mains pour avancer sur son postérieur. Nat avait vu des quantités de poliomyélitiques qui, faute de pouvoir marcher, se déplaçaient en se traînant, en rampant ou en sautant à cloche-pied. Il savait que son père s'en attristait énormément et que l'une de ses principales croisades consistait à veiller à ce que tous les enfants de la région soient vaccinés, comme lui-même l'avait été.

Nat accrocha son cartable au clou derrière la porte, puis alla se poster devant l'entrée de la salle de consultation. Son père parlait à une patiente, une vieille dont les seins semblables à deux outres vides et fripées pendaient sur un torse que couvrait seulement un pan de sari élimé et déchiré, rabattu sur une épaule. Anand était devant la table, au fond de la pièce, en train de verser avec précaution quelques comprimés sur une petite feuille de papier marron dont il fit une sorte d'enveloppe qu'il glissa dans un sac en papier sur lequel il inscrivit quelques mots. En fait, et Nat le savait, c'était bien inutile, car la femme était sûrement illettrée. Mais peut-être l'un de ses enfants ou petits-enfants pourrait-il les lui lire.

Son père sentit sa présence et le regarda en souriant.

« Tiens, te voilà, Nat. Va donc chercher ton oncle Gopal, il est parti se promener dans le village. Ramène-le à la maison et prépare du thé pour tout le monde. »

Nat courut au village en passant sans s'arrêter devant des groupes d'enfants qui, leur journée de travail terminée, l'appelaient pour l'inviter à se joindre à eux – aujourd'hui il n'avait pas le temps.

Il rencontra l'oncle Gopal qui revenait et ils rentrèrent ensemble à la maison. L'oncle lui posa une foule de questions. Il voulait savoir comment s'était passée sa journée d'école, ce qu'il avait appris, quelles étaient ses matières préférées, et comme Nat avait toujours une réponse toute prête, il dit :

« Tu en as de la chance, Nat, d'aller dans une école anglaise, en ville. Vois-tu, j'ai parlé avec des enfants de ton âge qui vont à l'école ici et ils m'ont dit que le maître n'était pas revenu cet après-midi et qu'ils étaient presque tous rentrés chez eux pour travailler aux champs. Ils ne savent pas la moitié de ce que tu sais ! Je suis vraiment content que tu fasses de bonnes études, car quand tu seras grand, tu pourras être médecin comme ton père, et c'est un très beau métier. Ta mère serait fière de toi.

— Je n'ai pas de mère, oncle Gopal !

— Mais si, tu en as une ! Tous les enfants ont une mère, mais il y en a qui meurent trop tôt et on est obligé de mettre leurs enfants à l'orphelinat, comme toi. Mais maintenant tu as un excellent père et tu as beaucoup de chance. J'espère que tu remercies Dieu tous les jours pour ce bonheur.

— Tous les jours, dès que je me lève, je remercie Dieu, oncle Gopal !

— Très bien, très bien, formidable ! » L'oncle Gopal s'arrêta pour tapoter Nat dans le dos. Puis il regarda autour de lui, afin de s'assurer qu'ils étaient seuls et se pencha très bas en chuchotant : « Dis-moi, Nat, ça te plairait de venir vivre à Madras ? Dans une grande ville où tu porterais des chaussures pour aller en classe, où tu aurais des jouets pour t'amuser, comme celui que je t'ai apporté... Ah ! tu ne l'as pas encore vu ! Chez nous, il y a la TSF et tu aurais une bicyclette à toi. Tu irais à l'école dans une grande auto noire et tu aurais une *mère*... »

Nat se rappelait vaguement Madras, où son père l'avait emmené après leur départ de la maison où vivaient tous les enfants. Il en avait gardé le souvenir de centaines de voitures imbriquées les unes dans les autres, qui n'arrêtaient pas de klaxonner, de toutes sortes de bruits et d'étranges odeurs, agréables ou répugnantes, de trottoirs ponctués de monticules de saleté et, partout, de gens qui couraient, couraient, couraient. Et puis un jardin frais et paisible, plein de manguiers et de jolies fleurs, et une très grande maison de pierre, sombre et fraîche à l'intérieur, avec des choses rondes au plafond, comme des roues de charrette, mais petites et métalliques, munies de larges rayons qui tournaient en faisant de l'air. Il y avait une *memsahib* dans le jardin. Une *memsahib* en sari qui déambulait avec un bébé dans les bras, sauf que ce n'était pas un bébé mais une poupée. C'est ce qu'avait dit son père. Une poupée. Ensuite il l'avait emmené ici sur sa moto et jamais plus ils n'étaient retournés à Madras.

« Papa m'a emmené à Madras une fois », fit Nat. Il ne savait pas quoi ajouter ; ce ne serait pas poli de dire qu'il n'avait pas aimé Madras, alors que l'oncle lui souriait si gentiment. Il se frotta derrière l'oreille, comme toujours quand il était embarrassé.

« J'aimerais bien t'y emmener moi aussi, dit l'oncle Gopal. Tu habiterais avec moi dans une grande maison magnifique. Tu n'aurais plus à soigner tous ces pauvres.

— Je serai docteur comme papa ! s'écria Nat.

— Oui, oui, c'est un très beau métier. Mais les docteurs ne travaillent pas tous aussi dur que ton papa, vois-tu, et ils n'habitent pas tous dans un endroit pareil. Ils ont des patients comme il faut, qui sont couchés dans des lits blancs, à l'hôpital, et qui leur donnent beaucoup d'argent pour se faire soigner ; ces médecins conduisent de grosses voitures et leurs femmes et leurs enfants ont des vies très agréables ! Tu pourras être ce genre de docteur quand tu seras grand, Nataraj !

— Mais papa dit qu'un docteur doit être au service des pauvres !

— Oui, oui, bien sûr ! C'est très bien, très louable. Mais si tous les docteurs étaient au service des pauvres, Nataraj, que deviendraient les autres ? Que feraient les malades qui habitent dans les villes et qui ont les moyens de donner beaucoup d'argent à leur médecin ? Faut-il les laisser mourir ? C'est le devoir du médecin de soigner tout le monde, Nataraj, et pas seulement les pauvres des campagnes ! En ville aussi, nous avons besoin de médecins ! »

Nat ne voyait pas de quoi parlait l'oncle Gopal. Il se demandait ce qu'il voulait dire par *les autres*. Il ne connaissait personne qui pût donner beaucoup d'argent pour se faire soigner. Il ne connaissait pas d'autre existence que celle qu'il menait, et il ne voulait pas aller dans cet endroit horrible et bruyant qu'était Madras. Tout à coup, il se sentit très bête et fut saisi de panique. Il retira sa main de celle de Gopal et courut d'une seule traite jusqu'à la maison, vers son père et vers la sécurité.

Il franchit le portail au galop, en le laissant toutefois entrouvert pour son oncle. Comme son père était encore en consultation, il partit aussitôt à la cuisine pour ne pas avoir à parler avec l'oncle quand il arriverait. Il prépara du thé et ouvrit un paquet de biscuits qu'il disposa sur une assiette. Il prit le sucrier et la boîte de lait en poudre sur l'étagère au-dessus de l'évier, et mit le tout sur un plateau qu'il apporta dans la véranda, où il déroula une natte. Puis il se dirigea vers la porte du cabinet de son père et adressa au passage un timide sourire à l'oncle Gopal, qui avait ouvert sa valise, au beau milieu de la véranda, et semblait y chercher quelque chose. Il attendit devant la porte de la salle de consultation que son père et Anand aient fini de nettoyer les instruments après le départ de la dernière malade, la fillette à la polio, alors il tira son père par la main et ils allèrent ensemble rejoindre l'oncle Gopal pour prendre le thé.

Il écouta son père et son oncle évoquer des personnes qu'ils connaissaient. Le docteur donna à Gopal des nouvelles d'une dame appelée Fiona, qui était « folle à lier ». L'oncle Gopal parla au docteur d'un dénommé Henry qui était « revenu à Madras ». La femme de cet Henry s'était enfuie en Angleterre avec quelqu'un et son père parut bouleversé de l'apprendre. « Pauvre vieux, j'irai lui faire une visite », dit-il.

Pendant que son père servait le thé, l'oncle se tourna vers Nat et lui tendit un petit paquet enveloppé dans du papier multicolore et attaché avec un ruban.

« Tiens, Nat. Voici mon cadeau. Vas-y, ouvre-le ! »

Nat défit délicatement le nœud et écarta le papier, qui était très joli. Il se dit qu'il l'amènerait à l'école pour le montrer à ses camarades. On l'accrocherait peut-être dans la salle de classe. À l'intérieur il y avait une boîte longue comme un crayon neuf et haute comme la main de Nat. Sur la boîte, figurait l'image d'une auto très bizarre, longue, rouge, avec plein de roues et de choses qui dépassaient. Nat n'avait encore jamais vu de voiture comme celle-ci, pas même à Madras. Mais si, bien sûr ! il en avait vu une : l'an dernier, il y avait un dessin de cette chose dans son livre de lecture, le dessin d'une immense maison avec des flammes qui sortaient des fenêtres et, devant, une voiture semblable à celle-ci, qui envoyait de l'eau à l'intérieur. Ça s'appelait... Nat essaya de retrouver le nom, mais il l'avait oublié.

L'oncle le regardait et son père aussi.

« Allons, Nat, ouvre donc ! » dit l'oncle qui s'impatientait parce que Nat retournait la boîte en tous sens, l'examinant et la secouant. Ça cliquetait. Nat ne comprenait pas ce que Gopal voulait dire avec son « ouvre donc », et il tendit la boîte à son père, qui avait peut-être déjà vu ce genre d'autos. Le docteur prit la boîte en souriant, tira sur l'un des côtés et, à la stupéfaction de Nat, elle s'ouvrit toute grande et une vraie voiture en sortit, exactement pareille à l'image, petite, longue, rouge, avec un tas de choses qui dépassaient, une espèce de machin grimpant et une échelle que son père faisait bouger d'avant en arrière. N'en croyant pas ses yeux, Nat tendit ses mains. Son père lui donna la voiture et Nat vit alors que les roues tournaient, qu'il pouvait la faire rouler par terre et...

« Tu ne dis pas merci à ton oncle Gopal ? fit son père. Pour cette jolie voiture de pompiers ? »

Une voiture de pompiers ? Mais oui. Voilà. C'était une voiture de pompiers, et on s'en servait pour éteindre les incendies dans les villes, parce que les maisons étaient si grandes que lorsqu'elles brûlaient les seaux d'eau ne servaient à rien. Il devait y avoir des choses comme ça à Madras. Dans le village, on n'en avait pas besoin puisque les maisons en pisé ne brûlent pas. Quand le toit de Govinda avait pris feu, l'an dernier, tout le village avait aidé à l'éteindre, en faisant la chaîne depuis le puits pour se passer les seaux, mais les flammes l'avaient tout de même détruit et son père en avait payé un autre à Govinda.

Nat regarda enfin l'oncle Gopal, puis il détourna vite les yeux en marmonnant d'une toute petite voix : « Merci, oncle Gopal, c'est très joli. » Il remit alors la voiture de pompiers dans sa boîte, la posa délicatement par terre, prit un biscuit et le mangea.

« Ce n'est vraiment pas grand-chose, dit l'oncle qui n'avait plus l'air tellement content. Tu ne joues pas avec ?

— Tout à l'heure », dit Nat en prenant un autre biscuit, la tête baissée. Du coin de l'œil il vit les deux hommes échanger un regard, et un mauvais pressentiment lui noua le ventre, comme si quelque chose de terrible qu'il ne comprenait pas était en train de se produire. Il se frotta derrière l'oreille. Son père consulta sa montre.

« Nat, c'est l'heure d'aller chercher le lait », dit-il, et Nat se leva à contrecœur. Aujourd'hui il n'avait pas envie d'aller chercher le lait, il avait l'impression qu'il devait rester pour protéger son père ; le protéger de quoi ? il n'aurait su le dire. Mais puisqu'il fallait obéir, il alla prendre le pot en fer sur l'étagère de la cuisine et partit en courant sur la route, jusqu'à l'autre bout du village où vivaient Kanairam, sa femme et sa vache.

Une file d'attente composée de femmes et d'enfants s'était déjà formée et, comme de coutume, on l'accueillit avec de grands sourires et des mains jointes, en essayant de le pousser devant, car il portait chance. C'était chaque fois pareil, mais son père lui avait dit de ne pas accepter de faveurs particulières, aussi, comme tous les jours, Nat sourit et se mit derrière les autres.

D'habitude, il aimait bien aller chercher le lait. Il aimait bien Kanairam, sa femme et sa vache. Ils mettaient la vache sous un toit de chaume, devant leur maison ; quand c'était l'heure de la traite, ils attachaient le veau à l'un des poteaux soutenant le toit, puis Kanairam s'accroupissait auprès de la vache et tirait sur ses pis pour faire gicler le lait chaud et mousseux dans un vieux seau cabossé. Sa femme s'accroupissait à côté avec un autre seau où elle plongeait une louche pour remplir les récipients que lui tendaient les femmes ; la plupart d'entre elles n'en achetaient qu'une très petite quantité, et Nat préférait être le dernier, parce qu'étant le seul à en prendre un demi-litre, il avait un peu honte. Mais son père disait qu'il devait boire beaucoup de lait, afin de devenir grand, fort et de bien travailler en classe. Tous les soirs, son père lui préparait un bol de Horlicks fumant, et tous les matins il y avait du lait avec du sucre, sauf aujourd'hui, où il n'en avait eu qu'une demi-tasse parce qu'il en avait donné la moitié au frère du bébé mort.

Aujourd'hui tout allait mal. C'est à contrecœur qu'il était parti chercher le lait, à contrecœur qu'il avait laissé son père seul avec l'oncle Gopal, et maintenant il lui tardait de rentrer à la maison. Il retraversa le village en courant, sans dire bonjour à personne ; il dut cependant s'arrêter pour ramasser le couvercle qui était tombé, à cause du lait qui tourbillonnait à l'intérieur du pot, mais comme il était maintenant couvert de terre, il était impossible de le remettre, et il ne pouvait plus courir, sinon le lait déborderait et il en avait déjà perdu beaucoup, ce qui était très mal de sa part. Son père disait toujours qu'il ne fallait pas gâcher la nourriture, car c'était une insulte aux gens du village.

À son retour, son père et l'oncle Gopal étaient toujours en train de discuter, mais sur un ton qui confirma Nat dans l'idée qu'il se passait quelque chose d'épouvantable. Le regard de son père rencontra le sien et il y lut une souffrance profonde, une violente détresse qu'il n'y avait encore jamais vue, quant à l'oncle Gopal… non il ne pouvait plus l'appeler oncle, tant il y avait de la colère dans ses yeux !

« Nat, va faire tes devoirs dans la véranda de derrière, s'il te plaît. Je dois discuter de certaines choses avec l'oncle Gopal ! » dit son père et, avec plus de mauvaise grâce que jamais, Nat alla prendre son cartable et le traîna jusqu'à la véranda donnant sur des rizières et des broussailles qui s'étiraient jusqu'à l'horizon embrasé par le crépuscule. Là-bas, là où le soleil déclinait, il y avait des pays lointains, entre autres ce pays où son père avait vécu quelque temps autrefois, et où lui, Nat, devrait aller un jour pour devenir médecin. Nat ne voulait pas que ce jour arrive. Certes, il désirait être médecin, mais jamais, au grand jamais, il ne voudrait quitter son père. Il semblait toutefois apparemment impossible d'avoir l'un sans l'autre. Et voilà que cet oncle, ce Gopal – Nat savait que c'était impoli d'appeler les adultes par leur prénom, sans y ajouter oncle, tante,

Ma ou *Appa,* en signe de respect, mais il n'avait pas envie d'être poli avec cet oncle-là – avait apporté avec lui un danger nouveau, un danger qu'il ne comprenait pas, et il était tout simplement impossible à Nat de faire ses devoirs, bien qu'il sût que le maître le gronderait, sans toutefois le fouetter, comme les autres enfants, parce qu'il était le fils du *sahib daktah*.

Nat écoutait. Et même s'il ne comprenait pas, il savait que l'oncle Gopal représentait une menace bien pire que le roi-singe Ravana.

« Je suis son père et j'ai le droit de l'élever comme bon me semble !

— Quelle sorte de vie lui fais-tu mener ? La vie d'un paysan ! Si j'avais su que tu lui ferais ça, je n'aurais jamais permis…

— Permis ! Permis ! Ça alors ! Qui es-tu pour parler de permettre quoi que ce soit ! Si ce que tu dis est vrai, pourquoi n'en as-tu pas parlé il y a deux ans !

— Je te l'ai dit, Mani ne voulait pas ! À cause de ton argent, tu t'imagines que tu peux acheter un enfant et qu'après cet enfant t'appartient !

— Je ne l'ai pas acheté ! On me l'a donné tout à fait légalement, et tu le sais bien !

— Mani était un menteur et tu as cru tout ce qu'il t'a raconté, mais moi seul connais la vérité, moi et Fiona…

— Et maintenant que Mani est mort, tu crois pouvoir débarquer comme ça et l'emmener à Madras !

— Et toi, tu veux l'élever comme un paysan !

— Je veux qu'il soit médecin, comme moi. N'est-ce pas la coutume indienne qu'un fils marche sur les traces de son père ? N'est-ce pas là-dessus que repose tout votre système de castes ?

— Tu as parfaitement raison, mais il existe des médecins pour le genre de travail que tu fais. Tu viens d'un univers différent et tu aurais pu offrir à Nat cet univers-là plutôt que celui-ci.

— Il se trouve que c'est mon univers, et celui que Nat aime et connaît.

— Mais tu n'es pas à ta place ici. Tu es anglais. Tu devrais être parmi les tiens.

— Je suis indien. Tu sembles l'avoir oublié.

— Sur le papier, seulement.

— Je suis indien autant que toi, et peut-être même plus que toi. Tu es bien placé pour le savoir !

— Pour nous autres Indiens, tu seras toujours un Anglais, un *sahib*, et tu ne peux rien y changer. Tu ne peux pas changer les Indiens, ni leur façon de penser, et tu ne peux pas changer l'Inde. C'est un pays immense où il y a trop de misère. Ce que tu fais n'est qu'une goutte d'eau dans l'océan. Tu ne peux pas guérir tous ces millions de gens.

— En tout cas, je peux apporter ma contribution. C'est l'essentiel. Ma toute petite contribution. Je ne veux rien changer, ni personne. Je me contente d'apporter ma contribution et d'apprendre à Nat à en faire autant. Je lui montre une façon de vivre pour laquelle il me remerciera un jour !

— Il te remerciera ! Un jour il te maudira de ne pas lui avoir offert toutes les opportunités dont il était en droit de bénéficier ! Si j'avais su, je ne t'aurais jamais laissé… tu aurais pu lui offrir tellement plus ! C'est uniquement pour ça que je n'ai pas parlé plus tôt, parce que je savais que tu pouvais lui offrir autre chose – l'Occident, une bonne instruction, mais pas ça ! Si tu l'avais envoyé faire ses études en Angleterre, pour qu'il devienne un médecin digne de ce nom, avec tous les privilèges qui lui sont dus, je ne serai pas intervenu, mais *ça*…

— Des privilèges ! Je me souviens d'une époque où il n'était pas question de privilèges mais seulement de honte.

— Les temps et les circonstances changent, tu le sais aussi bien que moi. Mais un fait demeure : il est né avec des privilèges et il devrait en profiter. Quand je pense que tu es un ancien d'Oxford ! D'Eton et d'Oxford ! Nat a droit à la même chose !

— Je veux qu'il grandisse en acquérant de la substance et le sens des valeurs, et pas dans le clinquant de soi-disant privilèges. Peu m'importe que tu sois devenu riche, Gopal. Avec moi il aura une meilleure existence, une existence de qualité. C'est ce que sa mère aurait voulu !

— Ne la mêle pas à ça !

— Si, au contraire ! Maintenant que son nom a été prononcé, parlons-en. Parce que c'est *elle* qui est au cœur de tout ça. »

Nat se boucha les oreilles, incapable d'en entendre davantage. Cette fois, c'était trop. Non, non, pas sa mère !

Il savait évidemment que tous les enfants ont une mère, qu'on ne peut pas naître autrement, il savait aussi que certaines mères mouraient jeunes et que leurs enfants grandissaient sans elles, ou avec une autre femme, quand leur père se remariait. Mais Nat avait gardé un souvenir très net de la maison avec tous les enfants, il ne savait que trop que son père n'était pas son vrai père, mais ils n'abordaient jamais la question. Nat voyait bien que son père avait complètement oublié la maison avec tous les enfants, qu'il avait oublié qu'ils n'étaient pas réellement père et fils, parce qu'il disait toujours « mon fils » quand il parlait de lui. Et Nat ne tenait pas à lui rappeler que, au sens propre, ce n'était pas vrai. Son père était tout son univers.

Mais dans son cœur, Nat avait conscience qu'il manquait quelque chose à cet univers. Il y pensait rarement mais aujourd'hui, en entendant l'oncle Gopal lui dire : « Ta mère serait fière de toi », voilà qu'elle était revenue, cette douleur lancinante, cette souffrance très aiguë tout au fond de lui, à cause de quelque chose qu'il aurait dû avoir, mais qu'il n'avait pas.

Il avait quelquefois une idée de ce qui lui manquait, quand ils allaient au grand temple de la ville, c'est-à-dire pas très souvent. Son père achetait d'abord deux grands mala à un étal, devant le temple, de lourdes guirlandes habilement tressées de roses et de jasmin, qui dégageaient un parfum si puissant que Nat se sentait presque défaillir. À l'entrée du temple, le docteur ôtait ses souliers, qu'il confiait à un mendiant en échange de quelques sous, et c'était la seule occasion où il se montrait en public sans chaussures et sans chaussettes. Il lui arrivait, bien entendu, de garder ses chaussettes pour cacher son pied en bois, mais elles devenaient alors noires de crasse, et le *dhobi* avait beau les battre sur la pierre, il ne parvenait jamais à les ravoir. Ils traversaient ensuite la cour extérieure, les deux cours intérieures, le hall des Cent Colonnes, plein de mendiants et de lépreux qui demandaient l'aumône, la main tendue, et de personnes qui mangeaient ou dormaient au pied des piliers, pour arriver enfin devant l'éléphant, et là ils s'arrêtaient. L'éléphant avançait sa trompe, pour qu'on y dépose des pièces de monnaie, puis il la relevait pour vous toucher les cheveux, ce qui équivalait à une bénédiction, et tournait la tête pour remettre l'argent au *mahout*, assis par terre, derrière lui. Après avoir été bénis par l'éléphant, ils repartaient et pénétraient dans une cour intérieure obscure, fermée de toute part, sans aucune fenêtre, au sol noir et huileux, imprégné d'une forte odeur très sacrée de ghee et de *vibhuti*, sans compter celle de la flamme des centaines de petites lampes brûlant dans les niches creusées dans le mur, entre les statues de Shiva, de Nataraj, de Dakshinamurthi, de Ganesh et de Parvati. Puis, les mains jointes et la tête respectueusement inclinée, ils entraient dans le saint des saints, où l'atmosphère était si confinée qu'on pouvait à peine respirer, en plus de la chaleur dégagée par la flamme de Shiva et des odeurs environnantes qui vous tournaient la tête, et tout ce sacré qui vous empêchait de penser. Le pujari célébrait une *puja* à leur intention. Ensuite, Nat et le docteur accomplissaient un *pradakshina* du saint des saints, en marchant lentement dans le sens des aiguilles d'une montre, avant d'arriver enfin dans le temple de la Mère, où Parvati, l'épouse de Shiva, la Sainte Mère, trônait dans le sanctuaire le plus retiré. Elle recevait le second *mala*, mais cette fois, quand ils passaient la main sur la flamme sacrée, il n'y avait plus de *vibhuti*, mais seulement du *kum-kum*, la poudre rouge de l'amour. On y trempait l'index, avant de se toucher le milieu du front, entre les deux yeux, et on portait alors le signe de Parvati, qui représente l'Amour, par-dessus les rayures de Shiva. Chaque fois qu'il posait la marque rouge de l'Amour sur son front, Nat ressentait une chaleur intense et délicieuse l'envahir de la tête aux pieds, une douce et joyeuse félicité tout au fond de lui, et c'était ça une maison, c'était ça une Mère.

Nat se rendait parfaitement compte que la souffrance qu'il portait dans son cœur lui était dédiée et que ce vide qu'il ressentait parfois était le manque de son amour.

Mais à cet instant, en entendant son père et l'oncle Gopal se disputer, car c'était bien ce qu'ils faisaient, ils criaient et se querellaient au sujet de sa mère, il comprit que sa souffrance ne pouvait que grandir et qu'il ne lui restait qu'à se boucher très fort les oreilles, pour ne pas laisser filtrer même un murmure. Il avait déjà perdu sa mère. Qu'elle reste là où elle était! *Mais s'il vous plaît, s'il vous plaît, faites que je ne perde pas aussi mon père!* Les mains plaquées sur les oreilles, il enfouit la tête entre ses genoux et resta longtemps, très longtemps ainsi, pour ne pas entendre leurs cris.

Quand enfin il écarta prudemment les mains, ses oreilles ne rencontrèrent que le silence. Il faisait noir et c'était l'heure du repas, que la femme de Pandu leur avait fait apporter par le charretier, et qu'ils prirent dans une atmosphère froide et hostile, puis vint l'heure d'aller se coucher. Le lendemain matin, l'oncle Gopal était déjà parti, et ce fut comme si la journée de la veille n'avait jamais existé. Nat l'effaça de sa mémoire, car l'oncle ne revint pas et son père ne prononça plus jamais son nom.

Nat donna la voiture de pompiers aux enfants du village. Ils la prenaient chacun une journée à tour de rôle et la remettaient dans sa boîte pour la nuit. Mais chaque fois que venait son tour, Nat la passait immédiatement au suivant. La voiture de pompiers avait plus de dix ans quand Ravana, pas le même, mais le roi-singe qui lui succéda après sa mort, la trouva dans une maison et la mit en pièces. Murugan, le forgeron, essaya de la réparer, mais elle était trop endommagée et il lui manquait quatre roues.

10

SAROJ

Le treizième anniversaire de Saroj était tombé un samedi de la mi-septembre. Le lundi suivant, ce fut la rentrée des classes.

Au début de cette nouvelle année scolaire, on – c'est-à-dire miss Dewer et le conseil de l'établissement – lui fit sauter une classe et elle se retrouva assise à côté de Trixie Macintosh.

Elle l'avait déjà remarquée l'année précédente. Impossible, au reste, de ne pas remarquer Trixie, cette grande fille brune, maladroite comme un jeune poulain, toujours en train de gambader et de galoper dans les couloirs du lycée, de dégringoler dans les escaliers, quand elle ne tombait pas simplement de sa hauteur. Elle était drôle, pleine d'esprit, avec un rire contagieux qui semait la joie, tels des confettis, sur tous ceux qui se trouvaient dans son orbite. Son rire débutait par une sorte de glouglou caverneux, tout en bas, dans son ventre, puis s'échappait en un geyser crépitant, qui s'élevait en spirale dans un crescendo argentin, pétillant comme du champagne. Même si on n'avait pas saisi l'astuce, on ne pouvait pas s'empêcher de rire.

En classe, Trixie était un phénomène. Être assise à ses côtés représentait pour Saroj le sommet du bonheur. Elle vous considérait en haussant les sourcils avec une expression cocasse qui suffisait à elle seule à déclencher le rire. Quand le professeur la rappelait à l'ordre, elle le regardait et remuait les oreilles en disant :

« Je suis tout ouïe ! » Et sa façon de marcher ! Elle faisait exprès de tomber de tout son long, de se fracasser contre un lampadaire, un mur ou une porte close, puis de s'affaler en tas sur le sol, si bien qu'on se précipitait à son secours, avec la crainte qu'elle se soit fait mal, pour la voir se moquer de vous, en souriant de ce sourire jusqu'aux dents qui lui fendait presque la figure en deux.

Sans parler de ses histoires à mourir de rire, ses commentaires sur les professeurs et les caricatures qu'elle dessinait pendant les cours dans la marge de ses cahiers, si ressemblantes qu'on voyait tout de suite de qui il s'agissait, elle s'était spécialisée dans les dessins accompagnés d'une légende humoristique ; elle les passait à sa voisine, qui les transmettait à la sienne, jusqu'à ce que la classe tout entière soit secouée de gloussements réprimés. Saroj s'inquiétait de la voir passer tout le cours de maths à dessiner, sans écouter un seul mot de ce que disait le professeur, totalement absorbée par ce qu'elle faisait et à cent lieues des maths. Trixie détestait les mathématiques. Flegmatique à l'excès, elle avait justement gagné l'admiration de Saroj à cause de ce défaut.

C'était ce même instinct de survie qui poussait Saroj vers Ganesh et sa facétieuse légèreté. Elle était attirée par les clowns comme une plante recherche la lumière. La gravité latente de son propre caractère, ce réalisme fragile qui la classait dans la catégorie des raseurs, la terrifiait. Si jamais elle s'y complaisait trop longtemps, elle risquerait de ne plus pouvoir s'en dégager. Ganesh lui apportait une bouffée d'air. De même que Trixie. Ils étaient faits du même bois léger. Jusqu'à présent, elle s'était raccrochée à son frère pour ne pas se noyer dans le marécage de sa propre détresse, mais Ganesh ne suffisait plus. Maintenant que la vie la plaçait devant un nouvel obstacle, apparemment insurmontable, qui portait le nom de Ghosh, elle avait besoin d'une nouvelle inspiration. À chaque poison son antidote.

Le talent de Trixie était supérieur d'un cran à celui de Ganesh. L'humour de son frère restait fondamentalement passif. Il tournait la vie en dérision, tout en prenant bien soin de ne pas s'attirer d'ennuis, et il n'affrontait jamais les obstacles de face. Il ne se *battrait* pas pour faire échouer son mariage avec la fille Narayan, il se contenterait de contourner la difficulté. Ganesh ne cherchait pas à provoquer la colère. Trixie, au contraire, était une spécialiste en la matière. Quiconque parcourait n'importe quel jour de la semaine la longue galerie silencieuse reliant les salles du lycée avait des chances de la voir traînailler devant sa classe ou gravant ses initiales sur le bois de la rambarde, après avoir été mise à la porte par le professeur. Elle avait une façon de sourire qui déclenchait la fureur chez les enseignants. Son insolence, son manque total d'intérêt pour les matières au programme soulevaient des tempêtes de fureur. Mais tout le monde savait que, si l'envie lui en prenait, elle pouvait être brillante, raison pour laquelle on l'avait acceptée dans cet établissement sélectif. C'étaient les professeurs qui l'ennuyaient à périr, leurs voix ronronnantes, leur absence d'inspiration. Elle se rebellait contre la monotonie inhérente au milieu scolaire. Elle n'avait aucun respect pour le savoir. Elle appelait ça des connaissances mortes.

Alors que Saroj était exactement le contraire. Le type même de la jeune fille indienne, avec ses longues nattes et sa jupe d'uniforme au-dessous du genou. Dans cette classe, elle était la Nouvelle, et l'empotée. Les Indiennes étaient presque toutes des empotées. Voilà ce qu'elles pensaient, ces Africaines, ces Portugaises, ces Chinoises et ces métisses. Les Indiennes étaient sages et bien élevées, pudiques et studieuses. Elles étaient les chouchous des professeurs et des surveillantes, le matériau idéal pour faire des têtes de classe. Et Saroj se coulait dans le moule, à la perfection.

Mais il y avait une Saroj extérieure et une Saroj intérieure. La Saroj extérieure, façonnée par Baba, était docile, soumise, polie, douce, distante, fière, une figurine en papier représentant une jeune fille indienne qui marchait, bougeait, respirait, écoutait, parlait quand on lui adressait la parole et faisait ce qu'on lui disait de faire. Sous ce masque se cachait la vraie Saroj, la Saroj intérieure. Derrière la fumée dégagée par celle-que-les-gens-croyaient-qu'elle-était brûlait le feu de son *moi* véritable, qui se tortillait, se débattait, se bagarrait obstinément pour se libérer. Mais personne n'aurait pu s'en douter, du moins avant ce treizième anniversaire, qui avait tout changé. La Saroj intérieure devait vivre. La Saroj extérieure devait mourir. Cela du moins était clair. Mais comment ? Dans son combat pour exister, Saroj avait besoin d'un bras pour s'y appuyer, et là, tout près, à portée de la main, se trouvait le modèle idéal de la nouvelle personnalité qui façonnerait son destin. Trixie. Devenir libre, désinhibée, comme elle !

Quand Saroj allait voir les jumeaux de l'oncle Balwant, elle partait se promener sur la plage, la tête pleine de rêves de liberté. Elle voyait Trixie galoper au bord de l'eau, sur son cheval pie, légèrement levée sur sa selle, légèrement penchée en avant, l'image même de la liberté. Saroj la regardait avec envie. Trixie n'était plus une étrangère, désormais ; comment une personne si proche de ce que l'on est en réalité pourrait-elle être une étrangère ? Mais Saroj savait que c'était une intimité trompeuse, puisque unilatérale. À part un vague sourire de temps à autre, Trixie ne semblait même pas avoir conscience de son existence. Elle ne la voyait pas, en dépit de leur proximité physique. Saroj devrait faire ses preuves. D'une façon ou d'une autre.

Son imagination travaillait sans arrêt. La nuit, elle restait éveillée, à imaginer des histoires dans lesquelles Trixie et toutes ses camarades la regardaient, bouche bée et les yeux écarquillés, pendant qu'elle, Saroj, la courageuse héroïne, se ruait à l'intérieur d'une maison en flammes pour sauver des enfants terrorisés, ou bien travaillait dans un cirque où elle exécutait avec la plus grande facilité de périlleux numéros de trapèze…

Mais le matin arrivait, avec Ma et sa brosse à cheveux, Baba et ses petits carrés de toast, ainsi que son uniforme de collégienne soigneusement drapé sur une chaise à haut dossier, à côté de la porte de la tour. Le charme était rompu, le carrosse d'argent redevenait citrouille et l'héroïne une écolière affublée d'une jupe trop longue, que personne, et Trixie moins que quiconque, ne remarquait. Elle était la prisonnière de Baba. Enchaînée, bâillonnée, une vierge prête à être sacrifiée sur l'autel du mariage. Le jour de ses noces, Baba remettrait sa chaîne entre les mains du fils Ghosh et tout serait dit. Définitivement. Elle n'avait pas le courage de se rebeller. Elle n'avait même pas le courage d'adresser la parole à Trixie. Le trimestre était déjà dans sa troisième semaine et leur amitié n'avait pas plus avancé que des quelques centimètres séparant leurs pupitres.

« Tata ! Viens m'aider ! » Sahadeva tira Saroj de sa rêverie. Ils faisaient équipe ensemble ; ils avaient fabriqué un cerf-volant bleu et jaune qui remporterait sans aucun doute le premier prix au concours de cerfs-volants, à Pâques prochain.

« Ce n'est pas juste ! se lamentait Shiv Sahai. Toi, tu t'entraînes avec elle, mais Pratap ne vient jamais s'entraîner !

— Bien fait pour toi ! Bien fait pour toi ! » Sahadeva riait, parce qu'ils avaient tiré à pile ou face pour choisir leur équipier, et Shiv Sahai, qui avait gagné, avait pris leur grand frère Pratap qui, s'il s'y entendait pour construire des cerfs-volants, ne prenait jamais le temps de s'exercer. Shiv Sahai avait dû se rabattre sur leur grosse vieille nounou Meenakshi, qui se dandinait d'avant en arrière, conformément à ses directives. Sahadeva avait Saroj, toujours prête à s'évader quelques heures sous prétexte d'essayer le cerf-volant.

« Reste là et tiens-le bien, tata, dit Sahadeva. Je vais partir en courant avec le cerf-volant. Tu le tiens bien, hein ? »

Le cerf-volant s'éleva, Sahadeva revint en courant et prit le dévidoir des mains de Saroj, tout en exécutant de petits pas de danse de côté pour suivre l'ascension du cerf-volant.

« Tu as vu comme il monte haut ! Tu as vu comme il monte haut ! Tu as vu, Shiv Sahai ! Le mien est monté bien plus haut que le tien ! »

Surexcité, il courait à reculons sur la plage, déroulant la ficelle au fur et à mesure. Le cerf-volant prit son essor et se mit à voguer, ses oreilles de papier crépon jaune vif claquant joyeusement dans le bleu cobalt du ciel, avec sa longue queue constituée de bouts de tissus noués sur une ficelle – et que Sahadeva avait fabriquée *tout seul*, sans *l'aide de personne* – qui se balançait gracieusement d'avant en arrière.

Soudain, tel un faucon fondant sur sa proie, le cerf-volant piqua droit sur la trajectoire du cheval de Trixie qui arrivait au galop.

« Attention ! » hurla Saroj. Mais elle était trop loin et c'était trop tard.

Le cerf-volant atterrit juste devant les naseaux du cheval. L'animal fit un écart, recula, vacilla, hésita et repartit au grand galop. Trixie gisait sur le sable. Saroj se précipita.

« Tu n'as rien ?

— Ça va », grommela Trixie en essayant de se relever, mais au moment où son pied droit prenait contact avec le sol, son genou lâcha et elle s'effondra.

« Aïe !

— Tu t'es fait mal ! Tu t'es foulé la cheville, ou même cassé, peut-être.

— Oui, peut-être… où est Vitane ?

— Ton cheval ? Il est parti par là, il n'a rien, mais si tu ne peux pas marcher…

— Mais non, ça va aller. Il faut que j'attrape Vitane. Ouille. »

Trixie fit une nouvelle tentative pour se lever et s'écroula une fois encore.

« Écoute, il vaudrait mieux que j'aille chercher de l'aide.

— Mais Vitane… Il faut d'abord ramener Vitane. Une fois qu'il sera là, tu n'auras qu'à m'aider à monter dessus. Tiens, le voilà, là-bas, est-ce que tu peux… »

Saroj parcourut la plage du regard et aperçut effectivement le cheval, immobile, la tête baissée, avec l'air coupable d'un chat qui a chipé du lait.

« Bon, je vais aller le chercher. Reste là. Je reviens tout de suite.

— C'est un poney, remarqua Trixie. Il n'aime pas les inconnus et tu as intérêt à être prudente, approche-toi doucement, par-devant, et… »

Saroj ne prit pas la peine d'écouter ses instructions, d'ailleurs superflues. Le cheval, ou plutôt le poney, était tout heureux que quelqu'un se porte à son secours. Elle alla vers lui et il vint à sa rencontre. Elle lui tapota l'encolure et il se frotta contre sa main. Elle lui chuchota à l'oreille, caressa son pelage noir et blanc, tout luisant, le prit par la bride et le ramena à Trixie – assise sur le sable, incapable de bouger – en se contraignant à ne pas sourire, afin de ne pas lui donner l'impression de se moquer d'elle.

Meenakshi et les deux enfants étaient déjà auprès d'elle, la nounou catastrophée à cause de la cheville foulée et les enfants à cause du cerf-volant démoli. Sahadeva pleurait.

« Calme-toi, Sahadeva. Nous en fabriquerons un autre, dit Saroj au passage. Voilà Vitane. Je n'ai pas eu de difficulté pour l'attraper, ajouta-t-elle à l'adresse de Trixie, en tâchant de prendre un air modeste.

— Merci. Et maintenant, si tu peux simplement me faire la courte échelle, je vais remonter dessus pour le ramener au Poney-Club », dit Trixie d'un air maussade, et Saroj comprit qu'elle cherchait à se débarrasser d'elle.

Mais, grâces en soient rendues aux grandes personnes, Meenakshi, intervint : « Tu est bien mal en point, ma fille. Tu devrais aller voir un docteur.

— C'est qui ? demanda Trixie, avec un mouvement du menton en direction de Meenakshi.

— Meenakshi, la nounou des enfants, et elle a raison.

— Mais il faut que je m'occupe de Vitane !

— Ne t'inquiète pas pour lui », dit Saroj en tapotant le cheval sur la croupe. Quel bonheur d'être là, accroupie auprès de Trixie, les rênes négligemment jetées sur le bras, comme si c'était son cheval, à elle, Saroj, et pas celui de Trixie. « Le Poney-Club n'est pas très loin, je vais le ramener. Tu vois, je lui plais. Il faut trouver un médecin, tu t'es peut-être cassé quelque chose. »

Trixie boudait. Elle essaya encore une fois de se lever, mais n'y parvint pas et poussa un cri de douleur.

« Je vais téléphoner à ta mère. Quel est son numéro ? demanda Saroj.

— Elle n'est pas à la maison.

— À ton père, alors. Il est à son travail ?

— Mon père est à Londres, répliqua sèchement Trixie. Aussi, à ta place, je ne prendrais pas la peine de l'appeler, et je n'ai aucune idée de l'endroit où se trouve ma mère en ce moment. Appelle plutôt un taxi pour me conduire à l'hôpital. Ça va aller, je t'assure, et si tu pouvais ramener Vitane au club…

— Tu ne veux pas que je t'accompagne à l'hôpital ?

— Non, ça ira, ne t'inquiète pas. »

Elles inspectèrent les alentours à la recherche d'une cabine téléphonique, bien entendu il n'y en avait pas, car on n'en trouve jamais quand on en a besoin, mais Meenakshi se souvint qu'il y avait un poste de police de l'autre côté de la route et elle partit chercher de l'aide de sa démarche dandinante. Elle revint bientôt, accompagnée de deux robustes policiers qui soulevèrent Trixie tel un sac de pommes de terre et la transportèrent jusqu'à la route où une Jeep attendait déjà.

Quand la Jeep eut disparu, Saroj renvoya Meenakshi à la maison avec les deux enfants et le cerf-volant en morceaux, puis elle monta sur la digue, qui était juste à la bonne hauteur pour lui permettre d'enfourcher le poney. Elle lui donna de petits coups de talon dans les flancs, comme elle imaginait qu'il fallait le faire, claqua de la langue en s'écriant « Hue ! » et « En route ! » « En avant ! » Ses jupes retroussées sur les genoux… elle goûtait pour la première fois à la liberté. Un tout petit pas, sans doute, que Trixie jugerait insignifiant, et sans commune mesure avec un plongeon dans les flammes dévorantes pour secourir quelqu'un.

Mais pour Saroj, c'était tout de même une étape. Et elle l'avait franchie toute seule, sans l'aide de personne, si ce n'est celle de la Providence.

C'était un début.

Dans la soirée, alors que Ma était encore au temple de Purushottama et Baba au Maha Sabha, le téléphone sonna. C'était Trixie.

« Je voulais seulement te dire combien je regrette d'avoir été aussi désagréable et te remercier de t'être occupée de Vitane.

— Oh non, ce n'est rien, vraiment. Et toi, comment vas-tu ? Comment va ta cheville ? Elle est cassée ?

— Non, seulement foulée. »

Ensuite ce fut très facile. Trixie lui expliqua qu'elle était seule à la maison, en train de lire le magazine *Teen*, allongée sur le canapé du salon, son pied bandé en position surélevée, morte d'ennui et prête pour une petite causette. Sociable par nature, elle n'eut pas besoin de beaucoup d'encouragements pour donner libre cours à l'avalanche de paroles qu'elle avait en réserve. Apparemment il lui importait peu que Saroj fût une Indienne empotée. C'était comme si elles étaient les meilleures amies du monde.

Au bout de cinq minutes, elle avait déjà promis à Saroj de lui donner des leçons d'équitation, de lui prêter ses disques des Beatles, et en apprenant qu'elle n'avait pas d'électrophone, de lui enregistrer des cassettes qu'elle lui remettrait le lendemain au lycée, puis en apprenant qu'elle n'avait pas de lecteur de cassettes, elle lui promit de lui passer le sien.

« Viens plutôt chez moi, ce sera encore mieux. On les écoutera ensemble. Demain, après les cours, ça te va ?

Ah, merde, avec ce foutu pied, je ne pourrai pas prendre mon vélo. Tu sais quoi ? J'ai des béquilles. Maman sera obligée de venir me chercher en voiture. Mais dès que ça ira mieux, tu viendras à la maison avec moi, d'accord ?

— Oui, euh, d'accord, mais…

— Mais quoi ?

— C'est que… » Saroj ne savait comment lui expliquer la situation. Comment lui dire qu'elle n'avait le droit d'aller nulle part ? Sauf chez des membres de la famille. Pas de lèche-vitrines, pas de piscine, pas de cinéma. Rien. Qu'elle ne pouvait pas faire de vélo. Qu'elle était la prisonnière de son père, sa captive, sa propriété. La poupée de porcelaine qu'il gardait dans du coton.

C'est alors que la *vraie* Saroj, la Saroj qu'elle désirait tant être, écrasa d'un coup de poing la face de porcelaine de cette poupée.

« Bien sûr, je viendrai, mais c'est que je n'ai pas de vélo. Est-ce que je ne pourrais pas plutôt aller chez toi demain, en voiture ? Quand ta mère viendra te chercher ? »

L'affaire fut réglée en moins de deux et Saroj raccrocha en sentant sourdre en elle une allégresse jubilatoire. Souriant de toutes ses dents, elle sortit de la pièce en exécutant quelques pas de danse et faillit entrer en collision avec Ganesh qui rentrait du cricket. Ils s'allongèrent tous les deux par terre. Saroj riait et Ganesh, qui n'avait jamais besoin d'un prétexte pour cela, se mit à rire lui aussi. Au bout d'un moment elle se releva et tira son frère par la manche.

« Ganesh, viens, montons vite dans la tour. J'ai des choses à te raconter, tu ne vas pas me croire ! »

Trixie ouvrit la portière arrière de la Vauxhall blanche, Saroj monta et se sentit soudain affreusement intimidée, affolée. Mais déjà, elle s'était glissée sur la banquette, derrière la mère de Trixie, et la voiture démarra en direction d'un endroit où Baba ne pourrait jamais la trouver.

« Maman, je te présente Saroj, Saroj, je te présente maman », lança Trixie, assise à l'avant. Sa mère se retourna à demi. Elle avait un teint acajou foncé sans défaut, une coupe afro de cinq centimètres d'épaisseur et parfaitement ronde, un profil anguleux, une bouche charnue et des pommettes hautes. Sur l'une de ses pommettes, Saroj remarqua un grain de beauté noir en forme de pois cassé qui, avec l'ensemble de ce profil lui parut étrangement, vaguement familier.

Elle s'avança sur la banquette pour serrer la main qu'on lui tendait et dit : « Je suis heureuse de vous connaître, Mrs Macintosh. »

La mère de Trixie secoua la tête d'un air amusé, tandis qu'éclatait le rire en cascade de Trixie.

« Non, non, surtout ne l'appelle pas comme ça, sinon elle va t'arracher les yeux. Ce n'est ni une Mrs ni une Macintosh. C'est Lucy Quentin ! »

Cette fois, Lucy Quentin fit un signe de tête approbateur, et Saroj faillit mourir de honte et d'effroi. Lucy Quentin !

Lucy Quentin était célèbre, tellement célèbre qu'on voyait tout le temps sa photo dans les journaux. Lucy Quentin par-ci, Lucy Quentin par-là, ministre de la Santé, responsable de telle commission et de tel conseil consultatif, présidente de telle association et directrice de telle fédération. Lucy Quentin, ouvrez et fermez les guillemets, poignée de main et révérence.

Et Saroj était la plus fervente admiratrice de Lucy Quentin. Chaque fois qu'elle pouvait mettre la main sur le *Chronicle*, elle se jetait sur la première page pour voir si on parlait d'elle. Avait-elle fait un discours ? Une conférence de presse ? S'était-elle querellée avec le ministre de l'Éducation ? Lucy Quentin adorait croiser le fer avec des hommes importants. Elle avait d'ailleurs cent fers au feu – mais le plus tranchant, le plus lourd, était celui qui menaçait le pouvoir absolu de Baba sur la vie de sa fille. Lucy Quentin voulait élever l'âge minimum du mariage pour les jeunes Indiennes et abolir les unions arrangées. Elle projetait de créer un bureau où les filles que leurs parents souhaitaient marier de force trouveraient une assistance juridique ou auraient la possibilité de faire annuler leur mariage s'il avait déjà été célébré. Elle envisageait d'ouvrir un foyer où les jeunes filles pourraient trouver refuge et se soustraire ainsi à l'ire paternelle. Elle réclamait une législation contre le pouvoir illimité des pères de famille !

Ces revendications inqualifiables suscitaient l'indignation parmi les adultes de la communauté indienne ; mais leurs filles – car Saroj n'était certainement pas la seule – buvaient secrètement ses paroles, collectionnaient en cachette les coupures de presse du *Chronicle*, la soutenaient dans leur cœur, l'applaudissaient en pensée et priaient pour sa victoire chaque fois que leurs parents les convoquait dans le sanctuaire familial pour la *puja*. Et souriaient intérieurement quand leur père vitupérait la dernière initiative sacrilège de Lucy Quentin.

Ça ne la regarde pas, disaient les pères indiens, primo, elle est africaine et ignore tout des traditions indiennes. Secundo, elle est ministre de la Santé et le mariage n'entre pas dans ses attributions. Bien au contraire, répliquait Lucy Quentin. Un mariage forcé constitue une atteinte à la santé mentale d'une fille de quatorze ans.

Et Saroj était assise en ce moment derrière la grande Lucy Quentin, chez qui elle s'apprêtait à passer l'après-midi, avec sa fille, qui – c'était décidé – serait bientôt sa meilleure amie. Elle eut à cet instant la certitude que Dieu existait vraiment.

Ensuite, quand Lucy Quentin eut déposé les deux filles à Bel Air Park, avant de repartir pour se rendre à une importante réunion, Trixie raconta à Saroj l'histoire de sa vie. Elle lui dit que sa mère s'appelait Quentin, et pas Macintosh, parce qu'elle avait repris son nom de jeune fille après son divorce et se faisait désormais appeler mademoiselle.

« Ton père s'est remarié ?

— Oui. Il a épousé une femme riche, une Blanche, et il vit à Londres, dans une luxueuse maison. »

Son père était un artiste de Trinidad. Insouciant, frivole, indifférent à la politique et vraiment très très décontracté, expliqua-t-elle. Après que Lucy Quentin l'eut mis à la porte, il était parti en Angleterre sans un centime, pour se remettre et commencer une nouvelle vie. Comme Noël approchait, il avait peint des pères Noël noirs sur une dizaine de bristols dont il avait fait des cartes de vœux, en y ajoutant des formules humoristiques, puis ayant revêtu un manteau rouge doublé de fourrure blanche, il s'était mis à un coin de rue avec ses cartes en éventail dans sa main pour les proposer aux passants. En l'espace de cinq minutes, toutes les cartes avaient trouvé preneur. Il rentra chez lui pour en faire encore quelques-unes, qui se vendirent elles aussi comme des petits pains. Les acheteurs étaient principalement des Indiens des Antilles, mais également quelques Blancs qui les trouvaient originales et exotiques. Car le père de Trixie avait du talent et ses pères Noël noirs étaient de petits chefs-d'œuvre. C'est ainsi qu'il fit la connaissance d'une femme blanche fortunée, qui dirigeait à l'époque une petite agence de publicité. Elle lui fit quitter la rue, commercialisa ses cartes et le lança comme « illustrateur ethnique ».

« Elle a fini par l'épouser, lui a donné deux filles, et ils ont monté une société d'édition de cartes de vœux. Depuis, je suis devenue le cadet de ses soucis.

— Mais non, voyons.

— Mais si. Maintenant qu'il a une femme blanche et deux enfants à moitié blancs, pourquoi se préoccuperait-il de moi ?

— Parce que tu es sa fille. »

Étant donné son expérience personnelle, l'idée qu'un père pût se montrer indifférent envers sa fille lui paraissait absolument impensable. Absolument impossible.

« Dans ce cas, pourquoi est-ce qu'il ne me réclame pas ? On s'ennuie à mourir dans ce pays. Je donnerais n'importe quoi pour aller vivre à Londres. Je n'arrête pas de le supplier de me faire venir, et il prétend que ma mère s'y opposera, mais s'il le voulait vraiment, il lui tiendrait tête. Je parie que c'est à cause de sa Blanche.

— Pas forcément. Il estime peut-être que tu es mieux avec ta mère. Et elle, elle n'a que toi. Moi, je donnerais n'importe quoi pour avoir une mère comme la tienne.

— Et pourquoi ? Comment est la tienne ?

— Oh, tu sais… rien de spécial. À l'ancienne mode. Elle fait la cuisine et le ménage. Elle est très pieuse. Mais mon père est pire. Bien pire. C'est une *calamité*. »

Alors elle lui raconta tout sur sa famille. Sur Ma, sur Baba, sur le fils Ghosh qu'on voulait lui faire épouser. Sur la prison qu'était sa vie.

« C'est pire que si j'étais au couvent. Il va falloir que je m'évade, sinon je deviendrai folle, je te le dis. Et puis c'est tellement injuste. Mon frère et mes demi-frères vont tous partir faire leurs études à Londres, et moi, pas question. Pourquoi est-ce que je ne peux pas aller à Londres, moi aussi ? Pour la seule raison que je suis une saleté de fille !

— Bon, dit Trixie, avec un sourire qui découvrit entièrement ses dents blanches. On va s'occuper de cette affaire. Tu as frappé à la bonne porte, Saroj. Et si on s'enfuyait ensemble à Londres ? Enfin, pas tout de suite, mais dans quelque temps, quand on aura seize ans, par exemple ? Si nous commençons dès maintenant à établir notre plan, alors… »

Leurs yeux se rencontrèrent, elles échangèrent un sourire et elles *surent*, toutes les deux.

Elles surent, mais pas au sens de savoir ceci ou cela. Ce n'était pas non plus qu'elles lisaient dans l'avenir et devinaient ce qu'il leur réservait, ni qu'elles savaient ce que le Destin déciderait pour elles, pour Ganesh, pour Londres, pour les enfants qu'elles auraient ou n'auraient pas, et pour tout le reste. Elles savaient, tout simplement. Elles se reconnaissaient. Se connaissaient. Comme si une petite étincelle chez Trixie reconnaissait une petite étincelle chez Saroj, et que ces deux petites étincelles brillantes sautaient de joie et s'élançaient l'une vers l'autre en disant : « Salut, me voilà ! Je t'attendais depuis toujours. » C'est ainsi que commencent les vraies amitiés, ces amitiés rares et authentiques, qui résistent au temps. Trixie poussa un glapissement.

« Rendez-vous à Carnaby Street, d'accord, Saroj ? »

Elles applaudirent, se frappèrent mutuellement dans les mains et s'embrassèrent en riant aux éclats. Un cri de guerre venait de naître.

11

SAVITRI

Le corps-pensée de Mr Baldwin ne ressemblait en rien à celui des autres Anglais. Savitri s'en était aperçue depuis quelque temps et il lui tardait que s'achève la saison d'Ooty pour que les leçons reprennent. Cet été-là, David ne lui manqua même pas.

Mr Baldwin était le précepteur de David depuis déjà deux ans. Miss Chadwick, la gouvernante de Fiona, avait donné sa démission pour épouser un fonctionnaire et c'était d'ailleurs par l'intermédiaire de celui-ci que les Lindsay avaient fait la connaissance de Mr Baldwin qu'ils engagèrent aussitôt pour remplacer miss Chadwick. Mr Baldwin était né à Bombay et son père travaillait lui aussi dans l'Administration. On l'avait bien entendu envoyé faire ses études « au pays », mais il était rentré dès qu'il l'avait pu dans son *vrai* pays, c'est-à-dire l'Inde, pour se placer comme précepteur. Les Lindsay étaient ses premiers employeurs et il n'avait que vingt et un ans quand on lui confia Fiona, âgée de neuf ans, et David, qui en avait quatre. Il avait immédiatement fait leur conquête.

Avec lui, apprendre était un plaisir. Il n'existait pas de sujet si ennuyeux que Mr Baldwin ne pût l'éclairer d'un jour amusant et lui conférer un attrait qui donnait envie de l'étudier. Petit, sec, énergique, il ne tenait pas en place. Les enfants doivent apprendre dans le mouvement, telle était sa devise. Il les faisait grimper aux arbres pour compter les feuilles et creuser des trous pour enterrer des cailloux. Il les emmenait en promenade dans la campagne et leur fournissait des explications sur tout ce qu'ils voyaient, en se mettant d'abord au niveau de David, puis à celui de Fiona. Un peu sceptique au début, Mrs Lindsay lui avait laissé toute liberté, après avoir rapidement constaté les surprenants résultats de cette méthode peu orthodoxe.

Mr Baldwin avait très vite remarqué Savitri.

C'est au début de l'année qu'il l'avait vue pour la première fois, dissimulée dans un bougainvillier touffu, juste derrière la tonnelle de roses, en train de les observer et de les écouter pendant qu'il expliquait à Fiona comment faire une division compliquée et, à David, une addition élémentaire. Il n'aurait peut-être même pas été conscient de sa présence s'il n'avait senti le duvet de sa nuque se dresser. Il devina alors que quelqu'un le regardait par-derrière. Il laissa les enfants travailler seuls un moment, afin de se donner le temps de s'adapter à la situation et de lui trouver une réponse.

Cette impression d'être épié persistait ; le doute n'était plus possible. Cependant cela n'avait rien de déplaisant. Il ne s'agissait pas d'un observateur hostile. Mr Baldwin fit un moment le vide dans sa tête, pour voir ce qui allait se passer… et soudain, dans l'interstice séparant deux pensées, il sentit quelque chose, quelque chose de doux, de tendre, comme une vrille de chèvrefeuille, peut-être, qui s'approchait, se faisait une place, s'installait à son aise entre ses pensées, dans une tiède et douillette immobilité, s'insinuant, tel du miel, dans les espaces inoccupés pour emplir son esprit d'une agréable et bienfaisante chaleur. Cette chose prenait sa source derrière lui, dans l'épais silence enveloppant le treillage de la tonnelle.

Il changea de position, afin de se placer de profil par rapport au treillage. Sans tourner la tête, il porta son regard le plus loin possible vers la gauche, mais n'en fut pas plus avancé pour autant. Il prit alors le cahier de David et, feignant de corriger les exercices que l'enfant venait de terminer, il fit en sorte d'avoir le bougainvillier dans son champ de vision et glissa un œil au-dessus du cahier. Les trous en forme de losange, circonscrits par l'entrecroisement les lattes de bois vertes étaient tout noirs, car le bougainvillier était haut et touffu. Mais dans l'un de ces losanges, il vit luire quelque chose, quelque chose de petit, de vivant, et réalisa que c'était un œil.

« Comment s'appelle la petite fille avec qui tu joues tout le temps ? demanda-t-il alors à David. Celle qui t'attend après les leçons.

— Savitri », dit David en relevant la tête. L'ouïe aiguisée de Mr Baldwin détecta une brève inspiration dans les profondeurs du bougainvillier.

« Oui, c'est ça. Savais-tu qu'elle nous regardait ? »

À l'instant où il prononçait ces mots, Savitri décampa. Tel un écureuil affolé, elle bondit hors de l'arbre et aurait disparu dans la végétation environnante si, ayant anticipé sa fuite, Mr Baldwin n'avait été le plus rapide et si sa jupe ne s'était prise dans une branche qui lui barrait la route. Il la cueillit au moment où elle émergeait de derrière les cascades de fleurs orangées, couverte d'égratignures, ses habits déchirés, les cheveux en bataille, une toute petite chose crispée, avec des bras si fluets qu'il craignit de les avoir brisés en refermant ses mains dessus.

Elle ne chercha pas à lutter. Sa nature ne la portait pas à se battre contre l'adversité, mais à l'affronter calmement. Elle le regarda donc bien en face et rendit naïvement les armes. « Excusez-moi, Mr Baldwin. S'il vous plaît ne dites rien à madame. »

Mais Mr Baldwin n'avait nullement l'intention de la dénoncer. Il la lâcha, prit sa petite main dans la sienne, la fit sortir du treillage pour la conduire sous la tonnelle. Fiona et David la dévisageaient. Fiona avec stupéfaction et David avec ravissement.

« Allons, viens t'asseoir, viens t'asseoir », dit Mr Baldwin en tapotant le banc. Sentant sa timidité se dissiper devant tant de gentillesse, elle se glissa auprès de lui et le regarda sans rien dire, les yeux pleins d'espoir et les mains croisées devant elle, sur la table.

« Est-ce que tu vas à l'école, Savitri ? demanda Mr Baldwin.

— De temps en temps. Quand je n'ai pas à aider mon père, dit-elle très simplement, sans aucune acrimonie.

— Tu aimes l'école ? »

Elle hocha vigoureusement la tête.

« Peux-tu me montrer ce que tu as appris ? »

Savitri hocha encore la tête, amena à elle le cahier de David et prit son crayon. Courbée sur la page, tirant la langue pour mieux se concentrer, elle écrivit pendant plusieurs minutes, sous le regard de Mr Baldwin et des deux enfants.

Quand elle eut terminé, elle poussa le cahier vers le précepteur, qui lut, tracés dans une petite écriture enfantine, décousue, mais néanmoins précise, ces mots :

Je vagabondais, tel un nuage solitaire...

Mr Baldwin lut le poème à haute voix, puis regarda Savitri.

« Qui t'a appris ça ?

— Je l'ai appris dans le livre de David. Son livre de poésies. Il me l'a prêté.

— Tu sais ce qu'est une jonquille ?

— Oui. C'est une fleur. Une fleur jaune.

— Tu sais à quoi ça ressemble ? Tu as vu des images ?

— Non, monsieur, mais je pense que ça doit ressembler à un souci. Les soucis sont jaunes, eux aussi, comme de l'or, comme des petits soleils. Ça doit donc ressembler à un champ entier de soucis qui dansent dans le soleil. J'ai fermé les yeux et je les ai vus. »

Mr Baldwin l'avait longtemps regardée sans rien dire, avec beaucoup d'attention ; elle avait alors perçu des brèches dans son corps-pensée et compris qu'il était différent des autres adultes. Mais par la suite, elle s'arrangea pour ne plus se faire prendre.

Mr Baldwin découvrit que Savitri savait parler aux animaux le jour où le cobra royal se montra. David poussa un hurlement à l'instant où le serpent sortait de la zone marécageuse longeant l'allée du fond pour traverser le chemin, tandis que son précepteur s'écriait: « Attention! Éloigne-toi! » Il chercha du regard quelque chose pouvant servir d'arme, mais il n'y avait rien. Le cobra recula sa tête encapuchonnée, agita la langue, siffla, les examina comme s'il se demandait où frapper et un flot de fureur venimeuse, accompagné d'un flot de terreur, les submergea tous. Mais Savitri s'avança et, sans dire un mot, elle se plaça devant David qu'elle repoussa doucement. Elle ferma les yeux et s'inclina devant le cobra en lui demandant pardon d'avoir fait intrusion dans son royaume. Elle se mit face à lui et attira en elle, pour les dissoudre, les vagues de peur et de colère, si bien que, voyant le danger écarté, le serpent poursuivit son chemin et rentra dans les fourrés.

Quand le cobra eut disparu, Mr Baldwin posa la main sur le bras tremblant et glacé de Fiona; le visage halé de David était devenu pâle de frayeur. Seule Savitri avait conservé son calme. Elle leva la tête et rencontra le regard de Mr Baldwin.

« Tu as été très courageuse, mon petit.

— Pas du tout, monsieur, répliqua-t-elle. C'est mon ami. Je l'ai déjà vu plusieurs fois, il habite à côté de la fourmilière et ne fait de mal à personne. Il est le roi, ici, vous comprenez.

— Il faudra dire à Muthu d'envoyer un boy pour le tuer. Tu pourras les aider à le retrouver.

— Non, non! Il ne faut pas le tuer! s'écria Savitri. Il ne fera de mal à personne. Je lui ai promis qu'on ne lui ferait pas de mal et lui n'en fera pas non plus, mais si je trahis ma promesse, il se fâchera et s'en prendra à quelqu'un! Je vous en supplie, Mr Baldwin, ne dites rien à Mrs Lindsay! C'est mon ami et il me fait confiance! J'irai lui parler pour lui dire de ne plus revenir sur ce chemin, mais s'il vous plaît, ne dites rien à la maîtresse!

— Comment ça, ton ami? Tu vas donc le voir?

— Mais bien sûr, Mr Baldwin. Je lui parle et il me parle.

— Comment fais-tu pour lui parler?

— Je le salue. Je le salue au-dedans de moi, tout au fond, et je cherche l'espace où je peux lui parler. Nous pouvons être amis parce que nous nous trouvons tous les deux dans cet espace.

— Je vois. Peux-tu parler aussi à d'autres animaux, avec cette méthode ?

— Oh oui, avec tous les animaux, parce qu'ils sont tous dans cet espace. Et les oiseaux aussi.

— Tu savais ça, David ? demanda Mr Baldwin en s'adressant au petit garçon. Tu savais qu'elle parlait aux animaux ?

— Oh oui, je le savais, déclara David, tout fier. Tous les animaux l'aiment et vont vers elle. Même les petits écureuils et les oiseaux. »

Elle ne savait pas trop si elle avait réussi à convaincre Mr Baldwin et elle s'inquiétait un peu à cause du cobra, car le meurtre du roi constituerait un acte de mauvais augure, qui porterait malheur à tout le monde – aux Lindsay, pour avoir donné l'ordre de le tuer, mais aussi à la famille Iyer, puisque Savitri, qui en faisait partie, aurait trahi sa promesse.

Mais Mr Baldwin se contenta de la regarder d'une drôle de façon, sans faire de commentaires. Il avait eu la même expression la semaine précédente, après le retour des Lindsay, quand les cours avaient repris, mais sans Fiona cette fois. Savitri lui avait montré le cahier d'exercices sur lequel elle avait travaillé pendant les vacances. Il l'avait feuilleté et vu des pages remplies de passages de la Bible et de poèmes recopiés dans le livre de David, puis l'avait considérée sans rien dire. C'était inhabituel de la part d'un Anglais. D'ordinaire les mots étaient si abondants chez eux qu'ils ne laissaient pas le moindre vide, raison pour laquelle il était tellement difficile de les connaître. Mais Mr Baldwin parlait le langage de Savitri. Il comprenait le silence.

12

NAT

Peu de temps après le jour qui n'avait jamais existé, le docteur dit à Nat :

« Demain nous irons à Madras, Nat. Je veux te faire rencontrer quelqu'un. »

Le vendredi après-midi, ils montèrent tous les deux sur la Triumph et partirent pour Madras. C'était un voyage de plus de sept heures, mais ils s'arrêtèrent plusieurs fois à des buvettes installées au bord de la route où Nat prenait une limonade et des biscuits, tandis que le docteur buvait un café en mangeant des bananes. Ils firent également une pause pour déjeuner dans un restaurant qui s'appelait l'Ashok Lodge. Nat commanda deux *puri* et le docteur un dosai géant, enroulé dans une sorte de crêpe croustillante et mince comme du papier à cigarette. Une fois en ville, leur moto se trouva prise au milieu d'un inquiétant enchevêtrement de rickshaws à moteur, de camions, de voitures, dont le seul objectif était apparemment de donner l'assaut aux deux malheureux en équilibre sur la Triumph en chargeant droit sur eux, pour ne les éviter qu'à la dernière seconde, à grand renfort de coups de trompe assourdissants.

D'un autre côté, il semblait que piétons, vaches, chèvres, cyclistes, voitures à bras et vélo-rickshaws couraient tous le danger mortel d'être écrasés par eux ; il leur arriva plus d'une fois d'entrer en contact avec un autre usager de la chaussée et Nat s'accrochait à la taille de son père comme un bébé singe s'agrippe à sa mère, en fermant les yeux pour prier. Mais le docteur était un as de la moto et il déposa Nat sain et sauf devant une maison de béton rose, haute mais étroite, dans une petite rue tranquille. Quand ils descendirent de la Triumph, les genoux de Nat tremblaient encore un peu et le docteur donna de grands coups de heurtoir sur la porte d'entrée en criant : « Henry ! », pour faire bonne mesure.

Presque aussitôt, la porte s'ouvrit toute grande et le docteur se jeta dans les bras d'un homme assez petit, un *sahib* lui aussi, et ils se donnèrent mutuellement de grandes claques dans le dos en s'exclamant : « Comme je suis content de te revoir, mon vieux ! » et des choses de ce genre. Cela dura un bon moment et quand finalement ils se séparèrent et que le plus petit des deux se tourna vers lui, Nat se rendit compte qu'il était également plus vieux. « Alors c'est ton gamin ! »

Et le docteur répondit : « Oui, voici Nat. Nat, voici l'oncle Henry ! »

Encore un oncle ! Maintenant Nat se méfiait des oncles ; les retrouvailles de son père avec l'oncle Gopal avaient été tout aussi joyeuses et chaleureuses, et voyez comment ça s'était terminé ! Nat ressentit une vague inquiétude. Il ne savait pas trop ce que c'était qu'un oncle et sa première rencontre avec cette espèce s'était révélée fertile en malheurs potentiels ; de plus, les oncles avaient apparemment tous un lien avec Madras, une ville qu'il savait être dangereuse par expérience. Mais il ne pouvait rien y faire et, de toute manière, il était mort de fatigue après ce long voyage à moto, sans compter que, maintenant il faisait nuit. L'oncle Henry lui désigna un *sharpai* dans une chambre du premier étage qu'il devrait partager avec son père, et après s'être rapidement débarbouillé et brossé les dents, il s'y coucha en chien de fusil. Comme il était trop excité pour dormir, il écouta ce que disaient son père et son oncle Henry.

« Je me fais du souci, disait le docteur. Dans un sens, Gopal a raison. J'ai tenu trop longtemps Nat à l'écart du monde, je l'ai protégé et j'ai écarté tous les dangers qui pouvaient se trouver sur son chemin.

— Tu fais de ton mieux, c'est tout.

— Je l'élève comme l'un de ces jeunes tamariniers que le Bureau de reboisement a plantés tout le long de la route de Bangalore et sur toute la colline, en les entourant d'un grand mur de briques de terre séchée pour empêcher les vaches et les chèvres de les manger et les enfants de les couper pour les ramener chez eux comme combustible. Un jour, ces plants seront de petits arbres solides et résistants, et peu importera que les chèvres grignotent leurs branches basses ou qu'un enfant en casse un ou deux rameaux. Et, plus tard, ces arbres seront si grands et si robustes qu'ils pourront faire de l'ombre, abriter toute une famille de singes, et donner des fruits avec lesquelles les femmes feront du *sambar*. C'est ainsi que je vois l'avenir de Nat. Mais si par hasard je me trompais ?

— Ne sois pas trop ambitieux pour lui. Les enfants prennent le chemin qu'ils veulent, en dépit des programmes les plus judicieux.

— C'est pourquoi j'ai élevé ces murs, Henry. Et la démolition sera douloureuse. Sera-t-il assez fort ?

— Tu ne pourras pas toujours le protéger.

— Je sais, Henry. Il est temps de commencer à démolir ce mur, brique par brique. Il est temps que Nat fasse connaissance avec le vaste monde qui se trouve à l'extérieur du village. C'est pourquoi je te l'ai amené. »

Le lendemain matin, Nat fit plus ample connaissance avec l'oncle Henry, car son père les laissa seuls tous les deux après le petit déjeuner. Nat n'était pas content que son père s'en aille. Il craignait qu'il ne revienne pas, que cet oncle-là veuille lui aussi le garder pour toujours. Son père n'avait-il pas dit, hier soir, qu'il fallait que l'oncle Henry lui apprenne le monde ? Mais, ayant apparemment deviné son inquiétude, le docteur lui dit : « J'ai quelques petites démarches ennuyeuses à faire, Nat, et il faut aussi que j'achète des médicaments, que je m'occupe d'affaires de grandes personnes. Reste ici avec Oncle Henry, tu vas bien t'amuser. Je serai de retour pour le déjeuner. »

Et en effet, Nat s'était bien amusé avec l'oncle Henry. Pour commencer, l'oncle lui raconta qu'il avait été le professeur du docteur, il y avait très longtemps, ici même, à Madras et qu'il l'avait connu quand il était petit comme Nat. Ce fut une révélation. Il croyait plus ou moins que son père avait toujours été grand et omniscient, comme Dieu. Ça faisait drôle de l'imaginer en petit garçon ayant plein de choses à apprendre.

« Est-ce que papa allait à l'école secondaire anglaise ? » demanda Nat – ce qui fit rire l'oncle Henry.

« Non, Nat, ton papa n'est allé dans une école que beaucoup plus tard. Je venais chez lui pour lui donner des leçons, à lui tout seul… enfin, pas tout à fait. Il y avait un autre petit garçon et deux petites filles. Mais ce n'était pas vraiment une école comme la tienne. Viens, Nat, j'ai des choses à te montrer. »

C'étaient des livres que l'oncle Henry avait à lui montrer – mais différents de ceux de l'école. L'oncle Henry avait des caisses pleines de livres qui, disait-il, étaient autrefois à ses enfants. Il les déballa en expliquant que c'étaient des livres d'histoires et qu'ils appartenaient désormais à Nat. Ils étaient remplis de magnifiques images, représentant des garçons et des filles occupés à plein d'activités intéressantes ; Nat demanda ce qu'ils faisaient et, finalement, l'oncle Henry s'installa sur un divan, le dos appuyé contre des coussins, avec Nat sur les genoux, pour lui faire la lecture, et quand papa revint, il les trouva comme ça, qui riaient tous les deux tellement fort qu'ils en pleuraient. Après cela Nat ne craignit plus que l'oncle Henry veuille le garder.

Ensuite ils montèrent tous les trois dans l'auto de l'oncle pour aller visiter différents endroits. Un immense et superbe jardin, rempli de fleurs de toutes les couleurs, avec un arbre gigantesque qui, au dire de papa, était le plus grand banian du monde. Cet endroit s'appelait Adyar et papa dit qu'il y venait souvent quand il était enfant. Nat aurait aimé le questionner davantage sur l'époque où il était petit, mais l'oncle et lui s'étaient mis à parler d'affaires de grandes personnes, auxquelles il ne comprenait rien. Le lendemain, ils allèrent voir l'océan et Nat joua avec le sable sur la plage et entra même dans l'eau. Mais c'était difficile de nager, parce que la mer était très agitée, elle montait à l'assaut en longs rouleaux d'écume qui le faisaient hurler de plaisir et se sauver à toutes jambes, comme si c'était une chose vivante qui cherchait à l'attraper. Ce fut le plus merveilleux jour de sa vie, à part celui où son père était venu le chercher dans la maison des enfants. L'après-midi, Nat et le docteur remontèrent sur la Triumph pour rentrer à la maison, mais Nat savait qu'il avait maintenant une grande personne pour ami, que les oncles n'étaient pas forcément méchants et que l'oncle Henry viendrait bientôt les voir. Dans les sacoches de la moto, il y avait trois livres d'histoires. Son père avait promis de les lui lire et l'oncle Henry apporterait les autres à sa prochaine visite.

Après cela, l'oncle Henry vint les voir régulièrement et, au bout d'un an, il se fit construire une maison à côté de celle du docteur et s'y installa définitivement. Nat avait désormais un maître pour lui seul, sauf que plusieurs enfants du village assistaient aussi aux leçons, car l'oncle avait dit que tous ceux qui le voulaient pouvaient venir se joindre à Nat. L'ennui c'était que ces enfants ne parlaient pas anglais et, le soir, l'oncle était obligé de leur donner des cours supplémentaires. Quelques-uns d'entre eux rattrapèrent presque Nat, mais la plupart n'y arrivaient pas et beaucoup ne purent rester parce qu'ils devaient aider leurs parents aux champs. Mais l'oncle Henry disait : « C'est un début, Nat, c'est un début. Quand tu seras grand, nous aurons une école à nous, une bonne école où tous les enfants pourront venir. »

L'oncle Henry lui expliquait le monde de manière à en faire quelque chose de fascinant et Nat avait hâte de partir à sa découverte.

Le docteur assistait à tout cela avec des sentiments partagés. Parce qu'il savait que Nat découvrirait un jour ce monde fascinant, qu'un jour Nat devrait choisir, et il n'était pas certain du choix qu'il ferait. Mais c'était son devoir d'envoyer Nat dans le monde, tel un agneau parmi les loups.

13

SAROJ

Ma commençait sa journée par balayer. Tous les matins, Saroj s'éveillait au chuintement étouffé du balai dans la cour, tandis qu'elle-même chassait la nuit de son esprit, avec les toiles d'araignée qui le tapissaient. Pour Ma ce qu'on pensait était plus important que ce qu'on disait ou ce qu'on faisait. Aussi, quand elle avait fini de balayer, consacrait-elle une demi-heure à dessiner un *kolam* devant l'entrée, un *kolam* chaque jour différent. Elle commençait par répandre de la farine de riz, de manière à établir un réseau de points qu'elle reliait par des traits ou des lignes courbes, jusqu'à ce qu'apparaisse un étonnant motif symbolique, compliqué, fragile, parfaitement symétrique, une œuvre d'art fugitive qui, dès midi, serait effacée par les pas indifférents des personnes qui entraient et sortaient de la maison.

Ganesh, qui parlait de ces choses avec Ma, en avait un jour expliqué la signification à sa sœur : « Quand on marche sur le *kolam*, il aspire nos péchés et nos mauvaises pensées par la plante de nos pieds et on entre dans la maison purifié. »

Pour tout commentaire, Saroj avait ricané. Encore une superstition de Ma.

Pourtant le jour où elle emmena Trixie chez elle, elle hésita un instant avant de la faire passer sur le *kolam* ; un étrange sentiment de culpabilité, l'impression de se livrer à quelque chose d'interdit, de honteux même, l'envahit. Et s'il y avait vraiment de la magie, une sorte de maléfice, dans ce *kolam* ? Une malédiction qui pouvait tomber sur celui qui marchait dessus avec une mauvaise intention ? Elles étaient tenaces, ces superstitions ! Cette culture était tellement enracinée en elle... La crainte de ces puissances mystérieuses qui voient tout ; le karma qui revenait pour la saisir. Quelle absurdité ! pensa-t-elle. Des croyances ridicules. De toute manière, elles ne faisaient rien de vraiment mal. Quel mal y avait-il à montrer à Trixie le sari de mariée d'Indrani ?

Avant de devenir son amie, Saroj n'aurait jamais imaginé que Trixie pût être une grande sentimentale, appartenant à la variété amour-toujours et prince-charmant-sur-son-cheval-blanc. Il suffisait de prononcer le mot « mariage » pour que ses yeux se remplissent d'étoiles et qu'elle se mette à rêver tout haut de son futur prince charmant personnel. Et même si elle avait beaucoup ri à l'idée du mariage arrangé de Saroj avec un prince malingre, affublé de dents de cheval, qui portait le nom de Keedernat Ghosh, et si elle avait promis de la soustraire à ce tragique destin, c'était seulement en vue de la « caser » avec un prétendant de son choix. Trixie connaissait en effet une foule de garçons. Des garçons qui feraient de très beaux partis.

Saroj avait fini par lui faire avouer que sa mère désapprouvait totalement ses idées romanesques et lui interdisait de lire les romans à l'eau de rose qu'elle dévorait et cachait sous son matelas.

En retour, Trixie réussit non sans mal à lui arracher l'histoire du mariage imminent d'Indrani, avec une description du somptueux sari enfermé dans le coffre en bois de santal de Ma dans la pièce de la *puja* et, grâce à cette force de persuasion, insistante mais charmeuse, qui la caractérisait, elle obtint d'elle la promesse de le lui montrer un jour, quand il n'y aurait personne à la maison.

Ce jour était venu.

« Chut ! » Saroj posa un doigt sur ses lèvres et, du regard, invita Trixie à la prudence. Elles se glissèrent le long du mur, comme des voleuses, parce que le parquet craquait dans le milieu et qu'il y avait encore du chemin à faire avant d'arriver dans la chambre des parents, tout au bout du palier du premier étage. À dire vrai, il n'y avait guère de danger, puisque Baba ne rentrait que très tard du bureau, que Ma était allée chez les Ramcharan, les futurs beaux-parents d'Indrani pour parler du mariage avec la fiancée, et que Ganesh était à un match de cricket et ne serait pas de retour avant la nuit.

Mais le fantôme menaçant de Baba, sévère et désapprobateur, flottait partout, tapi dans l'atmosphère de la maison, et il vous terrorisait même s'il n'y avait rien à craindre. Il blêmirait s'il apprenait qu'elle avait emmené Trixie dans les pièces réservées à la famille, et rien que l'idée que des yeux africains, donc impurs, puissent se poser sur le sacro-saint sari… cela dépassait l'imagination. Mais Trixie avait supplié, imploré, et Saroj se sentit toute gonflée de son importance au moment où elle tourna la poignée, ouvrit la porte et lui fit signe d'entrer en échangeant avec elle un sourire de conspiratrice. Un frisson d'excitation la parcourut à la pensée de défier si ouvertement Baba en introduisant une Africaine sous le toit sacré, dans la pièce la plus sacrée. Elle se sentait audacieuse, héroïque. Mais Baba ne le saurait jamais. Quel dommage !

Dans la maison des Roy, deux escaliers conduisaient à l'étage supérieur : celui de la tour, rarement utilisé, et l'escalier principal qui partait du salon et donnait accès au palier du premier, un quadrilatère autour duquel se répartissaient les chambres à coucher et les salles de bains. Toutes les pièces possédaient une porte ouvrant sur ce palier et une autre sur la chambre voisine ; on pouvait donc faire le tour de la maison en passant d'une pièce à l'autre.

La chambre des parents de Saroj, la plus grande de toutes, donnait sur un magnifique jardin ; c'était une pièce en angle, immense, claire, aérée, grâce à la présence sur deux des murs de fenêtres à guillotine laissant entrer la brise de l'Atlantique. Ma y faisait régner un ordre parfait sans trop de difficulté, vu qu'elle était sommairement meublée : le grand lit au milieu, surmonté d'une moustiquaire roulée en torsade et passée dans le cerceau auquel elle était accrochée, une armoire en bois ciré, avec une coiffeuse assortie, recouverte d'un napperon sur lequel étaient posés, côte à côte, un peigne et une brosse, le crayon avec lequel Ma dessinait entre ses sourcils le rond rouge du *tika* et le petit pot blanc de crème de jour « Évanescente », qui composait tout l'attirail de ses secrets de beauté et la symbolisait à la perfection. Évanescente Ma.

La coiffeuse était surmontée d'un grand miroir à ailes, et au moment où elle traversait la chambre sur la pointe des pieds, suivie de Trixie, Saroj fut saisie par le contraste qu'elle faisait avec son amie : Trixie en short et en T-shirt, et elle avec la robe à carreaux gris et noirs que Baba l'obligeait à porter parce qu'elle était décente, avec son ourlet à vingt centimètres au-dessous du genou et l'encolure montante qui soulignait son absence de poitrine. Elle détourna rapidement les yeux, humiliée, dégoûtée. Elle ne supportait pas de se voir dans une glace.

Quand Ma lui brossait et lui tressait les cheveux, tous les matins et tous les soirs, c'était devant cette glace, Saroj assise sur le petit tabouret et Ma debout derrière elle, s'en prenant à sa chevelure avec une vigueur qui semblait sortir de son petit corps dans un tourbillon qui enveloppait Saroj tout entière. Ses cheveux se hérissaient en grésillant sous l'effet de l'électricité statique. Pendant ces séances de brossage, on aurait dit que Ma la rechargeait d'une énergie silencieuse à la façon dont sa main droite, qui tenait la brosse, volait d'un côté à l'autre, de haut en bas et d'avant en arrière tandis que son buste menu demeurait immobile comme celui d'une statue et que, de sa main gauche fermement posée sur l'épaule de sa fille, elle l'empêchait de céder au balancement de ses amples coups de brosse, rythmés par le tintement des bracelets d'or ceignant ses poignets, tandis que son petit visage en forme de cœur demeurait un îlot de calme au milieu de ce tourbillon. Quand elle avait terminé, les cheveux retombaient en un rideau noir et chatoyant dans le dos de Saroj, bien en dessous du tabouret. Ensuite Ma fouillait dans cette masse, à la recherche de pointes fourchues, se penchait pour ouvrir la petite porte de la coiffeuse et y prendre le flacon d'huile de palme, en versait précautionneusement quatre ou cinq gouttes dans le creux de sa main, frottait ses paumes l'une contre l'autre, lui frictionnait le crâne et, enfin, avec des mains expertes et légères, lui tressait les cheveux pour en faire une natte épaisse qui se balançait jusque sous ses fesses, lorsqu'elle se levait. Quand Saroj serait en âge de se marier, disait Ma, elle lui arriverait aux genoux.

Jamais, avait juré Saroj. Elle la couperait avant ; ou alors elle se tuerait, selon son humeur.

Sa chevelure, tout le monde le disait et elle le reconnaissait elle-même, sa chevelure était ce qu'elle avait de mieux, et sa magnificence était due sans nul doute aux tendres soins que Ma lui prodiguait. Non que Ma fût vaniteuse et cherchât à encourager la vanité chez sa fille. Elle avait tout simplement un don pour la beauté, pour la faire naître partout où c'était possible, dans le jardin, dans la maison, dans les plats qu'elle cuisinait, dans le cœur de ses enfants.

Sur ce dernier point, elle avait moins bien réussi. Certes, Ganesh avait bien évolué. Mais Indrani était une petite sainte-nitouche qui tenait de Baba, quant à Saroj, elle avait le cœur aussi noir que du charbon. En elle se dissimulait une vieille sorcière ricanante dont les doigts crochus cherchaient à étrangler Baba. Et entre elle et Ma s'élevait un mur, mince comme une membrane, mais si imperméable que Ma ne pouvait pas le traverser pour tout nettoyer avec ses potions et ses *mantras*.

Le sari était dans la pièce de la *puja*, un réduit sans fenêtre donnant sur la chambre conjugale, et qui avait dû servir autrefois de penderie. Elle était obscure, mais une petite flamme bien droite sortant du goulot de la lampe posée sur l'autel y brûlait en permanence, sans dégager de fumée. La lampe était si bien astiquée que le cuivre prenait des reflets d'or sous l'effet de la flamme entourée d'un halo parfait par le rond de lumière bordé de bleu.

Saroj n'était pas superstitieuse, mais bien qu'elle s'en défendît, ce lieu était sacré, même pour elle. On y respirait le sacré, au sens propre, dans l'odeur persistante de l'encens du matin, mêlée au discret parfum de rose et de jasmin dégagé par les fleurs de l'autel, par la cendre rituelle dans la coupe de cuivre et par l'huile de la petite lampe. On le sentait à la façon dont le temps s'immobilisa au moment où les deux filles entrèrent, car le temps et même les pensées se trouvaient annihilés par le pouvoir des *mantras* que Ma y psalmodiait chaque jour, à l'aube, avant même d'aller balayer sous la maison.

À nouveau, Saroj se sentit coupable. Elle savait, par des années d'expérience, quel type de pensées on était censé entretenir en ce lieu, mais Trixie l'ignorait. Je n'aurais pas dû l'emmener, songea-t-elle en jetant un regard préoccupé sur son amie. Dans la pénombre, elle vit ses prunelles luire d'une curiosité sacrilège tandis qu'elle inspectait la pièce et que ses yeux se posaient sur les images de Shiva, de Ganesh et de Saraswati accrochées au mur, sur le *lingam* en stéatite, la statue noire de Nataraj dansant, les grains du *rudrakshra* posé sur l'autel, et sur l'épée de Ma. Elle n'avait pas les pensées qu'il convenait d'avoir, c'étaient des pensées vulgaires, terre à terre, indiscrètes, profanes, qu'elle laisserait là en partant, lourdes et toutes poisseuses, et quand Baba, ce fin limier, aurait flairé ces traces, il saurait qu'elle était venue et alors...

N'osant pousser plus loin ses réflexions, elle se concentra aussitôt sur sa tâche présente ; elle s'agenouilla sur la natte, souleva le loquet du lourd coffre en bois de santal placé à côté de l'autel, et fit signe à Trixie de s'agenouiller auprès d'elle. Mais celle-ci tendit les mains vers la statue de Nataraj, s'en empara, la retourna dans tous les sens pour mieux l'examiner et dit, avec une suprême désinvolture : « C'est quoi ça ? Un de vos dieux hindous ? »

Alors, d'un ton tout aussi détaché, Saroj lui répondit : « C'est Nataraj.

— Et le petit bonhomme sous ses pieds, qui est-ce ?

— Oh, ça doit être son ego, je pense, ou quelque chose comme ça. Il faudrait demander à Ma, moi je m'y perds un peu dans toutes ces légendes. » Elle lui reprit la statuette, la remit en place avec autorité et vit les mains de Trixie se diriger vers Ganesh, mais avant qu'elle ait pu s'en emparer, elle dit : « Viens voir, Trixie, le sari ! »

Et elle ouvrit le coffre de Ma.

Ma avait rapporté ce coffre d'Inde quand elle était venue en Guyane britannique pour épouser Baba. Il était rempli de choses mystérieuses. Saroj fouillait souvent dedans lorsque Ma était au temple de Purushottama. Il contenait pour l'essentiel des coffrets de bois renfermant des petits flacons de verre, qui à leur tour renfermaient toutes sortes de poudres, de pilules, d'herbes, de fleurs séchées et une multitude de substances étranges. C'étaient les remèdes de Ma. Ils reposaient sur une pièce de cotonnade pliée, bleu passé et un peu déchirée, sans doute un vieux sari, mais Saroj n'en était pas absolument sûre, ne l'ayant jamais dépliée, de peur de perdre trop de temps. En général, Ma rentrait tard quand elle allait au temple, mais mieux valait être prudente.

Sous ce matelas de tissu, quelques livres rangés côte à côte tapissaient le fond du coffre. Il y avait un vieux recueil de poésies anglaises, intitulé *The Sawallow Book of Verse*, ainsi qu'un autre volume de poèmes d'un Indien nommé Tagore, un ouvrage en caractères indiens que Saroj était incapable de déchiffrer, et l'autobiographie de Gandhi en anglais.

À l'intérieur du *Sawallow Book of Verse*, il y avait, placée là ainsi qu'un marque-page, une petite croix d'or accrochée à une chaîne qui intriguait Saroj, étant donné que Ma n'était pas chrétienne. Pourquoi donc conservait-elle cette croix ? C'était encore un de ses petits secrets – les secrets d'une mère de famille frustrée qui, n'ayant guère d'existence propre s'en était fabriqué une avec des bricoles, des bibelots, des objets symboliques, des vieilleries dénichées au marché de Stabroek ou ramenées d'Inde, des siècles auparavant.

Le coffre était entièrement sculpté d'étonnantes figures, des paons, des dieux et des déesses, des fleurs et des arbres dont chaque minuscule feuille était méticuleusement ciselée, avec des scènes en haut relief sur les quatre côtés et sur le couvercle bombé. Dans ses tout premiers souvenirs, Saroj se revoyait dans la pénombre en train de suivre de son index potelé ce labyrinthe de branchages, de plantes grimpantes et de serpents, en s'efforçant de déchiffrer cet univers de bois blond avec son petit cerveau d'enfant tandis que Ma, assise à côté d'elle sur la natte, manipulait d'une main son coffret de *sruti*, les yeux clos d'extase, tout en chantant pour Shiva de sa voix ardente qui montait et descendait. En ce moment, c'était la main de Trixie qui caressait les sculptures.

« Comme c'est beau », chuchota-t-elle d'un ton plein de révérence, qui consola Saroj de commettre un péché, si vraiment c'en était un.

Elle ouvrit le coffre. Le sari reposait par-dessus tous les secrets de Ma. Un carré rouge et plat, grand comme un mouchoir de femme, isolé des coffrets de remèdes par un couvre-lit plié. La soie en était si légère, si fine, si exquise, que même plié il n'était guère plus épais qu'un doigt d'enfant. Saroj le prit et le souleva délicatement. Il donnait l'impression d'être aussi fragile, aussi léger et aussi frêle qu'un oisillon, tellement glissant qu'il semblait être vivant et, comme il lui échappait des mains, elle le recueillit dans le creux de ses paumes pour l'empêcher de tomber par terre.

Trixie, fascinée, en eut le souffle coupé, ce qui emplit Saroj d'une profonde satisfaction et lui donna envie de lui en montrer plus, pour qu'elle s'extasie encore davantage.

« Il fait trop sombre ici, la couleur ne ressort pas bien. Viens, je vais te le faire voir au jour. Tout est dans la couleur.

— Tu crois ? » Il y avait de l'anxiété dans la voix de Trixie, mais déjà Saroj, qui s'était redressée, marchait vers la porte, se dirigeait vers le lit avec le sari qu'elle maintenait de ses deux pouces, et le posa délicatement sur le drap blanc où une flaque de soleil le fit miroiter d'un millier de nuances de rouge : rouge carmin, rouge rubis, rouge cerise et rouge sang.

« Il est rouge ! s'exclama Trixie. J'aurais cru qu'il serait blanc. Tu ne m'avais pas dit qu'il était rouge !

— Rouge sang ! précisa Saroj.

— Non, rouge rubis ! Regarde, il scintille comme s'il était tissé de pierres précieuses ! » Trixie glissa le doigt sous un pli, le souleva un peu et la soie captura un rayon de soleil, en même temps qu'un souffle d'air la faisait chatoyer avec une douceur liquide.

« C'est le sang qui fait vivre Indrani. Elle se défait de sa vie. C'est pourquoi elle doit se marier drapée dans du sang.

— Ne dis pas ça ! » Trixie, horrifiée, avait élevé la voix, mais Saroj se contenta de rire.

« Si tu voyais la bordure. C'est quelque chose d'incroyable. »

Car malgré l'ironie cinglante, si soigneusement cultivée, qui la portait à tourner toutes choses en dérision, comme Ganesh, c'était plus fort qu'elle : cette affaire du mariage d'Indrani et la tradition sur laquelle il reposait la fascinaient et la consternaient tour à tour, lui donnaient envie de vomir, accéléraient les battements de son cœur et lui mettaient le sang en ébullition.

Elle pensa alors au fils Ghosh. On commanderait pour elle un autre sari comme celui-ci. On la poudrerait, la parfumerait, la frictionnerait avec de la pâte de bois de santal, de safran et de mille autres substances, on couvrirait de dessins la paume de ses mains, on parerait de bijoux son corps, qui serait ensuite drapé dans un sari pareil à celui-ci. Ce sari, symbole de cette affreuse mascarade, et pourtant si beau…

Saroj mourait maintenant d'envie de le montrer, d'arracher encore quelques oh et quelques ah à cette fille qui avait tout ce dont elle était privée, qui vivait comme bon lui semblait, et elle voulait aussi la récompenser d'être là, en ce moment, avec son T-shirt et son short passé et effrangé, avec son allure d'Américaine moderne et décontractée, ses cheveux noirs coupés si court qu'ils enserraient sa tête dans un casque étroit, comme chez un garçon. Trixie et Saroj avaient exactement la même couleur de peau : chocolat foncé. Un jour elles avaient mis leurs bras l'un près de l'autre, pour voir si l'un d'eux était plus clair, mais non, ils étaient pareils. Exactement. Elles étaient toutes deux grandes et minces, Trixie un tout petit peu plus grande. Elles avaient toutes deux des lèvres pleines, un peu plus épaisses chez Trixie, et d'immenses yeux noirs, un peu plus grands et un peu plus noirs chez Saroj. Mais leur ressemblance s'arrêtait aux cheveux. Ceux de Trixie étaient africains et on ne peut plus courts, et ceux de Saroj indiens et on ne peut plus longs. Ceux de Trixie crépus et ceux de Saroj raides.

Quelle merveille que ce sari ! Saroj ne pouvait s'empêcher de céder au charme.

Elle commença à le déplier, une fois, deux fois, puis une troisième, et le sari se répandit sur le lit en deux carrés scintillants, laissant apparaître la magnifique bordure. Le motif décoratif se composait de paons et de roses. Sur une largeur de quinze centimètres, rien que des paons tissés dans le sang du sari avec un fil d'or arachnéen et représentés dans le moindre détail et avec un art consommé, l'œil de chaque queue déroulée, chacun des minuscules pétales de chaque rose et de chaque feuille de rosier, chaque infime plume des paons se pavanant parmi les roses, la tête fièrement dressée, la queue déployée dans une roue parfaite, qui se répétaient sur toute la longueur de la bordure.

« Ouah ! » s'exclama Trixie, et Saroj se hâta de replier le sari, profondément offusquée quelque part, au fond d'elle-même. Quelle grossièreté ! Trixie ne sentait-elle pas qu'on ne devait pas dire « Ouah ! » devant une pareille merveille !

« Est-ce que tu sais comment mettre un sari ? demanda Trixie.

— Tu veux dire draper un sari, corrigea autoritairement Saroj, avec un ton de grande dignité. Bien sûr que je sais ! »

Indrani portait un sari depuis déjà deux ans, depuis ses premières règles. Saroj était présente quand Ma lui avait appris à le draper et, fascinée malgré elle, elle ne manquait jamais de venir regarder sa sœur quand elle s'habillait pour une grande occasion ; elle l'avait vue et avait vu Ma draper son sari des milliers de fois. C'était enfantin. Elle avait pour ainsi dire ça dans le sang.

L'envie de voir ça brillait dans le regard de Trixie.

« Saroj, tu crois que... »

Saroj comprit instantanément à quoi pensait Trixie ; leurs yeux se rencontrèrent et elles sourirent en même temps. Saroj redéplia le sari et le considéra. Elle ne devrait pas avoir de grandes difficultés pour le remettre exactement dans ses plis. Ils étaient bien marqués et il suffirait de les suivre. Ma ne s'apercevrait de rien. Ça ne serait pas long. Elle en aurait pour une minute. Elle ne le ferait rien qu'une fois, pour que Trixie l'envie comme elle enviait Trixie, à cause de cette chose qu'elle ne pourrait jamais être et ne serait jamais : une Indienne drapée dans un somptueux sari rouge sang.

« Bien sûr. Mais il me faut aussi un jupon et un corsage. Je vais aller en chercher dans la chambre d'Indrani.

— Tu crois qu'il t'ira ?

— Il n'y a pas de taille pour les saris, seulement des longueurs », dit Saroj, péremptoire, bien qu'elle n'en fût pas tout à fait certaine. Mais de toute manière, Indrani était maigre et à peine plus grande qu'elle.

« Attends une seconde. »

Elle partit en courant et revint l'instant d'après avec un jupon blanc amidonné et un corsage de sari.

« Ils ne sont pas assortis au sari, bien sûr, mais ça ne fait rien, c'est juste pour te montrer ce que ça donne. »

Elle se déshabilla, ne gardant que ses sous-vêtements, enfila le petit corsage, le boutonna, se glissa dans le jupon de coton en se tortillant et serra bien fort la coulisse autour de sa taille ; comme il était trop long d'une dizaine de centimètres, elle rentra le surplus dans sa ceinture.

Le secret consistait à avoir confiance en soi. Tâchant de prendre l'air de quelqu'un qui fait ça depuis toujours, elle saisit le sari par le haut et le laissa se déployer dans toute sa splendeur ; si lisse, si léger, si glissant, un délice au toucher ; elle l'appliqua sur son jupon où il se balança doucement tandis qu'elle en rentrait un coin d'un geste assuré, puis, comme elle avait vu Ma et Indrani le faire, elle prit le reste du tissu dans sa main gauche et, tout en maintenant l'extrémité en place, l'enroula une fois autour de ses hanches. Elle voulut le rattraper dans son dos, et c'est alors qu'elle commit sa première erreur. Elle n'avait pas prévu qu'il serait aussi glissant, aussi long. Un peu de mou lui échappa et des mètres de soie rouge sang se répandirent gracieusement à terre pour former une mare scintillante à ses pieds.

Agacée, elle claqua des dents et se pencha pour le ramasser, mais ce faisant, la partie qu'elle avait rentrée dans le jupon se défit et tomba à son tour sur le sol.

« Je ferais mieux de tout recommencer, dit-elle, un peu énervée cette fois.

— Je peux t'aider ? demanda Trixie, qui la regardait, assise sur le lit.

— Non, non, ce sont des choses qui arrivent. » Saroj mentait. Ma et Indrani ne laissaient jamais tomber leur sari, en tout cas pas quand elle était là, et en le ramassant, elle s'aperçut qu'elle allait avoir du mal à reprendre la totalité de cette longue chose, qui glissait et ondulait, en se gonflant doucement en tous sens.

« Ferme la fenêtre, s'il te plaît. Le courant d'air n'arrange rien », dit-elle, irritée, et Trixie se leva d'un bond pour fermer les quatre fenêtres à guillotine, si bien que la chambre se trouva plongée dans une immobilité et un silence de mort, ce qui permit à Saroj de mieux se concentrer.

Elle se bagarra avec le sari pendant une éternité. Elle réussit à réunir tout le tissu dans une main, à en rentrer à nouveau une partie dans son jupon, puis à l'enrouler une fois autour de sa taille. Elle poussa un soupir de soulagement. Et maintenant, le plus beau. Elle rejeta nonchalamment un long pan sur son épaule et entreprit de plier les mètres de tissu restants en les passant entre ses doigts, comme le faisait Ma avec tant d'adresse et d'aisance, car c'était la technique essentielle pour draper un sari. Mais la soie s'échappait invariablement, comme une chose vivante qui ne veut pas se faire capturer. Dans la pièce sans air dont les vitres closes accumulaient la chaleur du soleil implacable, elle se mit à transpirer à grosses gouttes et comprit qu'il était temps de tout arrêter.

« Je n'y arrive pas ! se lamenta-t-elle en regardant Trixie avec une expression qui équivalait à un aveu de défaite. Il n'y a rien à faire.

— Ce n'est pas grave, dit gentiment Trixie en se levant. Mais il vaudrait mieux le replier pour qu'on ne s'aperçoive pas qu'on y a touché.

— C'est vrai. Tu peux m'aider ? Tiens, prends-le par ce bout, moi je le tiens par l'autre, et on va tirer dessus comme pour un drap, tu vois, et ensuite on le repliera… »

Elle se mirent à l'œuvre et cette fois ce fut Trixie qui transpirait car le sari prenait véritablement vie et glissait à peine l'avaient-elles remis dans ses plis, si bien qu'elles devaient tout recommencer depuis le début chaque fois. Saroj tournait le dos à la porte et ce fut donc Trixie qui vit Baba la première.

Elle en resta pétrifiée. En voyant l'épouvante dans ses yeux, Saroj se retourna, s'attendant au pire. C'était bien lui.

Cette figure. La même exactement. Cette figure déformée par la laideur, la figure qu'il avait quand il l'avait surprise chez Wayne, une figure pleine de dégoût. Baba fit un pas vers Trixie.

« Sauve-toi ! » lui cria Saroj, et Trixie prit la fuite, en esquivant Baba, dégringola l'escalier et sortit de la maison.

Saroj, momentanément paralysée, sentit que la foudre s'apprêtait à tomber sur elle. Quand Trixie s'était enfuie, son premier mouvement avait été d'en faire autant et elle avait essayé de se faufiler entre Baba et la porte ouverte pour suivre son amie dans l'escalier, mais il l'avait rattrapée par le bras.

La fureur lui sortait par les yeux. Son bras se leva pour la frapper.

Mais cette fois elle ne se laisserait pas faire.

Cette fois elle contre-attaqua.

Se débattant comme une furie, elle lui donna des coups de pied dans les tibias, le frappa de son poing libre, l'insulta avec les mots les plus orduriers qu'elle connaissait. Peu accoutumé à ce genre de réaction. Baba ne pouvait que la tenir à distance pendant qu'elle frappait et se démenait. Il la repoussa à l'intérieur de la chambre et tenta de l'immobiliser en la ceinturant de ses deux bras, mais ce fut une erreur car son bras se trouva alors placé devant la bouche de Saroj qui planta ses dents dans la chair et mordit de toutes ses forces et de toute sa haine. Baba poussa un cri de douleur et la lâcha. Elle dévala l'escalier, sortit de la maison, se retrouva dans la rue et tomba dans les bras de Trixie.

Elle fut prise d'un énorme fou rire.

« Je l'ai mordu, Trixie ! Je l'ai mordu, et pour de bon !

— Qu'est-ce qu'il va te faire ? »

Trixie avait les yeux exorbités et le front plissé par l'inquiétude.

« Qu'est-ce qu'il va faire ? Je m'en fiche complètement. Qu'il fasse ce qu'il voudra. Je n'y peux rien. Mais il gardera la marque de mes dents pendant un bon moment. »

Toutefois, c'était une chose de déclarer ouvertement la guerre à Baba dans une crise de fureur incontrôlée et c'en était une autre de rentrer dans la maison pour affronter le serpent. Saroj était une fille raisonnable, elle n'avait pas l'habitude de donner libre cours à son émotion. L'euphorie triomphante qu'elle avait tirée de son acte de rébellion fut de courte durée. La question de Trixie la ramena à l'amère réalité. Loin d'avoir gagné la guerre contre Baba, elle était consciente de lui avoir fourni de nouvelles munitions.

« Rentre chez toi. Vite », murmura-t-elle à Trixie, qui enfourcha sa bicyclette et détala comme si elle avait une meute de chiens à ses trousses. Saroj leva les yeux vers les fenêtres de la chambre. Pas de Baba. Elle se glissa entre les hibiscus et la clôture et resta tapie là pour attendre Ganesh. Son cœur cognait si fort qu'elle l'entendait battre. La vengeance de Baba ne serait pas du genre éruption volcanique, elle le savait. Elle ressemblerait plutôt à une clé tournant lentement dans une serrure.

Elle ne se trompait pas. Avoir mordu Baba n'avait servi qu'à lui prouver qu'il fallait la manipuler avec précaution.

Cette fois Baba ne la battit pas. Il se contenta d'avancer la date du mariage.

On la marierait le jour de ses quatorze ans, l'âge minimum du mariage pour les filles.

Indrani refusa de mettre le sari que Trixie avait touché. Baba télégraphia à Calcutta pour demander qu'on lui en expédie un autre par avion. Le magnifique sari aux paons et aux roses était encore parfaitement utilisable, quoique souillé par des mains africaines. En punition, Saroj devrait le porter le jour de ses noces.

14

SAVITRI

Gopal ne prenait pas son rôle de garde d'enfants très au sérieux et il n'était pas là le jour où le cobra royal s'était manifesté. C'était un adolescent de treize ans, sensible et rêveur, et n'étant pas accoutumé aux méthodes originales de Mr Baldwin, il préférait rester seul à lire dans la salle de classe ou sous la tonnelle, car il était non seulement intelligent, mais également ambitieux. Un jour il écrirait le Grand Roman Moderne indien. En anglais. Il avait déjà le titre : *Un océan de larmes*.

Quelle aubaine de devoir garder Savitri ! C'était le seul moyen pour lui d'échapper à l'école publique, où le niveau était médiocre et les professeurs indifférents. Cette tâche lui ouvrirait des portes. Tout était affaire de relations. Les Lindsay avaient des relations. Étudier avec un précepteur anglais était le meilleur moyen pour réussir et Gopal avait conscience de sa chance.

Des quatre frères il était le seul à s'estimer favorisé par la chance. Natesan et Narayan se souciaient des Anglais comme d'une guigne, mais Mani enrageait toujours de l'affront qui lui avait été fait à la naissance de David, quand Mrs Lindsay lui avait volé sa mère. Tout simplement et sans préavis. Il adorait sa mère ; la dame anglaise avait dit « Viens », et *Amma* avait obéi, en l'abandonnant, lui, Mani. Cela l'avait rendu furieux, mais personne ne s'en était soucié. Pourquoi suffisait-il que la dame anglaise…

Mani, qui était l'aîné, avait onze ans à l'époque et il était capable de raisonner. Pourquoi suffisait-il que la dame anglaise dise « Fais ceci » pour qu'*Amma* obéisse ? Et pourquoi la dame anglaise aurait-elle le pouvoir de bouleverser toute une famille sans même une seule pensée pour ce bouleversement ? Une famille composée de quatre garçons et de leur père, privée de mère et d'épouse. C'était cruel, et Mani, alors assez grand pour juger, s'était insurgé devant tant de despotisme. Mais les Anglais étaient ainsi ; ils claquaient des doigts et il fallait accourir, voilà tout.

C'était l'époque où *Thatha* et *Patti*, qui avaient vécu jusque-là dans le Nord, chez leur fils aîné, étaient venus s'installer à la maison. *Patti* avait été une mère de famille dévouée, mais elle était épuisée après avoir élevé treize enfants et en avoir enterré quatre ; aussi quand *Amma*, dont on n'avait plus besoin dans la grande maison, rentra chez elle, *Patti* avait tranquillement et simplement pris congé et s'était éteinte.

Assis dans la véranda de l'est, où il vivait pendant les mois d'été, *Thatha* accueillit en lui la petite Savitri. L'heure était venue, il le savait. Son corps, cette enveloppe terrestre, s'affaiblissait et il devrait bientôt le libérer.

Thatha n'avait sur lui qu'un pagne, son cordon sacré et une bande de tissu sur les épaules. Sa peau très sombre et tavelée par l'âge pendait en plis tannés sur ses os fragiles. Il se rasait la tête à chaque pleine lune et son crâne luisait alors comme un pot de cuivre au fond arrondi. *Thatha*, installé à demeure, semblait-il, sur sa natte effrangée, dans le *tinnai*, la véranda de devant, était entouré des objets propres à son état : des bouteilles contenant d'étranges mixtures, des récipients enveloppés dans des chiffons, renfermant des morceaux d'écorces et de racines, des graines, des feuilles séchées, des pilules, des onguents et des herbes à l'odeur âcre. Aucune, parmi ces bouteilles, ces fioles et ces boîtes, ne portait d'étiquette. *Thatha* savait ce qu'il y avait à l'intérieur et quand une personne souffrant d'une chose ou d'une autre venait le trouver, il lui suffisait de tendre la main pour prendre le remède approprié. Ces temps-ci, il ne venait plus grand monde. Les gens préféraient les médicaments des Anglais, même s'ils coûtaient très cher. Personne n'avait plus la foi. Sauf la petite Savitri ; c'est en elle que *Thatha* plaçait tous ses espoirs et il l'accueillit en lui.

Son plus jeune fils, le cuisinier des *sahib*, avait depuis longtemps oublié le métier, bien qu'il eût jadis appris lui aussi les secrets de l'art de guérir. On lui avait également enseigné que cuisine et médecine sont les deux faces d'une même pièce, qu'on ne peut cuisiner et nourrir les hommes, si l'on ignore les équilibres du corps et si l'on ne sait pas les corriger quand ils sont perturbés. *Thatha* possédait ces secrets. Ils s'étaient transmis dans la famille de génération en génération, et à l'époque où son père travaillait comme cuisinier chez le Maharaja de Mysore, nombreux étaient ceux qui venaient le trouver, même la Maharani, et il les guérissait, car il avait appris ces secrets. Deux de ses fils, l'aîné et le plus jeune, étaient devenus cuisiniers après lui, mais ils s'étaient désintéressés de l'autre face, l'art de guérir ; aucun d'eux n'avait hérité du Don, et pas un seul de ses enfants ne portait le Signe. L'aîné travaillait aujourd'hui à l'hôtel Ashok de Bombay, et le plus jeune ici, à Madras. C'est à Madras que *Thatha* avait travaillé et élevé sa famille, puis il était parti vivre à Bombay, chez Madanlal, jusqu'au jour où il avait été rappelé à Madras, et il comprenait maintenant pourquoi le destin lui avait donné cet ordre. À cause de la petite Savitri. Ce n'était qu'une fille mais elle avait le Don. Et aussi le Signe : un grain de beauté arrondi derrière l'oreille. *Thatha* en avait un lui aussi, de même que son père et son grand-oncle. Quand le moment viendrait, Thatha activerait ce don, grâce à sa bénédiction. Pour l'instant elle recevait les instructions, mais les instructions ne suffisaient pas. Il fallait avoir le Don. Il fallait avoir le Signe. Il fallait avoir les Mains. Savitri avait tout cela.

Un jour, en prenant dans les siennes les mains de la petite Savitri, *Thatha* avait senti le fluide, le pouvoir d'absorber avec une main, et de dispenser avec l'autre. D'absorber le mal, qui n'est rien d'autre qu'une obstruction, provoquée par l'esprit, et de dispenser une influence bienfaisante, afin que la maladie ne revienne pas prendre racine. La petite l'avait. Le fluide. Le Don. Il était assoupi en elle, par conséquent elle ne pouvait l'utiliser consciemment. Pour cela, elle avait besoin de recevoir l'Initiation, et seul lui, *Thatha,* pouvait la lui donner, en lui transmettant le Don, ainsi qu'il l'avait lui-même reçu de son père. Cette fois, on sauterait une génération et le Don passerait dans la lignée des femmes. Mais ce n'était pas grave. Parce que le Don venait de l'Esprit, qui n'est ni mâle ni femelle, mais contient l'essence des deux. La petite Savitri recevrait le Don et le transmettrait à ses enfants ou à ses petits-enfants, et ainsi il ne disparaîtrait pas. Jamais. Le Don se débrouille toujours. Il se perpétue de lui-même. *Thatha* sourit intérieurement et rota. Sa belle-fille, la femme de Iyer, c'était une bonne cuisinière. Mais à quoi sert la cuisine si on n'a pas le Don ? *Thatha* accueillit en lui la petite Savitri et la garda dans le silence de son esprit.

Savitri était depuis six mois l'élève de Mr Baldwin quand enfin la lettre arriva. Iyer l'apporta à Mrs Lindsay en lui demandant humblement la permission de retirer Savitri au précepteur.

« Mais non, voyons, je ne le permettrai pas ! Elle fait tellement de progrès... C'est Mr Baldwin qui le dit, et puis David serait tout seul ! Pour quelle raison, mon Dieu ?

— La maîtresse demande une explication, *Appa* », se contenta de dire Savitri.

Iyer tripotait la lettre qu'il avait dans la main. Il la tendit à Mrs Lindsay, qui après y avoir jeté un regard impatienté, la lui rendit en disant : « C'est du tamoul. De quoi s'agit-il ?

— Il s'agit du mariage de ma fille, madame, dit Savitri.

— Quelle fille ? Tu n'en as qu'une ! » Savitri traduisit pour son père, qui répondit respectueusement.

« C'est exact. Je parle de ma fille Savitri », dit Savitri.

Savitri n'assistait pas à la conversation. Seul son corps était présent. Elle avait quitté son corps-pensée pour ne pas être mêlée aux mots qu'elle prononçait. Ils n'avaient rien à voir avec elle. Elle disait les mots sans penser à ce qu'elle disait. Quand c'était Mrs Lindsay qui parlait, elle traduisait ses paroles en tamoul, et quand c'était son père, elle traduisait en anglais. Elle n'était qu'un instrument par lequel le langage allait et venait.

« Tu ne parles tout de même pas du mariage de Savitri !

— Elle est ma seule fille, madame.

— Mais pour l'amour du ciel, elle n'a que sept ans ! C'est une enfant ! Tu ne peux pas déjà la marier ! Et puis elle est si douée pour les études, tu ne peux pas... » Mrs Lindsay se lança dans un long discours que Iyer et Savitri écoutèrent jusqu'au bout, l'air ahuri, jusqu'à ce qu'elle ait épuisé sa réserve de mots, que Savitri traduisait fidèlement en tamoul, sans en omettre un seul. Puis Iyer prit la parole et elle répéta ce qu'il avait dit, en anglais :

« Mon frère Madanlal lui a trouvé un garçon bien assorti à Bombay. Il est cuisinier à l'Ashok Lodge. Mon frère dit que c'est un très beau parti, malgré son pied-bot. Savitri ira vivre chez mon frère, à Bombay, jusqu'à ce qu'elle soit en âge de se marier, et ensuite elle épousera ce garçon.

— Mais s'il est cuisinier, ce n'est pas un enfant ! Quel âge a-t-il ?

— Vingt-deux ans, madame. Un âge qui convient parfaitement, puisqu'il aura vingt-huit ans quand ils se marieront. Quand ma fille aura quatorze ans, elle deviendra légalement sa femme. Mais jusque-là, elle habitera chez mon frère. »

Iyer savait qu'il importait d'insister sur ce point, à savoir qu'il ne s'agirait pas d'un mariage d'enfants, ce qui était illégal, mais seulement de fiançailles, d'un accord en vue d'un mariage.

« Ce ne sont que des fiançailles. Mais elle ira à Bombay avec mon fils aîné Mani.

— S'il s'agit de simples fiançailles, pourquoi doit-elle aller à Bombay dès maintenant ? Pourquoi ne partirait-elle pas plus tard, quand elle sera en âge de se marier ?

— Ce garçon ne parle ni l'anglais ni le tamoul. Ma fille doit aller à Bombay pour apprendre ses langues, le marathi et l'hindi, dit Savitri d'un ton convaincu.

— Non, non, je ne permettrai jamais une chose pareille. Et pourquoi Bombay, particulièrement ? Il existe sûrement des garçons qui pourraient convenir, ici, à Madras.

— Nous avons essayé de lui trouver un mari à Madras, mais sans succès. La petite a été polluée par votre fils. » Savitri prononça courageusement ces mots, en regardant Mrs Lindsay dans les yeux, comme pour la supplier de lui pardonner.

« Polluée ? Que diable veux-tu dire par là ?

— Elle s'est montrée à lui sans ses vêtements.

— Mais pour l'amour du ciel, ce ne sont que des enfants ! ils s'amusent à des jeux d'enfants !

— Le bruit court à Madras que la fille de Iyer le cuisinier a été polluée par le petit *sahib*. Par conséquent il faut la marier ailleurs qu'à Madras. » Savitri traduisait sans la moindre trace d'émotion. C'étaient les mots d'*Appa*. Mais son cœur, qui comprenait, était tout bouleversé, alors son corps-pensée reparut et commença à bouillonner et à se révolter. Elle n'en continua pas moins à avancer les arguments d'*Appa* comme si c'étaient les siens et batailla avec Mrs Lindsay, alors qu'elle mourait d'envie de se jeter à ses pieds pour lui demander de la soustraire à son père, à son frère, à son oncle, au cuisinier pied-bot, à Bombay, à sa culture, à son pays, à tous les siens.

La nuit, Savitri retourna voir David, à la fenêtre de sa chambre. C'était la pleine lune.

« David ! Ils m'ont trouvé un mari ! Je vais partir à Bombay la semaine prochaine !

— Mais tu as promis que tu ne te marierais avec personne d'autre que moi !

— Mani m'emmène à Bombay ! Qu'est-ce que je peux faire ?

— Tu pourrais t'enfuir !

— Où est-ce que je vivrais ?

— Chez moi, bien sûr. »

Mais Savitri secoua vigoureusement la tête et essuya avec son châle les larmes qui lui piquaient les yeux.

« Ta mère ne le permettra pas, David. Je ne suis qu'une domestique.

— Je lui dirai que je vais me marier avec toi !

— David ! Non ! Ne lui dis pas ça. Promets-moi que tu ne lui diras pas ça !

— Et pourquoi, Savitri ? Si je le lui dis, tous les problèmes seront résolus. Elle fait tout ce que je veux !

— Ça ne lui plaira pas, David, je le sais. Elle deviendra toute rouge et se mettra en colère, comme la fois où Boy avait coupé sa rose préférée. Elle criera, me chassera et je serai alors obligée de partir.

— Mais non, Savitri. Maman fait tout ce que je veux. Si je lui dis que je vais me marier avec toi, elle le dira à ton père et alors tu pourras venir habiter chez nous et quand on sera grands on se mariera ! Écoute, je n'ai pas de bague, mais prends ça. Comme témoignage de ma promesse de t'épouser. »

Sur ce il ôta la chaîne d'or qu'il avait autour du cou et la lui tendit à travers les barreaux. Elle savait ce que c'était : un cadeau de sa grand-mère, qui habitait l'Angleterre, et une petite croix d'or y était accrochée. Elle savait aussi que la croix était une chose de la religion de David et qu'il ne pouvait rien lui donner de plus sacré. Elle la passa à son cou.

« Merci, David. Je la garderai toujours sur moi, et je promets de me marier avec toi. Mais il ne faut pourtant pas en parler à ta mère, promets-moi que tu ne lui diras rien.

— Mais dans ce cas, Savitri, qu'allons-nous faire ? »

Ils prirent soudain conscience de leur impuissance et restèrent muets tous les deux. Ils n'étaient que des enfants, après tout. Des enfants à la merci d'adultes sans merci, dotés de l'ultime pouvoir de les déplacer sur la surface de la terre, comme des pièces sur un échiquier, comme si l'amour ne comptait pas, cet amour plus fort que tous les corps-pensées du monde et malgré tout impuissant face aux corps-pensées des hommes de la famille de Savitri, qui mettraient leur projet à exécution et les sépareraient.

« Ce n'est pas juste », dit David en frappant du pied, parce qu'il venait de réaliser que lui non plus ne pouvait rien contre l'indocilité des indigènes, pourtant soumis à sa volonté, ainsi qu'il l'avait appris dès le début de son existence. Même lui, le jeune maître, ne pouvait empêcher le mariage de la fille d'un domestique.

« Ne t'inquiète pas, Savitri. Promets-tu de te marier avec moi ? Est-ce que tu le promets ? Ne t'inquiète pas, Savitri, est-ce que tu me le jures ?

— Oui, David, bien sûr ! Je t'aime de tout mon cœur et je jure de me marier avec toi. »

Exaspérée par la logique obstinée et l'insoumission de son cuisinier, Mrs Lindsay ne cessait de se retourner dans son lit. Elle pourrait le renvoyer, bien entendu, mais ça ne changerait rien pour Savitri. Ou bien simplement menacer de le renvoyer, s'il persévérait dans ses intentions. Ou encore le menacer de le remettre aux autorités, pour tentative de contournement de la loi interdisant les mariages d'enfants – car il s'agissait bien de cela, en définitive, d'un mariage d'enfants, même s'il devait être consommé à une date ultérieure.

Elle ne pouvait tout simplement pas permettre une chose pareille. Ici, à Fairwinds, c'était elle qui commandait, pas Iyer ! Comment osait-il s'opposer à ses volontés, même si Savitri était sa fille ! Elle, par chance, voyait plus clair. Savitri devait terminer ses études ou du moins les poursuivre encore quelque temps. Ce cuisinier était vraiment trop bête. La pollution, vraiment ! Si quelqu'un était pollué, c'était plutôt David, pour s'être lié avec la fille d'un domestique – mais non, c'était mal de tenir ce raisonnement. Tous les hommes sont égaux. N'importe quel père – n'importe quel père anglais – se réjouirait que sa fille bénéficie d'une aussi excellente éducation. Quelle enfant intelligente ! Et David dans tout ça ? Qui jouerait avec lui si Savitri s'en allait ? Cette idée atterra Mrs Lindsay plus que toute autre. Quel malheur ce serait pour David. Il n'avait pas un seul ami dans les Oleander Gardens, et c'était maintenant trop tard pour s'en faire ; il resterait seul, à l'écart, et il se passerait plusieurs années – au moins quatre – avant qu'on puisse l'envoyer à l'école en Angleterre. Ne serait-ce que pour lui, elle devait faire quelque chose.

C'est alors que Mrs Lindsay se rappela sa promesse de « faire quelque chose » pour la fillette, il y avait bien longtemps de cela, avant leur départ pour Ooty, avant que la petite ne devienne l'élève de Mr Baldwin. Elle eut alors une espèce de révélation et vit très exactement ce qu'elle allait faire.

Elle écrirait à son notaire.

Elle prendrait des dispositions pour qu'une somme d'argent soit déposée sur une sorte de fonds de placement, à l'intention de Savitri. Elle n'avait pas d'idée précise sur ces questions, mais son notaire saurait sûrement comment procéder. Oui. De l'argent, une dot... Mrs Lindsay établit un plan détaillé. La somme serait promise dès maintenant, par contrat, et remise à Savitri le jour de ses dix-huit ans. À condition qu'elle ne soit pas déjà mariée. À condition qu'elle continue ses études jusqu'à quatorze ans au moins. À condition qu'elle demeure jusque-là chez son père et qu'on ne l'expédie pas à Bombay ou Dieu sait où, en attendant de la marier.

Mrs Lindsay était tellement excitée qu'elle se redressa dans son lit. Génial !

Elle se leva et alla à pas feutrés jusqu'à la fenêtre, l'esprit en ébullition. La lune était pleine et le jardin, enveloppé d'une lumière argentée, semblait frappé par un enchantement. Le parfum des roses, du jasmin, et même les subtils effluves du frangipanier caressèrent ses narines, et elle respira profondément. Ah… quelle merveille ! Les odeurs portent loin dans l'atmosphère légère de l'Inde. Les odeurs… et les sons. Le vent léger murmurait parmi les bougainvilliers et les rosiers – murmurait comme une voix humaine. Comme une voix humaine… Mrs Lindsay tendit l'oreille, les sens aiguisés par la magie latente montant du jardin et c'est alors qu'elle réalisa, justement, que ce murmure *était* humain, qu'il provenait de la fenêtre voisine, celle de David. Et en scrutant le jardin à la lueur de la lune, Mrs Lindsay distingua une petite forme floue qui ne pouvait être que Savitri, et bien qu'elle arrivât trop tard pour surprendre toute la conversation, elle entendit les dernières paroles des enfants, qui dans la ferveur de leurs sentiments, avaient oublié toute prudence et élevé la voix.

« Ne t'inquiète pas, Savitri. Promets-tu de te marier avec moi ? Est-ce que tu le promets ? Ne t'inquiète pas, Savitri, est-ce que tu me le jures ?

— Oui, David, bien sûr ! Je t'aime de tout mon cœur et je jure de me marier avec toi. »

15

NAT

Au village, tout le monde était persuadé que Nat portait chance. Ayant remarqué que c'était invariablement son équipe qui gagnait quand il jouait au cricket, les gens disaient qu'il avait une Main d'or et en avaient fait leur mascotte. Avant de construire une maison, on lui demandait de venir poser la première pierre, et quand elle était terminée, d'être le premier à y entrer, avec la vache portant une guirlande autour du cou et des clochettes suspendues à ses cornes peintes en jaune et rouge. Quand venait la saison du désherbage, les paysans le chargeaient d'arracher la première mauvaise herbe et lors des mariages il devait toucher la statue de Ganesh, au début de la cérémonie, car Ganesh écarte les obstacles. Mais ce qu'il y avait de mieux dans cette condition de mascotte, c'étaient les bonbons. Chaque fois qu'on en confectionnait pour une occasion quelconque, la mère de famille envoyait chercher Nat pour qu'il soit le premier à y goûter et passe ensuite la main sur le reste de la fournée. C'étaient des choses que son père acceptait.

« Puisque j'ai le droit de manger le premier bonbon, pourquoi ne puis-je pas être le premier à avoir le lait de la vache de Kanairam ? demanda-t-il un jour au docteur qui lui répondit :

— Parce qu'il arrive que la vache de Kanairam n'ait pas assez de lait pour tout le monde et que les autres en ont davantage besoin que toi. Tu dois donc passer le dernier et en acheter deux tasses, si c'est possible. Mais si la vache n'a pas donné assez de lait, tu peux rentrer à la maison les mains vides, étant donné que tu as du lait en poudre, alors que les villageois n'en ont pas. Je tiens à ce que tu sois le dernier à prendre du lait, de manière à ce que tout le monde puisse en avoir et que Kanairam vende toute sa production. »

Le docteur ne croyait pas que Nat portait chance. D'après lui, les gens s'étaient mis cela dans l'idée uniquement parce qu'il avait la peau très claire et s'imaginaient que si Nat les touchait, eux ou des choses leur appartenant, leurs enfants naîtraient eux aussi avec la peau claire, mais ils se trompaient. Nat réfléchissait beaucoup à tout cela, à ce que croyaient les gens du village et à ce que disait son père. Il savait que son père disait toujours la vérité, mais il savait également qu'il était exact que son équipe était toujours victorieuse, bien qu'il ne fût pas le meilleur serveur – c'était Gopal – ni le meilleur batteur – c'était Gautam – ni le joueur le plus rapide – c'était Ravi, le fils d'Anand.

Néanmoins l'équipe de Nat ne perdait jamais, et les villageois lui demandaient d'être là le premier, chaque fois qu'ils entreprenaient quelque chose, afin qu'il leur porte chance.

Pourtant son père lui apprenait à prendre la dernière place.

Une chose était certaine : de toute évidence, Nat portait chance à Gauri Ma. Dès le début, Nat avait remarqué Gauri Ma, qui leur présentait ses moignons, installée dans la première cour du temple, à côté du bassin de Parvati. Gauri Ma était lépreuse. Elle n'avait plus de pieds, mais seulement deux boules entortillées dans des chiffons, à l'extrémité des jambes, et ses poignets, bizarrement recourbés, formaient des crochets avec lesquels, malgré son absence de doigts, elle parvenait à saisir les objets en appuyant sur ses moignons pour refermer ses crochets.

Bien qu'elle fût une adulte, Gauri Ma était aussi frêle et menue qu'une fillette de douze ans. Sa peau pendait à ses petits os comme un sac de cuir noir, avachi et usé, et les lambeaux de tissu dont elle s'enveloppait en guise de sari lui couvraient à peine le bas du corps. Comme toutes les pauvresses de la région, elle ne portait pas de corsage et se contentait d'un pan d'étoffe drapé sur sa poitrine flasque, et rejeté sur l'épaule gauche. Gauri Ma avait attiré l'attention de Nat dès sa première visite au temple, à cause du si joli sourire qu'elle lui avait adressé, un sourire beaucoup trop grand pour ce petit visage ratatiné et bien trop joyeux pour la pauvre mendiante qu'elle était, en dévoilant des dents clairsemées et rougis par le *paan* qu'elle mastiquait. Au moment où il traversait la cour avec son père, Nat fut arrêté par ce sourire. Il se planta devant Gauri Ma (il ne connaissait pas son nom, bien entendu), cala délicatement sous son bras les petites bananes qu'il avait achetées pour la Mère, lui rendit son sourire en joignant les mains et tira son père par le *lungi*, en disant :

« Je vais lui donner quelque chose. »

En principe, le docteur ne donnait jamais rien aux mendiants ou sinon il donnait à tous. Il échangeait trois billets de dix roupies contre des pièces d'une roupie et les leur distribuait. Il était indispensable de procéder ainsi, car si l'on donnait quelque chose à l'un d'entre eux, ils affluaient tous et vous suivaient le plus loin possible à l'intérieur du temple, en vous interpellant ; par conséquent il fallait ne donner à personne ou donner à tout le monde. Ce que Nat venait de dire était donc tout à fait étonnant, mais il n'en prit conscience qu'après, quand il réalisa qu'ils n'avaient pas de pièces d'une roupie à distribuer.

Mais ce qui était dit était dit et puisque son père n'avait pas de menue monnaie, il devait donner une chose lui appartenant en propre. Il prit donc les bananes qu'il avait sous le bras, jaunes d'or sans la moindre trace de vert, mûres à point, mais pas trop avancées, sans tache, parfaitement dignes d'être offertes à la déesse Parvati, et il les tendit à Gauri Ma, qui les saisit par ses crochets, avec un sourire qui s'élargit encore davantage.

« Merci, oh merci », dit-elle, et elle porta plusieurs fois les fruits à son front, en inclinant la tête en signe de gratitude, avec un sourire si joli que Nat en aurait pleuré.

À partir de ce jour, chaque fois qu'il voyait Gauri Ma dans l'enceinte du temple, Nat s'arrêtait pour lui sourire et échanger un salut. Quelquefois il lui donnait une pièce, en cachette, pour qu'on ne le voie pas, et d'autres fois une banane, jusqu'au jour où les autres mendiants finirent par admettre que Gauri Ma appartenait à Nat et vice versa, et trouvèrent normal qu'elle soit la seule à bénéficier de sa générosité. Il était son *tamby*, son petit frère à la main d'or.

Ils étaient amis depuis de nombreuses années, et Nat avait quatorze ans quand Gauri Ma prit un époux, un lépreux comme elle, affligé d'une barbe crasseuse et de moignons qui suppuraient fréquemment, alors que ceux de Gauri Ma étaient propres, secs et recouverts de peau cicatrisée. Le père de Nat avait dit à son mari de venir se faire soigner au dispensaire, mais comme il se plaignait que c'était trop loin, le docteur arriva un jour avec sa mallette et l'emmena sur la bande de terrain planté d'arbres qui entourait l'enceinte du temple, là où paissaient les vaches et où les gens faisaient leurs besoins que les chiens mangeaient ensuite. Après avoir trouvé un endroit propre, sous un jacaranda, il nettoya la plaie, qu'il enveloppa dans un pansement blanc et propre. Nat n'aimait pas beaucoup le mari de Gauri Ma, mais pensait qu'elle devait être contente d'avoir quelqu'un avec qui parler, sans compter que son père lui avait dit que sans un homme pour la protéger, elle risquait d'être attaquée pendant la nuit par d'autres lépreux cherchant à lui voler l'argent qu'elle avait récolté dans la journée, si elle ne l'avait pas encore dépensé. Par conséquent, c'était bien que Gauri Ma soit mariée.

Un jour, peu après le mariage, Nat revenait de la ville à bicyclette, quand il aperçut Gauri Ma marchant sur la route poussiéreuse, ou plutôt avançant clopin-clopant, dans un mouvement chaloupé. Elle avait cependant fait pas mal de chemin quand Nat la vit. Il la reconnut de dos, non seulement à cause de sa démarche, mais aussi au sari pourpre et sale qu'elle portait invariablement. En arrivant à sa hauteur, il freina et posa son vélo par terre. Nat était maintenant un beau jeune homme, bien plus grand que Gauri Ma et son petit corps tordu. Ils se saluèrent affectueusement, comme à l'accoutumée, puis elle marmonna quelque chose à propos de ses pieds, et quand Nat y porta les yeux, il en fut épouvanté. Une plaie s'ouvrait à leur extrémité. À l'endroit où de la peau saine – saine pour une lépreuse – recouvrait auparavant l'extrémité du moignon, il n'y avait plus qu'un paquet de chair purulente et bourgeonnante. Gauri Ma lui dit qu'elle allait justement voir le docteur et Nat l'aida à s'installer sur son porte-bagages. À leur arrivée, son père étant parti visiter un malade au village voisin, avec sa Triumph, il nettoya et pansa lui-même la plaie, comme il l'avait vu faire tant de fois, mais alors que le spectacle de son père touchant des chairs putréfiées – avec toutefois des gants de caoutchouc – lui donnait la nausée, il n'éprouva curieusement aucun dégoût. Quand il eut terminé, il examina les flacons de pilules rangés sur l'étagère et sa main se tendit d'elle-même vers l'un d'eux, qu'il prit et ouvrit pour en extraire dix granulés qu'il plaça directement sous la langue de Gauri Ma, puisqu'elle n'avait pas de doigts pour les prendre.

Il alla ensuite dans la chambre qu'il continuait à partager avec son père pour y prendre une paire de *chappal* en cuir dans lesquels il glissa les pieds de Gauri Ma. Comme ces sandales étaient beaucoup trop grandes, il les arrima en entortillant les lanières autour de ses chevilles ; grâce à cette protection, le pansement resterait propre pendant quelque temps.

Tout en soignant Gauri Ma, Nat avait l'impression que quelque chose la tracassait.

« Tu as encore d'autres soucis, Ma ? C'est à cause de ton mari ?

— Oh non, *tamby*. J'ai beaucoup de chance, le seigneur Shiva est très bon pour mon mari et pour moi, mais… »

Nat continua à la questionner et elle finit par vider son sac : depuis le jour où le docteur avait soigné son mari, les autres lépreux les avaient pris en grippe, allant jusqu'à leur refuser l'entrée de leur abri collectif, à savoir une vieille cabane délabrée non loin du temple, où ils se rassemblaient tous pour la nuit, quand le sanctuaire fermait ses portes. Auparavant, à part les chamailleries habituelles, le couple n'avait jamais eu d'ennuis, mais voilà que tout le monde s'était ligué pour les mettre dehors. N'ayant pas encore trouvé d'autre refuge, ils dormaient dans la rue, et les occupants des maisons leur donnaient des coups de pied ou de balai, leur jetaient des seaux d'eau pour les faire déguerpir, parce que ça portait malheur d'avoir un lépreux endormi devant sa porte.

Après avoir ramené Gauri Ma au temple, Nat rentra chez lui et raconta l'affaire à son père. Le docteur décida d'acheter un petit terrain entre la ville et le village, et d'y construire une cabane pour Gauri Ma et son mari. Certes, ils devraient marcher un peu pour aller chaque matin mendier au temple, puis pour rentrer chez eux le soir, mais personne ne pourrait les chasser de leur logement, puisque le docteur en serait le propriétaire. Le projet fut aussitôt mis à exécution et deux jours plus tard, la cabane était prête pour accueillir les deux époux.

Quand il ôta le pansement de Gauri Ma, Nat trouva la plaie parfaitement guérie. La nouvelle s'en répandit et, bientôt, le bruit courut que Nat avait une Main d'or pour guérir. Depuis quelque temps, il aidait de plus en plus son père dans son travail, mais désormais les gens du village voulurent qu'il les touche, qu'il leur donne des remèdes, qu'il pose la main sur la tête de leurs enfants, parce qu'ils avaient remarqué que lorsqu'il le faisait, les blessures cicatrisaient plus vite, que les infections cédaient plus rapidement et que Nat leur portait chance.

16

SAROJ

Baba n'avait que deux centres d'intérêt dans la vie : sa famille et la culture indienne. Toutes deux se trouvaient en état de siège. C'était son devoir sacré de les défendre l'une comme l'autre. Il était le gardien de tout ce qui était élevé, noble et pur, chargé par le Très-Haut de les protéger et de les préserver du mal. La société moderne représentait le mal. Il n'était pas question de la laisser pénétrer dans le bastion de la culture traditionnelle.

Un père hindou a pour devoir sacré de bien marier ses filles et Deodat prenait ce devoir très au sérieux. Il y était parvenu – plus ou moins. Il est vrai qu'il avait dû accepter des compromis, car la colonie manquait de *brahmanes,* et pratiquement aucune lignée n'était absolument pure. Il avait fait de son mieux, étant donné les conditions, et, pour le reste. Dieu lui pardonnerait. Malgré tout, le combat à contre-courant qu'il menait pour préserver du mal sa famille et sa culture l'avait usé.

Quand Saroj atteignit ses treize ans, Baba ressemblait à une carcasse d'arbre desséchée, par un sombre jour d'hiver. Il ne savait plus ni rire ni sourire. Il parcourait la maison telle une ombre noire drapée de blanc, traquant les transgressions, châtiant les coupables, pour retomber ensuite dans une sorte d'état d'hibernation.

En sa présence, ses enfants n'osaient ni rire ni s'amuser. Tous les après-midi, dès qu'il franchissait le seuil, un voile d'ennui, une tristesse grisâtre s'abattaient sur la maison. Chacun guettait le bruit de sa voiture et décampait dès que s'ouvrait la porte d'entrée, ainsi que des chiots fuyant le fouet d'un maître cruel, la queue entre les jambes. Il s'enfermait dans le bureau contigu à la salle de séjour et le calme régnait pour le restant de la journée, car personne n'osait ni émettre un grognement ni sortir de la maison. Il avait quelque chose de presque reptilien dans sa façon de faire le tour des pièces, après s'être glissé sans bruit hors de son bureau, pour effectuer son inspection, avant d'aller se remettre au travail. Quand Saroj était assise dans la véranda, plongée dans un livre de bibliothèque – la lecture était son unique consolation, son seul refuge, et elle dévorait des livres comme un chien affamé se jette sur de la viande fraîche –, il lui arrivait parfois de sentir les yeux froids de Baba s'appesantir sur elle. Elle restait en attente, figée sur un mot, certaine d'être observée, puis elle levait la tête et rencontrait son regard inquisiteur. Ils s'observaient un moment, de part et d'autre de la véranda ; Baba hochait la tête, satisfait, puis disparaissait.

Le fils Ghosh n'était pas l'idéal, mais Baba ne pouvait pas trouver mieux, et il était aussi content qu'il pouvait l'être, vu la place restreinte qu'il allouait au plaisir. Maintenant que l'avenir de sa famille était assuré, il pouvait se consacrer à la cause suprême, la préservation de la culture indienne, ou plutôt hindoue.

Là aussi, comme pour le mariage de sa fille, Baba avait dû faire des concessions. À son arrivée en Guyane britannique, il fut consterné de voir que les cloisons entre castes n'existaient plus dans la diaspora indienne. Les Indiens se mélangeaient depuis des générations, ils survivaient et prospéraient en tant que groupe homogène, et faisaient bloc afin d'être plus forts et pouvoir se retrouver entre eux. Il y avait des Indiens hindous, des Indiens musulmans, même quelques Indiens chrétiens, mais les Indiens étaient des Indiens, et tous sur le même plan.

Malgré la virulence de ses critiques et sa volonté d'introduire des réformes permettant de ramener la communauté dans le droit chemin – en d'autres termes, de rétablir le système de castes –, rien n'avait changé. Les castes se mélangeaient depuis des générations – autant essayer de débrouiller des œufs brouillés. Il fut donc contraint d'accepter cette odieuse situation et de mettre de l'eau dans son vin. Ses grands-oncles l'avaient trompé sur beaucoup de choses en le faisant venir dans la colonie, mais ils avaient dit vrai sur un point : ici il pourrait devenir un gros poisson dans un petit étang, et son influence au sein de cet étang pouvait être énorme. Il résolut de rester. Une fois sa décision prise, il entrevit de nouvelles possibilités. Pourquoi n'instaurerait-il pas ses propres règles, ses propres réformes ?

Le système des castes implique une distinction entre le pur et l'impur, le sublime et le vil, et c'est seulement grâce à l'existence de ce qui est bas que ce qui est élevé se reconnaît comme tel. Parfait. Il faudrait donc réintroduire le haut et le bas ; et lui, Deodat, façonnerait cette nouvelle société selon ses idées et ses principes. En Inde, l'hostilité grandissait entre hindous et musulmans, mais la mise à l'écart des musulmans constituerait une initiative autodestructrice, car on avait besoin d'eux pour les élections qui porteraient les Indiens, tous les Indiens, au pouvoir. Baba n'eut pas à chercher bien loin pour trouver un bouc émissaire.

Après tout, il y avait les Africains.

C'est Baba qui inventa le slogan *Aphan Jhat*, le « vote racial ». C'est Baba qui alla prêcher le développement séparé parmi les Indiens. C'est Baba qui fut à l'origine des premiers succès électoraux, en 1957, puis en 1961, victoire due au simple fait qu'un Indien se présentait contre un Africain et que les Indiens étaient plus nombreux.

Baba était en train de devenir un gros poisson. Il avait découvert une nouvelle race de parias, les Africains. Selon lui, les Africains étaient par nature le contraire des Indiens. Les Indiens représentaient le sublime de l'esprit, le sommet de l'évolution humaine. Les Africains se plaçaient tout en bas de cette évolution. Et ils faisaient le jeu de Baba.

En effet, les Africains refusaient d'accepter le leadership des Indiens. Le mécontentement prit de l'ampleur au fil des années et finit par éclater. Pour Baba c'était clair : non seulement les Africains étaient le contraire des Indiens par nature, ils étaient aussi l'ennemi. Ils en voulaient aux Indiens à cause de leur prospérité, de leur réussite et de leur puissance politique. Les Africains étaient résolus à faire chuter le président indien légalement élu, et s'ils ne pouvaient y parvenir par des voies légales, ils emploieraient la violence. Les Africains incendiaient des magasins indiens ; les Africains se mettaient en grève, se soulevaient et se livraient au pillage.

Quant à Cheddi Jagan, l'ami et soi-disant allié de Baba, il n'était bon à rien.

« Cheddi est incapable de tenir ces Africains, fulminait Baba. Les différences sont inhérentes. Les Indiens et les Africains ne pourront jamais travailler ensemble, jamais vivre ensemble. Il est en train de brader nos droits ! »

« Les Africains n'ont pas les qualités nécessaires pour bâtir une nation, disait Baba à qui voulait l'entendre, d'abord aux personnes de sa famille, ensuite à ses amis proches. Ils devraient soit retourner en Afrique, soit se tenir tranquilles et accepter la domination des Indiens ! Où trouve-t-on les grandes civilisations du passé ? En Orient ! En Inde ! En Arabie ! En Chine ! Pas en Afrique ! C'est un fait historique ! La civilisation africaine, qu'est-ce que c'est ? Des peintures grossières ! Des danses de guerre ! Des jupes de raphia ! »

Baba diffusait ces propos au bénéfice de toute la communauté indienne, des propos que d'autres n'auraient même pas osé penser ; et il se souciait peu d'offenser qui que ce fût. Baba désirait instaurer une sorte de système de castes dans la colonie. Les castes, disaient Baba, sont une chose naturelle.

« Certaines races sont nées avec un esprit plus élevé, nées pour commander, d'autres sont nées viles et destinées aux tâches manuelles ! tonnait Baba dans les mariages, les veillées funèbres et les réunions d'anniversaire. Dieu a voulu que les Africains soient les pieds de la société ! Exactement comme un corps humain a une tête et des pieds, le corps de la société a une tête et des pieds ! Les pieds sont aussi importants que la tête ! Sans les pieds, la tête ne sert à rien ! Sans la tête, les pieds ne servent à rien ! Les Indiens sont la tête naturelle de la société, les Africains en sont les pieds ! Mais il ne faut pas que les pieds cherchent à devenir la tête ! »

Baba avait l'intelligence de ne pas tenir de pareils propos en public, du moins pas encore, mais il essayait ses discours sur sa famille. Souvent, le soir, tout le monde s'asseyait autour de la table de la salle à manger, les yeux fixés sur lui, dans un silence pétrifié, tandis qu'il martelait la table de son poing. Trois enfants et une petite dame silencieuse ne pouvaient guère être qualifiés d'auditoire, mais il ne s'agissait que d'un galop d'essai. Il savait qu'un jour il aurait un autre public, digne de lui. De temps à autre, une fois par mois environ, il ramenait un des oncles à la maison ; certains venaient de leur plein gré, mais d'autres, réticents à l'évidence, se tortillaient d'embarras sur leur chaise.

À l'extérieur de la maison des Roy, la violence explosait. L'appel de Baba au *Aphan Jhat* avait porté ses fruits ; étant majoritaires, les Indiens avaient remporté les élections. Les Africains avaient émis un vote africain et ils avaient perdu. Les deux camps sombrèrent dans un enfer de haine. Furieux, les syndicalistes et les ouvriers de la canne à sucre levaient le poing, les hommes politiques s'insultaient au Parlement, et ces invectives de part et d'autre de la fracture raciale aboutirent à une grève générale de quatre-vingts jours qui déstabilisa le pays et entraîna une quasi-paralysie.

Les Indiens commencèrent à craindre pour leur vie.

En 1964, l'année des treize ans de Saroj, l'année où fut décidé son mariage avec le fils Ghosh, l'année où elle prit pleinement conscience d'elle-même, la violence atteignit son apogée.

Au début de cette année, une Indienne nommée Koswilla fut écrasée par un tracteur, sur le domaine de Leonora ; elle eut le corps sectionné en deux. Le tracteur était conduit par un Africain qui fut traduit en cour d'assises pour homicide et acquitté par un jury d'Africains. Les Indiens écumaient. Les Africains riaient et levaient le poing.

Dans la Third Alley, la maison d'un Indien fut incendiée et la rue entière se transforma en brasier. Des bandes d'Africains mettaient le feu partout, pillaient des magasins et terrorisaient les Indiens qui cherchaient à s'échapper. Ils bastonnaient les hommes en pleine rue, déshabillaient des femmes et des jeunes filles pour les violer devant tout le monde.

En novembre de cette même année, une meute d'Africains s'en prit à une Indienne de dix-huit ans qui rentrait chez elle après une réunion politique. Ils la jetèrent à terre et lui arrachèrent ses vêtements. Deux Africains de la police montée assistèrent à la scène, avec beaucoup d'intérêt, sans intervenir. Un correspondant de *Time* se porta à son secours. Une voiture qui passait s'arrêta pour les prendre et les conduire de toute urgence à l'hôpital.

Les Indiens avaient peur de sortir dans la rue. Ils étaient agressés, volés, mutilés, tués, violés par des Africains et ne se sentaient plus en sécurité, même chez eux. Tout cela ne faisait qu'alimenter la fureur de Baba. Il engagea deux gardiens pour surveiller la maison à tour de rôle, de jour comme de nuit, et prit la décision de faire aménager une issue de secours.

Georgetown flambait. Cet enfer, disait Baba, est l'œuvre des Africains.

Le gouvernement britannique envoya la marine.

En décembre 1964, se tinrent de nouvelles élections à la proportionnelle. Bien qu'il eût réuni le plus grand nombre de suffrages, le chef du parti indien dut s'incliner devant un gouvernement de coalition avec à sa tête un Africain, Forbes Burnham. Pour Baba, ce fut une gifle en pleine figure. Il fulminait contre les Britanniques et contre la CIA qui, chacun de leur côté, clamait-il, avaient comploté pour évincer le leader indien, qu'ils soupçonnaient d'être communiste.

Personne ne s'étonna lorsque Baba, écœuré, quitta le PPP de Jagan et annonça la création, sous sa houlette, de l'All-Indian Party for Cultural Progress. Tous les Roy y adhérèrent aussitôt, car après tout, quel capitaliste, Indien ou autre, pourrait vouloir entrer dans un parti communiste, même s'il a un Indien à sa tête ? Ce parti servit donc de pôle de rassemblement pour les Indiens aisés, qui désapprouvaient les tendances marxistes de Jagan, tout en étant disposés, si nécessaire, à former avec lui un gouvernement de coalition, pour que les Indiens conservent le pouvoir. Jagan pouvait rallier les masses, ouvriers du sucre et riziculteurs, en les flattant par ses slogans marxistes. L'élite – les hindous et les musulmans de condition sociale élevée – devait se ranger derrière Baba.

Baba loua une maison en bois de deux étages dans Regent Street pour y installer le PC de son parti et transféra son bureau personnel dans ces nouveaux locaux. À partir de ce jour, la demeure familiale retrouva la paix et devint presque un paradis. Une fois qu'il eut découvert l'action politique, Baba s'intéressa un peu moins à ce que faisaient ses enfants. De toute manière, ils connaissaient les règles et savaient qu'elles étaient inviolables. Ils étaient bien dressés. Ils avaient tous trouvé un moyen de s'accommoder de lui.

Quand Baba surprit Trixie en train de toucher le sari d'Indrani avec ses mains noires et impures, des préjugés séculaires combinés au ressentiment personnel qui couvait en lui se déchaînèrent contre Saroj. Car elle avait violé la règle la plus sacrée entre toutes. Elle avait fait alliance avec l'Ennemi. Elle avait introduit l'Ennemi dans la maison.

17

SAVITRI

« Ne dites pas de bêtises, Celia, pour l'amour du ciel, ce ne sont que des enfants ! »

L'amiral ne supportait pas d'être dérangé. Il tambourina sur son bureau d'un geste impatienté, avec l'envie de renvoyer son épouse à ses travaux domestiques. Il ne lui restait plus qu'un chapitre à rédiger avant d'en arriver à la plus grande bataille de sa vie, et le besoin forcené d'avancer – d'écrire jour et nuit, en ne faisant que les pauses indispensables pour manger, dormir, uriner et aller à son club le jeudi soir – l'entraînait dans des séances marathons, dopé par d'innombrables tasses de thé avalées à la hâte, pendant qu'il relisait les pages que venait de cracher sa machine à écrire, auxquelles il ajoutait au crayon des corrections, des flèches, des points d'interrogation et d'exclamation. Le travail de l'amiral progressait lentement. Il se faisait un devoir de réécrire et retaper chaque page, jusqu'à ce qu'elle soit parfaite dans les moindres détails, avant de passer à la suivante. Sa main droite atrophiée reposait, inutile, sur son genou. Il n'avait plus que l'usage de sa main gauche et frappait les touches une par une avec un seul doigt. En six ans, il avait noirci de cette manière près de quatre cents feuillets sans interligne, en avançant stoïquement de bataille en bataille, et il commençait enfin à voir le bout de son entreprise. La fin d'un combat dur et long, le plus noble à ses yeux, car grâce à ce combat, l'Histoire, et lui-même, demeureraient vivants, puisque ces *Mémoires* constitueraient le grand ouvrage de référence sur la Grande Guerre. Les écoliers en recopieraient un jour des passages, tandis que les instituteurs refouleraient leurs larmes en leur lisant des extraits peignant ces moments intimes et poignants où l'esprit humain s'élève bien au-dessus de lui-même, pour atteindre à des hauteurs inédites, chose que, d'après lui, la guerre seule permettait. Les souvenirs l'assiégeaient et c'était pour lui l'unique façon de s'en libérer. Le livre s'intitulait modestement *La Grande Guerre – Un souvenir*. Quelle astucieuse litote ! Son cœur se gonflait à la pensée de tant de grandeur, comparée à son humble rôle de chroniqueur. Et voilà que Celia faisait intrusion dans sa précieuse solitude avec cette histoire absurde à propos de David et de la petite indigène. Et avant le petit déjeuner !

Mrs Lindsay se tordait les mains de désespoir.

« Je sais, je sais… c'est ce que je ne cesse de me répéter. Et pourtant… si vous aviez vu avec quelle gravité ils ont prononcé ce serment… John, j'en ai eu la chair de poule ! »

Quel malheur de n'avoir personne à qui parler de cette affaire. Son mari était décourageant, de plus d'une manière, et il était hors de question de se confier à une amie, car l'histoire se répandrait comme une traînée de poudre dans toute la communauté anglaise, qui n'en finirait pas de se moquer d'elle derrière son dos. À moins de présenter la chose comme si c'était une farce stupide – mais il ne s'agissait pas d'une farce. Il y avait quelque chose de… quelque chose de… Mrs Lindsay ne trouvait pas le mot juste… de solennel – un serment solennel – non, c'était un cliché banal, qui ne rendait absolument pas l'impression qu'elle avait eue. Non, il y avait un ton *prophétique* dans les paroles de Savitri. Voilà. Comme si la petite *savait*, et Mrs Lindsay en avait des frissons. C'était pourquoi elle devait en parler à quelqu'un, mais pas à l'une de ses amies anglaises, à qui elle ne pourrait avouer qu'elle craignait d'avoir fait une erreur, en quelque sorte. Elle n'aurait jamais dû mettre les deux enfants en contact, jamais. On aurait dit que les paroles de la fillette l'avaient envoûtée, troublée à tel point que toute logique, tout bon sens la fuyaient pour ne lui laisser que la peur, parce que ces mots étaient ceux de la vérité.

« Seigneur Dieu, que voulez-vous que ça me fasse ! postillonna l'amiral, au comble de l'impatience. Séparez-les ! Renvoyez le cuisinier ! Expédiez David en Angleterre ! Mariez la petite. Ce sont vos affaires, Celia, pas les miennes. Et maintenant, si vous voulez bien... » Il fit un signe à Khan, au garde-à-vous dans un coin de la pièce. « Le petit déjeuner, Khan. Je le prendrai ici, sur mon bureau. Merci, Celia... s'il vous plaît... »

Mrs Lindsay comprit que son mari l'avait déjà oubliée. Elle se retira en soupirant, mais tout en refermant la porte du bureau, elle se prit à sourire, car l'amiral, béni soit le cher homme, avait brisé l'envoûtement, grâce à une phrase innocente : « Mariez la petite. »

Que je suis sotte de me mettre dans un état pareil ! songea-t-elle. Il suffit de ne rien faire, puisque de toute manière la petite va partir à Bombay pour épouser son cuisinier pied-bot.

Ce matin-là, l'appel du muezzin ne réveilla pas Savitri, car elle ne dormait déjà plus. Comme d'habitude, elle tendit l'oreille. Le muezzin de l'ouest avait toujours quelques secondes d'avance sur celui du nord, mais étant plus lent, il se faisait rattraper chaque fois si bien que, malgré la distance, ils finissaient par chanter à l'unisson, au-dessus des toits de Madras, où leurs deux voix se rencontraient et se mêlaient, élevant vers Dieu toutes les âmes qui les écoutaient. Le souffle sacré contenu dans cet appel la fit frissonner.

Elle n'était pas censée l'écouter. Un jour, elle avait demandé à *Appa* si c'était la voix de Dieu en personne, et il avait répondu que non. C'était seulement pour les musulmans. Eux n'étaient pas musulmans, donc ils ne devaient pas l'écouter. Khan était musulman, de même qu'Ali le potier de Old Market Street et que Mr Bacchus, l'instituteur de l'école publique, raison pour laquelle *Appa* n'aimait pas qu'elle aille en classe. Savitri ne comprenait pas cela. Quand le muezzin commençait à chanter, l'appel pénétrait derrière son corps-pensée et elle avait la certitude que c'était bien Dieu qui parlait. Alors pourquoi un corps-pensée, qui se disait musulman, répondrait-il, alors qu'un autre n'y répondrait pas, sous prétexte qu'il ne se considérait pas comme musulman ? Mais les grandes personnes étaient bêtes. Savitri savait que ce n'était pas bien de penser ça, mais c'était pourtant vrai, puisque les grandes personnes ne voyaient que les corps et les corps-pensées auxquels elles attribuaient des noms et des étiquettes, pour pouvoir les classer en bons et en méchants, alors qu'en réalité, derrière chaque corps-pensée, il y avait Dieu. Elle n'était pas censée regarder non plus les Intouchables. Ni les chiens. Les Intouchables sont impurs, comme les chiens, disait *Appa* ; mais Savitri savait que c'était faux, parce que derrière le corps-pensée, tout le monde est pur, même les balayeurs et les chiens, et seuls les corps-pensées sont impurs. Opaques, comme de la boue. *Appa* croyait que son corps-pensée était pur, de même que son corps, pour l'unique raison qu'il portait un cordon sacré crasseux sur l'épaule.

Mais l'appel du muezzin était pur, et tous les matins Savitri priait avec les musulmans, quand il faisait encore nuit et qu'il n'y avait pas d'autre bruit sur terre. Elle priait avec Khan, avec Ali et avec Mr Bacchus, car elle savait qu'*Appa* ne pourrait jamais pénétrer dans son corps-pensée pour voir ce qu'elle faisait.

C'était permis de désobéir à son père en se retirant derrière son corps-pensée, parce que, là, on était pur et il n'y avait pas de péché. Savitri le savait, mais pas *Appa*. Les pères ne savent pas tout. Sinon, le sien n'aurait pas cherché à la séparer de David, car il aurait compris que David était une partie d'elle-même, et elle une partie de lui, qu'ils étaient deux moitiés d'un même tout, donc inséparables. Ils auraient beau emmener son corps à Bombay, ils resteraient inséparables. Même s'ils la mariaient au cuisinier pied-bot de l'Ashok Lodge. Quoi qu'il arrivât, elle serait toujours une part de David, car derrière leur corps-pensée, il n'y avait qu'une seule âme, pour toujours. Par conséquent Savitri n'était pas inquiète. Elle savait qu'elle serait fidèle à sa promesse. Parce que sa promesse était la Vérité et qu'aucun être humain, pas même *Appa,* ne pouvait faire que la Vérité ne soit pas vraie.

Quand le muezzin se tut, il y eut un moment de silence, mais pas total, à cause des petits bruits que Madras faisait en s'éveillant, de doux bruissements qui déployaient leurs vrilles, d'abord en hésitant, puis en prenant de plus en plus d'audace, jusqu'à ce que la ville tout entière soit coiffée du tintamarre de l'aube, comme par une coupole. Mais aujourd'hui Savitri percevait quelque chose de différent et elle tendit l'oreille. Le chant matinal d'un coq, un battement d'ailes, le cri hystérique d'un coucou-épervier, montant par paliers jusqu'à la folie. De l'eau coulant d'un robinet. Un seau descendant dans le puits, la corde ballottant à sa suite. Le chuintement des balais sur le seuil des maisons, sur les ponts et dans les rues. Les pleurs d'un bébé, une femme invectivant son ivrogne de mari. Un coup de trompe, un autre, le klaxon d'un rickshaw, les grincements d'une charrette, les sabots d'un cheval. L'incantation « Hare-Rama-Hare-Krishna » s'échappant d'un temple, les cloches de la *puja*, le sourd mugissement d'une conque, des roulements de tambour. Mais il manquait une note familière.

Thatha appela.

L'ouïe à l'affût de la rumeur du matin, Savitri se leva d'un bond et accourut aussitôt, car c'était elle qu'il appelait et cet appel n'appartenait pas au chœur matinal. Elle réalisa soudain que les psalmodies de *Thatha,* le *mantra* de « Shiva-Mahadeva » qu'il chantait toujours avant l'aube, pendant deux heures, étaient les seules notes qui manquaient dans la symphonie, et la différence venait de là.

« Oui, *Thatha,* me voilà », dit-elle en le saluant de ses mains jointes, avant de s'accroupir près de lui. *Thatha* était assis contre le mur, enveloppé dans une couverture, car il y avait encore de la fraîcheur dans l'air, et son visage était la seule partie de son corps qui fût découverte.

« Mon enfant bien-aimée... », dit-il.

Il laissa sa phrase en suspens, mais ses mains émergèrent des plis de la couverture pour prendre celles de Savitri, et elle sentit l'espace ainsi que le pouvoir qui l'emplissaient, jusqu'à devenir elle-même espace et pouvoir, sans le moindre résidu de corps-pensée ; alors elle cessa d'exister, de même que *Thatha* et l'univers tout entier. Quand elle revint à elle, l'obscurité s'était dissipée, le visage de *Thatha* était sillonné de rides, il souriait, ses yeux souriaient, il la lâcha et, sans un mot, il leva la main et la renvoya. Elle se retira à reculons, les mains jointes, la tête inclinée, humble du pouvoir qui continuait à emplir son espace. Elle sut alors qu'elle n'irait pas à Bombay. Elle le savait, avec autant de certitude qu'elle savait que David était une part d'elle-même.

Un sourire aux lèvres, rayonnante de la chaleur et de la lumière du Pouvoir, elle sortit dans le jardin de derrière et cassa une petite branche de margousier pour se nettoyer les dents, puis elle alla se laver dans la cabane au fond de la cour, et ensuite sa mère arriva, avec le jour et tous ses travaux.

En allant apporter le lait, elle rencontra Vali qui dansa de nouveau pour elle. Mais elle savait déjà que ce serait une journée faste.

En fait, la matinée s'écoula tout à fait normalement.

Ce n'est qu'en fin d'après-midi que l'amiral – resté seul à la maison avec les domestiques, car Celia avait emmené David chez le dentiste, pour l'empêcher d'aller retrouver Savitri – éprouva un besoin soudain et inexplicable de sortir de son bureau. Il n'arrivait tout bonnement pas à écrire un mot de plus. La panne de l'écrivain, pensa-t-il. Cela arrive aux plus grands. Le matin, après le petit déjeuner, il s'était senti envahi par un flot d'émotion si puissant que sa main gauche s'était mise à trembler et il s'était trouvé dans l'incapacité de taper à la machine. Il avait relu ses derniers chapitres, histoire de gagner du temps et de retrouver l'inspiration, mais en vain. Il s'était battu avec les mots toute la matinée, sans pouvoir produire plus que quelques paragraphes qui, il le savait, ne renfermaient que de l'air chaud. Mais ce n'étaient pas les mots, il s'en rendait compte maintenant, c'étaient les souvenirs…

Il appela Khan et, pour la première fois depuis bien longtemps, lui demanda de l'emmener au jardin, dans son fauteuil roulant, afin d'aérer son esprit et le préparer pour le Couronnement.

Savitri n'avait pas vu l'amiral depuis plusieurs années. Quand elle était toute petite et qu'elle s'approchait encore de la maison, cette silhouette qu'on promenait ici et là, dans un fauteuil roulant, lui était très familière. Mais avec le temps l'amiral s'enfermait de plus en plus dans son bureau et en lui-même, pour rédiger ses *Mémoires*. Ce n'était que le jeudi soir qu'il quittait sa tanière, quand on le roulait dans la véranda pour le monter dans la voiture qui attendait. Savitri ne le voyait donc plus jamais. Pas de près. Quant à lui, il ne la connaissait même pas.

Il ne connaissait pas son jardin, non plus, en ce sens qu'il ne l'avait jamais vraiment regardé. Le jardin était le domaine de Celia. Ce jour-là, pendant que Khan le poussait sur les allées de sable rougeâtre, il ouvrit les yeux et se crut au paradis. Quelle débauche de couleurs, de parfums ! D'épaisses grappes de bougainvilliers tombaient en cascade dans des nuances éclatantes et translucides de violet, de vermillon, de rose vif, d'orange et de brun. Entre les bougainvilliers, les hibiscus s'épanouissaient dans une ultime et triomphale explosion de splendeur, avant que vienne le crépuscule, puis la nuit, quand ils se fermeraient à jamais, pour être remplacés, dès le lendemain matin, par des fleurs nouvelles et fraîches comme le jour. Et les roses, bien sûr, les lys, les camélias et une centaine d'autres touches de couleur dont il ignorait le nom. Il s'arrêta sous l'arbre de Ramsita et leva la main vers l'une de ses fleurs ; elles poussaient autour du tronc, en même temps que le fruit brun, gros comme une pastèque, et il se rappela que, dans son enfance, à Delhi, ces fleurs le fascinaient déjà : leurs pétales épais, presque caoutchouteux, enveloppaient, comme dans une sorte de châsse, une tendre petite langue enroulée sur elle-même. Il ne fallait pas s'étonner si les Indiens, qui voient des symboles partout, avaient baptisé cette fleur d'après les époux divins Rama et Sita.

La main tendue pour caresser un pétale du ramsita, l'amiral se sentit arraché au champ de bataille et transporté vers le paradis. Pour lui la Grande Guerre n'était pas finie. Longtemps après la victoire, les torpilles avaient continué à crépiter dans son esprit, les flammes, les cris, le sang, le sang qui gicle, l'horreur et aussi, mais oui, la splendeur, qui ne cessait de bouillonner en lui, sans trouver d'autre exutoire que les touches de sa machine à écrire.

La splendeur, la splendeur finale. L'amiral ne pouvait y songer sans frémir. Cet instant où il n'y avait plus d'espoir, où tout n'était plus que feu, mort, sang et cris, où il savait que sa fin approchait, qu'il allait mourir, cet instant où il avait personnellement déposé les armes pour se livrer à la mort – c'est là que la splendeur était apparue, cette indicible félicité emplissant tout l'espace et toutes les pensées, si bien que même pour une seule parcelle de cette splendeur, il valait la peine d'avoir vécu l'horreur et la terreur qui avaient précédé – et il s'était dissous en elle, pour revenir miraculeusement à la vie, une vie de souffrance mentale et de déchéance physique.

Depuis ce jour son existence physique ne lui procurait plus aucune joie. La vie se résumait pour lui à attendre sa seconde mort et la splendeur finale. Il n'était d'aucune utilité, ni pour son épouse – il s'était marié tard avec une femme beaucoup trop jeune pour lui et il était conscient d'avoir commis une erreur – ni pour ses enfants, pour qui il était davantage un grand-père qu'un père, le plus jeune, conçu au cours d'une brève permission de convalescence, vers la fin de la guerre, étant né alors qu'il avait largement dépassé la cinquantaine. Encore une grave erreur. La vie n'était plus pour lui qu'un bruit creux de cymbales. C'est pourquoi il attendait la mort. Ô toi ultime accomplissement de la vie, Mort, ma mort, viens me chuchoter à l'oreille !

Et tout à coup ces papillons ! Grands comme la main, presque, et il ne put s'empêcher de sourire ; car jadis, dans sa jeunesse, il chassait les papillons et aimait la vie. Il demanda à Khan de l'éloigner un peu du ramsita, afin de pouvoir contempler la beauté de ce paradis que sa femme avait créé à moins d'un jet de pierre de la ville, ce déchaînement de paix, de couleurs, de fleurs, de feuillage, de fougères duveteuses, d'oiseaux et de papillons. Son regard chavira. Un énorme papillon se posa sur l'allée, devant lui, silencieux comme un souffle ; ses ailes de lumière colorée grandes ouvertes, il virevoltait lentement dans la douce clarté de l'après-midi, filtrant à travers les frondaisons.

Ce n'était pas un papillon. C'était une petite fille à la peau sombre, mais ses vêtements avaient la couleur des ailes de papillon, et son châle lilas, jeté sur ses bras écartés, se déployait largement, comme des ailes de très fine mousseline. Les yeux fermés, elle dansait rêveusement au milieu de l'allée et ne l'avait pas vu.

Mais tout à coup, comme si elle avait senti son regard, elle ouvrit les yeux, les plongea dans les siens et, pour la deuxième fois de sa vie, l'amiral se sentit emporté par la splendeur.

Cela ne dura qu'une fraction de seconde. Puis le vieux soldat, usé par la guerre et las des combats, sourit à cette fille-papillon, si aérienne, et ce fut la première fois qu'il souriait... oh, depuis des années. Ensuite tout alla si vite que le récit qu'on en pourrait faire ne suivrait pas. Savitri savait que les Anglais ne joignaient pas les paumes en disant *namaste,* pour se dire bonjour, mais se serraient la main, aussi quand l'amiral lui sourit, elle sourit aussi et comme elle était une enfant aimable et polie, elle s'approcha de lui, tendit sa main droite, comme elle l'avait vu faire aux Anglais, et dit : « Bonjour, monsieur. »

Alors l'amiral avança lui aussi la main droite pour lui prendre la sienne.

Après cela, il ne fut plus question du mariage de Savitri. L'amiral ne voulait pas en entendre parler. Puisque Savitri lui avait rendu l'usage de sa main droite, peut-être pourrait-elle également guérir ses jambes ; il avait pris conscience de ce miracle au moment même où il se produisait, et face à un miracle, l'homme n'a pas le droit de prononcer le mot impossible.

C'est le mot qu'employaient pourtant les médecins quand il leur disait que sa main était guérie. Ils secouaient la tête en répétant « impossible », mais l'amiral se contentait de sourire discrètement en leur montrant qu'il pouvait désormais remuer les doigts et lever la main, certain que, avec de la persévérance, il serait un jour capable de taper à la machine. Grâce à Savitri.

Naturellement, la rumeur de ce miracle eut tôt fait de se répandre, et les Anglais vinrent pour qu'on les guérisse. À la Société théosophique, Savitri faisait sensation. Elle était la propriété, la mascotte de Mrs Lindsay, qui aurait bien aimé la présenter partout, faire des démonstrations, des conférences, et inviter la presse, mais Savitri était farouche comme un papillon et dès qu'un étranger s'approchait, elle courait se cacher dans la végétation et on avait beau fouiller tout le jardin, elle restait introuvable. Un jour que Mrs Lindsay lui demandait comment elle avait fait, elle s'était contentée de la regarder avec de grands yeux de chocolat fondu et de secouer la tête en disant : « Non, madame, ce n'est pas moi qui ai fait ça, je vous assure, c'est Dieu qui l'a fait, le Pouvoir de Dieu.

— Mais tu as le Pouvoir, dis-moi ? rétorqua Mrs Lindsay en reprenant le mot à la volée. C'est ton grand-père qui te l'a transmis, n'est-ce pas ? »

En effet, à la suite de ce miracle, le bruit se répandit que *Thatha* avait des dons de guérisseur ; les patients affluèrent, mais il les renvoya tous.

« Pourquoi refuses-tu de guérir mes amis ? demanda Mrs Lindsay à Savitri.

— Je ne le peux pas, madame.

— Mais si, tu le peux, c'est seulement que tu ne le veux pas, n'est-ce pas ? Parce que le tout est de vouloir, dis-moi ?

— Non, madame. Quand on veut que ça se produise, ça ne se produit jamais. Ça se produit seulement lorsqu'on ne le veut pas. »

Savitri connaissait parfaitement le sens du mot « intention », mais elle n'était pas à même de l'utiliser dans ce contexte, d'expliquer que l'intention est un minuscule cours d'eau par lequel la puissante rivière qu'est le Don ne peut couler ; que le Don est plus fort que la volonté, de même que le soleil éclaire davantage que la flamme d'une lampe, qu'il opère quand il le juge bon et s'en va dès que s'interpose une misérable volonté. Elle ne pouvait expliquer tout cela, car à sept ans elle ne possédait pas encore les mots nécessaires.

Par conséquent Mrs Lindsay ne la crut pas. Mrs Lindsay croyait que tout dépendait du bon vouloir de Savitri, qu'il fallait donc cajoler, dorloter, amadouer ce bon vouloir, afin qu'un jour, oui un jour, elle y attelle le Pouvoir et devienne un véritable maître – ou plutôt une maîtresse – tandis que Mrs Lindsay serait sa protectrice. Elle avait toujours su que cette petite n'était pas comme les autres. Depuis le début. Par une sorte d'intuition. Le Destin lui-même s'en était mêlé – la naissance de Savitri juste après celle de David, et l'amitié qui s'était nouée entre eux. Le Destin lui avait confié cette enfant exceptionnelle, à elle, Mrs Lindsay. Elle avait seulement besoin d'être guidée, et c'est elle qui allait s'en charger. Cette petite possédait un pouvoir. Il fallait seulement l'aider à le rendre opérant. C'était écrit.

À force de cadeaux, de flatteries, de persuasion, de contrats en bonne et due forme, de menaces et d'injonctions pures et simples, les Lindsay réussirent à eux deux à empêcher le mariage de Savitri avec le cuisinier pied-bot. Il fallait qu'elle reste à Fairwinds pour poursuivre ses études sous la tutelle de Mr Baldwin et qu'elle soit convenablement guidée par Mrs Lindsay. L'amiral et son épouse s'accordaient pour dire que c'était une enfant exceptionnelle. C'était la première fois, depuis bien des années, qu'ils étaient d'accord sur quelque chose. Encore un miracle dû à Savitri.

18

NAT

Nat partit en pension à Bangalore. Dans l'ensemble, il détestait l'école.

Ce n'était pas un élève brillant, non par manque d'intelligence, mais parce qu'il fallait apprendre les leçons par cœur, puis débiter des textes entiers sans commettre une seule faute. Il passa par des périodes de rébellion, d'ennui, d'apathie, de léthargie, et par des moments où son esprit refusait tout simplement de se soumettre, pour s'en aller vagabonder dans des contrées lointaines où les mots qu'il s'était donné tant de mal à mémoriser partaient se cacher, pour se perdre tout à fait, quand il essayait de les récupérer.

Pour tout dire, Nat était perturbé. Sérieusement perturbé. Il avait fait la connaissance de plusieurs jeunes filles.

Il avait grandi parmi les petites filles du village. Jusqu'à un certain âge, elles jouaient avec les garçons et n'étaient apparemment guère différentes d'eux, mais plus elles grandissaient, plus il devenait clair qu'il existait une différence essentielle, que les filles formaient une espèce à part, et elles se retiraient peu à peu dans un univers où les garçons n'étaient pas admis, un univers de femmes d'où les hommes étaient exclus. L'entrée d'une fille dans cet univers mystérieux s'effectuait à un moment très précis. Elle restait d'abord enfermée chez elle pendant plusieurs jours, puis cet être, qui jusque-là, courait, sautait et jouait dans la rue, avec malgré tout ses secrets de petite fille, réapparaissait. À la place de sa longue jupe, de son châle et de son petit corsage court, elle portait un sari ; elle trônait dans un silence empreint de dignité, enguirlandée de roses et de jasmin, tandis que des hommes, des hommes ayant des fils, venaient l'évaluer et discuter de mariage et de dot avec son père à elle. On disait alors qu'elle était en âge de se marier. À partir de ce jour, elle restait confinée dans un univers féminin, intime et secret, et le seul élément masculin autorisé à y pénétrer et à la voir serait son futur époux.

À Bangalore, Nat fit la connaissance de filles d'une espèce toute différente. À Armaclare Collège, une école de garçons, tout le monde l'aimait. Petit paysan lourdaud à son arrivée, il eut tôt fait de se dégrossir ; son caractère agréable, son charme, sa bonne éducation lui valurent rapidement des amis. Ses camarades l'invitaient fréquemment chez eux pour le week-end. On l'accueillait à bras ouverts dans ces somptueuses demeures où il rencontrait des sœurs et des cousines, sans parler des mères et des tantes. Il était leur chouchou, leur chéri ; elles le prenaient en pitié à cause de son ignorance du monde (lui qui avait été élevé dans un village ! comme un culterreux), s'extasiaient sur son teint de blé mûr et le gâtaient à le rendre idiot.

Mais surtout, il fit la connaissance des demoiselles Bannerji.

Les Bannerji étaient des hindouistes pratiquants, mais occidentalisés. Govind, le fils aîné, un camarade de classe de Nat, héritier d'une immense fortune fondée sur l'industrie informatique débutante, avait plusieurs sœurs à qui Nat eut le plaisir d'être présenté, la première fois qu'il fut invité dans leur somptueuse villa, située dans une banlieue aérée et fleurie de Bangalore.

Cinq sœurs, deux grandes et trois plus jeunes – dont une était encore une enfant, mais promettait de devenir une sublime beauté – toutes plus jolies les unes que les autres ! Le teint éclatant et velouté comme un pétale de rose, de longs yeux noirs renfermant une foule de secrets, un corps mince et souple enveloppé dans la soie légère d'un sari ruisselant comme de l'eau sur leur corps mince.

Et ces jeunes filles, malgré leur perfection, ne se tenaient pas à l'écart, contrairement aux villageoises. Elles parlaient avec lui, riaient, discutaient, plaisantaient, jouaient au tennis et le menaient gentiment par le bout du nez. Elles étaient toutes allées plusieurs fois en Angleterre et possédaient un raffinement, ainsi qu'une expérience du monde face à laquelle il se sentait tout petit. Plus encore que de l'intelligence, elles avaient une qualité rare : une lueur pénétrante éclairait leur regard, qu'elles plongeaient dans le sien comme jamais les petites paysannes ne le faisaient, voyant tout, mettant son âme à nu, le défiant de s'approcher, de déposer l'armure hérissée de piquants qui élevait une barrière entre eux, se moquant de sa timidité, lui envoyant des signes, tout en le tenant à distance par leur chasteté. D'instinct, il s'inclinait, se prosternait devant elles. Comme si par le simple fait de se dépouiller de sa supériorité masculine, vulgaire et imparfaite, il allait pouvoir connaître une félicité et une supériorité absolues, qui lui étaient refusées en punition de sa nature grossière, et se fondre en elles.

Nat avait l'esprit constamment occupé par l'image de la femme idéale. Comment aurait-il pu s'intéresser aux logarithmes ?

Au cours de leur dernière année à Armaclare College, Govind épousa une jeune fille à qui il était fiancé depuis plusieurs années, et Nat fut invité au mariage, qui se déroula dans un hôtel de grand luxe, le Royal Continental. La promise possédait la même inaccessible beauté que les sœurs de Govind. Elle garda les yeux baissés pendant toute la cérémonie et, peu après, quand Nat lui fut présenté, elle le gratifia du plus fugitif des regards, glissé par-dessous ses longs cils noirs mouvants. Il y avait néanmoins dans ce bref regard une flamme qui lui donna une furieuse envie de connaître la femme et ses secrets intimes, de marcher sur le feu sacré avec une épouse pareille à celle-ci, sa tunique nouée à son sari, d'en faire sept fois le tour, en prononçant les serments rituels, d'entrer dans une union conduisant à l'Amour le plus noble, le plus délicieux.

Govind devait quitter l'Inde à peu près en même temps que Nat. Il irait poursuivre ses études aux États-Unis, au Massachusetts Institute of Technology. Sa femme resterait à Bangalore pour y suivre les cours du Conservatoire de musique, car elle était douée pour la *veena*, un instrument traditionnel de l'Inde du Sud. Après la cérémonie, elle donna un bref concert, assise sur un somptueux tapis, devant des centaines d'invités, en faisant couler un flot mélodieux de ses petites mains qui semblaient à peine effleurer les cordes sur lesquelles dansaient ses doigts. Des larmes d'émotion coulèrent sur les joues de Nat et il envia follement Govind d'avoir une femme dotée du pouvoir d'ouvrir de tels abîmes. En rentrant chez lui, il annonça à son père qu'il aimerait bien se marier, lui aussi, avant de partir pour l'Angleterre, et lui demanda de lui trouver une épouse.

Le docteur posa sur lui un regard surpris et amusé.

« Tu veux déjà te marier, Nat ?

— Pourquoi déjà ? Beaucoup de mes amis sont déjà mariés. Je suis à peu près le seul garçon de ma classe à ne pas être au moins fiancé.

— Même les Anglais ?

— Non, pas eux. Mais je suis un Indien, papa, et nos coutumes sont différentes.

— Sans doute. Les Anglais vont attendre encore quelques années, puis ils épouseront une fille de leur choix. Je pensais que tu ferais comme eux.

— Mais… » Nat allait lui répéter qu'il était indien, mais il se rappela que, strictement parlant, son père était un Anglais, un *sahib*, détail qu'il avait tendance à oublier et qu'il valait mieux oublier.

« Qu'est-ce qui est le mieux, papa ?

— À ton avis ?

— Eh bien… la manière indienne facilite certainement les choses. Je ne saurais jamais comment m'y prendre pour rencontrer une jeune fille et la convaincre de m'épouser. Elle pourrait me préférer quelqu'un d'autre. Ses parents pourraient ne pas être d'accord. Elle pourrait…

— Une fois que tu seras en Angleterre, tu t'apercevras que la plupart de ces difficultés disparaîtront et tu te demanderas probablement comment tu as jamais voulu faire autrement, Nat. Parce que tu te rendras compte qu'il n'est pas difficile de tomber amoureux d'une gentille jeune fille. Rien n'est plus facile, même. C'est pour trouver une fille qui te convienne que tu auras le plus de mal. Tes hormones auront sans doute beaucoup à dire dans cette affaire et elles risquent de te faire commettre de graves erreurs. Mais il faut prendre le risque.

— Dans ce cas, pourquoi ne pas faire comme les Indiens ? La femme de Govind…

— Elle t'a plu, dis-moi ? Tu aimerais trouver une fille comme elle ? »

Nat hocha la tête, sans regarder son père.

« Tu penses à quelqu'un en particulier ? »

Encouragé et soudain plein d'espoir, Nat passa mentalement en revue le visage des filles Bannerji. En particulier, leurs yeux, porteurs pour chacune d'un message différent. Les yeux de Pramela riaient, ils semblaient se divertir à ses dépens, se jouer de lui, tout en laissant entrevoir d'insondables profondeurs. Sundari était douce et bonne, et elle parlait non avec la bouche mais avec ses yeux, d'où coulaient des flots d'éloquence. Ramani était une incorrigible bavarde. Dans ses yeux, brillait la lumière de l'intelligence. Radha gardait les siens modestement baissés, mais quand on parvenait à capter son regard, ils vous entraînaient dans des lieux au mystère ineffable…

Chacune d'elles était – il chercha une comparaison – une orchidée, un être sans pareil, dégageant une magie qui affolait ses sens troublés, une créature qu'il serait impossible de jamais posséder, mais seulement d'adorer, à condition d'avoir la chance de la conquérir. Chacune renfermait en elle un univers particulier, unique, qu'il pourrait passer sa vie à découvrir. Elles lui plaisaient autant toutes les quatre. Il se sentait prêt à en aimer une, n'importe laquelle, à l'épouser et à en faire le centre de sa vie. Chacune d'elles serait capable de l'aider à trouver sa plénitude. Certes, Sundari et Pramela étaient déjà mariées et, dans un an, ce serait le tour de Ramani, mais là n'était pas la question. Il *aurait pu* toutes les épouser. Elles étaient toutes fascinantes. D'ailleurs toutes les jeunes filles qu'il connaissait lui semblaient fascinantes, d'une manière ou d'une autre. La féminité par elle-même le fascinait.

« Ça m'est égal, dit-il. Celle que tu jugeras le mieux... »

Le docteur éclata de rire. « J'ai réussi à faire de toi un véritable Indien, Nat. Je me demande seulement combien de temps tu le resteras une fois que tu auras fait le grand saut... Non, Nat, je ne te choisirai pas une épouse. Désolé, je ne le peux pas et ne le ferai pas, voilà tout. Je suis resté trop anglais. La méthode indienne est bonne pour les Indiens, peut-être même pour toi aussi. Mais je veux que tu aies le choix. Si, ayant eu le choix, tu ne trouves pas de fille à ta convenance, et que tu veuilles toujours que je choisisse à ta place, très bien. Mais n'oublie pas que jamais une famille hindouiste comme les Bannerji ne t'accepterait pour gendre. Quant aux musulmans, ils te demanderaient d'abord de te convertir. Des Sikhs ? Des Parsis ? Ils ont tous leurs préjugés, leurs coutumes, et les parents de la jeune fille voudront que tu les adoptes. De plus, ils ne me donneront certainement pas leur fille à garder en attendant ton retour ! Je te conseille de chercher une gentille rose anglaise, quand tu seras à Londres. Et d'attendre d'avoir terminé tes études. Le mariage te distrairait trop.

— Mais je veux me marier tout de suite, objecta Nat. Je ne peux pas attendre. »

Et ces années à attendre, prisonnier de sa grossière condition d'homme, alors qu'il avait tant de choses à découvrir, qu'il avait en lui cet immense besoin, ce désir forcené de la Femme, lui semblèrent un obstacle insurmontable.

Il arriva à Heathrow avec l'intention de trouver une jeune fille à son goût et de l'épouser dès que possible. Une fiancée remplie de secrets ne demandant qu'à être découverts.

19

SAROJ

« Saroj ! Saroj ! Le fiancé arrive, viens au portail ! dit Ma, juste dans son dos. Tiens, te voilà, Ganesh, je te cherchais, tu devrais venir toi aussi, pour accueillir le fiancé... »

Ma entraîna Saroj, qui se faisait tirer l'oreille. *Le fiancé arrive*... En entendant ces mots, elle sentit un frisson la parcourir. Le fiancé. Cet homme choisi par Baba avec l'approbation de Ma, et qu'Indrani n'avait jamais vu, s'approchait de la maison sur son cheval blanc, pour prendre possession de sa future...

Saroj entendit les tambours résonner au loin, tandis qu'à quelques rues de là le cortège du fiancé progressait lentement. C'était une coutume surannée, importée de l'Inde par Baba, que seuls les Roy pratiquaient encore, les autres Indiens l'ayant abandonnée depuis longtemps. Mais Baba l'avait remise en vigueur dans sa famille, et quand on voyait un fiancé monté sur un cheval blanc superbement paré, avec un petit neveu, symbole de fertilité, installé derrière lui, accompagné de tambours et de *shehnai* qui dansaient tout autour, on savait que c'était un mariage Roy, que la fiancée attendait quelque part, tout émue, comme Indrani attendait en ce moment, dans une chambre du premier étage, en compagnie de tantes et de grands-tantes qui s'affairaient autour d'elle, pour lui rajuster son sari, lui peindre les mains, parfumer sa chevelure, arranger ses bijoux, sans cesser de caqueter ainsi qu'une nuée de pies.

Un flot de sueur l'inonda.

« Le voilà ! Le voilà ! » Les invités, fébriles, chuchotaient entre eux, produisant une rumeur semblable à celle du feuillage agité par un vent léger. Il y eut un silence, puis éclatèrent les cris discordants des *shehnai*, déchaînés, frénétiques, qui noyèrent le roulement des tambours, dans une explosion aussi brève que violente. Maintenant les tambours se rapprochaient, ils n'étaient plus qu'à deux rues, tout au plus.

Voilà le fiancé ! Dans sa chambre du premier étage, Indrani entendait-elle ce cri ? Ses cheveux se redressaient-ils sur sa nuque, comme ceux de Saroj ? *Est-ce qu'elle a la chair de poule, est-ce que l'angoisse la fait transpirer, comme moi ? Oh, mon Dieu, voilà ce qui va m'arriver ! Ce fils Ghosh !*

De nouveau les *shehnai*. Encore deux minutes à peine, et revoilà les tambours. Puis les *shehnai*. Et les tambours. Le cortège du fiancé se rapprochait de plus en plus. *Shehnai* et tambours. Ils arrivaient au coin de la rue. Bientôt on pourrait les voir ! Les murmures s'enflèrent, le froufroutement des saris s'intensifia, l'excitation montait, palpable, tandis qu'on se bousculait au portail afin de voir le fiancé dès qu'il apparaîtrait. Ganesh à la droite de Saroj, Ma à sa gauche, et tout le monde qui poussait derrière… Vous le voyez ? Il arrive ? Le flot déferlant porta Saroj au premier rang, avec Ganesh. Baba était derrière, quelque part, essayant d'écarter la foule des oncles et des cousins.

« Le voilà ! Le voilà ! »

Le cortège déboucha au coin de la rue et les applaudissements éclatèrent. Le fiancé apparut, tout de blanc vêtu, avec un petit garçon assis derrière lui, sur le cheval blanc qui avançait docilement, en faisant claquer ses sabots. Des danseurs, également habillés de blanc, le suivaient, emportés dans un tournoiement extatique, scandé par les tambours, et à nouveau les terribles *shehnai*, ce déchaînement passionné de cuivres stridents, puis encore les tambours. Sur le pont on se poussait, on se bousculait. Les invités envahirent la rue, ils ne chuchotaient plus, ils riaient, frappaient dans leurs mains, se mettaient à danser tant leur excitation était grande, se précipitaient à la rencontre des arrivants. Les deux groupes se rejoignirent, se mêlèrent, se fondirent. Le cheval franchit le pont au milieu d'une cohue de plus en plus dense et pénétra dans le jardin ; on déposa l'enfant à terre, tandis que le fiancé descendait de sa monture et disparaissait dans la foule. Saroj se sentit prise de vertige, d'une envie de vomir.

« Ça va, Saroj ? chuchota Ganesh dans son dos, comme de très loin. Ma, j'ai l'impression qu'elle va s'évanouir, fais quelque chose, retiens-la. »

Elle sentit autour d'elle les bras de Ganesh, qui écartait la mêlée pour l'emmener dans la maison. Il ouvrit la porte et lui fit monter l'escalier, en la portant et en la poussant tout à la fois.

« Tu ferais bien de t'allonger. » Il avait son ton habituel. C'était bon. Un frère. Pas un fiancé.

La salle de séjour était pleine de tantes qui s'étaient mises aux fenêtres pour regarder. En voyant passer Saroj, soutenue par Ganesh, quelques-unes s'écrièrent : « Saroj ? Qu'est-ce que tu as, mon petit ? Tu te sens bien ? » Ganesh hocha la tête, leur fit signe de se taire et poussa sa sœur dans la seconde volée de marches. L'une des portes de la tour donnait dans la chambre d'Indrani et l'autre dans celle de Saroj. Il la prit dans ses bras et la déposa sur son lit.

Il lui apporta un gant de toilette mouillé et un verre d'eau. Il sourit, lui caressa le front, puis une fois assuré qu'elle pouvait rester seule, il redescendit pour assister à la cérémonie. Dès qu'il fut parti, elle se leva et alla vomir dans la salle de bains. Elle retourna se coucher et resta au lit pendant toute la noce, tâchant de se faire sourde aux incantations familières des prêtres, pendant qu'Indrani s'unissait à un inconnu. La prochaine fois qu'elle les entendrait, ce serait elle la mariée. Dans moins d'un an, si tout se déroulait selon le désir de Baba.

Faute de savoir quoi faire pour se défendre contre ce mariage, Saroj refusait purement et simplement d'y penser. Elle enferma cette menace dans un coin hermétique de son cerveau et fit comme si elle n'existait pas. Une fois au pied du mur, elle trouverait bien une solution.

Les plaisirs de l'adolescence étaient trop pressants, ils accaparaient toute son attention, et Trixie était là, qui ne demandait qu'à l'initier à ces délices. Sous sa tutelle, Saroj se muait en cette créature désinvolte, remuante, impertinente et mal élevée qu'est la Jeune Fille moderne.

Cela faisait déjà deux mois qu'elle goûtait à la liberté. Maintenant qu'il avait décidé de la marier à quatorze ans, Baba se désintéressait d'elle et de ses manières dévergondées ; de toute façon ses activités politiques l'absorbaient tellement qu'il n'était presque jamais à la maison. Quand il rentrait chez lui, il ne remarquait même pas la présence, dans la cabane à vélos, d'une bicyclette Hercule rouge – ayant appartenu à Trixie, avant qu'on lui offre une Moulton blanche pour ses quatorze ans – à côté de celle de Ganesh.

« Il te va ? »

Saroj tortilla encore une fois son derrière et finit d'enfiler le jean. Elle cessa de respirer pour pouvoir remonter la fermeture à glissière ; elle faisait la même taille que Trixie, qui avait cependant beaucoup moins de formes, et son jean la serrait trop sur les fesses, alors qu'il bâillait un peu à la taille.

« Quelle silhouette ! soupira Trixie. Je donnerais n'importe quoi pour être comme toi. Dire que tu n'as que treize ans ! On t'en donnerait facilement quinze ! »

Il n'y avait pas le moindre accent de jalousie dans cette constatation. Trixie était capable de discourir des heures durant à propos du visage, des yeux, des cheveux, des hanches, de la taille, des jambes de Saroj. Elle défaillait d'émerveillement, elle se désolait de ne pas être comme elle, mais sans une ombre d'aigreur. Maintenant qu'elle l'avait toute à elle, qu'elle était responsable de sa métamorphose, elle débordait positivement d'admiration. Saroj était pour elle comme une poupée qu'on prend plaisir à habiller.

« Tiens, essaie ça. Ça va peut-être te serrer un peu sur la poitrine », gloussa-t-elle. Certains mots, comme poitrine, par exemple, l'amusaient et elle les employait le plus souvent possible. « J'aimerais bien avoir une poitrine comme la tienne. Quelle chance tu as. La mienne n'a même pas commencé à pousser. Tu me prêteras un soutien-gorge ? Je le bourrerai avec des éponges. Ça me gêne d'aller en acheter un. C'est ta mère qui te les achète ? Et d'abord, quelle taille fais-tu ? Fais-moi voir… tourne toi… »

Saroj avait réussi de justesse à boutonner un minuscule corsage, qui lui arrivait au milieu de l'estomac. C'était la grande mode en ce moment, mais il serrait trop ses seins naissants. Elle avait l'impression qu'il allait craquer, bien qu'il n'y eût pas vraiment de quoi. Elle se retourna vers l'armoire à glace et s'examina d'un œil critique.

« Fantastique ! Saroj, tu es superbe ! On dirait Vénus ! Attends, je vais te coiffer… »

Elle lui ramena les cheveux par-devant, les partagea en deux parties égales qu'elle noua à mi-hauteur. Puis elle se recula pour admirer son œuvre. « Magnifique ! Vénus en blue-jean ! Si ton Baba pouvait te voir, il en tomberait raide mort !

— Ce serait bien, dit Saroj. Mais je ne me sens pas à mon aise avec ça. » Une dizaine de centimètres de peau nue apparaissaient entre le bas du corsage et la ceinture du jean. C'était pareil avec un sari, bien sûr, mais alors le pan de tissu rabattu sur la poitrine cachait le nombril. Elle avait l'impression d'être à moitié nue. Provocante.

« Tu n'aurais pas un chemisier pour mettre pardessus, par exemple ?

— Dommage », dit Trixie en allant farfouiller dans son placard pour en extraire une longue chemise en coton bleu pâle parsemé de minuscules fleurs blanches que Saroj enfila. Trixie le lui noua à la taille, recula de nouveau et applaudit.

« Saroj, il faut qu'on sorte. Il faut que je te montre. Je ne peux pas te garder rien que pour moi une minute de plus. »

Maintenant qu'Indrani était mariée, il n'y avait généralement personne chez les Roy, pendant l'après-midi. Ma passait de plus en plus de temps au temple, quant à Ganesh, comme la plupart des jeunes gens, il était à la fois partout et nulle part.

À la seconde où retentissait la dernière cloche du lycée, Saroj était déjà dehors avec Trixie, et posait ses fesses sur la selle de son vélo. Elle faisait enfin ce que faisaient toutes les filles de son âge. Elle allait se gaver d'*ice cream sodas* chez Booker, faire un tour chez Geddes Grant, le disquaire, pour se serrer dans une cabine avec Trixie, un casque sur les oreilles, en claquant dans ses doigts et en chantant pour accompagner le tube du jour, avec le son réglé si haut que ça lui crevait les tympans. Elle traînaillait chez Fogarty et tâtait les tissus tout en discutant de mode et de longueurs de jupe. Pour la première fois de sa vie, elle s'amusait.

Et Ma le savait. Ma faisait comme si c'était la chose la plus normale du monde que Saroj, sitôt rentrée à la maison, se débarrasse à la hâte de son uniforme d'écolière, lui crie « Je sors, Ma » et disparaisse sur son vélo, avec ou sans Ganesh, en prenant le virage à toute vitesse, derrière Trixie, ses longs cheveux flottant au vent, riant sans retenue, zigzaguant entre les charrettes à âne qui, à l'époque sillonnaient les rues de Georgetown, avec des chargements de noix de coco, de palmes, de briques ou de planches.

Saroj avait appris à faire du vélo et à jouer au ping-pong. Chez Trixie, elles empilaient des disques sur l'électrophone, montaient le son au maximum, ouvraient les fenêtres en grand pour faire partager leur joie à toute la rue, et dansaient comme des folles. Elles allaient chez Brown Betty manger des caramels, des Esquimau. Elles virent Cliff Richard dans *Summer Holiday*, et aussi *Quatre Garçons dans le vent*. Saroj montait Vitane. Betty Grant les invita à venir se baigner tous les jeudis dans sa piscine, où elles retrouvaient Julie Sue-a-Quan et Ramona Goveia. Au bout de deux mois, Saroj savait nager. Elle rentrait de plus en plus tard, fréquentait les surprise-parties et ne regagnait jamais la maison avant neuf heures, puisque Baba était rarement là avant dix heures.

Regarde, Baba, sans les mains ! Regarde, les pieds sur le guidon ! Regarde, j'ai rentré ma jupe dans ma culotte, j'ai les jambes nues ! Regarde, j'ai enlevé ma vieille robe à carreaux et j'ai mis le short de Trixie, je suis dans le vent, je danse avec les Beatles ! Regarde, Baba, regarde ! Je monte Vitane !

Elle apprit à plaisanter, à ironiser, à aguicher, à rire, et aussi à écouter quand les autres filles parlaient du plus merveilleux des bonheurs terrestres, la seule chose qui leur restait encore à découvrir, cette chose interdite : l'amour. Tomber amoureuse. Elles étaient toutes amoureuses. C'était une obligation. Pour elles et pour Saroj.

Je suis à la piscine des Van Sertima, Baba, Trixie m'a prêté un maillot de bain et on voit ma peau ! Et il y a des GARÇONS, *des garçons en chair et en os ! Des garçons, des garçons qui me voient à moitié nue, qui voient ma peau brune et dorée toute luisante d'eau, qui me regardent avec une lueur polissonne dans les yeux, qui me touchent à la dérobée, qui me sourient, se proposent de m'apprendre à nager, en me tenant sous le ventre et rient de me voir barboter en vain… des garçons qui me chuchotent à l'oreille, qui me glissent des petits mots en cachette, qui apparaissent soudain au coin de la rue, sur leur vélo, pour me faire un bout de conduite, qui jacassent, sourient et font les intéressants, Derek, Leo, Steve, Sandy, qui passent devant la maison, Baba, en me faisant des signes discrets et en m'envoyant des baisers quand ils me voient à la fenêtre de la tour, des garçons noirs, Baba !*

Je leur plais, c'est certain ! Tu es un imbécile Baba, ta fille te roule dans la farine et tu ne peux rien y faire, puisque tu ne le sauras jamais.

Trixie tomba amoureuse de Ganesh, follement, irrévocablement. Elle fit sa connaissance un jour où il était venu chercher sa sœur. Trixie, d'ordinaire si prolixe, resta sans mot dire, à le fixer avec des yeux humides de petit chien, et ensuite, chaque fois qu'elle le voyait, elle demeurait comme frappée de mutisme. Quand elles étaient seules toutes les deux, elles en riaient, mais un jour Trixie s'écria :

« Je l'aime, Saroj, je l'aime pour de vrai. Mais il ne me *voit* même pas. À ses yeux, je ne suis qu'une petite fille. Il ne m'épousera jamais.

— Arrête, Trixie. Tu as quatorze ans. Tu as des milliers de choses à faire avant de te marier.

— Pas du tout. Tout ce que je veux c'est aimer, être aimée, me marier et avoir des enfants. Sinon jamais je ne serai heureuse. »

Saroj, exaspérée, secouait la tête.

Trixie n'était pas la seule obsédée par le mariage. Toutes les filles étaient dans le même cas. Elles n'avaient qu'un seul sujet de conversation : comment attraper un garçon ? Elles consacraient toute leur énergie à se faire belles, dans ce seul but. Elles se transformaient en appât à garçon ; elles s'exerçaient à battre des cils, à marcher, à parler, à danser, à sourire, à bouger et à faire que leur personne tout entière serve un seul et unique objectif : harponner un garçon. Leurs rêves tournaient autour de ce qui était pour Saroj le pire des cauchemars : le mariage. Tout ce qu'elles faisaient, portaient ou disaient, tous les endroits où elles allaient, était conditionné par une seule idée : trouver un mari.

À les observer, Saroj apprit beaucoup de choses. Les règles régissant la chasse au mari étaient presque exactement les mêmes que celles qui avaient cours chez les Indiens. Elles s'intéressaient d'abord au milieu familial, à la situation sociale et économique, et ensuite à l'aspect physique : la couleur de la peau, la nature des cheveux, l'épaisseur des lèvres et du nez.

Une fois l'évaluation faite, elles tombaient amoureuses.

Il était impensable que l'une d'elles puisse s'éprendre du fils d'un ouvrier noir. Eût-il remporté la bourse de la Guyane britannique. Eût-il écrit d'aussi beaux poèmes que Wordsworth, eût-il été capable de jouer une symphonie de Mozart à l'envers, eût-il découvert une nouvelle planète. Le statut social et la race primaient sur tout le reste.

N'était-ce pas ainsi que Baba avait sélectionné le fils Ghosh ? L'objectif était le même : faire une bonne prise, séparer la mauvaise qualité de la bonne, le saumon des épinoches. La seule différence entre Saroj et ses amies, c'était que celles-ci devaient attraper leur saumon toutes seules. Baba lui en avait pêché un.

Saroj avait déjà gagné ce gros lot que toutes convoitaient : un mari, pesé, emballé et prêt pour la livraison. Et elle savait que, le moment venu, elle n'aurait pas le courage de retourner le paquet à l'envoyeur.

Si les filles partaient à la pêche au saumon, les garçons s'en allaient cueillir des orchidées, et Saroj avait la malchance d'en être une. Ils ne la laissaient pas en paix une seconde. Quand elle descendait la rue à bicyclette, sans s'occuper de personne, elle les voyait surgir au coin d'une rue, sur leur vélo, avec un sourire niais, pour lui tenir compagnie. Ils cherchaient à l'épater en lâchant le guidon et en faisant du gymkhana entre les voitures, puis ils se retournaient pour voir si elle écarquillait les yeux d'admiration. Ils se gargarisaient en parlant de la moto que leur papa leur achèterait pour leur seizième anniversaire.

Ils allaient tous avoir la moto la plus grosse, la plus rapide et la plus bruyante du monde. Ils rêvaient de courses de motos, alors que d'autres fantasmaient déjà sur la voiture qui les attendait dans un futur assez proche. Ils voulaient tous être pilotes quand ils seraient adultes. Si jamais ils le devenaient un jour. Dans les surprise-parties leurs yeux luisaient de convoitise et leurs mains n'étaient jamais au repos.

Chaque fois qu'elle dansait, Saroj sentait les doigts de son cavalier glisser lentement vers le bas de son dos et elle était obligée de lui taper sur les poignets pour le rappeler à l'ordre. Les garçons lui caressaient les cheveux en soupirant d'extase. Ils s'arrangeaient pour approcher leurs lèvres des siennes et mâchonnaient dans le vide. Si elle détournait la tête, ils suivaient le mouvement. Ils empestaient ; ils s'enduisaient d'huile capillaire, de déodorant, d'eau de Cologne. Ils puaient l'Old Spice, leurs chemises étaient imbibées de Brut et de transpiration.

Saroj avait conquis sa liberté de haute lutte, mais au bout de quelques mois elle commença à s'ennuyer. C'était bien joli de saisir le plaisir au vol, mais une fois qu'on l'avait, en était-on plus avancé ? Le plaisir semblait se réduire de lui-même à une bulle de savon, et quand elle examinait cette bulle de près, elle constatait qu'elle était vide, qu'elle ne contenait que de l'air.

En définitive, le plaisir et la liberté ne menaient nulle part. Elle avait beau vouloir la chasser de son esprit, la menace du mariage se rapprochait. Ni la liberté ni le plaisir ne pourraient en repousser la date. Son quatorzième anniversaire l'attendait au tournant.

Pour le moment Saroj savait ce qu'elle *ne voulait pas*, c'est-à-dire se marier. Ce qu'elle *voulait* restait vague, diffus, non formulé, parce que impossible. Pourtant, lentement, furtivement, des aspirations, des objectifs commençaient à se dessiner. Elle prenait peu à peu conscience de ce qu'elle voulait véritablement mais n'aurait jamais, puisque Baba en avait décidé autrement. Trixie lui avait seulement permis de s'échapper provisoirement.

S'enfuir ne servirait à rien ; Baba la retrouverait. De toute manière, où irait-elle ? Lucy Quentin, en qui elle avait d'abord vu une éventuelle planche de salut, n'était qu'une lointaine divinité. Quand elle allait chez Trixie, elle la croisait quelquefois, toujours en train de courir pour se rendre à une réunion. Pour le moment, il n'existait aucune législation qui pût protéger Saroj. Lucy Quentin s'était désintéressée du sort des jeunes Indiennes pour se consacrer corps et âme au droit à l'avortement.

Et Trixie... s'intéressait-elle vraiment à son sort ? Pendant ce temps la meute des soupirants s'installait sur les lieux, s'enhardissant jusqu'à lui téléphoner.

Un jour ou l'autre, Baba décrocherait pour entendre un garçon la demander, et alors la catastrophe annoncée se produirait.

Mais rien ne se passa comme prévu.

Un soir, Baba rentra à la maison de bonne heure. Saroj était sortie.

C'était un mardi, et le Drive-in Starlight affichait complet. Saroj et Trixie étaient les seules filles dans une voiture bourrée de garçons de quinze et seize ans. Après la séance, ils les raccompagnèrent chez elles. Ils déposèrent d'abord Saroj, et Baba, embusqué à la fenêtre du salon plongé dans l'obscurité, eut tout le temps de voir trois adolescents sortir de l'arrière du véhicule pour laisser descendre sa fille ; des adolescents hilares et boutonneux, appartenant à une grande variété de races, qui lui tapotèrent le dos, au moment où elle passait devant eux pour ouvrir le portail.

Il la roua de coups de canne jusqu'à ce qu'elle ait les jambes en sang. Il s'en prit ensuite à la vieille bicyclette de Trixie, dont il lacéra les pneus avec un grand couteau, avant de la jeter dans le caniveau, devant le portail, où elle fut récupérée par de jeunes Africains qui passaient par là. Baba ne décoléra pas de toute la nuit, en accusant violemment Ma et Ganesh de l'avoir laissée sombrer dans la débauche. Il la traita de sale pute. À partir de ce jour il l'accompagna lui-même à l'école en voiture. Il l'enferma à clé dans sa chambre, ou plutôt dans un espace comprenant sa chambre, celle de ses parents et la pièce de la *puja*, qui, sur son ordre restaient toutes les trois fermées de l'extérieur. Saroj pouvait ainsi aller dans la salle de bains et dans la pièce de la *puja* pour faire ses dévotions. Il l'emprisonna avec une pile de manuels scolaires, la machine à coudre de Ma, des travaux de broderie et tout ce qui lui semblait constituer de saines occupations pour ses après-midi, en attendant qu'on la marie. Ce n'est que lorsqu'il savait sa fille bien gardée qu'il sortait pour se rendre à ses réunions politiques. Elle recevait uniquement la visite de Ganesh, qui venait chaque soir lui apporter ses livres et bavarder un peu.

Dans un mois elle aurait quatorze ans. Pour elle, la liberté n'avait pas même duré une année.

Allongée sur son lit, elle contemplait le plafond. Elle réfléchissait, comme tous les après-midi depuis une semaine. Baba était idiot. Elle pourrait se sauver sans difficulté. Il lui suffirait de grimper sur l'armoire, quand elle serait seule à la maison, puis de sauter dans la galerie, c'est-à-dire d'une hauteur d'à peine deux mètres cinquante. Puis de descendre l'escalier pour sortir de la maison. Et aller chez Lucy Quentin. Elle pourrait aussi enfoncer la porte donnant dans la tour, une porte si mince que c'en était comique. Mais elle se rendait compte que cela ne servirait à rien. Baba n'aurait qu'à venir la récupérer. La loi lui en donnait le droit. Elle pourrait refuser de se soumettre. Faire une scène, se débattre, hurler, cracher à la figure du fiancé, au moment crucial. Et ensuite ? Baba la mettrait dans un asile de fous, ou bien il trouverait une autre solution, tout aussi radicale. Il ne lui restait qu'une seule issue : la tour.

Du haut du petit chemin de ronde ceignant la tour, les gens qui passaient dans Waterloo Street ressemblaient à des poupées. Saroj leur accorda un seul et bref regard, puis ferma les yeux.

Jusqu'ici, tout s'était déroulé très facilement. Elle avait d'abord cherché un outil long, plat et solide pour forcer la fragile double porte de la tour, qu'on avait fermée de l'extérieur. L'épée de Ma faisait parfaitement l'affaire. Après avoir glissé la lame dans l'interstice entre les deux battants, elle avait appuyé sur la garde. Le verrou n'avait guère résisté. La porte s'était ouverte toute grande avec fracas et deux solutions s'étaient présentées, soit descendre l'escalier, pour retrouver une liberté problématique et provisoire, soit monter vers le haut de la tour. Elle avait choisi de monter. Monter était la solution définitive.

Elle était donc installée à califourchon sur le garde-fou, étreignant de toutes ses forces le pilier de fonte soutenant le toit, ses pieds nus agrippés aux barreaux, n'osant pas regarder en bas, n'osant regarder nulle part, les yeux hermétiquement clos. Elle se sentit prise d'un rire nerveux, un rire de terreur pure, qu'elle eut du mal à ravaler ; en même temps des larmes rentrées lui picotèrent les yeux et elle se mit à sangloter en serrant le pilier encore plus fort. Ses mains, où le sang ne circulait plus, étaient glacées.

Ressaisis-toi, s'admonesta-t-elle. *Calme-toi et vas-y.*

Tu n'as qu'à te laisser tomber. Lâche le pilier. Penche-toi en avant. Ferme les yeux et saute. C'est facile de mourir. Impossible de te rater. Regarde, en bas, sur l'allée, il n'y a que du gravier. Rien pour adoucir ta chute, pas de feuillage, pas de buissons. La mort viendra si vite que tu ne te rendras compte de rien. Vas-y, c'est tout.

Elle ferma les yeux très fort et imagina la scène. Elle avait prévu de se jeter de la tour vers quatre heures, quand Trixie arriverait. Elle se vit en train de tomber, tandis que son amie, épouvantée, lâcherait son vélo pour se ruer vers le portail en hurlant. Elle se vit gisant dans la cour, au pied de la tour, telle une poupée de chiffon désarticulée. Les passants se précipiteraient en poussant des cris. Ils sonneraient à la porte, affolés, et Ma sortirait en courant, son air serein laissant place à une expression horrifiée, et elle se jetterait sur le corps de Saroj, la secouerait, la retournerait, la giflerait en criant « Saroj ! Saroj ! » « Appelez une ambulance ! » hurlerait Trixie. « C'est trop tard », remarquerait tristement quelqu'un, parmi les badauds qui s'étaient attroupés.

Ma prendrait Saroj dans ses bras en lui parlant à travers ses sanglots, elle lui dirait toutes les choses qu'elle ne lui avait jamais dites. « Je t'aime, Saroj. Reviens, je t'en supplie, ne meurs pas, pardon, pardon », et puis la foule s'écarterait pour laisser passer Baba, blanc comme un linge ; il se pencherait sur elle en murmurant d'une voix tremblante : « Ce n'est pas vrai ! Non, pas ma Saroj ! Saroj, reviens ! » À ce moment Trixie se dresserait de toute son imposante stature, elle le regarderait droit dans les yeux, et avec une voix pareille au tonnerre, elle s'exclamerait : « Voyez, voyez ce que vous avez fait ! Tout est votre faute ! Saroj est morte et c'est votre faute ! *Vous avez tué Saroj !* » Alors Baba, baissant les yeux sur la pauvre forme flasque, recroquevillée dans la poussière, dirait, tout tremblant : « Saroj, ô Saroj, pardon ! Reviens, je t'en supplie ! »

« Reviens, Saroj ! sangloteraient-ils tous. Reviens, tout le monde t'aime, nous serons gentils avec toi, reviens et laisse-nous encore une chance ! On ne te forcera pas à te marier ! » Ensuite ce serait la veillée funèbre, avec des femmes en pleurs revêtues du sari blanc de deuil, qui pousseraient des lamentations en serrant Ma dans leurs bras, et Baba muet de chagrin !

Elle sortit brutalement de sa rêverie et se rendit compte qu'elle souriait. *Non, surtout pas ça*. Il devait être bientôt quatre heures. C'était l'heure. L'heure de mourir. Elle regretta de ne pouvoir consulter sa montre, car si elle lâchait le pilier, elle tomberait. *Et alors ? Tu veux tomber, c'est bien ça ? Oui, mais... pas encore... dans un petit moment*. Elle avait besoin de s'entraîner mentalement. D'imaginer les étapes de la chute et de la mort. De se préparer. De se dire qu'elle ne serait plus. Plus jamais.

Je vais me pencher, tout lâcher et me laisser tomber. Ce sera comme si je volais. À quoi penserai-je pendant ces secondes, avant de m'écraser au sol ?

La délivrance. La fin. Pense à la mort. Pense aux instants après la mort. Quand tu ne seras plus là. Quand il n'y aura plus de moi. Absolument plus rien. Comment est-

ce possible ? Comment peut-il ne plus y avoir de moi ? Comment est-ce possible que cela puisse disparaître ? Oh, mon Dieu, comment puis-je disparaître ?

Oh, mon Dieu, je ne veux pas disparaître ! Je ne veux pas ! Non ! Non !

Elle entendit au loin la cloche de l'église du Sacré-Cœur sonner quatre heures, et au même moment Trixie déboucha dans le tournant, sur sa bicyclette. Alors, de tous ses poumons, elle hurla « NON ! Je ne veux pas mourir ! Trixie ! »

Trixie sauta de son vélo, qui se coucha sur la chaussée et, l'instant d'après, Saroj entendit la sonnerie de la porte d'entrée retentir dans toute la maison. Puis il y eut Trixie, à des kilomètres en bas, qui levait la tête. Malgré la distance, Saroj pouvait presque *voir* ses yeux, scintillant telles des pierres précieuses dans sa figure sombre et remplis d'épouvante à l'état pur. Les mains en porte-voix, elle criait quelque chose que Saroj ne comprenait pas, alors, exactement comme elle l'avait imaginé quelques minutes plus tôt, des gens accoururent, des visages se levèrent, des mains s'agitèrent comme pour la repousser en arrière, des voitures ralentirent et des cyclistes mirent pied à terre pour regarder. La scène lui apparaissait telle une lointaine image panoramique ; indifférente à elle-même, elle ne se sentait pas concernée, car d'avoir hurlé ce NON !, tout son être était paralysé, ses pensées figées comme sur une nature morte, ses émotions pétrifiées dans un arrêt sur image. Elle était la statue d'une fille aux longs cheveux noir bleuté flottant tout autour d'elle, soulevés par le vent, assise sur un garde-fou, face à l'immensité du ciel, une fille qui voulait sauter, mais dont la volonté venait d'être réduite à néant par un simple *non*.

Ma vint s'encadrer dans le tableau et leva la tête. Elle s'avança à pas lents. Alors que tout le monde gesticulait, les mains tendues vers elle, Ma gardait les bras baissés. Elle tapotait doucement l'air et marchait sans se presser, sans cesser de regarder Saroj, qui fut soudain prise de vertige. De très loin, la voix de Ma lui parvint : « Saroj, ne bouge pas, j'arrive. » Pas un cri, mais un murmure. À travers ses cils entremêlés de larmes elle réussit à voir l'endroit que Ma venait de quitter et, quelques secondes plus tard, elle entendit son pas dans l'escalier de la tour. Ma était derrière elle, maintenant, avec ses bras qui l'enserraient et sa bouche dans ses cheveux, qui chuchotait. C'est alors que Saroj tomba ; mais à la renverse, pas en avant, puis il n'y eut plus rien. Seulement Ma et la nuit.

Quand la lumière revint, il n'y avait plus que de la lumière, plus que du soleil autour de Saroj. Elle baignait dans la lumière. Je suis morte, pensa-t-elle, je suis au paradis, mais en voyant la moustiquaire nouée au-dessus de sa tête, elle sut qu'elle se trompait.

Les doigts de Ma lui caressaient la joue.

« Saroj », dit une voix douce, et Saroj tourna la tête dans sa direction. Ma se pencha avec un tendre sourire, les yeux humides d'amour et de quelque chose d'autre, et sans cesser de sourire elle dit :

« Je suis là, Saroj, tranquillise-toi. Est-ce que tu veux un verre d'eau ? »

Saroj acquiesça de la tête, ses yeux verrouillés dans ceux de Ma, qui l'aida à se redresser, fit bouffer les oreillers dans son dos et lui tendit un verre. Tout en le prenant, Saroj détacha son regard de Ma pour le promener autour d'elle. Elle était dans sa chambre et, sauf une, toutes les fenêtres étaient ouvertes. Les volets également, qui laissaient entrer le soleil et l'air frais. Une douceur, une tendresse imprégnait l'air, elle respira et eut l'impression presque physique d'être bercée comme par une chanson intérieure. Dormir, pensa-t-elle, dormir, quel délice. Dormir et ne jamais plus se réveiller. Elle sentit le doigt de Ma chasser une mèche de cheveux de son front et elle ouvrit les yeux.

« Bois », chuchota Ma.

Elle prit le verre. L'eau qu'il contenait capta un rayon de soleil qui le fit étinceler de toutes les couleurs de l'arc-en-ciel. Un verre de soleil. Un verre d'arc-en-ciel. Un verre de grâce.

Elle le porta à ses lèvres sèches et le vida d'un trait. « Tu en veux encore ? » demanda Ma, mais elle secoua la tête, se glissa sous le drap et ferma les yeux.

« Dors, dit Ma. Dors, ma chérie, c'est ce qui te fera le plus de bien. »

Et Saroj s'endormit.

20

SAVITRI

Après quatre années sans histoires, plusieurs événements se produisirent chez les Lindsay, en l'espace de quelques mois. Fiona rentra d'Angleterre, qu'elle avait prise en horreur à cause de son climat froid, gris et humide, décidée à ne plus jamais quitter son pays. Arrivée en pleine nuit, elle se leva tôt le lendemain matin, impatiente de revoir le jardin, de se gorger de sa beauté, de sa chaleur, et la première personne qu'elle rencontra fut Gopal. Chaque jour, dès l'aube, il venait s'installer dans la roseraie, le seul endroit de Fairwinds – du moins le seul où il eût accès – où il trouvait le calme et la tranquillité indispensables pour préparer ses examens de fin d'études secondaires. Il avait dix-sept ans; il était grand, beau, mince, plein de santé, instruit et parlait maintenant un anglais parfait. Elle avait seize ans et la joie de se retrouver chez elle donnait à sa physionomie par ailleurs ordinaire une beauté intérieure, un éclat… et la nature fit le reste.

En l'espace de quelques jours, ils tombèrent amoureux et jurèrent de se marier.

Au cours de cette même saison, Savitri guérit le colonel de ses furoncles.

Cela se passa de façon tout à fait imprévue, exactement comme pour la main paralysée de l'amiral, et là encore Savitri prétendit n'y être pour rien.

« Ce n'est pas moi, madame, monsieur, c'est Dieu ! »

Comme souvent, le colonel et son épouse étaient venus prendre le thé. Depuis sa guérison miraculeuse, l'amiral était un autre homme. Devenu sociable, il aimait bavarder avec les amis de sa femme et faisait lui-même, de temps en temps, quelques invitations. Il fréquentait les clubs de cricket et de polo, où il devait bien entendu se contenter de regarder jouer les autres, car il n'y avait pas eu de second miracle. Savitri n'avait pu le guérir de ce qui le handicapait le plus, c'est-à-dire ses jambes paralysées. Pas pu, ou pas voulu, selon Mrs Lindsay. Sur ce plan, elle s'avérait être particulièrement rétive. Docile en apparence, sans aucun doute, elle ne voulait même pas utiliser les pouvoirs que Mrs Lindsay restait convaincue qu'elle possédait. Le tout est de vouloir : la pratique permet d'atteindre la perfection, elle en était persuadée, et si Savitri ne s'exerçait pas sur son entourage, comment fortifierait-elle sa volonté de guérir ? C'était très contrariant... et puis quelle ingratitude ! C'est tout juste si la petite acceptait de réconforter les bébés chagrins et de faire fleurir les roses paresseuses.

Quand Savitri prenait un bébé dans ses bras, il cessait aussitôt de pleurer. Plusieurs personnes avaient demandé, par l'intermédiaire de Mrs Lindsay, à l'engager comme *ayah* – elle était un peu jeune, certes, mais consciencieuse, parlant parfaitement l'anglais, sachant se tenir comme une Anglaise et possédant le don de calmer les colères des bébés. Mais Mrs Lindsay tint bon ; elle était sa bienfaitrice et continuait à nourrir de grandes ambitions à son sujet. Il ne fallait pas négliger son éducation. Un jour, peut-être, quand elle serait plus âgée, plus raisonnable, quand elle aurait besoin d'argent...

Les furoncles du colonel, placés à un endroit particulièrement sensible, l'empêchèrent de s'asseoir pour prendre son thé, qu'il but debout, puis il s'excusa et sortit dans le jardin pour admirer les roses de Mrs Lindsay, car lui aussi en cultivait et il en raffolait.

Il rencontra Savitri, qui était en train de manger un souci.

« Que fais-tu donc, mon enfant ? demanda-t-il, stupéfait.

— Je mange un souci, monsieur ! » dit-elle en le regardant avec un air innocent, de ses grands yeux de chocolat fondu, comme si manger les soucis de sa maîtresse était la chose la plus normale du monde. Bien entendu, le colonel connaissait sa réputation. L'histoire de la guérison de l'amiral l'avait amusé et, depuis, il appelait la jeune protégée de Mrs Lindsay la Petite Demoiselle Docteur. Il la rencontrait souvent quand il venait prendre le thé et, un jour, il s'était beaucoup diverti en entendant des mots d'anglais, précis et recherchés, sortir de cette bouche d'indigène. Il avait eu un choc, mais un choc agréable.

Comme il était gentil par nature, qu'il avait des petits-enfants qu'il voyait bien trop rarement car ils habitaient en Angleterre, il lui sourit et, les mains en appui sur ses genoux écartés, se pencha pour mettre sa grosse figure rougeaude au niveau du petit visage brun de Savitri. Elle lui rendit son sourire, nullement troublée. Elle avait maintenant dix ans, mais n'ayant guère grandi depuis quelques années, elle restait petite, gracile, toute en os et, dans ses habits flottants aux couleurs de carnaval, elle ressemblait plus que jamais à un papillon. Le sourire indulgent du colonel s'élargit.

« Un souci ! Ça alors, c'est très intéressant !

— Tenez, dit-elle, encouragée par sa réaction, en lui tendant quelques pétales. Goûtez. »

Pour ne pas la contrarier, le colonel plaça les pétales dorés sous sa langue, les mâcha comme s'il les trouvait à son goût et dit : « Délicieux, ma chère petite ! Quel régal ! Tu en manges souvent ?

— Non, monsieur, je ne trouve pas ça très bon, mais j'en mange parce que ça me fait du bien. J'ai été piquée par une abeille et mon grand-père m'a dit de frotter la piqûre avec un souci et d'en manger quelques pétales.

Autrement je ne cueille jamais les fleurs. Ça les fait souffrir. »

Le colonel sourit encore et dit, d'un ton légèrement condescendant : « Dans ce cas, espérons que ça me fera du bien à moi aussi, Petite Demoiselle Docteur. Bonne journée et bon appétit ! » Il souleva son casque colonial et en balaya gracieusement l'espace devant lui, en s'inclinant très bas, comme s'il avait affaire à une dame de la bonne société. N'ayant pour sa part ni chapeau ni casque à soulever, Savitri lui tendit la main, fit une révérence et dit poliment : « Au revoir, monsieur, je vous souhaite un bon après-midi. »

À l'instant où il lui serrait la main, le colonel eut – faute de trouver une meilleure comparaison – l'impression de toucher un fil électrique, un fil électrique de faible tension. Il éprouva une sensation de chaleur et de picotement tout à fait agréable et, les jours suivants, bien qu'il n'eût parlé à personne de sa rencontre avec Savitri, il pensa souvent à l'enfant papillon qui mangeait des soucis.

Les petits furoncles satellitaires entourant l'anthrax principal commencèrent à se résorber. Ce phénomène, dont il douta un peu au début, lui apparut à l'évidence au bout d'une semaine, quand ils eurent presque entièrement disparu. Trois semaines plus tard, le plus gros furoncle était guéri à son tour et le colonel put boire son thé assis. Ce n'est qu'alors qu'il mit ses amis au courant du miracle, et Mrs Lindsay se sentit toute gonflée de fierté.

Ne l'avait-elle pas toujours dit ! Elle oublia la déception que lui avait causée Savitri et acquit la certitude absolue que cette petite possédait un pouvoir. Elle refusait seulement de s'en servir.

Le lendemain de son dernier examen, Gopal s'enfuit avec Fiona. Ils prirent le train pour Bombay, elle en première classe et lui en troisième, pour ne pas éveiller les soupçons. Ils avaient eu juste assez d'argent pour acheter leurs billets, mais Fiona avait emporté des bijoux hérités de sa grand-mère, qu'elle projetait de mettre en gage ou de vendre à son arrivée. Mais leur voyage s'arrêta à Victoria Station, la gare de Bombay; Fiona fut reconduite à Madras, couverte de honte, et Gopal resta à Bombay pour suivre des cours à l'université. Il avait jeté l'opprobre sur les siens et c'était un ingrat... après tout ce que les Lindsay avaient fait pour lui ! Iyer faillit être renvoyé, mais comme il était le meilleur cuisinier de la région, Mrs Lindsay se contenta de l'admonester sévèrement et elle le garda. Cependant les deux familles étaient déshonorées. Il fallait éloigner Fiona sur-le-champ.

Toutes affaires cessantes, Mrs Lindsay réserva trois places sur un bateau à destination de l'Angleterre. Ainsi David partirait un an plus tôt que prévu. Il était temps pour lui de devenir un homme, temps aussi qu'il oublie sa passion pour Savitri.

Mrs Lindsay avait relégué le serment prononcé par Savitri dans un coin de sa mémoire, mais de temps à autre elle y repensait et cela la tracassait. Mieux valait les séparer. David était trop tendre. Il fallait qu'il s'endurcisse, grâce à la pratique des sports d'équipe, de l'équitation, et peut-être de la chasse. Justement la tante Jemima possédait une écurie de superbes pur-sang, et elle avait trouvé un pensionnat qui l'accueillerait en attendant qu'il entre à Eton. Mrs Lindsay l'accompagnerait afin de s'assurer qu'il était bien installé, puis elle regagnerait l'Inde. Quant à Fiona, elle irait en Suisse, dans une institution chic, puis il faudrait lui trouver un mari en Angleterre. Elle ne remettrait jamais les pieds en Inde.

Cette même saison, *Thatha* mourut. Au fil des années, il avait appris à Savitri tout ce qu'il savait concernant ses remèdes, en lui disant toutefois qu'ils ne servaient qu'à faire diversion car, pour croire, les gens avaient besoin d'un soutien concret. Sans le Don, les remèdes n'étaient rien. Savitri avait le Don; ou plutôt il était en elle, et non à elle.

« Ne l'utilise pas avec l'*ahamkara* », lui dit *Thatha,* et Savitri disposa enfin d'un mot pour définir le corps-pensée. L'*ahamkara* est impur, dit *Thatha,* puis il quitta son corps.

Cette saison, Vijayan tua le cobra royal. Un jour qu'elle procédait à l'inspection de son jardin, Mrs Lindsay vit le serpent et donna à Muthu l'ordre de le tuer, mais Muthu se gifla en signe d'effroi révérencieux et refusa, ainsi que les autres boys. Sa mort porterait malheur. Vijayan fut le seul qui accepta d'obéir. Il prit son poignard et sectionna le cobra royal en deux. C'était de très mauvais augure. Savitri pleura. D'une certaine façon, elle se sentait coupable. Elle avait promis de le protéger. Le meurtre du cobra lui parut un présage si funeste qu'elle acquit la certitude que des malheurs les attendaient tous.

Mr Baldwin, qui s'était marié entre-temps, partit comme précepteur dans une autre famille. On inscrivit Savitri au collège anglais, où elle se retrouva bientôt en tête de sa classe. Mais c'était une fillette étrange et elle ne se fit pas d'amies. Les élèves de St Mary appartenaient à la haute bourgeoisie indienne et à la petite bourgeoisie anglaise, et toutes la regardaient de haut. Elle aimait David, il lui manquait, et elle lui écrivait chaque semaine. Elle espérait devenir un jour médecin – à condition que ce fût possible pour une femme. Elle n'avait jamais entendu parler d'une femme médecin. Pas même dans les livres. Elle savait que si elle questionnait son professeur à ce sujet, il se contenterait de rire.

Aux termes du contrat entre son père et les Lindsay, elle n'avait l'obligation de poursuivre sa scolarité que jusqu'à l'âge de quatorze ans. Dès son quatorzième anniversaire, Iyer la prit avec lui à la cuisine. Même s'il fallait attendre qu'elle eût dix-huit ans pour la marier, il n'était pas mauvais de lui chercher un époux dès maintenant, avant que tous les bons partis soient pris, car à quoi lui servirait sa dot si elle ne devait lui procurer qu'un veuf âgé ou encombré de toute une marmaille ?

Pour se préparer à son futur état de femme mariée, Savitri apprit donc à cuisiner, et elle cuisinait bien. Elle s'occupait aussi du jardin, car Mrs Lindsay avait remarqué que, pour elle, les fleurs s'épanouissaient dans toute leur gloire, qu'elles aimaient sa voix et ses mains. Les roses fleurissaient avec plus d'éclat et de plénitude quand elle taillait les rosiers. Ses doigts dans la terre les nourrissaient, ses arrosages étanchaient leur soif et elles la remerciaient en se faisant belles. Fairwinds n'avait jamais été aussi paradisiaque.

De temps à autre, on assistait à une guérison. Les furoncles du colonel n'avaient été qu'un début. Outre que Savitri savait calmer leur bébé, plusieurs mamans s'aperçurent que lorsque c'était elle qui les changeait, l'éruption cutanée ou la diarrhée dont ils souffraient cessaient mystérieusement.

Et puis, un jour, l'une de ces mères se trouva elle-même guérie de façon inexplicable. Souffrant depuis plusieurs jours d'une forte fièvre, elle avait emprunté Savitri pour s'occuper de ses enfants, étant donné qu'elle ne pouvait pas faire confiance aux deux *ayah*. Le deuxième jour, Savitri arriva avec un petit flacon en verre opaque, en lui disant : « J'ai apporté quelque chose qui pourra peut-être vous soulager. Est-ce que je peux vous préparer une petite infusion ? »

Connaissant la réputation de Savitri, la dame accepta de boire l'amère tisane qu'on lui proposait et, le soir même, elle était de nouveau sur pied.

« Je me suis tout de suite sentie mieux. Tout de suite ! » C'est avec une voix renforcée par la stupéfaction qu'elle raconta l'histoire à ses amies, et la renommée de Savitri se répandit. Mais on s'aperçut bien vite qu'elle n'était à la disposition de personne. Au cours des semaines qui suivirent, elle repoussa toutes les sollicitations. Puis il y eut une nouvelle guérison, au bénéfice d'une certaine Mrs Hull, qui ne lui avait rien demandé. D'ailleurs Savitri ne savait même pas de quoi elle souffrait, à savoir une affection de nature intime et féminine, à laquelle jamais Mrs Hull n'aurait osé faire allusion. Elle aussi aimait les roses et, voyant Savitri dans le jardin, elle était allée la rejoindre pour les admirer et en parler avec elle. La conversation s'orienta ensuite sur les plantes en général et Mrs Hull resta stupéfaite devant la connaissance approfondie que Savitri avait de leurs propriétés. C'est alors que celle-ci fit allusion à une poudre de racine, qui était « bonne pour le corps des femmes ». Mrs Hull, qui était une théosophe, sentit le sang affluer à ses joues et eut une sorte de révélation. Elle lui demanda, comme en passant, si elle pourrait essayer cette poudre et Savitri courut chez elle, pour revenir aussitôt avec un petit paquet emballé dans du papier marron et maintenu par une ficelle. « Prenez-en un peu tous les matins », dit-elle en montrant avec le pouce et l'index ce que signifiait ce « un peu ».

Mrs Hull fut guérie et d'autres aussi. On chuchotait, on hochait la tête, on se posait mille questions à son sujet. « Elle est comme un papillon, disait Mrs Lindsay pour mettre ses amis en garde. Si vous lui courez après en essayant de l'attraper, elle vous filera entre les doigts. Mais si vous ne bougez pas, elle viendra peut-être se poser sur votre épaule. »

Mrs Lindsay l'avait appris à ses dépens : toutes les supplications du monde ne pouvaient convaincre Savitri d'user de ses pouvoirs. Aucune cajolerie ne parvenait à lui faire accepter « un petit cadeau en témoignage de reconnaissance », pour une guérison. Elle refusait tout, même un compliment, même un simple mot de remerciement ou de félicitations.

Elle ne recevait aucune lettre de David. Chaque semaine elle remettait à Mrs Lindsay une enveloppe sur laquelle elle avait écrit avec application : *Mr David Lindsay, Angleterre*. Elle avait demandé son adresse afin de pouvoir lui écrire directement, mais s'était vu répondre d'un ton enjoué : « Oh, non, mon petit, ne gaspille pas ton argent en timbres. Donne-moi ta lettre et nous la lui enverrons avec notre courrier. »

Au début, elle souffrit énormément de l'absence de David. C'était comme si on la privait de l'air qu'elle respirait. Le fait qu'il ne lui écrivait pas la rendait encore plus malheureuse. L'avait-il oubliée ? Avait-il oublié leur promesse ? Pas elle, en tout cas. Elle conservait précieusement la croix qu'il lui avait donnée en témoignage de sa fidélité, mais elle ne la portait pas, sachant que son père se fâcherait. Mais pourquoi ce silence ?

Néanmoins elle continua fidèlement à lui écrire. Des années durant. Et il ne répondait toujours pas. Elle avait seize ans quand elle en découvrit la raison, un jour qu'elle travaillait à la cuisine. Il y avait deux poubelles, une pour les peaux de bananes, de mangues et divers déchets comestibles que Iyer récupérait pour nourrir la vache, et une autre, que Muthu emportait pour faire du feu, réservée aux papiers et à tout ce qui pouvait brûler.

Elle n'avait pas souvent l'occasion d'utiliser cette deuxième poubelle, mais un jour, en jetant une page de journal ayant servi à envelopper une livre de riz, elle y découvrit des morceaux d'une lettre portant son écriture, déposés là par une bonne négligente. Sa lettre à David.

À partir de ce moment, Savitri perdit toute la confiance et l'innocence qui emplissaient son cœur. Elle comprit que les êtres pouvaient être sournois et hypocrites. Elle comprit la signification du mot trahison. Mais elle comprit aussi qu'elle pourrait se servir des mêmes armes et que la ruse est plus forte que la franchise.

À la première occasion, un jour que l'amiral et son épouse déjeunaient chez des amis, elle fouilla dans le bureau de Mrs Lindsay, y trouva l'adresse de David, la recopia et lui écrivit directement. Parallèlement, elle continuait à remettre à sa patronne d'innocentes lettres adressées à *Mr David Lindsay, Angleterre*, que celle-ci pouvait lire, déchirer et jeter, sans se douter de rien.

À partir de ce jour, Savitri prit de l'audace. Elle savait évidemment qu'on projetait de la marier dès le jour de ses dix-huit ans et elle confia sa détresse à David, le suppliant de rentrer avant ou du moins d'écrire à son père en lui demandant sa main, de revenir la sauver. Elle se disait prête à s'enfuir avec lui, comme l'avaient fait Fiona et Gopal. Elle lui parla de la perfidie de sa mère, des années à attendre un mot de lui, de sa joie en découvrant qu'il n'y était pour rien... « Peut-être m'as-tu écrit, toi aussi, et ces lettres ont peut-être été, elles aussi, détruites et brûlées. Peu importe. Je comprends tout maintenant. Mais le temps presse, David ! Je serai bientôt une femme et on va me marier à mes dix-huit ans. »

Dans cette première lettre, longue de sept pages, elle lui donnait des nouvelles de tout le monde.

Gopal est revenu à Madras. Il enseigne l'anglais dans une école primaire de garçons, mais il est tourmenté. Il ne vit plus avec nous parce qu'il ne s'entend pas avec Mani. De plus, on commence à être un peu serrés à la maison. Mani a été exempté de service militaire parce qu'on lui a trouvé la tuberculose. Il tousse beaucoup. Il est marié et Narayan aussi, leurs femmes habitent chez nous, ainsi que le fils de Mani.

*Maintenant je gagne un peu d'argent, David. Des amies de ta mère m'emploient pour que je m'occupe de leurs enfants. Elles disent que je m'y prends très bien, que je ferais une bonne nurse. Une nurse ! Oh, David, est-ce mon avenir d'être l'*ayah *d'une famille anglaise ? Mais c'est une bonne chose que j'aie de l'argent à moi. J'ai réussi à en mettre un peu de côté et j'ai dépensé le reste... devine à quoi ? J'ai acheté un rouet. Tous les soirs je m'installe dans le* tinnai *pour filer du coton.*

Cela l'amena à parler de Mr Gandhi, de l'admiration de son ancien professeur d'anglais pour ce grand homme, l'espoir de l'Inde, de la vénération qu'elle lui vouait personnellement, de Mani, de sa fureur politique grandissante et de sa haine des Anglais.

Gandhi vient de rentrer d'Angleterre. Dis-moi, David, quel accueil lui a-t-on fait là-bas ? Qu'ont pensé les Anglais quand il est allé prendre le thé chez le roi George vêtu de son pagne ? Pourquoi Mr Churchill n'a-t-il pas voulu le recevoir ? C'est le chef que nous nous sommes choisi, après tout. Évidemment, on ne peut jamais savoir si ce qu'on raconte dans les journaux est vrai, alors dis-moi ce que pensent réellement les Anglais ! Et puis, mon cher David, crois-tu vraiment que l'Angleterre nous accordera un jour notre indépendance ? Quelle joie ce serait ! Mais alors, que deviendrais-tu ? Est-ce que ta famille serait obligée de partir ? Que ferait mon père ? Mani répète qu'il faut mettre les Anglais dehors, avec armes et bagages, mais pourvu que ça n'arrive pas ! Il hait les Anglais, c'est presque une affaire personnelle, mais moi je me rends compte que je ne peux pas les détester. Les Anglais que je connais sont très bons et très gentils avec moi, mais je sais qu'il en va autrement ailleurs et que j'ai de la chance. Dis-moi ce que tu penses de tout ça, David. De quel côté es-tu ?

Non je ne peux pas haïr les Anglais, bien que mon frère et tous ses amis les détestent. Ils se réunissent à la maison, imagine un peu ! Dans la propriété d'un Anglais ! (S'il te plaît, ne le dis pas à tes parents.)

Je sais que, pour sa part, Gandhiji n'a pas de haine pour les Anglais, il veut seulement qu'ils cessent de s'occuper de nos affaires, et sur ce point je ne peux qu'être d'accord avec lui. Et concernant ce qu'il dit des Harijans, je l'approuve aussi ! C'est toujours ce que j'ai pensé ! Je me suis toujours dit que l'aversion de mon père pour les Intouchables était impure par elle-même, bien plus qu'ils ne pourront jamais l'être eux-mêmes… ce sont les pensées de haine et de mépris qui nous rendent sales et impurs, l'idée que nous sommes meilleurs que les autres…

Sa lettre terminée, elle la signa, la plia et elle s'apprêtait à la glisser dans une enveloppe quand une idée lui vint. Elle la déplia rapidement et au bas de la dernière page, sous la signature, elle écrivit : « *P. -S. Existe-t-il des femmes médecins ? Est-ce qu'il y en a en Angleterre ? Crois-tu que je pourrai devenir médecin en Angleterre, quand nous serons mariés ?* »

Avant même qu'elle ait pu recevoir une réponse, elle

écrivit une seconde lettre, puis une troisième, et quatre lettres avaient déjà pris le chemin de l'Angleterre quand la réponse de David lui parvint enfin, adressée à elle personnellement, chez son père.

Il lui peignait les horreurs du climat anglais. Il lui disait que Fairwinds lui manquait, et elle aussi, par conséquent. Il songeait à entrer dans la Marine, comme son père. Il avait écrit quelques paragraphes assez neutres à propos de Mr Gandhi. Il ne faisait aucune allusion à son retour, à leur mariage et à leur fuite. Il semblait ne plus voir en elle qu'une simple amie d'enfance. Elle ne lui écrivit plus.

Pas par amour-propre. Simplement parce qu'elle se rendait compte que David avait l'esprit occupé. Que pour le moment, l'amour ne l'intéressait pas. Savitri n'était pas quelqu'un à vouloir s'imposer ; sa force consistait à attendre, à attendre en sachant que ce qui est authentique est indestructible, à attendre avec l'amour pour soutien.

21

NAT

Adam, le fils de Henry, et sa femme Sheila vinrent chercher Nat à l'aéroport de Heathrow. Le docteur avait plusieurs parents à Londres, mais comme aucun d'eux n'était en mesure d'héberger Nat, Adam, qui connaissait le docteur depuis son enfance, avait très volontiers accepté d'accueillir le jeune homme au sein de sa famille.

Une fois qu'il se fut remis du décalage horaire, Sheila l'emmena faire des courses, car sa garde-robe indienne n'était vraiment pas mettable.

« Si tu ne suis pas la mode, les filles se moqueront de toi, Nat. Il n'est pas question que tu mettes ces pantalons étroits et brillants ! Et ces chaussures pointues ! Seigneur ! Surtout à Londres, aujourd'hui ! »

Il y avait de l'argent. Nat savait depuis toujours qu'il y en avait, suffisamment pour les faire vivre en Inde, son père et lui, pour se procurer des médicaments et des plants de tecks, pour réparer les toits des paysans, pour l'envoyer à Armaclare College et maintenant pour payer sa pension chez Adam et Sheila, lui permettre de s'acheter des vêtements convenables, des livres et tout ce dont il pourrait avoir besoin au cours des prochaines années. Nat n'avait jamais demandé d'où provenait cet argent. Il savait seulement qu'il y en avait.

Sheila et Adam habitaient une jolie maison jumelée à Croydon. Ils étaient tous deux professeurs de lycée et, dès le premier jour, ils se mirent en quatre pour que Nat se sente chez lui. Ils lui firent visiter Londres. Ils l'emmenèrent dans les musées incontournables, il assista à la relève de la Garde, nourrit les pigeons de Trafalgar Square, goûta aux *fish and chips* (à la suite de quoi il fut malade comme un chien, car il mangeait du poisson pour la première fois de sa vie), apprit à se diriger dans le métro et éprouva un atroce mal du pays. Il avait l'impression de vivre dans un univers disloqué, un morceau de puzzle dont jamais on ne pourrait retrouver les pièces éparpillées aux quatre coins, que tout ce qui était entier et précieux avait disparu à jamais. Son cerveau ressemblait à une poubelle renversée. Son père lui manquait et il avait la nostalgie des yeux sombres éclairant le noir des visages *dravidiens,* du battement vif des ailes des corbeaux, des étoiles d'argent parsemant les nuits obscures, de la pleine lune apparaissant au-dessus de la colline. Mais son père l'avait jeté dans l'eau profonde et il fallait absolument qu'il nage.

Début août, Nina et Jule revinrent de leur camp de vacances dans le midi de la France. Nina et Jule étaient les jumelles de Sheila et Adam : quinze ans, couvertes de taches de rousseur, blondes comme les blés, avec des yeux bleus, de longues jambes, des genoux osseux, dégingandées, minijupées et identiques en tout point. Elles ne cachaient pas leur adoration pour Nat ; il est si mignon, racontaient-elles à leurs amies au téléphone, devant lui, en riant bêtement ; tellement naïf, tellement timide et te-e-e-llement beau, tout simplement fabuleux. Elles avaient en outre la certitude absolue qu'il était puceau.

« Ne fais pas attention, Nat, dit Sheila. Ce ne sont que de petites sottes qui essaient de te faire marcher. Défends-toi. »

Elle lui donna ce conseil un jour où Nina et Jule lui avaient chipé tous ses sous-vêtements pour mettre les leurs à la place, avant de s'enfermer pendant près d'une heure dans la salle de bains d'où s'échappaient des gloussements et des éclats de rire perçants. Puis la porte s'était ouverte brusquement et les deux filles avaient dévalé l'escalier recouvert de moquette, vêtues seulement d'un caleçon, deux grandes perches de chair blanche quasiment nues, bousculant Nat et Sheila pour entrer dans la salle à manger. Là, elles grimpèrent sur la table et tout en serrant le caleçon trop grand autour de leur taille, commencèrent à gesticuler et à se tortiller en hurlant : « *She loves you, yeah yeah yeah* » leur poing fermé devant la bouche, avant de remonter l'escalier quatre à quatre pour se laisser tomber sur le carrelage de la salle de bains en un tas glapissant.

Nat pinça les lèvres et secoua la tête d'un air indulgent.

« Ça ne fait rien, Sheila, je ne m'en formalise pas. Je le leur rendrai », dit-il, et quand les jumelles eurent refermé la porte de la salle d'eau en annonçant d'une voix tonitruante : « On va prendre un bain maintenant, Nat. Si tu veux te joindre à nous, tu n'as qu'à frapper », il était prêt à contre-attaquer.

« Pas aujourd'hui, merci, répondit-il. Mais j'accepte la proposition pour plus tard », sur quoi un double hurlement hilare l'obligea à se boucher les oreilles, avec une grimace en direction de Sheila, qui rit et s'en fut regarder la télévision.

Pendant que les deux filles prenaient leur bain, Nat entreprit de décorer leur chambre avec de la lingerie. Il étala délicatement leurs petites culottes et leurs soutiens-gorge en dentelle sur le dos des chaises, sur les deux bureaux, les deux lits, l'appui des fenêtres ; il en épingla au mur, en drapa les livres et les étagères, il en revêtit les ours en peluche, en étala sur les oreillers et en couvrit les abat-jour. Après cela, curieusement, elles se calmèrent et devinrent presque timides. Mais Nat avait compris le message.

En Inde, il avait appris une chose concernant les filles, à savoir que fussent-elles des petites paysannes ou des demoiselles Bannerji, l'aura de la virginité les enveloppait ainsi qu'une inviolable armure au doux parfum, partie intégrante de leur monde secret, pour être un jour offerte à leur époux en un inestimable présent.

Mais pour Nina et Jule, de même que pour la multitude de filles qu'il n'allait pas tarder à connaître, la virginité était une bonne blague, un reliquat de l'enfance dont il fallait se débarrasser. Ces filles-là n'avaient pas de secret, ou si elles en avaient un, elles l'ignoraient.

Le cadeau qu'elles firent à Nat n'était soumis à aucune condition et il s'appelait liberté. Elles avaient une chose à lui apprendre : le plaisir.

22

SAROJ

Ma lui monta son dîner dans sa chambre, un luxe auquel n'avaient droit que les enfants trop mal en point pour se lever. Certes, elle n'était pas malade physiquement, pourtant Ma avait dû sentir la fièvre qui brûlait dans son âme. Elle n'avait pas faim, mais dans cette maison, gaspiller la nourriture constituait le plus grand crime, tout de suite après le meurtre et, de toute manière, le repas se composait seulement d'un chapati, accompagné de quelques cuillerées de curry de pommes de terre. Elle mangea lentement, tout en réfléchissant à la façon de dire ce qui devait être dit. Pendant ce temps, Ma allait et venait dans la chambre, tirant les rideaux, mettant de l'ordre sur la coiffeuse, pliant des draps. Au moment où Saroj essuyait son assiette avec le chapati, elle vint s'asseoir sur le bord du lit, armée d'une brosse, et entreprit de démêler les cheveux de sa fille avec sa vigueur coutumière, en s'arrêtant de temps à autre pour s'attaquer aux nœuds qui s'étaient formés pendant son sommeil.

« Ma, je ne veux pas me marier si vite. Je ne veux pas me marier du tout !

— Tu ne te marieras pas tout de suite, Saroj. Tu aurais dû me faire confiance, ma chérie, me parler de ta détresse. Je te demande pardon de t'avoir négligée. J'aurais dû faire plus attention aux signes… faire plus attention à toi. J'étais un peu préoccupée ces derniers temps, mais j'aurais dû deviner et peut-être que tout cela ne serait pas arrivé.

— Mais Baba a dit... !

— Baba a dit, Baba a dit ! Tu ne sais donc pas que les hommes se gargarisent de mots qui ne veulent rien dire ? Le silence d'une femme a mille fois plus de poids. Tu dois apprendre à te fier au silence, à le charger de vérité et à attendre. Les femmes ne peuvent pas se défendre par la violence physique, ni en mordant ou en se jetant d'une tour. Car dans ce domaine, les hommes seront toujours les plus forts ; le combat est inégal, par conséquent elles sont sûres de perdre. Une femme doit se taire et employer la ruse. Les hommes détiennent le pouvoir apparent, mais celui des femmes est invisible, secret et de loin plus efficace. Il faut le capter, comme une rivière souterraine, et y croire totalement. Pourquoi n'es-tu pas venue me confier ton désarroi ? Penses-tu que j'aurais permis qu'on te marie dans ces conditions ? Si j'avais su je t'aurais soutenue et il n'aurait rien pu faire. Si la mère n'approuve pas le mariage, comment peut-il avoir lieu ? Tu te marieras quand ce sera le moment et avec le mari que le destin t'aura choisi. Pas avec celui-là. »

Ses yeux brillaient et ses lèvres s'étirèrent dans un sourire de complicité enfantin. Jamais Saroj ne l'avait entendue parler si longtemps, sauf quand elle racontait des histoires.

« Ma, je ne veux pas me marier du tout ! Ni avec le fils Ghosh, ni avec aucun garçon choisi par Baba, ni avec personne, jamais. »

Ma ne répondit pas. Elle avait fini de brosser les cheveux de Saroj, désormais soyeux et débarrassés de leurs nœuds. Avec le manche de la brosse, elle les lui partagea au milieu, posa la brosse sur la table de chevet et prit à deux mains une moitié de chevelure qu'elle sépara adroitement en trois parties égales avec des gestes sûrs et posés.

« Et si tu tombais amoureuse ? »

Ses doigts et les mèches de cheveux volaient d'avant en arrière, et elle s'éloignait du lit à mesure que la tresse s'allongeait.

« L'amour ! Qu'est-ce que c'est que l'amour ? Ça n'existe pas !

— Dans un sens, tu as raison. Ce que les gens appellent amour est seulement de la passion et la passion s'éteint. Mais le véritable amour ne s'éteint jamais. »

Saroj sentit monter un flot d'irritation qu'elle refoula avant qu'il ne se transforme en exaspération. Ma était une spécialiste des clichés, des phrases toutes faites, qu'elle ressortait comme si elle les avait apprises par cœur dans un livre. Que savait-elle de la vie ? Que pouvait-elle en savoir ? Mais dans la situation désespérée où elle se trouvait, Saroj devait lui ouvrir son cœur, sachant que ni Ganesh ni Trixie ne pourraient désormais l'aider. Il ne lui restait que Ma et il lui faudrait s'en contenter.

« Regarde Baba, par exemple. Qui pourrait l'aimer ? »

Ma noua un ruban à l'extrémité de la première natte, se redressa et passa de l'autre côté du lit pour tresser l'autre. De sentir ses mains dans ses cheveux, le mouvement cadencé de ses doigts, le doux va-et-vient des mèches soyeuses, Saroj éprouva une sorte de réconfort, un peu d'apaisement.

« Moi, murmura Ma.

— Mais non ! Ce n'est pas possible ! Il est tellement odieux, Ma ! Il est si cruel, c'est un monstre ! »

Une lueur vaguement provocatrice passa dans les yeux de Ma.

« Justement, ce sont les monstres qui ont le plus besoin d'être aimés ! Ils ont besoin d'un amour très rare et très fort ! De toute manière, reprit-elle après un silence, ce n'est pas vraiment un monstre. Surtout ne crois pas ça. Il existe des choses qui ne sont laides qu'à l'extérieur. Si tu regardais sous la surface, tu les verrais dans leur réalité. Et la réalité, c'est que Baba t'aime beaucoup, il nous aime tous, nous sommes tout son univers et sans nous il n'est rien. Mais sa pensée déforme la vérité et c'est pourquoi on le prend pour un monstre. En réalité il n'est pas odieux. Seulement affreusement malheureux. Comment peux-tu haïr un être aussi malheureux ?

— Eh bien, si, je le hais ! Je le hais de tout mon cœur. Je le hais de tout mon cœur, de toute mon âme, de toute ma vie et, un jour, je le ferai souffrir comme il me fait souffrir ! » Saroj éclata en sanglots et se jeta dans les bras de Ma, dont les yeux se mouillèrent. Elle serra Saroj contre elle et la berça en silence.

« Ta haine te détruira, Saroj. Apprends à la surmonter. Tu lui ressembles tant, toi qui entretiens obstinément des sentiments qui te rongent de l'intérieur. Tu lui en veux depuis que tu es toute petite, et ce n'est pas sain – tu te fais encore plus de mal que tu ne lui en fais. Tu t'es forgé une image de ton père, tu avances dans la vie en te bagarrant avec cette image et jamais tu ne le verras tel qu'il est réellement. Tu t'es fabriqué une effigie de lui et tu la brûles, mais tu te brûles aussi, par la même occasion. Ça fait mal, Saroj, ne vois-tu pas combien la haine fait souffrir !

— Tu nous as toujours dit de ne pas avoir peur de la souffrance ! Que la souffrance était bonne !

— Il y a de bonnes et de mauvaises souffrances. Sais-tu pourquoi j'ai mis une épée dans la pièce de la *puja* ? C'est pour me rappeler la signification de la souffrance ; pour me rappeler qu'il y a en moi quelque chose de plus fort que n'importe quelle souffrance. Voilà ce que j'entends par bonne souffrance. Une bonne souffrance est une souffrance qui nous oblige à la surmonter, car ensuite on est plus fort qu'elle. Mais ta souffrance, Saroj, cette souffrance que tu t'infliges à toi-même, est tout le contraire. La haine est une mauvaise herbe minuscule qui pousse en nous. Il faut l'arracher dès qu'elle apparaît. L'arracher à la racine, comme pour une mauvaise herbe ! Mais toi, tu l'as entretenue avec soin, et maintenant elle a tellement proliféré que tu ne peux plus t'en débarrasser… elle est en train de t'étrangler. Tu es prisonnière de ta propre haine. Tu ne le vois donc pas ?

— Non, Ma, c'est Baba qui m'a emprisonnée ! C'est lui qui m'a enfermée dans ma chambre, qui m'enferme dans la maison et qui veut m'enfermer dans le mariage !

C'est Baba qui cherche à organiser ma vie et à me faire faire des choses qu'il m'est tout simplement impossible de faire ! Pourquoi ne me laisse-t-il pas faire ce que *moi* je veux !

— Et qu'est-ce que tu veux ? Le sais-tu vraiment ? »

Saroj hocha tristement la tête. Ma l'entoura de son bras et l'attira contre elle.

« Parle-moi, mon enfant. Dis-moi ce que tu as sur le cœur. Ne te tourmente pas à cause du fils Ghosh, ni à cause de ton père. Je vais arranger ça. Mais tu dois te fier à moi et me dire ce que tu aimerais faire. »

Saroj déglutit, respira à fond et se lança.

« Ma, Ganesh va partir faire ses études en Angleterre et je voudrais y aller moi aussi. Je veux passer mes A Levels[1] pour pouvoir entrer à l'université. Je veux aller en Angleterre, comme Ganesh. Je veux faire des études de droit et ensuite revenir ici pour changer toutes les lois, de manière qu'on ne puisse plus marier de force les filles comme moi. Je sais que c'est impossible, mais c'est vraiment ce que je voudrais faire. »

Voilà. C'était sorti. Elle avait mis l'impossible en mots. Ma devait être scandalisée, elle allait balayer ses revendications et lui dire d'oublier tout ça, car seuls les garçons avaient besoin de diplômes, pas les filles, et que malheureusement pour elle, elle était une fille. Elle lui dirait d'accepter son sort, puisque le karma des filles est de se marier et d'avoir des enfants. C'étaient les principes dans lesquels Saroj avait été élevée et le simple fait de songer à une autre éventualité était absurde. Chez les Roy, toutes les filles sans exception s'étaient mariées dès la sortie du lycée. Pas une seule n'y avait échappé. Même celles dont les parents étaient larges d'esprit. Même celles qui avaient un prénom chrétien ou qui portaient des pantalons. Pas même celles qui travaillaient pendant quelques mois dans une banque ou un cabinet d'assurances avant de se marier.

---

1. A Levels : Advanced Levels. Examen correspondant au baccalauréat. *(N.d.T.)*

Pas même la femme de Balwant. Tôt ou tard, elles donnaient leur démission pour se marier. Elles avaient toutes eu un mari avant leurs vingt ans et un enfant avant d'en avoir vingt et un. Le mariage était leur lot dans la vie, elles le savaient et il n'était pas question de s'y soustraire. Alors pourquoi devrait-il en être autrement pour Saroj, la fille de Deodat Roy, le Roy le plus strict et le plus conservateur de tous les Roy ? Pourtant elle avait prononcé les mots. Des mots sacrilèges, qu'elle avait pourtant prononcés.

Comme Ma ne disait rien, Saroj s'écarta un peu pour la regarder, mais son visage restait aussi indéchiffrable que jamais. Impossible de lire dans les pensées de Ma. Maintenant elle se levait pour aller à la fenêtre et repousser un volet qu'elle cala avec son crochet pour laisser entrer le clair de lune, puis elle ouvrit l'autre. Elle se dirigea ensuite vers la coiffeuse, alluma une bougie, revint s'asseoir au bord du lit et lui prit la main. La flamme vacillante projetait des ombres grotesques sur le mur : Ma et Saroj, semblables à deux sorcières penchées l'une vers l'autre. De ses doigts légers et duveteux, Ma lui caressait le dos de la main, qui reposait mollement dans sa paume fraîche et douce comme de la soie. Soudain elle rit. Pas d'un rire bruyant, car elle ne faisait jamais de bruit. Un rire plein, joyeux, argentin et, quand elle se tourna vers la lumière vacillante de la bougie, Saroj s'aperçut qu'elle avait le regard brillant, expressif, plus du tout indéchiffrable, et il lui sembla qu'elle était pareille à un livre ouvert, qui l'invitait à tourner ses pages.

« C'est ce que je voulais, moi aussi.

— Quoi ? Qu'est-ce que tu voulais, Ma ? demanda Saroj, qui avait mal entendu.

— Je voulais aller à l'université. Je voulais être médecin.

— Tu voulais être médecin, Ma ? Toi ? »

C'était comme entendre la lune dire qu'elle aimerait être le soleil. Saroj n'en croyait pas ses oreilles. Mais Ma hochait la tête. Elle avait ouvert tout grand le livre de son passé pour lui en faire lire une page. Avant qu'elle ait pu le refermer, Saroj se hâta de demander :

« Alors, qu'est-ce qu'il s'est passé, Ma ? Tu es allée à l'université ?

— Non. Mes parents n'ont pas voulu. Ça ne se faisait pas. Ils m'ont mariée de force. J'avais dix-sept ans. J'étais vieille pour une Indienne. Il était temps que je me marie, expliqua-t-elle non sans réticence, impatiente de refermer le livre, qui resta cependant légèrement entrouvert.

— Et ensuite, Ma, que s'est-il passé ? Raconte-moi !

— Mon premier mari est mort. Ensuite je suis venue ici et j'ai épousé ton père. »

Clac. C'était fini. Le livre était refermé, verrouillé. Ma parut soudain pressée de s'en aller.

« Tu devrais essayer de dormir un peu maintenant, ma chérie, dit-elle en écartant les cheveux de Saroj pour déposer un baiser sur son front.

— Ma… »

Ma l'interrompit. Elle se mit à parler très vite, en chuchotant comme une conspiratrice. Ce qu'elle disait était confidentiel et c'étaient les plus belles paroles du monde.

« Écoute, ma chérie. J'ai vu Miss Dewer. Elle m'a dit que tu as été très paresseuse cette année, mais que tu étais très intelligente et que si tu te mettais sérieusement au travail tu pourrais décrocher la bourse de la Guyane britannique. Si c'est ce que tu souhaites, je t'aiderai. Mais tu dois me faire confiance. Il faut que tu cesses de te tourmenter pour l'avenir et que tu aies confiance. Maintenant, endors-toi. »

Elle effleura l'épaule de Saroj, qui se glissa dans son lit, puis elle tira le drap sur elle et l'embrassa une dernière fois. Elle alla ensuite souffler la bougie sur la coiffeuse et, dans le clair de lune fantomatique filtrant par les volets ouverts, Saroj la vit se couler jusqu'à la porte ouvrant sur la galerie, une ombre évanescente à jamais hors d'atteinte.

« Je ne ferme pas la porte à clé, ma chérie. C'est fini, tout ça », dit Ma en s'arrêtant sur le seuil de la chambre.

Sur ce, elle disparut, mais ses paroles continuèrent à résonner dans la tête de Saroj.

La bourse de la Guyane britannique ! Décernée chaque année au garçon ou à la fille ayant obtenu les meilleurs résultats de tout le pays aux A Levels ! La seule pensée de l'obtenir lui faisait tourner la tête. Pourquoi pas, après tout ? Pourquoi pas ? Si Miss Dewer, pourtant si exigeante et si difficile à contenter l'en croyait capable, pourquoi ne le croirait-elle pas aussi ?

Saroj s'endormit le sourire aux lèvres. Elle avait Ma dans son camp. Tout devenait possible. Parce que les paroles de Ma étaient judicieusement choisies, qu'elles pesaient de tout le poids de la vérité, et la vérité, disait Ma, pesait plus lourd que tout l'univers. Enfants, ils étaient persuadés que tout ce que disait Ma se réaliserait automatiquement, simplement parce qu'elle l'avait dit. Et parce qu'ils le croyaient, il en avait toujours été ainsi. Ma était alors leur prophétesse personnelle. Par le simple fait de parler, elle déclenchait les événements. Saroj avait l'impression d'avoir retrouvé l'univers sûr et prévisible de l'enfance.

Le lendemain matin, Ma était encore en train de balayer la cour quand la tête de Ganesh apparut à la porte. Jamais Saroj n'avait été aussi heureuse de voir son sourire ingénu et sa tignasse ébouriffée. En trois bonds il fut à son chevet, exubérant comme un petit chien fou, et le temps qu'elle s'assoie dans son lit, il s'était jeté sur elle. Ganesh était un garçon très physique ; il aimait étreindre, embrasser, serrer, caresser, et c'est ce qu'il était justement en train de faire. Ils éclatèrent de rire et il lui écarta les cheveux de devant les yeux.

« Au moins, tu sais encore rire ! Regarde un peu ce que je t'ai apporté ! »

Il sortit de derrière son dos un paquet enveloppé dans du papier cadeau et attaché avec un nœud, un grand paquet rectangulaire, et, quand elle le prit dans ses mains, il s'en échappa un bruit de ferraille – le genre de présent excitant parce qu'on ne peut pas deviner ce que c'est.

« Oh, Ganesh ! Qu'est-ce que c'est ?

— Vas-y, ouvre-le. Ton anniversaire n'est que dans une semaine, mais je te donne l'autorisation. »

Elle déchira le papier avec des mains fébriles. Dessous, il y avait une boîte et dans la boîte, une radiocassette. Elle se jeta au cou de son frère.

— Oh, Ganesh ! Je n'arrive pas à y croire ! Jamais je n'aurais osé espérer en avoir une un jour !

— Oh, par rapport au fait d'oser se jeter de la tour, c'est peu de chose.

— Ganesh, ne parlons plus de cela, tu veux bien ?

— Justement, c'est de ça que je suis venu te parler. Quand j'ai appris ce qui s'était passé, en rentrant de l'entraînement de cricket, je suis tombé des nues. Je suis venu dans ta chambre, mais tu dormais, sinon tu m'aurais entendu. Saroj ! Tu n'es tout de même pas si malheureuse que ça ?

— Si on me marie à ce garçon, je te jure que je le serai.

— Écoute, ils ne te forceront pas. Ton mariage est remis. Hier soir Ma et Baba sont restés très tard à discuter et j'étais là, moi aussi. Ma et moi, on a plaidé ta cause et on a fini par persuader Baba d'attendre. Ma a dit que, de nos jours, une femme mariée devait avoir de l'instruction. J'ai enfoncé le clou. Nous l'avons convaincu de remettre le mariage jusqu'à ce que tu aies passé tes O Levels.

— Oui, mais ils auront beau repousser le mariage, j'aurai toujours cette menace pendue au-dessus de ma tête et à quoi ça m'avancera d'avoir des diplômes si je dois me jeter de la tour le jour de mon mariage ?

— Tu ne le feras pas. On t'en empêchera.

— D'accord. Je ne me suiciderai pas mais tu peux être sûr que je m'enfuirai.

— Ce serait bien plus raisonnable. Je t'aiderai, même. Mais n'oublie pas, tu ne pourras pas rester cachée indéfiniment. Baba te retrouvera. Et alors, qu'est-ce que tu auras gagné ?

— Je ne me marierai jamais avec un garçon choisi par Baba, quel qu'il soit, Ganesh. Ce ne serait pas bien. Je parie que ce n'est même pas légal. Trixie dit que je devrais prendre un avocat, sa mère est prête à m'aider. Je vais me battre, Ganesh, et puis j'ai réfléchi. Écoute, quand tu seras en Angleterre, il faut que tu me fasses venir. Prends-moi un billet d'avion et fais-moi venir. S'il te plaît !

— Saroj, je serai très heureux de le faire et je le ferai, mais n'oublie pas une chose, tu n'as pas encore quatorze ans ! Il te faudra toutes sortes de papiers, d'autorisations parentales, et ne t'imagine pas que Baba les signera.

— Je sais bien. Mais Ma le fera ! »

Ganesh la regarda sans rien dire et, dans le silence, ils entendirent le chuintement étouffé du balai de Ma, en bas, dans la cour, une chanson rythmée, à la fois réconfortante et stimulante, comme le battement régulier du cœur de la Terre, à mesure que Ma mettait de l'ordre dans son petit univers.

23

SAVITRI

À sa sortie d'Eton, David revint en Inde, pour ses dernières vacances avant d'entrer à Oxford.

Il n'avait pas oublié la fillette-papillon voletant dans le jardin de Fairwinds. C'est ainsi qu'il la voyait dans son souvenir, une gamine maigrichonne de dix ans, retroussant sa longue jupe dans sa ceinture pour grimper dans un manguier, les vêtements en désordre, les nattes défaites, et il l'aimait toujours autant. Il ne l'avait pas oubliée, de même qu'il n'avait pas oublié le paon en train de danser et l'hibiscus en fleur. Elle faisait partie de la beauté de la nature, du paysage immuable et parfait de son enfance, une période de son existence révolue mais qu'il gardait en lui.

Il était devenu un grand jeune homme dégingandé, avec des cheveux indisciplinés, couleur de paille, qui lui retombaient sur le front, des yeux gris-bleu tachetés d'or roux et un sourire généreux qui avait séduit et charmé plus d'une insolente débutante.

Le premier jour, il se leva tard ; il n'y avait plus personne à la maison, à part les domestiques, bien entendu, et les petites bonnes s'écartèrent à toute hâte de son passage quand il entra dans la salle à manger. Sa mère lui avait laissé un mot – *désolée de t'avoir manqué, suis à Adyar, serai de retour pour le déjeuner*. L'amiral était dans son bureau. David fut pris d'une envie irrépressible de mordre dans une mangue dégoulinante de jus ou dans une tranche de papaye mûre et dorée. Il alla à la cuisine pour voir ce que le cuisinier avait à lui proposer. Il avait hâte de retrouver ses anciens repères, de s'assurer que rien n'avait changé. Et, de fait, tout était resté comme avant, la cuisine avec son carrelage rouge, les paniers de fruits et de légumes pendus aux poutres, les petits récipients de cuivre remplis d'épices posés sur les étagères fixées le long des murs, les marmites au fond noirci, la cruche en terre pleine d'eau fraîche, toutes les odeurs et les sons familiers. Rien n'avait changé, mais dans un coin, assise en tailleur sur une natte, pétrissant entre ses mains de la pâte à *chapati* pour en faire des petites boules lisses – il avait demandé des *chapati* pour le déjeuner – les bras blancs de farine jusqu'au coude, il y avait Savitri.

Il ne la reconnut pas tout de suite, car elle avait la tête penchée sur sa besogne. Pourtant il avait dû laisser échapper un son, ou alors elle avait senti qu'il était là, muet, car elle leva les yeux, poussa un cri de joie et se précipita vers lui.

Le nom de Savitri était à jamais associé dans son esprit à une joyeuse cavalcade de petits pieds nus ; comment l'effacer pour faire apparaître à la place l'image de ce… cette… femme ! Pendant les quelques secondes qu'elle mit pour arriver jusqu'à lui, il eut le temps de voir ce qui avait changé : finis le châle flottant, les jupes tournoyantes, les gambades et les bonds fantasques. Elle portait un sari, bleu cobalt à l'origine, mais devenu bleu pastel avec le temps. Elle en avait rabattu l'extrémité sur ses hanches pour la rentrer dans sa ceinture, à la manière des paysannes, afin d'être libre de ses mouvements. Une longue déchirure courant en travers de sa cuisse, là où elle s'était accrochée à un rosier, avait été reprisée rudimentairement avec du fil blanc, non pour la cacher, mais pour l'empêcher de s'agrandir davantage. Elle portait ce sari de cotonnade bon marché comme s'il était fait de la plus fine et de la plus luxueuse des soies ; il ne recouvrait son corps que pour mieux en souligner la grâce et l'élasticité ; fluide et souple, il se coulait sur ses courbes et accompagnait chacun de ses mouvements.

Il la vit, comme au ralenti, s'approcher et se métamorphoser sous ses yeux, pour reprendre peu à peu le nom de Savitri, et l'amour que lui avait inspiré la petite fille grandit pour se mettre à la mesure de la femme. Le choc que lui causa la découverte que c'était bien *elle* le bouleversa à tel point qu'il crut que ses jambes allaient se dérober sous lui et il dut se retenir à l'encadrement de la porte pour ne pas tomber. Elle ne s'en aperçut pas. Bravant l'exclamation horrifiée de son père, elle courut vers lui et noua autour de son cou ses bras couverts de farine, puis ce fut lui qui l'étreignit et la souleva en la faisant tournoyer; elle en criait presque de bonheur.

« David, oh, David ! » disait-elle, et il répondit : « Savitri ! C'est toi ! » d'une voix enrouée par l'émotion qui lui nouait la gorge.

Elle se dégagea et, les reins appuyés contre les mains entrelacées de David, elle leva la tête pour le considérer en silence; lui aussi la regardait, et il vit un visage si rayonnant de joie, de beauté et de grâce que ses yeux s'embrumèrent. Ceux de Savitri avaient gardé leur couleur de chocolat fondu, mais ils étaient maintenant plus grands que jamais, plus perspicaces, plus tranquilles, des yeux de femme, dépourvus de ruse et de convoitise. Sa bouche souriait, mais ses yeux parlaient et lui disaient qu'elle n'avait pas cessé une minute de l'aimer, car pour elle, aimer c'était exister. Son épaisse chevelure souplement nouée sur la nuque par une guirlande de fleurs blanches et pourpres se balançait doucement autour de son visage et coulait dans son dos, recouvrant les mains de David de boucles légères de soie noire. Il l'attira à lui.

Ils restèrent ainsi, serrés l'un contre l'autre, jusqu'à ce que Iyer, hors de lui, vienne les séparer. Jamais un homme et une femme ne se touchaient en public, mais ils avaient oublié cette règle, dont ils se moquaient l'un et l'autre maintenant qu'ils étaient à nouveau réunis, et ils ne pensaient qu'à se respirer, à se boire mutuellement, pour se rattraper des longues années de séparation.

Savitri se recula et le regarda à nouveau, dans un silence qui en disait long. Quant à lui, confondu devant l'éclat de sa beauté et la douceur de son amour, il ne put que la regarder à son tour en souriant jusqu'à en avoir mal aux mâchoires, sans rien dire, car son cœur prêt à déborder lui interdisait de prononcer des mots éculés, des mots inadéquats, incapables de jamais traduire ce qu'il ressentait. Elle était délicieuse.

En Angleterre, David avait eu l'occasion de rencontrer une multitude de jolies femmes. Au reste, s'il ne lui avait pas donné signe de vie pendant toutes ces années, c'était parce que son cœur d'adolescent était en train de s'ouvrir aux séductions féminines.

Mais Savitri était davantage qu'une jolie fille, davantage qu'une simple symétrie de traits. Son corps lui semblait être un réceptacle renfermant l'essence même de la beauté. La beauté jaillissait de chacun de ses pores, de ses yeux, de son sourire, du moindre de ses gestes, elle irradiait de son être, et la chaleur qu'elle dégageait, aussi enivrante que le parfum d'une rose exquise, l'enveloppa tout entier.

Mais sa beauté était plus encore que cette chaleur intérieure. Il l'avait vu pendant les brefs instants où elle s'était levée pour courir vers lui. C'était le délié de ses mouvements, la grâce et la souplesse acquises au fil des années à force de porter de lourds baquets d'eau qu'elle maintenait en équilibre sur sa tête, sans se servir de ses mains ; c'était la somme de toutes ces choses qui avaient fait du papillon voltigeant d'hier la mince gazelle d'aujourd'hui dont la transparente légèreté irradiant de l'intérieur l'avait cloué sur place.

Scandalisé par leur manque de tenue, Iyer poussa David hors de la cuisine et claqua la porte sur lui – une faute grave de la part d'un serviteur, mais en tant que père outragé, il était excusable. Au reste, David ne s'en rendit même pas compte. Il resta appuyé contre la porte, ahuri, les yeux clos, à sourire comme un simple d'esprit. Il voyait des étoiles – des étoiles au sens propre. Tout s'était passé si vite. Il était commotionné.

Ce qui ne l'empêchait pas de réaliser qu'il n'avait jamais cessé de l'aimer.

Après avoir sermonné Savitri, Iyer la renvoya à la maison. Une fois que la *memsahib* fut rentrée, que les maîtres eurent fini de déjeuner et qu'il eut terminé ses tâches de la matinée, il retourna chez lui, gronda à nouveau sa fille, reprocha à sa femme de l'avoir mal éduquée et tellement gâtée qu'elle en avait perdu toute raison et tout sens moral.

« C'est mon frère de lait, expliqua Savitri d'une voix repentante. Il y a si longtemps que je ne l'avais pas vu, *Appa*. Pardonne-moi, mais j'étais si heureuse… »

Et comme il était lui aussi sous le charme de sa fille et incapable de résister à son sourire contrit, Iyer se contenta de grommeler.

« Je t'interdis de le revoir, déclara-t-il à la fin, d'un ton sévère.

— Mais comment ferais-je ? Il faut que je t'aide à la cuisine, *Appa*. Tu ne veux plus que je serve les maîtres à table ? Je l'ai toujours fait et ce ne serait pas convenable que tu fasses toi-même le service. Et puis nous établissons les menus ensemble, la maîtresse et moi ; sans compter que le jeune maître voudra sûrement qu'on lui prépare plein de bonnes choses, depuis le temps qu'il n'a pas dû manger comme il faut. Je suis certaine qu'il voudra discuter des repas avec moi, et toi tu ne peux pas le faire, puisque tu ne parles pas anglais ! Alors, je t'en prie, *Appa*, ne me défends pas de lui parler, parce que ça créerait plein de complications ! »

Forcé d'admettre qu'elle avait raison, Iyer grommela de nouveau.

« Entendu, mais n'oublie pas que tu es une jeune fille et que tu ne dois pas parler en tête à tête avec un jeune homme et, surtout, ne le touche plus jamais. Souviens-toi que tu es fiancée ; que dirait ton fiancé s'il apprenait que tu as des relations avec un autre jeune homme, même si ce jeune homme est ton maître ? Quand tu étais petite, tu as déjà fait du tort à ta réputation par ta mauvaise conduite et maintenant que tu es grande, tu n'as plus le droit de te comporter de la sorte. Il faut respecter les convenances. Vous n'êtes plus des enfants, ni l'un ni l'autre, et vous savez ce que risquent les jeunes gens quand ils se fréquentent. Je t'interdis de parler d'autre chose que des repas avec le jeune maître. Pense à ton fiancé.

— Très bien, *Appa* », dit Savitri en s'assombrissant.

En ce qui concernait la dernière injonction de son père, il lui serait facile d'obéir, étant donné qu'elle pensait sans cesse à ses fiançailles avec Ramsurat Shankar. Ce garçon avait tout pour faire un mari idéal. Âgé de trente et un ans, il enseignait dans un collège technique et gagnait bien sa vie ; sa première femme était morte en couches, de même que le bébé, et ses deux autres enfants, qu'il n'avait pas l'intention de reprendre avec lui une fois remarié, vivaient chez son frère cadet. C'est seulement grâce à la générosité des Lindsay qu'on avait pu trouver un aussi bon parti pour Savitri, et tout le monde se réjouissait... sauf Savitri.

Non que Ramsurat Shankar lui déplût. Elle avait vu son portrait, car il était moderne et avait tenu à ce qu'on procède à un échange de photographies avant le mariage. Il était beau garçon et elle se rendait compte qu'elle pourrait difficilement trouver mieux. S'il n'y avait pas eu David, ce mariage l'aurait comblée. Mais il y avait David.

« Tu dois honorer et respecter ton fiancé », ajouta Iyer, et Savitri hocha tristement la tête. Ce n'était pas nouveau. Mais cela lui en coûterait d'obéir. Alors que respecter et honorer David serait une joie, et l'aimer un bonheur encore plus grand.

Avant la fin de la journée, elle avait déjà désobéi deux fois à son père.

Dans l'après-midi, elle alla retrouver David dans leur arbre-maison. Quand elle arriva, il l'y attendait déjà. Il se pencha pour lui tendre la main et l'aider à grimper, chose qu'il n'avait jamais eu besoin de faire quand ils étaient enfants. D'ailleurs, elle n'en avait toujours pas besoin, mais elle lui prit tout de même la main, avec un petit rire taquin. Ils se rencontraient seul à seul et ils se touchaient, enfreignant doublement les interdictions de son père.

Elle ne lui avait encore jamais désobéi ; sauf quand l'obéissance à son père entrait en conflit avec l'obéissance à ce qu'elle savait être la Vérité, et donc supérieure à son père. Par conséquent elle caressait les chiens, priait avec les musulmans et aimait les Harijans. Depuis toujours. Parce que c'étaient des choses importantes et il importait davantage d'obéir à la Vérité qu'elle portait en elle, plutôt qu'aux paroles de son père, qui n'étaient pas dictées par la Vérité, mais par l'ignorance. En effet, s'il avait su que l'appel du muezzin était vraiment un appel de Dieu, et que Dieu vivait dans les chiens et les Harijans, il ne lui aurait pas imposé ce genre d'interdictions. Et s'il avait pu savoir que Dieu vivait dans son amour pour David, il ne lui aurait pas donné non plus ces ordres-là. Il s'agissait de certitudes et non d'opinions personnelles. Ce n'étaient pas des idées, mais des vérités qui ne devaient rien aux hommes. Mais malheureusement pour elle, ce n'était pas à la loi de la Vérité qu'elle devait se soumettre, mais à celle de l'ignorance, en la personne de son père.

Le regard qu'elle posa sur David reflétait son désarroi. Elle rit, car même ce désarroi ne pouvait assombrir totalement sa joie de le retrouver. Mais elle ne pouvait dissimuler une certaine tristesse, et David, qui lisait dans son cœur comme si c'était le sien et déchiffrait dans ses yeux la moindre de ses émotions, lui toucha tendrement la joue et dit :

« Qu'est-ce que tu as, Savitri ? Tu es triste. »

Elle lui parla de ses fiançailles. Elle lui parla de Ramsurat Shankar, qu'elle devrait épouser à ses dix-huit ans et qu'elle ne voulait pas épouser.

« Tu ne l'épouseras pas, Savitri. Tu te marieras avec moi... tu l'as promis ! As-tu toujours la croix que je t'avais donnée ?

— Bien sûr ! s'exclama-t-elle en s'éclairant. Mais je ne

la porte pas, je l'ai cachée dans un endroit sûr. Et j'ai aussi ton recueil de poèmes et ta Bible.

— Il faudra que tu rompes tes fiançailles. J'irai voir ton père, si tu veux.

— Oh, David, tu ne comprends donc pas ! Jamais je ne pourrai me marier avec toi !

— Pourquoi donc ? Pas tout de suite, bien sûr, puisque je dois passer quelques années à Oxford, mais quand je rentrerai, quand j'aurai terminé mes études. En attendant, tu n'auras qu'à continuer à travailler avec ton père, ou mieux encore, tu pourrais retourner à l'école…

— Retourner à l'école ! C'est fini, David ! s'exclama-t-elle avec un rire triste.

— Je ne vois pas pourquoi. Tu as toujours été la plus intelligente de nous tous !

— Oh, David, David. Tu n'as rien compris. Ce n'est pas ainsi que ça se passe pour nous autres Indiens.

— Mais toi tu es différente, tu l'as toujours été. Tu as été élevée avec nous et c'est ce qui t'a rendue différente. Et pas seulement ça… tu *es* différente. Tu es différente au-dedans. Souviens-toi, ma mère disait toujours que tu étais exceptionnelle. Que tu avais des dons, des pouvoirs mystérieux. Tu les as toujours ? »

Elle rit de nouveau et considéra les paumes de ses mains, tout en écartant les doigts.

« Qui sait ? En tout cas, il y a longtemps que je ne les ai pas essayés. Tu te rappelles comme elle s'était emballée ? Mais je crois que je l'ai déçue, parce que je ne les utilisais pas comme elle le souhaitait. Je n'y pensais jamais. Je ne faisais rien de spécial. Ça venait comme ça.

— Elle avait peut-être raison, dans le fond. Si tu avais fait ce qu'elle voulait, tu serais peut-être aujourd'hui riche et célèbre. Au lieu de… »

Elle lui lança un regard farouche.

« Au lieu d'être une pauvre petite de rien du tout ?

— Ce n'est pas ce que j'ai voulu dire. Mais tu aurais été indépendante, tu aurais eu de l'argent à toi pour faire ce qui te plaît, et personne n'aurait pu te donner des ordres. Tu n'aurais pas eu à t'occuper des enfants des autres, à faire la cuisine chez les autres et à tailler les rosiers des autres. Ni à te marier avec quelqu'un que tu n'as pas envie d'épouser.

— Si j'ai vraiment le don de guérir, David, ce n'est qu'un don. Les dons ne se vendent pas.

— Ça ne peut pas être mal d'avoir de l'argent à toi.

— Tu es bien un Anglais ! » Son regard s'adoucit et elle entreprit fébrilement de lui expliquer son point de vue. « Tout ce qui a de la valeur n'est pas forcément à vendre, David. Certaines choses sont plus précieuses que l'argent. Et si tu leur accroches une étiquette avec un prix dessus, elles disparaissent.

— Comme le don de guérir ?

— Oui. Si je cherchais à en tirer profit, à m'enrichir grâce à lui, il ne serait pas ce qu'il est.

— Dans ce cas, à quoi ça sert d'avoir un don ? »

Savitri secoua la tête avec un petit sourire, comme étonnée qu'il ait tant de mal à comprendre.

« Il m'a été donné gratuitement. Je n'ai rien demandé, je n'ai rien fait pour le mériter. Je ne peux pas dire qu'il m'appartienne, pas du tout. Il est là, c'est tout. Il ne vient pas de moi ; il s'écoule à travers moi. Il va où il a envie d'aller.

— Et où veut-il aller ?

— Vers ceux qui en ont besoin. Il y a tant de millions de gens qui n'ont pas de médecin, David ! Qui n'ont pas les moyens d'en avoir ! Je pense que ce don m'a été donné, afin que je me mette à leur service. »

Il la regarda avec tendresse, lui caressa le bras.

« Tu as beaucoup réfléchi à tout ça, dis-moi ? Ce n'est pas vrai que tu n'y attaches pas d'importance ! »

Elle baissa les yeux et eut un sourire mystérieux, qui semblait causé par une joie secrète.

« Oh, si, David. J'y attache de l'importance. Beaucoup d'importance. Je disais seulement que je n'ai jamais pensé à ce que ta mère appelle mes pouvoirs. Mais je sais bien qu'il y a quelque chose, depuis toujours, et il n'y a rien de plus merveilleux... » Elle se tut, comme par crainte d'en dire trop, puis ses yeux s'illuminèrent d'une grande ferveur et elle s'exclama : « Oh, David, j'aimerais tant pouvoir aller retrouver Gandhiji ! Quel exemple il nous donne ! Je pourrais tout laisser tomber pour me mettre avec lui au service des pauvres. Ce serait le paradis sur terre !

— Et nous ?

— Nous ?

— Oui, nous ! Quel place m'as-tu attribuée dans tes projets ? Avant ou après Gandhiji ? »

Les yeux de Savitri se voilèrent.

« David, tout cela n'est qu'un rêve, tu ne le vois donc pas ? Ça ne se réalisera pas. Pas plus pour Gandhiji que pour devenir ta femme. Rien de tout ça n'arrivera !

— Ne parle pas comme ça, Savitri ! À t'entendre, on dirait que tu as renoncé ! Si seulement tu le veux, nous y arriverons ! Je t'assure ! Il suffit de le vouloir assez fort ! Dis-moi, sais-tu que je vais faire des études de médecine ?

— Toi ? La médecine ! Non ! Comment ça se fait ? Je croyais que tu devais entrer dans la Marine !

— Ne me regarde pas comme ça, Savitri. Je n'ai pas l'étoffe d'un marin, tout simplement !

— Alors tu seras médecin ?

— Oui. »

Un silence pesant et épais retomba entre eux. Elle rentra les épaules. Il lui releva le menton et vit dans ses yeux une souffrance aiguë comme un reproche.

« Je sais que tu aurais voulu être médecin toi aussi. Je sais que tu aurais été un bien meilleur médecin que moi. Je sais que tu as un don alors que j'aurai seulement des connaissances. Je sais tout ça, Savitri. Je sais que tu mérites beaucoup mieux… tu es comme une rose qu'on empêche de s'épanouir et c'est dommage. Mais écoute-moi. Nous y arriverons. Ensemble nous y arriverons. Tant de choses t'attendent, nous attendent, Savitri.

— Ramsurat Shankar, voilà ce qui m'attend, David.

— Non. C'est moi. Mais d'abord il faudra que toi, tu m'attendes. Dans quelques années, je serai médecin et, ensemble, nous trouverons une solution. »

Leurs regards se rencontrèrent ; elle se laissa aller à espérer et à croire, à croire à tout ce à quoi il croyait, à le laisser croire pour elle, car cette sorte de foi, la foi dans un destin autre que celui qu'on lui avait choisi, ne lui venait pas facilement.

Mais David s'enflammait et, à mesure qu'il rêvait, son rêve prenait une forme et des contours, pour devenir une réalité possible.

« Tu verras, Savitri. On aura un hôpital et... et... je m'occuperai des riches pour gagner de l'argent, et toi tu seras celle qui guérit. Tous ceux que tu voudras. Tu seras la guérisseuse que ma mère voulait que tu sois, mais gratuitement... les pauvres pourront tous venir te voir et tu deviendras ainsi ce pour quoi tu es faite... »

Elle ne put s'empêcher de rire en le voyant emporté par son rêve, car elle savait en quoi consistait la réalité, une réalité douloureuse, mais qu'elle était prête, pour lui, à accepter.

« Oh, David, je t'aime tellement.

— Moi aussi, je t'aime. Et tout va s'arranger, tu verras. Je crois aux miracles. J'en ai vu de mes propres yeux. Je n'oublierai jamais le jour où tu as guéri les furoncles du colonel... il vient toujours ici ?

— Oh oui ! Lui non plus n'a pas oublié ! Il a toujours un mot gentil pour moi, il me fait même un peu la cour ! Ce vieux bonhomme !

— Je ne peux pas le critiquer. Tout homme... mais, dis-moi, Savitri, pour ce garçon ? Comment s'appelle-t-il, déjà ? Il faut que ton père annule les fiançailles ! Écoute, on ira voir ma mère...

— Tu oublies une chose, David. Il ne s'agit pas seulement de mon père, mais aussi de tes parents. Jamais ils ne nous autoriseront à nous marier.

— Mais bien sûr que si ! Ils font tout ce que je leur demande !

— Pas si tu veux épouser une Indienne, David. Crois-moi !

— Ne dis pas de bêtises. Mes parents ne sont pas racistes. Enfin... je ne connais pas l'opinion de mon père, mais pour ma mère, je suis sûr. Elle est théosophe, tu comprends. Elle croit passionnément dans l'égalité. Vois comment elle t'a adoptée, tu fais presque partie de la famille, depuis toujours ! Est-ce qu'elle t'a jamais témoigné du mépris, à toi ou à ta famille ? T'a-t-elle jamais traitée comme un être moins qu'humain, indigne de respect ? Je sais qu'un certain nombre d'Anglais sont ignobles, Savitri… la plupart même. Je sais pourquoi les Indiens veulent nous mettre dehors, et je les approuve, car nous avons fait un beau gâchis. Mais pas mes parents. Ils ont tous deux une très haute opinion de toi et souhaitent ton bonheur. Quand ils sauront que nous nous aimons, ils en seront heureux pour nous. J'en suis sûr. Et surtout ma mère. »

Ce fut au tour de Savitri de lui caresser la joue. « Comme tu es naïf, David. Ta mère a toujours été bonne avec moi, bien entendu. Je m'en rends compte et je lui en suis immensément reconnaissante. Sans elle, je serais la femme d'un cuisinier pied-bot de Bombay, depuis déjà plusieurs années. Tu te rappelles ? »

Ils sourirent tous deux à ce souvenir et David serra sa main dans les siennes.

« Et si j'étais pied-bot, moi aussi ?

— Voyons, David, tu sais bien que ça n'a rien à voir. Je t'aimerais même si tu avais quatre bras et huit jambes !

— Comme un de vos dieux hindous ? » Il lui lâcha la main et agita les bras comme un poulpe agite ses tentacules.

Le sourire de Savitri se dissipa. « Ne te moque pas de notre religion, David, s'il te plaît. Aucun de nos dieux n'a huit jambes et quand ils ont quatre bras, c'est uniquement symbolique. De même que nos dieux sont symboliques. J'aimerais que tu t'intéresses davantage à ma religion. Si tu approfondissais un peu, tu verrais que ce n'est pas ce que tu crois.

— Eh bien, quand on sera mariés, tu pourras m'instruire.

— C'est ce que j'essaie de te faire comprendre. Elle ne nous autorisera jamais à nous marier, malgré sa tolérance et ses idées libérales. Elle ne me traite bien que parce qu'elle sait, parce qu'elle pense qu'elle m'est supérieure. Je suis la petite pauvre qu'elle a tirée de son néant. Je ne serai jamais sa belle-fille ! La mère de ses petits-enfants ! »

David la prit par les mains et l'attira à lui.

« Je ne te crois pas, Savitri. Elle n'est pas comme ça. Elle t'aime presque comme une fille et sera heureuse de t'avoir pour belle-fille, et je sais, je sais avec certitude que lorsqu'on l'aura mise au courant, elle sera ravie, nous nous fiancerons et dans quelques années nous nous marierons. Tu verras. Elle obtient toujours ce qu'elle veut.

— Tu te trompes, David, je le sais. Sans doute faut-il être un Indien pour sentir ces choses…

— Ne discute pas, mon amour. Je ne supporte pas que tu discutes avec moi. C'est une perte de temps. Un temps si précieux. Écoute, j'entends le gong du dîner. Il faut que j'y aille, mais on se reverra demain et on parlera de tout ça. Tu verras, tu n'épouseras pas ce garçon !

— David, promets-moi de ne rien dire à ta mère !

— Mais pourquoi ? C'est la façon la meilleure et la plus rapide de mettre un terme à cette histoire de fiançailles. Si ma mère est d'accord, ton père…

— Je t'en supplie, David, ne parlons plus de ça. Promets-moi seulement que tu ne lui diras rien. Attendons. S'il te plaît. Fais-le pour moi !

— Je te le promettrai si tu me donnes un baiser ! »

Savitri sourit et lui déposa un petit baiser sur la joue. David s'esclaffa et la serra contre lui.

« Pas comme ça, idiote. Un vrai baiser. »

Il l'embrassa pour de bon, puis la lâcha soudain. Elle se recula.

« J'ai dit à *Amma* que nous irions au temple de Ganapati pour l'*arathi* du soir », murmura-t-elle avant de sortir très vite de l'arbre-maison pour descendre l'échelle de corde. Il la suivit sans hâte et la rejoignit au pied de l'arbre, où elle l'attendait ; ils s'embrassèrent de nouveau, puis Savitri se retourna un instant, agita la main et disparut derrière un bougainvillier pour regagner l'allée.

David la regarda s'éloigner. Le bleu de son sari apparaissait par éclairs entre les arbustes, tandis qu'elle courait, légère, sur le chemin sinueux qui menait à sa maison. Il la suivit des yeux avec un sourire extatique et toute la confiance, l'enthousiasme, l'idéalisme et la mégalomanie qui sont l'apanage de la jeunesse.

24

NAT

Nat découvrit la Femme. Pour cela, il n'eut pas besoin de se marier, car en chacune il trouvait sa fiancée. Elles s'offraient à lui, il n'avait qu'à choisir et le besoin douloureux qui l'habitait s'apaisa, car il découvrit dans Londres un paradis terrestre. Ici les femmes n'étaient pas des orchidées rares et inaccessibles, mais un massif de turbulentes fleurs d'été, assoupies dans le soleil, demandant, suppliant qu'on vienne les cueillir. Elles rassasiaient ses sens affamés. Il s'enivrait de leur nectar, se noyait dans leur parfum envoûtant. Il en faisait des bouquets, des œuvres d'art, des guirlandes odorantes qu'il passait à son cou. Il leur rendait un culte, non plus avec son âme, mais avec son corps.

La première fois, il n'en était pas revenu. Qu'une femme normale – c'est-à-dire une femme qui n'était pas une prostituée – pût lui offrir son corps si vite et si volontiers ! Mais il était trop poli pour montrer sa stupéfaction, trop charmeur pour trahir son embarras, et trop tolérant pour condamner. Au contraire, son esprit ne fut pas long à réagir, et son corps, dont les pulsions étaient depuis si longtemps refoulées, suivit le mouvement. Si son corps servait d'appât, de première offrande sur l'autel de la féminité, il s'aperçut bientôt que ce n'était pas lui qui constituait le véritable objet de leur désir ; c'est à son âme qu'elles en avaient. Et comme il avait été élevé à tout partager, Nat la leur donna de bon cœur.

Les femmes l'adoraient pour la douceur de son caractère, pour sa candeur presque enfantine, son humour, sa générosité, et parce qu'il les aimait toutes sincèrement, qu'il était authentiquement en quête de ce qu'il appelait la Déesse intérieure devant laquelle il tombait à genoux, avec chaque nouvelle maîtresse.

Des femmes de tout genre l'aimaient et il était toutes sortes de choses pour toutes les femmes.

Les jeunes filles lui trouvaient de la force et de la noblesse, il était le héros de leurs rêves, un prince charmant digne d'admiration, avec qui elles se sentaient elles-mêmes nobles, exceptionnelles, uniques, capables d'être et de faire n'importe quoi, comme si leur personnalité vacillante, mal affermie, dépourvue d'assise, trouvait enfin, grâce à lui, une structure interne.

Les femmes mûres, fragilisées par leur combat avec un monde hostile, déposaient les armes. Leurs angles s'arrondissaient, leurs épines tombaient, et elles fleurissaient, s'épanouissaient, comme jamais elles ne l'avaient fait. Car Nat savait voir la Déesse en chacune d'elles, il la faisait apparaître et renaître des cendres de la frustration.

Mais devenu plus difficile avec le temps, Nat avait maintenant une préférence pour les jeunes déesses dotées de traits et de formes parfaites ou presque parfaites. Il pensait – et l'expliquait à tous ceux qui voulaient l'entendre – que la beauté extérieure était la conséquence logique de la beauté intérieure, que le corps d'une belle femme était le symbole apparent de la Déesse cachée, assoiffée d'amour; que l'acte d'amour était en réalité un acte d'adoration; qu'il n'y avait aucune différence entre l'amour profane et l'amour sacré, entre l'éros et l'agapé, ou, pour parler comme les Indiens, entre le *Kama* et le *bhakti*. Le corps d'une belle femme était un autel sur lequel il venait déposer ses offrandes d'amour. Et lui, de son côté, possédait ce charisme mystérieux, insaisissable, qui faisait un phare de son propre corps.

Car Nat était beau. Sa peau avait la couleur crémeuse du café au lait, mais elle chatoyait comme si un voile d'or la recouvrait, et son visage ovale était encadré par une lourde chevelure souple et noire. Il était grand, mince, musclé, robuste tout en étant agile, et se déplaçait avec la grâce langoureuse, presque royale, d'un lévrier afghan, alliée à une économie d'énergie, mêlant une décontraction parfaite à une parfaite maîtrise de soi. Il avait d'immenses yeux expressifs, des lacs sombres et profonds, qui reflétaient une grande sensibilité et promettaient une réponse à tous les mystères, des yeux aux lourdes paupières, énigmes voilées, ourlées de cils noirs et soyeux qui rendaient les femmes jalouses – « C'est du gâchis chez un homme », disaient-elles – mais non, pas quand cet homme était Nat. Il s'habillait de façon décontractée, affectionnant les pantalons larges, pourvus de poches amples et profondes, sur lesquels il mettait un long T-shirt pastel en été et un gros pull de laine norvégien l'hiver. Il avait aussi une prédilection pour les chemises afghanes blanches à manches longues, brodées sur le devant de fleurs blanches et brillantes, avec par-dessus un gilet kashmiri. Quelquefois il portait un turban. Il se dégageait de sa personne une étrange incandescence, invisible à l'œil, que les femmes décelaient et qui les attirait, ainsi qu'un bon feu de cheminée après une promenade dans la neige.

En Nat, l'Orient et l'Occident se mêlaient dans une synthèse parfaite et uniforme: l'Orient mystérieux, affranchi des conventions, rendu accessible au monde moderne. Car il personnifiait les deux, incarnait les deux. D'être à moitié indien lui rendait de grands services, mais pour être juste, il faut dire qu'on le lui rappelait sans cesse. Invariablement, les filles qu'il rencontrait faisaient en gloussant allusion au *Kama Sutra*, en lui demandant ce qu'il en savait, c'est-à-dire pratiquement rien, au début. Puis venaient des questions à propos du tantra yoga, ainsi que sur les sculptures érotiques des temples de Khajurao, et Nat se chargeait de les éclairer. C'était son devoir en tant qu'Indien, car tout Indien sait que l'Occidental possède un esprit mal dégrossi et a besoin d'être guidé sur les chemins de l'amour, afin de dépasser la sensualité vulgaire, pour atteindre à une élévation spirituelle. Nat savait intuitivement que ce n'est pas vraiment le plaisir physique que les femmes recherchent mais une union des âmes permettant la fusion de deux êtres, et il se rendait compte que ses maîtresses avaient faim de cette sorte d'amour, qu'elles erraient, perdues dans le désert. Une fois qu'elles avaient découvert Nat, il n'y avait plus de retour en arrière possible. Après l'avoir aimé, elles trouvaient grotesques les gesticulations et les ahanements inélégants, les estocades et les coups de boutoir sauvages des hommes ordinaires. Nat était un jardinier qui arrosait leurs âmes assoiffées avec du nectar.

Il avait quelques difficultés avec les hommes, ou plutôt les hommes avaient des difficultés avec lui, puisque c'étaient eux qui s'entouraient de murs. Nat n'avait pas de murs. Mais il eut tôt fait de s'apercevoir qu'il était différent de ses congénères, raison pour laquelle ils se bâtissaient des murs. Nat ne jouait pas à leur jeu. Il n'avait pas besoin de travailler à se construire une image, plus grande et plus belle que celle des autres. Pour avoir grandi parmi les plus humbles d'entre les humbles, appris dès sa plus tendre enfance qu'il ne valait pas mieux que le plus misérable des mendiants et s'être mis au service des plus démunis, Nat possédait une humilité naturelle, une humilité qui ne le rabaissait pas, bien au contraire. Alors que les Anglais passaient leur temps à ajouter des couches à leur ego, pour se donner l'apparence d'être forts, l'ego de Nat était mince au point d'en être transparent, si bien que l'amour et la générosité immenses formant le noyau de son être pouvaient filtrer au travers, et c'était là le secret de son charisme et de sa supériorité.

Toutefois, malgré cette minceur, il restait suffisamment d'épaisseur pour que les graines de la frustration et de la licence puissent germer, pousser et finissent par fleurir.

Quant à ses études… quel ennui ! L'indifférence qu'elles lui inspiraient à Armaclare College prit des proportions alarmantes à l'université. À Armaclare, il se laissait emporter par ses fantasmes ; ici, ce qu'il vivait pendant ses heures de liberté lui apportait des expériences bien plus corsées. Travailler lui semblait triste, mort. C'est après que la vie commençait vraiment, et l'irritation qu'il éprouvait d'être contraint de gâcher ainsi son temps, son devoir lui imposant de faire des études de médecine, ainsi que le docteur n'avait cessé de lui répéter pendant toute son enfance, paralysait sa mémoire, ses facultés d'attention et de concentration, ainsi que sa motivation.

Et pourtant. La nuit, quelquefois, dans les intervalles entre le rêve éveillé et le sommeil, il pensait à l'Inde. Son pays. Un lieu où la paix était si ineffable qu'elle imprégnait le corps, l'âme et l'esprit, et réunissait les différentes composantes de la personnalité, de même qu'un écran de cinéma réunit les images. Dans la paix et la solitude régnant tout au fond de son être montait un chant d'une infinie douceur. Parfois des larmes lui venaient, à cause de cette beauté, à jamais perdue, semblait-il, réduite en poussière par un appétit de vivre qui grandissait à mesure qu'il le nourrissait, jusqu'à devenir un monstre avide et grimaçant sur lequel il n'avait aucun pouvoir. Il pleurait comme un enfant. *Est-ce que c'est moi, ça ?* Puis un jour nouveau se levait, avec de nouvelles nourritures pour le monstre, et Nat oubliait ses larmes pour se jeter dans les bras de la vie.

Il s'aperçut bientôt qu'être l'hôte d'Adam et de Sheila constituait un handicap et, vers le début de l'année suivante, il emménagea dans un appartement de Notting Hill Gate avec un camarade, un Indien comme lui, originaire du Gujarat, qui était en troisième année de droit et s'enfermait dans sa chambre pour travailler, la plupart du temps. Il n'était donc pas gênant, sans compter qu'il passait presque tous ses week-ends à Windsor, dans sa famille, peut-être pour fuir l'activité croissante qui régnait ces jours-là dans l'appartement, à cause des filles qui ne cessaient d'entrer et de sortir. Nat avait une toute petite chambre, mais elle convenait à la vie qu'il menait, davantage consacrée à l'amour qu'à l'étude. Tel un voyageur au sortir du désert, il avait envie de rattraper le temps perdu, ces années de jeunesse passées dans la privation forcée des plaisirs de la chair. Il en voulait un peu à son père à cause de cela.

D'un autre côté, c'était grâce à son père qu'il avait la possibilité matérielle de vivre à Londres, aussi dans les lettres qu'il lui envoyait – de plus en plus courtes, condensées et rares avec le temps –, Nat préférait ne pas parler de sa nouvelle existence, sachant que le docteur serait mécontent et lui donnerait peut-être même l'ordre de rentrer chez lui, au village. Ce village où il ne se sentirait plus chez lui. Un petit monde, dépourvu de tous les plaisirs dont un homme a besoin pour être un homme, dépourvu d'amour...

« Joyeux anniversaire ! »

La porte s'ouvrit toute grande et un troupeau de filles envahit l'appartement. Elles portaient toutes des minijupes qui raccourcissaient de mois en mois, pour le plus grand plaisir de Nat, elles étaient toutes superbes et toutes l'adoraient. C'étaient des filles rencontrées dans des boîtes et qu'il avait ramenées chez lui, à l'exception de deux étudiantes. En principe Nat ne raffolait pas des étudiantes, qu'il trouvait trop vieilles (il aimait les femmes dans le premier éclat de la jeunesse, avant que le temps ait pu faire ses ravages, c'est-à-dire avant dix-neuf ans, selon lui) mais ces deux-là étaient des admiratrices particulièrement ferventes et il les gardait. Les autres ne dépassaient pas dix-sept ans, et elles étaient gentilles, touchantes dans leur adoration. Elles avaient fini par faire connaissance, par surmonter leur animosité initiale et même par devenir amies, en qualité de membres du club très fermé des maîtresses de Nat, lequel s'attribuait le mérite de cette absence de jalousie. Chacune d'elles savait que connaître Nat, aimer Nat et bénéficier de son amour signifiait le renoncement à tout esprit de possessivité, à toute exigence de l'avoir rien que pour soi, car le cœur de Nat était si grand qu'il pouvait les contenir toutes. Elles ne se rendaient pas compte, et Nat encore moins, que par-dessus les braises rougeoyantes qu'il avait apportées de l'Inde, une couche de cendres grises commençait à se former, imperceptible sauf pour un œil particulièrement perspicace ; quant à Nat, qui aurait dû avoir un œil perspicace, il était trop jeune, trop inexpérimenté, trop occupé pour prendre conscience de ce changement.

Les filles avaient apporté des boissons, des disques et des cadeaux ; elles fêtèrent les vingt ans de Nat avec énormément d'entrain, de rires, de blagues, et dansèrent jusqu'à une heure avancée de la nuit, où elles se laissèrent tomber l'une après l'autre sur le tapis. Nat jeta sur elles des couvertures, dont il possédait un stock important, puis il se retira dans sa chambre avec la sixième fille, la dernière recrue du club, sa Radha du moment, et ils se lurent des poèmes d'amour, des poèmes tellement émouvants que Nat et sa compagne en eurent les larmes aux yeux.

Nat était très sensible, ce qui le distinguait des autres hommes, qui estimaient pour la plupart que les larmes étaient le signe d'un être faible et efféminé. Mais Nat n'avait pas honte de pleurer d'amour, de laisser déborder son cœur, quand il ne pouvait plus contenir son émotion ; c'était justement l'essence de sa virilité que de laisser voir sa douceur, et pas une femme ne l'en méprisait, car elles savaient toutes au fond de leur cœur que la véritable force est toujours douce. Kathy pleura donc avec lui, et leurs larmes se mêlèrent, tandis qu'il la prenait dans ses bras pour la remercier, et ils se rendirent l'un à l'autre un culte jusqu'au matin.

25

SAROJ

Le bref flirt de Saroj avec la liberté était terminé, mais entre elle et Ma s'établissait une muette complicité. Elles ne firent plus jamais allusion à leur conversation, pourtant Saroj gardait confiance. C'était comme si Ma l'avait prise pour la poser sur son aile et qu'elle était emportée dans un ciel obscur, sans savoir où elle allait, sans poser de questions, parfaitement sereine. Certaine que Ma ne la laisserait pas tomber. Jamais.

Saroj ne regrettait plus la futile liberté que Trixie lui avait fait connaître, une liberté illusoire, provisoire, consistant à sillonner la ville à bicyclette pour draguer les garçons et se faire draguer, en suivant l'impulsion du moment sans penser aux conséquences à long terme. Les battements d'ailes d'une poule dans un poulailler ! C'est le poulailler même qui devait disparaître.

La vraie liberté passait par les études.

Dans deux ans, ce seraient les O Levels. Elle résolut de travailler d'arrache-pied, d'obtenir de si bons résultats que Baba lui permettrait de continuer et, ensuite, elle donnerait un autre grand coup de collier pour les A Levels. Après cela elle décrocherait la bourse puis Baba l'enverrait en Angleterre. Il ne pourrait pas faire autrement. Quel scandale s'il refusait de la laisser partir, une fois qu'on l'aurait sacrée meilleure élève de tout le pays ! Les hommes politiques se ligueraient contre lui, de même que les femmes, entre autres la mère de Trixie et la ministre de l'Éducation. C'était là un objectif tangible, réalisable et facile à atteindre.

Ainsi elle partirait en Angleterre. Elle tournerait le dos à cette désolation pour commencer une nouvelle vie dans un pays nouveau, véritablement libre enfin. Elle passait ses journées plongée dans ses livres. Elle visait l'excellence et bannissait toute distraction.

« Qui travaille tout le temps et jamais ne s'amuse finit par faire triste mine, grommelait Trixie. Tu me manques, Saroj ! » Mais Saroj s'en moquait. Travailler tout le temps sans jamais s'amuser, c'était son mot de passe pour la liberté. Elle aurait bien plus triste mine si elle devenait Mrs Ghosh.

« Quel gâchis ! Il te suffirait de claquer dans tes doigts pour que tous les beaux garçons se précipitent… L'autre jour, par exemple, Brian van Sertima m'a demandé où tu te cachais, et… »

Brian van Sertima était le guitariste et chanteur vedette des Alleycats, le groupe en vogue. Saroj avait dansé avec lui le jour de la fête de Julie Chan. Il avait appuyé son bas-ventre tout contre elle.

« Je n'aime pas son déodorant », dit-elle en fronçant le nez.

La rumeur se répandit dans toute la ville et revint à Saroj par l'intermédiaire de Trixie : elle était une affreuse pimbêche, et frigide par-dessus le marché.

« Quand le renard ne peut pas attraper les raisins, il dit qu'ils sont verts », répliqua Saroj. Elle savait pourtant que c'était la vérité. Elle *était* une pimbêche. Elle ne supportait pas ces garçons stupides et serviles. Elle n'avait pas envie qu'ils la touchent. La pensée de leurs lèvres sur les siennes lui répugnait. Sa beauté était pour elle un handicap. Elle réduisait les mâles à une meute de chiens pantelants, harcelant une chienne en chaleur, sauf qu'elle n'était justement pas une chienne en chaleur. Si le fait de refuser d'être l'objet d'attentions aussi dégradantes voulait dire qu'elle était frigide, il n'y avait pas de quoi se sentir insultée.

« Rien qu'à te voir, ils défaillent, gémit Trixie, écœurée.

— Autant défaillir devant les cadeaux enrubannés que mes tantes m'offrent pour mon anniversaire, rétorqua Saroj. Les garçons sont tellement bêtes, on dirait des chiens baveux. Berk ! C'est dégoûtant ! Je veux bien être une pimbêche, du moment que ça éloigne ce troupeau d'imbéciles. »

Elles restaient néanmoins amies car ce qui les unissait était bien plus profond que leurs divergences à propos des garçons et des livres. Installées dans la tour, elles écoutaient de la musique sur le lecteur de cassettes que Ganesh lui avait offert et discutaient à n'en plus finir.

La tentative de suicide de Saroj avait bouleversé Trixie, dont la vie prit également un nouveau tour. Au temps de la fête et de la liberté, c'était elle qui menait le jeu. Maintenant Saroj avait pris les commandes. Trixie lui confiait sa crainte d'échouer à ses O Levels dans toutes les matières, sauf en dessin, son anxiété face à la réaction de sa mère et de l'existence calamiteuse qui l'attendrait, une fois les résultats connus.

« Il faudra que je cherche du travail, mais quel genre de travail pourrai-je trouver sans diplômes ? Ou alors je redoublerai, et ce sera terrible sans toi, avec toutes ces gamines qui se moqueront de moi... je n'ai aucun espoir, Saroj, absolument aucun ! »

Saroj lui proposa de l'aider en maths. Du jour au lendemain, presque, la moyenne de Trixie s'améliora, ainsi que la popularité de Saroj. Des camarades qu'elle avait quelque peu négligées vinrent lui demander assistance et elle se retrouva très vite en train de donner des cours de maths, de physique, de biologie, de chimie, de français et de géographie. Toutes les matières en somme, excepté le dessin, la musique et la gymnastique.

« Tout semble si facile quand c'est toi qui expliques, remarqua mélancoliquement Trixie. Mais dès que je suis en classe... Quand miss Abrams nous démontre un théorème de sa voix soporifique, je m'ennuie à mourir ! Alors je regarde par la fenêtre, ou bien je dessine sur mon cahier. Tiens, hier je l'ai dessinée et elle s'est reconnue. »

Elle eut alors son sourire canaille, qui ne demandait jamais grand-chose pour se manifester, et poursuivit en imitant la voix aiguë et couinante du professeur :

« Trixie Macintosh, sortez et allez attendre la fin du cours dans le couloir ! Vous feriez mieux d'exercer vos talents artistiques au bon moment et au bon endroit !

— Elle n'a peut-être pas tort, remarqua Saroj, mais Trixie ne parut pas l'avoir entendue.

— Et puis j'en ai plus qu'assez que maman me dise de prendre exemple sur toi. Elle n'arrête pas de me répéter qu'elle était comme toi, qu'elle a failli obtenir la bourse de la Guyane britannique et que moi je ne ferai jamais rien. Quel dommage que papa soit parti, sinon j'irais vivre chez lui. Depuis qu'il est remarié, je ne l'intéresse plus, et maintenant qu'il a deux fils... n'y pensons plus !

— Tu n'as qu'à tout simplement lui dire que tu voudrais venir chez lui.

— Tu parles ! Ça fait des années que je supplie maman de m'envoyer à Londres et, chaque fois, elle me répond : “Est-ce que tu t'imagines que ton père a envie de t'avoir sur les bras ?” Ensuite elle me dit : “Travaille, passe tes examens et ensuite tu iras à l'université avec ma bénédiction. Il n'est pas question que je t'envoie en Angleterre pour travailler dans un magasin de *fish and chips*, que tu gâches ta vie”, et bla bla bla et bla bla bla. Mais je n'ai aucune envie de vendre des *fish and chips*, Saroj. Pourquoi ne puis-je pas m'inscrire dans une école de beaux-arts ? Papa me soutiendrait s'il n'était pas marié avec cette Blanche, cette bonne femme prétentieuse et pleine aux as. »

Et Trixie était toujours follement amoureuse de Ganesh, et même plus que jamais.

« La seule raison que j'aurais de rester ici ce serait pour épouser Ganesh ! déclara-t-elle avec aplomb.

— Épouser Ganesh ? dit Saroj, stupéfaite. Mais Trixie, il est...

— Je sais, je sais, ne crie pas, inutile de me faire un dessin. Ganesh ne m'a même jamais vraiment regardée, dit-elle en lançant à Saroj un regard furieux, comme si elle était responsable de l'indifférence de son frère. Je crois qu'il sort avec une Portugaise. C'est vrai, hein ? Je sais que tu ne me l'as pas dit pour ne pas me faire de peine, mais j'en suis sûre, je les ai vus ensemble chez Esso Joe et il n'a même pas fait attention à moi. J'ai quinze ans, bientôt seize, ce n'est donc pas parce que je suis trop jeune ! Je parie que c'est parce que je suis noire.

— Trixie !

— Non, Saroj, ne proteste pas, je le sais, voilà tout. Ce sont des choses qu'on sent. Ton père déteste les Noirs et Ganesh doit également les détester, au fond de lui. On n'a jamais vu un Indien épouser une Noire. Jamais.

— Ne dis pas de bêtises, Trixie. Ganesh est comme moi, il n'a pas ce genre de préjugés ! Mais enfin, il y a tant de garçons qui te font la cour, pourquoi…

— J'ai essayé, Saroj, j'ai vraiment essayé ! J'ai essayé de toutes mes forces de tomber amoureuse de quelqu'un d'autre. Mais même quand je sortais avec Derek, j'espérais tout le temps qu'on tomberait sur Ganesh et que ça le rendrait jaloux. Que ça lui ferait prendre conscience qu'il m'aime et qu'il a intérêt à se décider avant qu'il ne soit trop tard. Mais il va partir en Angleterre à la fin de l'année et je pourrai faire une croix sur lui pour toujours. À moins que j'aille en Angleterre, moi aussi, sauf que maman refuse de m'y envoyer et que papa ne veut pas de moi, alors que vais-je faire de ma vie ? Je ne me marierai jamais, j'en suis sûre. Je resterai vieille fille comme ma tante Amy. »

Saroj faillit lui dire qu'elle donnerait n'importe quoi pour une pareille destinée. Mais Trixie avait l'air si malheureuse qu'elle retint sa langue. Il lui semblait que son amie préférerait encore se marier avec le fils Ghosh plutôt que de ne pas se marier du tout.

Le 26 mai 1966, la Grande-Bretagne accorda l'indépendance à la Guyane britannique, qui prit le nom de Guyana, avec à sa tête un Premier ministre africain. Le *Black Power* déferla sur la Guyana comme une marée, qui emporta avec elle la moitié de la population, Trixie y comprise. Trixie, apolitique dans l'âme, serait peut-être restée en dehors du courant si elle n'était pas tombée follement et temporairement amoureuse de Stokely Carmichael, un jour où sa mère l'avait traînée à l'université pour assister à un débat.

« Il *faut* que tu fasses sa connaissance, Saroj, il le faut absolument ! Tu te rends compte, je lui ai serré la main ! Et à Miriam Makeba aussi ! Je n'arrive pas à y croire ! Je ne me laverai plus jamais les mains ! Maman est tellement contente qu'elle s'est débrouillée pour me faire inviter à une soirée chez des amis, et il sera là, elle pense que je suis en train d'acquérir une conscience politique ! Il faut que tu viennes, je t'obtiendrai une invitation. Tu verras.

— Mais non, Trixie. Je ne peux pas. Tu ne comprends donc pas ? Je ne *peux pas* !

— Et pourquoi ? »

Comment répondre à une telle question ? Elle ne comprenait donc pas ? Elle ne voyait pas ? Était-elle aveugle à ce point ? Ne se rendait-elle pas compte que ce mouvement risquait de les séparer à jamais ? Qu'elle devrait un jour choisir son camp ?

Et quel camp choisirait-elle ? Les Africains n'étaient pas seulement anti-Blancs, ils étaient aussi anti-Indiens. Passionnément. Farouchement. Plus que jamais. Si la situation se radicalisait, quel choix ferait Trixie ? Son peuple ou son amitié ?

« Tu as l'esprit trop *mathématique*, Saroj. Tu réfléchis trop. Laisse-toi aller un peu ! Ce qu'il te faudrait, c'est un peu de romanesque. Tu verras, un jour un prince monté sur un cheval blanc viendra te donner la sérénade au pied de cette tour, tu déploieras tes longs cheveux noirs qui, d'ici là, descendront jusqu'en bas, il y grimpera, te serrera contre sa large poitrine velue, ta poitrine se gonflera de désir, vous échangerez un long baiser passionné, le ciel deviendra tout rouge et le rideau retombera.

— Oh Trixie ! dit Saroj, en riant malgré elle. Tu vis dans un monde de rêve.

— Oui, et ça me plaît ! Parce que, dans ce monde-là, Ganesh me rend mon amour !

— Tu as déjà oublié Stokely Carmichael ?

— Oh *lui* ! Il est marié, il est bien trop vieux et, de toute manière, il est parti. Ganesh est mon premier et dernier amour. S'il avait été à moi je n'aurais même pas posé les yeux sur Stokely. Mais tout ce que j'ai de lui ce sont des rêves. Au fait, où est la photo que tu m'avais promise ?

— Il faudrait que j'en subtilise une dans l'album de famille et Ma s'en apercevrait, grommela Saroj.

— Apporte-la-moi, je la ferai reproduire et elle n'y verra que du feu. Va chercher l'album, Saroj. Tu m'as promis ! Puisque je ne peux pas l'avoir en chair et en os, je pourrai au moins me pâmer sur sa photo. »

Saroj finit par se lever en ronchonnant pour aller chercher l'album de famille. C'était la saison des pluies et, là-haut, dans la tour, elles se trouvaient comme à l'intérieur d'une bulle flottant au milieu de l'océan. Les cieux gorgés d'eau déversaient un rideau de pluie compact qui cognait sur les ardoises du toit avec un bruit de tonnerre. À ce spectacle, Saroj eut de nouveau l'impression de retrouver son enfance quand, avec Ganesh, elle traversait en courant et en criant le jardin de derrière, montait quatre à quatre l'escalier de la cuisine, morte de rire et trempée comme une soupe, se dépouillait de ses vêtements dégoulinants pour les jeter en tas sur le carrelage de la salle de bains, avant de s'enrouler dans un drap et de se blottir dans les bras de Ma… quand Baba n'était pas à la maison.

Elle revint avec l'album et un drap, puis s'accroupit près de Trixie. La tour était devenue leur nid ; elles avaient acheté un petit tapis indien chez Mr Gupta pour recouvrir le plancher, posé tant bien que mal des étagères pour y mettre les manuels scolaires de Saroj et les romans de Trixie et fait courir une rallonge électrique dans l'escalier pour pouvoir brancher la radiocassette dans la chambre de Saroj.

Elles s'enveloppèrent dans le drap, car il faisait frais et leurs bras nus et marron avaient la chair de poule. Saroj cala l'album sur ses genoux repliés. Il y avait longtemps qu'elle ne l'avait pas ouvert. Elle détestait se voir en photo, parce qu'elle avait toujours un air raide et vieux jeu, quand elle était vêtue à l'indienne, et elle se contentait généralement de jeter un coup d'œil sur le dernier portrait de famille. Aujourd'hui, en feuilletant l'album avec Trixie, elle voyait ces photos à travers le regard de quelqu'un d'autre et les trouvait encore plus raides et plus vieux jeu. Le seul à être bien partout était Ganesh, qui avait toujours son drôle de sourire et aimait prendre la pose.

Mais sur les premières photos, c'était différent. Même Baba était bien. Comme Ganesh. Jeune et beau. Il semblait que tout avait changé à partir de la naissance de Saroj. De photo en photo, la physionomie de Baba s'aigrissait et celle de Ma devenait grave, comme si c'était elle qui avait apporté l'amertume dans la famille. Elle eut la confirmation de certains détails dont elle avait vaguement connaissance. Avant sa naissance, la famille passait le mois de juillet à Trinidad, dans un cabanon au bord de la mer, appartenant à un oncle installé dans l'île. L'anniversaire de Ganesh tombait en juillet et il y avait quatre photos prises sur cette plage. Saroj ne figurait sur aucune, et pourtant elle était née à Trinidad. Pourquoi n'y étaient-ils jamais retournés ?

Saroj et Trixie s'attardèrent un moment sur la dernière de ces photos. Ganesh avait deux ans, Indrani quatre, et ils formaient une petite famille indienne heureuse. Rien que Ma, Baba, Indrani et Ganesh. Pas de Saroj. Ganesh avait construit un gigantesque château de sable, qui ressemblait à un gâteau de mariage ; il était nu et le sari de Ma était tout mouillé. Sa main dans celle d'Indrani, elle avait un sourire presque extatique, de même que Baba, la main fièrement posée sur la tête de Ganesh, auprès de qui il était agenouillé.

Saroj prit l'album et le souleva pour examiner la photo de plus près. Elle lui trouvait quelque chose de bizarre, quelque chose qui n'allait pas. Mais elle avait beau chercher, elle ne savait vraiment pas quoi.

Une autre chose curieuse se produisit la semaine suivante. Elle était dans la tour avec Trixie et Ma était partie au temple de Purushottama, comme d'habitude.

Le téléphone sonna. C'était une infirmière de la maternité du Dr Lachmansingh où la plupart des dames Roy allaient en consultation ou pour accoucher.

L'infirmière dit à Saroj qu'Indrani venait d'arriver, qu'elle était sur le point d'accoucher prématurément et qu'elle réclamait sa mère. Saroj sauta sur la bicyclette de Trixie et pédala en direction de Brickdam pour arracher Ma à ses dévotions.

Elle passa devant les gardiens qui, désormais, restaient toujours en faction, pénétra dans l'enceinte du temple et aborda la première personne de sa connaissance qui se trouvait être Mr Venkataraman, le bijoutier de Robb Street. Elle lui demanda où était Ma, où était Mrs Roy, et passa ainsi d'une personne à l'autre jusqu'au moment où elle tomba sur un *pandit* en *dhoti* blanc qui lui répondit sèchement : « Mrs Roy n'est pas ici.

— Mais si, je sais qu'elle est là ! C'est très important, sa fille est à la clinique et elle a besoin d'elle ! »

Le *pandit* appela quelqu'un qui appela quelqu'un d'autre, puis une dame en sari jaune arriva et tout le monde se mit à parlementer. La dame en jaune partit ensuite à la recherche de Ma, tandis que le *pandit* priait Saroj d'aller s'asseoir dans le couloir, ce qu'elle fit. Elle attendit et attendit et au bout d'une éternité sari-jaune revint en disant : « Je suis désolée, mais Mrs Roy n'est pas disponible.

— Pas disponible ? Vous voulez dire qu'elle ne viendra pas ?

— Oui. Mrs Roy n'est pas là pour le moment.

— Mais elle est ici depuis trois heures de l'après-midi, elle vient tout le temps ici !

— Il semblerait qu'elle ait assisté à la *puja* de trois heures, puis qu'elle soit repartie. Mrs Roy ne reste jamais longtemps.

— Jamais longtemps... pourtant elle vient tous les mercredis et tous les vendredis !

— Généralement, elle vient seulement pour la *puja* et puis elle s'en va.

— Vous en êtes sûre ?

— Absolument. Nous l'avons cherchée partout et le gardien a dit qu'il l'avait vue sortir vers trois heures et demie.

— Savez-vous où elle est allée ? C'est très important.

— Comment saurions-nous où est allée Mrs Roy ? Ça ne nous regarde pas. Et maintenant, si vous voulez bien m'excuser. » Sari-jaune joignit fugitivement le bout de ses doigts et retourna à ses occupations.

Ma rentra à la maison vers six heures. Saroj la mit au courant pour Indrani, qui avait accouché entre-temps d'un petit garçon prématuré.

« Tu n'étais pas au temple, remarqua-t-elle sur un ton de reproche.

— Je sais », répondit tranquillement Ma. Saroj attendait une explication... qui ne vint pas. Ma prépara un panier et ressortit pour se rendre à la maternité du Dr Lachmansingh.

26

SAVITRI

Ce fut un été merveilleux. Tous les après-midi Savitri et David se retrouvaient dans leur arbre-maison, à l'insu de leur entourage. Ils rayonnaient ; le bonheur, l'amour, ainsi que la perspective d'un avenir qui ne pouvait qu'être encore plus beau et la certitude que leur passion triompherait les rendaient encore plus beaux. David avait réussi à faire oublier à Savitri la réalité qui avait pour nom Ramsurat Shankar au profit de la félicité du présent, et seuls ce présent, cet amour, ce bonheur semblaient réels, tandis que le spectre du mariage avec un autre se dissipait comme la brume du matin. Elle voulait croire et se laissait donc charmer, se laissait aller à croire. Quant à lui, habitué qu'il était à obtenir ce qu'il voulait, il ne pouvait concevoir un monde où sa volonté n'aurait pas le dernier mot. Ils continuèrent donc à rêver.

Les parents de Savitri devinaient l'amour de leur fille à l'éclat de son visage, à la lumière de son regard et à la légèreté de sa démarche. Mais ils fermaient les yeux, persuadés que le destin se chargerait de la remettre sur le droit chemin ; de toute manière, puisque cela concernait aussi le jeune maître, comment auraient-ils pu oser dire quoi que ce soit ? Sans compter qu'il devait retourner en Angleterre à la fin de la saison. Iyer rentrait la tête dans les épaules et sa femme se serrait un peu plus dans son sari, en assignant à sa fille un supplément de tâches. Ils parlaient de plus en plus souvent du fiancé et du mariage. Mais Savitri n'écoutait pas.

Mrs Lindsay était fière de son fils, et à juste titre. Elle se rengorgeait en entendant ses amis évoquer sa beauté, sa prestance, son charme et son intelligence. Alors que, dans son enfance, David avait été tenu à l'écart, c'était maintenant l'inverse qui se produisait. La jeunesse de Madras, l'élite de la génération montante de la bonne société anglaise, des êtres pleins d'avenir, d'audace et d'assurance, recherchaient sa compagnie et ne comprenaient pas pourquoi il se tenait à l'écart. Ils avaient depuis toujours la terre entière à leurs pieds, et malgré la grogne qui saisissait les Indiens et ce Mr Gandhi qui leur montait la tête et semait la zizanie, ils étaient là, ils y resteraient pour toujours, et toutes ces histoires d'indépendance n'étaient que des sornettes. Cela passerait, de même que ce Mr Hitler, là-bas, en Allemagne. Ils étaient anglais, ils vivaient dans de paisibles poches de paradis, encerclées par un monde en proie à des turbulences, convaincus que rien ne viendrait jamais perturber leur petit univers, et si seulement David, le jeune homme le plus séduisant de Madras, daignait jeter les yeux sur quelques-unes des plus jolies Anglaises de la ville, tout serait parfait. Mais il s'y refusait. Sa mère, qui lui avait déjà imaginé une ou deux fiancées, plaisantait sur son indifférence. Il était jeune, à peine dix-sept ans ! Qu'il prenne donc le temps de faire un bon choix.

En réalité David brûlait d'annoncer à sa mère que son choix *était fait,* et de manière irrévocable. Mais Savitri, moins impétueuse et plus prudente, s'efforçait de modérer son impatience.

« Nous voilà déjà au milieu de l'été ! Il faut régler ça une fois pour toutes pour qu'on puisse annuler tes fiançailles !

— On a le temps, David, on a encore le temps. S'il te plaît, attends un peu pour lui parler.

— Mais pourquoi donc ? Nous avons besoin d'elle pour décider ton père, et plus tôt elle sera dans le secret, mieux ça vaudra. »

Mais Savitri commençait à voir ses rêves s'effilocher à mesure que des réalités auxquelles elle n'osait même pas songer se rapprochaient inexorablement, et elle ne pouvait rien faire d'autre que repousser ce jour fatal où tout s'accomplirait ainsi qu'il en avait été décidé. Elle seule savait à quel point la tradition était impitoyable. Une tradition qui ne tenait aucun compte des sentiments, des goûts ou des dégoûts, des désirs et des aspirations, aucun compte de l'amour, même d'un amour aussi fort que celui qu'elle portait à David ; il était hors de question de s'y soustraire ou de se trouver une excuse pour rêver à autre chose, une fois que la sentence était tombée, car les rêves devaient s'évanouir quand apparaissait la réalité. Elle le savait. Mais pas David.

« David, j'ai peur ! » Elle se pressa contre lui et il la serra dans ses bras, très fort, pour lui montrer qu'elle était en sûreté avec lui.

« Tu n'as jamais eu peur de rien, Savitri, ni des serpents, ni des scorpions, ni de l'eau profonde, ni des grands arbres, ni de quoi que ce soit. Ce n'est pas maintenant que tu vas te mettre à avoir peur. »

Elle frissonna cependant et bien qu'il fît encore chaud et que le soleil embrasât les arbres, elle ramena son sari sur ses épaules, les doigts entrelacés, et pria Dieu de lui donner de la force. Même les bras de David autour d'elle ne parvenaient pas à lui rendre l'espoir.

La bulle de bonheur se refermait de plus en plus sur eux à mesure que l'été s'avançait, torride, accablant, parfois menaçant, quand les nuages noirs de la mousson planaient au-dessus des arbres, lourds et bas, sans jamais crever, sans jamais apporter le soulagement, le bien-être et la fraîcheur réhydratante de la pluie. L'herbe jaunie se desséchait, les fleurs assoiffées se serraient les unes contre les autres. Si David ressentait cet enfermement, il le combattait avec ses rêves, des rêves qu'il continuait à échafauder. Mais Savitri savait.

N'y tenant plus, une quinzaine de jours avant la date prévue pour son départ, David alla tout raconter à sa mère, sans consulter Savitri. Mrs Lindsay explosa.

Dans sa naïveté, il était absolument persuadé que sa mère aimait Savitri comme une fille, qu'elle se réjouirait de l'accueillir au sein de leur famille, puisque de toute manière elle en faisait partie depuis toujours, depuis sa naissance, elle qui avait gagné son affection et son admiration par ses dons et ses qualités. C'était pour lui une évidence et il croyait par conséquent que c'en était une pour tout le monde. Pour Mrs Lindsay c'était une catastrophe. Pas moins. Elle avait d'autres projets pour son fils.

C'était le soir et les corbeaux faisaient un tapage infernal dans le ciel, ils regagnaient les arbres pour la nuit en croassant et en battant des ailes. Un couple d'âge mûr qui se promenait dans Atkinson Avenue entendit en passant la voix de Mrs Lindsay et s'arrêta pour écouter, dans l'espoir de recueillir quelques informations de première main, susceptibles de se transmettre d'oreille en oreille, lors du prochain cocktail, car avec ses grandes idées théosophistes, cette Mrs Lindsay avait toujours l'air de donner des leçons aux autres…

« Je ne le permettrai jamais ! Je ne le permettrai jamais ! » Ces mots hurlés dans l'obscurité croissante étaient sans équivoque ; le monsieur et la dame échangèrent un regard en haussant les sourcils, avec un petit sourire.

« Cette fille ! Cette petite hypocrite, cette intrigante ! Après tout ce que j'ai fait pour elle ! »

L'homme, gêné, tira sa femme par le bras mais elle restait figée sur place, à lorgner entre les hibiscus courant devant le grillage, comme si de voir allait lui permettre de mieux entendre, mais il faisait sombre et, de toute manière, la maison était totalement cachée par des bougainvilliers géants. Mais à sa grande déception les cris se turent et, de plus, le vent soufflait dans la mauvaise direction. Elle se laissa doucement entraîner par son mari, et ils passèrent devant la grille de fer forgé derrière laquelle le Sikh enturbanné et revêtu d'un uniforme kaki était assis sur une chaise en bois dont une traverse arrière manquait, ce qui n'était pas étonnant vu qu'il se balançait toujours sur son siège, un bidi à moitié fumé serré entre le pouce et l'annulaire. Il avait les yeux fermés et semblait dormir.

Mais la fente qui luisait entre ses paupières disait qu'il était réveillé, et il les regarda passer avec des yeux sournois, immobiles, impénétrables, qu'il ne détourna pas en croisant ceux de la dame, qui frissonna malgré elle. Ces Indiens... On ne pouvait plus leur faire confiance. Des ennuis se préparaient. Elle pensa au Devon avec nostalgie. Mais que se passait-il donc chez les Lindsay ?

« C'est sans doute leur fille, cette Fiona, dit-elle à son mari. Souviens-toi qu'elle s'était enfuie avec le fils du cuisinier. À Londres, elle s'est très mal conduite, paraît-il, et ils ont été obligés de la faire revenir... elle n'a toujours pas trouvé de mari. Le bruit court que ça continuerait avec ce domestique. On les a vus... ça finira bien par se savoir tôt ou tard. Ces Lindsay ont toujours été des gens bizarres. »

Ils repartirent bras dessus bras dessous, tout contents de se dire que chez eux, en tout cas, tout se passait bien, avec leurs deux fils mariés à de riches héritières.

Il fallait absolument qu'il la trouve.

Il attendit longtemps après minuit, à l'écoute du concert nocturne où se mêlaient le chant des grillons, les coassements des grenouilles et le cri plaintif du coucou-épervier. Il attendit que la lune se soit cachée derrière un nuage de mousson, noir et allongé, pour se glisser dehors et rejoindre l'allée du fond en traversant le jardin. Pour ne pas faire de bruit, il avait ôté ses chaussures qu'il tenait à la main et courait, comme Savitri, léger et rapide. L'obscurité était totale. Les maisons des domestiques se profilèrent devant lui, mais il ignorait laquelle était celle de Savitri, car il ne s'était jamais aventuré aussi loin et, dans la nuit, elles se ressemblaient toutes. Toutefois ne lui avait-elle pas dit un jour que leur maison était la dernière, légèrement à l'écart des autres, parce qu'ils étaient des *brahmanes*, et que le jardin était planté de bananiers et non de papayers, dont son père ne mangeait pas les fruits ?

Ça devait donc être cette maison. Il poussa le portillon du jardin qui s'entrouvrit en grinçant un peu. Quelque part un chien aboya, puis un autre, mais c'était ailleurs. Iyer n'avait pas de chien.

David s'approcha de la maison sur la pointe des pieds et, là, il se trouva face à un nouveau problème : toute la famille dormait dehors, dans la véranda, le corps complètement enveloppé dans un drap et il était impossible de savoir où était Savitri.

Le désespoir lui mordit le cœur. Non, non ! Ça ne pouvait pas finir ainsi ! Un amour aussi fort ! Une chose aussi parfaite devait perdurer, il le fallait à tout prix ! Oh, mon Dieu, faites que je trouve un moyen, je vous en supplie ! Il imita le cri du coucou-épervier, mais il n'était pas aussi doué que Savitri. Tout était perdu.

L'une des formes endormies remua, doucement d'abord, puis elle se retourna et se redressa dans un mouvement alangui. David se tapit derrière un buisson, l'œil aux aguets. La lune était toujours cachée et il ne distinguait que des ombres, mais la silhouette qui se détachait en sombre sur le blanc du mur était incontestablement féminine. Quatre femmes vivaient dans cette maison : Savitri, sa mère et ses deux belles-sœurs.

La femme se leva en s'enveloppant dans son sari. Elle descendit de la terrasse et sortit dans le jardin. Au moment où elle relevait son vêtement et s'accroupissait, David reconnut Savitri et l'appela tout bas, pour qu'elle sache qu'il était là à la regarder satisfaire un besoin naturel.

En entendant chuchoter, elle se redressa en laissant retomber ses jupes, et il sortit de derrière le buisson pour aller la rejoindre.

« David ! » De surprise, elle avait parlé trop fort ; il lui mit un doigt sur les lèvres et l'entraîna à l'écart.

« Quelque chose m'a réveillée, David ! Je l'ai senti dans mon sommeil et ça m'a réveillée. J'ai d'abord cru que c'était seulement la nature qui m'appelait, mais non, je comprends maintenant, j'ai entendu mon nom dans mon sommeil !

— Chut », dit-il, et lorsqu'ils furent hors du jardin, loin de la maison, un torrent de mots lui sortit de la bouche.

« Savitri, il faut qu'on parte ! Cette nuit ! Nous allons nous enfuir ensemble car jamais je ne renoncerai à toi. Demain ma mère doit m'emmener à Bombay, chez ma tante Sophie, en attendant le départ de mon bateau. Et toi, il faudra que tu épouses cet homme ! Elle est en train de dégager une somme d'argent pour avancer ton mariage... il faut donc partir tout de suite !

— Tout de suite ! Mais, David, je n'ai rien ! La ville est déserte ! Où irons-nous ? Que ferons-nous ?

— J'ai pris quelques affaires, un peu d'argent et des papiers. Tu n'as besoin de rien, viens, c'est tout. J'ai mon idée. »

Savitri le regarda. Dans l'obscurité il était pâle comme un spectre, et avec sa chemise et son pantalon de tennis blancs, il lui parut évanescent, ainsi qu'un esprit venu d'un autre monde. La fièvre liquéfiait presque ses yeux et son désespoir était contagieux. Savitri dont tous les sens étaient en éveil perçut dans sa prière toute la face de sa détermination, la coquille qui l'enfermait dans son devoir se brisa, et elle s'abandonna à lui.

« Je viens, chuchota-t-elle. Mais il faut que j'aille chercher des affaires... »

Elle allait retourner dans la maison, mais David la saisit par le bras.

« Non. C'est trop risqué ! Tu pourrais réveiller quelqu'un.

— Est-ce que je dois partir... comme ça ? » Elle fit un grand geste vers le bas pour lui montrer son vieux sari tout fripé par le sommeil avec au-dessus la mince couverture dont elle s'enveloppait pendant la nuit, et qu'elle avait mise en double sur ses épaules, comme un châle.

« Ça ne fait rien. Personne ne te verra. » Il lui ôta la couverture qui n'était d'ailleurs pas plus épaisse qu'un gros drap, l'enroula autour de son torse frêle et l'arrangea de manière qu'elle lui couvre presque tout le corps, y compris la tête, si bien qu'on ne voyait plus que son visage, si ouvert et si confiant, avec ses grands yeux posés sur lui, qu'il l'aurait serrée contre lui, s'il en avait eu le temps. Il la prit par la main et ils contournèrent les maisons des domestiques pour arriver sur une partie de l'allée du fond qui n'était jamais utilisée et se terminait après quelques mètres sur un petit portail. Il était fermé en permanence par un gros cadenas, mais David, qui avait tout prévu, sortit une clé de sa poche.

Après avoir tâtonné pendant quelques précieuses secondes, il finit par trouver le trou de la serrure et y introduisit la clé. Le cadenas s'ouvrit avec un bruit sec. Il le retira et le glissa dans sa poche. Il y avait aussi un verrou, tout rouillé à force de ne jamais servir, et il était grippé. David poussa un juron et s'arc-bouta pour le décoincer. Savitri le regardait. Soudain elle se retourna, s'attendant à voir Mani surgir des ténèbres accompagné de ses acolytes brandissant des bâtons et lui criant des insultes ; elle en éprouva une terreur si violente qu'elle ferma les yeux pour prier et un grand calme l'emplit. À force d'exercer une pression puissante et régulière, David finit par débloquer le verrou, qui céda si brusquement qu'il faillit en être déséquilibré.

Il la regarda d'un air triomphant et lui fit signe de le suivre. La grille grinça quand il l'ouvrit et le cœur de Savitri cessa un instant de battre, car dans le grand silence qui enveloppait Old Market Street à cette heure de la nuit, ces craquements semblaient faire autant de bruit qu'une salve de coups de fusil. Mais apparemment personne n'avait rien entendu. Un chien aboya et, dans le lointain, un autre lui répondit, mais les chiens de Old Market Street continuèrent à dormir, complices de Savitri, peut-être, heureux de se ranger du côté de celle qui avait toujours été du leur.

La rue était déserte. Ils marchaient dans le milieu de la chaussée pour ne pas buter sur les vaches couchées sur les bas-côtés, sur les charrettes abandonnées, ou sur quelque charrette attelée à un cheval qui sommeillait, la tête pendante.

Quelques chiens se réveillèrent et aboyèrent sur leur passage, mais ils s'arrêtaient très vite car la pensée de Savitri leur disait de se taire, et après avoir tourné une fois sur eux-mêmes, ils se réinstallaient à leur aise dans leur trou poussiéreux.

Ils marchaient en direction du bazar.

« Où allons-nous, David ? » murmura Savitri.

Il se tourna pour regarder la petite forme emmaillotée qui trottinait à ses côtés, et il lui sourit dans l'obscurité, en lui pressant la main, pour la rassurer.

« Taisons-nous. Ça vaut mieux. Je cherche un rickshaw, il devrait y en avoir un ou deux près du bazar. »

Ils aperçurent effectivement un vélo-rickshaw, mais son propriétaire était introuvable. Ils eurent plus de chance avec le second, dans lequel dormait le *rickshaw-wallah,* recouvert de la tête aux pieds par une couverture en lambeaux. David empoigna ce qui semblait être une épaule et la secoua. L'homme remua, sans toutefois sortir de son sommeil, alors David le secoua encore et criant : « Réveille-toi, réveille-toi ! » Enfin réveillé, le *rickshaw-wallah* se redressa et plia sa couverture avec la placidité résignée de quelqu'un dont la besogne n'est jamais terminée et qui n'a pas le droit de se reposer.

David et Savitri montèrent dans le rickshaw et s'installèrent sur la banquette lacérée, dont le rembourrage sortait par l'une des longues entailles. David expliqua où il voulait aller et l'homme engagea sa bicyclette sur la route, courut sur quelques mètres en la tenant par le guidon, avant de poser adroitement son pied nu sur une pédale, d'enfourcher la selle et de prendre de la vitesse. Il allait bon train, car la voie était complètement libre, et il avait hâte de déposer ses clients, dans l'espoir, sans doute, de pouvoir prendre encore un peu de repos, avant que commence une nouvelle journée de travail. Derrière lui sur la banquette, David et Savitri, ballottés en tous sens, riaient lorsqu'un cahot les propulsait l'un contre l'autre.

Je suis à lui maintenant, pensait-elle. Je ne peux plus revenir en arrière ! Dans les yeux de David, elle vit que toute inquiétude s'était dissipée pour laisser place à un flot d'euphorie. La tête rejetée en arrière, il la regardait en riant. Dans les yeux de Savitri, David lisait toujours cette confiance totale grâce à laquelle elle avait rompu tout lien avec son devoir et avec la tradition, dans un moment de farouche détermination. En une fraction de seconde, elle s'était écartée du chemin tracé pour se jeter dans le vide, avec pour seul soutien la foi qu'elle avait en lui. Il en prit conscience tout à coup et il cessa de rire. Quelque chose de nouveau, de plus important, de plus fort commençait à naître en lui, et c'était le sentiment de ses responsabilités. Il avait arraché Savitri à sa vie tranquille et par conséquent il devrait rendre compte de tout ce qui pourrait lui arriver. Ses yeux s'embrumèrent, il la prit par l'épaule, l'attira à lui et lui murmura à l'oreille : « Merci d'être venue, Savitri. Merci de m'avoir fait confiance. Tu verras, tout va bien se passer.

— Me diras-tu enfin où nous allons ? » Elle se blottit contre lui en souriant. Ayant déjà piétiné une fois les convenances, peu lui importait ; elle se sentait légère, libre, comme si le monde entier s'ouvrait à elle, et ce monde qui était généreux la prendrait dans son étreinte.

« C'est une surprise, dit David, amusé de la voir froncer le nez en signe de perplexité. Devine !

— Je ne vois pas du tout. Comment pourrai-je deviner ?

— De toute manière, c'est trop tard. Nous sommes arrivés ! »

Il appela le *rickshaw-wallah,* qui freina, et le véhicule stoppa avec une secousse. David sauta à terre et Savitri le vit s'approcher d'une maison rose, haute et étroite, et cogner sur la porte avec un énorme heurtoir, en faisant assez de bruit pour réveiller toute la rue. Savitri descendit sans hâte du rickshaw et alla le rejoindre. En haut, une lumière s'alluma à une fenêtre et quelqu'un apparut dans l'encadrement, mais elle ne put distinguer le visage qui restait dans l'ombre.

Puis elle entendit ce quelqu'un s'écrier : « Au nom du ciel, que se passe-t-il ? Qui que vous soyez, vous êtes sûrement fou !

— Oh, mon Dieu ! s'exclama-t-elle. C'est Mr Baldwin ! »

27

NAT

Après sa première année en Angleterre, il était prévu que Nat revienne passer ses vacances d'été en Inde, mais il se rendait compte que ça lui serait impossible. Il s'était considérablement éloigné de son père, et pas seulement physiquement parlant. Son père vivait dans un autre monde et Nat avait l'impression qu'en rentrant chez lui il reculerait au lieu d'avancer. Il savait en outre que son père lui demanderait comment se passaient ses études et comme il n'avait rien de bon à lui en dire, il vaudrait peut-être mieux éviter carrément le sujet et ne pas se retrouver en face de lui pour ainsi éluder carrément la question. Il pourrait toujours y aller l'année suivante, ou bien à Noël, une période où le climat était plus agréable et les vacances plus courtes. Il ne parvenait pas à se représenter le village, ni à imaginer ce qu'il y ferait et ce qu'il dirait aux gens. Il n'avait plus rien en commun avec eux et, au contraire, tout en commun avec ses amis de Londres. Sans compter qu'Alice et quelques autres lui avaient demandé de venir les rejoindre sur la Costa Brava et qu'il avait déjà dit oui. Sa chambre d'hôtel était réservée et il ne lui restait plus qu'à écrire à son père (s'il attendait encore un peu il devrait lui télégraphier) pour le prévenir qu'il ne viendrait pas. Ce qu'il fit.

Il ne rentra ni à Noël, ni l'été suivant. Une autre année passa et Nat ne revenait toujours pas. Entretemps plusieurs changements étaient intervenus. Les femmes continuaient à se retourner sur lui, mais moins souvent qu'avant. Le jardin des délices n'était plus ce qu'il avait été. Beaucoup de fleurs s'étaient fanées en partie et leurs pétales piétinés gisaient dans la boue. Les mauvaises herbes poussaient entre les plus jolies d'entre elles, qui n'étaient plus aussi jolies. Il découvrit avec stupéfaction que le nectar avec lequel il les nourrissait n'était en fait que de l'eau et que ce n'était pas tous les jours facile d'être Krishna.

En somme, Nat était devenu l'un de ces hommes ordinaires dont il se moquait autrefois avec ses amies, affamé et dévoré par le besoin d'emplir l'abîme béant qui s'ouvrait en lui. Il trouvait toujours facilement des filles à ramener chez lui, mais son appétit grandissait avec chaque conquête, jusqu'au moment où il n'eut plus conscience que de cette faim, de cette avidité tyrannique, âpre, hideuse et impossible à assouvir.

Sa beauté elle aussi s'était fanée. Quand il se regardait dans la glace, il rencontrait un visage jaune et creux, avec des yeux vides et las. Il s'était laissé pousser la barbe et ses cheveux lui descendaient maintenant en dessous des épaules. Avec son turban qu'il ne quittait plus, il continuait à dégager un certain charme oriental ; et, pour rehausser son image, il se mit à fumer, pas des cigarettes ordinaires, surtout pas, mais de minuscules bidis qu'il achetait dans un magasin indien. Ce n'étaient cependant que des fioritures. Il savait qu'il avait perdu son éclat.

Son cerveau refusait de lui obéir, de se concentrer, et sa mémoire le trahissait. Il en conclut qu'il valait mieux carrément arrêter ses études et faire autre chose ; trouver du travail, devenir indépendant. Il n'avait pas l'étoffe d'un médecin et, comme de toute manière il ne rentrerait jamais au village pour seconder son père, à quoi bon s'entêter ? Toute cette affaire n'avait été qu'une perte de temps. Enfin, pas totalement ; il avait bien fait de venir en Angleterre, il fallait qu'il fasse ces expériences et désormais il pouvait se considérer comme un homme de son temps, un individu cosmopolite. Mais les objectifs et l'idéalisme qui avaient inspiré cette entreprise s'étaient effacés depuis longtemps. De toute manière, l'idée venait du docteur et non de lui. Le docteur avait défini les objectifs à sa place. Le docteur avait décidé de ce qu'il ferait et à quel endroit, et plus Nat pensait à la façon dont son père avait manipulé sa vie, plus sa colère grandissait et plus il lui en voulait à cause de toutes ces années perdues qui n'avaient abouti à rien.

À la fin de sa troisième année, il abandonna donc ses études et se fit embaucher comme serveur dans un petit restaurant indien. Cet emploi lui allait comme un gant, car non content d'être poli et attentionné, il était sympathique et savait trouver un équilibre entre la familiarité et le respect. Les clients indiens adoraient bavarder avec lui et, comme le font souvent les Indiens expatriés, ils lui demandaient d'où il venait, comment il s'appelait, quel était le nom et la profession de son père, et ainsi de suite. Étant donné que jamais personne n'avait entendu parler de son village, il disait qu'il habitait « près de Madras », ce qui faisait tout de même mieux.

Nat avait la main heureuse pour ce métier et, avant longtemps il se vit proposer des choses de plus en plus intéressantes. On lui demandait son nom et son adresse ; des familles fortunées lui téléphonaient pour qu'il vienne donner un coup de main à l'occasion d'un mariage ou d'une fête religieuse, en échange de quoi on le payait généreusement. Il finit par accepter de travailler à temps plein pour un Bengali ventripotent, un certain Mr Chatterji, directeur d'une société de restauration, qui ne parlait pas un mot de bengali, n'avait même jamais mis les pieds en Inde, s'était converti au christianisme et se prénommait désormais William.

Cinq ans plus tard, huit ans après son arrivée en Angleterre, Nat, devenu sous-directeur de la société, était un jeune homme séduisant et arrivé, un vrai Londonien. Il conduisait une camionnette verte dont les côtés s'ornaient de l'image d'un serveur indien caricatural, avec turban et *dhoti*, portant sur un plateau une haute pile de chapati, souriant de toutes ses dents et clignant de l'œil, avec en dessous cette inscription : *Trai-*

teur Bharat – Repas végétariens et non végétariens – Mariages, fêtes religieuses – Spécialités bengali et tandoori – Excellent rapport qualité-prix. Ce n'était pas vraiment l'idéal pour sortir les filles, mais curieusement, elles adoraient ce moyen de transport inhabituel et préféraient se faire véhiculer par Nat dans sa camionnette de livraison que par un directeur de la Barclay's Bank, avec sa Jaguar. Nat n'était pas attaché aux *choses*, il ne se laissait pas éblouir par les biens matériels – qu'il qualifiait de denrées périssables – pas plus qu'il ne cherchait à rehausser son image en s'entourant de voitures de luxe, de chaînes stéréo, de montres de marque et autres choses de ce genre. Il ne faisait jamais non plus de cadeaux coûteux et ne ressentait pas le besoin de s'agrandir. Il vivait toujours dans l'appartement de Notting Hill Gate, qu'il partageait maintenant avec un autre étudiant gujarati, un cousin du premier, parti depuis longtemps et devenu un avocat plein d'avenir dans la société de son père.

Il n'écrivait presque jamais à son père. Il se sentait chez lui à Londres.

Il continuait à plaire aux femmes.

Un soir, il se servit un whisky, décrocha le téléphone avec sa main libre, cala le combiné sous son menton, ouvrit un carnet d'adresses écorné à la page de S – S comme Sarah – et composa un numéro.

« Salut, Sarah, comment va ma favorite ?

— Oh, arrête, je parie que tu dis ça à toutes les filles ! gloussa ladite Sarah.

— Pas du tout. Tu es vraiment ma favorite. Si on se faisait une petite sortie ?

— Moui… Où ça ?

— Aux *Enfants terribles* ?

— Tu me connais bien, Nat. Je serais ravie.

— Je passe te prendre vers huit heures d'accord ?

— Formidable ! »

Quelques heures plus tard, Nat et Sarah montaient l'escalier enlacés, en riant comme des fous, brûlants de désir, dans un emmêlement de bras, de jambes et de cheveux défaits. Quand Nat eut enfin trouvé sa clé, il ouvrit la porte et ils déboulèrent dans l'appartement, avant de prendre la direction de la chambre en semant leurs chaussures au passage. Nat, qui s'était déjà débarrassé de sa chemise dans l'entrée, commença à s'en prendre au corsage de Sarah, qui poussait de petits cris ravis.

Il y avait de la lumière dans la chambre.

Dans le coin, entre le lit et le canapé, il y avait un homme, un homme de petite taille avec une physionomie avenante et de grandes oreilles décollées, qui se leva, la main tendue, en disant :

« Bonjour, Nat...

— Henry !

— Oui, c'est bien moi. Désolé d'être venu sans prévenir... je t'aurais bien passé un coup de fil, mais Adam n'avait pas ton numéro, seulement ton adresse, alors je suis passé en espérant que tu serais là. »

Le dos tourné, Sarah reboutonnait son chemisier. Nat prit une chemise sur le dossier d'une chaise et commença à l'enfiler, d'un air renfrogné.

« Qui t'a ouvert ?

— À ton avis ? Ce sympathique Gujarati qui occupe l'autre chambre. Il m'a même offert une tasse de thé avec des biscuits et nous avons discuté un moment, après quoi il est parti travailler. Il m'a dit que tu n'allais pas tarder à rentrer et je t'ai attendu. Ce n'était peut-être pas une très bonne idée, en définitive... » Il coula un regard vers la porte ouverte sur l'entrée, où Sarah était en train de se rechausser.

« Bonsoir, Nat. À samedi prochain ! » lança-t-elle, et la porte de l'appartement se referma en claquant. Nat se laissa tomber sur le lit.

« Mais... pourquoi... je ne savais pas que tu allais venir... qu'est-ce que...

— Je ne le savais pas moi-même. Je suis arrivé avant-hier. Il fallait que je vienne à Londres pour diverses choses, pour renouer avec ma famille et m'occuper de certaines choses dont m'a chargé le docteur.

— C'est papa qui t'envoie ?

— Non, Nat, il ne m'a pas envoyé. Mais il m'a tout de même demandé d'aller voir ce que tu devenais. Et puis il espère que tu viendras en Inde. J'ai pris la liberté de te réserver une place sur le même vol que moi, dans trois semaines.

— Pour une liberté, c'en est une ! Qui t'a dit que je viendrais en Inde cet été ? Tu es au courant de mes projets ? Comment oses-tu…

— Nat, ça fait huit ans ! *Huit ans !* Tu ne crois pas que ton père a envie de te revoir après si longtemps ? Je pensais, j'espérais pouvoir te persuader de rentrer avec moi, voilà tout.

— Et *moi*, est-ce que je ne compte pas ? Ce que *moi* j'ai envie de faire ? Je ne suis pas encore prêt pour retourner en Inde, Henry, tout simplement. Je me demande si je le serai un jour. J'ai fait ma vie ici, je me débrouille très bien…

— Pourquoi as-tu abandonné tes études ?

— J'ai décidé que je ne serais pas médecin, c'est tout.

— Et que fais-tu alors ? Pourquoi n'écris-tu jamais ? Pourquoi ne dis-tu jamais un mot de ce qui se passe ? Tous les ans, à Noël, la même carte : *Cher papa, j'ai trouvé une nouvelle situation, tout va bien, baisers, Nat*. Quelle sorte de…

— Attends un peu, c'est quoi ? Un interrogatoire ? M'a-t-on jamais demandé si je voulais être médecin ? Depuis que je suis tout petit, on m'a poussé vers une profession qui n'est absolument pas faite pour moi… Je…

— Ne dis pas de sottises. Tu sais aussi bien que moi que c'était ton idée. Tu es fait pour être médecin et tu le sais parfaitement. »

Nat se frotta derrière l'oreille. « À quoi bon, de toute manière ? La page est tournée. Ça marche très bien pour moi. Je me suis fait ma vie et je ne serai pas médecin. Point final.

— Ne serait-ce que par égard pour ton père, tu aurais pu au moins lui en parler, avant de prendre une décision.

— Écoute, Henry, j'étais adulte quand j'ai pris cette décision. As-tu une seule raison valable pour me convaincre que j'aurais dû consulter mon père ?

— Par simple correction, et je ne devrais pas avoir besoin de te le dire. Pour l'amour de Dieu, Nat, il ne te reste donc pas le moindre soupçon de savoir-vivre ? Après tout ce qu'il a fait pour toi…

— Écoute, fiche-moi la paix, d'accord ? S'il y a une chose que je ne supporte pas, c'est bien les parents qui cherchent à culpabiliser leurs enfants… "Après tout ce que j'ai fait pour toi…"

— Ce n'est pas ton père qui dit ça, c'est moi. Parce qu'il a fait bien plus pour toi que tu ne pourras jamais l'imaginer et ç'aurait été gentil de ta part, Nat, de venir lui parler toi-même de tes projets. Je ne devrais pas avoir besoin de te mettre les points sur les i. Ton père est le dernier à te faire des reproches, mais il t'aime, il pense à toi et se demande ce qui se passe. Ça me fait mal au cœur de le voir se tuer au travail, en espérant un mot de toi, et mal aussi de constater combien tu es devenu dur. Et c'est la raison, l'unique raison, pour laquelle je t'ai pris ce billet d'avion. Nat, faut-il que je te supplie ? Viens ! Ne serait-ce que quelques jours ! Juste pour lui parler ! Il serait venu lui-même s'il n'avait pas tant de travail, mais il ne peut pas abandonner ses malades. Il a besoin de toi, Nat !

— Et voilà ! Il a besoin de moi ! Depuis le début, il ne m'a élevé que pour lui-même, pour que je l'aide dans son travail, tu sais comment j'appelle ça ? De l'égoïsme, de l'égoïsme pur et simple ! » Mais au moment même où il disait cela, Nat ressentit une douleur, comme si on lui retournait un couteau dans la chair, et il crut voir les yeux de son père, des yeux où ne se lisait aucun reproche, seulement de l'indulgence. Il secoua la tête pour chasser cette image et sa main se dirigea vers sa nuque pour faire ce geste qui le tranquillisait.

« Est-ce que tu parlerais comme ça s'il était médecin dans un quartier chic de Londres, avec une plaque de cuivre reluisante sur sa porte, et que tu avais la possibilité de devenir son associé ?

— Là, ce serait différent !

— En quoi ?

— Eh bien, j'aurais pu choisir !

— Et vu tes dispositions naturelles, Nat, tu l'aurais fait. Le problème n'est pas là. Le problème est en toi. C'est pourquoi tu as l'air en si mauvais état. C'est pourquoi tu es en si mauvais état.

— Si tu es venu pour me faire la morale…

— Je ne te fais pas la morale. Je constate simplement une réalité que tout le monde peut voir. Regarde-toi dans une glace. Tu n'es plus le garçon à qui j'ai dit au revoir il y a huit ans, même en tenant compte des années supplémentaires. Que t'est-il arrivé ?

— Arrête, Henry ! Fiche-moi la paix ! Je dois vivre ma vie et la vivre comme ça me plaît. Je ne suis plus ton petit garçon et je n'ai pas besoin de ton approbation, merci bien.

— Nat, tu boudes. Quel âge as-tu ? Vingt-sept ans ? Tu te conduis plutôt comme un adolescent de seize ans qui fait sa crise. Ça devait sans doute arriver tôt ou tard. Te lâcher tout à coup dans le monde n'était peut-être pas la meilleure solution et si ton père avait su à quel point la vie avait changé ici, depuis l'époque où il était étudiant, il ne l'aurait pas fait. Sheila m'a dit que les jeunes d'aujourd'hui n'en font qu'à leur tête et que ça ne sert à rien de leur dire quoi que ce soit, parce qu'ils ne veulent rien entendre et font exactement le contraire. Mais je ne t'imaginais pas en jeune homme rebelle.

— S'il y a une chose que je ne supporte pas, c'est qu'on me fasse la morale.

— Oui, je sais, tu me l'as déjà dit. Et moi, s'il y a une chose que je ne supporte pas, ce sont les gosses qui savent tout, aussi je vais te tirer poliment ma révérence. Au fait, Sheila, Adam et les jumelles te font leurs amitiés et m'ont prié de te dire que ça leur ferait plaisir que tu passes les voir un de ces jours. Apparemment, tu as fait une impression ineffaçable sur les jumelles, puisque tu ne les as pas vues… depuis… trois ans ? À ce propos, elles ont attrapé la manie de l'Inde, et on n'entend plus parler que de Harekrishna, de yoga et de Dieu sait quoi encore ; le fait que leur père ait passé son enfance en Inde n'arrange rien, ça leur donne une espèce d'autorité, en quelque sorte. Quoi qu'il en soit, elles m'ont chargé de te remettre ça, en espérant que tu ne l'aies pas déjà lu. »

Henry ramassa un sac en toile posé par terre et, en le voyant, Nat eut un petit pincement de cœur. C'était un sac du magasin Nouveautés de la Ville. Il était entièrement couvert d'inscriptions en tamoul. *Poompookar*, disait le sac, dans les enroulements de l'écriture tamoul que Nat réussit miraculeusement à déchiffrer. *Grand choix de saris, saris en soie artificielle, châles de qualité supérieure. Chemises et complets en polyester*. Une succession d'images défila dans sa tête : il se vit devant le comptoir du magasin, avec son père qui parlait avec Mr Poompookar, pendant qu'un employé mesurait un métrage de coton, le déchirait adroitement, le pliait et inscrivait le prix dessus, au stylo bille, une pratique qu'observaient religieusement les vendeurs, en dépit de tout ce qu'on pouvait leur dire. Le docteur allant prendre le ticket à la caisse et sortant de sa poche des petits billets froissés ; un autre employé mettant le tissu dans un sac semblable à celui-ci, puis son père et lui ressortant dans le tintamarre de la rue, au milieu de la circulation tourbillonnante, de la pagaille des rickshaws, des cyclistes et des piétons s'entrecroisant comme dans une danse frénétique, rythmée par les klaxons des rickshaws, les sonnettes des vélos et les coups de frein stridents…

Henry jeta sur le lit un paquet plat et mince enveloppé de papier bleu.

« Un cadeau de la part de Nina et Jule. »

Il se leva, passa à son bras les lanières du sac de toile, à moitié vide désormais, qui se balança mollement au creux de son coude, tandis qu'il joignait les mains. *Poompookar. Articles de qualité supérieure*. Arrivé à la porte, il s'arrêta, se retourna et joignit les mains.

« *Namaste*, Nat. Pense à venir nous voir. Appelle-moi si jamais tu changeais d'avis. »

Nat se surprit à joindre les mains lui aussi en réponse au geste de Henry. Après son départ, il resta seul avec cette douleur dans la poitrine et le fantôme de Mr Poompookar qui continuait à le hanter, avec cette senteur douceâtre, caractéristique de l'Inde, laissée par Henry et son sac, qui semblait imprégner l'atmosphère.

Les joues ruisselantes de larmes, il ouvrit sur sa cuisse le livre offert par les jumelles, et se cacha le visage tandis qu'un flot de honte, de remords et de regret déferlait en lui, déclenchant un nouveau torrent de larmes silencieuses.

C'est moi, se dit-il. Siddhartha c'est moi. Siddhartha qui avait perdu l'oiseau du bonheur dans les bras de la prostituée Kamala, qui s'était perdu lui-même avec tout ce qui existait de plus précieux…

« Henry ?
— Ah, bonjour, Nat, comment vas-tu ?
— Très bien… » Nat se tut. Henry attendait.
« Henry, tu as toujours ce billet d'avion ?
— Évidemment, Nat. Tu as réfléchi ?
— Oui, Henry. Je… j'ai décidé de partir avec toi. »

28

SAROJ

Une bande de voyous africains lança une bombe dans le temple de Purushottama. Les Indiens sortirent dans la rue en hurlant, les vêtements en feu. Ils se jetèrent sur l'herbe couvrant les bas-côtés et se roulèrent dessus pour éteindre les flammes. Avant même que les pompiers arrivent, le bâtiment tout entier s'était embrasé. Le feu s'était déjà communiqué à deux maisons voisines. Leurs occupants purent s'échapper à temps, mais six Indiens périrent à l'intérieur du temple, qui fut complètement détruit.

Des ouvriers vinrent prendre des mesures chez les Roy pour installer un escalier de secours.

Baba reçut des menaces anonymes.

Saroj regarda sa montre pour la troisième fois. Trixie était en retard. Elle était restée en retenue au lycée et pendant ce temps Saroj avait fait un tour à la bibliothèque, avant d'aller l'attendre au drugstore. Elle avait terminé son milk-shake et la serveuse venait encore de lui jeter un regard malveillant – d'une façon générale, on aimait bien que les clients s'en aillent dès qu'ils avaient fini, mais comme la serveuse était noire, Saroj pensa que c'était plutôt au fait d'être indienne qu'elle devait cette hostilité, étant donné le climat qui régnait depuis quelque temps entre les deux communautés. Elle se tortilla, décroisa les jambes et fit pivoter son tabouret, espérant voir Trixie apparaître derrière le présentoir à journaux, tout essoufflée, agitant son chapeau de paille d'écolière et l'appelant à tue-tête. Elle desserra sa cravate en se demandant si elle n'allait pas commander autre chose, mais le temps manquait. Elles avaient prévu de prendre une boisson fraîche, puis de filer chez Bata où Trixie voulait s'acheter une paire de chaussures, conseillée par Saroj, avant de retourner au lycée pour le hockey. Le client assis à côté d'elle paya son sandwich et libéra son tabouret. Trois jeunes Noires en uniforme de collégienne en profitèrent pour se rapprocher de Saroj. L'une d'elles se hissa sur le siège vacant, tandis que les deux autres posaient sur Saroj un regard venimeux.

« T'as fini ? Tu t'en vas pas ? » demanda l'une d'elles, une fille boulotte, en la dévisageant avec une expression furibonde.

Saroj regarda de nouveau sa montre. Trixie avait vingt minutes de retard. Impossible d'attendre davantage. Elle fit pivoter son tabouret et s'apprêtait à en descendre quand l'une des deux Noires qui étaient debout la poussa par-derrière, et elle s'étala de tout son long. Les trois filles éclatèrent de rire et elle se releva, furieuse, en époussetant son uniforme.

« Pourquoi avez-vous fait ça ? Je m'en allais, de toute manière ! »

La fille se trémoussa, pinça les lèvres et dit, en imitant Saroj : « Pourquoi avez-vous fait ça ? Oh, ma chère, écoutez mademoiselle en train de parler blanc !

— Je m'en allais, *de toute manière* ! enchaîna l'autre, en caricaturant l'accent de la BBC.

— Que diriez-vous d'une bonne petite tasse de thé ? » se moqua la troisième d'une voix aiguë et maniérée, en prenant le relais.

Saroj sentit les larmes lui monter aux yeux. En effet, elle parlait comme ça. Comme Ma, après tout, et elle n'avait jamais fait l'effort d'apprendre le créole. On la taquinait parfois à cause de son accent britannique, mais toujours gentiment. Cette fois, c'était carrément méchant.

Les trois filles faisaient cercle autour d'elle et, comble de malchance, arrivèrent plusieurs garçons portant l'uniforme du Queen's College.

« Elle vous embête, c'te fille de coolie ? » Un adolescent avec une coiffure afro haute de quinze centimètres, le plus grand et sans doute le plus âgé du groupe, écarta ses camarades pour venir se planter devant Saroj, presque à la toucher, et la fixa. Elle voulut se reculer, mais une fille qui se trouvait juste derrière la poussa, la projetant contre le garçon qui referma les bras sur elle en la serrant étroitement.

« Hé, Errol, lâche-la, j'suis jalouse ! s'exclama une fille.

— Vas-y, vieux, occupe-toi d'elle ! » lança une autre voix.

Le garçon pressa son visage contre la joue de Saroj en essayant de lui mordiller l'oreille. Une main dans ses cheveux, il lui malaxait le dos. Elle se débattit en protestant, pour tenter de se libérer, mais il ne fit que la serrer encore plus fort et s'exclama en riant : « Z'avez vu comme ça l'excite ! Tu sais qu'tu me plais, chérie, quand tu te tortilles comme ça !

— Hé, mec, y en a que pour toi ! À mon tour maintenant ! J'ai encore jamais eu une fille de coolie ! » Un deuxième garçon tenta de repousser l'autre pour prendre Saroj, mais l'autre la retourna et la serra contre sa poitrine.

« OOOH, c'qu'elle est chouette, vieux, trop chouette ! » s'exclama-t-il en se frottant contre elle, et il plaqua sa bouche sur la sienne, pour l'empêcher de crier, tandis que ses camarades l'encourageaient de leurs applaudissements.

« Vas-y, vieux, prends-la ! Prends-la tout de suite ! »

À l'extrémité de son champ de vision, Saroj vit une Indienne, sans doute une ménagère en train de faire ses courses, qui essayait de voir ce qui se passait. Une expression d'épouvante se peignit sur son visage et elle disparut aussitôt. Derrière son comptoir, la serveuse avait un sourire dédaigneux. Plusieurs clients étaient partis. Apparemment personne, Africain ou Indien, n'avait envie de se mêler de l'affaire.

Ce qui arriva ensuite arriva si vite que, le temps qu'elle s'en aperçoive, c'était déjà fini, et elle se souvint seulement d'un gros dictionnaire de français atterrissant sur le crâne du garçon. Ensuite il y eut Trixie, le poing levé, le regard fulgurant, qui vint se mettre entre Saroj et le garçon sidéré et, l'instant d'après, les agresseurs, garçons et filles, s'envolaient. Trixie se frotta les mains l'une contre l'autre et adressa à Saroj son sourire le plus malicieux. Elle se pencha pour ramasser les livres de classe éparpillés par terre.

« Viens, ma fille, il faut qu'on y aille. Pas le temps de boire quelque chose. Désolée d'être en retard. Miss Dewer m'est tombée dessus et m'a fait un sermon impromptu sur la politesse qu'on doit aux professeurs. Quelle emmerdeuse, cette bonne femme ! »

Elle saisit la main de Saroj et entrelaça ses doigts aux siens. « Je suis malpolie de naissance… mais, Saroj, fichons le camp d'ici. »

Elles se plantèrent l'une en face de l'autre. Puis, comme sur un signal, elles se sourirent en même temps et se frappèrent dans les mains en lançant leur cri de guerre : « Carnaby Street, nous voilà ! »

Inutile de s'illusionner : Baba n'avait pas complètement oublié le fils Ghosh. À son habitude, il fit son annonce au moment du petit déjeuner, deux semaines à peine après l'incendie du temple de Purushottama.

« Les Ghosh viendront prendre le thé samedi après-midi. J'attends de toi que tu te montres sous ton meilleur jour, Sarojini. »

Ma, Ganesh et Saroj échangèrent un regard. Personne ne dit mot. Fort de son autorité reconquise, Baba poursuivit :

« Le fait que je te permette de voir ce garçon avant le mariage est une concession à notre époque. J'attends de toi que tu soies polie et accueillante.

— Mais, Baba… » Saroj retrouva enfin son courage et sa voix, mais, paralysée par le choc, elle ne put émettre rien d'autre que cette timide protestation.

« Il n'y a pas de mais, Sarojini. Nous avons pris cet engagement il y a déjà plusieurs années, ne l'oublie pas, et les Ghosh ont été très patients. Leur fils est prêt à entrer dans l'affaire familiale et à subvenir aux besoins d'une famille. Par bonheur, ils ne sont pas au courant de tes frasques. Nous avons réussi à ce que tes incartades ne sortent pas de la famille, sinon je suis sûr qu'ils se seraient désistés.

— Mais Saroj doit passer ses examens dans deux mois ! Elle ne peut pas se marier maintenant ! » éclata Ganesh, au risque de déchaîner sur lui toutes les foudres de l'enfer. Mais ces dernières années, l'acharnement de Baba avait perdu de sa virulence. Il avait toutefois la détermination du serpent, froide, calculée, et Saroj bouillait intérieurement.

« Je le sais très bien, Ganesh. Elle passera ses examens, décrochera son diplôme et ensuite elle se mariera. Les Ghosh et moi avons consulté un astrologue et arrêté une date en septembre, après son seizième anniversaire. »

Saroj posa sur Ma un regard implorant et désespéré. À l'évidence, Baba ne l'avait pas consultée, contrairement à ce qui s'était passé pour le mariage d'Indrani, dont ils étaient tous les deux les artisans. Ma avait alors rencontré les parents du jeune homme et participé à toutes les laborieuses tractations visant à établir une date définitive. Mais cette fois, tout s'était fait en secret, sans son assentiment et à son insu. Cela signifiait que Baba n'avait plus confiance en elle. Que Baba travaillait en solo. Ce qui le rendait infiniment plus dangereux.

« Ma, je m'enfuirai avant de me marier avec ce garçon. Préviens Baba ! Il faudra qu'il me ramène à la maison enchaînée ! »

Couchée dans son lit, avec Ma à son chevet, Saroj laissait enfin éclater la fureur qui l'avait consumée tout au long de la journée.

Ma se contenta de sourire et lui caressa le bras.

« Tu es trop impulsive, mon enfant. Patiente un peu et tout s'arrangera.

— Et pour leur visite de samedi ? Si je n'étais tout simplement pas à la maison ce jour-là ?

— Fais ce que ton père te demande, rien que pour cette fois, et aie confiance. Tout se passera bien. Ce serait un manque de politesse d'annuler l'invitation et extrêmement grossier de ta part de ne pas être là. Sois aimable avec ce garçon et ses parents, s'il te plaît, et ensuite nous verrons ce que nous pourrons faire. Qui sait ? peut-être même qu'il te plaira ! ajouta-t-elle en osant un petit rire.

— Comment peux-tu dire une chose pareille, Ma ? Jamais je ne me marierai avec lui, ni avec personne d'autre d'ailleurs ! Tu sais pourquoi je travaille avec tant d'acharnement. Et tout ça pour rien ?

— Écoute, ma chérie. Si ce n'est pas ton destin d'épouser ce garçon, rien au monde ne pourra t'obliger à le faire. Même si tu le voulais de toutes tes forces. Mais si c'est ton destin de l'épouser, alors ce mariage se fera, en dépit de tous tes projets et de tous tes efforts pour te faire une vie différente.

— Le destin ! Pfff ! C'est de la passivité, tout ça, Ma ! Il suffirait donc de se croiser les bras et d'attendre que le destin s'occupe de tout... mais dans ce cas, il n'arriverait jamais rien ! On ne ferait jamais le moindre effort !

— Même les efforts que tu fais sont dictés par ton destin, ma chérie !

— Oh, *Ma !* »

Exaspérée par cette dialectique, Saroj détourna la tête. Ma se leva sans bruit, éteignit la lumière et sortit de la chambre.

Les Ghosh arrivèrent à quinze heures trente précises. Le jeune homme était accompagné de sa mère et de cinq sœurs plus âgées et toutes mariées. Saroj pensa qu'elles devaient sans doute leur existence à l'obstination de leurs parents à vouloir engendrer un fils, lequel était aujourd'hui en âge de se marier et fin prêt pour faire la connaissance de sa future. Il descendit de voiture avec sa mère et ses sœurs, et le père redémarra sans entrer dans la maison ni même avoir vu Saroj.

Baba et Ganesh étaient sortis. Indrani, qui pour rien au monde n'aurait raté un événement familial d'un tel intérêt, attendait les invités en haut des marches, avec Saroj, tandis que Ma était descendue leur ouvrir.

En tête, venait la mère. Grande et osseuse dans son sari bleu saphir, elle avait un long nez mince, presque crochu, et un regard perçant qui lui permit d'évaluer d'un seul coup d'œil et dans les moindres détails sa future bru. Ma avait réuni la chevelure de Saroj en une tresse unique rabattue devant l'épaule droite, qui lui couvrait le sein droit et lui arrivait presque au genou. Saroj comprit alors le but de l'opération qui consistait à présenter à sa belle-mère potentielle ce qu'elle avait de mieux, sans l'obliger à tourner autour d'elle. Sa chevelure était célèbre dans tout Georgetown. En se rasant la tête, elle aurait pu en tirer cinq dollars par mèche et devenir riche.

Dans quel camp Ma était-elle, au fait ? Cette petite ruse fit monter en elle une vague de méfiance et d'irritation.

Ensuite, vinrent les sœurs, qui se ressemblaient toutes, mis à part la couleur de leur sari. La mère les nomma l'une après l'autre, tandis qu'elles défilaient en examinant sans vergogne les fameux cheveux, sans même prendre la peine de regarder en face Saroj, qui imaginait leurs prunelles rivées sur son crâne. Elle resta debout sans rien dire, à collectionner les regards, en attendant que ça se passe.

Et puis ce fut au tour du garçon, le garçon qu'elle devait épouser, qui l'inspecta lui aussi de la même manière. Ses yeux, Saroj aurait aimé les lui arracher avec ses ongles – des ongles longs, que Ma avait laqués avec autant de soin qu'elle avait coiffé ses cheveux. Les lui arracher et les mettre à mariner dans la saumure, ainsi qu'elle avait juré de le faire un jour, pour rire. Aujourd'hui, la réalité n'avait rien d'amusant.

Mais elle se rappela sa promesse et chassa ces honteuses pensées. Elle leva la tête et rencontra les yeux du garçon. Non sans mal, au reste, car ils ne se trouvaient pas là où ils auraient dû être. Ils étaient à moitié cachés sous des paupières proéminentes qui lui donnaient l'air d'être sur le point de s'endormir ; il la vit, pourtant, car il eut un sourire languide, qui découvrit une rangée de dents nacrées, dont les deux incisives avançaient légèrement, ce qui était à peu près tout ce qu'elle attendait de lui. Il dit : « Bonjour ! » d'une voix qui se brisa à mi-course, puis se mua en une sorte de couinement qu'il tenta de déguiser par une petite toux.

Excepté ces yeux mi-clos et ces dents proéminentes, il était plutôt beau garçon. Il avait le teint clair, des traits réguliers et, sur lui, le nez pointu de sa mère ne donnait pas un air désagréable, mais simplement masculin. Ses cheveux, coiffés à la Elvis d'une façon caricaturale, étaient rabattus sur le front puis relevés et lissés en arrière en forme de banane, le tout accompagné de longues pattes impeccables. Il portait un *dhoti* blanc en tissu fin, attaché selon les préceptes de l'orthodoxie, et ramené par-devant entre les jambes, une chemise écossaise et des chaussures pointues en vernis noir. Ses mains longues et étroites étaient jointes devant sa poitrine dans le geste du *namaste*.

« Voici Keedernat, Saroj, dit Ma d'un ton enjoué.

— Keith », rectifia l'intéressé.

Quelle andouille ! Saroj avait tenu sa promesse en acceptant de lui être présentée. C'était au tour de Ma de tenir la sienne et d'empêcher le mariage.

Mais si Ma manquait à sa parole, elle prendrait les choses en main. Le suicide n'était pas une solution. Elle n'était pas encore prête à mourir. Elle avait cette bourse à décrocher et un avenir dans lequel elle croyait. Elle n'était plus une gamine de quatorze ans, mais une jeune fille avertie de bientôt seize ans, presque une adulte.

Elle irait se réfugier chez Trixie. C'était la solution idéale, la plus proche de son cœur. Habiter chez Trixie, sous le même toit que Lucy Quentin, quelle existence merveilleuse... Ce qui lui semblait impossible à quatorze ans, deux ans plus tôt, paraissait aujourd'hui couler de source. Cette fois, elle n'hésiterait pas à aller demander aide et conseil à Lucy Quentin.

Il était question du garçon. Tout le monde était assis autour de la table de la salle à manger, les deux mères, le jeune homme, ses sœurs et Saroj. Neuf femmes et un seul homme. Apparemment, ça ne le gênait pas. Il devait avoir l'habitude.

« Il est premier de sa classe, disait la mère. Ses professeurs disent qu'il a toutes les chances qu'on lui donne la bourse de la Guyane britannique. Il est très doué. Très fort en mathématiques et en sciences. Mais on l'enverra pas faire des études à l'étranger. Son papa veut qu'il reprenne l'affaire. Nous avons qu'un fils et il doit suivre les traces de son père. Hein, Keith ? »

Tout cela n'était qu'un tissu de mensonges. Saroj savait par Ganesh qu'il avait échoué à ses examens de maths, qu'il redoublait pour pouvoir les repasser et qu'ensuite il quitterait l'école pour travailler avec son père.

Pendant ce temps Keith plantait ses dents proéminentes dans un *samosa*, après avoir englouti plusieurs boulettes de pomme de terre, tandis que sa mère vantait ses mérites. Malgré ses yeux baissés, Saroj voyait son visage et son regard noir qui coulissait sans cesse sous les lourdes paupières, ne cessant de glisser de côté pour la regarder, avant de revenir sur son assiette.

La mère but une longue gorgée de citronnade qui lui coula dans la gorge avec des gargouillis. Au moment où elle tendait la main pour prendre un *samosa*, ses bracelets – qui s'empilaient sur une bonne vingtaine de centimètres – tintèrent.

« De quoi ? fit le jeune homme.

— Qu'est-ce que t'en dis, mon garçon ? T'es fier de reprendre l'affaire, hein ?

— Pas de problème », dit-il. Et il sourit en dévisageant carrément Saroj. Pour la deuxième fois elle le regarda droit dans les yeux et lui, encouragé, lui fit un clin d'œil.

« Toutes mes filles, elles sont bien mariées, remarqua Mrs Ghosh. Bamatti a marié un Ramrataj de la côte Est. Ça fait six ans et elle a trois enfants. Bhanumattie, elle est avec le plus jeune des fils Magalee. Il fait l'ingénieur à

Sprostons Dock. Un enfant. Satwantie, son mari c'est un Boodhoo. Y z'ont une grande maison en béton à Bel Air Park... »

Tandis qu'elle donnait des explications détaillées concernant la situation matrimoniale de ses filles, Keith s'efforçait de capter le regard de Saroj, mais celle-ci, ulcérée par l'œillade qu'il lui avait lancée, gardait les yeux baissés sur sa tarte aux ananas.

« Vous voulez pas qu'on aille dans le jardin ? » dit-il soudain, interrompant sa mère qui était en train de dresser l'inventaire du mobilier flambant neuf de Satwantie, que Fogarty venait de livrer. Ses paupières s'étaient relevées imperceptiblement. À n'en pas douter, il regardait Saroj.

Décontenancée, elle le regarda aussi, puis ses yeux allèrent de lui à Ma et à Mrs Ghosh. Keith dégustait sa tarte aux ananas, de l'air le plus innocent du monde, à croire qu'il n'avait pas prononcé un seul mot. Comme à l'accoutumée, Ma était l'image de la sérénité, mais Mrs Ghosh semblait consternée.

« À qui tu causes, hein, mon garçon ? Tu connais plus la politesse ? Qu'est-ce que ça veut dire ?

— J'ai seulement demandé à Sarojini si elle voulait pas aller dans le jardin avec moi.

— Ça alors ! Qu'est-ce que ça veut dire ? Tu veux aller dans le jardin ? Pour quoi faire ? C'est pas possible qu'elle y aille seule avec toi !

— Si je me marie avec elle, y faut bien qu'on se cause un peu, pas vrai ?

— Et pourquoi tu crois qu'on est venus ? Tu peux lui causer ici, à cette table ! T'es pas poli, mon garçon ! Qu'est-ce que ces gens vont penser de toi ? Tu vois pas que c'est une jeune fille comme il faut ? »

Indrani et les sœurs de Keith se cachèrent la bouche ou se détournèrent en tâchant de ne pas rire. Saroj gardait la tête baissée, ce qui ne l'empêchait pas de voir Keith manger tranquillement sa tarte, les yeux presque clos, et, à côté de lui, Ma qui le considérait avec un sourire indulgent sur les lèvres.

« S'il souhaite lui parler en tête à tête, dit-elle, je n'y vois pas d'inconvénient. Saroj lui fera visiter le jardin. Saroj, prends un sécateur et va cueillir quelques roses pour Mrs Ghosh. Rassurez-vous, ajouta-t-elle à l'adresse de son invitée, il n'y a pas de mal à ça, je vois que c'est un garçon convenable. Saroj, est-ce que tu as fini de manger ?

— Oui, Ma.

— Emmène Keith se laver les mains et ensuite montre-lui le jardin. Nous autres, nous allons nous installer dans la véranda pour bavarder un peu. »

Docile, Saroj repoussa sa chaise et se leva. Un sourire jusqu'aux oreilles, Keith fit de même. Ils allèrent se laver les mains dans la cuisine, sortirent par la porte de derrière et descendirent l'escalier en silence. Saroj ne trouvait rien à dire, quant à lui, il s'avéra qu'il attendait d'être un peu plus loin.

« Il faut que je cueille des roses », dit Saroj, et il hocha la tête, l'air apparemment ravi. Elle coupa les plus jolies roses et les plaça dans un panier suspendu à son bras. Voyant que Keith continuait à se taire, elle prit le parti de l'ignorer purement et simplement et commença à tailler un rosier. Elle le sentait derrière elle, avec ses yeux brûlants qui lui vrillaient le dos.

Tout à coup, de façon aussi inattendue que tout à l'heure, il déclara :

« On passera not'lune de miel à l'hôtel Pegasus. »

Saroj se retourna d'un seul bloc.

« Qui a dit qu'on allait se marier ?

— Bien sûr qu'on va se marier. Tout est réglé. Y sont tous d'accord pour ce mariage.

— Tous sauf moi. »

Il rit, nullement déconcerté. Ses yeux, maintenant grands ouverts, étaient presque taquins, presque provocants.

« Quand vous m'connaîtrez un peu mieux, vous m'suppplierez d'vous épouser. »

Alors, sans le moindre avertissement, il rabattit son *dhoti* sur ses genoux, écarta les jambes, se renversa légèrement en arrière, arrondit les bras comme s'il tenait une guitare et d'une voix stridente de fausset, il attaqua le tube d'Elvis Presley, *Girls Girls Girls*, en exécutant un mouvement de torsion des hanches, accompagné de lentes poussées vers l'avant, au rythme de la musique, et en balançant de bas en haut le manche de sa guitare imaginaire, tout en contractant ses muscles faciaux pour s'aider à mieux chanter.

Il s'arrêta soudain, aussi brusquement qu'il avait commencé.

« C'est bien, hein ? Elvis le Pelvis. J'ai tous ses disques. Combien de films de lui vous avez vus ? »

Saroj le regardait, éberluée, mais il poursuivit sans se décourager : « J'ai plein d'affiches, j'en ai collé partout sur les murs. Ma mère veut pas que j'en mette dans le salon, mais quand on sera mariés on pourra en mettre partout. Mes parents sont en train de nous construire une petite maison dans le fond du jardin. Vous aurez tous les disques que vous voudrez. J'suis un garçon moderne, moi. Vous pourrez danser, mettre des jupes courtes et tout ça. J'adore danser. J'adore les filles avec des jupes courtes. Vous savez qui y a une discothèque au Pegasus ? Parfaitement. J'y suis allé, mais ils passent jamais des disques d'Elvis. On aura notre discothèque à nous, à la maison, hein ? On dansera toute la nuit... *« Are you lonesome tonight... do you miss me tonight... »* Génial. La semaine prochaine, on joue *Viva Las Vegas* au Plaza, on ira ensemble. Vous en faites pas pour vos parents, y vous permettront. On aura qu'à emmener ma sœur Satwantie, elle aime Elvis elle aussi, elle nous embêtera pas. Elle est moderne, comme moi. Hé, dites, fit-il en jetant un coup d'œil derrière lui, pour s'assurer que personne ne les avait suivis. Quels beaux cheveux vous avez... laissez-moi les toucher, rien qu'une fois... mumm... hé, pourquoi vous reculez ? Vous oubliez que j'suis votre fiancé. J'serai bientôt votre mari et on pourra faire tout ce qu'on voudra... oh là là, il me tarde... hé, Sarojini, revenez, où que vous allez ? »

Saroj fit demi-tour et s'enfuit en courant, avec Keith dans son sillage. À mesure qu'elle se rapprochait de la maison et que le danger s'éloignait, elle ralentit et, parvenus dans l'escalier de la cuisine, ils avaient tous deux retrouvé leur souffle et ressemblaient à ce qu'ils étaient censés être : deux adolescents en bonne santé, auxquels un trop-plein de vie donnait des couleurs et qui rentraient d'une chaste promenade dans le jardin. Seule la banane de Keith avait un peu souffert, quelques mèches de cheveux s'obstinaient à lui retomber sur le front. Ses paupières avaient repris leur forme de capuchon.

« Déjà ? dit Ma, qui était en train de ranger les restes du goûter dans le réfrigérateur. Ah tiens, donne-moi les roses. Je vais les mettre dans l'eau en attendant le départ de Mrs Ghosh. Elles sont dans la véranda, Saroj, porte-leur la citronnade, s'il te plaît. »

Saroj prit le plateau avec la carafe et les verres, et sortit sans se préoccuper de Keith, qui, réfugié dans un coin de la cuisine, regardait Ma, l'air penaud. En entendant ses pas derrière elle, elle eut soudain envie de fuir, non, de lui renverser le pot de citronnade sur la tête ou plutôt de hurler : » Fiche le camp, espèce de crétin. Jamais je ne me marierai avec toi ! »

Elles étaient assises en rond dans la véranda, Mrs Ghosh et les filles. Saroj attendait, le plateau dans les mains, ne sachant trop quoi faire, car la petite table basse se trouvait à l'extérieur du cercle et personne n'avait l'idée de la rapprocher, pas même cette idiote d'Indrani, qui buvait les paroles de Mrs Ghosh, en train de raconter le mariage de Rampatti, qui avait eu lieu l'année précédente. C'est alors que Saroj sentit un flot tiède et délicieux la traverser lentement de part en part, un flot qui emportait toutes ses forces avec lui. Elle eut l'impression de voir à travers un brouillard ; tout devint flou, nébuleux, ses bras tombèrent, avec le plateau, la carafe et les verres... La vague chaude – non, c'était un fleuve maintenant – continua à déferler vers le bas de son corps, pour ruisseler le long de ses jambes et se jeter dans une mer sans fin, tiède et poisseuse comme du sirop. Sa tête retomba et elle découvrit un océan à ses pieds, un océan rouge, un océan de sang ! Une pensée lui traversa l'esprit et elle ne put s'empêcher de sourire en se revoyant, il y avait très, très longtemps, au milieu de cette mer de sang qu'était le sari de mariée d'Indrani, sauf que aujourd'hui ce n'était plus un sari mais la réalité, et elle se sentit basculer dans cet océan, tandis que ses genoux et ses jambes chancelantes se dérobaient sous elle. Juste avant de perdre connaissance, elle entendit, très distinctement, Mrs Ghosh s'exclamer :

« Elle est enceinte ! Oh, Seigneur ! Elle fait une fausse couche ! Regardez tout ce sang ! Mrs Roy, Mrs Roy, venez vite ! »

Mais Ma était déjà là. Saroj sentit son odeur. Elle sentit ses bras qui se tendaient pour arrêter sa chute, car elle était en train de s'affaisser dans le sang, et l'entendit qui disait : « Attention au verre, Indrani, aide-moi à la soulever des morceaux de verre. Appelle le Dr Lachmansingh. »

29

SAVITRI

« Non, David. Non et non. Il est hors de question que je participe à un enlèvement ou que j'y apporte ma caution. »

En entendant ces mots, Savitri frissonna, malgré la douceur de la nuit, et ramena la couverture sur ses épaules. Elle caressa la tête d'Adam, et ce geste la tranquillisa. Le bruit avait réveillé les enfants, mais Mrs Baldwin avait eu vite fait de calmer et de recoucher les deux aînés, Mark et Eric, tandis que Savitri tenait dans ses bras Adam, un bébé de dix-huit mois. Maintenant ils étaient assis autour de la table de la cuisine et Mr Baldwin préparait du thé.

Adam commença à pleurnicher ; Savitri se leva et se mit à le bercer en marchant de long en large, mais il ne voulait pas se rendormir.

« Mais, Mr Baldwin…

— Il n'en est pas question, David. Tu t'es conduit de façon complètement irresponsable. Il faut rentrer chez vous, tous les deux. Immédiatement.

— Mr Baldwin ! Ils veulent me renvoyer en Angleterre !

— C'est là où il faut que tu ailles. Peut-être apprendras-tu un jour à être raisonnable ! »

Savitri s'approcha de David, qui la prit par l'épaule. Tous deux regardaient Mr Baldwin, sans rien dire. Adam se trémoussait pour descendre et Savitri finit par le poser par terre. Il courut vers son père et noua ses bras autour de ses jambes. La voix de Mr Baldwin baissa d'un ton et s'adoucit. La théière dans une main, il tapotait de l'autre la tête blonde et bouclée de l'enfant.

« Écoutez-moi, tous les deux. Vous ne voyez donc pas que c'est impossible ? Pour commencer, vous êtes mineurs, ensuite, Savitri est indienne.

— Justement, tout le problème est là ! Ils veulent la marier avec un homme qu'elle ne connaît même pas, et si on ne fait rien pour empêcher ça, je la perdrai à jamais ! Aidez-nous, Mr Baldwin, s'il vous plaît ! Je sais que nous sommes mineurs, mais nous sommes sûrs de nos sentiments, nous nous appartenons depuis toujours. Vous le savez bien ! »

Mr Baldwin hocha imperceptiblement la tête, et David, encouragé, poursuivit :

« Je veux bien partir en Angleterre, je veux bien entrer à Oxford, je veux bien attendre pour qu'elle soit à moi, mais je veux qu'elle aussi m'attende ! Et elle veut m'attendre, n'est-ce pas, Savitri ? »

Ils échangèrent un long regard et Savitri hocha la tête, puis se tourna vers Mr Baldwin.

« Je ne peux pas rentrer chez moi, Mr Baldwin, déclara-t-elle calmement. J'ai quitté ma maison et ma famille et je ne peux pas y retourner. Même si vous refusez de m'aider, je ne le peux pas. »

Mr Baldwin fit claquer sa langue et posa la théière sur la table. Il installa Adam sur sa chaise haute en faisant signe à David et à Savitri de s'asseoir. Il leur servit une tasse de thé à chacun, puis, lentement, comme s'il parlait à une petite fille, il dit à Savitri :

« Mais si, tu peux rentrer chez toi, Savitri. Il est à peine trois heures du matin. Si tu rentres tout de suite, personne ne s'apercevra de rien. Tu n'as qu'à rentrer discrètement et ce sera comme si rien ne s'était passé. Elle est indienne, David, ajouta-t-il. Ils ont leurs coutumes que nous ne pouvons pas comprendre. Sans toi, elle aurait épousé l'homme que ses parents ont choisi et, très probablement, cette union aurait été satisfaisante, comme la plupart des mariages indiens. Vois-tu, les Indiennes ne ressemblent pas aux femmes de chez nous. Elles décident d'aimer et aiment inconditionnellement. Savitri a cela en elle. Laisse-la partir. Ce n'est pas bien de l'avoir mise dans cette situation, tu as agi avec beaucoup de légèreté. Elle l'a fait pour toi, parce qu'elle t'aime, mais tu ne te rends pas compte des conséquences que ça aura pour elle... le scandale, la honte...

— Non ! »

Tous les regards se tournèrent vers Savitri. Son ton était cassant, impérieux, comme si ce cri ne venait pas d'elle, mais d'une autre personne, forte et pleine d'expérience.

« J'ai pris cette décision toute seule. David m'a demandé de partir avec lui, j'ai dit oui et c'est pourquoi je suis ici. Si vous voulez bien de moi et si vous acceptez de me cacher, je resterai ici, pour quelque temps, en tout cas, en attendant de trouver du travail. Je ne peux plus revenir en arrière. Même si on me ramenait de force à la maison et si on m'obligeait à épouser cet homme, c'est David que j'ai choisi et je lui appartiens de toute mon âme. Je l'attendrai, si vous nous aidez. Je suis partie de chez moi, j'ai failli à mon devoir. Aux yeux d'un Indien, il n'y a rien de pire que ce que j'ai fait et rien ne pourra l'effacer. Avant cette nuit, c'était différent. J'étais prête à renoncer à David et à épouser cet homme que mes parents avaient choisi, comme une fille obéissante, et c'est vrai que ç'aurait été un mariage réussi, parce que j'y aurais mis tout mon cœur et mon mari aurait trouvé en moi une bonne épouse. Mais à l'instant où j'ai mis le pied hors de la maison avec David, Mr Baldwin, à cet instant même je suis devenue une autre. Plus une Indienne et pas encore une Anglaise : il n'existe pas de mot pour dire ce que je suis, mais je suis moi-même et j'attendrai David. Si vous nous aidez. Et... »

Des applaudissements interrompirent ce plaidoyer et Mrs Baldwin entra en souriant à Savitri. June Baldwin était une femme d'aspect robuste, qui dépassait son mari d'une bonne tête. Elle avait échangé la chemise de nuit qu'elle portait à leur arrivée pour une vieille robe d'intérieur à fleurs, longue et flottante. Elle avait des cheveux bouclés indisciplinés, un nez pointu, une grande bouche généreuse et des taches de rousseur. Elle s'approcha du petit groupe à grandes enjambées et vint se placer derrière Savitri, comme pour lui servir de soutien. Elle occupait toute la place.

« Bien parlé, bien parlé, dit-elle en continuant d'applaudir. Moi, en tout cas, je suis entièrement de ton côté, Savitri. Il est temps que les Indiennes se rebellent contre cette ridicule coutume des mariages arrangés ! Montre que tu as du cran, mon petit, je t'aiderai de grand cœur ! »

David s'illumina. « Vraiment ? Vous allez nous aider ? » Il se retourna vers son ancien précepteur, quêtant une confirmation, mais Mr Baldwin regardait sa femme et elle le regardait ; il s'agissait d'un combat entre deux volontés, que Mrs Baldwin remporta haut la main.

« Tu vas rester ici, dit-elle à Savitri. Nous avons besoin de quelqu'un pour s'occuper des enfants, nous avons eu toute une kyrielle d'*ayah*, mais elles ne valaient rien. Je sais que tu sais t'y prendre avec les enfants. Je sais beaucoup de choses à ton sujet, Savitri, Henry m'a tellement parlé de toi. Il était si content de toi quand tu étais son élève. Moi je trouve qu'il aurait pu t'aider bien davantage, remarqua-t-elle en lançant un regard de reproche à son mari. Tu logeras dans la chambre du haut. Elle n'est pas très grande, mais tu auras la maison et le jardin à ta disposition. Sois la bienvenue chez nous !

— June ! Te rends-tu compte de ce que tu es en train de dire ? Elle est mineure. Si ça se savait, nous pourrions être accusés de... kidnapping, ou de Dieu sait quoi encore. Ses parents seront furieux...

— Et alors ? Nous sommes des Anglais, il me semble. Qui est-ce qui commande, dans ce pays ? Nous. Nous avons la loi pour nous. Ils n'oseront jamais nous faire un procès, et même dans ce cas, quel juge anglais prendrait parti contre nous ? Il nous suffira de dire qu'on allait la marier de force avec un homme dont elle ne voulait pas et qu'elle est venue se réfugier chez nous. De toute manière, personne n'en saura rien. Nous la cacherons.

— Nous ne devrions pas nous mêler de ça.

— Oh que si ! C'est notre devoir de nous en mêler. Que voudrais-tu qu'elle fasse, la pauvre enfant ? Retourner chez elle en courant, la queue basse, et demander pardon ? De toute manière il est probable qu'ils la chasseraient… tu connais les Indiens ! »

Savitri hocha énergiquement la tête. « Vous avez raison, Mrs Baldwin. J'ai fait une chose terrible. J'ai jeté la honte sur ma famille. Ils n'accepteront jamais de me reprendre quand ils sauront que je me suis enfuie. À leurs yeux, je suis une fille perdue ! »

Mrs Baldwin lui sourit et lui prit la main. Ils étaient maintenant trois contre un, et June, debout derrière les deux jeunes gens, telle une mère poule abritant ses poussins de ses ailes déployées, regardait son mari d'un air farouche, comme pour le mettre au défi de la contredire.

Il leva les mains en signe de capitulation.

« Bon, très bien, Savitri. Tu peux rester. Mais toi, David ! »

Ces paroles claquèrent comme un coup de fouet et David, qui s'était d'abord réjoui, se figea tandis que son sourire triomphant s'évanouissait.

« Toi, tu n'es pas le bienvenu. Tu ferais bien de rentrer chez toi. Immédiatement. Tout de suite. Avant qu'on ne s'aperçoive de ton absence. Ton nom ne doit pas être mêlé à ça. Crois-moi, il vaut mieux que personne n'en sache rien. Rentre à la maison et fais semblant de n'être au courant de rien.

— Mais..

— Oh, je sais ce que tu voudrais. Tu voudrais te cacher ici, toi aussi, pendant quelques jours, je me trompe ? Rester auprès de ta bien-aimée ? Je m'y oppose formellement. Allons, pars. Regarde, il est bientôt quatre heures et il faut que tu trouves un moyen de rentrer discrètement. Il est grand temps… »

On ne discutait pas avec Mr Baldwin. Il le savait depuis qu'il était tout petit; c'était uniquement à cause de sa femme qu'il avait cédé un peu de terrain, mais on n'obtiendrait de lui rien de plus en argumentant. David se leva à contrecœur, de même que Savitri. Il prit ses mains dans les siennes et ils se firent face, désespérés d'avoir à se quitter.

« Je te donnerai de mes nouvelles. Mon bateau part dans deux semaines; je te tiendrai au courant, je t'enverrai un message.

— Non! » Mr Baldwin se plaça entre eux deux et les sépara. « Ce serait de la folie! Est-ce que tu cherches à lui venir en aide ou à la mettre dans un mauvais pas? Ne cherche pas à communiquer avec elle, mon garçon, pas même un mot, tu m'entends? J'ai promis de l'aider, mais je n'ai pas l'intention de me trouver mêlé à tes histoires! Si tu veux l'épouser dans quelques années, c'est ton affaire, mais pour le moment, tiens-toi à l'écart! Elle est désormais sous ma responsabilité et en ce qui te concerne, ça veut dire, bas les pattes! Tout ceci est déjà assez risqué comme ça, les Anglais se sont faits suffisamment d'ennemis en Inde, sans qu'on ait besoin que nos garçons se mettent à séduire leurs filles! Va-t'en. Je te chasse! »

Et David se laissa chasser, sans rien d'autre qu'un dernier geste de la main à l'intention de Savitri, par-dessus l'épaule de Mr Baldwin.

David s'était bien gardé de dire à Mr Baldwin que le train qui aurait dû l'emmener à Bombay partait ce matin même, à cinq heures, qu'on allait par conséquent le chercher partout et qu'on ferait forcément le rapprochement entre son absence et la fuite de Savitri. À son retour, il trouva toute la maison sens dessus dessous.

Les nouvelles vont vite à Madras. Dès huit heures, on ne parlait plus que de la disparition de Savitri dans Old Market Street, le bruit s'en étant répandu par l'intermédiaire des domestiques de Fairwinds, puis transmis dans les deux directions, pour finir par arriver jusqu'au bazar. Quand Murugan, le *rickshaw-wallah* arriva au bazar pour déjeuner, il entendit parler d'une fiancée qui s'était enfuie avec un jeune *sahib*. Il y avait une prime de cent roupies pour quiconque fournirait des indications sur l'endroit où se trouvait la jeune fille. Murugan fit son devoir et ramassa l'argent.

Le lendemain, à cinq heures, comme prévu, mais avec un jour de retard, David et sa mère montaient dans un wagon de première classe du Bombay Express.

Les sbires de Mani arrivèrent avant l'aube. Ils n'étaient que six mais faisaient plus de bruit que seize ; ils portaient des masques et brandissaient des haches et des marteaux. Leurs vociférations réveillèrent toute la rue, mais quand ils commencèrent à défoncer la porte des Baldwin, les voisins s'éloignèrent de leur fenêtre et fermèrent les volets. Ils se ruèrent dans l'escalier et éventrèrent toutes les portes. June les attendait de pied ferme à l'entrée de la chambre des enfants, prête à se faire massacrer plutôt que de les laisser passer. Ils l'écartèrent sans ménagement, fouillèrent la pièce, puis en ressortirent. Ils n'en avaient pas après les enfants.

Ils découvrirent Savitri dans une petite chambre, tout en haut de l'escalier. Ils la sortirent de son lit en la tirant par les cheveux, tandis qu'elle criait et se débattait, la poussèrent dans l'escalier, et la jetèrent dans le rickshaw qui attendait dans la rue.

À peine un mois plus tard, elle se retrouva mariée à un dénommé Ayyar, le chef de gare de Tiruchirappalli, une ville de moyenne importance à plusieurs heures d'autocar de Madras. C'est un frère aîné de Savitri, prêtre dans un temple voisin, qui avait déniché cet oiseau rare, un veuf avec cinq enfants dont le plus jeune était une fillette de treize ans. Sa première femme était morte un mois auparavant ; il avait hâte de se remarier et n'était pas spécialement pointilleux concernant les antécédents de sa future épouse, puisqu'il ne s'agissait après tout que d'un remariage. Il ignorait que Savitri était une femme déchue, souillée par les mains d'un

Anglais, un sans-caste, ce qui était précisément la raison pour laquelle Ramsurat Shankar était revenu sur son engagement. Et comme Savitri se mariait avant d'avoir dix-huit ans, elle n'eut pas droit à la généreuse dot que, dans sa bonté, Mrs Lindsay avait prévu de lui accorder. Mais Ayyar n'était pas exigeant non plus pour la dot, et c'était une occasion à ne pas manquer. L'un dans l'autre, on pouvait dire que Savitri avait eu de la chance, puisqu'elle ne possédait pour toute fortune que quelques bijoux en or donnés par sa mère.

Quant à Mrs Lindsay et à sa fille Fiona, la chance ne leur sourit pas autant. La famille Lindsay avait jeté la honte et le déshonneur sur la famille Iyer et il fallait que quelqu'un paie, ainsi que le clamait Mani.

La nuit du retour de Mrs Lindsay, une bande de voyous masqués, très certainement les mêmes que ceux qui étaient allés chercher Savitri chez les Baldwin, pénétrèrent dans Fairwinds par la porte ouvrant sur le quartier des domestiques. Ils firent irruption dans la maison, après avoir enfoncé la porte de la cuisine. Ils tirèrent l'amiral de son lit pour l'asseoir dans son fauteuil roulant, d'où il les regarda, ou plutôt essaya de ne pas les regarder, pendant qu'ils attachaient Fiona et sa mère aux montants du lit pour les violer tous les six, à tour de rôle. Elles hurlaient et se débattaient, mais leurs gesticulations et leurs cris excitaient les brutes encore davantage. Ils allèrent chercher des bouteilles en verre dans la cuisine, les brisèrent et s'en servirent pour entailler les cuisses et les parties génitales des deux femmes, qu'ils laissèrent gisant sur le sol, en train de perdre leur sang. La petite bonne chrétienne s'enferma dans la salle de bains, morte de peur, ignorant qu'elle ne courait aucun risque, puisqu'elle n'était pas anglaise et donc pas une ennemie.

La police se porta sur les lieux, toutefois l'enquête s'avéra difficile. Mani, le principal suspect, possédait un alibi irréfutable, étant donné qu'il assistait à une réunion politique, la nuit de l'agression, ainsi que plusieurs personnes pouvaient en témoigner. Tous les domestiques furent interrogés, mais aucun d'eux n'avait vu ou entendu quoi que ce fût. Les coupables ne furent jamais identifiés.

La tante Sophie arriva à Fairwinds pour prendre la situation en main. Une semaine plus tard, Fiona disparut et toutes les tentatives pour la retrouver échouèrent.

Mrs Lindsay déclara qu'elle ne resterait pas en Inde un jour de plus, qu'elle ne pourrait plus regarder ses amis en face, ni jamais se remettre d'un pareil scandale. Et puis il y avait David, l'héritier d'une importante fortune, trop impulsif, trop exalté pour être livré à lui-même. Il fallait s'occuper de lui, lui trouver une fiancée, et il se soumettrait par désir de se racheter. Elle reprit le bateau pour l'Angleterre, dans l'idée d'acheter une maison à Londres, de s'y installer, puis de faire venir son mari. L'amiral, accompagné de la tante Sophie, de Joseph et de Khan, rentrèrent six mois plus tard. Fairwinds se trouva déserté, on cloua des planches sur les fenêtres et la nature reprit possession du jardin.

30

NAT

Maintenant qu'il s'était engagé à retourner en Inde, Nat se demandait s'il allait pouvoir tenir sa promesse. Il s'imaginait en train de parcourir la rue du village, de monter dans un rickshaw, d'acheter des oranges au marché, de se pencher sur un malade pour panser une plaie, dans le cabinet de consultation de son père, et tout cela lui semblait appartenir au domaine du rêve ; ça n'était jamais arrivé, ça ne pouvait pas arriver, pas à lui, pas à Nat. Il ferma les yeux pour tenter de faire resurgir cet instant de vérité, après le départ de Henry, quand il avait pris conscience, le plus simplement du monde, qu'il devait rentrer dans son pays et que c'était sa vie à Londres qui était un rêve. Que son existence présente n'était qu'un ersatz de la réalité. Mais cet instant fugitif, il ne pouvait plus, et surtout ne voulait plus, le revivre. Retourner en Inde signifiait franchir un abîme trop profond, trop périlleux pour que les mots puissent le qualifier ; même mentalement, il ne parvenait à faire ce saut. Plus il pensait à l'Inde, plus sa peur grandissait.

Il songea à son père et aux espoirs que celui-ci fondait sur lui. Le docteur avait consacré sa vie aux pauvres et il ne restait plus en lui la moindre trace de ce petit ver vorace et avide qu'on appelle égoïsme. Secourir les autres, c'est à cela que se résumait son existence, et si un moribond, parmi les plus misérables et les plus loqueteux, venait se traîner jusque devant sa porte, au milieu de la nuit, il était prêt à l'accueillir, soit pour essayer de faire reculer la mort, soit pour lui tenir compagnie jusqu'à ce qu'elle arrive, selon le cas. Jadis, Nat se serait levé d'un bond pour assister son père dans son combat contre la mort ou pour attendre la mort, et ces longues heures ne lui paraissaient ni pénibles, ni gâchées, ni dégradantes. Mais d'y penser maintenant emplissait Nat d'un sentiment voisin de la panique ; non, il ne pourrait pas ! C'était la vie que son père s'était choisie, mais il n'avait pas le droit d'attendre de son fils qu'il en fît autant. Un tel acte d'abnégation devait venir de soi-même ou pas du tout. Le docteur n'avait apparemment aucun besoin personnel. Nat, en revanche, n'était que trop conscient des siens et savait qu'ils exigeaient sans cesse d'être satisfaits.

Mais il était lié par sa promesse et ne pouvait se dédire. Tenir sa parole était l'un des devoirs sacrés au sujet duquel le docteur avait tant insisté que Nat n'aurait pas plus été incapable de revenir sur une promesse que de se couper une main. Un homme n'est fort que tant qu'il est fidèle à sa parole.

Il lui aurait fallu une raison valable pour ne pas partir, et il n'en voyait aucune. Son patron, Bill Chatterji, lui avait accordé un congé sans difficulté. L'été était une saison creuse, puisqu'il n'y avait pratiquement pas de mariages ou de fêtes chez les Indiens. Il fermait son entreprise pour deux mois, afin d'aller voir sa famille maternelle dans le Maharashtra. Nat ne pouvait donc pas mentir à Henry en prétendant qu'on refusait de lui donner des vacances.

Il lui fallait donc trouver un biais susceptible de contenter tout le monde, tout en lui permettant de ne pas trahir sa promesse, et il passa les semaines précédant le départ à mettre au point un compromis. Quand vint sa dernière soirée à Londres, qu'il passa chez les Baldwin, il était très satisfait de lui-même, car il avait concocté un plan assez génial et, maintenant, il lui tardait de partir.

Le lendemain matin, Sheila les conduisit à Heathrow. Ils avaient pris un vol passant par Colombo plutôt que par Bombay ; en effet, disait Henry, c'était l'enfer de changer d'avion à Bombay, étant donné qu'il fallait également changer d'aéroport, c'est-à-dire prendre un car pour aller de l'aéroport international à l'aéroport national, alors que Colombo n'en possédait qu'un seul, ce qui facilitait le transit. C'était d'ailleurs cette remarque qui avait donné à Nat l'idée de son plan définitif.

L'avion volait quelque part au-dessus du Moyen-Orient, une heure environ après l'escale d'Abu Dhabi, quand Nat annonça à Henry que, tout compte fait, il passerait d'abord quelques semaines à Ceylan, avant d'aller au village.

« J'ai besoin d'être seul quelque temps, Henry. Je suis à bout, physiquement et moralement. Je fonctionne à plein régime depuis des années et maintenant je n'en peux plus. Je suis incapable de faire autre chose que de m'allonger sur une plage pour reprendre des forces. Pour me retrouver.

— À trop courir les filles, on s'épuise, mon garçon.

— Écoute, Henry, si tu ne veux pas parler sérieusement, autant interrompre tout de suite cette conversation, et ne te donne pas la peine d'expliquer à papa. Mais…

— Ça suffit, Nat. J'ai compris. Dis-moi seulement à partir de quand ton père peut espérer te voir ? »

Nat hésitait, car Henry ne faisait guère d'efforts pour cacher sa désapprobation, et quand il disait qu'il comprenait, c'était de la faiblesse et de la lâcheté de Nat qu'il parlait. Il était déçu de le voir se défiler au lieu de faire ce qui, selon lui, s'imposait, c'est-à-dire de regagner directement le camp de base du docteur. Maudit soit ce diable de Henry !

« Alors ?

— Franchement, Henry, je ne peux te donner une date précise. Après Ceylan, je voyagerai peut-être un peu. Pour visiter l'Inde, tu comprends. Quand les gens me posent des questions sur le Taj Mahal, c'est un peu gênant pour moi d'avouer que je n'ai jamais vu ce maudit monument ! J'aimerais aller à Delhi, au Cachemire, dans l'Himalaya. Peut-être au Népal. Le circuit classique. J'ai plein de temps.

— Je vois. Le pèlerinage hippie, en somme. Ça te permettra sans doute également de voir au passage quelques veuves en train de se consumer, quelques gurus en équilibre sur la tête, dans une grotte, et des fakirs couchés sur des lits de clous. J'espère que tu as emporté ton appareil photo. Très bien, Nat, vas-y, ce n'est pas moi qui t'en empêcherai. J'en informerai ton père. Nat te transmet toutes ses affections mais il est parti voir le Taj Mahal et il fera un saut ici avant de reprendre l'avion pour Londres. »

Henry pressa le bouton au-dessus de lui pour appeler l'hôtesse et, aussitôt, une jolie personne au teint chocolat arriva. Laissant voir des dents aussi blanches et aussi parfaites que des perles, elle sourit à Henry pardessus la tête de Nat, qui en éprouva une absurde pointe de jalousie.

« Vous désirez quelque chose ? » dit-elle d'une voix douce, et Nat, à qui on ne demandait rien, lui sourit et réclama une bière pour accompagner le jus d'orange de Henry. Il appréciait énormément d'être assis sur l'allée centrale, car cela lui permettait de bien voir les hôtesses aller et venir avec une aisance pleine de grâce, malgré le sari dont le drapé soulignait la rondeur de leurs hanches et laissait apparaître quelques centimètres de peau nue, brune et satinée, entre la jupe et le corsage. Elles lui rappelaient des souvenirs qui l'inquiétèrent, tant à cause de l'émotion qu'ils faisaient naître en lui que du flou qui les entourait. Les jeunes filles de Bangalore, les plus belles du monde. Bangalore lui paraissait aussi lointain que le village – Bangalore et les sœurs Bannerji, toujours à rire, taquines mais sages, et l'impalpable fragrance qui, pour Nat, symbolisait l'essence de leur féminité, les enrobant comme une invisible armure protectrice, et les auréolait de majesté. Un moment, il caressa l'idée de passer les voir juste avant de se rendre au village… et puis non.

Govind, peut-être, serait toujours là, mais sûrement pas ses sœurs. Elles devaient avoir vieilli, être toutes mariées et parties vivre au loin, des épouses, des mères – catégorie de femmes avec lesquelles Nat avait perdu tout contact. Il ne parvenait pas à trouver une position confortable dans son fauteuil. Il songea à la Femme, ainsi qu'il l'adorait jadis, de loin, sans jamais la connaître. Mais des images de femmes, de femmes qu'il avait connues, venaient sans cesse s'interposer, des images indécentes de créatures impudiques, débauchées, luxurieuses, lascives, dissolues, lubriques, excitées, provocantes, dépravées…

Il but sa bière à petites gorgées, ferma les yeux, sourit et se laissa emporter par ces images. De temps en temps, il entrouvrait les paupières pour suivre du regard les splendides et avenantes hôtesses cingalaises remonter le couloir en tanguant, il les déshabillait en pensée et les entraînait à bacchanale. Si par chance, il réussissait à faire connaissance avec une ou deux d'entre elles à l'arrivée à Colombo, il pourrait toujours tenter sa chance. Après un vol aussi long, elles avaient sûrement quelques jours de repos… quelques jours sur une plage avec une hôtesse de l'air… il n'avait jamais couché avec une Indienne et encore moins avec une Cingalaise. Quel délice de pénétrer cette enveloppe de pureté. Tant qu'il aurait Henry sur le dos, il devrait se tenir tranquille, mais dès qu'il serait reparti pour Madras, il passerait aussitôt à l'action… Les plages ensoleillées, la mer, le ressac lui fredonnaient le chant des sirènes, et il savait qu'il aurait de la compagnie, une délicieuse compagnie.

S'étant assuré d'un bref regard en coin que Henry dormait, il sourit à l'hôtesse qui passait et leva un doigt. Elle se pencha tout près pour mieux entendre ce qu'il avait à dire.

31

SAROJ

À travers la brume, Saroj distingua un visage familier. Le Dr Lachmansingh lui souriait. Elle flottait quelque part dans l'atmosphère. Légère comme l'air, comme une plume, délestée de son corps.

« Où… où suis-je ? Où est Ma ?

— Tranquillisez-vous, vous êtes à la clinique », lui chuchota le Dr Lachmansingh d'une voix apaisante.

Alors Saroj se rappela le sang.

« Qu'est-ce qui m'est arrivé ? Tout ce sang…

— Ce n'était rien de grave. La paroi de votre utérus s'est trop épaissie et cela a provoqué une hémorragie. Tout va bien. Maintenant, écoutez-moi. Nous allons vous endormir pour nettoyer tout ça. Vous avez perdu beaucoup de sang et il va falloir vous faire une transfusion. Vos parents sont en bas, on leur fait une analyse de sang. Celui qui a le même groupe que vous vous en donnera. On procède toujours ainsi. »

Des interrogations, des inquiétudes l'assaillirent en foule. Pourquoi cela était-il arrivé ? Pourquoi elle ? Et pourquoi à ce moment précis ? Mais elle était trop lasse pour poser des questions, trop lasse même pour réfléchir. « Oooh », murmura-t-elle, et elle dériva loin dans l'espace, loin dans le temps, et y resta une éternité.

Quand elle se réveilla, des ombres avaient envahi la chambre.

Des voix. À travers l'espace, à travers l'éternité, elle entendit des voix, familières toutes les deux. Celles de Ma et du Dr Lachmansingh.

« On a un petit problème, Mrs Roy... »

Une infirmière surgit de la brume et s'affaira autour du lit. Silence. L'infirmière ressortit. De nouveau, les voix...

«... un groupe sanguin extrêmement rare, Mrs Roy et... et c'est plutôt inhabituel, mais ni votre sang ni celui de votre mari ne... ne correspond...

— Je vois, dit Ma, avec un tel calme qu'on aurait pu croire qu'elle parlait du temps.

— Cela veut dire qu'il nous faut trouver un autre donneur... peut-être l'un de vos enfants ? »

Le silence qui suivit dura un peu trop longtemps. Quand Ma prit enfin la parole, ce fut d'une voix qui tremblait légèrement, tout en étant claire, tranquille, sans réplique, comme pour dire au médecin : contentez-vous de cette explication.

« Il se peut qu'aucun d'eux n'ait le même groupe sanguin.

— Eh bien... dans ce cas, il faudra s'adresser à la banque du sang, mais vous avez conscience qu'il s'agit d'un groupe rare, donc... »

Cette fois le ton de Ma se fit net et décidé, à croire qu'elle avait déjà tout combiné.

« Non, docteur, j'ai une autre idée qui nous épargnera beaucoup de temps et de complications. Je vais vous amener une personne qui a le même groupe sanguin. Mais, s'il vous plaît, poursuivit-elle à voix basse, cela devra se faire dans la plus grande discrétion... il ne faut pas que mon mari le sache... vous comprenez ? Et pour Sarojini ce serait un coup terrible. Il ne faut pas qu'elle l'apprenne. Jamais. Je reviens dans une minute... »

Tellement calme, tellement sereine. Comme d'habitude. Ma et son masque d'indifférence absolue. Impassible. Froide. De très loin, à travers la distance, chaque mot parvenait jusqu'à Saroj pour se graver dans son esprit avec la netteté tranchante d'un scalpel sur une peau intacte. Dissipé, le flou. Dissipée, la brume.

Elle entendit les sandalettes de cuir claquer contre la plante des pieds de Ma, qui s'approchait du lit, côté fenêtre. Elle sentit sur elle le regard de Ma, qui avait peut-être deviné qu'elle ne dormait pas. Elle voulut lui dénouer les cheveux, mais Saroj était couchée dessus, alors elle lui caressa la joue et se redressa. Saroj gardait les yeux fermés, feignant de dormir. La voix de Ma s'éleva de nouveau.

« Docteur, nous pourrions peut-être aller parler ailleurs. »

Ils sortirent de la chambre.

Saroj luttait pour rester éveillée, pour rester consciente, pour penser, pour réfléchir, pour s'agripper à cet aveu de trahison, infamante, scandaleuse, impardonnable, qu'elle venait d'entendre, mais ce fut son cerveau qui la trahit, en tendant au-dessus d'elle de blanches vrilles duveteuses, qui l'enserrèrent une fois encore pour l'emporter vers les brumes tourbillonnantes de l'inconscient.

Les brumes grises s'écartèrent ; quelque part dans un coin, une ampoule nue s'alluma, elle cligna des yeux et détourna la tête pour ne pas être aveuglée. Des mains douces écartèrent ses cheveux de son visage.

« Ma… », murmura-t-elle, et une voix tendre lui répondit : « Oui, c'est moi, ma chérie. » Alors Saroj vit Ma se pencher sur elle, dans le demi-jour, mais il y avait quelque chose d'anormal… L'odeur ? Quelque chose… elle se frotta les yeux du revers de la main. Mais oui, c'était Ma… Non, c'était *elle-même*. Son visage à elle, ses longs cheveux ramenés par-devant en une tresse unique, reposant sur le drap. Son visage… mais vieilli, celui d'une Saroj lasse, inquiète… Ce visage était tout près et c'était le sien. *Ma, c'est moi… nous ne faisons qu'un…*

« Ma », marmonna-t-elle, puis elle ferma les yeux et dériva vers des cieux lointains.

Elle eut d'autres hallucinations. Elle vit un Shiva à quatre bras avec un cobra autour du cou et la lune dans sa haute chevelure. Shiva disparut pour faire place à Nataraj, Nataraj exécutant une danse majestueuse, divine et cosmique, debout sur le vilain petit ego. Des dieux et des déesses dans une sphère céleste, translucide, brillante et éclairée de l'intérieur par une lumière froide et bleue. Kali et son collier de crânes, la bouche écumante de sang. Elle avait quitté son corps et tournoyait dans l'espace, très loin de la Terre. Elle entendit un chant sacré provenant d'une région située au-delà de l'espace, au-delà du temps, et son esprit était aussi vaste et infini que l'univers lui-même.

Je suis morte !

Le brouillard s'écarta. Elle était là tout entière, de retour sur la Terre, prisonnière de son corps dans un lit d'hôpital, de retour d'un voyage par-delà les nuées de l'inconscience, dont elle rapportait un trésor confus de souvenirs mélangés à des hallucinations.

Elle se rappelait tout ce qu'elle avait entendu, tout ce qu'elle avait vu, mais parmi ses rêves, certains étaient vraiment des rêves, alors que d'autres étaient vrais, et elle ne parvenait pas à faire le tri. Elle regarda autour d'elle. Une chambre à deux lits, avec des cloisons de bois peintes en vert clair, des rideaux à motifs abricot et tilleul s'agitant doucement sur la fenêtre ouverte. Dehors, un pitanga chantait. Il se dégageait cette impression de fraîcheur et de lumière propre au début de la matinée. L'autre lit était inoccupé. Une odeur d'antiseptique, de désinfectant, de roses, de draps propres, de brise marine, de légèreté, de grand air et de santé qui revenait. Dans les profondeurs de son corps, une douleur s'attardait, mais une chaude énergie la parcourait, et elle avait l'esprit plus alerte que jamais. La réalité et les rêves s'enclenchaient avec un bruit sec ou bien se désintégraient. Tout était si clair qu'il lui suffisait d'utiliser sa logique rigoureuse pour reconstituer la vérité et éliminer les rêves, et la réalité était nette et précise.

Elle se souvenait.

En regardant autour d'elle, elle vit une sonnette accrochée à un cordon. Elle la pressa. Une femme vêtue de blanc arriva aussitôt, une infirmière indienne, les cheveux soigneusement rentrés sous une coiffe, qui lui sourit affectueusement car elle connaissait Saroj depuis plus longtemps que celle-ci ne la connaissait.

« Alors, miss Roy, vous voici de retour parmi nous ? Comment vous sentez-vous ?

— Bien, merci. Est-ce que j'ai été opérée ?

— Mais oui. » Sa voix s'enfla joyeusement sur le deuxième mot. « Tout s'est très bien passé, mon petit.

— Et la transfusion ?

— Mais oui, mais oui ! Ça y est ! Maintenant vous allez pouvoir commencer à reprendre des forces. Vous voulez aller aux toilettes ? Vous avez besoin d'aide ?

— Non, merci, je me sens bien... Où...

— Dans le couloir, la première porte à droite ! »

Quand Saroj regagna sa chambre, l'infirmière était en train de changer les draps. Elle s'assit dans un coin, sur une chaise en bois, et la regarda faire en silence. Sur la table de nuit était posé un vase garni de roses et de fougères, des roses du jardin de Ma. Saroj se jura de vider l'eau et de jeter les fleurs dans la corbeille à papiers placée sous le lit. Ensuite, il lui faudrait réfléchir à ce qu'elle allait faire.

« Vous pouvez vous laver dans le lavabo ou bien prendre une douche, si vous voulez. Vous avez besoin d'aide ? Vous avez dormi comme un bébé, il faut le dire, il est déjà dix heures ! Votre mère est passée ce matin de bonne heure, elle vous a apporté des fleurs et des fruits. Elle reviendra un peu plus tard.

— Quand pourrai-je rentrer chez moi ?

— Il faudra en parler avec le médecin, mais vous n'aurez pas longtemps à attendre, il va passer vous voir dans un petit moment, maintenant que vous avez un lit tout propre... Vous voulez que je vous apporte des magazines ?

— Non, merci. Ah, mademoiselle ? »

L'infirmière se retourna sur le seuil de la chambre « Oui ?

— Qui m'a donné du sang ? Ma mère ou mon... (elle buta sur le mot) mon père ? »

Le sourire disparut du visage de l'infirmière comme

si on l'avait essuyé avec un gant de toilette. « Vous n'aurez qu'à le demander au docteur, il ne va pas tarder... » Elle regarda sa montre. « Bon, il faut que je m'en aille, à tout à l'heure ! » Le sourire reparut, mais c'était un sourire affecté, plaqué sur ses lèvres, et elle avait un regard fermé, méfiant, inexpressif.

Je vous en prie, tout doit se faire dans la plus grande discrétion... il ne faut pas qu'elle l'apprenne... mon mari ne doit pas le savoir...

« Mademoiselle... » Saroj se redressa et l'appela de nouveau en haussant la voix, mais elle était déjà partie et la porte se referma avec un petit claquement. Elle s'approcha alors du lit et prit le vase qu'elle examina sous tous les angles, tout en rassemblant le courage de faire ce qu'elle avait juré de faire. Vider l'eau, puis jeter les roses dans la corbeille. *Allez, ne te dégonfle pas, vas-y.*

Ma va bientôt arriver. Elle ne tardera pas. Que vais-je lui dire ? Est-ce que je vais la sommer de s'expliquer ? Faire semblant ? Attendre le bon moment ? Jouer la comédie ? Si elle en est capable, pourquoi pas moi ? Si elle peut mentir, vivre dans le mensonge, persévérer dans le mensonge si longtemps, pourquoi ne pourrais-je pas vivre ce mensonge pendant encore quelque temps, juste un peu, juste le temps qu'il faudra pour lui renvoyer tous ses mensonges à la figure, et m'emparer de ma liberté, ou de ce qu'il en reste ?

Mensonges ! Rien que des mensonges ! Toute une vie de mensonges ! Des mensonges sales, dégoûtants ! Trixie avait raison ! J'aurais dû m'en douter... Oui, j'ai toujours soupçonné Ma d'avoir un secret. Un amour secret ! Et tout le reste n'était que mensonge !

Oh oui, elle comprenait maintenant. Elle comprenait tout. La discrétion de Ma, ses absences furtives, sa sérénité, malgré un mariage désastreux. Ma jouait un rôle. Elle jouait à l'ange innocent, elle faisait la sainte-nitouche, la vertueuse confite en dévotion. Depuis la naissance de Saroj. Quelle comédie ! L'épouse soumise et silencieuse. La sainte chaste et pure, toujours fourrée au temple. La madone hindoue.

La pureté est la plus grande des vertus, disait Ma à ses enfants. La pureté de pensée. La chasteté du corps. Elle leur répétait ça, alors qu'ils étaient encore trop petits pour comprendre le sens de ces mots. Bien que jamais le mot chasteté ne fût prononcé. C'était un sujet tabou. Et s'il était interdit d'en parler, que dire de la chose même ?

Et pendant ce temps... ça ! Ce mensonge ! Ma a un amant ! L'adultère ! Une Indienne, une hindoue se livrant à l'adultère !

Et en plus, Ma. *Ma !*

Mais oui, Ma. Évidemment.

Tout à coup, Saroj perçut dans la manière furtive et silencieuse avec laquelle Ma se glissait dans les coins, montait les escaliers, entrait dans une pièce, une connotation lugubre, sinistre, funeste.

Elle s'esquivait en catimini, disparaissait de la maison quand Baba était absent, pour aller retrouver son amant dans une chambre obscure. Des réflexions de Ma lui revenaient à l'esprit, des réflexions qui prenaient désormais une terrible signification.

Les femmes doivent faire preuve de discrétion, de prudence et d'astuce.

Ma, se rendant discrètement au temple de Purushottama.

Elle ne reste jamais longtemps.

Et ce n'est pas terminé. Ça continue !

Ma a toujours un amant. Elle le voit presque chaque jour. Elle a un amant depuis au moins seize ans, et je suis la fille de cet homme ! Ma a une double vie. Qui est cet homme qui m'a engendrée ? Où est-il ? À l'évidence, il connaît mon existence...

Je peux vous amener une personne qui a le même groupe sanguin...

Et pire que tout cela, pire que son hypocrisie, elle laissait Baba lui gâcher sa vie, à elle Saroj ! Baba, avec qui elle n'avait pas le moindre lien de parenté, même le plus lointain, un étranger total qui partageait son intimité... Un étranger jouissant des droits et des privilèges d'un père ! Oh, cruelle, cruelle Ma ! Trop paresseuse pour se battre, trop passive pour agir, trop lâche pour dire que je ne suis pas la fille de Baba. Trop timorée pour le quitter et refaire sa vie avec l'homme qu'elle aimait, avec la fille issue de cette union !

La stupéfaction et l'incrédulité que Saroj avait tout d'abord ressenties laissèrent place à une fureur si violente qu'elle faillit saccager la chambre.

Une fureur dirigée contre Ma, et contre Baba.

Sa fureur lui donnait de la force. Douleur et fatigue s'envolèrent. Elle allait et venait, écumante de rage. Elle s'empara du vase et des roses et ne put supporter leur puanteur, la puanteur de la trahison. Elle vida l'eau et jeta les roses dans la corbeille, puis elle eut des regrets, les récupéra en se piquant le doigt avec une épine, les remit dans le vase, qu'elle posa brutalement, sans le remplir d'eau, sur la table de nuit de l'autre lit, écarta rageusement le drap et se recoucha avant de faire davantage de dégâts.

Elle resta un long moment à ressasser et à sucer le sang qui perlait à son doigt, chaque cellule de son être pareille à un chaudron bouillant de fureur, à faire le compte des mauvaises actions dont Baba s'était rendu coupable à son encontre, depuis le jour où elle avait été en âge de pouvoir les considérer comme telles ; son indignation grandissait, prête à se décharger sur la première personne qui oserait croiser son chemin, qui oserait ouvrir la porte et entrer dans la chambre. S'il vous plaît, faites que ce soit Ma. Non. Elle ne prierait plus jamais. Encore un mensonge effroyable – sa vie tout entière, un mensonge ! Ma, qui aurait dû la protéger, l'avait livrée à Baba. Elle avait abandonné Saroj à Baba, inutilement.

Elle m'a livrée à lui ainsi qu'un agneau qu'on va sacrifier ! Cette pensée acheva de la révolter. Le monde que Ma avait construit avec tant d'amour – d'amour ! Ha ! – s'écroula autour d'elle, se brisa irrémédiablement ainsi qu'une fragile coquille d'œuf sous un pied brutal. Tout ce à quoi elle avait cru, ou du moins ce que sa confiance lui avait fait accepter, s'effondrait, n'était plus que ruine et dévastation.

Elle ne pouvait pas rester couchée ainsi sans rien faire. Elle se releva et se mit à la fenêtre pour contempler le tapis vert émeraude du champ de manœuvre. La police montée s'entraînait ; huit cavaliers entouraient un sergent qui hurlait des commandements du haut de sa monture. Les policiers à cheval étaient très chics dans leurs uniformes bleu marine. Bien droits sur la selle, ils allaient au trot en dessinant des cercles, puis se retournaient, s'arrêtaient pour saluer, bifurquaient pour se mettre par deux, repartaient en diagonale, revenaient, s'arrêtaient de nouveau, reculaient de trois pas. Maintenant ils avançaient tous ensemble vers le sergent, par quatre sur deux rangs, se reformaient ensuite en une seule colonne de huit cavaliers qui s'approchaient du sergent au pas de marche, s'arrêtaient, et saluaient. Sans même qu'elle s'en fût rendu compte, les chevaux et leurs cavaliers avaient attiré et retenu son attention. Ce spectacle lui apporta un apaisement et les violentes émotions qui venaient de se déchaîner en elle changèrent de nature.

Des pensées se présentèrent à son esprit dans un alignement froid et méthodique, ainsi que des soldats en train de défiler ou des chevaux à l'entraînement, obéissantes, à ses ordres.

Quelque part, provenant du centre du quartier général de la police, à l'extrémité du champ de manœuvre, monta le son d'un clairon qui s'exerçait à sonner le réveil, parfois seulement deux notes hésitantes, puis trois, répétées sans cesse. Un oisillon qui apprenait à voler battit des ailes.

Je vais partir de la maison. Jamais, jamais, je n'y retournerai. Saroj en fit le serment avec une conviction si froide dans sa détermination qu'elle en eut la chair de poule, malgré le chaud soleil de la matinée qui dorait sa peau et inondait la chambre de lumière. Mais pas son cœur. Là il faisait noir. Je vais partir. *Va-t'en tout se suite, avant l'arrivée du docteur, avant la venue de Ma, avant que quelque chose ne vienne enrayer la marche lente et méthodique des pensées, de cette résolu-*

tion ferme, inébranlable : jamais plus je ne vivrai sous le même toit qu'eux.

Elle promena son regard dans la chambre pour voir ce qu'elle allait emporter. Non, rien. Elle n'avait qu'à enlever sa chemise de nuit pour mettre sa robe et ses chaussures. Quand ce fut fait, elle descendit l'escalier, sans que personne lui prête attention, et sortit dans le soleil.

32

SAVITRI

Faites que je garde cet enfant. Faites qu'il vive et faites que ce soit un garçon!

Agenouillée sur les marches du bassin de Parvati, Savitri interrompit sa lessive et adressa cette prière à Dieu. Oh! faites que cet enfant vive! Ce cri que lançait son cœur exprimait tant de détresse que toutes les créatures de l'univers seraient obligées de l'entendre et d'en prendre acte avec un sourire.

Mais aucune réponse ne venait. Le paysan en train de labourer son champ d'arachides, non loin du bassin, continua à marcher d'un pas ferme derrière la paire de bœufs, avec le soc de bois qui traçait de profonds sillons dans la terre rouge. Dans un sens, puis dans l'autre, sans jamais s'arrêter. Indifférent. La prière de Savitri, c'était une bien petite chose. Qui donc pourrait l'écouter?

Elle sortit de l'eau le *lungi* d'Ayyar, le tordit en une corde épaisse pour le battre sur la pierre, tout en parlant au bébé logé dans son ventre. Elle le supplia de rester là, elle supplia Dieu de le bénir, de lui accorder sa protection là où il était pour le moment, puis de veiller sur lui une fois qu'il serait sorti. Un enfant lui donnerait une raison de vivre. Et puis… faites que ce soit un garçon, oh, mon Dieu, faites que ce soit un garçon!

Car si c'était une fille, il risquerait de se produire ce qui s'était produit les deux premières fois. Des accidents, certes, mais tout de même…

Les trois premières années de mariage, le corps de Savitri s'était refusé à concevoir, comme s'il pleurait secrètement David, comme s'il ne supportait pas de porter d'autres fruits que les siens. Ayyar prit alors l'habitude de la battre. Il cessa de la frapper quand, comme pour éviter les coups, elle se trouva enfin enceinte, mais il recommença après la naissance de la première petite fille, qui fut prénommée Amrita et ne vécut qu'un seul jour. Savitri l'avait laissée profondément endormie, tout au fond d'un hamac fabriqué dans un sari tendu en travers de la pièce, pour aller avant l'aube chercher de l'eau au puits, pendant que son mari reposait dans leur petite chambre de la maison de chef de gare. À son retour, elle s'aperçut que l'une des extrémités du sari s'était mystérieusement détachée de la poutre où elle l'avait accrochée. Le bébé était tombé sur la tête; il était mort.

Ayyar, qui dormait toujours, ne s'était rendu compte de rien. Elle le réveilla et il se mit à sangloter en s'arrachant les cheveux, mais ces manifestations de désespoir ne pouvaient ramener Amrita – nom qui signifie « nectar d'immortalité » – à la vie.

Shanti, la deuxième petite fille, vécut six mois. Puis elle tomba malade et mourut. Le docteur déclara qu'elle s'était empoisonnée avec de la mort-aux-rats. De la mort-aux-rats! Il n'y en avait pas à la maison. Mais la mère d'Ayyar en possédait, et Savitri rendait souvent visite à sa belle-mère, qui habitait à proximité, avec deux de ses fils cadets et leurs épouses, et peut-être y avait-il du poison sur le sol, un jour où elle avait laissé le bébé ramper par terre? Nul ne le savait, et Shanti, dont le nom signifie « paix », mourut à son tour.

« Cette fois, ce sera un garçon, dit Ayyar, quand elle tomba enceinte pour la troisième fois. Ce sera sûrement un garçon. Il y a toutes les chances pour que ce soit un garçon. Aie confiance, femme. Il apportera beaucoup de joie à ton cœur. »

Il ne pouvait en effet en être autrement. Ayyar avait déjà cinq enfants, dont quatre filles, et trois d'entre elles étaient mariées. Ses deux frères avaient à eux deux quatre filles et pas un seul fils. Par conséquent, il y avait de fortes chances pour que, cette fois, ce soit un garçon. Après toutes ces filles, ce serait forcément un garçon !

« Le cœur de ma mère se languit de tenir un petit-fils dans ses bras ! disait Ayyar. Mon fils est né depuis déjà vingt ans, c'est dur pour une grand-mère d'attendre aussi longtemps ! Et puis il y a toutes ces dots que j'ai dû réunir pour mes filles. Il faudra bientôt marier la dernière, mais je n'ai plus d'argent. Remercions le ciel qui, dans sa bonté, a rappelé tes deux premières filles. Cette fois il aura la bonté de nous accorder un garçon. Tu verras. »

Savitri espérait donc que ce serait un garçon. Lui, il vivrait. Elle ne supporterait pas de perdre une troisième fille.

Mais même si elle accouchait encore d'une petite fille et que celle-ci vécût, quelles satisfactions aurait-elle ? Que pourrais-je lui offrir ? se demandait-elle. Rien. J'aimerais lui donner tant de choses, mais cela me serait impossible. L'instruction, les livres et l'amour d'un homme comme David. Le pouvoir de guérir. Elle s'arrêta de battre le *lungi* de son mari sur la pierre plate, près du bassin où elle faisait sa lessive, leva la tête vers le ciel et un grand cri silencieux s'échappa de son cœur : *Pourquoi, oh, pourquoi ?* Elle ouvrit ses paumes et les regarda. Inutiles désormais, sauf pour faire la cuisine, la lessive et pour chercher de l'eau. Souvent elle se surprenait à marmonner de la sorte, aussi elle se reprit aussitôt. Cesse de te plaindre, se dit-elle. Tu perds ton temps, ça ne changera rien. Cache-toi derrière ton corps-pensée et supporte ton sort en silence, car dans le silence, tes forces se rassembleront et, un jour, tu seras libre. Elle fit claquer une dernière fois le *lungi* sur la pierre, avec toute son énergie, puis le lança dans le bassin et le regarda se déployer sous la surface et partir à la dérive. Elle entra dans l'eau verdie par les algues, pour le récupérer, en descendant prudemment les marches moussues, son sari mouillé jusqu'aux genoux. *Ô mon Dieu, mon Dieu donnez-moi la force de supporter. Et si c'est une fille, Ô Seigneur, épargnez-la ! Protégez-la de lui ! Si tu es une fille, je te protégerai. Je ne te quitterai pas un seul instant. Je veillerai sur toi, et il ne t'arrivera aucun mal. Je t'attacherai à mon flanc pour aller chercher de l'eau, le matin, et je te garderai dans mes bras quand nous irons rendre visite à sa mère. Je te le promets solennellement. Mais ce serait plus facile pour toi si tu étais un garçon, plus facile pour nous deux. Si tu es un garçon, il ne t'arrivera rien.*

Près du bassin de Parvati s'élevait le sanctuaire de Ganesh, le fils de Shiva, le dieu à tête d'éléphant, celui qui écarte les obstacles. Derrière se trouvait un vieux pipal dont les branches portaient de minuscules hamacs de chiffon renfermant des pierres et des figurines de terre, que les femmes y suspendaient quand elles priaient pour leurs enfants. Savitri en avait accroché un, elle aussi, et priait avec ferveur pour avoir un fils. Elle fit le vœu de se raser la tête et d'aller en pèlerinage à Tiruvannamalai, pour la fête du *Kartikai Deepam*, si Shiva exauçait sa prière.

Savitri ne priait pas pour elle-même, bien qu'elle eût de multiples raisons de le faire. C'était déjà bien assez d'être battue, mais elle souffrait plus encore les soirs où il rentrait tard, empestant l'alcool, pleurnichant, et qu'il la couvrait de sa masse pesante et ahanante, pour prendre son plaisir. C'était chaque fois comme une petite mort. Elle priait pour avoir la force de porter sa croix, mais jamais pour en être libérée. Elle avait failli à son devoir, elle devait payer, et ces petites morts nocturnes étaient le prix du rachat. Quand elle aurait fini de payer, elle serait libre. Elle écrasait son âme pour la réduire à une minuscule boule de volonté, et tendait le dos.

Sa lessive terminée, elle remplit un récipient en terre qu'elle avait emporté, avec de l'eau destinée à la vaisselle, et le posa sur un rocher. Elle étala ensuite un sari propre sur l'herbe sèche, près du lavoir, y mit les vêtements mouillés, le noua aux deux extrémités, glissa le savon qui restait dans un coin du sari et hissa le lourd ballot sur sa tête. Elle arrondit le bras autour du récipient, qu'elle cala au creux de sa hanche, et reprit le chemin de la maison.

Elle marchait vite et sans effort, portant haut le ballot de linge bien équilibré sur sa tête, la hanche supportant tout le poids du récipient, qu'elle maintenait avec le creux du coude pour qu'il ne se renverse pas. Son autre hanche était libre... et comme il lui tardait d'y installer son bébé ! Dans un an, elle le pourrait. Son cœur se gonfla puis se serra. *Oh, faites que ce soit un garçon ! Faites qu'une fille ne vienne pas encore faire le malheur de notre famille ! Faites que ce soit un enfant que je puisse me permettre d'aimer, un enfant que tout le monde aimera ! Et si jamais c'était une fille, faites qu'elle vive !*

Le soir, Ayyar rentra chez lui ivre et d'une humeur particulièrement exécrable. Par la suite, Savitri ne put se rappeler ce qui l'avait mis dans une telle fureur, ce qui était la cause de sa colère. Elle se souvenait seulement des coups sur son visage et sur son corps, des cris, du coup de pied dans le ventre et du viol, très bref, Dieu merci.

Et elle se souvenait du sang. De cette sensation chaude et liquide le long de ses jambes, un peu plus tard, alors qu'elle essayait de s'endormir, du sang qui n'en finissait pas de couler. De l'arrivée du rickshaw et d'Ayyar, pris de panique, qui la fourra dedans, empaquetée dans plusieurs saris, pour arrêter ce sang qui ne voulait pas s'arrêter. Le petit garçon était trop petit, trop faible même pour prendre sa première respiration. Il mourut aussitôt. Elle l'appela Anand, qui signifie « félicité ».

33

NAT

Quand ils descendirent de l'avion, à Colombo, il pleuvait à verse. Les passagers montèrent dans des bus pour parcourir la courte distance les séparant des bâtiments de l'aéroport, puis on les dirigea sur la salle de transit où ils se joignirent à une interminable file d'attente et, enfin, peu avant minuit, on les embarqua tous dans un second bus qui les conduisit à l'hôtel du Lagon bleu. Cette pluie remettait sérieusement en question les projets de Nat. Son enthousiasme s'en trouva considérablement refroidi, raison pour laquelle il était resté avec Henry, au lieu d'aller se présenter aux services de l'Immigration. Le mot mousson bourdonnait à toutes les oreilles et si c'était bien la mousson qui s'annonçait, inutile de songer à passer une semaine ou deux à la plage. En outre, la compagnie aérienne emmenait les passagers dans un hôtel de luxe, le Lagon bleu, en attendant de les acheminer sur Madras, le lendemain – ce qui signifiait une bonne nuit de sommeil dans des draps propres et un petit déjeuner copieux, avant de réorganiser son programme. Il décida d'attendre. C'était ennuyeux, certes, que ses plans soient bouleversés, lui qui se réjouissait à l'idée de se prélasser quelques jours au bord de la mer, lui qui avait déjà vaguement établi un itinéraire : remonter vers le nord, puis descendre se reposer à Goa, aller à Bangalore voir les Bannerji, et terminer par un bref séjour au village, avant de regagner Madras et Colombo, pour prendre l'avion du retour.

Mais il n'en était plus question, car s'il existe un enfer sur la terre, c'est bien l'Inde au moment de la mousson.

Étant donné la situation, mieux valait aller d'abord au village et se débarrasser de la corvée. Nat avait projeté de s'y rendre à la fin des vacances, afin de prévenir toute tentative de la part de son père et de Henry pour l'amener à prolonger son séjour, et ne pas être tiraillé par sa conscience, une fois qu'il se trouverait entre leurs griffes, s'ils insistaient pour qu'il reste à les aider. Sachant que son père était débordé de travail, il lui faudrait rassembler toute sa volonté et tout son égoïsme pour ne pas céder et poursuivre son voyage, mais Nat n'avait pas l'intention de se laisser faire. C'était presque une question de vie ou de mort, d'autoprotection, de légitime défense, que de ne pas succomber à l'appel d'un prétendu devoir, cette notion typiquement indienne, profondément ancrée en lui depuis l'enfance, que ses aînés n'avaient cessé de lui seriner.

La vie en Occident avait balayé tout cela. Il savait maintenant que la liberté était aussi essentielle, et même cent fois plus essentielle que le devoir. Il avait besoin de sa liberté, besoin d'être son maître, de prendre lui-même ses décisions, de déployer ses ailes et de s'envoler. Tout bien considéré, peut-être valait-il mieux qu'il aille d'abord affronter son père et fixe de son propre chef la date de son départ, plutôt que d'invoquer l'obligation tactique d'un billet de retour. Oui, autant se débarrasser tout de suite de la corvée et profiter ensuite de sa liberté, au lieu d'avoir toujours cette perspective devant lui, pareille à un grand trou. Il en résulterait peut-être un conflit, mais cela lui permettrait de s'expliquer bien plus clairement qu'en employant des moyens détournés. De devenir un homme, libéré de la tyrannie de ses aînés. Nat songea à toutes ces choses, avant de sombrer dans un profond sommeil, bercé par le grondement monotone de la pluie derrière la fenêtre de sa chambre.

Au petit déjeuner, il y avait le choix entre papayes et ananas. Nat prit une papaye et, à l'instant où la chair douce et moelleuse du fruit fondait dans sa bouche, il eut l'impression d'être rentré chez lui, enfin, et il sourit intérieurement. « Cela fait des années que je n'ai rien mangé d'aussi bon », dit-il à Henry avec un sourire malicieux. Henry sourit à son tour.

« Profites-en. Je crains qu'on ne trouve plus de papayes au village pendant un bon bout de temps, avec toute cette pluie. Au moins, cette année ils ne se plaindront pas de la sécheresse. Les paysans vont être contents. Tu n'imagines pas ce que ça a été ces deux dernières années, Nat. Le puits était complètement à sec ; il a fallu aller chercher de l'eau à la ville, sinon on serait tous morts. Ton père a fait faire deux sondages, mais la nappe phréatique est si basse que sans une bonne mousson cette année, ç'aurait été une vraie catastrophe. J'espère tout de même qu'elle ne sera pas trop bonne. Les villages ne sont pas construits pour résister à un pareil déluge et il paraît que ça fait plusieurs semaines qu'il pleut sans discontinuer. La maison du docteur tiendra le coup, elle a un toit solide, comme on les fait à Madras, mais je m'inquiète pour les paysans avec leurs fragiles toits de chaume. Ils ne sont absolument pas étanches. Tu sais ce qu'on va faire ? On va acheter de grandes feuilles de plastique à Madras, elles rendront de grands services. Et puis maintenant, tu es là, mon garçon ; tu ne peux pas savoir comme je suis content que tu soies resté avec moi en définitive ! Ton père aurait été terriblement déçu si je m'étais présenté chez lui sans toi. »

Henry avait un sourire tellement sincère que Nat détourna les yeux et, tout en portant à sa bouche le dernier morceau de papaye, il marmonna :

« Oui, enfin, seulement une semaine ou deux, le temps que la pluie s'arrête. »

Les commentaires de Henry lui furent épargnés, car à cet instant une voix l'appela, depuis l'autre bout de la salle.

« Nat ! Ça alors, qu'est-ce que tu fous ici ? »

Nat releva la tête et un sourire ravi étira ses lèvres ; il lâcha sa fourchette, se leva d'un bond, et l'instant d'après, Govind et lui s'embrassaient.

« Et toi, qu'est-ce que tu fais ici ? Tu parles d'une coïncidence !

— Les coïncidences n'existent pas, Nat, rappelle-toi ; pour nous autres Indiens, tout est écrit ! »

Ils éclatèrent de rire et Govind approcha une chaise pour s'asseoir à côté de Nat.

« Je meurs de faim, où est le serveur ? dit-il en claquant dans ses doigts. Hé, garçon, par ici, par ici ! »

Une fois qu'il eut passé sa commande, il se retourna vers Nat en secouant gaiement la tête.

« Tu n'as pas répondu à ma question, Nat, qu'est-ce que tu fais ici ?

— La même chose que toi, je prends mon petit déjeuner ! Non, sérieusement, je suis arrivé de Londres cette nuit, et je vais chez moi. Ah, tiens, je te présente Henry, mon ancien précepteur. »

Govind adressa à Henry un petit salut, puis se tourna de nouveau vers Nat.

« Tu étais dans l'avion de Londres ? Mais moi aussi ! Comment se fait-il que je ne t'aie pas vu ?

— Comment se fait-il que *je* ne t'aie pas vu ?

— Comment se fait-il que tu répondes à mes questions par la même question ? Peu importe, si je ne t'ai pas vu, c'est évident que tu n'étais pas en première ; la prochaine fois, il faut vraiment que tu prennes un billet de première classe, comment peux-tu supporter de rester entassé en touriste ? Nous voyageons toujours en première classe. Ce qui ne nous a d'ailleurs pas empêchés d'atterrir en catastrophe, il y a deux ans, avec un avion des lignes intérieures indiennes. En Inde, les vols intérieurs sont épouvantables. Dis-moi, comment vas-tu ? Est-ce que tu es bien logé à Londres ? Comment se fait-il que tu y sois encore ? Tu as dû terminé tes études depuis longtemps, as-tu décidé en définitive de rester dans l'Occident doré ? Je croyais que tu devais rentrer pour aider ton père. Moi, je suis rentré depuis déjà quatre ou cinq ans, mais je voyage beaucoup – les États-Unis, l'Angleterre – pour ma société. Je viens de passer trois mois à New York. Ce sera bientôt le tour d'Arun, il a dix-huit ans et il part pour

Cambridge dans une quinzaine de jours. Savais-tu que Sundari est mariée avec un type de Cambridge ? Ils vivent à Londres, à Kensington. Ils ont une maison de campagne dans le Hampshire et Arun sera donc là-bas en famille. Mes sœurs sont toutes mariées, bien entendu. Sushila habite à New Delhi. Tu restes ici définitivement ? À quelle heure part ton avion pour Madras ? Moi j'ai un vol pour Bangalore à quatorze heures trente. Ça va être long d'attendre jusque-là et on ne peut même pas aller à la piscine avec ce déluge. »

Les mots s'écoulaient de la bouche de Govind en un flot intarissable. Il était grand et maigre, comme Nat, et beau garçon lui aussi, mais plutôt du style dandy des années 1930, les cheveux très courts, séparés par une raie bien nette, une fine moustache et des pattes dessinées avec précision. Il avait des traits accusés, des yeux brillants, sans cesse en mouvement, et, tout en parlant, il ne cessait d'agiter les mains, d'arranger son col, de tirer sur les revers de sa chemise ou sur le lobe de son oreille et de picorer dans son l'assiette. Après avoir amusé son auditoire jusqu'à la fin du petit déjeuner, il invita Nat à venir prendre un verre dans sa chambre et les deux amis passèrent la matinée à évoquer le bon vieux temps et à échanger leurs impressions sur les Européennes.

Govind en était à son troisième whisky-soda quand il leva son verre en disant : « Je bois au MLF et à l'amour libre ! Je leur souhaite longue vie à l'un comme à l'autre, en espérant que jamais ils n'abordent aux rivages de l'Inde !

— Ça ne risque pas d'arriver, tant qu'il y aura des hommes comme toi pour veiller sur la vertu de nos jeunes filles ! »

L'alcool et la gaieté faisaient briller les yeux de Govind. « Les Indiennes font les meilleures épouses. En tant que mari, je peux en témoigner. Quand tu décideras de prendre femme, Nat, il faudra que tu choisisses une Indienne. À ce propos, tu n'en as pas assez d'être célibataire ?

— Je vais te dire une chose, Govind : pourquoi acheter une vache quand on peut la traire à travers la clôture du champ ? »

Ils s'esclaffèrent tous deux, puis Govind reprit son sérieux.

« Ce n'est pas pareil, Nat. Le mariage, c'est tout autre chose. Le mariage nourrit l'âme. Je nage dans le bonheur et quand j'aurai fini de jeter ma gourme, je me rangerai et deviendrai un époux et un père exemplaires. Au fait, sais-tu que j'ai une petite fille ? Je ne la connais pas encore. Elle est née il y a un mois. Et aussi trois garçons, qui sont grands maintenant... Trouve-toi une gentille Indienne et tu seras comblé. Je me souviens de ta façon de regarder Sita... Mais de toute manière, ça n'aurait pas pu se faire. Papa est très vieux jeu, il estime qu'on doit se marier entre hindous, exclusivement, et il aurait été impossible de le convaincre. Mais ça ne fait rien. Je connais plein de charmantes jeunes filles, des filles qui n'ont pas ce genre de préjugés... des filles belles, distinguées et chastes, bien entendu. Si tu veux, je vais m'en occuper – tu pourrais te marier pendant les vacances. Attends une minute, je connais une jeune fille parsi...

— Arrête, pas si vite ! Quand je voudrais me marier, je te le dirai, mais pour le moment je suis très bien comme je suis. De plus, j'ai de grands projets pour les semaines qui viennent. Dès que la pluie aura cessé, je file vers le nord pour visiter un peu l'Inde. Tu dis que Sushila vit à New Delhi ? Donne-moi son adresse et je passerai lui dire bonjour. Mais je suis bien décidé à faire un saut à Bangalore et tu peux commencer à rassembler quelques-unes de ces filles à marier, pour que je puisse déjà me faire une petite idée... peu m'importe si elles ne sont pas vierges, vois-tu... »

Ils en pleuraient de rire. Puis quand ils se furent calmés, ils burent un petit coup et Govind reprit :

« De toute manière il faut que tu viennes à Bangalore le plus vite possible. Ça ne doit pas être drôle dans ton village, je me demande bien pourquoi ton père tient tant à y rester, à moins que ce soit un saint. Pourquoi ne viendrais-tu pas chez moi en attendant la fin de la mousson ? Tu connais la maison, les pluies ne l'affectent pas trop. Évidemment, il ne sera pas possible de jouer au tennis ou au golf, ni de se baigner dans la piscine, mais on pourra tailler de bonnes bavettes, s'amuser un peu, et ce sera tout de même mieux pour toi que de rester coincé dans un bled perdu !

— Vois-tu, Govind, c'est la chose la plus sensée que tu aies dite depuis ce matin. Il se pourrait que je te prenne au mot. J'étais justement en train de me demander comment j'allais pouvoir rester coincé dans une seule pièce pendant des semaines, à attendre que la pluie veuille bien s'arrêter. Je pourrais être chez toi dans une semaine, que la mousson se soit démoussonnée ou pas, qu'en penses-tu ? »

C'est ainsi que la Providence vint au secours de Nat en lui fournissant l'issue dont il avait justement besoin pour reprendre sa liberté. C'est donc d'un cœur léger qu'il monta, peu après midi, à bord de l'avion pour Madras avec Henry, et s'il avait renoncé pour le moment à l'idée d'un séjour au bord de la mer avec une ravissante hôtesse de l'air, il lui restait la perspective de passer de bons moments en compagnie de Govind. Pour la plage, ce n'était que partie remise, il pourrait y aller à la fin des vacances. En définitive, il n'y avait vraiment pas lieu de parler de défaite.

34

SAROJ

La maison n'était pas loin, elle y serait dans moins d'un quart d'heure. Tout en marchant, Saroj faisait ses calculs. Ma n'allait sûrement pas tarder à partir pour l'hôpital. Il lui faudrait se tenir sur le qui-vive, afin de voir Ma avant que Ma ne la voie. Elle se cacherait au moment où elle sortirait de la maison. Si elle ne la voyait pas, cela voudrait dire qu'elle était encore à l'intérieur, en train de faire ce qu'elle faisait le matin – donner rendez-vous à son amant ? Lui susurrer des mots tendres au téléphone ? – quand elle était seule à la maison.

Ma mettrait un quart d'heure pour aller jusqu'à l'hôpital. Elle n'y trouverait pas Saroj, ce serait l'affolement général et on la chercherait partout. Que ferait-elle ensuite ? Est-ce qu'elle se précipiterait à la maison en pensant que Saroj était peut-être rentrée ? Il fallait compter un autre quart d'heure, à moins que quelqu'un ne l'emmène en voiture ou qu'elle ne prenne un taxi, ce qui ne ferait plus que cinq minutes. L'un dans l'autre, elle serait absente de la maison pendant au moins vingt-cinq minutes.

Ce qui était amplement suffisant pour ce que Saroj avait à faire.

Elle ne vit pas Ma sur son chemin. C'était un point positif. Ma n'était pas encore partie, ce qui lui laissait davantage de temps. Elle remonta Waterloo Street avec des ruses de Sioux ; elle se cachait derrière un flamboyant et inspectait les alentours avant de courir se mettre à l'abri du suivant. Si on l'avait vue, on aurait pensé qu'elle était devenue folle, mais l'avenue était déserte et depuis les maisons on ne voyait rien à cause du feuillage. Parvenu à l'arbre le plus proche de la maison, elle resta là, à guetter. Elle avait l'esprit clair et se sentait calme et forte. Elle exultait intérieurement, l'euphorie de la liberté bouillonnait en elle. Il arrivait enfin, ce jour de l'indépendance ! Elle avait si souvent songé à s'en aller, joué avec l'idée de s'enfuir, de divorcer d'avec sa famille. Jusqu'à présent, elle ne s'en était pas sentie plus capable que si elle avait dû se couper les deux mains. Maintenant qu'elle était en train de le faire, c'était tellement facile !

Ma n'en finissait pas de partir. Elle était forcément là puisque les fenêtres du rez-de-chaussée, donnant sur le manguier, étaient ouvertes et que Ma ne sortait jamais sans les avoir fermées, car il était facile de grimper dans l'arbre, et laisser une fenêtre ouverte tout à côté revenait à inviter les cambrioleurs et les vandales à entrer. Baba avait renvoyé les deux gardiens qui s'étaient endormis pendant leur service et il n'avait pas encore trouvé de remplaçants.

L'attente se prolongeait. Une ou deux voitures passèrent dans chaque sens. Puis une nounou noire, avec deux enfants blancs en costume de plage et chapeau de soleil, les enfants de Mrs Richardson, une grosse dame qui habitait au coin de Waterloo Street et de Lamaha Street. La nounou regarda Saroj avec curiosité, mais elle poursuivit son chemin en s'arrêtant de temps à autre pour crier : « Allons, allons, venez ! » aux enfants qui restaient sur place à se bombarder avec de grosses poignées de fleurs rouges de flamboyant, en poussant des cris de joie. En les voyant, Saroj se rappela vaguement une scène semblable, survenue dans un passé très lointain, quand elle marchait à peine, que Baba était encore Baba et que Ganesh et Indrani s'amusaient avec ces fleurs, tandis que Saroj pédalait furieusement sur son tricycle pour rattraper Baba. Une vague de nostalgie la parcourut et quelque chose d'amer lui piqua les yeux. Mais loin de s'attendrir, elle se reprit aussitôt pour se consacrer tout entière à sa tâche présente qui consistait simplement à attendre. Passa une charrette transportant des planches, dont le cocher recroquevillé sur lui-même, sans doute à moitié assoupi, lançait des hue hue machinaux en faisant claquer son fouet chaque fois que son cheval efflanqué s'arrêtait pour brouter l'herbe des bas-côtés, c'est-à-dire tous les cinq pas.

En entendant l'une des fenêtres à guillotine qui se refermait, Saroj sursauta. Elle glissa un œil en dehors de l'arbre et aperçut Ma à l'autre fenêtre, en train de remonter légèrement le châssis avant de le laisser retomber en douceur, en freinant sa chute de ses mains. Pendant une fraction de seconde, juste avant que la fenêtre se referme, elle vit Ma se détacher dans l'encadrement… Ma… À nouveau un sentiment de nostalgie la parcourut, mais elle y résista victorieusement. Maintenant la porte d'entrée s'ouvrait. Dissimulée derrière l'arbre, elle vit Ma se glisser dehors, vêtu du sari prune qu'elle affectionnait particulièrement, poser un panier sur l'allée cimentée et se retourner vers la porte pour la verrouiller. Pour cela, elle avait besoin de ses deux mains, car la clé se coinçait et il fallait tirer la porte à soi pour qu'elle puisse tourner. Saroj rejeta la tête en arrière, tâchant d'ignorer la nausée qui lui soulevait le cœur, et elle entendit la serrure se refermer avec un cliquetis. Le bruit de la clé de Ma – incroyable comme les sons portent loin quand on tend l'oreille ! Puis Ma souleva le loquet du portail, qui s'ouvrit avec un petit raclement de la chaîne. Quand il se referma, le loquet se remit en place. Les pas se rapprochaient, Ma traversait la rue. Toujours cachée derrière l'arbre, Saroj ne put s'empêcher de suivre des yeux la silhouette menue de Ma qui s'éloignait dans l'avenue, le sari flottant au vent, le panier pendu à son bras cognant doucement contre sa hanche, tandis qu'elle prenait le chemin de l'hôpital. Ce panier rempli de gâteries pour la convalescente : ses fruits préférés, des génipayes, peut-être, puisque c'était la saison, ou des goyaves, des papayes dorées, mûres à point, ou encore des tranches d'ananas ; une bouteille de jus de tamarin, quelques *samosa*, des tartes à l'ananas ou des brafi…

Chose curieuse, lorsque vous êtes sur le point d'entreprendre une action courageuse, capitale, une action à coup sûr indispensable, il peut vous arriver d'être assailli par surprise par des choses qui risquent d'ébranler votre détermination, des souvenirs, de vagues remords, des petits riens, par exemple la pensée d'un *samosa* confectionné avec amour rien que pour vous, qui vous fait venir l'eau à la bouche. *Oh, Ma…* Saroj sentit sa gorge se serrer. Elle avait envie de pleurer, d'appeler. Mais non…

Ma s'engagea dans Lamaha Street et disparut de son champ de vision. Saroj traversa la rue en courant, ouvrit le portail et le referma sans pousser le loquet, afin de gagner du temps au moment de ressortir. La porte d'entrée était fermée à clé, mais elle savait que Ganesh en laissait toujours une dans le jardin, cachée sous une pile de pots de fleurs inutilisés. La clé était dans sa main, elle tourna dans la serrure, Saroj monta au deuxième en grimpant les marches deux par deux et courut dans sa chambre. Elle parcourut du regard ce qui avait été son refuge pendant tant d'années, huma pour la dernière fois l'odeur de la cire parfumée au citron. Il faisait sombre car Ma avait fermé les volets, mais le soleil qui filtrait à travers les lattes dessinait des stries sur le drap blanc du lit. Il n'y avait pas de valises dans sa chambre et, pour ne pas perdre de précieuses minutes à en chercher une, elle sortit l'oreiller de sa taie, ouvrit les tiroirs de la commode et bourra la taie avec des vêtements, des dessous, quelques chemisiers, son uniforme de lycée et des chaussures. Il n'y avait pas grand-chose qu'elle souhaitait emporter. Les robes à col montant que Baba lui faisait faire, elle ne les porterait jamais plus, pas davantage que ses jupes plissées grises. Des jeans et des T-shirt ornés d'un motif imprimé, voilà ce qu'elle porterait désormais. Avec l'aide de Trixie.

Une fois la taie pleine à craquer, elle hésita, mais à peine une seconde. Vais-je oser ? Sans cela, sans cette ultime provocation, son départ ne pourrait pas être définitif. Elle entra dans la chambre de ses parents. Elle savait que Ma mettait ses affaires de couture dans un panier rond, rangé dans un coin de l'armoire. Elle ouvrit l'armoire et se trouva enveloppé dans un nuage parfumé, si plein de la présence de Ma, qu'elle faillit déclarer forfait. Mais un instant seulement. Ses mains repérèrent le panier, s'y enfoncèrent et sentirent le froid du métal de l'objet qu'elle cherchait.

Les ciseaux à la main, elle se planta devant le miroir et, sans réfléchir plus longtemps, elle se taillada une première et épaisse mèche de cheveux. Après, ce fut facile. Elle les coupait aussi court que possible, n'importe comment, plongeant les lames à l'aveuglette dans la sombre forêt à laquelle Ma avait prodigué tant de soins, et ses cheveux pleuvaient tout autour d'elle. Malgré son envie de pleurer, elle empoigna à deux mains les dernières mèches, qu'elle cisailla sans pitié et les jeta par terre avec dégoût, sans jamais cesser de se regarder dans la glace à travers la brume piquante des larmes prêtes à couler. Quelle masse de cheveux ! Ils gisaient par terre, tel un amas de soie sans vie et sans valeur. Elle jeta les ciseaux par-dessus, ouvrit le tiroir supérieur de la coiffeuse, où se trouvaient des petites boîtes de pastilles pour la gorge qui renfermaient des épingles à cheveux, des barrettes, des liens en caoutchouc, des rubans et autres bricoles, soigneusement rangés. Elle prit un gros bâton de khôl et inscrivit sur le miroir le mot le plus grossier de tout son vocabulaire : *Putain !* Laissant le tiroir ouvert et le bâton de khôl sur le coffret à maquillage, elle sortit en passant par sa chambre. Au moment de refermer la porte de la tour, elle hésita. Elle parcourut du regard la pièce qu'elle venait de quitter, et dans un ultime acte de rébellion, comme pour officialiser son départ, elle claqua la porte et poussa le verrou. Ce n'était plus sa chambre. La Saroj qui avait vécu là était morte.

Elle ramassa la taie d'oreiller et descendit l'escalier en courant. Le facteur venait de passer, car il y avait une épaisse enveloppe bleue *par avion* avec timbres insolites très colorés, par terre, devant la porte. Ce n'était pas pour elle ; sans doute des parents bengalis de Baba. Se retenant de cracher dessus, Saroj ouvrit la porte, sortit, la referma, remit en place la clé de Ganesh, franchit le portail et s'engagea dans l'avenue en direction de Lamaha Street. Elle regarda sa montre. Ma devait arriver à l'hôpital. Personne ne rentrerait à la maison avant un bon moment. Et de toute manière, tout était fini.

Elle se dirigea vers l'arrêt de l'autobus et consulta de nouveau sa montre. C'était l'heure du déjeuner. Trixie devait être au restaurant avec sa mère, puis elle retournerait au lycée pour les cours de l'après-midi. Elle ne rentrerait sans doute pas chez elle avant un bon moment, l'attente risquait d'être longue, mais tant pis. Elle irait s'asseoir sur les marches, derrière la maison (elle regretta de ne pas avoir pensé à prendre quelque chose à manger dans la cuisine de Ma, mais c'était trop tard) pour goûter à ses premiers instants de liberté. Elle avait tout le temps devant elle, toute la vie, même.

« Bon Dieu, Saroj, qu'est-ce que tu as fait de tes cheveux ? Tu es affreuse ! Oh, mon Dieueueu ! »

Saroj se contenta de sourire en voyant son amie se précipiter vers elle, l'air catastrophé, puis la retourner d'un côté et de l'autre en empoignant le peu de cheveux qui lui restaient avant de se laisser tomber sur les marches, en réalisant enfin que c'était vrai, qu'il n'y avait plus rien.

« Pourquoi as-tu fait ça ?

— Parce que tout est fini. J'en ai fini avec eux. Je suis partie de chez moi. Ça y est, Trixie, je les ai quittés. Je veux rester ici, avec toi. Tu avais dit que je le pouvais.

— Tu n'aurais pas dû faire ça. Tu n'aurais pas dû couper tes beaux cheveux.

— Il le fallait. Je te raconterai tout quand tu m'auras fait entrer et que j'aurai le ventre plein. J'ai l'impression d'avoir un grand trou dans l'estomac, je meurs de faim à attendre ici depuis midi. »

Trixie prit son cartable sur le porte-bagages de son vélo, et monta l'escalier, suivie de Saroj. Avant d'ouvrir la porte, elle se retourna et gémit :

« Bon Dieu, Saroj, je n'arrive pas à y croire, je n'arrive pas à croire que tu aies fait ça ! Tes cheveux ! Tes si beaux cheveux… Tu n'es rien sans tes cheveux, tu t'en rends compte ? Tu es une horreur, un désastre. Personne ne t'accordera plus un seul regard.

— Qu'est-ce que ça peut me faire ? grogna Saroj en la suivant à l'intérieur de la maison. J'en ai par-dessus la tête qu'on me regarde. Des cheveux, qu'est-ce que c'est ? pas autre chose que des cheveux. Des fibres. Quand je pense à tout le foin qu'on fait pour quelques fibres mortes ? Regarde-moi, Trixie, je suis là. Je suis vivante ! »

Trixie jeta son cartable sur une chaise de la salle à manger et renifla.

« C'est ce que tu dis maintenant. Mais inutile de pleurer sur le lait renversé, de toute manière. C'est fait, c'est dommage, et ils ne repousseront pas de sitôt. Viens. Qu'est-ce que tu veux manger ? » Elle emmena Saroj dans la cuisine, ouvrit le réfrigérateur et l'inspecta. « Pas grand-chose là-dedans. Du pain et du fromage. Tu veux que je te fasse une tartine avec du fromage gratiné ? Tiens, il y a un vieux reste de soupe. De mercredi, je crois. De la soupe de callalou. C'est Mabel qui l'a faite. »

Elle sortit un petit récipient, souleva le couvercle et renifla.

« Elle devrait être encore bonne. Je te la réchauffe ? »

Saroj pensa avec nostalgie aux *samosa* de Ma, à ses bhindi bharva, aux okra farcis dont les effluves exquis s'échappaient de la cuisine à toute heure de la journée, au réfrigérateur regorgeant en permanence de douceurs. Des heures difficiles attendaient son palais, mais c'était un prix qu'elle était prête à payer. « On n'a rien pour rien, disait toujours Ma. Les bonnes choses de la vie demandent des sacrifices. Il faut se donner entièrement pour tout avoir. »

Bien, Ma, je suis prête.

« Ne te casse pas la tête. Du pain et du fromage, ça m'ira très bien. »

Le pain prétranché était enveloppé dans un sac en plastique. La première tranche était dure, Trixie la jeta et posa le reste du paquet sur la planche à pain. Elle prit un morceau de cheddar dans le frigo, enleva la partie moisie et tendit le reste à Saroj. Suivit un beurrier en plastique. Elle sortit deux limonades du frigo, posa deux verres sur la table de la cuisine et s'assit à côté de Saroj, avant de décapsuler les bouteilles.

Elle commença à décortiquer l'intérieur des capsules avec un couteau, et oublia Saroj et ses cheveux.

« Einstein. C'est le dernier de mes savants. Voyons l'autre. » Elle creusa la seconde capsule, puis la jeta d'un air dégoûté. « Lord Byron. Merde. C'est mon troisième Lord Byron. Il me faut encore Jane Austen et Wordsworth. Et je n'ai pas un seul président américain ! Dis donc, ce n'est pas quelqu'un de ta famille qui fabrique ces boissons ? Tu ne pourrais pas m'avoir des capsules ? »

La marque de limonade avait organisé un concours sur les « célébrités du monde entier ». À l'intérieur de toutes les capsules, il y avait l'image d'un personnage célèbre, dans six domaines différents ; on les collait dans un album spécialement prévu à cet effet et le gagnant se voyait offrir une Suzuki pour femme ou pour homme. C'était le genre de choses que faisait Trixie et que Saroj n'avait jamais pu faire, jusqu'à présent. En général, Ma n'achetait pas de boissons industrielles, même si c'était un Roy qui les fabriquait. Elle les préparait, sauf pour les mariages et les anniversaires. Elles étaient sûrement bien meilleures, mais c'était bien moins amusant. Et il n'y avait rien à gagner.

« Je vais tout de suite commencer la collection, déclara Saroj. Passe-moi ce Byron. Ce sera ma première vignette. »

Ensuite elle raconta son histoire.

À la fin, Trixie secoua la tête, incrédule.

« Tu es vraiment une drôle de fille. Tu veux dire que tu es partie de chez toi parce que ta mère a une liaison et que tu as découvert que ton père n'est pas ton père ? Alors que pendant tout ce temps où ils arrangeaient ton mariage, tu ne t'es pas sauvée ? Ça, c'était une bonne raison de ficher le camp… À propos, que s'est-il passé avec le fils Ghosh ? Ta mère a un amant ? Voilà qui est excitant ! Romanesque ! C'est avec lui qu'elle était quand on la croyait au temple ! L'idée m'en était venue, vois-tu, mais je n'ai rien dit. Ça montre que ta mère a du cran. À ta place, je voudrais à tout prix savoir qui est mon vrai père. Je ne me serais pas sauvée, je ferais cause commune avec ma mère et je la ferais parler. Qui ça peut être, à ton avis ?

— Je n'en sais rien et c'est le cadet de mes soucis. Tu n'as rien compris. Ma n'arrête pas de disserter sur la pureté, la vérité, et elle ne peut…

— Mais si, idiote ! Tu en as la preuve. Je me demande pourquoi tu te mets dans cet état, ça prouve seulement qu'elle n'est absolument pas différente, contrairement à ce que tu dis, ce n'est pas la sainte que tu as toujours cru qu'elle était, elle est normale, elle est comme tout le monde ! Il y a plein de gens mariés qui ont des aventures. Combien penses-tu qu'il y a d'hommes mariés qui élèvent en toute bonne foi des enfants qui ne sont pas les leurs ? Des centaines, des milliers, je parie !

— Et moi je crois que tu lis trop de romans pour midinettes en cachette. Je me demande comment une fille aussi intelligente que toi peut se repaître de telles inepties et y croire, par-dessus le marché, et puis, de toute manière, ce qui est important pour le reste du monde ne l'est pas pour les Indiens, ils sont différents. Ma est différente, crois-moi ; de sa part, faire une chose pareille, c'est comme si le soleil se levait à l'ouest et se couchait à l'est ! C'est tout simplement inimaginable, et si elle a fait ça, ce qui est évident, alors tout ce qu'elle a dit et fait depuis toujours n'est qu'un énorme mensonge ; c'est une hypocrite, sans compter qu'elle m'a laissée croire que ce monstre, ce Deodat Roy, était mon père !

— Tu devrais au moins lui donner une chance de s'expliquer. Si jamais elle était follement amoureuse de quelqu'un d'autre ? Un jour, j'ai lu un roman qui parlait d'une femme mariée – après j'ai sangloté pendant des journées entières –, aussi je pense que tu devrais au moins parler à ta mère et essayer de savoir ce qui s'est vraiment passé et ne pas trahir son secret, parce que si ton père apprenait qu'elle a une liaison… je ne peux même pas imaginer ce qu'il ferait ! Tu crois qu'il la chasserait ? Ou qu'il demanderait le divorce ? »

Pour tout dire, Saroj n'avait pas pensé un seul instant à la réaction de Baba. Il était clair qu'il ignorait l'infidélité de sa femme et quand il saurait, à cause de ce que Saroj avait écrit sur le miroir, que ferait-il ? Et si par hasard il tuait Ma dans sa fureur ?

Non. Ma rentrerait à la maison bien avant Baba ; elle effacerait très probablement cet indice, ce message inscrit sur la glace. Ma n'aurait qu'à lui dire que Saroj s'était coupé les cheveux et qu'elle était partie. Baba croirait que c'était à cause du fils Ghosh. Si Ma était tant soit peu maligne – et elle l'était forcément pour avoir réussi à cacher sa liaison si longtemps –, elle se débrouillerait. Elle était bien assez sournoise. Une femelle hypocrite et rusée.

Mais si le Dr Lachmansingh parlait ? Il pourrait estimer que son devoir… les hommes avec les hommes… ce genre de choses. Eh bien, ce serait la faute de Ma qui avait confié son secret au docteur, et s'il allait tout raconter à Baba, Saroj n'y serait pour rien. Ce n'est pas elle, en tout cas, qui mettrait Baba au courant, et ni Trixie ni sa mère ne la dénonceraient jamais. Le secret de Ma était donc en sûreté.

35

SAVITRI

Ganesan, le fils de Savitri naquit le jour où la France et la Grande-Bretagne déclarèrent la guerre à l'Allemagne. Un signe de mauvais augure ?

Il se produisit bien d'autres choses encore dans l'année qui vit cette naissance.

Après la mort d'Anand, R.S. Ayyar avait paru éprouver des regrets sincères, peut-être même des remords, ou alors peut-être était-ce simplement qu'il craignait que son karma n'en souffre. Il cessa de la battre et ne la viola pratiquement plus jamais, bien que ce ne fût pas toujours par égard pour elle. Il buvait en effet de plus en plus et, les soirs où il rentrait ivre mort, il lui restait tout juste assez de force pour se laisser tomber sur la natte.

Un mois après l'« incident », comme il le disait, Ayyar annonça à Savitri que si elle le désirait, elle pouvait aller rendre visite à sa famille, à Madras. C'est avec des sentiments mélangés qu'elle écrivit à Gopal, qui habitait Bombay, de venir la chercher. Elle souhaitait revivre les bons moments d'un passé, hélas, enfui à jamais. David était parti, de même que Mrs Lindsay, Fairwinds était devenu un désert et *Appa* était mort depuis deux ans ; des êtres qui lui avaient apporté du bonheur il ne restait que Gopal et *Amma*.

Mani était désormais le chef de famille ou de ce qu'il en restait, c'est-à-dire *Amma,* qui se mourait. La maladie de Mani s'était aggravée et, la nuit, il toussait beaucoup. Depuis qu'il avait quitté l'armée, il travaillait comme vendeur dans un magasin d'appareillage électrique, dans le centre de Madras, pour un salaire de misère, et le logis que trouva Savitri à son arrivée n'était en rien comparable à celui où elle avait grandi. Les Iyer habitaient toujours Old Market Street, mais de l'autre côté de la rue et un peu plus bas, près du bazar, dans un quartier surpeuplé, sale et bruyant. Une cour pavée, avec, au milieu, un puits qu'ils partageaient avec deux familles querelleuses, remplaçait le jardin d'autrefois et l'immense domaine auquel s'adossait la maison.

Mani était absent la plus grande partie de la journée, mais quand il rentrait elle se rendait compte qu'il la haïssait toujours, sans qu'elle sût pourquoi. Gopal avait pris une semaine de congé pour pouvoir lui tenir compagnie et l'affection qu'ils se portaient mutuellement s'en trouva renforcée.

Gopal s'habillait désormais à l'occidentale – un pantalon noir, une chemise à manches longues rayée ou à carreaux, qu'il associait, de manière assez incongrue, à des *chappal* en cuir. Avec sa fine moustache et ses cheveux plaqués en arrière, il avait un physique de vedette de cinéma. N'étant toujours pas réconcilié avec sa famille, il logeait chez un ami, un cameraman d'un studio de Madras, mais il venait chercher sa sœur tous les jours. Avec Savitri assise en amazone derrière lui, sur un scooter emprunté, il faisait beaucoup d'effet, et partout on se retournait sur leur passage.

Gopal avait signé un contrat avec une société de production de Bombay. Son premier roman, *Un océan de larmes*, avait rencontré un grand succès auprès des femmes de la moyenne et haute bourgeoisies. « Découvert » par une industrie cinématographique en pleine expansion, il avait tiré un scénario de son roman. À cette occasion, les studios s'étaient aperçus qu'il avait beaucoup de talent pour diriger les acteurs et tirer d'eux le meilleur. Le film allait sûrement faire un malheur. Il en raconta l'histoire à Savitri avec beaucoup de flamme. C'était un drame, l'histoire de jumeaux, brutalement séparés l'un de l'autre et de leur mère dès la naissance, et qui finissaient par se retrouver au chevet de leur mère mourante, au cours d'une scène tout à fait bouleversante. Il avait mille autres idées de scénarios. Il se passionnait pour le cinéma parlant et fit découvrir à sa sœur un fabuleux monde imaginaire aux Wellington Talkies de Mount Round. C'était la première fois que Savitri allait au cinéma et il avait pris les places les plus chères. Elle regarda, émerveillée, l'histoire se dérouler sous ses yeux, l'histoire d'une belle héroïne en proie à d'indicibles périls, à des malheurs accablants et à une brute cruelle, finalement sauvée par une miraculeuse intervention divine et par un héros beau et courageux, et tout finissait bien. Ce n'est pas ainsi que cela se passe dans la vie, se disait Savitri. Dans la réalité les malheurs n'ont jamais de fin et la seule chose qu'on puisse faire est d'apprendre à les supporter avec patience et courage, de manière à quitter ce monde de souffrances en méritant la félicité dans une autre vie.

Ils allaient à la plage et marchaient au bord de l'eau, sans rien dire, perdus dans leurs souvenirs. Les vagues tièdes venaient doucement recouvrir leurs pieds nus avant de se retirer. Le sari de Savitri, un joli sari rose tout neuf que Gopal lui avait acheté, était mouillé jusqu'aux genoux. Quelle immensité, quelle majesté, quelle magnificence ! pensait-elle, et son cœur bondissait par-delà l'horizon. Si je pouvais tendre les bras assez loin, au-dessus de l'océan, tout autour de la courbe du globe, je le retrouverais. Peut-être qu'en ce moment, à cette minute même, il tend lui aussi les bras vers moi. Jamais je ne l'oublierai. Jamais je n'oublierai le jour où j'ai plongé avec lui dans ce même océan, en riant de bonheur, le cœur plein à éclater ! Quoi qu'il arrive, cela me restera ! Je ne l'oublierai jamais car il est l'air que je respire !

« Savitri, es-tu capable de garder un secret ? lui demanda soudain Gopal, en interrompant le cours de ses pensées.

— Un secret ? Mais bien sûr, Gopal. Tu le sais bien ! De quoi s'agit-il ?

— J'ai une femme à Bombay !

— Une femme ! Tu t'es marié en secret ? s'exclama Savitri en tamoul.

— Il ne faut surtout pas que ça se sache, Savitri, répondit-il en baissant la voix. J'ai épousé Fiona.

— Fiona ! Je croyais qu'elle était…

— Non. Fiona est revenue auprès de moi, son seul refuge, son seul véritable amour. Pendant toutes ces années, nous étions restés amants, même après notre fuite ratée. On se rencontrait en cachette chez un ami aux idées modernes, un acteur de Madras, jusqu'au moment où le malheur nous a frappés, en la personne de mon propre frère. »

Il se tut. Savitri releva la tête et vit palpiter la veine de sa tempe. Elle attendait qu'il poursuive.

« J'aimais toujours Fiona. C'est pourquoi je ne voulais pas me marier. Je continuais à l'aimer, malgré l'infamie que mon propre frère lui avait fait subir. »

Savitri lui lança un regard, mais les mots sortaient maintenant à flots de sa bouche et il ne pouvait pas les arrêter. « Mani l'a violée. Mon propre frère.

— Gopal ! N'a-t-on pas la preuve que Mani n'était pas… ? »

Gopal recula d'un pas et plaqua la main sur son cœur, dans un geste théâtral.

« La preuve, quelle importance ? Même si ce n'est pas son membre proprement dit qui l'a souillée, c'est sur son ordre que l'acte a été accompli. Bien sûr ! Qui d'autre ? Il était trop malin pour se faire prendre et il s'est déchargé des basses besognes sur ses compères. Mais il se vengeait de nous deux, de toi et de moi. Il a été jusqu'à me l'avouer. Ta petite traînée anglaise, m'a-t-il dit en ricanant. Ça lui apprendra à faire la putain.

— Il était donc au courant pour vous deux ?

— Il était au courant de tout. Mani a des espions dans tout Madras. Il est au courant de tout ce que font les Anglais. Il les hait et il nous hait.

— Mais pourquoi, Gopal ? Pourquoi ? Pourquoi hait-il non seulement les Anglais, mais aussi nous deux, son frère et sa sœur ? Il m'a toujours particulièrement détestée, même avant que je me sois enfuie avec David. Pourquoi, Gopal ? Que lui ai-je fait ?

— Ha ! Tu ne le sais pas ? Eh bien, petite sœur, je vais te le dire. Il hait les Anglais parce qu'ils lui ont pris sa mère. Parce que sa mère a été obligée de leur obéir et de l'abandonner pour aller vivre chez eux et servir de nourrice à un bébé anglais. Il te déteste parce que tu en es la cause, tu as fait couler du lait dans les seins d'*Amma,* tu vivais avec elle dans la grande maison, et pas lui. C'est la seule raison. Il t'a détestée dès l'instant où tu es née, mais tu étais trop jeune pour t'en rendre compte. Moi je savais. Je l'ai vu dans ses yeux. Et j'ai également vu dans ses yeux combien il s'est mis à me haïr, quand Mr Baldwin m'a pris dans sa classe. Maintenant son cœur est noir de haine, Savitri. Et si nous ne prenons pas garde, je crains qu'il fasse pire.

— Mais non. Il s'est vengé. Il m'a arrachée à David et envoyée en enfer, il a forcé Mrs Lindsay à partir, elle qui a toujours été si bonne pour nous, et il a gâché la vie de Fiona. Que peut-il y avoir de pire ?

— Qui peut savoir, Savitri ? Notre frère abrite un démon dans son cœur. Méfie-toi. »

Mais Savitri se contenta de secouer la tête, en souriant intérieurement. Gopal parle comme un héros de cinéma, pensa-t-elle. Le cinéma l'a complètement envoûté. Il a le goût du mélodrame.

Mani a été jusqu'au bout de ce qu'il pouvait faire. Il m'a donnée en mariage à Ayyar. J'ai perdu David et j'ai perdu mes filles. Mani a eu sa vengeance.

36

NAT

En short et pieds nus, Nat et Henry traversèrent Parry's Corner en pataugeant dans l'eau noire et puante qui leur recouvrait les chevilles, pour prendre leur autocar. Ils avaient acheté des parapluies, des imperméables et de grandes feuilles de plastique, dont quelques-unes leur avaient servi à envelopper les bagages. Madras était une ville en état de siège. Un rideau de pluie compacte se déversait des cieux. Bien que la circulation fût presque réduite à néant, ils avaient par miracle trouvé un rickshaw pour les conduire à la gare routière.

Le 122 était déjà complet, mais les passagers du dernier rang se serrèrent pour leur faire de la place et ils réussirent à s'asseoir. L'autocar démarra peu après.

« C'est ennuyeux. Très ennuyeux ! soupira Henry, dont l'inquiétude s'inscrivait dans chacune de ses rides et dans les commissures tombantes de sa bouche. Le village doit être sous les eaux. Pauvres gens ! »

Nat se caressa la nuque. Il pensait moins à ces pauvres gens qu'à son pauvre cas personnel, car si le village était sous les eaux, il aurait très certainement des difficultés pour en repartir et aller à la ville prendre le car de Bangalore. Et vu la tournure que prenait la situation, il se pourrait bien qu'il ait envie de plier bagage le plus tôt possible, car par un temps pareil, la maison paternelle ne serait pas un refuge très agréable. Il songea fugitivement à déserter sur-le-champ, alors que c'était encore possible. Il suffisait de trouver un prétexte, de sauter dans l'eau noire, de demander au chauffeur de monter récupérer sa valise sur le toit du car, de sauter dans un rickshaw ou un taxi pour aller à l'aéroport et, de là, prendre le premier avion pour Bangalore. Mais il resta assis. Peut-être par une paresse innée, une répugnance à replonger sous le déluge, après avoir trouvé un havre sec provisoire. Ou alors, par manque de courage. Il imaginait avec un grand déplaisir la réprobation à peine voilée que Henry lui manifesterait en le voyant changer d'avis encore une fois. Indécis, hésitant, mou, inconsistant, tels seraient les qualificatifs dont il ne manquerait pas de le gratifier.

Mais peut-être était-ce autre chose. En tout cas, il resta assis.

Cette autre chose qui était en lui commença à s'agiter, telle une graine minuscule qui se dégage de son enveloppe, tandis que le car s'enfonçait dans la campagne, à travers les rideaux d'eau qui tombaient du ciel et les nappes d'eau recouvrant la terre ; il y avait de l'eau à perte de vue, de l'eau dessus, de l'eau dessous, de l'eau, rien que de l'eau... Le car bringuebalait dans un lac sans bornes, car on ne voyait plus ni la route ni les bas-côtés, mais seulement de l'eau. De l'eau qui s'amassait dans une poche invisible du plafond, pour se vider à intervalles réguliers, inondant les passagers entassés sur la banquette du fond d'un jet brusque et violent. Après avoir ouvert son parapluie pour s'y abriter avec Nat, Henry sortit une feuille de plastique de son fourre-tout pour la donner à ses compagnons de voyage qui le remercièrent et se pelotonnèrent dessous, maussades et silencieux. Nat vit leurs lèvres remuer. Ils priaient.

Il se surprit à prier lui aussi, sans qu'il l'ait voulu. Cela commença à bouger en lui au moment où ils traversaient un village dont il se souvenait, mais qui appartenait à une autre vie. Il allait à Madras, dans un car semblable à celui-ci, qui s'était arrêté dans ce village, ici-même, devant le Bombay Lodge. Il revit les femmes en haillons, qui criaient d'une voix aiguë : « *Vadai-vadai-vadai-vadai* », en hissant le panier plein de méchantes petites oranges qu'elles portaient sur la tête jusqu'aux fenêtres du car, dans l'espoir d'en vendre quelques-unes, les gamins à demi nus qui parcouraient le car avec leur stock de bananes, en réussissant à en placer une par ici et une par là, des fillettes aux bras maigres, qui psalmodiaient *Cha-chay-chay*, serrant entre leurs doigts écartés des plateaux chargés de gobelets en verre épais, d'une propreté douteuse, à moitié remplis d'un liquide brunâtre, tout en regardant les passagers de leurs grands yeux noirs suppliants, à travers les mèches de cheveux sombres qui leur retombaient devant la figure. De tout jeunes enfants en train de se soulager dans la poussière des bas-côtés. Des chiens errants, des vaches, des chèvres, des *sadhu*, des cyclistes, des infirmes, des riches, des pauvres, des mendiants, des voleurs, qui marchaient, couraient, criaient, appelaient, rampaient, pour se fondre tous ensemble dans une gigantesque mosaïque de couleurs, de bruits et d'odeurs.

Aujourd'hui il n'y avait rien. Sauf de l'eau.

Les éventaires alignés au bord de la route avaient les pieds dans l'eau. L'entrée du Bombay Lodge était fermée par une grande grille en fer avant la porte en bois dont le bas était dans l'eau. Les baraques de thé et de café avaient les pieds dans l'eau et le toit de palmes de l'une d'elles s'était écroulé sur le comptoir et sur le grand récipient métallique où l'on faisait chauffer l'eau. On ne voyait pas âme qui vive.

Le car s'arrêta un instant dans la nappe d'eau qui s'était substituée à la rue principale, pour laisser descendre quelques pauvres formes dégoulinantes qui se fondirent dans la grisaille acqueuse. Le car repartit en cahotant, dans l'eau.

Un car abandonné était couché sur le flanc, dans ce qui avait dû être un fossé, abandonné là dans un autre temps, avant la montée des eaux, et que rien ne distinguait plus du reste de la terre. Grâce à une sorte de sixième sens, leur chauffeur parvenait à retrouver son chemin au milieu des ruines abandonnées, gorgées d'eau parmi les constructions diverses, maisons, boutiques, ou ateliers, et à rester par miracle sur la route, qu'on ne distinguait plus, en maintenant, par un autre miracle, son arche à flot.

Où sont les gens ? criait le cœur de Nat, qui sentait sa poitrine se serrer, comme s'il allait étouffer.

Où sont les gens ? Où sont-ils ?

Il ferma les yeux pour ne pas voir, pour ne pas savoir, mais son cœur, qui savait, fit monter des larmes sous ses paupières, alors il les rouvrit et vit une petite famille, qui attendait sans rien faire, sous un arbre, une femme avec un bébé dans les bras, un homme et deux jeunes enfants qui avaient de l'eau jusqu'aux genoux. L'homme tenait un morceau de carton au-dessus de la tête de la femme. La pluie tombait sur l'arbre, imprimant à ses feuilles un mouvement de haut en bas régulier, presque joyeux, tandis qu'ils étaient tous là, sous la pluie, à ne rien faire d'autre qu'attendre.

Nat n'ignorait pas ce que ce déluge signifiait pour les habitants de son village et de tous les villages environnants. Leurs cabanes étaient construites directement sur le sol et ils ne possédaient aucun meuble. Ils ne dormaient pas dans un lit, mais à même la terre battue, sur laquelle ils étalaient simplement un mince tissu, et ils se couvraient avec un drap. Ils faisaient leur cuisine par terre, avec de la bouse de vache séchée et des bouts de bois comme combustible. Il n'y avait évidemment pas d'installation sanitaire et ils allaient faire leurs besoins dans les champs. Ils n'avaient pas les moyens d'acheter un parapluie ou un imperméable et ne possédaient généralement qu'une seule tenue de rechange, qu'ils faisaient sécher en l'étalant par terre ou sur un arbuste, après l'avoir lavée.

Mais que se passe-t-il, se demandait Nat, quand leurs vêtements sont tous mouillés et qu'il n'y a pas de soleil pour les sécher ? Quand il n'y a plus ni bouse de vache ni bouts de bois pour cuire les aliments ? Quand la terre sur laquelle ils dorment, cuisinent et défèquent n'est plus de la terre, mais une nappe liquide ? Quand la boue séchée avec laquelle sont construites leurs maisons se gorge d'eau et se dissout peu à peu, quand leur toit de chaume commence à fuir, s'affaisse et que la pluie ne veut toujours pas s'arrêter ? Et quand l'eau continue à monter ? Ô Seigneur, venez-leur en aide !

Six heures d'eau, de huttes de terre écroulées, de toitures effondrées ; tout un univers dévasté, abandonné. Nat restait muet, comme Henry, et en arrivant à la ville, c'était encore pire ; l'eau se déversait par le haut, remontait par le bas, et les rickshaws ne fonctionnaient plus. Henry embaucha deux garçons pour les aider à porter leurs bagages, ainsi que le matériel acheté à Madras et, après être sortis de la ville par des rues désertes, ils s'engagèrent avec tous les autres dans la campagne et marchèrent jusqu'au village, sous la pluie battante.

Ils arrivèrent chez le docteur longtemps après la tombée de la nuit, en se dirigeant grâce à la torche de Henry, car l'éclairage municipal ne fonctionnait plus. Henry appela, mais seuls les pleurs d'un enfant lui répondirent. Il promena sa torche autour de lui, et ils virent que le sol des deux pièces et des trois côtés de la véranda était entièrement occupé par des Indiens, dont la plupart, dormaient sous des draps humides ; quelques mères, pourtant, étaient réveillées et s'efforçaient de calmer des enfants qui pleuraient.

« Où est le docteur ? » demanda Henry à l'une d'elles, la seule qui fût debout et qui allait et venait entre les corps assoupis, en pressant contre sa poitrine une toute petite forme vivante, nichée dans un pan de son sari et qui émettait de faibles gémissements. La femme pleurait, mais elle releva la tête quand Henry s'adressa à elle. Bien qu'il eût parlé en tamoul, en employant les quelques mots qu'il connaissait, elle lui répondit en anglais, sans doute à cause de Nat. Elle le regardait en effet et il se rendit compte qu'elle ne le reconnaissait pas plus qu'il la reconnaissait, il réalisa qu'il était chez lui, mais que la maison et lui ne se reconnaissaient pas non plus.

« *Sahib daktah* aller, venir, moi pas savoir. Beaucoup d'eau venir, *daktah* emmener enfant, enfant malade, pas manger, enfant... » Ne sachant pas comment se disait « mort », elle laissa rouler sa tête sur le côté, la langue pendante et les yeux fixes, puis elle commença à se lamenter, d'une voix forte et entêtante, et dit pour finir : « Pas pouvoir faire du feu, *sahib*, pas cuisine, pas manger, eau tomber, tomber, tomber ! »

« Un enfant est mort, dit Henry à Nat. C'est sûrement son fils. Ton père a dû partir pour s'occuper de ça... Je ferais bien d'aller le chercher. Tu m'accompagnes ? »

Nat hocha la tête, toujours sans rien dire. *Où est papa ? Où est cet enfant mort ? Où va-t-on l'incinérer ? Que vont-ils faire du corps ?* Alors une muette épouvante s'empara de lui et il ne put que lui répondre par un signe de tête : Oui, je viens.

Laissant leurs bagages sur place, ils partirent sous la pluie, pour aller à la maison voisine où habitait Henry, également envahie de personnes assoupies dans des draps humides, d'enfants qui pleurnichaient et de mères qui les consolaient. Ils replongèrent dans les ténèbres, avec le village pour seul objectif, mais le village était déserté.

Papa, papa, où es-tu ? pleurait le cœur de Nat. *Que fais-tu avec cet enfant mort ?*

La voix de Henry, calme et posée, trancha dans la détresse de Nat.

« Allons voir à l'école. C'est le seul autre bâtiment susceptible d'être encore debout. » Ils repartirent dans le sillage de la torche et trouvèrent l'école inondée, pleine de monde, et le docteur était là, en train de disposer des branches d'arbre sur le sol, aidé par quelques Indiens, l'un qui tenait une lampe à kérosène, un second qui grattait les branches avec un couteau et les autres qui empilaient le bois pour fabriquer une sorte de plancher au-dessus de l'eau.

Le docteur avait vieilli. Il portait d'énormes bottes en caoutchouc qu'il avait achetées autrefois à Madras, après une mousson – assez importante pour que l'eau recouvre le dispositif de cuir et de métal qui attachait le pied de bois à son moignon. Un jour, des années auparavant, alors que Nat lui demandait ce qui était arrivé à son pied, le docteur avait seulement dit : « Singapour. La guerre. Les Japonais », et Nat avait compris que le sujet était clos, comme pour tous les sujets se rapportant au passé. Comme pour l'acte de naissance. Il avait vu pour la première fois ce papier, quand son père avait dû réunir un dossier pour l'inscrire à Armaclare College. Intrigué par ce qui y était écrit, il avait demandé des explications à son père : « Qui sont ces personnes ? Qui sont mes parents ? » Et le docteur avait répondu : « Je suis ton père, Nat, ne te tourmente pas pour le passé. »

Le passé était un livre fermé. L'orphelinat, l'oncle Gopal, la famille de son père, sa vie avant l'arrivée de Nat, tout était enfermé derrière un mur de silence, car le docteur s'occupait du présent. Seul le présent comptait ; le passé était mort et enterré, sa seule utilité ayant consisté à produire ce présent, dont chacun avait le devoir de tirer le meilleur parti, lequel, à son tour, laisserait la place à un avenir qui n'existait pas par lui-même, puisque lorsqu'il serait là il deviendrait un présent dont il faudrait tirer le meilleur parti. C'est ainsi que raisonnaient les Indiens et le docteur était un Indien dans l'âme. Ici et maintenant, avec les difficultés et les défis que cela comportait, c'était la seule chose qui comptait pour lui – seules la pluie, l'inondation et l'eau avaient de la réalité, ainsi que la plate-forme de branchages et de bâtons qu'on était en train de construire.

En voyant entrer Henry et Nat, le docteur leva la tête et loin de se jeter dans les bras de son fils, il se contenta de dire : « Ah, te voilà, je me demandais quand tu viendrais. Vous avez acheté du plastique à Madras ? » sans interrompre une seconde son travail.

« Oui, je l'ai apporté », répondit Henry en ouvrant un sac de toile d'où il sortit une feuille bruissante de plastique pliée.

Quand il l'eut dépliée, le docteur lui dit : « Ce coin-ci est terminé, étale-la sur le bois ». Ce que fit Henry, qui fabriqua ainsi une sorte d'estrade branlante.

« Nous avons logé les femmes et les enfants chez moi et chez toi, Henry. Je pense que tu l'as vu. Les hommes sont ici et c'est là que nous dormirons pendant quelques jours, ou quelques semaines, en attendant que l'eau se retire. Ce ne sera peut-être pas très confortable, mais on s'arrangera. Nat, va aider Anand, tâche de faire quelque chose d'un peu plus épais. Le problème majeur, c'est la nourriture, nous faisons la cuisine chez moi, mais les provisions du village sont presque épuisées. Il ne reste plus que du riz, nous envoyons de temps en temps quelqu'un à la ville, mais là-bas il n'y a plus rien non plus, plus de légumes, plus de piments, plus rien du tout. Et puis toute cette humidité est malsaine. Si ça continue, on aura une épidémie de choléra. Les enfants sont les plus exposés, aujourd'hui un petit garçon est mort, c'était affreux, la mère était folle de douleur, mais que puis-je faire ? J'ai essayé de le sauver… mais il est mort.

— Où… où est son corps ? » Nat pouvait à peine parler, mais cette question le tourmentait, comme si le pire de tous les problèmes de la terre était de savoir comment se débarrasser d'un cadavre, quand tout n'était plus que de l'eau.

« Eh bien, que peut-on faire ? soupira le docteur. On ne peut ni l'enterrer ni le brûler. Je l'avais envoyé à la morgue de la ville, mais ils l'ont refusé, ils en ont trop, ils ont à peu près les mêmes ennuis que nous, mais en pire. Ils ont eu plusieurs électrocutés ; par chance, ici les gens n'ont pas l'électricité, sinon ç'aurait été pareil. Je l'ai donc enveloppé dans une vieille couverture et une feuille de plastique, puis je suis allé le cacher dans les branches d'un arbre, à quelques kilomètres d'ici. Si ça continue un peu trop, ça ne sera pas joli à voir, et ce n'est sûrement pas très respectueux de traiter ainsi un cadavre, mais que faire d'autre ? Pauvre petit, il n'avait même pas trois ans. Il s'appelait Muragan. Un gamin très intelligent, le fils de Ravi. Tu te souviens de Ravi, Nat ? Le fils d'Anand, Ravi, a épousé une fille du village voisin, une fille instruite et très fière de son anglais. Ils ont deux autres garçons et une petite fille.

— Oui, on les a vus », dit seulement Nat. Le fils de Ravi. Nat avait assisté au mariage de Ravi, juste avant son départ pour l'Angleterre, mais la fiancée avait gardé tout le temps la tête baissée, aussi n'avait-il pas pu reconnaître en elle la mère de l'enfant mort. Ravi avait donc eu des enfants dont l'un était mort, et dont le cadavre était en ce moment en train de pourrir dans un arbre...

« Où est Ravi ?

— À Chetput. Il suit des cours à l'hôpital pour devenir infirmier. Je l'y ai envoyé l'an dernier, en lui promettant de m'occuper de sa famille pendant son absence. Le village s'agrandit, Nat, nous avons besoin de personnel qualifié, Anand ne suffit plus. Quand Ravi reviendra, j'enverrai Kamaraj à sa place. Nous avons aussi quelques jeunes filles en formation. Mais ce qui nous manque c'est un second médecin, Nat, nous avons besoin de toi... »

Le docteur leva les yeux de son travail et rencontra un instant le regard de Nat. Ce fut ce regard et les trois dernières paroles qu'il venait de prononcer qui déclenchèrent tout. Cette simple constatation, qui résumait toute la situation, à travers le choix des mots : non pas *j*'ai besoin de toi, mais *nous* avons besoin de toi. Non pas *vouloir*, mais *avoir besoin*. Pas d'accusation, pas de morale, pas de condamnation, pas de sentence, pas même une ombre de reproche. C'était ça le pire de tout. S'il avait perçu un reproche, Nat aurait contre-attaqué... mais ça !

Si l'on pouvait mourir de se sentir coupable, s'il était possible de se noyer dans un fleuve de honte, à cette minute Nat aurait basculé par-dessus bord et coulé à pic.

37

SAROJ

Le temps que Lucy Quentin rentre à la maison, l'instinct maternel de Trixie avait repris le dessus et elle s'était décidée à préparer le dîner pour toute la famille, dont Saroj était désormais membre honoraire. En fouillant dans les placards de la cuisine, elle dénicha un paquet de nouilles chinoises entamé, une boîte de petits pois, une boîte de maïs et un demi-sac de pois chiches.

« Un chow-mein à la Trixie ! annonça-t-elle. Merde, il faudrait faire tremper les channa pendant quelques heures… tant pis, je vais les mettre à la Cocotte-Minute. Bon, voyons un peu, les épices… » Elle chercha dans le fond du placard à épices. « Je croyais qu'il restait un peu de sauce de soja… Zut, la bouteille est vide. Tu crois que du curry pourra faire l'affaire ? Voyons, du sel, du poivre… »

Saroj, qui n'avait guère la tête à cuisiner, partit dans la chambre de Trixie, avec sa taie d'oreiller bourrée d'affaires. Il y avait là des masses de choses entassées par terre, sous le lit et sur toutes les surfaces disponibles : des piles de journaux, de vieux magazines, de disques, de bandes dessinées, de photos, de tout ce qu'on peut imaginer. Ses BD d'Archie, qu'elle n'était pas autorisée à lire – Lucy Quentin était très tolérante, mais pour les rares choses qu'elle proscrivait, par exemple les BD d'Archie, la littérature à l'eau de rose, et tout ce qui avait un relent de misogynie, elle était intraitable –, étaient cachées sous le matelas. Saroj, qui le savait, en tira une, la feuilleta, la remit en place, prit un magazine pour adolescentes, l'ouvrit à une page où figurait un article intitulé « Comment savoir s'il va vous embrasser et se déclarera », mais ça ne l'intéressait pas davantage.

Elle aurait aimé déballer ses affaires, comme pour affirmer qu'elle était ici chez elle et de façon définitive, mais c'était impossible car les placards étaient déjà bourrés, et il n'y avait pas une seule étagère libre. Il fallait attendre que Trixie lui fasse de la place.

Le téléphone sonna.

« Tu veux bien répondre, Saroj ? Je suis en train de faire frire ce machin ! » cria Trixie, et Saroj décrocha, sans méfiance.

« Allô ?

— Saroj ! Tu es là ! J'ai... »

Elle raccrocha avec une violence tellement maladroite que le combiné dérapa et l'appareil se fracassa sur le sol.

« Qu'est-ce qu'il se passe, bon Dieu ! s'écria Trixie qui sortit de la cuisine comme une folle, en brandissant une cuillère en bois.

— C'était Ma ! » Saroj se laissa tomber sur le fauteuil près du téléphone. Elle avait les jambes en coton, son cœur battait à toute allure et ses mains étaient tellement glacées qu'elle les serra sous ses aisselles pour les réchauffer.

« Et alors ! Qu'est-ce que tu t'imaginais ? Bien sûr qu'elle sait que tu es là. Tôt ou tard elle viendra te chercher, et tu as intérêt à fourbir tes armes et à te tenir prête pour l'affrontement. »

C'était vrai. Tôt ou tard, Saroj devrait faire face aux conséquences de sa fuite. Jusqu'ici elle s'était contentée de rêver de liberté, de revanche, et d'une existence nouvelle, sans contraintes. Elle n'avait pas songé un seul instant à ce que feraient ses parents pour la récupérer. Mais elle réalisait soudain qu'ils avaient dû la chercher tout l'après-midi. Depuis l'heure du déjeuner jusqu'au retour de Trixie, elle était restée allongée dans le hamac tendu sous la maison. Bien qu'épuisée moralement et physiquement et donc incapable de dormir, elle n'avait cessé de tourner toutes sortes d'idées dans sa tête, et elle avait entendu la sonnerie du téléphone, lui parvenant d'en haut, assourdie comme à travers le brouillard. Elle avait tout de même fini par s'assoupir, bercée par le vent léger qui se glissait entre les maisons sur pilotis de Bel Air. Elle savait maintenant avec certitude que c'était Ma qui avait téléphoné, Ma qui la cherchait. Il fallait qu'elle réfléchisse et qu'elle trouve de l'aide. Elle attendait avec impatience le retour de Lucy Quentin.

Saroj alla rejoindre Trixie dans la cuisine et la trouva en train de transvaser sa préparation dans un plat en Pyrex, qu'elle glissa dans le four, sous le gril. Elle avait modifié la recette en y ajoutant du fromage râpé. Un plat gratiné au fromage représentait à ses yeux le summum de la gastronomie, et bien que Saroj ne fût pas un cordon-bleu, le raffinement de Ma avait déteint sur elle. Elle se promit de prendre les choses en main dès qu'elle pourrait le faire sans vexer personne. Au reste, pourquoi ne pas commencer tout de suite ? La cuisine était un innommable chantier ; à cause de l'imagination sans limites de Trixie, les aliments étaient libres de tout envahir et de s'installer là où bon leur semblait, à l'intérieur ou à l'extérieur des plats et des récipients, sous ou sur les plans de travail. Saroj rassembla la vaisselle sale pour la mettre dans l'évier et elle s'apprêtait à la laver quand Trixie lui dit : « Ne te fatigue pas, Doreen vient faire le ménage tous les matins. Si tu cherches de l'occupation, mets plutôt la table. »

Saroj était en train de poser la dernière fourchette quand Lucy Quentin arriva.

« Ah, bonjour, Saroj », dit-elle comme si Saroj venait dîner tous les jours.

Trixie entra dans la salle à manger, portant le chow-mein emmailloté dans des torchons de cuisine. « Devine, maman ! » Au moment où elle le posait, le plat lui échappa des mains, il glissa sur la surface lisse de la table et aurait continué sa course à travers la pièce, si Lucy Quentin ne l'avait arrêté en lui faisant un rempart de son corps. Des éclaboussures jaunâtres s'échappèrent du plat, laissant une tache sombre et de petits points noirs sur le vert émeraude de son impeccable robe moulante.

« Quelle maladroite ! s'exclama-t-elle. Combien de fois dois-je te dire... » Elle se précipita à la cuisine et revint en frottant la tache avec un chiffon humide.

« Ça ne partira jamais, il va falloir que je l'enlève pour la faire tremper, non, il n'y a rien à faire. » Elle ressortit pour aller dans sa chambre. Trixie haussa les épaules et regarda Saroj en gloussant derrière sa main. Saroj était catastrophée. Sa première soirée de liberté commençait mal, cette soirée où elle avait besoin de parler de tant de choses avec Lucy Quentin, cette soirée qui promettait par conséquent d'être longue et pénible. Elle prit un dessous-de-plat en paille dans le tiroir du buffet, posa le chow-mein dessus, et fit glisser le tout vers le centre de la table, en maudissant la maladresse de Trixie à qui elle lança un regard glacé – auquel celle-ci répondit en lui tirant une langue rouge comme un homard, qu'elle remonta jusqu'à son nez. Lucy reparut au bout de quelques minutes, vêtue d'un peignoir long et ample coupé dans un tissu africain de couleurs vives.

Elles s'assirent autour de la table. Lucy Quentin regarda Saroj, sourit, déplia sa serviette d'un seul geste et dit :

« Alors, mon petit, qu'est-ce qui nous vaut l'honneur de ta visite ? Oh, Seigneur, qu'est-il arrivé à tes cheveux ? »

Avant que Saroj ait pu ouvrir la bouche, Trixie s'exclama :

« Tu sais quoi, maman ? elle s'est sauvée de la maison et elle va habiter chez nous ! »

Lucy Quentin haussa les sourcils et posa sur Saroj un regard évaluateur, qui, pour un esprit avide d'approbation, parut lui décerner deux ou trois points.

« Eh bien, j'imagine que ça devait arriver un jour », dit Lucy Quentin en plongeant la cuiller de service dans la croûte gratinée recouvrant le chow-mein. Elle se fendit dans le milieu et les deux moitiés se relevèrent de part et d'autre de la cuillère, telles des ailes de papillon, diaprées de jaune et de brun, et la table se trouva tout éclaboussée de jaune.

« Trixie, qu'est-ce que c'est que ce machin ? » Lucy Quentin préleva une cuillerée de substance spongieuse et la renifla avant de la remettre dans le plat.

« Non, merci, dit-elle, en poussant dédaigneusement le plat vers Saroj.

— Tu n'y as même pas goûté ! » s'exclama Trixie sur un ton si sincèrement désappointé que Saroj se servit généreusement, résolue à faire des compliments, envers et contre tout. C'est l'amour avec lequel on a préparé un plat qui lui donne son goût, disait toujours Ma.

« Alors, Saroj, raconte-moi tout. Tu t'es vraiment sauvée de chez toi ? »

Lucy Quentin attendait que Saroj lui donne des précisions. Prise d'une soudaine timidité, celle-ci quêta d'un regard l'aide de Trixie, qui se lança dans un récit décousu. À un moment donné, Saroj retrouva sa voix, interrompit son amie et prit elle-même la parole.

« Aussi, vous voyez, mon père n'est pas vraiment mon père et il n'a pas le droit de me traiter comme il le fait, conclut-elle impatiente de recueillir des éloges, en regardant d'un air plein d'espoir Lucy Quentin, qui n'avait pas encore dit un seul mot.

— Qu'il soit ou non ton vrai père, mon petit, il n'a aucun droit de te traiter comme il le fait. »

Elle posa avec précaution son couteau et sa fourchette dans son assiette et repoussa le tout. Les coudes sur la table, ses longs doigts d'ébène entrelacés, elle posa sur Saroj un regard plein d'intensité.

« Absolument aucun droit. Tu comprends ? Il faudra que ce soit bien clair dès le début. Il n'a pas le droit de t'enfermer, pas le droit de te choisir un mari et pas le droit de te marier contre ta volonté. L'ennui avec vous autres, les Indiennes, c'est votre manque total de volonté et votre soumission absolue à la volonté du père. Une fois que vous aurez compris à quel point c'est mal, vous pourrez commencer à vous battre pour votre liberté. Pas avant. Pour dire les choses simplement, ton père est une brute. »

La virulence et le tranchant de cette analyse stupéfia tellement Saroj qu'elle en resta bouche bée. Sa révolte muette venait de trouver une expression dans un langage clair et succinct, ses émotions confuses lui apparaissaient noir sur blanc, mises en ordre, à plat, à nu, exemptes de toute haine. D'un claquement de doigts, Lucy Quentin lui avait ouvert les yeux. Ce que faisait Baba était mal. Mal tout simplement. Et ce qu'elle avait fait, elle Saroj, était bien.

« Quant à ta mère, poursuivit Lucy Quentin, elle est tout aussi coupable. Elle n'a pas péché par brutalité, seulement… par lâcheté. »

Quel choc ! « Ma… lâche ? » bredouilla Saroj, incapable d'exprimer la protestation qu'elle sentait monter en elle.

Lucy Quentin eut un sourire qui ne se refléta pas dans ses yeux. Elle versa de l'eau dans son verre.

« Mais bien sûr, ma chérie. De la lâcheté. Une lâcheté qui se transmet de mère en fille. Tu l'as héritée de ta mère, cette lâcheté des Indiennes, qui acceptent sans rien dire la tyrannie masculine. En s'inclinant devant les décisions de ton père, ta mère a eu une conduite aussi coupable que la sienne.

— Coupable de… ?

— C'est difficile à admettre, n'est-ce pas ? Qu'une petite femme douce, discrète, affable puisse être coupable de quoi que ce soit ? Quelle sottise ! » C'était presque un cri, elle reposa brutalement son verre sur la table, en renversant la moitié de son contenu, puis elle leva la main droite et agita son index au nez de Saroj.

« Tu es une fille intelligente, Saroj. Il faut que tu comprennes bien la situation – surtout en ce qui concerne ta mère. Pour ton père, c'est clair, mais pour ta mère, c'est plus équivoque. Tout sucre, tout miel en apparence... voilà comment elle trompe son monde. Même Trixie l'adore, ma propre fille. Ha ! la douceur de caractère est certainement très attirante, surtout pour les hommes, mais en ce qui te concerne personnellement, Saroj, ça ne t'amènera nulle part. Tu es toute docile et soumise, et quand tu te rebelles, c'est toi qui en pâtis. Le suicide. Le suicide ! Ha ! c'est encore de la lâcheté. Lève-toi et marche ! Oui, c'est ça, marche ! C'est ce que je ne cesse de répéter à Trixie. Tu t'es enfin décidée. Félicitations, et bienvenue chez Lucy Quentin ! »

Suivit un long silence accablant, pendant lequel Lucy vida son verre d'eau avec une expression de profonde satisfaction. Saroj picorait, elle promenait sa fourchette parmi les nouilles, piquait des petits pois au goût de vomi, et triait le maïs qu'elle mangeait grain par grain. Au contraire Trixie dévorait avec un entrain qui devait sans doute moins à l'appétit qu'à la nervosité. Non, ça n'allait pas, elle le sentait. Il fallait dire quelque chose, défendre sa mère, changer de sujet, trouver n'importe quoi pour mettre un terme à cet effrayant silence accusateur. N'importe quoi pour que Lucy Quentin comprenne.

« Le... prob... mon problème n'est pas tant... il faut dire que si je suis partie, c'est que... c'est en fait parce que j'ai découvert que ma mère avait... qu'elle a... un amant. »

Lucy Quentin rejeta la tête en arrière et éclata de rire, mais d'un rire si moqueur, si ironique, que Saroj eut mal de voir la vie intime de sa mère révélée au grand jour.

« Figure-toi que j'avais oublié ce détail ! dit-elle enfin. Ta mère a donc vraiment un amant ! Bravo ! Je parie que ton petit cœur en a été scandalisé, je me trompe ? Cette douce, gentille et sainte maman... comment l'appelles-tu déjà ? a été capable de faire une chose si hautement, si affreusement, épouvantablement condamnable ! Je parie que ton idée de la chasteté en a pris un coup ! Comment a-t-elle pu, hein ? Faire porter les cornes à cette vieille fripouille de Deodat Roy ! Ma parole, quel dommage qu'on ne puisse pas l'annoncer publiquement, ce serait tellement drôle !

— Ma ne pourrait pas… Ma ne ferait pas… murmura Saroj, le visage en feu.

— Et comment qu'elle pourrait ! Elle l'a fait, non ? Tu en as la preuve, et ta preuve, c'est toi-même ! C'est vraiment la meilleure !

— Vous ne comprenez pas ! » La protestation lui échappa des lèvres, sans qu'elle pût la retenir, et avec plus de violence qu'elle n'aurait osé en mettre si elle avait eu le temps de réfléchir un peu.

« C'est toi qui ne comprends pas ! Mais comment le pourrais-tu, à ton âge et vu la façon dont on t'a élevée ? C'est incroyable, vous autres hindous, vous êtes plus prudes et plus refoulés que les catholiques. Mais comprends une chose, Saroj : on ne peut empêcher la nature humaine d'être ce qu'elle est. Ta mère est une femme, tout comme n'importe quelle autre, elle a droit de tirer un peu de plaisir de la vie, et ce n'est pas moi qui la condamnerais pour avoir fait ça, je dirais même "chapeau" ! Je ne lui aurais pas cru autant de courage, une petite femme comme elle, discrète comme une souris.

— Vous ne la connaissez même pas ! »

Lucy Quentin écarta l'objection d'un geste de la main.

« Oh, ces douces petites Indiennes, quand on en a vu une on les a toutes vues. Je les plains, sincèrement, ou plutôt je les plaindrais si je ne savais quels effets catastrophiques cette douceur produit sur leurs filles, en les obligeant à devenir aussi douces et aussi inefficaces. Incapables.

— Inefficaces ! » Lucy Quentin était une adulte, ministre de la Santé de surcroît, et Saroj avait été élevée dans le respect les adultes, à qui on ne devait pas répondre. Mais à chacune des critiques faites à sa mère, elle se hérissait. Ce n'était pas de cette sorte de soutien qu'elle avait besoin. Elle s'indignait qu'on accablât ainsi sa mère, et pour de mauvaises raisons ! Elle aurait aimé que Lucy Quentin la plaigne et lui dise que c'était affreux que Ma les ait tous trompés, lui ait imposé à elle, Saroj, ce père odieux à qui elle avait permis de la tyranniser, pendant tant d'années ; et voilà qu'elle s'entendait dire que Ma avait bien fait de se comporter de la sorte ! Saroj voulait que Lucy Quentin prenne conscience du choc qu'elle avait reçu en voyant tout son univers s'écrouler, mais elle prétendait au contraire que c'était juste et naturel qu'il en soit ainsi ! Ou alors, elle était une fois de plus aveuglée par des principes moraux, flous et inconscients.

« Je... je pensais... »

Encore ce rire plein de dérision. « Oh oui, je sais qu'on te considère comme une fille très intelligente. Je sais que tu seras candidate pour la bourse de la Guyane britannique, le moment venu, mais vois-tu, tu devrais employer ton intelligence pour réfléchir un peu, faire ton autocritique, accepter la réalité. Et la réalité, c'est que ta mère n'est pas ce que tu croyais qu'elle était ! Point final !

— Vous ne comprenez pas, miss Quentin ! Ma mère est différente, elle ne...

— Bon sang, tu mériterais que te je donne une bonne leçon, mon petit ! Elle l'a fait ! Mais si ! Elle l'a fait parce que la nature humaine est plus forte, bien plus forte, que tous les grands principes culturels de chasteté. Ta mère a jeté son bonnet par-dessus les moulins, peut-être même plusieurs fois, et c'est son *droit* absolu. N'est-ce pas ainsi que font les hommes ? Et maintenant, enfonce-toi ce fait indiscutable dans ta jolie petite tête, qui, du reste, n'est plus aussi jolie qu'avant, maintenant que tu as coupé tes cheveux, et heureusement ! C'est vraiment ce que tu as fait de mieux ! »

Saroj serra très fort son verre entre ses mains, et elle l'aurait peut-être bien jeté à la figure de Lucy Quentin si celle-ci avait dit un mot de plus et continué à accabler Ma d'insinuations malveillantes et si la sonnerie de la porte d'entrée n'avait pas retenti. Profitant de ce prétexte pour fuir l'atmosphère orageuse qui régnait autour de la table, Trixie se leva d'un bond et courut à la fenêtre.

« Saroj, dit-elle d'une voix sifflante. Tes parents ! »

Toute rancune envolée, Saroj posa sur Lucy Quentin un regard suppliant.

« Je ne veux pas les voir ; je ne peux pas retourner chez moi, je ne peux pas ! Je vous en prie, ne me renvoyez pas chez moi, miss Quentin ! »

Les yeux de Lucy Quentin perdirent aussitôt leur dureté métallique et la compassion les envahit. Elle tapota l'épaule de Saroj, puis se leva en disant :

« Ne t'inquiète pas, mon enfant, je suis totalement de ton côté. Trixie, descends ouvrir la porte, s'il te plaît. Et toi, Saroj, j'aimerais que tu entendes ce que j'ai à dire à tes parents. Il est temps que quelqu'un fasse quelque chose pour aider ces pauvres jeunes filles indiennes. Va dans la chambre de Trixie. Je vais m'occuper de cette affaire. Et n'oublie pas, tu as la justice pour toi. »

Trixie dévala l'escalier pour aller ouvrir la porte et Saroj courut se cacher.

Comme la plupart des maisons de Georgetown, la villa de Lucy Quentin était naturellement climatisée. Les pièces, toutes situées sur un seul étage, n'avaient pas de plafond et on voyait la charpente. Les chambres jouxtaient la salle de séjour et la maison était ventilée dans sa totalité. Quand toutes les portes et toutes les fenêtres étaient ouvertes, l'air circulait partout, montait et descendait, tourbillonnait à travers la maison, traversait les pièces et ressortait par les fenêtres, transportant avec lui les bruits et les voix.

Trixie entra sans bruit dans la chambre, les yeux agrandis par l'excitation.

« Ta mère monte… seule. Ton père est resté dans la voiture ! Ouvre tes oreilles ! » Saroj n'avait pas besoin de ce conseil. Trixie la tira par la main et la fit asseoir sur le bord du lit.

À travers les gouttières, Saroj entendit la voix autoritaire de Lucy Quentin invitant sa mère à entrer. Elle parlait encore plus fort que d'habitude, sans doute au bénéfice de Saroj. La voix douce de Ma était étouffée par l'écho vibrant que semblait produire les paroles de son interlocutrice. C'était surtout ce que Ma avait à dire qui intéressait Saroj, mais elle n'entendait que Lucy Quentin. Elle en était réduite à deviner les explications presque chuchotées de sa mère, comme lorsqu'on écoute une conversation téléphonique, et à imaginer ce qu'elle avait pu dire, d'après les réponses qu'on lui faisait.

« Saroj est bouleversée et elle aimerait rester chez moi pendant un moment, le temps que vous trouviez un arrangement tous les trois... Oui, mais voyez-vous cette affaire de mariage a été la dernière goutte d'eau et je vous rappelle une chose que votre mari devrait savoir, étant donné qu'il est avocat : que les mariages forcés sont contraires à la loi... Vous n'avez absolument aucun droit, bien qu'elle soit mineure. Elle a accepté de rencontrer ce garçon uniquement pour vous faire plaisir... Quel est vraiment son sentiment à ce sujet, vous le savez déjà... elle préférerait mourir ! Vous avez de la chance qu'elle ne se soit pas tuée ! Ç'aurait dû être un avertissement, et en tant que femme, Mrs Roy, vous devriez prendre son parti et pas celui de votre mari. Vous-même avez fait un mariage arrangé et vous savez que ce genre d'union est porteuse de malheur. Mais je sais – Saroj le sait et me l'a dit – que vous avez également connu l'amour et la passion, avec un homme qui n'est pas votre mari. Je me trompe ? »

Cette fois, Ma prit la parole. Elle dut prononcer environ trois phrases dont Saroj ne perçut pas un traître mot, mais Lucy Quentin répliqua :

« Oui, je sais que c'est très personnel, Mrs Roy, inutile de me le rappeler, mais Saroj est venue se réfugier chez moi ; je suis pour ainsi dire la tutrice qu'elle s'est choisie... Je sais, je sais, mais elle refuse de vous parler. Elle ne retournera pas à la maison. Bien entendu, vous avez des droits parentaux, vous pourriez venir ici avec la police et l'obliger à réintégrer le domicile familial. Mais demandez-vous simplement quel serait le résultat d'une telle initiative. Votre seul recours est désormais d'attendre qu'elle soit suffisamment calmée pour se risquer à rentrer à la maison. Et puisqu'elle refuse de vous parler, il vous faudra m'utiliser comme intermédiaire...

mais bien sûr, je comprends, ce sont des choses personnelles dont vous n'avez pas envie de me parler, moi qui suis une étrangère, mais sachez que je suis votre amie, Mrs Roy, je suis l'amie de toutes les femmes, quelle que soit leur race, nous sommes toutes sœurs, nous nous comprenons et vous ne devez pas avoir honte de ce que vous avez pu faire. Je comprends parfaitement et jamais, au grand jamais, je ne vous condamnerai, et je ne pense en tout cas pas que le fait d'avoir une liaison extraconjugale soit la fin du monde, pas plus que d'avoir eu un enfant avec un autre homme que son mari, ni de faire passer cet enfant pour un enfant légitime. Les mentalités ont changé, Mrs Roy, nous ne sommes pas en Inde et nous ne vivons plus à l'époque victorienne ! Nous sommes en 1966 ! Vous n'avez donc absolument aucune raison d'avoir honte de tout cela. Une bonne conversation avec moi vous ferait peut-être le plus grand bien, je pourrais vous conseiller et servir de médiatrice entre votre fille et vous… car vous avez toutes deux un urgent besoin de conseils. J'arriverais peut-être à la persuader de vous parler, oui, elle est dans un grand désarroi, comme je l'ai dit. J'ai essayé de lui faire voir la situation de votre point de vue, du point de vue d'une femme enfermée dans un mariage décevant, afin de l'aider à vous comprendre. Mais vous avez bien fait votre travail. Saroj a des idées très arrêtées et, pour dire les choses clairement, c'est une prude, si vous me permettez de dire ça, et elle a du mal à comprendre que la nature humaine sera toujours… »

Les sandales de Ma firent alors plus de bruit que sa voix. Saroj les entendit distinctement claquer sur les marches menant à la porte d'entrée. Elle entendit le tintement de la chaîne contre la grille, la portière d'une auto qui claquait, le moteur tousser quand Baba mit le contact, et la voiture qui démarrait. Elle était baignée de sueur.

Trixie la prit par la main et l'emmena dans la salle de séjour. Tellement commotionnée qu'elle arrivait à peine à marcher, Saroj la suivit et quand son amie la plaça devant le canapé et la poussa doucement par les épaules, elle s'assit docilement. Les coussins en similicuir étaient encore tièdes... de Ma, ou de Lucy Quentin ?

Celle-ci était toujours en haut de l'escalier, immobile, et elle regardait en bas en se caressant le menton d'un air perplexe.

En voyant Saroj, elle tressaillit. Sa bouche s'étira dans un sourire chaleureux et elle alla vers elle en lui tendant les bras.

« Ma petite Saroj, j'ai fait de mon mieux, tu as entendu, je pense ? Je voulais que tu entendes. Ta mère ne parle pas fort, mais il fallait s'y attendre. C'est une petite chose craintive, et si timide qu'elle n'a pas voulu aborder ce problème avec moi, aussi je crains que nous n'ayons guère avancé. Je finis par me demander s'il ne vaudrait pas mieux que je parle avec ton père, c'est lui le responsable, après tout, et ça ne lui ferait peut-être pas de mal si, une fois dans sa vie, une femme lui disait sa façon de penser, et...

— Non !

— Comment ça non ?

— Non, miss Quentin. Je... je viens de décider que j'irai moi-même parler à maman. Ça ne regarde que nous deux, vraiment, excusez-moi d'avoir voulu vous impliquer dans cette histoire. C'était de la lâcheté de ma part, et maman ne vous dira rien, je le sais. Elle ne le fera pas, tout simplement. C'est que... voyez-vous, elle est différente. Vous ne la comprenez pas. Je m'en rends compte à présent.

— Quelle enfant tu fais ! dit Lucy Quentin en fronçant les sourcils. C'est toi qui ne comprends pas. Tu as entendu ce que j'ai dit à ta mère, j'espère. Je t'ai traitée de prude, et c'est ce que tu es. Tu vois ta mère à travers des lunettes roses et c'est pourquoi tu es tellement scandalisée. Mais c'est toi qui ne comprends pas, qui ne peux pas comprendre. Il est possible, et même probable, que ta mère ne se comprenne pas elle-même. Mais, tant pis, fais comme tu voudras. Je te l'ai dit, tu peux rester ici quelque temps. Mais tant que tu ne seras pas prête à voir ta mère telle qu'elle est et non comme tu voudrais qu'elle soit, il n'y aura pas d'espoir pour vous. Pour aucune de vous deux. »

Elle regarda sa montre. « Mon Dieu, déjà neuf heures ! Je t'ai donné assez de mon temps pour aujourd'hui, Saroj, et si tu veux résoudre tes problèmes toute seule, vas-y. Trixie, il est grand temps que tu ailles te coucher, demain tu as classe. Tu as fait tes devoirs ? Sinon, tu as intérêt...

— Mes devoirs ? À cette heure ? Et après une pareille journée ?

— Bien, ça te regarde. Je vous laisse, j'ai une masse de travail qui m'attend en bas. Bonne nuit. »

Elle pivota brusquement sur ses talons, manifestement écœurée par l'obstination et l'ingratitude de Saroj, et elle descendit dans son bureau du rez-de-chaussée d'une démarche raide et élégante. Quelques minutes plus tard, le crépitement de sa machine à écrire commença à résonner dans l'escalier. Trixie regarda Saroj et sourit en lui adressant un clin d'œil.

« T'en fais pas pour elle. Maintenant on va pouvoir s'amuser un peu. Oh là là, c'est comme d'avoir une sœur ! Ou d'être en pension. Viens, j'ai acheté des BD aujourd'hui, et aussi *Seventeen*. On va les lire au lit. »

38

SAVITRI

Après la naissance de Ganesan, Ayyar s'amenda encore davantage, sauf au plan de la boisson. Il était très fier de son fils et, satisfait que Savitri eût enfin accompli son devoir, il cessa de la rudoyer.

« Qu'est-ce que tu lis ? lui demanda-t-il, un soir qu'il rentrait de bonne heure pour pouvoir jouer avec l'enfant, comme cela lui arrivait fréquemment désormais.

— Oh, des poésies. C'est un livre que j'aimais beaucoup quand j'étais petite, *The Sawallow Book of Verse.* »

De son voyage à Madras, Savitri avait rapporté trois livres. C'était un miracle si le recueil de poèmes existait toujours et si Mani ne l'avait pas jeté quand elle s'était mariée. Avec beaucoup de prescience, *Amma* l'avait récupéré et mis de côté pour le jour où elle pourrait le lui rendre sans risque. Car en femme qu'elle était elle aussi, sa mère savait ce qu'était l'amour et que ce livre était le seul souvenir que Savitri possédait de David – et maintenant que David ne pouvait plus causer de tort, le livre ne pouvait pas en faire non plus.

« J'aimerais t'acheter quelques livres », lui dit Gopal la veille de son départ, et il l'emmena à la librairie Higginbotham en lui disant de choisir ce qu'elle voulait. Elle prit le *Bhagavad-Gita*[1] et des poèmes de Rabindranath Tagore. Il insista pour qu'elle en prenne d'autres

1. Poème du *Mahabharata*. *(N.d.T.)*

et de plus coûteux, mais elle refusa énergiquement, en disant qu'elle trouverait dans ces deux livres tout ce qu'il lui fallait.

C'était vrai. Elle lisait au moins une heure chaque jour. Depuis la naissance de Ganesan, au lieu d'avoir plus de travail, elle en avait moins. Ayyar estimait que ce serait indigne d'elle, en tant que mère de son fils, d'aller faire sa lessive au bassin de Parvati, et désormais elle donnait son linge à laver à un *dhobi*. Par conséquent, il ne lui restait plus qu'à faire la cuisine, le ménage et à s'occuper de Ganesan, qui, au reste, passait une grande partie de la journée chez sa grand-mère. Savitri avait donc le temps de lire et son existence commença à s'améliorer. Les viols avaient cessé depuis la naissance de l'enfant. Ayyar la laissait tout à fait tranquille et c'était déjà un bonheur en soi. Elle avait son fils, ses livres qui étaient une source de sagesse et de joie, et elle était libre dans son cœur. Elle aurait été une ingrate d'en demander davantage.

« Lis, lis ! disait maintenant Ayyar avec un sourire bienveillant. Je suis content que tu éduques ton esprit. Je suis fier d'avoir une femme instruite, car tu pourras ainsi éduquer notre fils. Je te donne l'autorisation de lire autant que tu voudras. Tu es une bonne épouse très dévouée et je suis content de toi. »

Savitri inclinait la tête et reprenait sa lecture. Si seulement il savait... pensait-elle en souriant intérieurement. En effet, enveloppée dans un morceau de journal et collée dans le dos du livre, était cachée une petite croix attachée à une chaînette d'or, qu'elle y avait cachée des années auparavant, mue par un pressentiment à l'époque où son univers était entier et innocent. Aujourd'hui, quand elle tenait ce livre dans ses mains, David était avec elle, tout autour d'elle, et elle retrouvait sa plénitude, son innocence, et puis elle avait Ganesan, bien vivant et plein de santé.

Ganesan était le plus beau bébé du monde. Chaque jour Savitri faisait reluire sa peau dorée, quand en riant avec lui qui gazouillait de plaisir, elle l'allongeait sur ses jambes et enduisait d'huile son corps entièrement nu, à part le cordon qui lui ceignait les hanches et que de ses doigts experts, elle pétrissait la chair ferme de ses jambes, de ses bras et de ses fesses potelées, la peau douce de son dos et de son ventre, et ses joues rondes comme des pommes. Ses cheveux noirs, épais et vigoureux étaient en train de repousser, après avoir été rasés deux lunes plus tôt, quand Savitri s'était elle aussi rasé la tête pour aller en pèlerinage au grand temple de Shiva, à Tiruvannamalai, au moment du Deepam, pour remercier Dieu d'avoir exaucé son vœu. Pendant qu'elle le frictionnait, Ganesan la regardait de ses grands yeux brillants, il agitait les bras, lui attrapait les mains et lui enfonçait la plante des pieds dans le ventre. Puis elle l'asseyait pour entourer ses yeux d'un trait de khôl et dessiner un point noir sur son front. Savitri avait l'impression qu'il avait toujours été là, qu'il avait toujours fait partie d'elle-même et du grand amour qui l'unissait à David, car l'amour est l'amour, il ne se fractionne pas, il englobe dans son étreinte tout ce qui vit, et ce petit enfant était la forme que l'amour avait choisi de prendre pour l'approcher, maintenant qu'elle avait perdu David. Elle le serrait contre elle et l'embrassait partout en riant, jusqu'au moment où il commençait à se débattre et à crier : *Pal, Amma, pal !*

Alors elle ouvrait son *choli* en disant : « Tu veux du pal, petit Ganesan ? Viens, viens boire le lait d'*Amma,* viens, mon trésor ! » Et l'enfant se nichait dans ses bras, ouvrait sa petite bouche rose et prenait son sein pour téter le doux lait de l'amour.

Ayyar buvait de plus en plus. Savitri savait qu'il avait toujours une bouteille brunâtre et sale dans la poche arrière de son pantalon – de même que Gopal, Ayyar ne portait jamais de *lungi,* car il estimait être moderne d'esprit – et qu'il en prenait une ou deux rasades dès qu'il pensait qu'on ne le voyait pas.

Elle s'en serait peu souciée s'il n'y avait eu Ganesan. L'enfant avait maintenant un an, un âge qu'aucun de ses enfants n'avait pu atteindre, et un âge aussi où les pères commencent à s'intéresser davantage à leurs enfants, ce qui était le cas d'Ayyar. Il l'emmenait souvent avec lui à son travail, ou pour voir sa mère et des amis, et Savitri était certaine que chez certains d'entre eux on servait de l'alcool. Ces jours-là Ayyar rentrait à la maison en rickshaw, hoquetant, rotant et empestant l'alcool, tout juste capable de porter son fils jusqu'à la porte d'entrée. Savitri attendait anxieusement dans la véranda, un livre ouvert sur ses genoux, mais elle levait la tête chaque fois qu'elle entendait une clochette de rickshaw ou un crissement de roues au coin de la rue. Quand elle voyait que c'était Ayyar qui arrivait avec Ganesan, elle se levait précipitamment pour courir à leur rencontre, prenait le petit dans ses bras, payait le *rickshaw-wallah* et elle était si heureuse qu'Ayyar fût rentré sans encombre qu'elle se montrait d'une gentillesse qui lui faisait croire qu'elle l'aimait ainsi que le doit une bonne épouse, et il était content, malgré l'ivresse qui l'engourdissait.

« Tu es vraiment devenue une bonne épouse ! bredouillait-il. Une épouse excellente. Mais ça ne se serait jamais produit, femme, si je ne t'avais pas battue les premières années. Tu ne m'aurais jamais donné un fils si je ne t'avais pas battue pour m'avoir donné des filles. »

Et il conseillait ses amis. « Oui, oui, une bonne raclée de temps en temps leur fait du bien, jusqu'à ce qu'elles deviennent obéissantes. Mais une fois qu'elles ont compris, ce serait un péché de continuer à les battre. Oui, oui, voyez ma femme. Il n'existe pas de meilleure épouse ni de meilleure mère. Et elle m'a donné un fils merveilleux. Mais – et là il agitait l'index devant son auditoire – il ne faut plus jamais la battre une fois qu'elle a enregistré la leçon, car ce serait un péché. Depuis je n'ai plus jamais levé la main sur ma femme. Je l'adore et la vénère autant que la Divine Mère elle-même. » Il souriait alors, satisfait de sa grande sagesse, et convaincu que sa vie de famille était parfaite. Surtout depuis que sa cadette était mariée et qu'ils n'étaient plus que tous les trois. Une petite famille nageant dans le bonheur.

Un samedi, comme il avait du travail en retard, il décida d'aller passer une demi-heure à son bureau pour mettre son registre à jour, et il emmena Ganesan, non sans avoir bu un coup avant de partir. En arrivant il posa l'enfant par terre et alla prendre le gros livre jauni dans le placard plein à craquer. Il feuilleta ses pages écornées sans pouvoir trouver ce qu'il cherchait ; à dire vrai, il avait oublié ce qu'il cherchait. Pour se rafraîchir la mémoire, il but encore un coup, rota, s'humecta le pouce et se replongea dans le registre. Ayant enfin trouvé le bon endroit, il descendit de son fauteuil pivotant pour aller prendre des papiers dans le placard, mais ils étaient enfouis sous une pile d'autres paperasses. Il tira dessus et toute la pile s'écoula et tomba devant le placard. Il poussa un juron et retourna à sa table pour reboire un coup. Le sol était jonché de papiers. Ganesan était ravi.

Il en prit une poignée et les lança en l'air. Ganesan avait quatorze mois et il marchait depuis peu de temps. Ses mains volaient en tous sens, et Ayyar comprit que jamais il ne parviendrait à remettre de l'ordre dans ses papiers et à les ranger dans le placard, avec Ganesan dans le bureau.

« Va jouer dehors ! Regarde, il y a des chèvres là-bas. Va jouer. Po-i-va ! Po-i-va ! » Il mit l'enfant dehors et referma la porte. Il en aurait pour une demi-heure de plus. Il regretta de ne pas avoir de secrétaire pour s'occuper de la paperasse. À la gare de Madras, il y avait de nombreuses employées qui savaient taper à la machine et écrire en sténo. Lui devait tout faire tout seul. Il méritait une secrétaire. Il songea à aller demander de l'aide à Savitri, mais y renonça aussitôt. On risquerait de dire que sa femme travaillait et ce serait une honte. Non, il allait devoir remettre lui-même de l'ordre dans ce bazar. Il avala encore une rasade et s'assit par terre pour trier ses papiers.

Il s'absorba si complètement dans sa tâche qu'il en oublia tout. C'est alors que le sifflement strident d'un train qui arrivait pénétra dans son subconscient et le fit sursauter. Il connaissait par cœur l'horaire de chaque train. Il regarda sa montre. Quatorze heures trente. Le train de Coimbatore. Il fronça les sourcils. Il avait l'impression d'avoir oublié quelque chose d'important, mais il ne savait plus du tout quoi. Le sifflement cessa et un silence palpable s'installa. Une chèvre bêla. Ce bêlement lui rappela quelque chose… Ganesan. Il avait envoyé Ganesan jouer avec les chèvres et cela faisait déjà une demi-heure. Le petit courait comme un lapin, il ferait bien d'aller voir…

Il se redressa avec difficulté. Il avait le pied gauche engourdi et c'est en boitillant qu'il alla ouvrir la porte pour voir où était Ganesan. Les chèvres étaient toujours là, mais pas de Ganesan. Ayyar fronça les sourcils. Où était-il passé, ce petit chenapan ? Était-il descendu sur la route ? Il sortit dans la cour sableuse et ensoleillée, devant la gare, et inspecta la route dans les deux sens. Elle était déserte, endormie. Tout le monde devait se reposer car c'était le moment le plus chaud de la journée. Ganesan était peut-être entré dans l'une de ces maisons.

« Ganesan ! Ganesan ! »

Le sifflet de la locomotive retentit à nouveau, mais bien plus fort. Il entendit une voix d'enfant, provenant de derrière la haie de ronces bordant les voies.

Une pensée terrifiante, un funeste pressentiment, la certitude d'un malheur imminent l'assaillirent, et il sentit sur sa nuque le souffle glacé de Yama, le dieu de la Mort. Tout devint clair dans sa tête et il se rua vers la voie en hurlant : « Ganesan !

— *Appa !*

— Ganesan ! Ganesan ! »

Il arriva au bord des rails mais aucun signe de l'enfant. Le sifflet de la locomotive n'était plus qu'un long hurlement, déchirant, interminable.

« Ganesan ! »

Il ne s'entendit même pas crier et, soudain une vingtaine de mètres plus haut, sur la voie, il vit son fils, accroupi près d'une chèvre qui grignotait la haie, et dont il tirait le pis d'un air ravi.

« Ganesan ! »

Ayyar se catapulta vers l'enfant au moment où la locomotive noire, éructante et sifflante, apparaissait à l'arrière-plan. Ganesan en prit enfin conscience et la désigna de son doigt.

« Da ! » dit-il à son père en souriant de toutes ses dents, puis du même doigt il montra la chèvre.

« Pal ! Pal ! »

Ayyar, les yeux exorbités, regardait le monstre qui fonçait sur eux en crachant sa fumée, furieux, déchaîné, impitoyable.

« *Appa !* » cria Ganesan soudain inquiet, au moment même ou Ayyar le saisissait dans ses bras et où le chasse-pierres les ramassait et les envoyait en l'air, avec la chèvre, pour les rabattre sur le côté, comme trois petites poupées de chiffon jetées par un enfant coléreux.

Un instant avant que sa tête explose, Ayyar pensa : « C'est à cause des deux petites filles que j'ai tuées. Tout se paie. Shiva, Shiva, Shiva… »

Le train poursuivit son chemin en sifflant, laissant derrière lui le silence satisfait de la mort.

39

NAT

La plate-forme de fortune, constituée de branchages détrempés, fut terminée peu avant minuit. Malgré sa couche inconfortable et le voisinage d'un si grand nombre d'individus allongés tête-bêche, comme des sardines, Nat s'endormit presque à l'instant où il posa la tête sur le *lungi* plié qui lui servait d'oreiller, vaincu par le décalage horaire. Mais longtemps avant l'aube, il était déjà réveillé et bien réveillé. Un mot, un nom le poursuivait, mais il mit un certain temps pour comprendre ce que ce nom essayait de lui dire.

Gauri Ma.

Où était Gauri Ma ?

« Papa », chuchota-t-il. Il ne voulait pas réveiller son père qui dormait près de lui, sachant que chaque minute de sommeil lui était précieuse, mais la question était d'importance et si, par hasard, le docteur ne dormait pas, il l'entendrait murmurer et lui répondrait. Mais non, pas de réponse, Nat chercha sa torche dans les plis du *lungi*, l'alluma et regarda sa montre. Trois heures vingt ; le temps qu'il arrive là-bas, il serait bien quatre heures, l'heure où les gens se lèvent à la campagne. Il fallait y aller, c'était la seule solution. De toute manière, il ne se rendormirait pas. Si elle était à l'abri quelque part, tant mieux, et il serait de retour à cinq heures. Mais il devait absolument y aller.

Il tendit l'oreille ; il avait l'impression que le silence lui parlait, lui disait quelque chose d'important, quelque chose qui lui avait échappé tant il s'inquiétait pour Gauri Ma et, tout à coup il comprit... Justement, c'était ce silence. Plus de trombes d'eau, fini l'incessant crépitement sur la surface de ce lac qui noyait tout, autour de l'école, pas même un discret clapotis. Il ne pleuvait plus ! Du fond de son cœur monta une prière de remerciement ; c'était un bon présage.

Il se leva et enjamba avec précaution les corps assoupis, guidé par le faisceau de sa torche qui trouait l'obscurité. Dehors, il faisait tout aussi noir, car, bien que la pluie eût cessé, de gros nuages continuaient à obscurcir le ciel et il n'avait que son instinct et le mince rayon lumineux de sa lampe pour l'aider à trouver la route. L'eau lui montait presque aux genoux et il sentait sous ses pieds nus la bouillie de sable, de boue et d'herbe qui lui remontait entre les orteils à mesure qu'il avançait dans les ténèbres épaisses, au milieu d'un silence de mort. On aurait dit que l'eau absorbait tous les bruits : pas un seul coassement de grenouille, pas un seul crissement d'insecte. Rien que le chuintement des pieds de Nat cheminant dans l'élément liquide. On ne voyait rien, ni construction, ni maison en ruine, pas un arbre, pas un buisson, pas un rocher, seulement la surface luisante et frémissante de l'eau jouant avec la lumière de la torche, et que venaient troubler ces deux pieds qui avançaient à une cadence régulière.

C'était une marche vers nulle part. Étant donné qu'il n'y avait pas d'étoiles, ni aucun autre repère, pas même la silhouette massive d'une colline à l'arrière-plan, Nat n'avait aucun moyen de savoir dans quelle direction il allait. Il ne savait même pas s'il était sur la route, s'il marchait à travers champs ou droit vers les profondeurs béantes du réservoir de Ganesa, car le monde entier n'était qu'un vaste lac miroitant, qui s'ouvrait devant lui à chaque pas pour se refermer aussitôt après. Il continuait cependant à avancer, dans le néant.

Au bout d'une éternité, lui sembla-t-il, l'univers s'éclaircit d'un ton et il s'aperçut avec une stupéfaction accompagnée d'un profond soulagement qu'il était sur le bon chemin et même presque arrivé au but. Il distingua çà et là des silhouettes de cahutes dévastées entourées par les eaux, avec dans le milieu les palmes de cocotiers méticuleusement tressées qui leur servaient jadis de toit, comme si un géant sans pitié les avait écrasées d'un coup de karaté fulgurant. Il se demanda où s'étaient réfugiés leurs occupants, mais ce n'était pas son affaire. Il y a des limites à ce qu'on peut demander à un être humain et, pour le moment, son affaire, c'était Gauri Ma.

Jugeant que la cabane ne devait pas se trouver à plus d'une centaine de mètres, il avança de quelques pas et entendit dans le silence de petits gémissements semblables à ceux d'un chiot. Sans doute un animal abandonné par une famille en détresse, partie chercher refuge sur une hauteur, voire sur le toit d'une maison ou même un rocher émergeant des eaux. Mis à part le bruit de ses pas et le murmure de sa propre respiration, c'étaient les premiers sons qu'il entendait ce matin.

Les gémissements s'intensifiaient ; il était presque arrivé chez Gauri Ma et, pour la première fois, il se sentit ridicule. Voyons, Gauri Ma était forcément à l'abri quelque part ! Son père n'avait pas pu la laisser tomber, il avait dû l'évacuer dans un endroit sûr, ou alors elle était partie à la ville avec son mari et avait trouvé asile quelque part. En tout cas, ils ne seraient jamais restés là à attendre d'être encerclés par les eaux. Il ne trouverait plus qu'une masure abandonnée au toit affaissé, pas de Gauri Ma, ni son mari ni aucun signe indiquant où ils étaient allés, et il ne lui resterait plus qu'à faire demi-tour pour rentrer au village – au moment même où tout le monde commencerait à se réveiller – et à fournir des explications sur sa mission de sauvetage entreprise sous le coup de l'affolement et, de plus, ratée puisqu'il n'y avait personne à sauver. Quel idiot ! Tiens, pourquoi ne pas sauver le chiot ?

La cabane de Gauri Ma n'était plus en effet qu'un monceau de décombres gorgés d'eau, recouvert des vestiges de ce qui avait été un toit, et Nat se sentit encore plus ridicule. *Tu te prends pour qui ? Pour un héros de cinéma ? Mais non, tu n'es qu'un enfant gâté qui rentre de l'Occident jouisseur et tu n'arriveras jamais à la cheville de l'homme qu'est ton père. Mais bien sûr, le docteur a pris soin de Gauri Ma, comme de tant d'autres d'ailleurs, c'est sa mission dans la vie et je me demande d'où t'est venue l'idée stupide de te précipiter ici avant le jour pour sauver un petit chien ?*

Mais que faire d'autre ? Mieux valait un petit chien que rien du tout. À son retour, il ne devrait pas s'attendre à des félicitations, une bouche inutile de plus à nourrir… Tiens, où avait-il entendu cette expression ? quelque chose en rapport avec la guerre… C'était ridicule, tellement typique de son impulsivité de s'engager dans une pareille mésaventure ! En définitive, pour sauver la face, il aurait intérêt à rentrer les mains vides, en disant qu'il était allé faire un petit tour dans le pays inondé – Nat avait assez d'humour pour rire de lui-même. Lâche ! D'accord, il avait trouvé le chiot au cours de sa promenade, un chiot qui lui servirait de mascotte jusqu'à la fin de son séjour. Il se remit en marche, guidé par le bruit.

Ça venait d'un manguier qui se trouvait à quelques mètres derrière la cabane. Le chien avait dû réussir à y grimper car, par chance, les premières branches étaient assez basses. Dieu sait comment il s'y était pris ? Il faisait encore trop sombre pour que le regard pût pénétrer dans la vaste grotte formée par la couronne de feuillage et Nat promena sa torche le long des ramures majestueuses, tout en émettant des petits roucoulements pour rassurer l'animal.

En réponse, non seulement les lamentations reprirent de plus belle, mais elles se transformèrent en un torrent de langage, de langage humain, du tamoul, sans aucun doute possible, même si ce qui en ressortait n'était qu'un bafouillage confus, haché, inintelligible et, à l'instant où Nat braquait sa torche vers l'endroit d'où provenait le bruit, il la vit, elle, Gauri Ma, perchée dans l'arbre, à moins de deux mètres de lui, un échalas de Gauri Ma, empaquetée dans un sari déchiré, entortillé non seulement autour d'elle, mais également autour d'une branche verticale sur laquelle elle s'appuyait, avec pour tout autre vêtement un jupon encore plus loqueteux.

« Gauri Ma ! » s'exclama-t-il en se rapprochant de l'arbre. À ce moment, il trébucha sur une masse compacte, qui gisait dans l'eau, un objet volumineux, une bûche, peut-être. Mais en sentant sous son pied nu que la surface de cet objet était lisse et glissante au lieu d'être rugueuse, il se dit que ce devait être autre chose et, en braquant sa torche dessus, il vit que c'était un cadavre, un cadavre noirâtre et boursouflé. Il poussa un cri de terreur et de dégoût, alors Gauri Ma se mit à jacasser encore plus fort et, cette fois, il comprit ce qu'elle disait. C'était Biku, son mari, qui l'avait attachée à la branche, afin qu'elle ne tombe pas pendant son sommeil. Ensuite il avait voulu s'attacher à son tour, mais n'y étant pas parvenu, il était tombé de l'arbre en dormant ; elle l'avait appelé et appelé, mais il devait être blessé, car il ne s'était jamais relevé. C'était arrivé hier ou avant-hier et, pour sa part, ça faisait trois jours qu'elle était perchée là, avec un pot d'*iddly*, suspendu à une branche à côté d'elle, des *iddly* que Biku avait achetés au marché, mais ceux qui restaient avaient tourné à l'aigre et si elle les mangeait elle serait malade, et Biku était mort, elle n'avait pas cessé d'appeler, mais il n'y avait personne, personne, personne. Sur ce, elle recommença à se lamenter.

« Ne t'inquiète pas, Gauri Ma, je suis là, je suis venu te chercher. Tu te souviens de moi ? Je suis Nat, ton *tamby*, je reviens d'un pays très lointain, tu te souviens de moi ? J'étais parti à ta recherche, Ma. Figure-toi qu'en me réveillant, ce matin, je t'ai entendue appeler depuis la maison de mon père et j'ai marché dans toute cette eau pour venir te chercher. Il faisait très noir, Ma, pourtant je t'ai retrouvée. Tu vois combien la bonté de Dieu est immense, Ma ? Ne t'inquiète donc pas, car ton *tamby* est là qui va t'aider. Je vais t'emmener chez mon père, tu ne mourras pas ; Biku est parti chez Shiva Mahadeva, il a enfin trouvé le repos. Tu n'es plus seule maintenant, sache-le, Ma, ton *tamby* est venu te chercher. »

Nat grimpa dans l'arbre, tout en continuant à lui parler, et il s'assit à côté d'elle, sur la branche. Le nœud qui attachait le sari à l'arbre était très serré et durci par la pluie ; ne parvenant pas à le dénouer, il y planta les dents et comme l'étoffe était très usée, elle se déchira presque instantanément. Ensuite il installa avec précaution Gauri Ma sur ses épaules, redescendit à terre et la fit glisser sur sa poitrine pour pouvoir la porter dans ses bras. Ainsi lesté, il repartit dans l'aube naissante, à travers la campagne inondée, alors que les premiers rayons du soleil perçaient les nuages. Voilà comment Nat arriva jusqu'à la maison de son père et ramena Gauri Ma, le jour où le déluge cessa. Et il ramena la chance, par la même occasion.

Alors tous se rappelèrent que Nat était le garçon à la Main d'or.

40

SAROJ

Saroj s'éveilla avec l'impression d'être dans une fournaise. Trixie lui tâta le front, puis retira vivement la main et la secoua comme si elle s'était brûlée.

« Mince alors, tu bous ! » dit-elle, et Saroj fut tout juste capable de pousser un grognement, puis de se tourner de l'autre côté.

Drapée dans un peignoir en seersucker vert foncé, Lucy Quentin entra dans la chambre en secouant un thermomètre qu'elle glissa sous l'aisselle de la malade. Elle ramassa quelques vêtements épars, les lança sur le valet de nuit, puis vint reprendre le thermomètre qu'elle examina en faisant des commentaires incompréhensibles. Saroj était trop abrutie pour entendre ce qu'elle disait. Elle glissa dans le sommeil. Quand elle se réveilla pour la deuxième fois, Ma était là, penchée sur elle, qui lui épongeait le front ; l'instant d'après, elle était repartie, et Saroj aussi. Quand elle émergea de nouveau, il y avait le Dr Lachmansingh. Lucy Quentin. Trixie.

« Elle est intransportable », disait une voix. « … une infection », remarqua quelqu'un d'autre, et puis « trop d'excitation, elle a besoin de repos ». D'exquises odeurs caressèrent ses narines et Ma lui présenta un plateau chargé de ses plats favoris, mais elle se sentait incapable de manger, elle pouvait seulement dormir, dormir, dormir. Elle s'enfonçait dans des nuages moelleux et en ressortait pour y rentrer peu après, Ma était près d'elle, la couvant de ses yeux noirs et limpides, comme à l'hôpital, mais cette fois c'était bien son visage, et Saroj poussa un soupir de soulagement car lorsqu'une hallucination prend l'aspect de la réalité, ainsi que l'autre jour, quand elle avait vu ses propres traits à la place de ceux de sa mère, cela signifie qu'on est à deux doigts de perdre la raison.

On aurait dit que son corps, privé du repos indispensable après une intervention, le réclamait impérieusement en la clouant maintenant au lit. Une délicieuse sensation de mieux-être diffusait dans son corps et dans sa tête des ondes douces et sirupeuses comme de la mélasse. Les tendres soins de Ma faisaient fondre son ressentiment. Un ange l'avait prise en charge, dans un espace sans limites où le temps ne se mesurait pas.

Quand enfin la fièvre céda, trois jours s'étaient écoulés. Elle mangea ce que Ma lui avait apporté, puis se laissa retomber sur son oreiller avec un long et profond soupir, en regrettant de ne pouvoir tout simplement remonter le temps et réorganiser sa vie de manière à ce qu'il n'y ait plus qu'elle et Ma enfermées pour toujours dans une bulle de perfection.

« Ma… murmura-t-elle.

— Tout va bien, ma chérie, ne parle pas. Tu es beaucoup mieux aujourd'hui, j'étais si inquiète.

— Ma… il faut que je te parle…

— Je sais, ma chérie, et on le fera, nous aurons une longue et bonne conversation, mais pas aujourd'hui, il faut d'abord que tu te rétablisses complètement et, dès que tu voudras, tu pourras rentrer à la maison et… » Ma dut sentir que Saroj se raidissait imperceptiblement, car elle s'empressa d'ajouter : « Ou alors c'est moi qui viendrai ici, ou bien nous irons nous promener toutes les deux, rien que toi et moi, et je te raconterai une très longue histoire, je te dirai tout ce que tu as envie de savoir. Mais pas maintenant. »

Saroj hocha la tête et sentit des larmes perler à ses paupières. Ma lui essuya la joue avec un coin du drap.

« Ne pleure pas, ma chérie, tout va s'arranger, je te le promets. Et souviens-toi d'une chose : je t'aime très, très fort. »

Elle se pencha en écartant une mèche de son front pour l'embrasser entre les deux yeux. Saroj ferma les paupières et quand elle les rouvrit, Ma était déjà partie, silencieuse comme l'astre de la nuit.

Le lendemain était un samedi. Saroj avait repris assez de forces pour se lever et faire une promenade avec Trixie. Elle se sentait bien, mieux qu'elle ne s'était sentie depuis des semaines, des mois et peut-être des années. Solide, déterminée, libre, l'esprit clair.

Trixie l'emmena jusqu'à la grande digue, sur le porte-bagages de son vélo.

« C'est drôle, remarqua Saroj, tandis qu'elles montaient le petit escalier de pierre conduisant au sommet de la digue. Je n'en veux plus à ma mère, plus du tout. Peu importe ce qu'elle a pu faire. Quant à Baba...

— Ça veut dire que tu vas rentrer chez toi ?

— Non, non, justement ! D'une certaine façon, je me sens purifiée, voilà tout, et en même temps forte et sûre de moi, comme si j'avais maintenant la certitude d'avoir eu raison de partir, mais sans détester Ma pour autant. C'est bizarre. Il faut qu'on se parle afin qu'il n'y ait plus de malentendus entre nous. C'est comme si j'étais devenue adulte en l'espace de quelques jours, comme si j'étais prête pour entendre son point de vue sur cette histoire, prête à la comprendre et à comprendre ses motivations.

— Formidable ! Moi ce que j'aimerais savoir, c'est qui est ton vrai père. Tu crois qu'elle l'aime toujours ? Ça fait longtemps, presque seize ans. Elle a un amant, c'est évident, elle va le voir en cachette en laissant croire qu'elle est au temple, mais penses-tu que ce soit toujours le même, que ça puisse durer depuis tant d'années ? Bigre, quelle histoire ! J'ai hâte d'en savoir plus.

— En tout cas, elle est restée assez proche de lui pour pouvoir lui demander de donner du sang, répliqua Saroj, l'air préoccupé. Et il en a donné, par conséquent...

— Tu imagines ça, ta mère en train de roucouler avec un homme, de lui chuchoter des mots doux à l'oreille ? » Trixie rit et plaqua les mains sur son cœur, en regardant Saroj avec l'expression chavirée d'une femme éperdue d'amour.

« Non, je ne peux pas l'imaginer. Je n'y arrive toujours pas. Ça ne lui ressemble pas, voilà tout. Je ne peux pas l'imaginer amoureuse et encore moins en train de faire ça..., ajouta-t-elle en fronçant le nez.

— Elle a peut-être été violée ?

— Non. Impossible. Réfléchis, si elle avait été violée, comment aurait-elle pu demander à un inconnu de donner son sang ?

— Le violeur était peut-être quelqu'un qu'elle connaissait.

— Tu dis n'importe quoi ! Voyons, si un homme t'avait violée et que tu aies eu un enfant, est-ce que tu te vois en train de lui demander de donner du sang ? C'est tout simplement absurde.

— Non, je ne veux pas dire qu'elle aurait été vraiment violée, mais qu'elle n'aurait pas osé résister à quelqu'un qui se serait montré trop entreprenant, et lui... tu vois ce que je veux dire, il l'aurait un peu forcée et ensuite elle serait tombée amoureuse et...

— Trixie, tu te laisses emporter par ton imagination, une fois de plus. Tu es folle !

— Eh bien, en tout cas, je meurs d'impatience de savoir qui c'est ! Tu crois qu'elle te le dira ?

— Il faudra bien. Je l'obligerai. *Tout ce que je veux savoir*, m'a-t-elle dit.

— C'est pour quand, cette petite conversation ?

— Eh bien, demain peut-être ?

— Peut-être. Autre chose : tu ne seras pas trop fâchée si je t'abandonne, ce soir ?

— Où vas-tu ?

— Quelque part.

— Pourquoi faut-il toujours que tu fasses des cachotteries, Trixie ? Tu ne peux donc pas me dire simplement où tu vas ?

— Bon, d'accord. À un barbecue. Sur les hauteurs, au Diamond Estate. Mais le plus important, c'est… » Elle saisit la main de Saroj, les yeux luisant d'excitation. « Avec qui crois-tu que j'y vais ?

— Comment veux-tu que je le sache ? Je n'évolue pas dans les hautes sphères, moi.

— Voilà, tiens-toi bien, Saroj, c'est Ganesh, ton séducteur de frère ! Pendant que tu étais malade, il a téléphoné pour demander de tes nouvelles, on a commencé à bavarder un peu et ça s'est finalement prolongé pendant environ quatre heures, à la suite de quoi il m'a proposé de m'emmener à une soirée ! Tu réalises ? Moi non ! Au barbecue du Diamond ! J'avais une envie folle de te le dire, mais je me retenais parce que j'avais peur que tu sois furieuse, mais zut ! je n'arrive jamais à garder un secret et de toute manière je ne veux pas que ce soit un secret, oh Saroj, je suis folle de lui ! »

Quand Ma téléphona, dans la soirée, Trixie était déjà partie et Saroj seule à la maison.

« Je suis en pleine forme, Ma ! Elles sont sorties toutes les deux. C'est le grand calme et je me suis remise au travail.

— Tu ferais mieux de te reposer, mon petit !

— Oui, mais les examens approchent et j'ai manqué toute une semaine de cours. Tu viens me voir demain ?

— Oui, c'est pourquoi je t'appelle. Il y a quelques jours j'ai reçu une lettre d'Inde, d'un vieil ami dont j'étais sans nouvelles depuis des années. J'y ai pensé toute la semaine et j'ai pris une décision. Ma chérie, je vais retourner en Inde. Et… aimerais-tu venir avec moi ? Je voudrais te faire connaître des personnes qui me sont chères et…

— Aller avec toi en Inde ? Maintenant ?

— Enfin, pas immédiatement, bien entendu. Après tes examens. Tu pourrais interrompre provisoirement tes études et nous ferions ce voyage ensemble. J'ai tellement de choses à te dire et à te montrer, j'aurais dû tout te raconter depuis longtemps ; il faut que tu rattrapes le temps perdu. Tu es en avance, tu peux te permettre de redoubler une classe !

— Ma ! Je veux passer dans la classe supérieure et présenter mes A Levels, et il n'est pas question que je perde une année ! Après mes A Levels, peut-être !

— Dans deux ans ? »

Elle avait l'air si déçue que Saroj regretta de ne pouvoir la prendre dans ses bras pour la consoler. On aurait dit un enfant à qui l'on refuse une chose qu'il désire de toutes ses forces.

« Écoute, Ma, ça fait si longtemps que tu as quitté l'Inde, tu peux bien patienter deux ans de plus. Attends au moins que j'aie terminé mes études secondaires ! » La prière de Saroj s'acheva sur une lamentation aiguë. On lui demandait l'impossible. On lui demandait de remettre à plus tard la seule chose qui lui permettait de tenir, d'espérer, la seule chose qui valût la peine de vivre ! Ma hésita avant de répondre.

« Oui, tu as raison, bien entendu, mais quelque chose me disait qu'il aurait fallu y aller tout de suite. Sans ton père, évidemment. Rien que nous deux.

— Baba te laisserait partir ? Il te donnerait de l'argent pour le voyage ?

— Laisse-moi faire.

— Ma, je... je me demande. Je ne suis pas vraiment enthousiaste, je l'avoue. Je vais y réfléchir. Tout de même, l'Inde ?...

— Tu pourrais même ne pas revenir du tout à Georgetown, vois-tu ? Au retour, je te laisserai chez Richie, avec Ganesh, et tu pourrais présenter tes A Levels à Londres.

— Ma ! Tu crois vraiment que ce serait possible ?

— Oui. Comme ça, tu seras beaucoup plus proche de ton but, n'est-ce pas ?

— Mais dans ce cas, je n'aurai pas la bourse de la Guyane britannique. Qui paiera mes études ?

— Ne t'inquiète pas. D'ailleurs, je resterai peut-être à Londres, moi aussi. Avec toi. Ou en Inde. Qui sait ? Mais, ma chérie... tiens, voilà ton père qui rentre, j'entends sa voiture. Je viendrai demain vers dix heures et nous reprendrons cette conversation. D'accord ?

— D'accord. Bonsoir, Ma. Et... merci.

— Je t'aime, Saroj, n'oublie jamais ça.

— Moi aussi... je t'aime, Ma. »

Voilà. C'était sorti. Bien plus facilement qu'elle ne l'aurait cru. Et en plus c'était la vérité.

Au beau milieu de la nuit, la sonnerie stridente du téléphone la réveilla en sursaut. Insistante, impérieuse, elle réclamait l'attention à grand renfort de hurlements et, à travers sa torpeur, Saroj sentit son sang se figer. Elle se cacha la tête sous son traversin et quand la sonnerie s'arrêta, elle le souleva et tendit l'oreille dans un silence que seule venait rompre, flottant au-dessus des cloisons, la voix de Lucy Quentin, sourde, atterrée, mais néanmoins si distincte, si explicite, que dès le premier mot, le sommeil et la nuit se dissipèrent, et Saroj continua à écouter, le cœur battant, le cœur instruit par avance de ce qu'elle allait entendre, non pas grâce à une source externe, mais par un instinct profondément enfoui.

« Oh, bon Dieu... non... Oh, bon Dieu. Vous êtes sûr ? Est-ce que les pompiers... Non, bon Dieu... Qu'est-ce que je vais lui dire ? Oh oui... demain matin. Voulez-vous que je vienne... Je peux faire quelque chose... Je comprends... Oui, vous avez raison, absolument. Je sais, elle n'est pas en état... Il vaut mieux que je le lui dise moi-même, quand elle se réveillera. Oh, c'est terrible, terrible. Oh, mon Dieu ! À demain donc... Oui... oui... Mr Roy, je ne sais pas quoi dire... »

Lucy Quentin resta plantée devant le téléphone, le combiné à la main, pétrifiée, le regard fixé sur le mur. Elle n'entendit pas Saroj s'approcher par-derrière.

En chemise de nuit, Saroj s'élança dans les rues sombres et silencieuses, en pédalant comme une forcenée, en direction de ce qui avait été la maison des Roy et qui n'était plus désormais qu'un brasier, une montagne de flammes s'élevant vers le ciel noir qu'elles léchaient de leurs langues furieuses, des bannières de flammes haineuses, s'échappant des fenêtres béantes. Une fournaise grondante, si torride qu'on ne pouvait s'en approcher. Six voitures d'incendie étaient parquées dans Waterloo Street, des policiers repoussaient les badauds de plus en plus nombreux, tandis que les pompiers noyaient cet enfer sous des flots d'eau qui s'évaporaient en crépitant.

Saroj écarta la foule, en appelant sa mère à grands cris. Parvenue au premier rang, elle se jeta dans les bras de Ganesh. Puis elle perdit connaissance.

41

NAT

Bien que la pluie eût complètement cessé, il fallut attendre plusieurs jours avant que la décrue fût suffisante pour qu'on perçoive un changement, et même lorsque la terre détrempée émergea enfin de l'eau, la vie ne put reprendre son cours normal. Dans le village, les habitations étaient presque toutes détruites, si bien que les conditions de vie ne s'amélioraient guère; les femmes et les enfants logeaient toujours dans la maison du docteur et celle de Henry, tandis que les hommes dormaient dans l'école, sur le sol cimenté, bien plus confortable, depuis qu'on avait pu ôter les branchages.

Mais le soleil faisait toute la différence. Dès le premier jour, ce jour où Nat avait ramené Gauri Ma, les visages las et creusés s'illuminèrent d'un sourire, les enfants sortirent jouer dans l'eau, les femmes mirent à sécher sur les arbres et les buissons les affaires humides qui s'entassaient depuis des jours, voire des semaines, et elles nouèrent les extrémités de leurs saris mouillés aux branches, où ils se balançaient dans le soleil, telles de longues oriflammes multicolores.

Le docteur apprit que les personnes dont les maisons avaient été détruites en totalité ou en partie pouvaient demander une aide à la reconstruction, mais les villageois ne savaient où s'adresser ni comment procéder, sans compter qu'ils étaient pour la plupart incapables de remplir les formulaires. Les hommes et les anciens du village tinrent conseil dans l'école, avec le docteur, Nat et Henry, à la suite de quoi Nat fut chargé d'aider la population à effectuer les formalités pour obtenir cette subvention. Cela lui permit de reprendre contact avec tous ses anciens amis ; il allait avec eux évaluer les dégâts et récupérer ce qui pouvait l'être, il écoutait leurs lamentations, remplissait leurs fiches et les emmenait par petits groupes au bureau de la ville chargé d'enregistrer les demandes, collationnées par un fonctionnaire bougon qui faisait signer tout le monde avec le pouce.

Mais les aides promises étant longues à venir, les gens ne purent pas rentrer chez eux tout de suite et, au bout de quelques jours, la vie en communauté dans un espace réduit fit ressortir ce qu'il y avait de pire chez certains d'entre eux ; des querelles éclatèrent et on se regroupa selon la caste (chez Henry, Gauri Ma se vit attribuer la véranda de derrière, si bien qu'elle disposait de beaucoup plus de place que les autres personnes seules), aussi le docteur leur prêta de l'argent sans intérêt, en attendant que les fonds arrivent... si jamais ils arrivaient. Et comme il était occupé à temps plein avec les malades, ce fut encore Nat qui fut chargé d'acheter les briques pour les murs et les palmes de cocotier pour les toits, puis d'organiser leur transport jusqu'au village sur des chars à bœufs. Il mit également sur pied des équipes de reconstruction et servit de médiateur dans les disputes sanglantes qui s'élevaient à propos de l'ordre dans lequel les maisons devaient être rebâties. Mais il était l'un d'eux, il leur appartenait, c'était leur *tamby*, devenu, croyaient-ils, un *daktah*, et bien qu'il fût beaucoup plus jeune que la plupart de ceux qui se trouvaient sous ses ordres, tout le monde l'acceptait à cause de la gentillesse, de la considération et du tact dont il faisait preuve, en plus d'une rigueur efficace, qui exigeait la discipline et réussissait à l'imposer. Ils l'appelaient leur *tamby daktah*, leur petit frère docteur, un nom mêlant avec bonheur l'estime et l'affection.

Nat s'était en outre acquis le titre de Porteur de soleil et de Dissipateur de pluie, car c'était lui qui, le premier matin, leur était apparu baigné d'un rayon de soleil, resplendissant comme un jeune dieu, avec Gauri Ma dans les bras, et quand ils apprirent qu'il avait sauvé la vieille mendiante d'une mort certaine (car, sans Nat, on ne l'aurait sûrement pas retrouvée avant plusieurs jours), qu'il s'était aventuré en pleine nuit dans les eaux sombres et l'avait retrouvée malgré des ténèbres impénétrables, ils se donnèrent des gifles, tant ils étaient impressionnés, ils s'émerveillèrent de ce miracle, et Nat devint à leurs yeux un vrai Fils de Dieu. Même Gauri Ma fut l'objet, du moins pendant quelques jours, d'un respect qu'on ne lui avait encore jamais témoigné (un respect qui avait cependant ses limites, puisqu'un certain nombre de femmes refusèrent tout d'abord de dormir sous le même toit qu'elle, ce qui amena le docteur à leur dire qu'elles devraient choisir entre rester avec Gauri Ma ou partir), car de toute évidence, Dieu la protégeait et lui avait dispensé Ses bienfaits par l'intermédiaire de Nat. Nat acceptait en toute humilité cette admiration qui tournait parfois à l'adulation, conscient de l'obligation d'incliner la tête et de se rendre utile. S'il avait une Main d'or, leur disait-il, il n'y était pour rien, c'était un don de Dieu, dont il fallait user au service de Dieu.

En se retirant, les eaux laissèrent sur le sol une couche de fange qu'il fallait enlever avant de pouvoir faire quoi que ce fût d'autre, car elle était en partie composée d'excréments humains, du fait que les villageois n'avaient eu d'autre possibilité que de se soulager dans l'eau. Ce travail ne pouvant être confié qu'à des membres de la caste des vidangeurs, de nouvelles polémiques s'élevèrent, parce que ceux-ci n'allaient pas assez vite pour effectuer le nettoyage et qu'il restait partout des immondices sur lesquels personne ne voulait marcher. Las de ces disputes, Nat se porta volontaire pour aider au déblaiement et, voyant cela, les mécontents se turent. Ce fut encore Nat qui participa au creusement d'un trou suffisamment profond pour y enfouir la couche de terre polluée, Nat qui descendit dans une autre fosse contenant de l'eau souillée par des excréments, et encore lui qui en ressortit puant et tout éclaboussé de matières fécales. Et loin de l'en estimer moins, les gens du village s'inclinèrent devant lui, car jamais, de mémoire d'homme, on n'avait vu une chose pareille, un fils de *sahib* descendre dans un puits de vidange et accepter d'être souillé par des excréments, ce qui était forcément un signe de suprême sainteté, car seul un saint considère les déjections à l'égal de l'or et conserve envers les deux un égal détachement, n'étant ni dégoûté par l'un ni attaché à l'autre.

Dès que les conditions le permirent, une activité intense s'empara du village, les femmes faisaient la chaîne pour acheminer des baquets remplis de terre rouge servant de mortier, pendant que les hommes construisaient avec des briques cuites des cabanes bien plus solides que les anciennes – le coût supplémentaire étant assumé par le docteur. Ensuite, une fois qu'elles étaient terminées et recouvertes de leur toit de chaume, on enduisait les murs d'une pâte à base de bouse de vache, avec un badigeon de chaux par-dessus et, dans ses habits neufs, jamais le village n'avait été aussi pimpant.

Ces travaux durèrent plusieurs semaines. Nat avait oublié sa promesse d'aller au plus tôt voir Govind à Bangalore et, comme il lui était impossible de quitter le village, il lui écrivit pour lui expliquer la situation. Il reçut une réponse par retour de courrier. Govind et toute la famille Bannerji étaient extrêmement déçus, d'autant plus que ses parents avaient une proposition, ou plutôt une requête à lui soumettre, qu'ils chargeaient Govind de lui transmettre. Nat se souvenait peut-être de l'accident d'avion survenu quelques années plus tôt, dans lequel s'étaient trouvés plusieurs membres de la famille Bannerji, entre autres Arun, le plus jeune des garçons. Conséquence de cet accident, Arun (qui n'avait que quatorze ans à l'époque, un âge où l'on est très impressionnable) avait été terriblement traumatisé et, depuis, il ne voulait plus remonter dans un avion. Il allait bientôt partir en Angleterre pour terminer ses études et devrait donc prendre le bateau. Cela ne posait pas de problème en soi, mais comme il n'avait que dix-huit ans et qu'il était timide et sensible, la seule idée de le laisser accomplir seul un tel voyage causait beaucoup de souci à ses parents. Puisque Nat devait regagner l'Angleterre vers la même époque, les Bannerji le suppliaient de toutes leurs voix conjuguées d'annuler son billet d'avion et de rentrer par la voie maritime, en partageant la cabine d'Arun, à qui il servirait de compagnon et de mentor, tous frais payés, bien entendu. Les Bannerji pensaient que Nat ne perdrait pas au change, puisqu'on avait réservé pour Arun une cabine de première classe, dont la seconde couchette était inoccupée, et ils estimaient que le voyage ne serait pas trop pénible pour les deux jeunes gens, qui non seulement feraient une plaisante traversée, avec tous les agréments, repas exquis, etc., mis à la disposition des passagers de première classe, mais auraient en outre l'occasion de consolider des liens qu'ils continueraient, bien entendu, à entretenir après leur arrivée en Angleterre. Nat se verrait déchargé de ses responsabilités dès que le navire accosterait à Southampton, où Arun serait accueilli par sa sœur aînée et son mari, qui l'emmèneraient dans leur maison du Hampshire. Nat était aimablement prié de répondre par télégramme afin qu'on puisse prendre toutes les dispositions nécessaires.

Nat lut cette lettre à son père et à Henry, après le déjeuner, pendant qu'ils buvaient tous trois leur café sur la véranda en grignotant des biscuits. Quand il eut fini, il la replia et les regarda pour voir leur réaction. Personnellement, il était hésitant. La perspective d'un voyage en bateau, même en compagnie d'un garçon timide et sensible, qui allait sans doute accaparer une grande partie de son temps, était tout de même tentante. Bien qu'il n'y fût pas allé souvent, la mer l'attirait et il regrettait toujours un peu ce bienfaisant séjour à la plage dont la mousson l'avait privé. En revanche, il avait enfin renoué avec son pays. Depuis que la situation était redevenue plus ou moins normale au village, il secondait son père dans son travail et se rendait compte qu'il était fait pour être médecin, que le sort lui avait assigné cette tâche et accordé le don de guérir, en lui attribuant une Main d'or, et que sa place était ici.

Ici, dans le malheur et la détresse, en se donnant totalement pour soulager la souffrance de ceux qui lui demandaient de l'aide, il avait trouvé la paix intérieure. Sa place, sa vraie place. Maintenant il en était sûr. Partir ne serait-ce qu'un jour plus tôt que prévu lui semblait un sacrifice insurmontable. Le seul fait de penser à Londres déclenchait en lui une panique qui ternissait cette sensation de paix ; il redoutait de perdre tout ce qu'il venait de trouver, tout ce qu'il venait d'apprendre, dans le chaos de la grande ville.

Et maintenant, cette lettre. Cette lettre était une prière et, il fallait bien l'avouer, une tentation. Les Bannerji s'étaient toujours montrés très généreux à son égard, ils l'avaient traité en ami chaque fois qu'il était venu passer le week-end chez eux et initié à un mode de vie qu'il n'aurait jamais connu sans eux et qui, bien qu'étant à l'opposé de l'existence qu'il savait lui être destinée, avait joué un rôle essentiel dans sa formation, car il avait grandi, mûri, commis des erreurs, mais ces mêmes erreurs lui avaient servi de leçon. Aujourd'hui les Bannerji lui faisaient miroiter la possibilité de goûter à un autre aspect de cette vie, en lui offrant un billet de première classe sur un paquebot de luxe, confort et plaisirs assurés. Le docteur et Henry le regardaient avec un grand sourire, à croire qu'ils devinaient ses pensées les plus intimes et assistaient au combat qui se livrait en lui. Mais quel combat ? En fait, la question ne se posait même pas. Dans son esprit, il avait déjà annulé son billet d'avion et il n'y avait aucune raison pour que la lettre change quoi que ce soit. Mais pour autant que le savaient son père et Henry, il devait rentrer à Londres le mois prochain, pour y retrouver son travail et sa chambre de Notting Hill Gate.

« Alors, fit le docteur. Tu vas dire oui ?

— Je ne sais pas trop. Je suppose que je devrais accepter, étant donné qu'ils ont toujours été si gentils avec moi, seulement je n'ai pas envie de te laisser tout seul, papa, avec tout ce travail, je veux dire…

— Que tu partes trois semaines plus tôt ne changera pas grand-chose pour moi. Et si c'est ce qui te tracasse…

— Il n'y a pas que ça. Tu comprends, papa, je ne voudrais pas avoir l'air de fuir, enfin, non ce ne serait pas une fuite. On ne peut pas fuir un endroit qu'on aime, quand en plus on y fait un travail passionnant. Ce qu'il y a, c'est que j'avais décidé de rester ici, pour continuer à t'aider à soigner tes malades. Quand je pense à Londres, quand je pense à ce qui m'attend là-bas, à mon travail, j'ai envie de tout envoyer promener, de rester ici et de ne plus jamais repartir… »

Le docteur sourit encore et s'adossa au mur blanchi à la chaux. « Vois-tu, Nat, j'ai pris un très, très gros risque en t'envoyant en Angleterre. J'aurais pu te perdre ; d'ailleurs, ça a bien failli arriver ; je t'ai laissé partir sachant que le monde chercherait à t'attraper avec ses tentacules, pour pouvoir t'avaler. Mais j'ai pris le risque. Parce que le travail que nous faisons ici n'est ni pour les faibles ni pour ceux qui essaient de se défiler. Il faut avoir subi l'épreuve du feu avant de s'engager, il faut connaître ses points faibles avant de pouvoir découvrir ses points forts, et c'est pourquoi je t'ai laissé partir. Je voulais que tu connaisses tout ce qu'il y a à connaître et que tu voies tout ce que le monde avait à t'offrir, de manière que tu choisisses en toute liberté, et non parce que tu n'aurais jamais été en situation de choisir.

— Ça me semble tellement loin, papa, irréel même. Comme s'il s'agissait de quelqu'un d'autre, d'une personne déguisée, un clown ou un pantin grotesque qui me ressemblerait et tournerait en rond sans même se rendre compte qu'il fait le pitre. J'ai beaucoup grandi. Je ne peux pas redevenir ce que j'étais. Laisse-moi rester, papa !

— Non ! Je te l'ai dit dès le jour de ton arrivée. Nous avons besoin de toi, mais en tant que médecin qualifié. Si je t'ai envoyé à Londres, c'était uniquement dans ce but : pour que tu acquières les compétences nécessaires. Tu as eu d'autres idées et tu as pris une autre voie, pendant quelque temps. Mais si tu as vraiment l'intention de t'installer ici, Nat, il n'y a pas d'autre possibilité. Le village s'agrandit et va continuer à s'agrandir. Jamais, à moins d'être fou, un médecin indien n'acceptera de venir travailler ici pour pratiquement rien, et un Européen, encore moins. Quant à moi, je ne peux pas tout faire seul. Jusqu'à présent, je me suis débrouillé et il faudra que je continue à le faire, mais si tu veux vraiment être à la hauteur de ta tâche, il faut que tu reprennes tes études et que tu termines ce que tu as commencé. Retourne en Angleterre, Nat. Retournes-y et reviens-nous quand tu seras médecin. »

42

SAROJ

Ma. Morte. Ces deux mots n'allaient pas ensemble. Ils s'annulaient l'un l'autre. S'il y avait Ma, il ne pouvait y avoir la mort, car Ma *était* la vie. Pour Saroj, Ma était le fondement de son être, pas seulement une personne habitant et s'activant dans une maison de Waterloo Street, mais l'Être même, un Être qui s'était silencieusement et furtivement glissé dans le tissu de sa vie, sans autre but que d'*être*, rien de plus, et Être était sa vie. Ma était la vie; elle était tout le temps là, désormais, en Saroj, l'essence même de tout ce qu'elle était, la silencieuse toile de fond qui maintenait l'unité de son univers. Et maintenant ce petit univers avait disparu en fumée, emportant la toile de fond qu'était Ma… sans rien laisser.

Comment se pouvait-il qu'une personne vivante hier soit *morte* aujourd'hui ? Qu'elle n'existe plus ? Qu'elle ne soit plus ? Comment pouvait-on cesser purement et simplement d'exister ?

Mais Ma était morte. Disparue.

Et Saroj s'était changée en pierre. Elle enregistrait ce qui se passait dans le monde extérieur. Elle voyait Trixie s'acharner à faire réagir la pierre. En pleurant et en suppliant Saroj de pleurer avec elle; mais c'était impossible, puisque les pierres ne pleurent pas. Elle voyait Lucy Quentin, raisonnable, affectueuse, qui se donnait beaucoup de mal pour que la vie continue comme par le passé et disait les choses raisonnables, affectueuses, que l'on dit dans ce genre d'occasion.

Baba vint la voir. Désemparé, habillé n'importe comment, il tenta de consoler une fille inconsolable. Elle l'entendit se disputer avec Lucy Quentin. Elle comprit même pourquoi ils se disputaient. Aucune parole ne lui échappa. Baba voulait que Saroj aille s'installer avec lui, chez Indrani, Lucy Quentin voulait qu'elle reste là. Lucy Quentin l'emporta. Baba ne pouvait tout de même pas l'emmener de force. Elle était une pierre très lourde.

Mais l'être humain possède une extraordinaire faculté de récupération, même un être humain déguisé en pierre. Vers la fin de la semaine, Saroj sentit remuer dans la pierre de son cœur quelque chose qui ressemblait à la caresse d'une plume, à la main de Ma faisant pénétrer un baume bienfaisant dans la motte de néant compacte, et de ce baume vinrent la guérison, la vie et le mouvement. Ensuite le réveil fut rapide.

On lui raconta dans le détail ce qui s'était passé. La cause de l'incendie était maintenant clairement établie : c'était la malveillance.

Cette nuit-là, peu avant que le feu ne se déclare, un témoin avait vu une bande de Noirs pris de boisson dans Waterloo Street ; l'un d'eux avait à la main ce qui semblait être une bouteille d'essence, mais qui aurait tout aussi bien pu être une bouteille de rhum. Aux alentours de minuit, les Persaud, qui habitaient la maison voisine, avaient entendu du chahut et des chansons provenant de chez les Roy ; Mr Persaud avait regardé par la fenêtre et aperçu, sur le pont, des individus à qui il avait crié de s'en aller, et ils étaient partis. Mais Baba et Ganesh n'étant pas encore rentrés, le portail n'était pas fermé à clé, et les voyous avaient dû revenir, pénétrer dans la propriété et jeté un cocktail Molotov dans la cuisine, car c'est là que l'incendie avait débuté. Il avait gagné la salle de séjour et on avait d'abord vu des flammes sortir des fenêtres du rez-de-chaussée, à l'arrière de la maison. Le temps que les pompiers arrivent, le feu faisait rage et on avait retrouvé les restes carbonisés de Ma près de la porte de la tour. Elle tenait toujours à la main l'épée avec laquelle elle avait essayé de forcer la porte, exactement comme Saroj le jour de sa tentative de suicide, mais la fumée l'avait asphyxiée.

Questions sur questions et des réponses qui transformaient rétrospectivement la mort de Ma en sinistre canular, en une tragédie d'erreurs, absurde mais évitable. Pourquoi cette maison en bois ne possédait-elle pas d'escalier de secours ? Justement, on venait d'en commander un, mais hélas... Et de toute manière, vu les circonstances, la tour aurait dû servir d'issue de secours idéale. C'était d'ailleurs la seule partie de la maison qui restait debout. Mais alors, pourquoi Mrs Roy ne s'était-elle pas sauvée par l'escalier de la tour ? Pourquoi ? Parce que la porte de la tour était verrouillée de l'intérieur de l'escalier. Et pourquoi cette porte était-elle verrouillée ? Parce que la jeune fille de la maison l'avait fermée à clé quelques jours auparavant, dans un mouvement d'humeur. Et pourquoi, se voyant prise au piège, la malheureuse n'avait-elle pas cherché à accéder à la tour par l'autre côté, en passant d'une pièce à l'autre ? Eh bien parce que, deux ans plus tôt, le maître de céans avait condamné la porte séparant la salle de bains de la chambre du frère aîné, de manière à retenir prisonnière la fille susdite, et depuis personne n'avait pensé à rouvrir cette porte jamais utilisée.

Pourquoi le fils de la maison n'était-il pas là, lui qui aurait pu ouvrir la porte de la salle de bains ? Eh bien, parce qu'il était occupé à faire le joli cœur auprès d'une Africaine, la fille de cette grande gueule de ministre de la Santé. Et pourquoi le père n'était-il pas là, non plus, lui qui aurait peut-être pu enfoncer les portes ou confectionner une corde avec des draps noués, par exemple ? Tout simplement parce qu'il assistait à une réunion politique où l'on se déchaînait contre la violence des Africains. La boucle était bouclée.

Le *Chronicle* fit ses choux gras de l'affaire, en dévoilant tous les plus horribles détails, en se répandant en commentaires fielleux à propos des erreurs commises par les Roy et en désignant des coupables en veux-tu en voilà.

La seule à échapper à sa vindicte fut Ma, la victime de leurs mesquines chicanes et de leurs intrigues égoïstes.

« Saroj, téléphone ! »

Saroj leva le nez des pages centrales du *Chronicle*, qui analysaient le déroulement de l'incendie avec une précision chirurgicale. Il en était même question dans l'éditorial. Deodat Roy est un braillard, disait le rédacteur en chef ; cela fait plusieurs années qu'il attise la haine raciale et ce drame qui était prévisible en est le tragique résultat.

« C'est pour toi ! » cria à nouveau Lucy Quentin. Saroj n'avait même pas entendu la sonnerie ; elle se leva et alla prendre le téléphone.

« Salut. » C'était Ganesh, mais un autre Ganesh. Un Ganesh anéanti, les ruines du frère d'autrefois. Tout comme elle était les ruines de la Saroj de jadis. Ils étaient tous coupables, Baba, Ganesh et Saroj. Tout le monde le disait. C'était de notoriété publique. Tout les trois avaient sans le savoir œuvré ensemble à la mort de Ma. Ils devraient porter ce terrible fardeau pour le restant de leur vie. C'était la première fois, depuis l'incendie, que Ganesh parlait à sa sœur.

« Comment ça va, Ganesh ?

— Comme ci, comme ça. Écoute, Saroj, il n'est pas question que je reste dans ce pays un jour de plus. Je voulais seulement te mettre au courant. J'ai pris un billet d'avion pour partir à Londres, la semaine prochaine. On pourrait peut-être se voir avant mon départ ?

— Oh, Ganesh ! » Il ne manquait plus que ça – le choc, le chagrin, le remords, et maintenant Ganesh qui s'en allait si brusquement.

« La vie continue, Saroj, c'est ce que Ma aurait voulu. C'est ce que je voulais te dire. Voilà pourquoi je pars, un tout petit peu plus tôt que prévu. Baba m'avait dit que tu refusais de lui parler. Tu te sens mieux, maintenant ?

— Oui, Ganesh, mais… »

Quel soulagement de se confier à Ganesh, de laisser parler son remords, de se gargariser avec d'inutiles « et si ». Mais au bout d'un moment, il l'interrompit.

« Calme-toi, Saroj. C'est fini et il faut continuer à vivre. Tu te présentes aux examens dans moins de quatre semaines et tu as déjà manqué quinze jours de cours. Je veux que tu retournes en classe dès lundi, que tu travailles d'arrache-pied et que tu obtiennes de brillants résultats, comme ça aurait été le cas si rien n'était arrivé.

— Oh, Ganesh ! Je ne pourrai pas ! Je ne suis même pas capable de *penser* à mes cours en ce moment, examens ou pas !

— Il le faut, Saroj. Il le faut absolument. Sinon, Baba te mariera. Je l'ai entendu parler avec Mr Narayan. Les Ghosh ne veulent plus de toi, mais il est en train de te chercher un autre fiancé. Il dit que maintenant que Ma n'est plus là, il te faut quelqu'un pour s'occuper de toi et…

— Je ne te crois pas ! Pas après tout ça !

— C'est la vérité ! Et une fois qu'il aura fait son devoir et que tu seras mariée, il partira s'installer en Angleterre. Alors, tâche de réussir tes examens, tu m'entends ?

— Tu ne pouvais pas trouver de meilleur argument, Ganesh. »

« Je t'ai vue, Trixie. Tu as passé toute l'épreuve de maths à dessiner ! »

Trixie fronça le nez. « Ma tête s'est pour ainsi dire vidée, Saroj ! Je suis désolée, j'ai vraiment essayé de me concentrer, mais c'était impossible, je ne sais plus où j'en suis en ce moment, je ne me sens pas bien du tout et je…

— Tu as vomi ce matin, dis-moi ? Je t'ai entendue. »

Trixie hocha la tête d'un air maussade.

« Ce n'est pas ce que je pense, hein ? »

Nouveau hochement de tête renfrogné.

« Oh, merde ! » C'était la première fois de sa vie qu'elle prononçait ce mot. Mais que dire d'autre ? « Tu en es sûre ?

— Je n'ai jamais de retard, et puis je le sais, Saroj, je me sens différente. Qu'est-ce que je vais faire ?

— C'est Ganesh ?

— Tu le sais bien, Saroj, et tout le problème est là, je me sens tellement coupable, c'est arrivé la nuit de l'incendie, pendant que ta mère était en train de brûler vive, Ganesh me dépucelait et c'est sans doute pourquoi il me déteste et pourquoi je me déteste, parce que tout est ma faute ! J'ai entendu les voitures de pompiers, Saroj ! J'ai entendu ces putains de voitures de pompiers ! Ganesh filait dans Main Street sur sa saloperie de moto, avec moi derrière qui le tenait par la taille, et lui qui se retournait tout le temps pour me raconter des blagues et on riait tous les deux comme des fous. Les voitures de pompiers fonçaient à toute allure dans Lamaha Street avec leurs phares aveuglants et leurs horribles sirènes... Ensuite il m'a ramenée chez moi, et là, sous la maison, on... tu comprends, et on était si heureux ! Cette nuit-là nous étions si heureux ! Mais il est le premier et ç'a été la seule fois, je crois qu'on n'était pas préparés, et j'ai fait tout mon possible pour ne plus y penser, pour faire comme si ça n'était pas arrivé, tu vois, en tâchant de penser à ma carrière ou à je ne sais quoi, mais il n'y aura pas de carrière, il n'y aura rien, et maintenant Ganesh est parti et de toute manière il me déteste parce que c'est à cause de moi qu'elle est morte, il ne m'a même pas dit au revoir comme il faut, et puis maintenant c'est bien trop tard, de toute manière, qu'est-ce que je vais faire ?

— Il faut que tu le dises à ta mère !

— Elle va m'étriper !

— Mais non. Elle trouvera une solution !

— Elle m'obligera à avorter.

— Mais voyons, Trixie, que peux-tu faire d'autre ? Même si tu pouvais te marier, tu es bien trop jeune pour avoir un enfant ! »

Trixie ne répliqua pas. Elle faisait des dessins graisseux sur la table avec la pointe de son index. Saroj se leva pour allumer la lampe, car la nuit était tombée, accompagnée de la mélopée des grenouilles installées dans le caniveau, devant la maison. Tout à coup, le crépitement étouffé d'une machine à écrire montant du bureau de Lucy Quentin, brisa l'envoûtement.

« Mais c'est justement ce que je veux, Saroj, des enfants ! C'est… c'est ton frère… Et si on le lui disait ? Peut-être qu'il reviendrait, s'il savait, et alors, enfin, tu comprends…

— Et alors il ferait ce qu'on doit faire ? Peut-être que oui, peut-être que non. Et si c'était non, s'il voulait que tu avortes, pense à la peine que tu aurais ! D'un autre côté, s'il rentrait et t'épousait, il serait obligé de chercher du travail, d'abandonner ses études de droit, et…

— Le droit ! Tu imagines Ganesh en vieux juriste coincé ? Pas moi ! Je trouve que ce n'est pas juste, c'est ton père qui l'a poussé dans cette voie !

— Mais se marier à dix-huit ans ne serait pas juste non plus ! Et puis il ne se supporte plus à Georgetown, c'est pourquoi il est parti si vite.

— Mais qu'est-ce que je vais faire !

— Avorter !

— Mais… c'est mon enfant ! Je le veux ! Tu ne comprends pas, même si je suis une ratée, j'aurais au moins ça, mon enfant, quelqu'un dont je puisse m'occuper, quelqu'un à aimer et qui m'aimerait telle que je suis !

— Ce n'est pas une raison pour mettre un enfant au monde, Trixie ! Ce serait te servir de ce pauvre petit être !

— Je serais une bonne mère, Saroj, j'en suis sûre ! J'ai tellement d'amour en moi, tu ne peux pas savoir. Je déborde d'amour, je te jure ! Je sais que je ne suis pas une ménagère modèle, mais si j'avais un bébé à élever, j'apprendrais à cuisiner et je ferais plein de choses, parce que je le ferais par amour, tu comprends, aussi je ne peux pas le tuer. Comment pourrais-je tuer l'enfant de Ganesh ! Je l'aime, Saroj, je l'aime et je l'aimerai toujours ; c'est ta nièce ou ton neveu, comment peux-tu même dire une chose pareille !

— Et c'est le petit-fils ou la petite-fille de ta mère. Il faut le lui dire, Trixie. Elle saura quoi faire, c'est sûr. C'est trop lourd pour nous. Nous ne sommes pas de taille. Bien sûr, elle risque d'être furieuse, mais elle t'aime et ne veut que ton bien. Va le lui dire. Tout de suite.

— Elle va exploser.

— Eh bien, qu'elle explose, que peut-elle faire d'autre, d'ailleurs ? Mieux vaut en finir tout de suite. De toute manière, si tu dois te faire avorter, le plus tôt sera le mieux. Va le lui dire. Tout de suite. »

Mais Trixie s'obstinait. « Demain », dit-elle, ses lèvres serrées dessinant une ligne d'une inébranlable rigidité, et Saroj comprit que ce n'était pas la peine de discuter.

« Bon, d'accord, demain. J'y pense, reprit-elle après un instant, avant que tu lui annonces la nouvelle, tu ferais bien d'aller voir un médecin pour t'assurer que tu es vraiment enceinte. Si par hasard ce n'était qu'un simple retard, il n'y aura plus qu'à tirer un trait là-dessus et ce ne sera pas la peine que ta mère le sache.

— Je sais que je suis enceinte, Saroj. En plus jamais je n'oserais aller voir un médecin. Ma mère est ministre de la Santé, elle est copine avec tous ces gens-là et ils croiraient de leur devoir de moucharder.

— Dans ce cas, elle le saura fatalement. Va tout de même voir le Dr Lachmansingh, c'est lui qui m'a soignée au Mercy Hospital. Il a un cabinet privé dans Middle Street. Puisqu'il n'a pas trahi le secret de ma mère, il ne trahira pas le tien. »

Faute de rendez-vous, elles attendirent près de deux heures. Il y avait là plusieurs femmes enceintes qui se caressaient le ventre en échangeant des confidences à voix basse. Et aussi quelques jeunes mères qui contemplaient béatement leur nourrisson, comparaient leur expérience de l'accouchement et le poids de naissance de leur bébé ou évoquaient avec un sourire indulgent leur mari qui était si fier mais incapable de s'occuper d'un enfant. Trixie, qui s'était considérablement déridée depuis la veille, redevenait peu à peu morose ; c'était un club privé où elle avait grande envie d'entrer, dont elle était pour le moment un membre à l'essai, qui pourrait, à la simple condition de ne rien faire, devenir dans quelque temps membre titulaire et se voir initiée à tous ces merveilleux secrets. Mais elle était venue donner sa démission du club, et elle avait l'air malheureux.

Saroj s'aperçut qu'on leur jetait des regards en coulisse, dont Trixie faisait principalement l'objet. Ce n'était pas à cause de leur âge ; les Indiennes se mariaient jeunes et devenaient mères très tôt, mais Trixie était la seule Noire dans cette salle d'attente. Saroj se reprocha de ne pas avoir pensé que son amie allait attirer l'attention, au milieu de ces Indiennes venues consulter un médecin indien pour des problèmes de gynécologie et d'obstétrique. L'avantage, c'était que personne ici ne la connaissait. Si elle s'était adressée à un médecin noir, il y aurait eu de grandes chances pour qu'une patiente sache qu'elle était la fille de Lucy Quentin, la fille de leur célèbre sœur, qu'elle manque de tact au point de lui adresser la parole et aille ensuite cancaner. Avec ces femmes, le secret de Trixie ne risquait rien.

« Miss Macintosh ? »

Dans sa blouse blanche, le Dr Lachmansingh apparut sur le seuil de la salle d'attente, tout en nettoyant ses lunettes. En voyant Saroj se lever en même temps que Trixie, il sourit et lui adressa un bonjour cordial.

« Tout à l'heure, quand je vous ai vue dans la salle d'attente, Miss Roy, j'ai cru que vous veniez pour un contrôle postopératoire à retardement. Vous vous devez d'en faire un, voyez-vous, après vous être sauvée si précipitamment ! Comment allez-vous ? Asseyez-vous, asseyez-vous, toutes les deux. »

Tandis qu'il leur désignait les fauteuils, sa physionomie enjouée s'assombrit et il baissa la voix pour dire : « Permettez-moi de vous présenter mes plus sincères condoléances… votre mère était une femme de grande qualité, une femme exceptionnelle. Quelle tragédie ! Quel gaspillage de vie ! Mais c'est Dieu qui décide de tout. »

Il hocha tristement la tête puis se tourna vers Trixie en se forçant à sourire. Il prit un stylo-bille et le tint en suspens au-dessus de son carnet, ouvert à une page blanche.

« Alors, Miss Macintosh, que puis-je faire pour vous ? »

Trixie n'y alla pas par quatre chemins. « Je suis enceinte ! » lança-t-elle, puis ayant exprimé l'inexprimable, elle le dévisagea comme si elle s'attendait à ce qu'il la *désenceinte* par une onde de son stylo magique.

Il se tapota l'intérieur de la main avec la pointe de son stylo, sans se départir de son expression de paternelle bienveillance.

« Tiens, tiens, vous êtes enceinte. Vous savez que vous êtes enceinte, ou vous pensez que vous êtes enceinte ?

— Je le sais… Enfin, il me semble que je sais… Non, j'en suis tout à fait sûre.

— Et à supposer que vous ayez raison, je crois deviner que vous ne souhaitez pas être enceinte ?

— Si, si, je voudrais bien, mais je n'ai que seize ans, voyez-vous, et ce n'est tout simplement pas possible, je ne peux pas, j'aimerais bien, mais ma mère me tuerait… »

Saroj jugea qu'il était temps d'interrompre ce flot de paroles insensées.

« Docteur Lachmansingh, nous sommes venues vous demander si vous pourriez pratiquer un avortement et… combien ça coûterait… Mais il ne faudra surtout pas en parler à sa mère !

— L'idée de dire à votre mère que vous êtes venue me voir ne me viendrait même pas à l'esprit, miss Macintosh, même si je la connaissais, ce qui n'est pas le cas ; mais quand bien même je pratiquerais des avortements, ce qui n'est pas le cas, je ne pourrais pas le faire sans l'autorisation de votre mère. Étant donné que vous êtes mineure.

— Vous ne le ferez pas, alors ? dirent en chœur Trixie et Saroj.

— Non, je n'en fais jamais. C'est une affaire de conscience. On pourrait dire que j'ai vu trop de mères pleurer un bébé mort-né, pour refuser de plein gré la vie à un enfant en bonne santé. Dans certains cas, il m'arrive de diriger une patiente sur un confrère qui pratiquera l'intervention, mais uniquement pour des raisons thérapeutiques. Pour sauver la mère, par exemple, si de graves handicaps d'ordre génétique menacent l'enfant, ou encore en cas d'inceste. Mais je ne pense pas qu'aucun de ces cas s'applique à vous.

— Non, c'est seulement qu'elle n'est pas mariée et...

— Et le jeune homme ? Le père ? Il refuse d'assumer ses responsabilités ?

— Il ne peut pas.

— Il le sait ? Vous l'avez mis au courant ?

— Non... Il... il est parti, il fait ses études à l'étranger et il n'est pas question qu'il...

— Qu'il vous épouse ? Je comprends, plus ou moins. Dans le temps, les jeunes gens devaient assumer leurs responsabilités, études ou pas, c'était une question d'honneur, mais je suppose que c'est une époque révolue et ce n'est pas en se lamentant qu'on la fera revenir. Non, ma chère enfant, il n'existe pas, dans ce pays, un seul médecin digne de ce nom qui pratiquera un avortement pour des raisons sociales – car dans votre cas il s'agit de raisons sociales, le fait d'être mineure et non mariée – sans l'autorisation des parents. Il ne vous reste donc qu'une chose à faire, à supposer que vous soyez réellement enceinte, ce que nous allons bientôt savoir, et c'est de l'avouer à votre mère.

— Elle va me tuer ! gémit Trixie.

— Mais non, je vous assure. Je vous en donne ma parole, même sans la connaître. Elle ne vous tuera pas. Une mère ne ferait jamais ça. Elle va probablement se mettre en colère, elle s'inquiétera peut-être à cause de votre conduite, elle pourra faire un tas de choses, mais elle ne vous tuera pas. »

Le lendemain matin, Trixie vint secouer Saroj pour la réveiller.

« Tu sais quoi ! Je ne suis pas enceinte !

— Tu as téléphoné au Dr Lachmansingh ?

— Non, mieux que ça. Elles sont arrivées !
— Alors c'était seulement un retard ?
— Oui. Je pense que c'était nerveux, à cause des examens et tout le reste, sûrement. »

43

NAT

Une semaine avant de repartir en Angleterre, Nat prit le car pour Bangalore, où les Bannerji l'accueillirent chaleureusement, ainsi qu'un fils qu'on n'a pas vu depuis très longtemps, comme si les années d'absence les avaient en quelque sorte soudés les uns aux autres et fait de Nat un membre de la famille. Malgré cela, il avait l'impression d'être un étranger. La luxueuse et confortable demeure, le vaste jardin ombragé, avec ses pelouses à l'anglaise entretenues avec soin par un régiment de jardiniers musulmans, les courts de tennis, la piscine (dernière adjonction à ce qui constituait véritablement une grande propriété) donnait à Nat le sentiment de s'être égaré sur un plateau de cinéma où il aurait joué un rôle, en disant ce qu'il fallait dire et en faisant ce qu'on attendait de lui. Il était plus embarrassé qu'heureux de revoir Govind ; en effet, de quoi allaient-ils bien pouvoir parler ? Il se souvenait des obscénités qu'ils avaient échangées à Colombo et avait décidé de tout faire pour ne pas se trouver en tête à tête avec lui, ou, s'il ne pouvait l'éviter, de n'aborder que des sujets sérieux, par exemple l'essor de l'empire Bannerji.

De toute manière, la question ne se posa même pas, car Govind était tout différent dans son cadre familial. Le dandy s'effaçait pour faire place à un mari attentionné, à un père entiché de sa petite fille, qu'il portait presque toute la journée dans les bras, suivi à la trace par une *ayah* anxieuse et impatiente de récupérer l'enfant pour la remettre dans les plis de son sari. Rani observait le comportement de son époux avec un sourire de sphinx et, en la voyant – et en voyant l'effet qu'elle produisait sur Govind – Nat se demanda quelle était la part de la réalité et celle du fantasme, dans ce qu'il racontait à propos de ses folles nuits à Los Angeles, New York et Londres.

« Nat, Nat, marie-toi vite, bientôt tu seras vieux », lui dit Govind, pour le taquiner, et il secoua la tête en souriant, les yeux baissés. Ils étaient tous assis autour d'une table en teck, au bord de la piscine ; Arun était en maillot de bain, Rani portait un pantalon blanc, qui mettait en valeur ses jambes fuselées, et un chemiser de soie jaune. Ses cheveux, qui retombaient sur ses épaules en une masse sombre et soyeuse, étaient retenus sur le côté par un petit bouquet de jasmin fixé audessus de l'oreille. Govind, qui venait de sortir de l'eau, avait la chair de poule et le corps ponctué de gouttelettes ; il faisait sauter sa fille sur ses genoux.

« Ça ne presse pas, dit Nat en regardant Rani, qui le gratifia d'un de ses sourires éblouissants mais énigmatiques, qui promettaient le paradis tout en refusant de le donner.

— Mais si, mais si, ça presse. Mariez-vous vite, pour avoir la perspective d'une longue vie à partager avec votre femme. Vous ferez un excellent mari, Nat, laissez-nous vous trouver une épouse ! »

À l'entendre, on aurait cru qu'elle était beaucoup plus âgée et plus expérimentée que lui, alors qu'elle avait en réalité un an de moins. La dernière fois qu'il l'avait vue, le jour de son mariage, c'était une jeune épousée, lointaine, pleine de dignité, gracieuse et timide comme une biche, attentive à la voix vibrante de son *veena*, sur le point de s'embarquer pour l'inconnu, sur le navire du mariage. Ce navire avait dû essuyer plusieurs tempêtes, car de son regard se dégageait une force sereine, née de la ténacité, et quand elle le posa sur son mari, il parlait le langage muet de l'amour, non pas avec ce ravissement énamouré que Nat avait vu dans les yeux de tant d'amants, mais avec une chaude intimité qui semblait se refermer sur son époux et l'attirer à elle.

Govind rencontra ce regard et échangea avec elle un sourire complice.

« Oui, Nat, et ce soir nous avons invité quelqu'un qui risque de te plaire. Une très jolie fille, encore célibataire, une ancienne camarade de classe de Rani.

— Elle vous plaira, Nat. Évidemment, elle est très vieille, elle a vingt-trois ans, mais si elle n'est pas encore mariée, c'est uniquement parce qu'étant orpheline elle vit avec une tante qu'elle mène par le bout du nez et qu'elle est très difficile. Govind, je vous laisse, les garçons vont bientôt rentrer de l'école. » Elle se leva, inclina légèrement la tête à l'adresse de Nat et rentra dans la maison, sous le regard des deux hommes, un regard admiratif en ce qui concernait Nat et rempli de fierté, pour Govind.

« Tu vois, Nat, c'est ça une femme. Un homme a besoin d'une femme, crois-moi. Regarde bien Rhoda, je suis sûr que vous êtes faits l'un pour l'autre. »

Rhoda était une jeune fille parsi à la peau brun clair. Elle était petite, menue et c'était la première fois que Nat voyait quelqu'un qui eût vraiment un visage en forme de cœur. Elle avait un petit nez insolent, des yeux rieurs et une bouche qui remontait aux commissures ; il la trouva mignonne et se demanda sérieusement s'il devait l'épouser, étant donné que, pour sa part, elle ne cachait pas qu'elle en serait ravie. Il n'y avait aucun obstacle au plan de la religion ou de la caste, ni de père pour soulever toutes sortes d'objections, et Nat se disait que le mariage serait sûrement le meilleur moyen, pour lui, de mener une vie plus rangée à Londres, puisqu'il fallait y aller. Les parents de Rhoda étaient morts dans un accident de voiture, alors qu'elle était toute petite, en lui laissant de confortables revenus provenant de l'affaire familiale, et elle avait été confiée à la garde d'une vieille tante peu autoritaire. Rhoda avait connu Rani au conservatoire de musique, où elle étudiait le piano, et pas un instrument indien, car tout ce qui venait d'Occident la fascinait. Elle ne faisait pas mystère du fait qu'elle avait tenté à plusieurs reprises de trouver un mari installé en Occident, par les petites annonces du *Times of India*, et demanda quasiment Nat en mariage. Elle portait un sari en soie vert émeraude qui moulait son corps et bruissait à chacun de ses mouvements ; elle était plus que jolie, sans être encore vraiment belle, et semblait tout avoir pour faire le bonheur d'un homme.

Mais pas de Nat. À la déception générale, il dit non. « Mais pourquoi ? » s'écrièrent en chœur Govind et Rani, une fois que Rhoda fut partie. Elle lui correspondait en tout, même son âge ne pouvait susciter des objections, vu qu'on vivait dans une époque moderne. Nat eut beaucoup de mal à les convaincre que oui, il en avait la certitude, et que non, il était incapable de leur dire pourquoi, mais il ne pouvait tout simplement pas l'épouser.

« Jamais je ne te comprendrai, Nat, dit Govind. Tu as beau avoir été élevé par un Anglais, tu es indien dans l'âme. Surtout, que je n'apprenne un jour pas que tu as épousé une Anglaise. »

Ils débarquèrent à Southampton un matin de septembre. Arun fut accueilli à son arrivée par sa sœur, son beau-frère et deux cousins, qui se dirent désolés de ne pouvoir emmener Nat parce qu'il n'y avait pas de place dans la voiture. De toute manière, ils n'allaient pas à Londres, mais retournaient chez eux, dans le Hampshire. Nat se rendit donc à la gare, mais quand il arriva sur le quai, le train était déjà bondé ; il resta un moment à se demander s'il devait aller vers la gauche, du côté de la locomotive, ou vers la droite, en queue du convoi, et son regard plongea à l'intérieur du compartiment qui se trouvait devant lui, pour voir s'il n'y aurait pas, par hasard, une place libre, quand il rencontra une paire d'yeux qu'il reconnut aussitôt – non, qu'il connut, car il bascula dedans, pour ainsi dire, ou plutôt dans ce qu'il y avait par-delà ces yeux. Tout se passa en une fraction de seconde, et dans la fraction de seconde suivante, Nat découvrit le visage renfermant ces yeux, le visage d'une jeune Indienne qui, malgré la vitre sale qui les séparait, rayonnait d'innocence, un visage candide, si exquis dans l'émerveillement qu'on y lisait (il ne comprit pas à cet instant que c'était lui la source de cet émerveillement, tant il était lui-même émerveillé !) que son cœur se serra. Sa main, qui se levait pour rabattre une mèche de cheveu derrière l'oreille, resta en suspens, dans une sorte de salut impromptu.

Un coup de sifflet le rappela à la réalité. Il se détourna pour se ruer à la portière du wagon, mais comme elle était verrouillée, il courut vers la suivante, fermée elle aussi. Un deuxième coup de sifflet retentit et le convoi s'ébroua. Il pressa le pas, mais toutes les entrées étaient bloquées par les grappes d'Indiens bavards et leurs indispensables bagages, matelas roulés, valises, malles, cartons et même des meubles… c'était sans espoir. Les portes se refermèrent.

Nouveau coup de sifflet. Le train s'ébranla, s'immobilisa, se remit en mouvement, commença à glisser sur les rails, rassembla ses forces, prit de la vitesse et s'éloigna, hors d'atteinte. Immobile sur le quai, il le regarda s'évanouir dans le lointain. Jamais de toute sa vie, il ne s'était senti aussi seul.

44

SAROJ

Dès l'annonce des résultats des examens, la première chose que fit Saroj fut de téléphoner à son père pour l'en informer.

« Baba, Ganesh m'a dit que tu avais l'intention d'aller t'installer en Angleterre, enchaîna-t-elle aussitôt.

— Oui, oui, c'est exact. Et…

— Écoute-moi. Écoute-moi bien : je pars moi aussi. Soit tu m'emmènes avec toi et je passerai mes A Levels là-bas, soit je reste ici, chez miss Quentin, pour me présenter à la bourse de la Guyane britannique, et je l'obtiendrai. Je te jure que je l'obtiendrai. Donc, de toute manière, j'irai en Angleterre. En tout cas, une chose est certaine, Baba, je ne me marierai pas. *Je ne me marierai pas*. Miss Quentin me soutient, elle s'opposera à toutes les tentatives que tu feras pour me marier de force, et elle aura gain de cause. En ce moment, tu es l'ennemi public numéro un. Ainsi, vois-tu, tu as le choix. »

Elle raccrocha brutalement et la joie qui l'inonda à cet instant fut le sentiment le plus délicieux qu'elle éprouvait depuis des semaines. Aucune vengeance ne pouvait être plus suave.

« Huit A ! »

Lucy Quentin avait bien du mal à dissimuler son dépit. Trixie restait assise sans bouger, la tête basse. Saroj aurait aimé la prendre dans ses bras, pour la protéger de sa mère, de ses remarques acides et de son regard hargneux. Trixie avait obtenu un seul A, en dessin. Tout le reste était catastrophique. La tristesse que Saroj ressentait pour son amie l'emportait sur la fierté qu'elle tirait de ses succès personnels.

« Alors, Trixie, qu'est-ce que tu dis de ça ? Huit A ? Le monde s'ouvre grand pour Saroj, et toi, qu'est-ce que tu vas faire maintenant ? Frotter des planchers ? » Trixie se recroquevilla sous le regard fulminant de sa mère. Elle mangeait du bout des lèvres, sans dire un mot, et Saroj retenait difficilement ses larmes.

« Regarde-moi, ma fille ! »

Trixie releva la tête. Ses yeux luisaient, immenses.

« Je... je suis bête, voilà tout ! Et puis tu m'as obligée à prendre six matières, au lieu de cinq, comme je le voulais, et...

— Bête, toi, tu veux rire. Comment peut-on échouer en *géographie* ! Tu sais très bien de quoi tu es capable quand tu veux ! Tu es tout simplement paresseuse, tu perds ton temps à dévorer des bandes dessinées – mais oui, je sais où tu les caches –, à rêvasser, la tête dans les nuages, et à gribouiller en permanence. Tu t'imagines que c'est comme ça que tu vas t'en sortir ? Après tout ce que j'ai misé sur toi ! Je plaçais tant d'espoirs en toi, rien n'était jamais trop coûteux ; je voulais que tu aies tout à ta disposition et... Bon, maintenant c'est trop tard, de toute manière. Tu as eu ta chance et tu... Oh, bon Dieu, je pourrais... »

Lucy Quentin laissa tomber son couteau dans l'assiette qu'elle n'avait pas touchée et recula bruyamment sa chaise, qui bascula en arrière. La fureur irradiait littéralement de sa personne, aussi valait-il mieux qu'elle s'en aille. Elle descendit dans son bureau en faisant résonner les marches sous son pas.

Saroj posa la main sur celle de Trixie.

« Ne t'en fais pas, tout le monde sait que tu seras un jour une grande artiste. Attends que tu deviennes célèbre, alors on verra ce qu'elle dira.

— Je... je... oh, Saroj, je suis nulle, voilà tout... » Elle se jeta dans les bras de son amie et commença à sangloter sans retenue. Saroj la serra très fort, pour la réconforter.

« Mais non, Trixie, tu n'es pas nulle. C'est seulement que tu as des dons pour autre chose.

— Fiche-moi la paix avec mes dons ! Regarde-toi, tu obtiens des A, comme ça, ajouta-t-elle en claquant dans ses doigts. Ça veut dire que tu es la fille dont rêve ma mère, tu seras sûrement médecin ou quelque chose dans ce genre, et moi, je suis tout simplement une *ratée*, elle ne peut plus me voir en peinture...

— Écoute, Trixie, elle est seulement fâchée parce que tu as déçu ses espérances, mais peut-être qu'elle se trompe d'espérances. Pourquoi ne serait-elle pas fière de tes talents artistiques, je paierais cher pour pouvoir peindre comme toi, c'est aussi bien que d'être médecin, ou n'importe quoi d'autre !

— La peinture ! Bof ! » Trixie balaya la remarque d'un geste de la main. « Pour ma mère, c'est un amusement. Elle veut que je fasse des choses sérieuses. Et maintenant, avec ces résultats, qu'est-ce que j'ai comme possibilités ? Je ne peux pas passer dans la classe supérieure. Je ne peux pas trouver un emploi convenable. Pas même, Dieu merci, dans une banque de merde, avec ma note en maths.

— Tu pourrais repasser les matières où tu as échoué.

— Oui, et après, trouver un boulot à la con quelque part ! Ah, si seulement je pouvais me marier et en finir avec tout ça. Si seulement j'étais enceinte ! Mais maintenant Ganesh est parti, toi tu vas partir, et moi je vais rester toute seule dans ce pays pourri.

— Bon sang, Trixie, il faut grandir ! Tu crois vraiment qu'un enfant aurait résolu tous tes problèmes !

— Parfaitement. Je suis une ratée, je ne suis même pas capable de tomber enceinte !

— Tu n'es pas une ratée. Tu es quelqu'un d'épatant. Tu es tellement formidable que tu en rayonnes de partout. »

Dans la soirée, alors que Trixie lisait une bande dessinée et Saroj un livre, Lucy Quentin appela depuis le bas de l'escalier : « Trixie, descends, s'il te plaît. Je voudrais te parler.

— Oh, merde, qu'est-ce qu'elle veut encore ?

— Tu ferais mieux d'aller voir.

— Encore un sermon. Oh, Saroj, j'en ai marre ! Viens avec moi pour me soutenir ! »

Elles descendirent et entrèrent dans le bureau, Trixie devant et Saroj juste derrière elle. Assise à sa table de travail, au fond de la pièce, Lucy Quentin leur tournait le dos. Les murs étaient tapissés d'étagères bourrées de volumes à l'aspect rébarbatif. Le sol disparaissait sous des piles de documents, de dossiers, de classeurs, disposés selon un ordre connu d'elle seule. Saroj ne doutait pas une seconde que si elle avait besoin d'un papier précis, elle savait exactement où le trouver et pouvait mettre la main dessus en un rien de temps. En entendant entrer les deux filles, elle pivota sur son fauteuil. Saroj fut surprise de voir que son masque de mécontentement avait laissé la place à un sourire presque joyeux.

« Maman, je voulais... lança Trixie, mais sa mère l'interrompit.

— Oui, ma chérie, je me rends compte que tu es aussi déçue que moi et j'ai réfléchi. Je sais précisément ce que nous allons faire. J'ai même déjà plus ou moins trouvé une solution, enfin... si tu es d'accord. »

Trixie et Saroj échangèrent un regard perplexe. Lucy Quentin les considéra avec un sourire radieux et montra sa machine à écrire.

« Ça te plairait d'aller en Angleterre ? Chez ton père ?

— Chez... papa ?

— Oui, ma chérie. J'ai réfléchi à ton avenir et j'en suis venue a la conclusion que le mieux pour toi serait d'aller le retrouver. C'est de lui que tu tiens, après tout. Il est l'artiste de la famille, il saura quoi faire... Attends, attends, qu'est-ce que tu fais ? Laisse-moi terminer ! »

Trixie s'était jetée sur sa mère et semblait sur le point de l'étrangler, mais celle-ci esquiva adroitement l'assaut.

« Écoute-moi, veux-tu ? Si tu es suffisamment douée, il pourra peut-être te faire entrer dans une école de beaux-arts. Je vais lui envoyer quelques-uns de tes tableaux, ceux que tu as faits en classe, ils ne sont pas mal, vraiment... »

Trixie couvrait sa mère de baisers, avec une violence telle que Saroj crut qu'elle allait la faire basculer de son fauteuil. Lucy Quentin leva les mains en l'air et essaya de la repousser en riant, mais Trixie s'avéra la plus forte.

« Arrête, Trixie, tu m'entends ? Arrête, attends que j'aie terminé ! Attends, j'ai dit, il y a autre chose... »

Trixie recula en regardant Saroj, les yeux brillants de joie et écarquillés d'incrédulité.

« Écoute-moi une minute avant de me faire mourir par asphyxie. Entendu, je t'autorise à faire des études artistiques, mais à une condition : il faudra que tu retournes dans un lycée pendant un an, pour repasser les examens auxquels tu as échoué. Je veux que tu te donnes à fond, que tu travailles d'arrache-pied, que tu sois raisonnable et que tu obtiennes des résultats corrects aux O Levels, y compris en maths, bien entendu, afin que si ça ne marche pas pour l'école de beaux-arts tu puisses te rabattre sur autre chose. Ton père a réussi comme artiste, alors pourquoi pas toi. Dieu sait qu'il a bataillé comme un forcené, au moment du divorce, pour essayer d'obtenir ta garde. Laissons-lui donc tenter sa chance. Ce que ça donnera, je m'en lave les mains. Voilà. Je lui ai téléphoné aujourd'hui pour lui demander s'il voulait te prendre avec lui, la communication était affreusement mauvaise et je n'ai presque rien pu lui dire, mais il a prononcé le mot capital : oui. Aussi...

« Saroj, tu pars dans trois semaines, n'est-ce pas ? Penses-tu qu'il reste encore de la place sur le bateau ? Il faut que je m'occupe de la réservation dès demain. »

Trixie et sa mère quittèrent Georgetown à peine une semaine plus tard. Lucy Quentin souhaitait profiter un peu de sa fille, avant une séparation qui risquait d'être longue, et elles passèrent une quinzaine de jours sur la plage de Tobago, dans un bungalow appartenant à un oncle de Trixie. C'était en outre de Port of Spain que le paquebot *Montserrat* devait lever l'ancre pour Southampton, où il accosterait trois semaines plus tard.

Après leur départ, Saroj s'installa chez son oncle Balwant, en attendant de quitter Georgetown à son tour.

En débarquant de l'avion, à l'aéroport de Port of Spain, Saroj et son père virent Trixie sautiller sur place en leur adressant de grands signes, depuis la terrasse des visiteurs.

« Qu'est-ce que cette fille fait ici ? demanda Deodat, l'air extrêmement contrarié.

— Euh... elle part aussi pour l'Angleterre, sur le même bateau.

— Quoi ! Comment ça se fait ? Pourquoi ne m'as-tu rien dit ?

— J'ai oublié, Baba.

— Sa mère part aussi ?

— Non. Elle voyage seule. Enfin, avec nous ! »

Sous le choc, Baba se mit à bafouiller. « Quoi ! Et personne ne m'a rien dit ! Elle ne va tout de même pas nous imposer sa présence comme ça ! Qu'est-ce que ça signifie ? Cette fille nous a déjà causé assez d'ennuis.

— Mais, Baba, je l'ai invitée à partager ma cabine, de manière que je ne me retrouve pas avec une inconnue, tu comprends, aussi j'ai proposé à sa mère qu'on voyage ensemble et elle a trouvé que c'était une bonne idée. Elle t'en aurait sûrement parlé avant de quitter Georgetown, mais elle n'a pas eu le temps, elle s'est décidée à la dernière minute. Je lui ai dit que tu n'y verrais pas d'inconvénient, que tu serais content que j'aie de la compagnie. Je pense qu'elle viendra te parler de tout ça avant l'embarquement. »

Il la considéra avec des yeux qui lançaient des éclairs, mais elle resta superbement indifférente. C'était la première fois qu'elle revoyait Deodat depuis la mort de sa mère et elle s'était rendu compte entre-temps à quel point elle avait grandi, que son opinion lui importait bien peu et qu'elle était prête à le défier ouvertement. Pas de façon agressive, pas en croisant le fer, mais en adoptant une attitude impertinente, comme maintenant.

Après avoir récupéré leurs bagages, ils sortirent dans le grand hall de Piarco, où un Noir vêtu d'une longue tunique couverte de fleurs d'un rouge éclatant égrenait une douce mélodie sur un tambour métallique, sur un rythme si apaisant qu'il dissipa l'angoisse qu'elle ressentait à l'idée de l'affrontement imminent.

Trixie et sa mère vinrent à leur rencontre, souriantes, transformées. Les profondes rides que le stress creusait habituellement sur le front de Lucy Quentin, son masque de mécontentement permanent s'étaient effacés, et elle salua Baba avec un sourire tellement serein qu'il en fut totalement désarmé.

« Oh, Mr Roy, je vous fais toutes mes excuses pour vous avoir imposé Trixie comme ça, à la dernière minute, mais Saroj m'a dit qu'il n'y avait aucun problème, que ça ne vous dérangerait pas du tout; franchement, je n'ai pas eu le temps de vous téléphoner avant mon départ et il n'y avait pas d'autre solution, tous les avions sont pleins jusqu'à la mi-septembre mais, par chance, il restait encore quelques couchettes libres sur le *Montserrat*. Je suis certaine que tout se passera bien, Saroj est une fille extrêmement *mûre* et Trixie lui obéit au doigt et à l'œil ! »

En entendant cela Trixie et Saroj, qui s'étaient prises par le bras après d'exubérantes retrouvailles, échangèrent un sourire malicieux. Trixie fit un clin d'œil à son amie, qui eut du mal à se retenir de rire. Quant à Baba, sa bonne éducation l'emportant sur ses préjugés, il toussota, bredouilla et affirma que c'était très bien, que c'était une bonne chose pour Saroj d'avoir une compagne, et il déclara qu'il prenait Trixie sous sa protection.

Depuis la mort de Ma, il avait rétréci de plusieurs tailles. Il n'était plus que l'ombre de lui-même. Saroj comprit tout à coup le sens de cette formule. C'est une impression qu'elle ressentait d'ailleurs personnellement, mais chez elle, l'ombre commençait à s'emplir de substance ; de nouveaux contours se dessinaient, une vie nouvelle tressaillait en elle à la perspective d'un recommencement. Elle avait l'avantage de la jeunesse. Son intellect restait capable de sprinter et il avait pris de l'avance sur la pensée clopinante de Baba. Il lui faisait presque de la peine.

Au sortir de l'aéroport, ils plongèrent dans la foule bigarrée des chauffeurs de bus et de taxi, des porteurs, des touristes, des marchands ambulants, des cireurs de chaussures, des vendeurs de billets de loterie, des danseurs de limbo et de tout ce qui pouvait exister en matière d'individus braillards, joyeux, habillés de couleurs carnavalesques, qui discutaient entre eux avec de grands rires, en plein milieu de la chaussée.

Ils prirent deux taxis pour se rendre en ville. Trixie devait passer la nuit chez ses grands-parents, Lucy Quentin chez une ancienne camarade de classe, et Baba et Saroj à l'hôtel. Ils se donnèrent rendez-vous pour le lendemain matin, à bord du bateau. Avant de repartir, Trixie emmena Saroj à l'écart et lui chuchota à l'oreille :

« J'ai eu une affreuse nouvelle, affreuse, Saroj ! Je t'avais dit que papa ne voulait pas de moi, n'est-ce pas ? Eh bien, j'avais raison ! »

Saroj la regarda d'un air surpris et vit qu'elle était au bord des larmes.

« Comment ça ? Qu'est-ce que tu veux dire ? »

Mais les taxis attendaient et les parents impatientés les séparèrent avant que Trixie ait pu répondre.

Trixie et Saroj partageaient une cabine exiguë sur le même pont que Baba mais située, par chance, à l'opposé du navire. Elles se chamaillèrent à propos de l'attribution des couchettes, inspectèrent le minuscule cabinet de toilette, ouvrirent les placards, jetèrent leurs bagages sur les lits, avant de ressortir en courant sur le pont principal pour assister au départ. Au moment où une annonce par haut-parleur priait les visiteurs de redescendre à terre, Lucy Quentin avait eu du mal à contenir son émotion et Trixie voulait lui adresser un dernier adieu depuis le bateau. Elles se faufilèrent parmi les passagers et réussirent à accéder au bastingage, d'où Trixie scruta anxieusement la foule massée sur le quai, quand soudain elle s'exclama joyeusement : « Elle est là ! » en agitant frénétiquement la main et en hurlant : « Maman, maman ! » dans le vent qui emportait son appel. Des larmes roulèrent le long de ses joues, qu'elle ne chercha pas à retenir.

Minuscule silhouette esseulée, vêtue d'un ensemble pantalon lilas, Lucy Quentin leva une main tout en se tamponnant les joues de l'autre, avec son mouchoir. Toute petite, désemparée, déchue de son pouvoir, disparaissant peu à peu dans le grand désert des adieux. Elle n'était plus désormais qu'une mère au cœur en peine.

« Qui sait quand je la reverrai ? Pas avant des années, peut-être ! sanglota Trixie, tandis que la sirène du navire émettait un long rugissement caverneux, douloureux, et qu'on ramenait la passerelle et les cordages. Je n'ai plus que toi, gémit-elle, en pleurant sans retenue.

— Allons, Trixie, calme-toi, déclara Saroj en la prenant par les épaules. Et puis, par pitié, explique-moi pourquoi tu as dit que ton père ne voulait pas de toi ? Te voilà sur le bateau, non ? Que te faut-il de plus ?

— Oh, Saroj, si tu savais ! Il y a quelques jours, papa a envoyé un long télégramme pour dire qu'il allait me mettre en *pension* ! Qu'ils viennent d'acheter une maison où il n'y a pas de chambre pour moi et qu'ils connaissent une excellente école dans le *Yorkshire* ! D'après maman, c'est à mille lieues de Londres, au nord, quelque part sur la lande ! En plus, c'est une école minable où allait la femme de papa, dans le temps, et elle prétend que je ne peux pas trouver mieux pour repasser mes O Levels, loin de Londres où je risque de me dissiper, parce qu'il est temps que je devienne sérieuse et disciplinée, alors ils m'envoient au diable ! Oh, Saroj, tu te rends compte ? C'est comme si on me mettait en prison ! Papa ne veut pas de moi, sinon il n'écouterait pas cette vieille garce !

— Oh, Trixie ! Et moi qui étais si contente que nous habitions à Londres toutes les deux ! Toi et moi à Carnaby Street ! On aurait peut-être même pu aller dans le même établissement !

— Eh bien, c'est fichu. Et je vais te dire une chose, Saroj, si je suis trop malheureuse dans cet internat, c'est moi qui me tuerai cette fois ! Je m'ouvrirai les veines ! Qui sait si je ne vais pas me jeter à la mer avant même d'arriver en Angleterre ! »

Trois semaines plus tard, le bateau accosta à Southampton. Saroj et Trixie descendirent la passerelle derrière Baba. Elles ne riaient plus. La traversée n'avait été qu'une parenthèse ; elles s'étaient fondues dans le petit univers du *Montserrat* et il fallait maintenant quitter ce cocon douillet et rassurant. L'Angleterre les attendait, pas l'Angleterre de leurs rêves, mais un monde nouveau, étranger, une réalité hostile et menaçante.

Il était presque minuit. Baba les emmena dans un hôtel de Southampton, pour prendre quelques heures de repos avant de repartir en train sur Londres, mais elles ne dormirent ni l'une ni l'autre. Elles passèrent le reste de la nuit à échafauder des plans, à se griser d'espoirs et de rêves qu'elles savaient n'être que de la fumée.

Le train de Londres quitta Southampton peu après neuf heures. Baba fit la connaissance d'un couple de Bengalis qui arrivaient de Bombay et entra immédiatement en grande conversation avec le mari. Trixie se plongea dans un guide de Londres qu'elle venait d'acheter dans une librairie. Saroj regardait par la fenêtre du compartiment les gens qui se bousculaient sur le quai quand ses yeux croisèrent les siens.

Il était grand, efflanqué, et sa peau avait la couleur d'un café-crème, généreusement pourvu en crème. Ses longs cheveux noirs flottaient dans son cou et une mèche folle lui retombait sur le front. Il était en train de lever la main pour la rabattre derrière l'oreille. Son regard effleura le sien, le quitta un instant, puis s'y fixa. Sa main levée s'immobilisa et resta en suspens à la hauteur de la tempe, comme dans un salut. Il restait debout sur le quai, immobile, à la regarder, sans même sourire.

Il portait un *kurta* comme ceux que Baba mettait là-bas, sauf qu'il n'était pas blanc, mais ocre pâle. Pardessus la chemise qui lui arrivait presque aux genoux, il avait un gilet en coton marron foncé qui soulignait sa taille mince ; il avait l'air fripé, comme s'il était tombé du lit, ou plus probablement de la couchette d'un transatlantique. Les bretelles de son sac à dos lui tiraient les épaules en arrière et faisaient remonter sa chemise, tandis que la bandoulière d'un autre sac bourré à craquer lui barrait la poitrine. Le sifflet retentit, le train tressaillit et le ramena brusquement à la réalité. Il fit un signe indiquant qu'il allait monter et se dirigea vers la portière du wagon d'une longue foulée tranquille, nonchalante mais néanmoins rapide, en se déplaçant avec la grâce élégante, naturelle et presque royale d'un lévrier afghan.

Saroj colla le nez à la vitre mais ne put voir s'il avait réussi à monter.

Tandis que le train passait lentement devant lui en ahanant, il haussa les épaules et leva les deux mains dans un geste d'impuissance. Le convoi prit de la vitesse. Elle baissa la vitre et sortit la tête pour le suivre des yeux, tandis qu'il courait sur le quai. Sa silhouette diminua peu à peu, s'immobilisa et s'évanouit.

Elle aurait juré qu'elle l'avait déjà vu quelque part.

LIVRE II

45

SAROJ

Saroj déchira la lettre en deux par le milieu, puis la réduisit en menus morceaux. Des larmes d'indignation lui picotaient les yeux, qu'elle ne laissa pas couler. À la place, elle commença à arpenter la petite chambre mansardée, pour autant que le permettait son exiguïté, prit son oreiller et le lança contre le mur – comme si l'oreiller était coupable – et donna un coup de pied dans un montant de la table. Elle ouvrit la fenêtre d'un geste furieux et éparpilla les bouts de papier dans le brouillard glacé flottant au-dessus des toits de Clapham. Puis elle s'assit à son bureau et entreprit d'écrire à Trixie.

En trois mois, depuis son arrivée à Londres, son existence avait radicalement changé. Enfin, elle était libre. D'abord, contrairement à ce qu'elle redoutait, elle avait eu l'agréable surprise de ne pas habiter sous le même toit que Baba. Ses demi-frères, James, Walter et Richie Roy, n'avaient pas le sens de l'hospitalité aussi développé que leur père le pensait, leurs épouses encore moins, et aucun des trois n'était disposé à adjoindre deux membres – trois en comptant Ganesh qui était déjà là depuis deux mois – à sa famille. À Londres, les maisons étaient moins spacieuses qu'à Georgetown, et personne n'avait de chambre à donner. Dès leur arrivée, Saroj et Baba s'étaient entendu annoncer assez sèchement par la femme de Walter que les trois frères avaient déjà procédé à la répartition. Ganesh habitait chez Richie, le dentiste, Deodat s'installa chez Walter, l'avocat, on casa Saroj chez James, le pharmacien, et la famille de Ma, ou ce qui en restait, se trouva ainsi dispersée aux quatre points cardinaux.

Saroj exultait, d'autant plus qu'entre elle et Colleen, l'épouse de James, s'était spontanément établie une entente implicite. Peut-être Colleen était-elle déçue que sa fille Angela n'ait pas de plus haute ambition dans la vie que de devenir secrétaire ; en tout cas, le premier souci de Colleen – avant même de faire visiter Londres à sa jeune belle-sœur, comme le suggérait James – fut de lui trouver une bonne école.

Saroj fut acceptée comme élève boursière dans un excellent établissement à une demi-heure de bus de la maison. Elle se mit aussitôt au travail avec acharnement, ce qui lui valut les éloges de tous ses professeurs, qui n'avaient pas souvent l'occasion de rencontrer tant de passion pour les études chez une jeune fille – surtout si elle était jolie – en cette époque de la minijupe et de l'amour libre. Là aussi, comme à Georgetown, ses pratiques studieuses lui valurent, auprès de ses camarades, une réputation de bas-bleu, mais elle n'y prêtait pas attention. Elle avait des choses à faire, des objectifs à atteindre, et les remarques acides de quelques adolescentes boutonneuses ne la contrariaient et ne l'influençaient nullement ; les noms qu'on lui donnait, Princesse des Glaces, Reine des Neiges, glissaient sur elle comme l'eau sur les plumes d'un canard.

Au début, Londres lui avait fait une étrange impression, avec ses interminables alignements de hautes maisons noires, serrées les unes contre les autres, sans aucune végétation, et ses rues ponctuées d'escaliers rébarbatifs accédant aux sous-sols dont on voyait les fenêtres au ras des trottoirs. Les salles de bains – les deux robinets, le chaud et le froid, le froid trop froid et le chaud trop chaud. Colleen lui avait montré qu'il fallait remplir le lavabo en ouvrant les deux robinets, puis savonner le gant de toilette et se frotter le corps avec – quelle façon dégoûtante de rester propre ! Sa douche biquotidienne lui manquait. Ici on prenait un bain deux ou trois fois par semaine, en marinant dans sa propre crasse, et on ressortait de la baignoire nappé de saleté. Et cette nourriture insipide, aussi insipide que le soleil qui brillait faiblement, comme à travers un filtre, dépourvu de force et d'énergie. Mais elle s'était adaptée. Londres était sa Terre promise, le lieu où elle déploierait ses ailes.

Et tout à coup cette lettre. Un retour à l'époque révolue où Baba détenait l'autorité suprême. Même si la lettre ne possédait en soi aucun pouvoir, contrairement à Baba autrefois, l'impudence même de la proposition, le monstrueux culot qu'il fallait avoir ne serait-ce que pour en concevoir l'idée, et aussi, mais oui, le pincement de remords qu'elle réveillait en elle, malgré la carapace dont elle avait cuirassé son cœur, la faisaient littéralement bouillir.

Un aérogramme bleu, d'aspect inoffensif, posé sur le guéridon de l'entrée, près du téléphone, et qui lui était adressé. C'était la première fois qu'elle recevait une lettre ici ; elle avait attendu et attendu des nouvelles de Trixie, mais en vain. Pour sa part, elle lui avait déjà écrit deux fois et commençait à être un peu froissée de n'avoir aucune réponse.

Elle avait pris la lettre, l'avait retournée pour lire le nom de l'expéditeur et emportée dans sa chambre. Elle lui était adressée par un certain Gopal Iyer. Ce nom ne lui disait rien, pas plus que le fait qu'on lui écrivait de Madras. Elle glissa un doigt sous l'un des coins pour déchirer les trois côtés et déplia la mince feuille de papier.

Ledit Gopal commençait en annonçant qu'il était le frère aîné de sa chère maman défunte et en lui présentant ses plus sincères condoléances. La lettre était tapée sur une machine à écrire à laquelle il manquait les lettres e et m, où le t et le o étaient à moitié effacés, ainsi que le sommet du A, et où le d remontait par rapport aux autres lettres, ce qui n'en facilitait pas la lecture. Néanmoins Saroj comprit parfaitement quel en était l'objet et avant même de l'avoir lue jusqu'au bout, elle fulminait déjà. Ces allusions aux « dernières volontés » de sa mère, qui étaient, selon ce Gopal, de voir sa fille bien mariée!… *et maintenant qu'elle a disparu dans des circonstances si tragiques c'est notre devoir sacré, chère Sarojini, de satisfaire à son vœu le plus cher, afin que sa pauvre âme puisse enfin trouver le repos, en ayant mené à bien cette ultime mission. Ta mère m'a écrit le jour même de sa mort, comme si Dieu avait voulu que je prenne connaissance de ses dernières volontés, afin que je me charge de les exécuter, après son passage dans l'au-delà. Car d'après ce qu'elle m'a dit, tu es une jeune fille volontaire qui a refusé tous les fiancés que son père lui a proposés; ta sœur m'a également écrit une lettre m'informant de tes réticences à contracter une union appropriée. Elle m'a donné ton adresse et suggéré de t'écrire pour t'amener à changer d'avis.*

L'ultime vœu de ta mère était de t'emmener en Inde, afin de t'y trouver un mari qui te corresponde, et c'est une idée que j'approuve totalement. En tant que doyen de ta famille maternelle, j'ai des devoirs envers toi. J'ai résolu de te mettre en relation avec un jeune homme présentant toutes les qualités requises et qui avait l'approbation de ta chère maman. Pour tout dire, c'est précisément le garçon qu'elle souhaitait te voir épouser, et c'était le but du voyage en Inde qu'elle se proposait de faire en ta compagnie. J'avoue humblement que ce garçon est mon propre fils. Par conséquent celui auquel je pense est ton cousin. Comme ta chère maman te l'a certainement dit, c'est une tradition dans les familles tamoules, et des plus salutaires, que les enfants d'un frère et d'une sœur s'unissent par le mariage. Et vu que ta chère maman et moi étions très proches, ce sera doublement salutaire!

Bien entendu, ma chère Sarojini, je sais que tu es une jeune fille moderne et que tu désapprouves les mariages arrangés. Moi aussi en principe. Depuis toujours. Mais j'ai fini par me rendre compte que c'était en fait une excellente méthode. Je l'ai appris à mes dépens, car j'ai désobéi à mes parents en faisant un mariage d'amour et je le regretterai jusqu'à mon dernier jour. J'ai épousé une

Anglaise, une jeune fille moderne et très belle, une amie de ta maman, ta maman qui avait elle aussi des idées avancées, qui était très impulsive, comme tu le sais peut-être, et portée à prendre mon parti dans cette affaire.

(Ma, impulsive ?)

Le fruit de cette union est un jeune homme merveilleux qui vit actuellement à Londres où il fait ses études de médecine. Étant à moitié anglais, il a un teint de miel, ce qui est particulièrement plaisant. Sachant que ce mariage était l'ultime souhait de ta mère, je suis sûre que, en fille respectueuse, tu t'empresseras de l'exaucer. Sache que ta mère bien-aimée ne pourra jamais reposer en paix si ce souhait restait inaccompli. Je suis certain que tu ne douteras pas un seul instant de la nécessité de t'y conformer. Ta chère maman m'a dit que tu t'étais montrée jusqu'à présent particulièrement rebelle sur le sujet du mariage, mais je suis sûr que maintenant qu'elle n'est plus, tu auras à cœur de satisfaire à ses dernières volontés. Par conséquent, j'attends que tu me fasses part de ton accord le plus rapidement possible afin que je puisse prendre toutes les dispositions nécessaires pour ce mariage.

Ah, si seulement Trixie était là ! Elle aurait pu lui montrer la lettre, la lui lire tout haut. Elle aurait laissé éclater sa colère et son indignation, pendant que son amie aurait hoché la tête pour montrer qu'elle compatissait, puis aurait tourné cette épître en dérision en la lisant à son tour sur un ton grandiloquent faisant ressortir son style ampoulé, pour la réduire à ce qu'elle était, à savoir un exemple d'ineptie achevé. En mettant la chose en perspective, elles auraient fini par en pleurer de rire. Saroj aurait froissé l'aérogramme en une petite boule destinée à la corbeille à papiers et n'y aurait plus pensé. Trixie lui manquait plus qu'elle ne l'aurait cru possible.

Elle pouvait tout de même lui écrire.

Mais vois-tu, Trixie, ce dont j'enrage le plus dans cette histoire, ce n'est pas qu'il veuille me marier. J'ai déjà vécu ça et cet oncle ne possède pas un atome de l'autorité qu'avait Baba. Je veux dire que, à l'époque, Baba me ter-

rifiait alors que cet oncle n'est pour moi qu'un vieux clown ridicule.

Non, ce n'est pas ça. C'est sa manière de jouer sur mes sentiments de culpabilité. Ce discours à propos des dernières volontés de Ma, de mon devoir et tout le reste ! Tu n'es pas indienne et tu ne comprends sans doute pas ce que représente le devoir dans nos traditions – mais le Devoir, avec un D majuscule, s'il te plaît, est l'alpha et l'oméga de l'existence pour les Indiens, et il essaie d'utiliser ce levier pour me pousser à me marier –, en fait il s'agit de coercition pure et simple ! Seulement il ne me connaît pas et ne peut savoir que je me fous complètement du Devoir ! Pourtant, vois-tu, quand on a reçu ce genre d'éducation, il en reste toujours quelque chose dont il est impossible de se défaire, et ajouté au sentiment que j'ai d'être responsable de la mort de ma mère…

La deuxième chose qui m'irrite dans cette lettre, c'est d'apprendre que Ma avait remis ça. J'ai l'impression qu'elle cherchait toujours à berner quelqu'un de manière à parvenir à ses fins. Elle a berné tout le monde, et Baba en particulier, avec sa liaison, et puis ça ! Moi qui avais tellement confiance en elle, j'étais absolument persuadée qu'elle me soutenait, qu'elle souhaitait que je parte en Angleterre pour faire des études et échapper à Baba, mais ce n'était qu'une ruse pour me marier à un garçon de son choix ! Je te le dis, Trixie, plus j'en apprends sur son compte, plus ma méfiance grandit. Il s'avère que tout ce que j'ai pu croire la concernant n'était que mensonges.

Cette lettre se croisa avec une longue missive de Trixie, qu'elle reçut le lendemain : … *Tu ne vas pas le croire, c'est inimaginable, je suis très heureuse ici !*

Je partage une chambre avec quatre filles, dont l'une est devenue ma meilleure amie ; elle s'appelle Alison Greer et elle vient de Malaisie ! (Mais elle est anglaise. Je veux dire blanche. Je suis la seule Noire ici et ça me fait drôle, il y en a qui me le font sentir, mais je m'en fiche puisque Alison me soutient.) Nous sommes logées dans Lincoln West House, notre couleur est le bleu clair et c'est nous les meilleures à la crosse, il y a aussi Lincoln East, et leur couleur est le bleu foncé ; il y a huit pavillons mais les deux Lincoln sont vraiment les mieux ! Alison et moi, on est dans une classe d'espagnol, rien que nous deux ! Grâce au Montserrat, je suis déjà très forte en espagnol, et c'est vraiment fastoche ! Pour les O Levels, je vais repré-senter mes mauvaises matières en décembre, vu que j'ai fait des progrès fantastiques en français et que je suis sûre de réussir, même en maths ça va.

Mais le mieux de tout, c'est le prof de dessin, elle s'appelle Mrs Graham et elle est très vieille, mais elle dit que j'ai vraiment des dons, des dons exceptionnels, et c'est surtout à cause de ça que j'ai été acceptée dans cet établissement. Elle dit qu'il faut que je les entretienne, que je les cultive, parce que ceux qui ont un don ont une mission spéciale, ils sont sur terre pour apporter de la joie et de la beauté aux autres, et si je n'entretiens pas ce don que j'ai ou si je l'utilise mal, soit je le perdrai, soit je me perdrai moi-même, ou peut-être les deux.

Elle m'a invitée à prendre le thé dans son bureau, on a beaucoup parlé et quand je suis partie, j'étais presque en larmes. D'après elle, quand on a un don et qu'on ne l'aide pas à s'épanouir, on est très malheureux et on fait des choses idiotes, et c'est justement ce qui a toujours été mon problème. Elle dit que je n'ai pas assez confiance en moi, que c'est parce que je ne considère pas le don que j'ai comme quelque chose de miraculeux, que je vois seulement mon insignifiance et mes imperfections et que je me compare aux autres. Elle dit que le fait que je me sente insignifiante et imparfaite n'a aucune importance, c'est même un bien, parce que l'art est quelque chose de grand et de divin et que l'artiste doit toujours rester humble et reconnaissant. Elle dit que la créativité est dans mon cœur et pas dans ma tête ; la tête doit s'incliner très bas pour entrer dans le cœur, et elle ne doit pas intervenir. C'est une sacrée nouvelle, non ?

Et toi, comment vas-tu ? Dommage que ta cousine Angie soit tellement antipathique, tu pourrais vraiment t'amuser à Londres si elle prenait la peine de te sortir un peu ! Quand je viendrai, on peindra la ville en rouge, toi et moi. Je rêve d'aller dans une discothèque du West End, tâche de prospecter dans ce domaine. Ne t'imagine surtout pas que j'ai décidé de ne plus m'amuser sous prétexte que je vais devenir une artiste sérieuse ! Saroj, j'ai peur que tu finisses par mourir d'ennui, allons, ma fille, il va bien falloir que tu tombes amoureuse un jour ou l'autre et si tu restes tout le temps enfermée chez toi pour travailler, comment pourras-tu rencontrer quelqu'un d'intéressant ? Aux prochaines vacances, il va falloir qu'on s'occupe sérieusement de la question, toi et moi. Au fait, Elaine, ma belle-mère, est absolument super... elle dit que je suis la fille qu'elle rêvait d'avoir !

Depuis ma conversation avec Mrs Graham j'ai réfléchi sur ton cas, je me suis demandé si tu avais un don, toi aussi, et si oui, qu'est-ce que ça pouvait être ? En tout cas, ça ne doit pas être bien gai ni bien exaltant de rester assise derrière ton bureau à te farcir la cervelle avec tous ces machins.

Rendez-vous dans deux semaines, pour les vacances !

Je t'embrasse, Trixie

P.-S. Salue Ganesh de ma part et vois si tu peux organiser une petite réunion.

Saroj ne put transmettre ce message à Ganesh, car le temps que la lettre lui parvienne, il était déjà parti en Inde pour répandre les cendres de Ma dans le Gange.

Il vit avec une Suissesse, écrivit-elle à Trixie, *et il a travaillé dans un restaurant, en Suisse, pour gagner de quoi payer son voyage en Inde ; il a laissé tomber ses études et ne veut plus faire carrière dans le droit. Par conséquent, je crois que tu ferais mieux de l'oublier. C'est un hippy maintenant, il se laisse pousser les cheveux, tu imagines un peu ! Il se conduit comme un irresponsable. Pourvu au moins qu'il ne se drogue pas...*

En ce qui concerne ce que je t'ai écrit hier (nom de code Oncle Gopal) je n'y pense déjà plus. Il me semble que le fait de t'avoir raconté tout ça m'a soulagée. Je n'ai pas l'intention de lui répondre (de toute manière, ce serait impossible, car j'ai déchiré la lettre avec son adresse) et ainsi il saura ce que j'en pense.

Dieu merci, je ne vois jamais ce vieux Deodat (je ne l'appelle plus Baba désormais). Il habite chez mon demi-frère Walter, qui est avocat, et il aurait bien aimé travailler avec lui, mais Walter n'a pas besoin de lui et sa femme le déteste, aussi il traîne toute la journée à éplucher des archives et à ne rien faire (à ce qu'on m'a dit). Il paraît qu'il a des problèmes cardiaques. En tout cas, je ne lui souhaite que le pire, j'espère qu'on le traite comme il nous a traités ! James, mon autre demi-frère (celui chez qui j'habite), est pharmacien et il m'a dit qu'il pourrait me prendre dans son officine pendant les vacances d'été. Je suis très contente, parce que je vais pouvoir gagner un peu d'argent – pour quoi faire ? Qui sait ! Je le mettrai de côté.

Elle ouvrit son pupitre pour faire un peu de rangement, sortit les livres dont elle avait besoin et les mit dans le cartable de cuir qu'elle portait à l'épaule. La salle de classe était déserte. Tous les autres, garçons et filles, étaient déjà sortis par petits groupes joyeux et chahuteurs, en lui accordant à peine un regard, tandis qu'elle restait seule à son bureau pour prendre quelques dernières notes avant de s'en aller. L'intérêt qu'elle avait suscité à son arrivée était retombé. Empruntée, embarrassée par son indianité, convaincue que tout le monde se moquait d'elle dans son dos, elle avait été longue à réagir. Ses craintes se trouvèrent confirmées par des réflexions surprises au hasard : c'était une bûcheuse, le chouchou des profs, disaient ses camarades, et ils la laissèrent tomber.

Elle sortit de la classe, referma la porte derrière elle, s'engagea dans le couloir désert et se retrouva dans la cour, où s'attardaient encore une poignée d'élèves. En sentant sur elle le poids de leurs regards, elle imagina les commentaires murmurés à voix basse. *Qu'est-ce que ça peut me faire !* Elle releva le nez encore un peu plus haut et serra ses livres un peu plus fort contre elle.

Elle en avait souffert, au début, de cette impression d'être tenue à l'écart. Comment leur dire qu'elle était tout simplement timide et avait besoin d'amitié ? Besoin de quelqu'un qui la comprendrait, à qui elle pourrait ouvrir son cœur, qui connaîtrait son passé, son présent et son avenir, qui ne se laisserait pas abuser par les apparences et ne la fourrerait pas dans un tiroir avec une étiquette collée dessus. Comment leur dire, à eux qui étaient tous des Londoniens d'origine, qu'ils possédaient un raffinement, une pratique des usages et une connaissance de leur ville qui la terrorisaient, l'incitaient à se replier sur elle-même, à refermer ses ailes de provinciale et à se cacher avec ses livres pour unique réconfort ? Comment leur dire qu'il lui faudrait du temps, de la patience et de la sympathie avant qu'elle puisse véritablement se sentir chez elle ici ? Au début, Trixie lui manqua affreusement.

Qui suis-je ? se demandait-elle. Une Guyanaise ? Une Indienne ? Une Anglaise ? Non, certainement pas une Anglaise. Ai-je envie de devenir une Anglaise ? Est-ce que je suis chez moi ici ? Ai-je bien fait de venir ? Ne devrais-je pas retourner dans mon pays ? Mais où est mon pays ? Ici ou là-bas ? Puis-je m'adapter à cet ici, tout oublier de là-bas, me renier pour me mêler à ces gens ? Mais ils ne veulent pas de moi. Ils me l'ont montré. Je ne les intéresse pas. Ils sont heureux, ils se suffisent à eux-mêmes. Qui pourrait vouloir se lier avec une petite oie venue d'un trou perdu ? Qui s'en soucie ?

Si seulement Trixie était là, ou Ganesh. *Quelqu'un*... De temps à autre le souvenir d'un visage lui revenait ; un visage familier qui la regardait sans rien dire, perdu dans la cohue, sur le quai de la gare de Southampton. Un visage avec des yeux qui plongeaient dans les siens et la reconnaissait, tout comme elle l'avait reconnu. Et puis le visage s'estompait, en même temps que le souvenir, et elle se retrouvait seule une fois de plus. Seule au monde. Orpheline...

Mais non. Pas orpheline, après tout. Sa mère était morte, mais son père ? Saroj commença tout à coup à se demander qui il pouvait bien être. La seule idée que sa mère ait pu avoir un amant lui avait paru tellement absurde qu'elle avait eu du mal à y croire, au début. Ma ne s'adressait jamais aux hommes avec familiarité, elle n'échangeait avec eux ni plaisanteries ni propos légers, elle ne les regardait jamais en face. Elle gardait toujours les yeux baissés en leur présence ou bien elle s'en allait. Quand il y avait des invités à la maison, elle les servait en silence, avant de regagner discrètement sa cuisine. Et à leur tour, les hommes ne la voyaient pas, ne lui parlaient pas, la traitaient comme si elle était invisible ainsi qu'elle affectait de l'être. Lorsqu'elle était obligée d'avoir affaire à un homme – par exemple Mr Gupta ou le Dr Lachmansingh – elle était sèche et s'en tenait à l'essentiel. Où avait-elle pu rencontrer un étranger, vu son comportement et l'existence retirée qu'elle menait ? Mais s'agissait-il d'un étranger, après tout ? Peut-être pas. Peut-être était-ce quelqu'un que Saroj connaissait… Et soudain tout s'éclaira.

Maintenant qu'elle avait trouvé, ça lui semblait évident, tellement évident qu'elle se demanda comment elle n'y avait pas pensé plus tôt.

L'oncle Balwant. L'exception à la règle. Celui qui ne se conformait pas aux règles. Le seul parmi les hommes de la famille à lui avoir témoigné de l'intérêt, et même qui l'ait encouragée et lui ait parlé comme si elle était une vraie personne. Mais oui, et le seul aussi à qui Ma répondait, qui ne la traitait pas comme si elle était transparente. Oncle Balwant taquinait tout le monde, certes, mais il avait une façon particulière de taquiner Ma, une façon qui alliait le respect à une certaine audace, et Ma lui répondait, oui, elle lui répondait ! Saroj se sentit tout excitée. Elle se rappela la manière avec laquelle Ma réagissait aux taquineries de l'oncle : elle réprimait un sourire et rentrait son menton dans le cou, détournait les yeux puis les reposait un instant sur lui, timidement, affectueusement… amoureusement.

Comme tout devenait clair désormais ! Pourquoi Ma ne pouvait-elle pas aller vivre avec lui ? Parce qu'il était marié, heureux en apparence, et Ma n'était pas une femme à briser un ménage. Pourquoi l'oncle Balwant lui témoignait-il une si grande affection, à elle Saroj, et pourquoi l'aimait-elle tant ? Son oncle préféré. Son père. Évidemment. Avec un père comme lui... oh, quel dommage ! Et pourtant quelle joie ! Elle ne pouvait rêver d'un père plus digne d'amour. Il fallait lui écrire. Lui faire comprendre à demi-mot qu'elle savait, qu'elle désirait se rapprocher de lui, sans pour autant dévoiler leur secret à la tante Kamla.

Elle écrivit des pages et des pages pleines d'effusion, bourrées de sous-entendus que l'oncle Balwant ne pourrait pas ne pas saisir. Pour ne pas trahir leur secret, elle adressa sa lettre à Oncle Balwant et Tante Kamla. Quelle ne fut pas sa déception de recevoir en réponse un mot de sa tante, avec rien d'autre qu'un « ton oncle Balwant t'embrasse », à la fin. Elle n'écrivit plus.

Après cela elle n'eut plus que Trixie pour la consoler. Leurs lettres ricochaient, se croisant et se recroisant dans les airs. Quand elles se retrouvèrent pour les vacances, elles se jetèrent dans les bras l'une de l'autre et Saroj passa toute une journée à visiter Londres avec la famille de Trixie, puis elles déambulèrent bras dessus bras dessous dans Carnaby Street. Mais ces trois jours filèrent comme l'éclair et avant qu'elle ait pu réaliser, elle se retrouva sur le quai de la gare de King's Cross en train de dire adieu en pleurant à son amie.

Elle regrettait l'atmosphère chaleureuse de Georgetown, le sentiment de faire partie d'un tout. Mais c'est ici qu'elle pourrait s'épanouir, devenir la personne qu'elle souhaitait tant devenir – un individu, un être humain qui ne serait pas lié par des règles et des obligations, ni enchaîné par une culture, par des traditions et par l'autorité d'un père.

Ainsi, toute repliée qu'elle était sur elle-même, la nouvelle Saroj commença à éclore. Elle puisait de la force dans ses livres ; elle se rendait compte que le savoir lui conférait une autorité et un prestige, la plaçant dans un monde différent de celui de ses congénères. Elle avait beau venir d'une lointaine colonie, c'était ici, dans l'étude, qu'elle s'accomplirait; car elle était meilleure qu'eux, plus motivée, plus déterminée, et cela lui permettrait de monter plus haut. Elle avait beau ne pas avoir de pays, pas de patrie, en elle se cachait un être capable d'exister et d'être libre, capable de dire simplement « Je suis » sans y ajouter « ceci » ou « cela », sans dire je suis indienne, guyanaise, anglaise ou n'importe quoi d'autre. Elle repliait plus étroitement ses ailes autour d'elle, en guise de protection, afin que son moi intérieur puisse grandir. Mais ses ailes grandissaient en même temps; dures, impénétrables, elles lui servaient de bouclier contre la souffrance.

Je ne sais pas encore si je ferai de la médecine ou du droit, écrivit-elle à Trixie à la fin de la première année. *Tu sais que j'ai toujours eu l'intention d'étudier le droit afin de pouvoir vraiment faire quelque chose pour les Indiennes quand je retournerai dans mon pays. Mais l'idée de marcher sur les traces de Deodat me fait horreur… D'autre part la médecine m'attire de plus en plus et, ainsi que mon oncle Balwant ne cessait de me le répéter, j'ai l'esprit mathématique. Je crois donc que ça sera ça. J'ambitionne d'être la meilleure… Colleen me pousse à entrer à Cambridge ou à Oxford, mais je n'irai pas. Je me plais ici.*

Venir à Londres est d'ailleurs ce que j'ai fait de mieux dans ma vie.

Malgré tout, j'ai mis quelque temps à m'y habituer. Ces foules anonymes, tous ces gens qui ne te connaissent pas et se fichent éperdument que tu vives ou que tu meures… N'avoir personne qui vienne se mêler de tes affaires. Personne qui te dise de faire ceci ou cela! Quel splendide isolement; toutes ces histoires de qu'en-dira-t-on ne s'interposent pas entre toi et le reste du monde. Quel changement!

Au cours de cette année, Saroj reçut deux autres longues lettres de Madras, qu'elle mit toutes deux au panier, comme la première. Un long silence suivit la dernière lettre et Saroj crut en avoir fini avec les machinations de l'oncle Gopal.

Elle se trompait.

46

SAVITRI

Gopal était à Bombay quand arriva le télégramme lui annonçant la tragédie. Il partit aussitôt chercher Savitri pour la ramener à Madras, chez Henry et June. Dès qu'elle entra dans la maison, ils surent qu'elle était veuve à cause de son sari blanc dépourvu de bordure et June la prit dans ses bras pour lui témoigner sa sympathie. Mais, en même temps, elle regarda Henry et ses yeux exprimaient le soulagement car ils savaient tous deux quelle sorte de mariage ç'avait été.

Ce n'est qu'après qu'ils virent la souffrance aiguë, fulgurante, brillant dans les yeux de Savitri, et l'atroce brûlure du désespoir qui marquait ses traits. Alors calmement, avec des mots dépourvus d'émotion, Savitri leur raconta la naissance de Ganesan et sa mort ; June éclata en sanglots, la reprit dans ses bras et la serra contre elle sans rien dire. Gopal tira Henry par le bras pour l'entraîner à l'écart.

« Vous feriez vraiment une bonne action en la prenant chez vous. Si elle retournait dans sa famille, maintenant qu'*Amma* est morte, elle se retrouverait seule avec sa belle-sœur et serait malheureuse. Elle ne peut pas habiter avec moi parce que je dois retourner à Bombay où j'ai l'espoir de faire une belle carrière dans le cinéma.

— Bien sûr, bien sûr, dit Henry, visiblement bouleversé. Il n'y a pas de problème. » Il essuya une larme et, à son tour, il prit dans ses bras Savitri que sa femme venait de lâcher, en la berçant doucement et en murmurant des paroles consolantes à celle qu'il aimait jadis presque comme sa fille.

« Elle est partie sans rien, remarqua Gopal d'un ton contrit, mais je vais lui donner de quoi s'acheter des vêtements et je vous remettrai également de l'argent pour sa nourriture et son logement. »

Mais June et Henry n'écoutaient pas. Ensemble, ils étreignaient Savitri, qu'ils tenaient en sandwich entre leurs bras noués, et les questions financières étaient loin de leurs pensées.

La présence de David semblait presque tangible. On aurait dit qu'il était encore parmi eux, jeune et naïf, et qu'il leur criait : « Je veux l'attendre et je veux qu'elle m'attende ! »

Comme si cette scène avait eu lieu la veille et qu'il n'y avait eu entre-temps ni mariage, ni viols, ni coups, ni meurtre, ni drame, ni Angleterre, ni guerre. Ils n'ignoraient cependant pas que toutes ces choses s'étaient bel et bien produites et cela creusait un fossé entre hier et aujourd'hui, c'était comme un doigt posé sur des lèvres closes.

Au bout d'une semaine, Savitri décida de franchir ce fossé. « Où est-il ? » demanda-t-elle à June, et June comprit tout de suite qui était ce « il ». Leurs yeux se rencontrèrent; June posa la main sur l'épaule de Savitri et sourit.

« David est à Singapour, Savitri. Dans l'armée.

— Dans l'armée ? Mais il devait entrer à Oxford. Il voulait être médecin !

— Il est allé à Oxford ; il est médecin. Mais il s'est engagé comme médecin militaire et c'est à Singapour qu'il est affecté pour le moment.

— Mais pourquoi ? Pourquoi l'armée ?

— David voulait depuis toujours travailler dans un pays tropical, en Inde ou ailleurs, et l'école de médecine de l'armée est ce qu'il y a de mieux comme formation en ce qui concerne les maladies tropicales. Voilà tout. Il est arrivé à Singapour avec le grade de lieutenant et je suppose qu'il est maintenant capitaine.

— Singapour ! Quelle idée ! Pourquoi n'est-il pas chez nous ? En Inde ?

— Tout le monde sait pourquoi, Savitri, répondit June avec un haussement d'épaules. À cause de toi. Il ne supportait pas l'idée de revenir ici sachant que tu étais mariée avec un autre. C'est ce qu'il nous a laissé entendre. Par conséquent, pourquoi pas Singapour ? De plus, sa connaissance du tamoul et des coutumes indiennes sont certainement les bienvenues là-bas, vu qu'il y a de nombreux travailleurs indiens.

— Mais je suis libre maintenant, June ! On peut se marier ! Il peut revenir en Inde ! Il n'y a plus aucun obstacle désormais ! »

Mais June secoua la tête. Elle se leva pour préparer du thé et s'affaira silencieusement dans la petite cuisine. Elle sentait qu'il fallait calmer l'excitation grandissante qui était en train de s'emparer de Savitri.

« Non, ce n'est pas possible. »

La panique se peignit sur le visage de Savitri.

« Il n'est pas… marié, dites ? »

Assise à la table, on aurait dit une petite fille posant sur une femme adulte un regard suppliant, un regard l'implorant d'arranger les choses, de les arranger par le seul fait de les dire, une petite fille naïve, ignorante des mécanismes de la société, des réalités de l'armée. Une petite fille vivant dans un monde parfait où seul l'amour comptait, où l'amour était l'unique réalité. June sentit son cœur déborder de tendresse. Elle s'approcha de la table, y posa une tasse de thé et resta là, sans parler, en l'entourant de son bras. Savitri se pencha vers elle, appuya la tête contre sa hanche et lui encercla la taille.

« Oui, Savitri. David est marié. Il s'est marié juste avant de s'engager. »

Le visage de Savitri, tourné vers June avec tant de ferveur, se décomposa. Tout son corps s'affaissa. Elle ne disait rien.

« Qu'est-ce que tu espérais, Savitri ? Il est le dernier des Lindsay. Je suppose qu'on a fait pression sur lui. Il y a une fortune en jeu et il leur faut un héritier, tu comprends ! Et puis, tu ne pouvais tout de même pas t'attendre à ce qu'il prévoie que tu serais libre si vite ! »

Savitri se cacha le visage dans les mains, appuyée contre la hanche de June qui lui caressait doucement les cheveux autour de l'oreille.

« Il faut que je le voie, June. Il le faut absolument. Je vais aller à Singapour. »

En entendant ces mots, June s'agenouilla près d'elle, prit ses deux mains dans les siennes et de leurs doigts emmêlés elle martela doucement, mais avec insistance, les genoux de Savitri.

« Savitri, Savitri. Sois raisonnable. Ne prends pas d'initiative précipitée. Ne cède pas à tes impulsions. Il est marié ; reste à l'écart. Ne détruis pas sa vie. Ne fais pas d'histoires. Tu n'en tirerais que du chagrin. Je t'en supplie, Savitri, ne va pas le relancer ! Il est marié !

— Mais on était mariés avant ! On s'était promis l'un à l'autre ! Je suis à lui depuis toujours et... et... » Sa voix se réduisit à un murmure. C'était comme si le côté rebelle qu'elle devait à son éducation anglaise s'inclinait devant le côté indien soumis, patient, résigné, qui constituait le fondement de sa personnalité.

« Je ne ferai rien, June. Je veux seulement le voir. Vraiment, c'est tout ce que je veux. Il faut que je le voie.

— Oh, Savitri ! dit June, qui hocha la tête en tâchant de ne pas sourire. Comme tu es naïve ! Et tu crois que David acceptera de te rencontrer dans ces conditions ? De seulement te voir ?

— Ça m'est égal ! Je n'en sais rien ! Je vais lui écrire ! Il viendra ! Je sais qu'il m'aime, j'en suis sûre, je sais qu'il viendra dès que...

— Savitri, tu es à bout, mon petit. C'est à cause de tout ce que tu as souffert ces dernières années, bien sûr. Et maintenant devoir renoncer à lui. C'est trop pour toi. Mais réfléchis un instant, analyse la situation de façon rationnelle et peut-être finiras-tu par reconnaître que j'ai raison.

— Jamais. Je le sais, June. Il faut que j'y aille. Il faut que je le voie encore une fois. Rien qu'une seule.

— Que feras-tu quand tu seras à Singapour ?

— Je peux travailler, June ! J'ai mes deux mains, n'est-ce pas ? S'ils ont besoin de médecins, ils ont forcément besoin d'infirmières. De bénévoles, je veux dire, des personnes prêtes à les aider, surtout en temps de guerre. Je peux et je dois aller là-bas, June !

— Avec quoi paieras-tu ton voyage ? Ton mari t'a laissé de l'argent ?

— De l'argent, non. Il n'a laissé que des dettes… Il buvait tellement ! Mais j'ai toujours mes bijoux ! Les bijoux d'or qu'*Amma* m'avait donnés pour mon mariage. J'ai réussi à les récupérer avant de partir de chez mes beaux-parents. Je savais que j'en aurais besoin. Je vais les vendre !

— Tu vas vendre tes bijoux ? Tes bijoux de famille ? »

Savitri rejeta la tête en arrière d'un air dédaigneux. « De l'or ! Pfff ! À quoi est-ce qu'il me sert, à dormir là sans rien faire !

— Sois raisonnable, Savitri ! Tu es veuve, il faut que tu vives, que tu te construises une vie, sans David. Tu es libérée de ta famille, mais il te faudra un peu d'argent pour recommencer et… »

Aux mots *sans David*, les yeux de Savitri s'humectèrent, mais avant que des larmes aient pu se former, June regarda sa montre en disant : « Oh, je vais être en retard. L'école finit dans une demi-heure et j'ai promis à Adam d'aller le chercher. Eric dort depuis près de deux heures, pourrais-tu avoir la gentillesse d'aller le réveiller et l'occuper un peu en attendant mon retour ? »

Savitri acquiesça d'un signe de tête, se hâta de finir son thé et sortit de la cuisine.

48

NAT

Depuis son retour, Nat était habité par un pressentiment, par la certitude que quelque part, bientôt, très bientôt, aujourd'hui même, il lèverait la tête et reverrait la jeune fille du train. Tant pis s'il n'y avait qu'une chance sur des millions pour que cela se produise. Il savait que quelque part, parmi la multitude d'êtres humains qui habitaient Londres, qui se répandaient à travers la ville, crachés par les bouches de métro, qui sortaient des restaurants, des appartements, des bureaux, des collèges, des magasins, des supermarchés, des voitures, des autobus, des cinémas, des trains, des parcs, des discothèques, pour se rassembler ici et là telles des fourmis, avant de se séparer et d'envahir les trottoirs, dans l'immense labyrinthe des rues, des tunnels, des impasses, des avenues, des jardins, parmi tous ces individus qui traversaient aux feux rouges, attendaient quelque part sous terre, sur un quai, cachés derrière un journal, sur un banc de square, faisaient la queue au self-service, juste au coin de la rue, montaient dans le bus à l'arrêt tout proche, se trouvait l'Autre, cette Autre qui lui était destinée, qui avait été mise sur terre dans le seul but de compléter ce qui était incomplet, de remplir ce qui était vide, de pénétrer au plus intime de sa vie, afin de lui donner sa plénitude, sa totalité, sa rondeur, de lui assigner un centre, un objectif et une orientation entièrement nouvelle.

Il l'avait vue, par conséquent il savait qu'elle existait. Là, sur le quai de la gare de Southampton, séparée de lui par une vitre sale et quelques mètres cubes d'air – de l'espace, du vide, à travers lequel il aurait pu la toucher, s'il avait pu seulement tendre le bras. Il avait conscience qu'un autre bras se déployait et passait au crible ces millions d'inconnus, pour la retrouver. Il devinait, il entendait, il sentait, il savait qu'un cœur le cherchait, que de dessous cet obscur amoncellement constitué des pensées disparates de ces millions d'inconnus rassemblés ici à cet instant, allait monter un appel qui ne pouvait manquer d'être entendu, et il prêtait l'oreille pour ne pas le manquer. De ses yeux sans cesse en mouvement, il examinait chaque visage, à la recherche de ce visage unique, regardait par-dessus les épaules des passants, mû comme par une soudaine intuition – Voilà ! C'est elle ! –, inspectait la foule, s'efforçait d'affiner ses sens pour capter les signaux qu'il savait être émis. C'était certain. Il ne pouvait en être autrement. Il priait, s'impatientait, criait dans le silence qui faisait écho à chacune de ses prières : *Où es-tu ? Viens ! Oh, viens !*

Confiant en sa Main d'or, Nat ouvrait chaque matin les yeux avec un sentiment d'euphorie. Aujourd'hui ! C'est pour aujourd'hui ! Cette certitude l'envahissait dès son réveil, pour se dissiper le soir et renaître à l'aube suivante, et loin de l'entamer, l'attente la rendait plus forte, plus solide, plus vivace. Ses proches s'étonnaient de sa transformation, car tout en restant aimable et prévenant, il semblait s'être retiré dans un monde intérieur. Ses yeux rencontraient toujours ceux des autres, mais il les regardait comme depuis une forteresse lointaine, et inviolable, et alors qu'autrefois tous étaient invités à entrer, ils étaient désormais tous écartés, relégués à la périphérie. Et Nat, qui les considérait depuis les profondeurs muettes de son bastion, se sentait étranger à eux, leurs paroles lui semblaient aussi vaines que des caquetages de singes, car dans son silence il communiquait parfaitement avec une autre âme qui en réalité n'était pas une autre, mais la sienne.

Il continuait à donner de temps à autre un coup de main au traiteur, à l'occasion d'un mariage ou d'une importante réception nécessitant la présence d'extra, car après avoir gaspillé tant d'années, il trouvait normal de gagner un peu d'argent afin de ne pas dépendre entièrement de la générosité de son père qui, il le savait, devait faire face à de grosses dépenses quand il fallait acheter des médicaments ou remplacer des toitures. Mais ce n'était pas la seule raison. La jeune fille qu'il cherchait était indienne. Elle avait dû arriver à Southampton par un autre bateau que le sien, puisqu'il était sûr de ne pas l'avoir vue sur l'*Eastern Princess*, et elle était certainement avec sa famille. Or les familles indiennes sont prolifiques, même si elles ne constituent qu'une minorité à Londres ; elles aiment se réunir pour les fêtes et faire de bons repas. Nat se disait que tôt ou tard, il se pourrait bien qu'il la rencontre à l'occasion d'une réception dont la Bharat Catering serait le traiteur : un mariage, un *diwali*, ou l'anniversaire de Krishna. Aussi recherchait-il de plus en plus la compagnie des Indiens.

Il se réinscrivit à l'université et reprit ses études là où il les avait abandonnées, mais cette fois en s'y investissant totalement et en mettant toutes ses facultés intellectuelles au service de l'objectif qui le conduisait désormais. *Quel chef-d'œuvre est l'homme !* Nat connaissait son Shakespeare. Plus il avançait dans la connaissance de la médecine, plus il s'enthousiasmait. Ce qui lui avait paru autrefois lassant et ennuyeux devenait une source d'émerveillement et de stupéfaction. L'anatomie, quel miracle ! Le squelette, les vaisseaux sanguins, des organes, des muscles, des tendons, des tissus, quelle majesté, quelle suprême magnificence ! Qu'est-ce qui coordonnait l'ensemble, le faisait fonctionner ? Quelle intelligence commandait l'évolution d'un corps, depuis la première rencontre de l'ovule et du sperme, jusqu'au dernier souffle, quand la vie qui perpétuait ce miracle le quittait pour ne laisser que décomposition, putréfaction ? La poussière à la poussière et les cendres aux cendres ?

Le savoir pénétrait en lui par deux voies. Son cerveau externe absorbait, comprenait, classifiait les données, les noms, les résultats, tirait des conclusions logiques et les appliquait, mémorisait les termes ; grâce à lui, il réussissait à ses examens avec facilité. Ce cerveau externe, périphérique au cerveau interne, lui était subordonné. Son cerveau interne était un vaste réservoir de connaissances pures. Il lui suffisait de penser à quelque chose – même pas, de sentir – pour comprendre ; le cerveau interne éclairait le cerveau externe. De même qu'une ampoule électrique est allumée de l'intérieur, et de même que le simple verre d'une ampoule n'est rien sans la source de lumière en son sein, Nat se rendait compte que c'était son cerveau interne qui faisait de lui ce qu'il était et serait un jour : un véritable médecin. Car dans ce cerveau interne résidait le don de guérir.

48

SAVITRI

David effectuait sa tournée à l'hôpital militaire Alexandra, à Singapour, et s'apprêtait à passer dans le service suivant quand Savitri entra. Il vit d'abord ses yeux. Une oasis, de l'eau vive au milieu du désert aride de son existence. L'instant d'après il la serrait dans ses bras.

Elle alla ensuite l'attendre devant l'hôpital et il l'emmena dans un petit restaurant malaisien feutré où ils s'installèrent dans une niche. Penchés l'un vers l'autre, ils se dévoraient des yeux, tandis que refroidissait le *pulau ayam* auquel ils n'avaient pas touché.

Au cours des huit années qui s'étaient écoulées depuis leur séparation, David avait vieilli. Les soucis avaient dessiné des rides aux coins de ses paupières qui se plissaient pourtant toujours quand quelque chose l'amusait. Son regard ne quittait pas Savitri, comme s'il craignait qu'elle disparaisse s'il le détournait un seul instant. Sa main trembla légèrement quand il sortit de la poche gauche de sa chemise un briquet et un étui à cigarettes en métal. Il l'ouvrit, alluma sa cigarette, remit en place l'étui et le briquet, puis il se détendit visiblement.

« Tu fumes, David ?

— Oui. Depuis que je suis ici… que j'ai commencé à travailler… ça m'aide. »

Mais il ne pensait pas à ce qu'il disait. Il pensait à Savitri, au fait qu'elle était assise là, en face de lui, à portée de main. À première vue, elle ne semblait pas changée. Elle avait toujours son teint doré, sa silhouette d'adolescente de dix-sept ans et l'éclat de la jeunesse émanait d'elle comme d'une rose qui commence à s'ouvrir. Mais c'est dans ses yeux que David vit une transformation. La lumière de l'innocence les avait désertés, pour faire place à une profondeur poignante et presque douloureuse à voir. Elle portait une robe de coton fleurie, toute simple, boutonnée par-devant, froncée à la taille et serrée par une fine ceinture. C'était la première fois qu'il la voyait autrement qu'en sari, et il en éprouva un peu de regret. Et puis elle avait changé de coiffure ; ses cheveux attachés sur la nuque, comme chez une dame d'un certain âge, s'accordaient mal avec la jeunesse et la fraîcheur de ses traits. On aurait dit qu'elle balançait entre la jeune fille et la femme ; l'esprit d'une femme dans un corps de jeune fille.

« Savitri, pourquoi es-tu venue ? »

Elle rabattit derrière son oreille une mèche d'un noir luisant.

« Il le fallait, David ! Il fallait que je te revoie, il le fallait ! Pardonne-moi, mais il le fallait ! Je suis veuve maintenant, comprends-tu, je suis libre !

— Avant de continuer… il faut que je te dise…

— Que tu es marié.

— Alors, tu sais !

— June me l'a dit. Ta femme est ici ? »

Il secoua la tête. « Non, Marjorie est restée en Angleterre. Ma mère espérait qu'elle serait enceinte… » Leurs yeux se rencontrèrent douloureusement, puis se quittèrent. « Dans ce cas, il aurait mieux valu…

— Et elle est… elle était… enceinte ?

— Non.

— Alors elle va venir ici ?

— Elle en a très envie. Dans ses lettres, elle ne cesse de me demander quand elle pourra venir me rejoindre. Mais je repousse chaque fois la date. Je sais que ce n'est pas bien de ma part, elle serait certainement plus en sécurité ici qu'en Angleterre, avec la guerre en Europe et l'Allemagne si proche, pourtant je ne sais pourquoi... les Japonais m'inquiètent, Savitri, et peut-être court-elle moins de risques en restant là-bas. Mais ce n'est qu'un prétexte. Peut-être n'ai-je pas envie qu'elle vienne. C'est peut-être uniquement pour moi que je retarde sa venue... tu comprends... quand je suis parti nous n'étions mariés que depuis quelques mois. Nous n'avons jamais vraiment eu de vie commune, une maison à nous, alors voilà... je remettais toujours. Mais maintenant, maintenant que tu es là, j'ai moins que jamais envie qu'elle vienne et je me fais l'effet d'être une belle ordure.

— Tu m'aimes encore ?

— Oh, Savitri, comment peux-tu me le demander ? Je n'ai jamais cessé de t'aimer... pas un seul instant. Tu as toujours été près de moi, constamment, tu vis en moi, tout le temps ! Comme une présence vivante ! Si j'avais su, je ne me serais jamais marié, mais j'avais renoncé à espérer et ma mère se désolait. Je suis le dernier des Lindsay, elle veut un héritier... Elle a fait pression sur moi et... oh, Savitri, si j'avais su ! »

Elle hocha la tête et, à nouveau, leurs yeux se mêlèrent. Les mains de Savitri retombèrent, molles, de part et d'autre de son assiette, puis se contractèrent imperceptiblement. Celles de David commencèrent à s'avancer vers elles, sur la table, mais se retirèrent.

« On ne pourrait pas changer de sujet ? dit-il en soupirant. Si on parlait de toi ? Parce que si merveilleux que ce soit de te voir, je ne veux pas que tu restes ici, Savitri. Je te l'ai dit, je suis inquiet... mais comment as-tu réussi à venir jusqu'ici ? Tu es venue seule ? Que fais-tu à Singapour ?

— Je suis venue à cause de toi. Je voulais seulement te revoir encore une fois, quitte à repartir tout de suite si tu me renvoyais.

— Folle, inconsciente, idiote que tu es... ma chérie ! Comme tu es naïve... C'est la guerre ! Les Japonais sont imprévisibles, ils amassent des troupes autour de l'Asie du Sud-Est en cherchant à provoquer des incidents. Il faut que tu retournes en Inde. À Madras. Tu ne peux pas rester ici, c'est trop dangereux », dit-il avec un regard amusé, tendre et enfantin tout à la fois.

Par conséquent, il sursauta quand elle s'exclama : « David ! » avec, dans les yeux, une expression sévère, accusatrice, qui l'étonna.

« Qu'est-ce qu'il y a ?

— David, je ne suis pas folle et je ne suis pas idiote. La guerre n'est pas une plaisanterie, je le sais. Je ne suis plus la même, vois-tu. La vie ne m'est rien, rien du tout. Je n'ai pas d'autre raison de vivre que toi, et puisque tu ne peux pas être à moi, je n'ai rien à perdre, David, absolument rien. »

Elle lui parla alors de son mariage ou plutôt de cette parodie de mariage, de ses deux petites filles mortes, Amrita et Shanti, et des deux petits garçons morts eux aussi, celui qui n'avait jamais poussé son premier cri, Anand, et le bien-aimé, Ganesan.

« Aussi, vois-tu, je n'ai pas peur de la mort. L'amour et la mort sont de très proches compagnons. Puisque j'ai aimé, j'ai touché la mort et la mort m'a touchée. Quand on aime, on se livre à la main de la mort. L'amour nous rend vulnérables. C'est le prix à payer. Le monde ne peut plus m'apporter aucune joie, David. Ce corps qui est le mien… ce n'est qu'un instrument. Il a renfermé de si grandes souffrances qu'il a failli se désintégrer, et pourtant il a survécu. Et si ce corps est capable de survivre, David, que lui reste-t-il à faire, sinon soulager la souffrance des autres ? Et la guerre n'est-elle pas ce qui engendre les plus grandes souffrances ? C'est pour ça que je suis venue. Je veux travailler, David. Trouve-moi une place quelque part, comme infirmière. Je n'ai ni expérience, ni diplômes, mais j'ai mes mains. »

Elle sourit, avec un peu d'effronterie, comme pour atténuer ce que ses paroles avaient de pompeux ou la gêne qu'il aurait pu en ressentir, et elle lui tendit ses petites mains brunes, enfin.

Il les prit, les serra et baisa le bout de ses doigts.

« Des diplômes ! Te demander tes diplômes d'infirmière, Savitri, reviendrait à demander à un rossignol de présenter ses titres pour chanter. Si tu es vraiment décidée, je te trouverai quelque chose. »

Maintenant qu'elle savait qu'il la prenait au sérieux, elle ajouta :

« Mais avant tout, je suis venue à Singapour pour être près de toi. Pour vivre à tes côtés, ou mourir à tes côtés. »

Par-delà le monde visible des choses existe un univers parallèle de l'esprit et c'est là que vivaient David et Savitri. Bien qu'invisible, il avait pour eux autant sinon plus de réalité que celui dans lequel ils jouaient à être un médecin et une infirmière. Il lui conseilla de s'engager comme bénévole dans les Services auxiliaires médicaux de l'armée britannique, où l'on acceptait des personnes de toutes nationalités et des civils avec peu ou pas de formation médicale. Elle fut affectée à l'Hôpital général. Elle aurait préféré l'Alexandra, car c'est là que travaillait David.

Toujours plus proche des Indiens que des Anglais, David s'était lié d'amitié avec le Dr Rabindranath qui travaillait au Tyersall Park Hospital, où l'on soignait des blessés de guerre indiens. Son épouse, employée chez un avocat, accueillit Savitri dans sa modeste maison, presque comme une fille. La question du logement étant résolue, sa nouvelle existence pouvait commencer.

Ils menaient chacun de leur côté une vie accaparante, une vie qui exigeait chaque parcelle de leur attention, chaque atome d'énergie. Mais au-delà de tout ça il y avait l'essentiel, et c'était là qu'ils existaient, unis même quand ils étaient séparés, liés l'un à l'autre tels des jumeaux siamois, non pas physiquement, mais spirituellement, car un esprit unique les guidait, un cordon de vie auquel ils ne pouvaient que s'accrocher, qui les nourrissait de même qu'un arbrisseau dans le désert se nourrit et s'abreuve à une source souterraine. Et bien que séparément, ils croissaient ensemble, le cœur penché vers cette source. Et ils connaissaient la joie.

Trois ou quatre fois par semaine, ils parvenaient à soustraire quelques heures à leurs activités pour se retrouver en tête à tête, et c'était chaque fois comme une pierre précieuse, une rencontre si exquise, si parfaite, que sa lumière continuait à les éclairer longtemps après. Ils n'étaient jamais seuls, tout en l'étant, car ils réussissaient à se glisser pour un moment d'éternité dans une solitude à deux, une bulle d'amour, protégés de la folie grandissante qui les entourait par une membrane fine au point d'être transparente, mais solide comme du verre à l'épreuve des balles, à travers laquelle ils regardaient le monde, et le monde les regardait, en restant cependant intouchables, inébranlable, libres d'aimer et libres de s'abandonner en totalité. Ils étaient passés maîtres dans l'art de communiquer – un art qui ne nécessite ni de se toucher, ni de se parler ni parfois même de se regarder.

Singapour fourmillait de troupes britanniques et pourtant nombreux étaient ceux qui continuaient à refuser de croire que la guerre allait gagner les rivages de la péninsule et se faisaient sourds à tous les signaux.

Singapour n'était-elle pas une place forte ? De puissants canons défendaient la côte – une invasion par la mer était donc impossible. Quant à imaginer une attaque par le nord, à travers la Malaisie, c'était absurde : une forêt vierge impénétrable recouvrait plus des quatre cinquièmes de ce pays et une chaîne de montagnes granitiques de plus de deux mille mètres élevait une infranchissable barrière, un bouclier entre la ville et les plages de sable argenté de la Malaisie. Comment ces poltrons de Japonais oseraient-ils donner l'assaut à la puissante base navale de Singapour ? Ou attaquer de l'intérieur cent mille combattants d'élite postés en défense ?

« Il n'y aura pas la guerre, disaient-ils. Les Japonais peuvent bien brandir leurs sabres, nous sommes des

Britanniques ! Jamais ils n'envahiront Singapour. C'est impossible ! »

Mais les soldats britanniques continuaient à affluer, comme pour se moquer de leurs certitudes.

49

NAT

L'individu qui se trouvait sur le pas de la porte avait peine à contenir sa joie.

« Nataraj ! Mon cher Nataraj ! Comme je suis heureux de te voir ! »

Il ouvrit grands les bras comme pour étreindre Nat, qui recula précipitamment à l'intérieur de l'appartement, où l'inconnu pénétra à son tour. Peu habitué à tant de familiarité de la part d'un homme, Nat l'aurait bien mis dehors, mais sa curiosité l'emporta.

Ce type l'avait appelé Nataraj. Personne ne l'appelait jamais ainsi. Personne ne savait même que c'était son véritable nom, qui ne figurait que sur son passeport, rangé bien en sûreté dans le tiroir supérieur de son bureau.

« Vous me connaissez ?

— Mais oui, bien sûr que je te connais, Nataraj. J'ai fait ce long voyage depuis l'Inde pour te voir. Je suis ton oncle Gopal, tu ne te souviens pas de moi ? »

L'oncle Gopal... Nat fouilla dans sa mémoire ; ce nom éveillait en lui un vague souvenir, enfoui dans quelque recoin sombre où il préférait ne pas s'aventurer.

« Oncle Gopal ? »

L'homme sourit en se caressant la moustache de l'index et du pouce, les yeux baissés sur ses chaussures. Il plongea la main dans un sac de toile blanc qu'il portait à l'épaule, en sortit un paquet de chips et commença à les grignoter d'un air embarrassé. Il épousseta les miettes et les grains de sel qui étaient tombés sur son veston froissé. Il avait une chemise blanche et sa cravate était un peu de travers, comme si après s'être mis sur son trente et un pour rendre visite à Nat, il s'était endormi dans le métro.

« Comment pourrais-je vous reconnaître ? Je n'ai aucune famille, en tout cas pas à ma connaissance. Et je ne vous ai jamais vu, j'en suis certain !

— Mais si ! Tu as oublié ton cher oncle Gopal ! Je suis venu te voir quand tu étais petit ; je t'avais apporté un joli cadeau, une voiture de pompiers. Ce n'est pas possible que tu aies oublié !

— Une voiture de pompiers... » De cela Nat se souvenait en effet.

La voiture de pompiers avait fait une longue carrière, choyée comme un trésor par les enfants du village mais boudée par Nat pour une raison qu'il refusait de s'avouer, et il s'était empressé de l'oublier à cause de la menace qu'elle symbolisait. Ce jouet évoquait pour lui un danger si effroyable que c'est tout juste s'il l'avait regardé une seconde fois. Mais comme tout ce que l'esprit rejette, et alimente par là même, la voiture de pompiers avait pris une importance démesurée, transformée par son imagination d'enfant en un monstrueux croque-mitaine de fer, d'un rouge agressif. En entendant l'oncle Gopal y faire allusion, Nat vit donc aussitôt de quoi il parlait.

« Je me souviens de la voiture de pompiers, dit-il d'un ton méfiant. Mais je ne me souviens pas de vous. Bon, vous avez sûrement des choses à me dire. » Il regarda sa montre. Il n'avait aucune envie de faire entrer chez lui cet homme, cet oncle Gopal, pas tout de suite, du moins, mais à l'évidence, une conversation s'imposait. « Suivez-moi. »

Nat emmena son oncle dans un café voisin et commanda deux thés avec des sandwiches. Ils s'assirent face à face, à une table d'angle.

« Ainsi, vous êtes mon oncle ?

— Oui, oui, je suis ton oncle, et je suis tellement heureux de te revoir enfin ! Ça fait des années que j'essaie de te retrouver et le rêve de ma vie vient enfin de se réaliser!

— Mais comment se fait-il que je n'aie jamais entendu parler de vous ? »

L'oncle Gopal se rembrunit. « C'est à cause de ton père qui ne veut pas que tu aies le moindre contact avec moi et avec ta vraie famille, qui a tout fait pour que tu ignores tes véritables origines et qui m'a empêché de te prendre avec moi, comme cela aurait dû se produire. Mais je suis venu ici pour t'apprendre la vérité, te parler de mon frère bien-aimé et de ta mère, son épouse, une Anglaise d'une grande beauté, et de leur mort tragique à la suite d'un accident. En raison de circonstances inattendues, leur seul et unique enfant, toi Nataraj, notre cher petit, tu as été placé dans un orphelinat où, avant que j'aie pu faire valoir mes droits comme père adoptif, David est venu te chercher et m'a empêché de…

— Arrêtez, arrêtez! Ça suffit. »

Nat se cacha la tête dans les mains. Submergé par cette avalanche de révélations, il ne parvenait pas à réfléchir, il ne parvenait pas à suivre ce flot de paroles. L'oncle Gopal buvait goulûment son thé et mordait vigoureusement dans son sandwich, en attendant qu'il ait repris ses esprits.

Le regard de Nat était voilé de souffrance, mais au-delà de cette souffrance, il y avait une lucidité, une clairvoyance et une détermination qui échappaient à Gopal, emporté qu'il était par son lyrisme.

« Ah, tes chers parents! Comme je les aimais tous les deux! Quelle tragédie! Ta mère était une Anglaise, une femme aussi superbe qu'Elizabeth Taylor. Si elle avait vécu, elle serait devenue la plus célèbre actrice du monde, c'est une certitude, car elle était belle au-delà de toute comparaison et pleine de talent! Elle adorait ton père, mon petit frère Natesan! C'était un amour passionné, mais condamné, contrarié par la furieuse opposition des deux familles! Ç'avait été un coup de foudre, mais leurs parents, d'un côté comme de l'autre, ne voulaient pas de cette union, alors ils se sont enfuis pour se marier et tu es l'unique témoignage de cet amour. Ils ont bravé le mépris de leurs proches et la désapprobation de la société pour vivre leur amour – mais ils étaient condamnés par le Destin, qui s'est cruellement interposé pour mettre un terme à leur courte vie. Et comme aucune des deux familles ne voulait de l'enfant hors-caste né de cette union, on t'a mis dans un orphelinat. Je t'aurais volontiers adopté si j'avais été en position de le faire, puisque j'étais le seul de toute ma famille à avoir pris le parti de mon frère, car il n'est plus question de caste ou de classe au regard d'un amour authentique. Mais à cette époque je me trouvais dans une situation difficile, aussi… »

Sans remarquer l'acuité du regard immobile de Nat, Gopal continua dans ce registre pendant cinq bonnes minutes, ne s'arrêtant que pour reprendre sa respiration avant de poursuivre son récit rocambolesque. Nat avait l'impression d'être transporté sur un plateau de cinéma indien.

Il me raconte n'importe quoi, se disait-il. C'est un tissu de mensonges, des histoires pour Hollywood. Quand va-t-il cracher le morceau ? Ce type est mort de peur. Il faut que je l'aide.

« Comment mes parents sont-ils morts ? » Cette question soudaine interrompit, tel un coup de fouet, le verbiage de Gopal.

« Quoi ? Pardon ? Oh, ils sont morts dans des circonstances tragiques. Ils ont été assassinés par des voyous musulmans au moment des émeutes de la Partition ! Un massacre épouvantable ! Par chance…

— Comment avez-vous dit que mon père s'appelait ?

— Je te l'ai dit, non ? Je ne l'ai pas précisé ? Il s'appelait Natesan.

— Et ma mère ?

— Ta mère s'appelait Fiona.

— C'est à peu près la seule chose vraie que vous ayez dite depuis une heure.

— Quoi ? Qu'est-ce que tu dis ?

— Je dis que vous mentez. Excepté le nom de ma mère, rien n'est vrai dans toute votre histoire. Je me trompe ? »

Gopal émit une sorte de petit aboiement et eut un geste de la main qui fit basculer sa tasse. La tasse tomba par terre et se cassa; le thé s'était répandu sur la table, sur les genoux de Gopal et sur le sol. Nat se leva et partit vers le comptoir à grandes enjambées. Il revint accompagné d'un serveur qui jeta un regard perplexe sur Gopal, en train de se balancer sur sa chaise en gémissant, la figure dans les mains. Le serveur essuya le carrelage, changea la nappe et s'en alla.

« Allons, Gopal, finissons-en, dit Nat d'un ton égal. C'est vous le mari de Fiona, n'est-ce pas ? »

Gopal ne répondit pas. Il se contenta de gémir un peu plus fort et se pencha vers Nat, le regard affolé.

« Gopal Iyer ? C'est ça ?

— Tu le sais ! David te l'a dit, en définitive ! »

Nat vit alors la façade d'assurance phraseuse de Gopal commencer à se fissurer et à se désintégrer sous ses yeux. Il recula sa chaise afin de mettre plus de distance entre eux deux.

« Non, il ne m'a rien dit. J'ai deviné. J'ai vu mon extrait de naissance il y a des années. J'ai vu les noms qui y figuraient, les noms de mes parents. Je me les rappelle parfaitement: Fiona Iyer, née Lindsay, était ma mère. Le nom de mon père n'était pas Natesan. C'était Gopal. Gopal Iyer. C'est vous qui êtes mon père. »

Gopal avait cessé de gémir, il avait cessé de se balancer. Mais avait toujours la tête baissée, enfouie dans ses mains pour cacher sa honte. Il gardait le silence. Un silence lourd, inquiétant, un silence qui faisait basculer tout un monde. Le silence de la capitulation.

Puis il releva la tête. Ses mains quittèrent son visage, se tendirent vers Nat, et ses bras s'ouvrirent comme pour l'étreindre. Ses lèvres tremblaient d'émotion et ses yeux luisaient de larmes.

« Oh, mon fils, mon fils ! Oui, c'est vrai. Tu es mon fils bien-aimé, dont j'ai été privé si longtemps. Voilà des années que j'attendais le moment où tu me connaîtrais enfin, où la vérité nous apparaîtrait et où j'entendrais enfin ce mot qui vient de sortir de tes lèvres, le mot le plus précieux entre tous : père ! »

50

SAROJ

Angie frappa deux coups, ouvrit la porte et passa la tête dans l'entrebâillement.

« Il y a quelqu'un qui te demande. »

Saroj sortit sur le palier exigu et, au moment de passer devant Angie, elle remarqua d'un ton sec :

« Pourquoi n'as-tu pas dit que j'étais sortie ?

— Tu ne crois tout de même pas que je vais mentir pour tes beaux yeux ? » répliqua Angie avec un sourire suave.

Saroj descendit l'escalier en faisant résonner ses pas. Ce n'était pas la première fois que la chose se produisait depuis ces six derniers mois, depuis qu'elle était entrée à l'université. Elle cultivait avec soin sa réputation de fille distante et s'était arrangée pour faire savoir aux soupirants éventuels qu'elle était tout simplement indisponible ; qu'elle n'avait envie d'aller ni dans une discothèque, ni à la patinoire, ni chez Madame Tussaud, pas plus que d'assister à la relève de la garde, devant Buckingham Palace, ainsi que le lui avait timidement proposé un étudiant espagnol. Cet abord hérissé de piquants fonctionnait bien ; le regard glaçant qu'elle avait mis au point produisait un effet proprement paralysant.

En trois ans, depuis qu'elle était en Angleterre, elle s'était épanouie pour devenir une jeune fille superbe. D'ailleurs, elle s'en désolait, car l'attention que cela lui attirait l'agaçait. Elle avait horreur d'être dévisagée ; le désir non déguisé qu'elle éveillait malgré elle la dégoûtait. Elle essayait de s'enlaidir. Elle ne se maquillait jamais ; au reste elle n'en avait nul besoin. Un teint, qui possédait la couleur et la transparence du miel le plus pur, des yeux en amande, frangés de longs cils noirs, une bouche pleine et un nez droit lui composaient un visage d'une harmonie parfaite. Sa chevelure n'avait pas retrouvé sa longueur initiale, mais les soins prodigués par Ma, des années durant, lui donnaient une épaisseur, un lustre et un éclat de bonne santé à rendre malades les publicitaires de marques de shampooing. Lâchée, elle se balançait autour de ses épaules en ondoyant ainsi qu'un lourd rideau de satin.

Tout cela, elle ne pouvait le cacher, mais il lui restait la possibilité de le déguiser derrière une mine rébarbative, quasi permanente. Ces lèvres parfaites ne souriaient jamais et ce regard, doux et enjôleur par nature, brillait d'une lueur hostile. Ses cheveux étaient attachés dans une sévère queue-de-cheval. Par-dessus ses jeans informes, elle portait des chemises d'homme trois fois trop grandes pour elle. C'est entourée de toutes ces défenses qu'elle se présentait aux autres. Mais cet aspect de cactus, soigneusement entretenu, produisait exactement l'effet inverse. Elle donnait malgré elle l'impression d'être un fruit intact, mûr à point, fondant, savoureux, dont la peau chatoyante n'a pas encore été touchée par des mains humaines, à cause des buissons d'épineux qui l'entourent. Un fruit de cette sorte, lointain, inaccessible, interdit, exerce la même fascination que la neige vierge et Saroj fascinait. Si elle s'était laissé griser, si elle avait cultivé ce style involontaire, elle se serait perdue. Mais elle sentait le danger et faisait de son mieux pour se protéger, en éloignant le tout-venant pour n'admettre dans son intimité qu'une poignée d'élus : d'abord Trixie et Ganesh, puis Colleen, James et quelques satellites évoluant autour d'eux. Avec le reste de l'humanité, surtout avec la gent masculine, elle se montrait revêche, hargneuse et distante.

Cependant il se trouvait toujours quelques jeunes gens assez intrépides pour braver ce courroux paralysant, qui se présentaient chez elle avec un sourire poli et un bouquet de fleurs faisant office de bouclier. Le bruit avait dû se répandre que cette stratégie fonctionnait ; jusqu'à ce jour, Saroj n'avait en effet jamais renvoyé un mendiant venu frapper à sa porte. Une invitation à entrer pour prendre une tasse de thé était la récompense. Mais ça s'arrêtait là.

Elle s'aperçut au premier coup d'œil que ce visiteur-là appartenait à une variété différente. Pour commencer, ce n'était évidemment pas un étudiant. Il était vieux et indien. Trapu et négligé, avec une chemise rayée en polyester rentrée à la hâte par-devant, dans un pantalon trop étroit, mais qui sortait par-derrière. Il serrait contre sa poitrine un paquet enveloppé dans du tissu. Il avait des cheveux gras coiffés en arrière, de grosses pattes touffues et une fine moustache bouclée au-dessus d'un sourire doucereux et par trop familier. Ayant transféré le paquet sous son bras, il se caressa une fois la moustache entre le pouce et l'index comme pour l'aplatir, puis joignit ses deux mains dans le geste du *namaste* en inclinant légèrement la tête, sans que jamais le sourire doucereux quitte ses lèvres.

Voyant que Saroj ne lui rendait pas son salut et qu'elle restait sans bouger sur la troisième marche de l'escalier, en le regardant d'un œil noir, l'inconnu ouvrit les bras et s'écria : « Sarojini, ma chère enfant ! Je suis ton oncle Gopal ! »

À ces paroles, elle tressaillit. Dix-huit mois s'étaient écoulés depuis qu'elle avait reçu la dernière lettre dudit Gopal et elle l'avait pratiquement oublié. N'ayant plus aucune nouvelle de lui, elle pensait qu'il s'était découragé. Et voilà qu'il était là devant elle, en chair et en os, à se dandiner d'un pied sur l'autre, l'air embarrassé.

De la position avantageuse qu'elle occupait en haut de l'escalier, elle le considéra et comprit qu'il serait vain de se mettre en colère. Jamais elle n'avait vu un être humain aussi pitoyable. D'après ses lettres, elle avait imaginé quelqu'un du genre de son père, un imbécile solennel, un despote arrogant, un patriarche persuadé de détenir un pouvoir qu'il ne possédait pas. Contre un tel adversaire, les armes ne lui auraient pas manqué.

Mais face à ce gros écureuil rayé, impossible de se battre. Elle ne pouvait pas l'écraser sous son talon. Elle ne pouvait ni le remettre vertement à sa place ni l'envoyer au diable. Elle ne pouvait faire que ce qu'elle fit.

« Entrez plutôt. Nous parlerons au salon, dit-elle en descendant les dernières marches pour lui ouvrir la porte.

— Merci, merci, c'est très aimable », fit-il, et son regard disait qu'il semblait sincèrement et profondément reconnaissant, qu'elle était vraiment aimable. Saroj ne savait que penser.

« Je t'ai rapporté un cadeau d'Inde », dit l'oncle Gopal en lui tendant son paquet. Saroj écarta le tissu et vit un petit sac sur lequel était inscrit, en anglais ainsi que dans une écriture inconnue, ces mots : *Taj Mahal Silk Imporium, Mount Road, Madras*.

« Déplie-le, déplie-le, je t'en prie, dit Gopal. Je l'ai acheté spécialement pour toi. C'est un sari en soie artificielle, de la meilleure qualité, très chic, mais pas voyant. C'est la grande mode chez les Indiennes, en ce moment. »

L'étoffe brillante, rose bonbon, était soigneusement pliée, mais Saroj, qui conservait un pénible souvenir des saris dépliés et des ennuis que cela lui avait occasionnés, se garda bien d'obtempérer. Elle remercia son oncle et posa le paquet sur la table en verre.

Elle lui fit signe de s'asseoir dans le fauteuil de James, à côté du téléviseur, et partit aussitôt à la cuisine pour préparer du thé. Elle avait besoin de rassembler ses idées.

Elle revint avec un plateau qu'elle posa sur la table basse, à côté du fauteuil de Gopal, et lui servit une tasse de thé, histoire de gagner encore un peu de temps. En son absence, il s'était levé pour faire le tour de la pièce et il lui tournait présentement le dos, occupé à examiner la collection de chats en porcelaine installée sur la cheminée.

« Ces bibelots sont sûrement très coûteux, dit-il en s'emparant d'un chat qu'il agita sous le nez de Saroj.

— Oui, oui. » Elle lui prit le chat et le remit en place avec autorité.

Intimidé par sa brusquerie, il regagna son fauteuil et se laissa tomber entre ses bras protecteurs. Il avança la main vers le bouton de la télévision mais se reprit au dernier moment.

« Je suis venu pour te parler de la dernière lettre de ta mère. »

L'emphase avec laquelle il avait dit cela faisait aussitôt penser à des mots tels que « dernières volontés » et « testament ». Il avait un ton timide et hardi à la fois. Comme si personnellement et de lui-même, jamais il n'aurait osé réaborder ce sujet, si cette *dernière lettre* ne lui avait insufflé un regain de courage.

« Je sais », dit Saroj en tâchant de conserver une voix douce et posée, ce qui était, lui semblait-il, la meilleure tactique pour traiter avec un écureuil rayé. Douce, posée, mais ferme. Elle s'installa sur le canapé, en face de lui, croisant l'une sous l'autre ses longues jambes enveloppées dans un jean. Voyant cela, Gopal remonta aussitôt les siennes, pour s'asseoir en position de demi-lotus, en profitant de l'ampleur du fauteuil. Il prit un petit pain au lait et y planta les dents, la main gauche sous son menton pour intercepter les miettes, qui ne s'en échappèrent pas moins par les côtés et tombèrent sur sa cravate puis – c'était inévitable – sur le fauteuil.

« Oncle Gopal, je regrette de vous décevoir mais je n'ai aucune intention d'épouser la personne à laquelle vous songez, quelle qu'elle soit. Je suis venue à Londres avec des objectifs précis : terminer honorablement mes études secondaires et obtenir un diplôme universitaire. C'est justement ce que je suis en train de faire. J'ai passé mes A Levels l'an dernier, avec les meilleures notes de toute la classe, j'ai beaucoup travaillé pour y arriver et je n'ai pas l'intention de tout gâcher en me mariant. J'ai commencé des études de médecine et je dois y consacrer toute mon énergie et tout mon temps.

— Ah, vraiment ? C'est rare pour une femme. Mais tu dois tout de même réfléchir, parce que ce mariage était le vœu de ta mère. Dans une société mixte, une femme sans mari n'est pas en sécurité. Et puis je te supplie d'écouter l'histoire que je vais te raconter avant de décider de ne pas te marier.

— Quelle histoire ?

— L'histoire de mon fils, ce garçon que ta mère désirait que tu épouses, et pourquoi il faut absolument que tu exauces le souhait qu'elle a exprimé juste avant de mourir.

— Écoutez-moi, oncle Gopal, je vous l'ai dit, ça ne m'intéresse pas. Mais si je vous écoute, me promettez-vous de vous en aller après, de ne plus jamais m'ennuyer avec ça et de ne pas chercher à me marier ?

— Oh oui, je te le promets car je suis certain qu'une fois que tu connaîtras cette histoire, tu t'empresseras de satisfaire au désir de ta mère. Écoute-moi : ta chère maman avait une amie, une amie très chère. Une jeune Anglaise. Elles étaient comme ça toutes les deux, dit-il en levant deux doigts entrelacés. Elles avaient juré de se venir en aide en cas de besoin. Cette jeune fille tomba amoureuse d'un Indien – moi ! C'était un amour très fort, mais ils furent obligés de le cacher à cause de l'hostilité des deux familles. Seule ta mère était dans le secret. Mes parents voulaient me marier de force avec une Indienne de leur choix, et la jeune Anglaise allait être envoyée en Angleterre. Aussi, poussés par cet amour passionné, nous nous sommes enfuis. Mais apparemment le Destin était contraire à notre amour car il nous refusa un enfant pendant plusieurs années. Au bout de très longtemps, naquit un petit garçon et, peu après, mon épouse bien-aimée trouva la mort au cours des émeutes de la Partition. Étant donné que j'avais du mal à gagner ma vie, je me trouvais dans l'impossibilité d'élever moi-même mon fils Nataraj et je dus le confier à des parents.

« Ta mère était alors mariée et vivait dans un pays lointain. Nous avions toujours été très proches, surtout après mon mariage avec sa meilleure amie. Nous n'avions jamais cessé de correspondre. Elle m'informait de la naissance de chacun de ses enfants et de ce qu'ils devenaient, et m'avait confié son chagrin de voir que tu refusais de te marier.

« Dans sa toute dernière lettre, juste avant de mourir, elle me disait : "Très cher frère, ne serait-ce pas une excellente chose si nos deux familles s'unissaient grâce à un mariage entre ton fils et ma fille Sarojini ? Ce n'est qu'une idée, mais je ne peux concevoir de plus grande joie, ni de meilleure façon de rendre hommage à ma chère Fiona."

« Voilà mot pour mot ce qu'elle m'a écrit dans sa dernière lettre. "Frère, disait-elle, s'il est une chose à laquelle j'aspire avant de mourir, c'est de voir ma chère fille Sarojini mariée à Nataraj, ton fils et celui de Fiona." Sachant cela, Sarojini, comment pourrais-tu refuser d'accéder à un désir si profond ? N'es-tu pas émue aux larmes ? »

Saroj se taisait. Elle ne trouvait pas les mots. En revanche, étant passée maîtresse dans l'art de parler avec les yeux, elle toisa l'oncle Gopal avec une expression féroce. Elle le fixait sans ciller, et lui qui posait sur elle un regard suppliant et humide de tristesse, frissonna, car on aurait dit qu'un vent glacial soufflait tout à coup dans la pièce. Un vent paralysant.

Finalement, elle se leva et prit la parole.

« Très bien, oncle Gopal. Vous avez dit ce que vous aviez à dire. Et maintenant, allez-vous-en, s'il vous plaît, ainsi que vous l'avez promis. »

51

NAT

« J'aimerais tant que tu m'appelles papa !

— Je suis désolé, vraiment désolé, mais je ne peux pas. C'est trop nouveau, comprenez-vous. Depuis toujours c'est un autre que j'appelle papa et pour moi, mon père, c'est lui, et il le restera toujours.

— Mais tu es ma chair et mon sang ! » Des larmes perlèrent aux coins des yeux de Gopal et Nat se détourna. Cela faisait une bonne heure que Gopal l'enduisait de cette pâte gluante, écœurante, qu'il appelait amour. Si Nat avait tout d'abord essayé de lui rendre son affection, de l'aimer comme il était aimé, de ressentir un peu de tendresse filiale pour ce père qui faisait irruption dans sa vie, il ne désirait maintenant qu'une chose : se retrouver un moment seul avec lui-même. Mais il lui restait encore beaucoup de questions à poser, des questions auxquelles seul Gopal était en mesure de répondre.

En sortant du café, ils étaient retournés chez Nat. Gopal s'était alors livré à une inspection méticuleuse de l'appartement ; il avait examiné la radio, l'électrophone, les disques, les livres, en s'enquérant du prix de chaque chose, qu'il trouvait invariablement phénoménal.

Gopal était à Londres depuis un mois et il devait repartir dans deux jours. Il avait mené à bien sa tâche consistant à persuader une charmante actrice indienne qu'elle serait parfaite pour être la vedette de son prochain film, et de l'arracher à sa carrière de mannequin ainsi qu'à sa liaison coupable avec un chanteur de pop anglais. Au reste, il s'était avéré que cette grande passion battait de l'aile et que sa carrière de top model avait fait long feu.

« Elle veut bien accepter ce rôle, mais exige un cachet exorbitant. Les jolies femmes sont tellement capricieuses ! Et maintenant il faut que je retourne là-bas pour négocier avec mes patrons. »

Il avait prononcé le mot « patrons » avec une note d'amertume. Ses patrons, disait-il, étaient d'infâmes individus qui s'obstinaient à ne pas reconnaître son talent. Sous prétexte que son dernier film avait été un fiasco, ils lui refusaient une seconde chance, ce qui ne les empêchait pas de le considérer comme leur esclave et de l'envoyer aux quatre coins du monde, en lui faisant de mirifiques promesses jamais tenues. Ils alléguaient ses insuffisances au plan des langues : la langue maternelle de Gopal était le tamoul et s'il parlait un anglais excellent, son hindi et son marathi laissaient à désirer. Les réalisateurs de langue tamoule étaient très nettement désavantagés.

« Mais les acteurs, eux, m'adorent ! affirmait-il. Ils m'obéissent comme des marionnettes à un marionnettiste ! Ils font tout ce que je leur demande ! Cette fille, par exemple, c'est uniquement pour moi qu'elle accepte de revenir ! Je la connais par cœur ! dit-il en adressant à Nat un clin d'œil entendu. Elle sait que je suis un metteur en scène de talent. Et à quoi suis-je réduit ? À être un scénariste, un homme à tout faire. Un jour je leur tirerai ma révérence, tout simplement, et ils se retrouveront sans personne. Je suis le seul à Bombay à avoir du talent ! Je me remettrai à écrire des romans et alors ils me supplieront de venir faire des films pour eux !

— Où habitez-vous à Londres ? demanda Nat, histoire de changer de sujet.

— Chez les Rajkumar. Des parents d'un ami. Ils habitent à Wallington et c'est très loin de chez toi, mon fils bien-aimé ! Ça va être compliqué pour moi de revenir te voir ! Sans compter qu'il ne me reste que deux jours et ce serait plus commode si je... » Il s'interrompit comme pour donner à Nat l'occasion de l'inviter à dormir chez lui.

« C'est que je n'ai qu'un seul lit, protesta faiblement celui-ci.

— Ça ne fait rien ! Ça ne fait rien ! Je dormirai par terre, nous autres Indiens nous pouvons dormir n'importe où et dans n'importe quelles conditions, nous ne sommes pas des gens douillets ! Vois comme ce tapis est épais ! Tu n'auras qu'à me donner un drap et je dormirai très confortablement, je t'en prie, ne te tracasse pas pour moi, je n'ai pas besoin d'un matelas moelleux...

— Non, non, c'est moi qui coucherai par terre et vous prendrez le lit. »

Ce petit point de détail réglé, ils entamèrent une conversation qui se prolongea tard dans la nuit. Nat avait une foule de questions à poser et Gopal ne demandait qu'à parler, même si Nat le soupçonnait d'enjoliver les choses. Juché sur une chaise raide, Gopal croisa ses jambes sous lui. C'était, prétendait-il, la meilleure façon de s'asseoir.

« Les Occidentaux s'assoient d'une façon qui entrave gravement le processus de la digestion. Mais le pire de tout, ici, c'est la façon de déféquer. Dis-moi, est-ce que tu t'assois sur le siège des W-C ? Tu ne devrais pas, vois-tu. Moi, je grimpe dessus et je m'accroupis comme on le fait en Inde. Je vais te montrer. Si tu t'assois comme ça, dit-il en joignant le geste à la parole, les excrétions ont du mal à cheminer à travers l'appareil digestif. Les intestins sont écrasés. Le résultat, c'est la constipation. Mais si tu t'accroupis, comme ça, les organes se trouvent dans une position favorable. Les genoux sont relevés, l'anus est baissé et les excréments peuvent transiter rapidement et s'évacuer sans peine. La force de la pesanteur oblige les selles à descendre verticalement. Les intestins sont parfaitement relâchés. Pour s'asseoir, c'est la position en demi-lotus qui est la meilleure. À vrai dire je préférerais m'asseoir par terre, mais comme tu n'en as pas l'habitude et que ce ne serait pas convenable pour un vieux d'être assis plus bas qu'un jeune, ce fauteuil me convient très bien. »

Cela dit, Gopal reprit sa position en demi-lotus et poursuivit dans la même veine :

« Ta mère, bien que née et élevée en Inde, disait toujours que c'était inconvenant pour une femme de s'asseoir en demi-lotus, et elle refusait de déféquer accroupie. C'était un grand sujet de désaccord entre nous deux. Fiona était terriblement entêtée là-dessus, de même que sur les questions d'alimentation, et résultat, elle souffrait d'une sévère constipation. Elle ne voulait pas adopter un régime végétarien, ce qui donnait à ses selles une consistance trop ferme et une pigmentation foncée qu'on aurait pu éviter grâce à une alimentation saine et une bonne position pour déféquer.

— Elle s'appelait Fiona Lindsay. C'était donc une parente de mon père ? dit Nat en orientant résolument la conversation sur la personne de sa mère plutôt que sur sa constipation.

— Oui, une parente de David, ton père adoptif. C'est moi ton véritable père. Fiona était la sœur de David. J'étais issu d'une pure famille *brahmane,* mais de condition modeste. Mon père était cuisinier chez les Lindsay et, par conséquent, ils nous traitaient comme d'humbles serviteurs. Mais Fiona et moi nous aimions depuis notre plus tendre enfance. Nous étions obligés de cacher notre amour, mais dès que nous avons été en âge de nous marier, nous nous sommes enfuis. Bien que condamné par nos familles, notre amour était assez fort pour surmonter tous les obstacles. Mise à part la question d'alimentation nous étions un couple parfaitement heureux. Nous nagions dans la félicité…

— Que lui est-il arrivé ? Où est-elle maintenant ?

— Je te l'ai dit, elle est morte dans un tragique accident de voiture.

— Mais non, rappelez-vous, vous avez dit que Natesan et elle avaient été assassinés par des voyous musulmans pendant les troubles de la Partition.

— Oui, oui, les deux sont vrais. Ç'a été un assassinat *et* un accident de voiture. Leur voiture a été incendiée. Par des musulmans. Je me suis retrouvé avec les ruines de mon amour et un bébé.

— Que vous vous êtes empressé de mettre dans un orphelinat.

— Que pouvais-je faire d'autre ? Je n'étais pas en position de m'occuper de toi ! Ma famille refusait de m'accueillir avec un enfant demi-caste et j'étais incapable de m'occuper d'un bébé ! Je t'ai donc mis dans un orphelinat, avec l'intention de te reprendre dès que je me remarierais.

— Pourquoi ne l'avez-vous pas fait ?

— Hélas, ma seconde femme ne voulait pas elle non plus d'un enfant demi-caste. C'était une Indienne pur sang et elle voulait des enfants à elle. Mais elle était stérile. Plusieurs années passèrent avant qu'elle finisse par se résigner et par accepter enfin de te prendre. Mais entre-temps David avait obtenu la garde du fils de sa sœur chérie et je lui avais légalement cédé mes droits parentaux, en pensant que c'était mieux pour toi. » Gopal se frappa le front de ses poings et gémit : « Oh, quel imbécile j'étais ! Comme je le regrette. »

Pas moi, en tout cas, pensa Nat.

« Mais pourquoi n'avez-vous pas au moins gardé le contact avec moi ? Je suis certain que mon père aurait été heureux de me partager avec vous.

— Ah, tu ne connais pas la vraie nature de ce David ! Il m'a traité de la façon la plus cruelle. Pendant toute ton enfance il a refusé que je vienne te voir parce qu'il ne voulait pas que tu saches que tu étais mon fils. C'est un ignoble individu.

— Pourquoi ? Pourquoi ne voulait-il pas que je sache que j'étais le fils de sa sœur ? Il est donc mon oncle... »

Mais Gopal se contenta de secouer la tête en marmonnant quelque chose à propos de « terribles secrets ».

« Mais à ma majorité, vous auriez pu retrouver ma trace. Vous auriez pu m'écrire. Pourquoi vous manifestez-vous maintenant, plutôt qu'à un autre moment ? Pourquoi avoir attendu si longtemps ?

— Oh, mon fils, mon fils ! Que sais-tu des sentiments d'un père ? Combien tu m'as manqué ! C'est vrai, j'aurais dû prendre contact avec toi plus tôt. Mais comment t'expliquer pourquoi j'avais failli à mon devoir de père ! Pourquoi je t'avais mis dans un orphelinat ! J'avais honte. Mais maintenant que je t'ai retrouvé je ne te laisserai jamais plus. Je suis intervenu dans ta vie poussé par un noble objectif. Cela m'a donné le courage de me faire connaître de toi. Il est temps, mon cher fils, que tu te maries et que tu t'établisses. Je t'ai trouvé la jeune fille idéale. »

« Bonjour ! Bonjour ! Ça fait une demi-heure que je t'attends. J'ai amené quelqu'un avec moi ! »

Tout souriant Gopal émergea de la foule anonyme qui sortait du métro à Notting Hill Gate, et se planta devant Nat en désignant avec une visible fierté le jeune homme qui l'accompagnait : un Indien, grand et efflanqué, avec de longs cheveux noirs attachés en queue-de-cheval, le front ceint d'un bandana à la hippie, vêtu d'un pantalon à pois à pattes d'éléphant et d'un tee-shirt délavé de couleur indéfinissable. Il sourit aimablement et salua Nat du signe de la paix.

« Ganesh, dit-il.

— Ganesh est mon neveu, que je viens enfin de retrouver, lui aussi. J'ai fait sa connaissance ce matin. Mon cœur déborde d'émotion quand je pense à tous ces parents inconnus que j'ai eu le plaisir de rencontrer à Londres ! Aujourd'hui j'avais décidé de prendre contact avec la jeune fille dont je t'ai parlé, ainsi qu'avec sa famille, et je suis tombé sur lui. Il était parti à l'étranger depuis plusieurs années et il est seulement rentré avant-hier. C'est ton cousin, le frère de la jeune fille ! »

Ganesh roula des yeux. Nat rit et ressentit pour lui une sympathie immédiate.

« Ne me dis pas que tu trempes toi aussi dans la conspiration visant à me marier ! dit Nat à Ganesh, tout en prenant le chemin de son appartement

— Mais bien sûr que si ! Rien ne pourrait me faire plus de plaisir que de voir Saroj mariée à un garçon convenable. Tu m'as l'air très bien... » Il fit mine d'inspecter Nat en parcourant du regard la silhouette longue et mince qui marchait à ses côtés.

« Mais pour être à la hauteur des exigences de Saroj, il faut non seulement être beau mais intelligent. C'est une bûcheuse. Une fille très brillante.

— Un genre que je ne supporte pas.

— Oh, allons, laisse-lui une chance. Si tu ne l'épouses pas, qui le fera ? À ce train, jamais elle ne trouvera un mari, la pauvre.

— Merci du conseil, dit Nat en bâillant ostensiblement et tout en écartant d'un coup de pied un paquet de Marlboro qui gisait sur le trottoir.

— Mais non, elle est vraiment *jolie*, je t'assure. C'est justement le problème. Une fille brillante, mais jolie. Belle même.

— Une funeste combinaison.

— Une jeune fille absolument merveilleuse ! s'écria Gopal. Jamais, de toute ma vie je n'ai rencontré une fille avec un visage possédant des qualités aussi photogéniques. Si elle venait avec moi à Bombay je pourrais en faire une star de cinéma. Je connais tout ce qui concerne le cinéma. J'ai tourné avec les plus belles actrices et de toute ma vie jamais je n'ai vu une pareille beauté. Elle est ravissante. »

Sans se préoccuper de Gopal, Nat se tourna vers Ganesh.

« Écoute, Ganesh, fais-moi plaisir, dit-il en abandonnant soudain le ton de la plaisanterie. Ne cherche pas à me la faire rencontrer, d'accord ? J'en ai assez des gens qui essaient de me marier avec leur fille, leur nièce, leur sœur, leur cousine ou l'amie de leur sœur. Dès que j'entends “elle est en âge de se marier”, une sonnette d'alarme se met à retentir dans ma tête. Hier soir, j'ai dit à Gopal, et j'étais sérieux, que je n'étais pas candidat au mariage. Assurément pas. Dans un an je rentrerai en Inde, pour de bon. Pour le moment, il n'y a pas de place pour une femme dans ma vie. Et sans parler de ça, cette fille est ma cousine et…

— Les mariages entre cousins sont de très bon augure. Oui, de très bon augure ! s'écria Gopal. De plus cette fille est…

— Ne t'inquiète pas, Nat, s'interposa Ganesh. Outre tes objections, Saroj n'a aucune intention de se marier. Je l'ai vue hier ; pourquoi ne l'avouez-vous pas, Gopal, elle vous a envoyé paître ! J'aurais pu vous prévenir. Vous savez comment on l'appelait au lycée ? La Princesse des Glaces. Et elle n'a absolument pas changé depuis. Ou alors, en pire.

— C'est vrai, elle est un peu bêcheuse, dit Gopal en fronçant les sourcils.

— Ça se présente vraiment bien, gloussa Nat. Je te trouve plutôt minable comme entremetteur, Ganesh !

— En tout cas, j'ai fait de mon mieux. Mais je dois dire une chose, Nat, comparé à certains de ses fiancés en puissance, tu ne me déplairais pas comme beau-frère.

— Il faudra te contenter du cousin. »

Deux jours après, profondément déçu par l'échec de sa mission, Gopal regagna l'Inde et se fondit dans le passé. Nat n'était pas mécontent de le voir partir.

Quant à Saroj, elle se replongea dans ses études avec un zèle redoublé.

52

SAVITRI

Plusieurs mois s'écoulèrent avant que David et Savitri puissent passer un week-end ensemble en tête à tête ; c'était comme un cadeau offert sur un plateau d'argent.

Des amis de David, des Anglais propriétaires d'une plantation de caoutchouc, possédaient un bungalow sur la plage, près de Changi. Les femmes et les enfants ayant été évacués vers l'Amérique, le père de famille n'avait aucune envie d'y aller seul – surtout en un pareil moment – et il donna la clé à David.

Un vendredi après-midi, David vint chercher Savitri dans une vieille Morris emprunté à un confrère et ils partirent pour la plage. Ils n'eurent pas besoin de se parler. Il posa la main sur son genou, elle la couvrit de la sienne, longue et mince, et leurs doigts ne cessèrent de jouer tendrement ensemble pendant qu'il conduisait. De temps en temps ils échangeaient un regard, ils se tournaient l'un vers l'autre au même moment, comme sur un signal qu'ils étaient seuls à entendre, leurs yeux se rencontraient et ils se souriaient un instant, complices, puis David reportait son attention sur la route, tandis qu'elle observait les scènes de la vie quotidienne défilant derrière sa portière.

En arrivant au bungalow, David passa leurs deux sacs sur son épaule et la prit par la main pour lui faire monter les quelques marches conduisant à la véranda. Une petite brise rafraîchissante releva le bas de la jupe de Savitri, qui dans un élan de joie pure, éclata de rire, lança les bras en l'air et les referma sur lui.

« Oh, David, David ! C'est le paradis ! Je n'arrive pas à y croire… enfin seuls tous les deux, dans ce paradis, rien que la mer, le ciel et nous ! »

David, qui riait lui aussi, la prit par la taille et la souleva comme une plume. Il la fit tournoyer de plus en plus vite, mais, à un moment donné, il buta contre le garde-corps de la véranda et ils tombèrent l'un sur l'autre en riant sans pouvoir s'arrêter. Puis comme sur un signal secret, cette fois encore, ils cessèrent de rire en même temps. Savitri restait allongée par terre, immobile, ses cheveux défaits épars autour de sa tête. Elle regarda David, appuyé sur les coudes, au-dessus d'elle, l'inondant d'un amour muet si intense, si débordant de joie, qu'elle ferma les yeux, incapable de supporter cette vision. Elle sentit un baiser sur ses paupières, léger comme une aile de papillon. Puis il lui embrassa la bouche, le front, les joues, le menton.

« Deux jours et deux nuits. Rien que nous deux, la mer et le ciel, murmura-t-il. Je n'arrive pas y croire. »

Les yeux toujours clos, Savitri sourit.

« Et pourtant c'est vrai. »

Le matin de leur départ, David lui dit :

« Ma décision est prise, Savitri. J'ai écrit à Marjorie. Je lui ai parlé de toi, je lui ai dit que tu étais ici, que je t'aimais depuis toujours et que je voulais t'épouser. Je lui ai demandé d'accepter de divorcer. Quand la guerre sera finie, nous nous marierons et c'est pourquoi je veux que tu quittes Singapour. Fais-le pour moi. »

Des larmes perlèrent aux yeux de Savitri. Elle secoua la tête sans rien dire.

« Je ne peux pas partir, David, je ne peux pas. Ce n'est pas seulement à cause de toi. Il y a aussi mes malades. Comment pourrais-je les laisser ? Toute ma vie est ici. »

Ils regagnèrent la ville sans prononcer un seul mot de tout le trajet.

À leur arrivée, ils apprirent que les Japonais venaient de bombarder Pearl Harbor. La guerre les avait rattrapés.

Autour d'eux le monde s'écroulait de toute part. Les raids aériens japonais semaient la dévastation. L'Hôpital général et l'Alexandra étaient tous deux pleins à craquer de civils victimes des bombardements et de soldats blessés, amenés de Malaisie par trains entiers. Devant la gare, une cohorte d'ambulances les attendait pour les conduire d'urgence dans les hôpitaux de la ville.

Savitri devint très experte pour changer les pansements. Nuit après nuit elle parcourait les salles, sa torche à la main, s'arrêtant devant chaque lit pour se pencher sur les blessés et leur prodiguer des paroles de réconfort, tout en retirant à la pince, pour les déposer dans un haricot, les vers pullulant dans les plaies ouvertes, des vers sortis des œufs pondus par les mouches omniprésentes. Elle ne faisait plus le compte de ceux qui avaient expiré entre ses mains. Leurs corps étaient trop abîmés pour que ces mains-là puissent les guérir, elle pouvait seulement leur apporter un peu de paix dans leurs derniers moments. Il n'y eut pas de guérisons miraculeuses. Mais sa seule présence suffisait à soulager les souffrances. La chaleur de sa voix, la compassion de son regard, la douceur de sa main, voilà ce que ses patients attendaient, jour après jour, et c'était là un authentique miracle.

Des femmes et des enfants furent évacués de Singapour. Sur les insistances de son mari, Mrs Rabindranath s'en alla également. De nouveau, David supplia Savitri de partir. Elle refusa.

« Je ne peux pas, David, lui dit-elle, les yeux pleins de larmes. Ne me demande pas de partir. Comment pourrais-je te laisser ! Et mes malades !

— Écoute-moi, Savitri : il faut que tu partes. Je t'assure. C'est notre seule chance ! Ne t'inquiète pas pour moi. Si… ou plutôt *quand* les Japonais prendront Singapour, ils me feront prisonnier, voilà tout. Mais toi, en tant que femme, en tant que civile et étrangère ! Les étrangères seront violées et massacrées. Notre seule chance de vivre un jour ensemble, c'est que tu partes, Savitri. »

Elle ne répondait pas et secouait la tête.

« Pense à notre avenir, Savitri. Quand la guerre sera finie on se mariera et on aura des enfants. Retourne chez Henry et June, va m'attendre à Madras. S'il te plaît. Je t'en supplie ! Je viendrai te retrouver quand cette chose insensée aura pris fin. J'irai me réfugier à Changi… mais notre seul espoir, c'est que tu partes. »

Mais elle continuait à secouer la tête sans rien dire. Alors il pleura et elle aussi. Ils pleurèrent car ils savaient tous deux que la fin était proche et qu'ils avaient beau espérer et faire des projets, ils étaient impuissants et n'avaient pas de baguette magique capable d'enrayer la malédiction qui planait sur eux, dans l'air même qu'ils respiraient, et qui les attendait au tournant.

Les salles et les couloirs de l'Hôpital général étaient bourrés à craquer. Fin janvier 1942, plus de dix mille malades et blessés avaient été évacués de Malaisie. Des raids aériens incessants et meurtriers semaient la panique dans la ville de Singapour : il y avait le mugissement sinistre des sirènes suivi d'un silence menaçant et interminable, puis l'explosion d'une bombe, quelque part, à côté, de plus en plus près. Des hurlements, des cris, les gémissements des moribonds, des pas précipités, l'appel d'un enfant perdu parmi les ruines. Du bruit, du feu, du sang, des mourants, des morts. Un spectacle de cauchemar. L'étau se resserrait autour de Singapour.

Au milieu de tout cela, les infirmières, militaires, civiles, ou bénévoles, poursuivaient leur combat en soldats silencieux. Les maris faisaient partir leur femme sur les derniers navires qui quittaient Singapour. Beaucoup refusèrent de s'en aller.

« Je t'en supplie, Savitri. Pars !
— Non. »

Début février 1942, une rumeur alarmante commença à circuler parmi les infirmières de l'Hôpital général : le haut commandement se préparait à évacuer toutes les infirmières militaires, en abandonnant le personnel civil à son sort. L'Hôpital général, qui regorgeait de blessés, avait été bombardé à plusieurs reprises et Savitri l'avait échappé de peu par deux fois. Mais comme les autres, elle continuait à se battre avec calme et courage, travaillant dix, douze, treize ou quatorze heures d'affilée et dormant dans les couloirs, où se retrouvaient mêlées Asiatiques, Européennes, filles de paysans et demoiselles de la bonne société anglaise. Jusqu'à présent les infirmières civiles asiatiques avaient puisé du courage dans la présence de leurs consœurs militaires aguerries et voilà qu'on allait les laisser se débrouiller seules. On leur avait promis qu'elles bénéficieraient des mêmes conditions que leurs collègues militaires. Le moral était au plus bas.

Le 9 février le Dr MacGregor, chef du personnel médical civil, convoqua une réunion pour rassurer ses effectifs.

« Je me suis entretenu avec le gouverneur Thomas, dit-il, et il a pris des renseignements. Le général Percival a déclaré catégoriquement qu'il n'y avait pas un soupçon de vérité dans la rumeur disant que les infirmières militaires seraient évacuées. Soyez assurées qu'elles resteront toutes. Je vous en donne ma parole. Maintenant, je voudrais savoir une choses : êtes-vous prêtes à rester ou souhaitez-vous partir ? Vous êtes toutes libres de vous en aller ; celles d'entre vous qui choisiront de le faire ne seront pas accusées de déserter ; personne ne doit se sentir obligé de rester. »

La réunion se tenait dans une salle de conférences dont la moitié des fenêtres avaient été brisées lors des bombardements. Dehors, Savitri, qui transpirait dans la chaleur humide et étouffante du soir, voyait des incendies. La présence de la guerre était partout et ne pouvait que se renforcer.

« Je ne peux minimiser le danger qui attend celles d'entre vous qui resteront, poursuivit le Dr MacGregor, et je ne peux vous obliger à rester. Cependant je vous demande de le faire ; la présence de chacune d'entre vous n'a pas de prix. Aussi je vous pose cette question : Voulez-vous rester ? »

Rassurées d'apprendre qu'il s'agissait d'un faux bruit, que leurs consœurs militaires continueraient à travailler à leurs côtés, toutes les infirmières européennes civiles ainsi que les bénévoles du Service auxiliaire des armées décidèrent de ne pas partir.

Le Dr MacGregor s'adressa ensuite aux Asiatiques, car leur cas était différent. Nombre d'entre elles pouvaient rentrer sans difficulté dans leur kampong, où elles seraient en sécurité. Des regards confiants se posèrent sur lui.

« Et vous, demanda-t-il. Voulez-vous rester ou partir ? »

Les Asiatiques gardaient le silence. Savitri interrogea du regard sa voisine, une infirmière aux yeux noirs comme du charbon, mais elle n'y lut aucune réponse, seulement le reflet de sa question, de son incertitude, de ses scrupules. Et de sa peur. Oh, partir, partir sans remords de conscience, se mettre à l'abri pour attendre David et aussi la minuscule vie qui poussait en elle ! Elle avait son billet. David s'était entêté ; malgré son refus, il lui avait pris un billet pour la liberté sur un navire hollandais qui devait lever l'ancre en convoi le vendredi 13, pour Sumatra. Jusque-là elle était restée inflexible. Elle refusait de partir. Mais une vie nouvelle venait d'éclore dans son sein et sa résolution faiblissait. « Pars, pour nous et pour nos enfants ! » avait dit David. Elle savait qu'elle devait partir. Et pourtant…

De part et d'autre de la salle pleine à craquer des paires d'yeux noirs hésitants se cherchaient, posaient la même question, se détournaient, se reprenaient et redemandaient : *Si les* memsahib *restent, comment pouvons-*

nous songer à nous mettre à l'abri ? Comment pourrions-nous abandonner un navire qui coule ?

Soudain, du fond de la salle, une voix fluette s'éleva : « Et vous, monsieur, qu'allez-vous faire ? Rester ou partir ? »

MacGregor parut stupéfait. « Je reste, bien entendu ! »

Alors toutes les hésitations furent balayées. Savitri entendit sa voix qui se joignait au chœur des autres. « Dans ce cas, nous restons aussi ! »

Le soir du 12, Savitri vint chercher David à l'hôpital Alexandra.

Il semblait très fatigué. Elle se jeta dans ses bras.

« Oh, David, David ! sanglota-t-elle. Elles sont parties ! Toutes les infirmières militaires sont parties ! On les a emmenées en secret, en nous laissant tout le travail… Mais on n'y arrivera pas ! Il y en a tant parmi nous qui n'ont aucune formation, on ne pourra pas s'en sortir ! On nous avait promis qu'elles resteraient et c'est pourquoi nous sommes nous-mêmes restées, et maintenant elles sont toutes parties !

— Et toi tu vas partir aussi ! Demain ! » David comprit qu'il avait gagné. Savitri avait capitulé.

« Oui, oui. Tu as raison. Il faut que je parte. Je serais restée même maintenant mais… oh, David, j'attends un enfant ! »

Le cri de soulagement qu'il poussa lui fit relever la tête et elle ne put s'empêcher de sourire de sa joie. « Merci, mon Dieu, oh, merci ! J'espérais, je priais pour que tu sois enceinte, je savais qu'aucune autre raison sur terre ne te ferait quitter Singapour ! Pourquoi ne me l'as-tu pas dit plus tôt ? Tu en es sûre ?

— J'en suis sûre, je connais les signes. Je n'ai pas voulu te le dire plus tôt… je savais que tu m'obligerais à partir et il fallait que je prenne ma décision toute seule. Je serais restée, David, je n'aurais pas pu choisir de fuir, même pour le bébé. Mais quand j'ai su qu'on nous avait trompées, j'ai craqué. Et puis je veux cet enfant. Je le veux, tellement fort ! Alors je vais partir.

— Quelle honte ! C'est une trahison. Mais s'il fallait ça pour que tu partes, Savitri, en tout égoïsme, je dis : "Merci, mon Dieu." »

53

NAT

Ganesh fut le premier et seul ami que Nat se fit au cours des années où il vécut à Londres et malgré des ambitions et des façons de voir très différentes, il existait entre eux une connivence implicite, un lien, l'impression confortable de pouvoir être soi-même avec l'autre, un peu comme s'ils étaient frères. Après tout, ils étaient cousins germains et c'était une explication.

Ils avaient le même sens de l'humour, la même légèreté d'être. Installés sur un carré de gazon derrière la maison où habitait Ganesh, à Richmond, ils passaient des heures à philosopher sur la nature de Dieu, sur l'univers, les hommes, les femmes, l'âme et les Anglais, tout en buvant un rhum-Coca et en grignotant des *samosa* confectionnés par Ganesh dans la cuisine de Walter. Nat parlait de son père, du village, du travail qu'on y faisait, de ses études, de ses rêves. Ganesh parlait de son père, de sa mère, de ses sœurs, de son pays, sans jamais lui montrer de photos, des photos qui auraient pu résoudre bien des questions. En apprenant que Ganesh était au chômage et sans ressources, Nat lui trouva une place de cuisinier chez le traiteur où il travaillait autrefois. Toutefois ils habitaient trop loin l'un de l'autre, Nat à Notting Hill Gate et Ganesh à Richmond, pour se voir souvent.

Ganesh invita Nat à son anniversaire. Saroj refusa d'y assister à cause de la présence de Deodat. Ayant mis son frère en demeure de choisir entre elle et lui, elle avait été ulcérée de le voir opter pour leur père.

« Il a changé, Saroj ! Pourquoi ne viens-tu pas t'en rendre compte par toi-même ? Ce n'est plus qu'un vieil homme brisé. Il a le cœur malade et voit bien que personne ne veut de lui. Si tu venais, toute son existence en serait éclairée. Pourquoi l'as-tu laissé tomber ? Il parle tout le temps de toi.

— Tiens ? Eh bien, je suis heureuse de l'apprendre. Non, je ne viendrai pas. Invite-le, je n'y vois pas d'inconvénient. Mais tu ne me verras pas à ta fête. De toute manière, ce n'est pas bien grave, je ne sors jamais et je déteste les réunions de famille. En définitive ça m'arrange plutôt. »

Nat vint à l'anniversaire de Ganesh et avec son œil exercé de serveur, il remarqua un vieil homme assis dans un fauteuil, tout seul, dans un coin, qui n'avait rien à manger. Il alla s'asseoir à côté de lui et se présenta.

« Voulez-vous que je vous apporte une assiette ? » proposa-t-il avec le plus cordial des sourires. Le vieil homme leva la tête et dit :

« Merci, merci, c'est très gentil. De nos jours les jeunes ne connaissent plus la politesse. Ils n'ont aucun respect pour leurs aînés. S'il vous plaît, j'aimerais bien manger quelque chose. Evelyn n'est pas une bonne cuisinière. Ma défunte femme était un cordon-bleu. Comment vous appelez-vous, déjà ? Vous êtes de la famille ? Vous êtes marié ? D'où êtes-vous ? »

Nat revint avec une assiette de canapés et se prépara à engager une longue conversation car il voyait que le pauvre homme en mourait d'envie.

« Du Tamil Nadu ? Ça alors ! C'était aussi le pays de ma défunte épouse ! s'exclama Deodat, qui s'illumina en apprenant que Nat était né en Inde. Dites-moi, est-ce que vous parlez le hindi ? »

Après cela la conversation, qui continua pendant toute la soirée, se poursuivit en hindi.

Nat était devenu quelqu'un de solide, qui parlait très peu. Il se consacrait totalement à ses études de médecine, ayant renoncé à presque toutes ses autres activités. Il n'avait plus le temps de travailler pour le traiteur, mais il trouvait toujours un moment pour rendre visite au vieil homme dont il avait fait la connaissance lors de l'anniversaire de Ganesh. Ce vieil homme – il s'était avéré qu'il s'agissait du père de Ganesh – appréciait énormément la compagnie de Nat et sa gentillesse naturelle, car il souffrait beaucoup de se voir délaissé par son entourage. Personne désormais n'écoutait plus Deodat, personne ne s'intéressait à lui excepté ce jeune homme dont la chaleur et la prévenance auraient pu faire fondre un iceberg.

Le vieil homme parlait des êtres chers qu'il avait perdus : sa femme emportée par la mort et sa fille par la haine. Il parlait des terribles erreurs qu'il avait commises, des remords lancinants qui le rongeaient sans cesse, du Dieu vengeur qui ne lui accordait aucun répit.

« Je suis un homme cruel, un méchant homme, se lamentait-il. Je prie Dieu chaque jour de m'accorder le pardon mais il n'en existe pas. Il m'a puni en m'enlevant les êtres que j'aimais. Il me tarde de mourir pour fuir cette vallée de larmes. Il m'avait donné une sainte pour épouse mais j'ai gravement péché contre elle. Une femme pure comme un lys, que j'ai souillée par ma méchanceté, aussi Dieu me l'a enlevée et l'a rappelée à Lui. Ah, si seulement Il voulait bien me rappeler à Lui, moi aussi ! Mais j'ai une fille qui n'est pas encore mariée. Le devoir d'un père est de marier ses filles. Si je meurs avant que ma fille soit mariée, j'aurai failli à mon devoir. Mais elle refuse d'épouser un garçon choisi par moi. »

Alors Nat prenait la main du vieillard, le consolait, lui parlait de l'Inde en hindi, parvenait même de temps en temps à le faire rire, et une chaleur bienfaisante emplissait son vieux cœur.

« Tu t'entends drôlement bien avec le vieux, disait Ganesh. Je me demande de quoi vous pouvez parler tous les deux.

— Oh, d'un peu de tout. »

« Tu es un brave garçon, un brave garçon, vraiment, disait Deodat à Nat, en serrant la jeune main brune dans sa vieille main desséchée. Ta mère peut être fière de toi. Elle t'a bien éduqué. Tu es comme mon fils Ganesh. Le seul fils de ma seconde femme. C'est un brave garçon, lui aussi. Un garçon bien élevé. Il vient me voir et m'aime comme un fils affectionné doit le faire. Mes autres fils sont indifférents et cruels envers le vieillard que je suis, eux et leurs femmes. Ma fille, celle qui n'est pas mariée, n'a aucun sens du devoir, elle non plus. Elle m'a complètement laissé tomber. Mais je l'ai mérité, oh oui, je l'ai mérité. Je suis un méchant homme et je prie Dieu de me pardonner au moment où je quitterai cette terre. C'est la seule choses que je Lui demande. »

Sans cesse Deodat revenait sur les mêmes sujets, Nat l'écoutait rabâcher, et le vieil homme y trouvait un peu de paix.

La crise cardiaque qui le frappa arriva au moment où l'on s'y attendait le moins.

54

SAVITRI

Le vendredi 13 février 1942, Savitri quitta Singapour sur le navire hollandais le *Vreed-en-Hoop*.

David, qui était de garde à l'hôpital Alexandra, ne put l'accompagner au port.

Tard dans la soirée, Savitri rencontra sur le pont une infirmière anglaise de l'Hôpital général, prénommée Molly, mariée à un médecin de l'Alexandra. Elle était en état de choc.

« Oh, Savitri, c'est épouvantable ! Ce matin, j'ai voulu absolument passer à l'hôpital, juste pour voir William une dernière fois. J'étais là, Savitri et… les Japonais sont arrivés… nombreux…

— Les Japonais ? À l'hôpital ? répéta Savitri, effarée.

— Oui. J'avais réussi à me cacher… William m'avait fait entrer dans un placard et j'y suis restée tout le temps. Mais… oh, Savitri… »

Des larmes ruisselaient sur ses joues ; Savitri posa les mains sur ses épaules secouées de sanglots pour tenter de la calmer.

« Continuez, Molly. Racontez-moi tout. Que s'est-il passé ? Les Japonais ont fait tout le monde prisonnier ? Ils… ils se sont livrés à des brutalités ? » Mais elle savait déjà, à l'expression et aux larmes de Molly, à ses épaules tremblantes, elle avait compris qu'il était inutile d'espérer.

« Oh, Savitri ! Ils ont massacré tout le monde ! Tout le monde ! »

Molly éclata en sanglots. Savitri la serra contre elle. *Oh, mon Dieu, mon Dieu, faites que ce ne soit pas vrai! Je vous en supplie, faites que ce ne soit pas vrai. Dans un instant, elle va me dire qu'il ne s'est rien passé. J'en suis sûre.* Savitri se glissa dans le silence qui régnait encore au centre de son être, derrière le nuage de ses pensées, pour se réfugier, avec Molly, dans sa forteresse mentale. Elle se sentit envahie d'un grand calme, d'une sorte de détachement. Molly cessa un moment de pleurer, puis reprit son récit entrecoupé de sanglots.

« Le placard était seulement fermé par des rideaux et j'ai pu regarder par la fente, Savitri. Ils souriaient. Ils souriaient pour de vrai, ils y prenaient du plaisir ! Oh, ces cris ! Et ce sang. Et ils riaient, ces Japonais ; ils les ont massacrés... à coups de baïonnette. Jusqu'au dernier. William est mort. Je les ai vus lui plonger une baïonnette en plein cœur. »

Savitri sentit le calme qui la baignait refluer lentement vers le bas de son corps, comme aspiré par les planches du pont, la laissant seule et sans protection face à la réalité des paroles de Molly.

« Et David ? Le Dr Lindsay ? Il était là lui aussi ? Il a pu s'échapper ? »

Molly posa sur elle un regard plein d'une profonde compassion. « Vous étiez sa maîtresse, n'est-ce pas ? Je m'en suis toujours doutée. Savitri ! » Elle la prit dans ses bras. Les rôles s'inversaient ; Molly devenait la consolatrice, tandis que Savitri se dissolvait peu à peu. « David est mort. Je l'ai vu. Je les ai vus le tuer. Ils ont rassemblé une partie du personnel dans un couloir. David était parmi eux. Ils avaient les mains levées, Savitri ! Ils s'étaient rendus ! Et David... J'ai vu un Japonais lui enfoncer sa baïonnette dans le cœur, en riant ! Et quand il est tombé, il lui a donné un autre coup dans le bras, puis dans le pied. Ils l'ont bourré de coups de pied, mais il n'a pas bougé, parce qu'il était mort. Ils l'ont tué, Savitri. Ils ont massacré les malades, les médecins, les infirmières, les aides-soignants, tous jusqu'au dernier. Ils ont violé des infirmières avant de les tuer. Ils ont tranché la gorge de l'infirmière-chef. Ils sont tous morts. Tous, jusqu'au dernier. Les Japonais les ont tués. J'ai eu de la chance de m'en sortir vivante. »

Elle voulut lui dire qu'elle était désolée, la réconforter, la serrer dans ses bras. Mais Savitri gisait sur le pont, évanouie.

Au moment où il franchissait le détroit de Bangka, le *Vreed-en-Hoop* fut torpillé par les Japonais. Le navire sombra. Savitri fut recueillie par un canot de sauvetage, qui la déposa saine et sauve sur une petite île d'où les habitants l'emmenèrent à Java. De là elle s'embarqua pour Colombo, puis pour Madras. En arrivant chez Henry et June, elle s'effondra sur le pas de la porte.

« David est mort », dit-elle.

55

SAROJ

Plantée devant son chevalet, Trixie fronça les sourcils et recula de quelques pas en inclinant la tête sur le côté. Elle s'apprêtait à mettre la touche finale à sa meilleure toile, celle qu'elle voulait offrir à Ganesh en cadeau de mariage. Il n'avait encore jamais eu droit de la voir, pas plus qu'aucune des peintures alignées face au mur, tels des enfants dissipés qu'on a mis au coin.

Mais au bout de cinq minutes, après avoir de nouveau examiné son œuvre à distance, les paupières plissées, elle se dit qu'elle avait assez travaillé pour aujourd'hui, recouvrit précautionneusement le chevalet d'un drap et commença à nettoyer ses pinceaux. Alors, seulement, elle regarda Ganesh et lui sourit. Parfois, pensa-t-elle, je n'arrive pas à y croire. Je n'arrive pas à croire qu'il soit revenu et qu'il soit là, tout à moi. Grâce à Saroj, Saroj qui avait joué les Cupidons et déployé tout son zèle pour les réunir, dès le retour de son frère à Londres. Il y avait eu ensuite l'anniversaire de Trixie, qu'ils avaient fêté tous les trois dans un restaurant indien.

Le lendemain Ganesh s'était présenté chez Trixie avec un bouquet de sept roses à la main. Trois ans auparavant, le malheur avait jeté à bas le fragile édifice de leur amour naissant, et la nuit où ils s'étaient donnés l'un à l'autre avait été également une cruelle nuit de deuil. Mais c'était justement cette souffrance qui les avait réunis avec une rapidité et une évidence qui les laissaient tous deux surpris. Aujourd'hui Trixie peignait, Ganesh cuisinait, et ils s'aimaient. On sonna à la porte.

« Saroj !

— Trixie ! Ça fait des siècles que je ne t'ai pas vue ! Ça alors, ce que tu as changé, laisse-moi te regarder ! »

Saroj se recula pour examiner la jeune femme qui venait de lui ouvrir la porte et qu'elle n'avait pas vue depuis six mois. Saroj et Trixie s'étaient aperçues, à leur grande tristesse, que bien qu'habitant dans le même pays et, depuis quelque temps, dans la même ville elles se voyaient si peu qu'elles auraient pu tout aussi bien vivre l'une et l'autre aux antipodes. Leur dernière rencontre remontait à Noël dernier quand Trixie avait passé quelques jours chez son père et sa belle-mère, avant de filer faire du ski en Autriche. À Pâques, elle était allée en Écosse chez une ancienne camarade de classe ; pendant l'été, elle était partie dans le midi de la France avec sa famille, avant de rejoindre des amis pour camper en Irlande. Entre-temps elle avait suivi des cours d'art à Paris. Elle avait mûri et perdu sa gaucherie brouillonne d'adolescente complexée. C'était maintenant une jeune femme svelte, détendue, sûre d'elle, bien dans sa peau.

De même que Saroj, elle était passée par le douloureux processus consistant à se dépouiller d'une culture pour en adopter une autre, sans jamais renoncer complètement à la première ni véritablement adopter la seconde ; un peu des deux et ni l'une ni l'autre. Elles en avaient tiré une leçon à savoir qu'il existe un *moi* qui transcende les limites d'une identité anglaise, africaine, indienne ou guyanaise, et chacune de son côté, elles avançaient péniblement sur la route conduisant à ce *moi* seul et unique, constitué de quelque chose de plus que la somme de tout ce qui s'était déjà produit et que la somme des composantes héritées des lieux où elles avaient vécu, des personnes qu'elles avaient connues et de ce qu'elles avaient fait et ressenti jusqu'ici. Non sans qu'on les aide, bien entendu.

Le père de Trixie n'avait pas lésiné pour transformer en atelier les combles de sa maison et en faire un espace ouvert, inondé de lumière. On avait aménagé un coin pour le travail, un autre pour la chambre et un troisième pour la cuisine, d'où sortait justement Ganesh, la tête baissée pour ne pas se cogner à une grosse poutre noircie, les hanches ceintes d'un torchon sale rentré dans la ceinture.

« Salut, petite sœur ! dit-il en étreignant Saroj. On se croirait revenus au bon vieux temps, hein, rien que nous trois ? »

Ganesh avait visiblement changé lui aussi. Non seulement le fait d'avoir une liaison stable apportait de la régularité dans sa vie, mais il était également devenu plus soigneux de sa personne ; ses cheveux, qu'il avait toujours longs, étaient propres et coiffés, et bien qu'il n'eût pas encore adopté le costume trois pièces, sa tenue composée d'un jean et d'un tee-shirt orné d'un jeu de mots saugrenu que Saroj ne prit pas la peine de lire était impeccable. Chose surprenante, puisque c'était lui qui s'occupait de la lessive, en plus de la cuisine, tandis que Trixie se chargeait du ménage, car elle ne permettait à personne de toucher à ses couleurs et à son matériel de peinture, qui occupaient beaucoup de place. Tout autour des murs à pan coupé étaient alignés ses enfants dissipés, la face contre la paroi. Le seul tableau qui fût posé sur un chevalet était recouvert d'une pièce de tissu. Saroj s'en approcha.

« Puis-je voir ton dernier chef-d'œuvre ? » demanda-t-elle pour la forme, et elle allait soulever le drap quand Trixie bondit et se mit devant elle, les bras écartés, en gesticulant et en s'écriant sur un ton affolé : « Non, non, non ! »

Ganesh prit sa sœur par l'épaule dans un geste à la fois protecteur et désolé. « Personne ne doit voir les chefs-d'œuvre de Trixie avant le grand Jour du Dévoilement, dit-il avec fierté. Et quand elle sera prête, le monde entier chancellera sous le coup en se demandant ce qui vient de lui tomber dessus.

— Elle est vraiment géniale, non ? Qui aurait cru ça de la part de notre petit clown ? s'esclaffa Saroj en considérant tendrement Trixie qui lui sourit d'un air embarrassé, fronça les sourcils avec une expression critique.

— Comme tu es pâle, Saroj. On dirait que tu n'as pas vu le soleil depuis des années. Tu travailles trop, vois-tu. Le monde ne s'écroulera pas, même si tu n'as pas le prix Nobel. Il faut qu'on s'occupe de cette petite, Ganesh, elle n'est vraiment pas drôle... À toujours travailler sans jamais s'amuser, on devient ennuyeux, je l'ai toujours dit. Saroj, maintenant que tu es presque de la famille... » Elle regarda Ganesh, qui avait repris sa sœur par l'épaule, et lui adressa son tendre et inoubliable sourire. « Il faut qu'on se voie plus souvent. Ce n'était pas la peine d'être venues ici ensemble si on doit se perdre de vue. Comment vont tes amours, ma fille ? Pas de soupirant au cœur brisé agenouillé devant ta porte ? Ah, en parlant de cœur brisé, Ganesh a quelque chose à te dire... »

Saroj interrogea son frère du regard. Il la serra contre lui et un voile grave passa sur son visage.

« Oui... c'est au sujet de Baba, commença-t-il, et Saroj s'écarta.

— Ne me parle pas de Baba, ou tu vas me gâcher ma soirée.

— Voyons, Saroj, je t'en prie, laisse-le parler, intervint Trixie.

— Bon, qu'est-ce qu'il y a ? dit Saroj en se tournant de mauvaise grâce vers Ganesh, mais elle s'était visiblement raidie et s'efforçait de prendre un air ennuyé.

— Ce n'est pas bien de le détester comme ça, Saroj. C'est ton père après tout, et...

— Non, il n'est pas mon père !

— Qu'est-ce que tu veux dire ? Bien sûr que si ! Tu as beau le détester, il est tout de même ton père et tu ne peux rien y changer !

— Alors tu ne lui as rien dit ? » Saroj posa sur Trixie un regard accusateur.

« Pas dit *quoi*, bonté divine ? Ah... ah, ça... Vois-tu, je n'ai même jamais pensé à lui en parler, en fait j'avais complètement oublié ! Ganesh et moi avons mieux à faire que de parler des affaires de cœur de ta mère, crois-moi. De plus, tout ça n'est plus qu'une tempête dans un verre d'eau maintenant ! Et puis c'est à toi et non à moi de le lui dire. Moi je ne me mêle pas de vos histoires de famille.

— Quelles histoires ? demanda Ganesh. Est-ce que l'une de vous deux pourrait avoir la bonté de m'expliquer de quoi il s'agit ? »

Espérant une réponse de sa part, il regarda Saroj, qui elle au moins avait l'air sérieux, alors que Trixie, insensible au fait qu'on s'apprêtait à porter un coup à l'honneur familial, souriait ironiquement, comme s'il n'était question que de ragots échangés au marché.

Saroj se mordit la lèvre ; soudain elle regrettait sa sortie. Bien sûr, Trixie n'avait rien dit à Ganesh et, bien sûr, elle avait eu raison, car bien sûr, il ne fallait pas que Ganesh sache ! Ganesh vouait une adoration à sa mère ; et maintenant il était impossible de ne pas lui dire la vérité. Il avait fallu à Saroj une tragédie, un deuil, des remords, du chagrin pour parvenir à surmonter le choc provoqué par la découverte de l'infidélité de sa mère et de la fausse paternité de Deodat, et si le second point ne le concernait pas, l'autre allait l'accabler, le démolir... inutilement. Il n'avait pas besoin de savoir ; pourquoi ne pas lui laisser conserver le souvenir d'une mère et d'une épouse parfaite, de Ma dans toute sa pureté ?

« Alors ? s'impatienta Ganesh.

— C'est la vérité, dit Saroj d'une petite voix. Baba n'est pas vraiment mon père. Ma avait un amant et c'est comme ça qu'elle m'a eue. Je ne voulais pas te le dire, mais ça m'a échappé, fit-elle en le regardant avec des yeux suppliants. Mais ça n'a aucune importance, Ganesh, je t'assure ! Il y a longtemps que je le sais et, au début, ça m'avait consternée et j'ai détesté Ma pour avoir fait ça, et surtout pour m'avoir menti, non, pas vraiment menti, mais m'avoir laissée croire que Baba était mon vrai père, pour avoir permis à un étranger de gouverner ma vie. Mais je comprends maintenant qu'elle ne pouvait pas faire autrement que de nous cacher la vérité à tous, et ça n'a plus d'importance, plus du tout, à dire vrai, je suis même *contente* qu'elle ait eu quelqu'un à aimer véritablement. Je suis certaine qu'elle a aimé cet homme de tout son cœur, et c'est tant mieux pour elle ! »

C'était la première fois que Saroj traduisait ses sentiments par des mots et elle se surprit elle-même. Mais c'était vrai. Si Ma avait aimé quelqu'un, si elle avait vécu un véritable amour, tant mieux pour elle ! Si elle avait eu un enfant avec ce quelqu'un, encore tant mieux ! Et ce quelqu'un était Balwant – Ma avait fait un bon choix... Saroj se demanda si elle devait mettre Ganesh dans le secret, mais avant qu'elle ait pu se décider, celui-ci partit d'un fou rire incontrôlé.

« Ma, avec un amant ? s'exclama-t-il entre deux crises de rire presque hystérique, si bien que Saroj et Trixie ne purent que le regarder en attendant qu'il se calme.

« Ma, avec un amant ! » répéta-t-il en se jetant sur le canapé. Puis aussi soudainement qu'il avait commencé, il cessa de rire, regarda tour à tour Saroj puis Trixie, et laissa tomber d'une voix aussi cassante et froide que celle d'un parrain de la mafia : « Et maintenant, auriez-vous l'amabilité de me dire comment cette idée vous est venue ? Bien sûr, je sais que les filles sont incorrigiblement romanesques, mais là, ça va un peu loin.

— Mais c'est vrai, Ganesh, je te jure que c'est vrai, dit Saroj, indignée par l'incrédulité de son frère. Écoute-moi, je vais t'expliquer comment je l'ai su, ça s'est passé pendant que j'étais à l'hôpital... »

D'un ton hésitant, interrompue à plusieurs reprises par Ganesh qui se révéla si doué pour le contre-interrogatoire qu'elle se dit qu'il aurait vraiment dû terminer ses études de droit, Saroj lui conta l'histoire telle qu'elle la connaissait, omettant uniquement un détail capital, à savoir l'identité de son père.

Ce dialogue extravagant eut plusieurs conséquences annexes. Le fervent plaidoyer de Ganesh en faveur de sa mère et l'éloquence avec laquelle il fit l'éloge de la chasteté féminine qu'elle symbolisait à ses yeux blessèrent profondément Trixie, qui n'avait guère été fidèle à son bien-aimé entre le moment où elle lui avait sacrifié sa virginité et celui de leurs retrouvailles. Elle avait eu dans l'intervalle bon nombre d'aventures passagères et en constatant que Ganesh restait suffisamment indien pour adhérer au double principe libertinage masculin-chasteté féminine, elle explosa et ils se disputèrent pour la première fois.

Deuxième conséquence annexe, Saroj se surprit à défendre sa mère, en affirmant que sa liaison adultère ne lui paraissait plus condamnable, mais au contraire parfaitement compréhensible, depuis qu'elle connaissait l'identité de son père, et elle n'hésita pas à déclarer qu'elle était *contente, contente, contente* d'être une enfant de l'amour, plutôt que la fille de Deodat. Elle regrettait vivement que Ma soit morte si tôt (et là, elle ressentit un pincement de culpabilité, car c'était elle qui avait verrouillé la porte qui aurait pu servir d'issue de secours le soir du drame) puisqu'elle n'aurait jamais l'occasion de partager ce bonheur avec elle et, peut-être, avec son vrai père.

Enfin, troisième conséquence, elle parvint à la conclusion que rien, et même moins que rien ne la liait à Deodat. Elle ne l'avait pas vu depuis des années et ne souhaitait pas le voir. Ce ne fut donc qu'en rentrant chez elle qu'elle réalisa que, dans l'émotion provoquée par l'annonce de la liaison adultère de Ma, il n'avait plus été question de ce que Ganesh voulait lui dire à son sujet.

Longtemps, Saroj affecta d'ignorer que Deodat était gravement malade, chose dont Ganesh voulait justement l'informer le soir de leur dispute. Dès le lendemain il lui téléphona pour lui dire qu'il avait été hospitalisé à la suite d'une crise cardiaque, mais qu'il allait sous peu regagner son meublé de West Norwood, où il vivait seul depuis un an, après que Priya, la femme de Walter, l'eut pratiquement mis à la porte parce que, selon ses propres termes, elle n'avait rien à faire d'un vieux bonhomme grincheux qui lui disait comment élever ses enfants et ne cessait de la comparer avec son épouse défunte qui, à l'entendre, était de son vivant une sainte, la perfection des perfections, et maintenant, une déesse montée au ciel.

« En quoi est-ce que ça me concerne ? demanda Saroj d'un ton délibérément sarcastique. Il vous a tous, pour vous occuper de lui, non ? »

Ce « tous » désignait les quatre fils de Deodat et leur épouse, pour ceux qui en avaient une ; des quatre, Ganesh était en fait le seul à n'être pas marié.

« Peut-être, mais Priya ne lèvera pas le petit doigt. Evelyn a déjà ses parents à la maison, et James ne peut pas le loger parce qu'il n'a pas de chambre à lui donner.

— Et parce que j'habite chez lui. Si jamais il venait s'installer ici, je m'en irais tout de suite.

— Arrête, Saroj. Il a changé, je t'assure. Ce n'est plus qu'un pauvre vieux maintenant. Il me fait pitié à vivre dans un meublé miteux à West Norwood avec un dragon comme logeuse. Il demande tout le temps de tes nouvelles.

— Il peut bien en demander jusqu'à la fin des temps, ça ne me fait ni chaud ni froid.

— D'où te vient cette dureté, Saroj ? Je n'arrive pas à croire que tu sois la fille de Ma.

— Laisse Ma en dehors de ça, veux-tu ! Explique-moi un peu ce que je pourrais faire ? Je n'ai pas l'intention d'aller vivre avec Deodat à West Norwood ! Ce n'est même pas mon père et je ne vois pas en quoi ça me regarde.

— Ne recommence pas, je t'en prie. C'est lui qui t'a élevée, bon sang, que tu sois vraiment sa fille ou non, et c'est le seul père que tu auras jamais !

— Et alors, que devrais-je faire ? Lui être reconnaissante et lui baiser les pieds en retour de sa tendresse paternelle et de ses soins affectueux ? Me rompre le dos à lui glisser des bassins de lit sous le derrière ? Non merci.

— Je n'arrive pas à croire que c'est toi qui parles ainsi, Saroj ! Ton propre père…

— Il n'est pas…

— Si, il l'est, que ça te plaise ou non ! Mince alors, tu pourrais au moins aller le voir ! Rien qu'une fois ! Imagine ce que tu ressentiras s'il a une nouvelle crise cardiaque, une crise fatale, et qu'il meure sans t'avoir revue ! Imagine ce que tu ressentiras !

— Je ne ressentirai rien du tout ! Je te l'ai dit, je le déteste !

— Et tu veux être médecin ! Tu feras un brillant médecin, sans aucun doute. Mais avec quelle froideur ! Je comprends pourquoi on t'avait surnommée la Princesse des Glaces.

— Mais non, Ganesh, ne crois pas ça ! C'est uniquement quand il s'agit de Deodat.

— Tu ne peux donc pas lui pardonner ? Si seulement tu le voyais ! La dernière fois que je suis allé à l'hôpital, j'aurais juré qu'il pleurait parce que tu n'étais toujours pas venue. S'il te plaît, Saroj, mets ton orgueil de côté et vas-y ! Tiens, si tu veux, je t'accompagnerai. »

Mais Saroj refusa de se laisser fléchir.

« Il n'est pas mon père et je l'ai rayé de ma vie. Il mérite tout le malheur qui lui arrive. »

« Alors, Nat, qu'est-ce que tu fais samedi ?

— Ganesh ! Ça alors, je n'arrête pas de me dire qu'il faut que je t'appelle, mais…

— Oui, oui, je sais, trop occupé, les études, les filles, toutes les excuses habituelles. En tout cas, il faudra que tu trouves un moment pour venir assister à mon mariage. Samedi en huit.

— Ganesh, ce n'est pas possible ! Pas toi ! C'est toujours la même ? Comment s'appelle-t-elle déjà, un nom ridicule, Trick, Trickie, quelque chose comme ça…

— Trixie. Eh bien oui, on se marie, sûr et certain, et nous te voulons, très cher ami, comme témoin. C'est même pour cette raison que nous nous marions maintenant, avant que tu ne rentres en Inde définitivement.

— Je ne la connais même pas encore et vous voulez que je sois votre témoin ?

— Oh, mais tu vas bientôt la connaître, au plus tard le jour du mariage, on aurait dû faire une sortie tous ensemble. Nous deux, toi et Saroj... Bon, tant pis. C'est à cause de cette ville insensée, voilà tout, on n'arrive pas à se voir. Et maintenant on n'a plus le temps.

— Dis donc, j'y pense tout d'un coup, pourquoi un témoin ? Ne me dis pas que tu vas te marier à l'église ?

— Justement, le problème, c'est qu'elle veut absolument se marier en blanc et ça se fera dans une petite église du Yorkshire. Je ne sais pas comment elle s'est débrouillée, elle s'est arrangée avec un pasteur New Age qui ne voit pas d'inconvénient à marier un hindou avec une chrétienne. Mais si ça peut lui faire plaisir... Ce sera très intime, seulement nous deux, la famille et les amis proches.

— En parlant de famille, comment va ton père ? Il n'a pas fait d'objection à ce que tu épouses une chrétienne ?

— Là, c'est une autre histoire.

— Comment ça ?

— Pour tout dire, il ne le sait pas encore. J'ai essayé de trouver un moyen de lui annoncer la chose en douceur, mais je ne crois pas qu'il y en ait.

— En effet, Ganesh, il n'y en a pas. Je connais ton père. Il est impossible qu'il soit d'accord pour que tu te maries avec une chrétienne.

— Qu'elle soit chrétienne, c'est un moindre mal. C'est quand il la verra qu'il va piquer une crise. Elle est noire, tu te rappelles ?

— Tu ne devrais pas faire ça, Ganesh, m'annoncer toutes ces nouvelles à la fois. Tu ne m'as jamais dit qu'elle était noire... Non, pas du tout... Bon, d'accord, ça prouve seulement qu'il y a une éternité qu'on ne s'est pas vus...

— Quoi qu'il en soit, c'est une longue histoire, mais mon père hait les Africains plus que n'importe qui. En plus cette crise cardiaque... C'est pourquoi on ne lui dit rien, en tout cas jusqu'au mariage, et ensuite on tâchera de le mettre au courant avec ménagement. Il faudrait d'abord qu'il s'habitue à elle, qu'il apprenne à mieux la connaître.

— Si tu t'imagines pouvoir garder le secret sur une chose pareille, Ganesh, avec la quantité de parents que tu as ici, tu ferais bien d'aller consulter un psychiatre ! Tu sais quel est le sujet de conversation favori des Indiens ? Les mariages. Comment arriveras-tu à faire taire toutes tes belles-sœurs ?

— C'est plus facile que tu l'imagines. Aucune ne peut le souffrir, et elles ne vont jamais lui rendre visite à West Norwood. Nous avons engagé une infirmière qui passe tous les jours et moi j'y vais le week-end. À part ça, il est totalement coupé de la famille. Et puis nous n'avons pas envie d'attendre qu'il soit mort, Trixie et moi. Ça pourrait prendre des années !

— Et ta sœur ? Ce phénix inmariable que tu avais essayé de me refiler ? Elle ne dira rien, elle ?

— Saroj ? Non, elle ne risque pas de lui dire quoi que ce soit, elle ne veut même pas aller le voir. Pour tout dire, elle le déteste.

— Ah oui, c'est celle dont il ne cesse de se plaindre parce qu'elle ne veut pas obéir. Ainsi ce pauvre vieux vit tout seul, il est presque à l'article de la mort et même sa fille refuse de s'occuper de lui ? Ce n'est pas très indien comme comportement, vous faites une drôle de famille. Ce n'est pourtant qu'un vieux bonhomme inoffensif, un tantinet bizarre, qui a seulement besoin d'un peu d'affection. Pourquoi ta sœur le déteste-t-elle ?

— Oh, ça aussi c'est une longue, très longue histoire, et je ne peux pas te la raconter au téléphone. Tu n'auras qu'à le lui demander toi-même, elle sera à mon mariage, comme témoin de Trixie. Tu viendras, j'espère ?

— Je ne voudrais rater ça pour rien au monde. Je vais enfin connaître cet incroyable spécimen de sœur incasable. »

56

SAROJ

Le frère de la belle-mère de Trixie habitait avec sa famille un village proche de Harrogate, dans une grande maison nommée Four Oaks, où les amis et les parents de la fiancée étaient hébergés pour le week-end et où devait se tenir la réception. Les proches du marié avaient trouvé à se loger ici et là, dans les environs ; il y avait les trois frères de Ganesh, leurs épouses, quelques-uns de leurs enfants, et Nat.

La petite chapelle se trouvait à une demi-heure du village, sur le domaine d'un propriétaire terrien ami de la belle-mère de Trixie. À défaut d'orgue, Elaine avait prévu de la musique enregistrée et quand la marche nuptiale éclata de derrière le banc du fond, tout le monde se retourna en souriant pour voir arriver la jolie mariée. Nat, qui se tenait devant l'autel avec Ganesh, jouissait d'une vue imprenable sur l'allée centrale et c'est d'un œil admiratif qu'il regarda Trixie s'avancer dans une vaporeuse robe blanche qu'elle avait achetée avec Saroj deux jours plus tôt.

Fidèle à elle-même, Trixie avait réussi à combiner à la perfection ses penchants romantiques et ses goûts bohèmes. Un mariage religieux en blanc (ou plutôt blanc cassé), car elle voulait à tout prix réaliser son rêve d'enfant, même si Ganesh était officiellement hindou. Elle avait trouvé sa robe dans une brocante et Dieu seul savait de quel siècle elle datait ; le temps avait un peu endommagé la dentelle filigranée du corsage à encolure montante, à travers laquelle on voyait luire l'acajou foncé de sa peau sans défaut. Mais l'ample jupe de satin, qui lui descendait jusqu'à la cheville, retombait en plis souples qui se balançaient avec grâce, tandis qu'elle s'avançait à la rencontre de son fiancé, d'un pas un peu trop rapide pour la solennité de la musique, comme si elle ne tenait plus d'impatience. Elle avait dans les mains un bouquet de roses blanches et jaunes, et d'autres roses semblables étaient piquées dans sa chevelure ; la tête haute, elle regardait droit devant elle, avec un sourire qui lui déformait le visage, et ses yeux ressemblaient à des diamants noirs, illuminés par l'amour et la félicité dont son cœur était empli et qu'elle offrait à Ganesh – lequel l'attendait devant l'autel, flanqué de Nat.

Saroj portait une robe de soie lilas dont l'extrême simplicité mettait d'autant plus en valeur sa beauté naturelle. Ses cheveux, maintenus sur le haut du crâne par des roses blanches, ruisselaient en lourdes boucles noires, souples et brillantes. Elle marchait derrière Trixie en essayant de ne pas se laisser distancer, et bien qu'elle ne vît pas le visage de son amie, elle sentait les vibrations dégagées par son émotion et gardait la tête baissée pour dissimuler les petites larmes qui allaient sûrement s'échapper. Elle était arrivée le matin même, par le premier train, et n'avait pas eu le temps de voir la famille de la mariée, entre autres Lucy Quentin, venue la veille dans une voiture de location.

Son frère préféré et sa meilleure amie. Aujourd'hui, Saroj avait beau faire, elle était incapable de revêtir le froid manteau de la raison, à cause de l'amour qu'elle leur portait à l'un comme à l'autre, du bonheur qu'elle leur souhaitait à tous deux, des vœux qu'elle formait pour eux, de la sincérité de son affection, de son espoir, de son immense désir qu'il existât quelque part, ici peut-être, cette chose qu'est un amour parfait et total, cette chose qu'est la plénitude et un lien indestructible. Le mariage est un sacrement, quel que soit le cadre dans lequel il se déroule, qu'il soit hindou ou chrétien, qu'il soit indien, noir, blanc ou brun ; là réside sa grâce, une grâce qui imprégnerait cette union et la rendrait solide, assez solide pour résister à toutes les tempêtes. Tout cela elle le souhaitait ardemment, pour les deux fiancés maintenant face à face devant l'autel et l'officiant dont les cheveux blonds retombaient sur les épaules.

Dans cette complète débâcle de la raison, Saroj releva la tête ; ses yeux humides de larmes contenues disaient la profondeur de ses sentiments. Elle avait l'impression d'être une maison de verre, entièrement transparente, emplie d'une douceur et d'une pureté ne demandant qu'à chanter, à s'élever et presque à pleurer de joie.

Le pasteur pria les futurs époux de s'avancer et Saroj se retrouva nez à nez avec Nat. Ses yeux rencontrèrent les siens pour la seconde fois de sa vie.

Ç'aurait pu être un choc, mais il n'en fut rien. À croire qu'ils savaient déjà tous les deux, depuis longtemps, qu'ils avaient marché chacun de leur côté vers ce rendez-vous, aussi naturellement que deux rivières descendent de leur montagne pour se rejoindre dans une vallée commune et poursuivre leur cours mêlées ensemble, inséparables, car comment séparer des gouttes d'eau aussi intimement confondues ? Et de même que l'eau ne saute pas de joie ni ne hurle de surprise, mais poursuit tranquillement son chemin, dans une plénitude plus imposante, plus totale, de même, à cet instant, Saroj et Nat réalisèrent très calmement qu'ils ne faisaient qu'un et qu'il n'existait pas d'autre mot capable de décrire la fusion de leurs deux êtres. Et tandis que le prêtre prononçait les paroles unissant Trixie et Ganesh, Saroj et Nat se rencontrèrent eux aussi l'espace d'un moment, dans une union parfaite des âmes, en silence, à l'insu de tous et devant Dieu seul.

57

SAROJ

Quand Saroj reprit ses esprits elle était devant la chapelle, entourée d'une foule de personnes qui félicitaient les mariés, et elle se demandait si elle n'allait pas devenir folle. Il y avait le visage de Trixie, omniprésent, tressé de sourires, Gopal qui la prenait par la main pour la photo de famille, Lucy Quentin qui s'approchait et, quelque part, en arrière-plan, le tendre regard de Nat toujours posé sur elle. Un tourbillon d'émotions, et la raison qui bataillait pour reprendre ses droits, à travers le flot de sensations indéfinissables, précaires et vacillantes qui, après la paix absolue de l'union, menaçait de la submerger et de l'emporter.

Ça ne se fera pas. *Ça ne se fera pas*.

Un voix sévère cherchait à canaliser les courants qui l'agitaient en leur ordonnant de se calmer, mais elle manquait d'autorité ; du moment que la raison n'avait pas de raisons à fournir, l'émotion la raillait.

Elle se retrouva assise avec des inconnus, à l'arrière d'une auto qui remontait l'allée d'un superbe parc, aboutissant à un imposant manoir tapissé de lierre, devant lequel étaient arrêtées plusieurs autres voitures d'où sortaient les invités qui allaient se répandre sur une pelouse vert émeraude. Ganesh et Trixie posant pour une xième photo, avec, en arrière-plan, une explosion de roses rouges grimpant à l'assaut d'une pergola. Elle à côté de Nat, pour une autre photo, absente, le regard lointain, serrant des mains, le sourire figé, l'esprit pétrifié.

Dans la foule, Nat qui souriait, en la cherchant des yeux. Ces yeux. Des serveurs en veste blanche allant et venant avec des flûtes de champagne en équilibre précaire sur de petits plateaux ronds. Le père de Trixie en grande conversation avec Lucy Quentin, sa femme Elaine très occupée à faire les présentations. La multitude des anciennes camarades de classe de Trixie, accompagnées de leur cavalier, réunis par petits groupes joyeux et jacassants, comme le jour de la rentrée. Encore ces yeux. Les amis hippies de Ganesh avec leur bandana, leur pantalon à pattes d'éléphant et un envol de jupes indiennes flottantes. Une bonne humeur, une allégresse générale, le soleil lui-même qui brillait d'un éclat inhabituel et le ciel d'un bleu plus profond que jamais. Des Blancs, des Métis, des Noirs, des Jaunes. Une journée gravée dans une lumière et des couleurs vives, mais *elle* qui s'enfonçait dans un marécage noir et boueux. Et à nouveau, parmi la foule, ces yeux.

Elle s'enfuit vers la maison sans être vue, monta l'escalier, entra dans une salle de bains et ferma la porte à clé. Elle se laissa tomber sur le siège des toilettes et enfouit son visage dans ses mains. L'espace d'une courte seconde, dans l'intervalle entre deux pensées, au moment où leurs regards s'étaient rencontrés, elle avait connu une paix parfaite – ce calme qui règne dans l'œil du cyclone. Mais maintenant, chassée de cette immobilité, elle était désemparée, expulsée d'elle-même, pareille à une feuille emportée dans un ouragan.

Elle essaya de reprendre le contrôle d'elle-même. Mais qui était cet *elle-même* ? Qui était cette personne sur laquelle elle essayait de reprendre le contrôle ? Où commençait-elle, où finissait-elle ? Quelle était sa substance, son identité ? Était-ce des pensées, des sentiments, cet instant de paix, cette tempête, ce bouleversement, ce bouillonnement d'émotions déchaînées, cette main géante se levant pour dire *non* et faire barrage à tout ça, mais en vain ?

Elle resta cachée dans la salle de bains une heure durant. Elle entendit des voix l'appeler, quelqu'un frappa, essaya d'ouvrir la porte, puis repartit. Elle attendit. Se calma. Enfin elle se leva, s'aspergea la figure à l'eau froide, se regarda dans la glace comme pour s'y chercher, mais ne vit qu'une petite fille terrorisée. Elle descendit l'escalier quatre à quatre, sans rencontrer personne et entra dans la cuisine.

« Saroj ! s'exclama Elaine. Trixie vous a cherchée, où...

— Dites-lui que je suis partie, s'il vous plaît, Elaine. Dites-lui que je ne me sentais pas bien ; je rentre chez moi.

— Pourquoi ? Attendez un peu. Allez donc vous étendre là-haut, attendez, Saroj, ne... »

Mais Saroj était déjà partie, drapée dans son embarras comme dans les longs plis de sa jupe, et elle descendit l'allée au pas de course.

Redoutant vaguement qu'on vienne la chercher, elle attendit anxieusement son train, guettant les claquements de portière des voitures qui s'arrêtaient dans la rue, devant la gare, ouvrant et refermant nerveusement son sac. Quelque part une petite voix solitaire s'élevait pour être aussitôt balayée et réduite au silence – par Nat. Mais ce n'était qu'une toute petite voix, grêle et suppliante.

Plus tard, quand le train s'ébranla, elle se détendit suffisamment pour s'examiner et s'apercevoir qu'elle portait toujours sa robe de demoiselle d'honneur. Sa tenue de voyage était restée à Four Oaks, dans la chambre où elle s'était changée, quelques heures plus tôt à peine, remplie d'une joyeuse impatience, qui lui était peu coutumière, pour assister aux noces de conte de fées de Trixie.

58

SAVITRI

« Nataraj, dit Savitri. Son nom est Nataraj. Le Dieu de la danse.

— C'est très joli », fit Sœur Carmelita dont la bouche pincée démentait le propos. *Nataraj, quel drôle de prénom ! Et la mère, quelle ingrate !* L'enfant était pourtant né dans une maison chrétienne et, des mois durant, des chrétiens, des religieuses, plus précisément, s'étaient occupées de Savitri, aussi la mère et l'enfant étaient-ils doublement bénis de Dieu. Ce n'eût été que justice que le bébé portât un prénom chrétien ! Cela faisait déjà plusieurs semaines que la sœur avait prêté à Savitri un livre répertoriant des prénoms chrétiens ; elle avait donc eu tout le temps d'en choisir un. Il ne fallait pourtant pas désespérer, car l'âme de Savitri était apparemment un terrain fertile. Elle assistait aux offices du matin et du soir, ainsi qu'à la messe du dimanche, et lisait la Bible posée sur sa table de nuit. Ce n'était qu'une question de temps avant qu'ils soient baptisés, elle et son enfant... Mais les coutumes païennes ont la vie dure, songea amèrement Sœur Carmelita. Nataraj ! Quel nom ! D'une main ferme, Savitri avait écrit *Nataraj*, dans l'espace laissé libre pour le nom du bébé, sur le registre des naissances. On pourrait toujours le changer, bien entendu. Joseph était le nom qu'elle avait personnellement choisi, mais elle n'en avait encore rien dit à Savitri. Joseph, pour un garçon et Ruth, pour une fille. De jolis prénoms. Mais Nataraj ! De contrariété,

Sœur Carmelita fit claquer sa langue. À ce moment elle repensa à la conversation téléphonique qu'elle avait eue dans la journée, pendant que Savitri accouchait, et se dit que tout n'était pas perdu. La mère aura beau faire, décida-t-elle *in petto*, cet enfant sera un petit chrétien !

Œuvrer à la gloire du Seigneur exige de la patience, une patience infinie. Mais Sœur Carmelita avait semé les graines de la vraie foi et elle pria pour cette mère et cet enfant, en se disant que, avec l'aide de Dieu, l'une de ces graines finirait par germer dans le cœur de Savitri – car il ne s'agissait en tout cas pas d'un terrain pierreux ! Savitri était une pécheresse, certes, sinon pourquoi serait-elle ici ? Amenée dans cette institution par son frère, pour cacher sa honte ? Les femmes qu'on accueillait ici étaient toutes des pécheresses par définition. Mais c'était justement pour elles que Dieu avait envoyé son Fils – le médecin va voir des malades et non des gens bien portants, et que dire de Marie-Madeleine ? Savitri avait un très bon fond. Quelle joie de ramener au bercail cette brebis égarée ! Sœur Carmelita se considérait comme une pêcheuse de femmes, de femmes déchues. Ou bien une bergère de Dieu – la Bible abondait en jolies métaphores !

« Bien, mon petit, tâchez de vous reposer un peu. Je vais l'emmener parce qu'il a besoin de repos lui aussi, il est épuisé ! Tenez ! Qu'est-ce que je disais ! »

Les deux femmes eurent un sourire attendri en voyant le nouveau-né ouvrir la bouche dans un grand bâillement en agitant son petit poing. Savitri enveloppa Nataraj dans sa couverture et le remit en toute confiance à la sœur. Elle aurait préféré le garder, dormir avec l'enfant niché dans ses bras, mais elle connaissait le règlement. Les bébés dormaient dans la nursery, séparés de leur mère par un étage entier. Il y avait actuellement six jeunes femmes dans la maison, à divers stades de leur grossesse. Jusqu'à aujourd'hui Savitri était la plus avancée. Maintenant elle était mère. De nouveau. Mère pour la cinquième fois, et définitivement. Cet enfant-là était le fils de David.

Le soir on lui ramena son bébé pour la tétée. Elle l'allaita en savourant la douce succion de ses gencives édentées sur son sein, heureuse de le sentir si près. Elle avait l'impression qu'un baume frais et apaisant pénétrait son âme. La brûlure aiguë, la douleur lancinante qui ne l'avait plus quittée depuis le moment où elle avait appris la mort de David commençait enfin à cicatriser. Elle avait passé les premières semaines de son installation chez Henry et June à essayer vainement de surmonter son chagrin et n'avait pas voulu réfléchir à son avenir.

« Quand le bébé sera là, je commencerai à mettre de l'ordre dans ma vie, avait-elle annoncé à June qui, impatiente de voir Savitri faire des projets et organiser son existence future, lui avait offert de l'aider dans les moments difficiles qui l'attendaient.

— Tu peux rester chez nous aussi longtemps que tu voudras. Tu trouveras facilement une place d'infirmière, on prendra une *ayah* pour toi et...

— On traversera le pont quand on y sera arrivés », s'était-elle contentée de répondre. Toutefois elle n'ignorait pas que sa présence pouvait faire du tort aux Baldwin. Henry risquait d'être remercié si les parents des enfants dont il était le précepteur apprenaient qu'il hébergeait une Indienne enceinte et sans mari.

Aussi, très vite, elle avait autorisé Gopal à faire des démarches en vue de son installation dans un foyer pour mères célibataires, à Pondichéry. Elle avait conscience de mettre son frère dans une situation terriblement embarrassante. Elle représentait une honte pour sa famille, elle le savait, car une mère sans mari passait pour une prostituée. Personnellement, elle s'en moquait, mais c'était dur pour Gopal. Savitri, sa propre sœur, une mère célibataire, à Madras !

« Quand le bébé naîtra les problèmes seront multipliés par cent, disait-il.

— Dans quelques années, nos fils pourront jouer ensemble, répliquait Savitri, perdue dans ses rêves et imperméable à ces préoccupations. Ou nos filles. »

En effet Fiona était à nouveau enceinte... enfin ; cette fois elle avait dépassé le stade des six mois et on pouvait espérer que la grossesse arriverait à terme. En principe son bébé naîtrait une semaine avant celui de Savitri, qui avait hâte de voir arriver le jour où Fiona et elle ne seraient plus seulement deux sœurs, mais également deux mères, regardant avec tendresse grandir leurs enfants, des enfants qui seraient cousins des deux côtés et par conséquent doublement liés l'un à l'autre.

« Je suis moderne, affirmait Gopal, mais il faut trouver une solution d'attente. »

Le foyer catholique était justement cette solution d'attente. Quant à la suite, Savitri ne voulait pas y songer.

« Je traverserai le pont une fois que j'y arriverai », se répétait-elle sans cesse à mesure que les mois passaient et que son ventre s'arrondissait. Maintenant Sundaram, le fils de Gopal, était né, Nataraj aussi, et voilà qu'elle était arrivée au pont. Machinalement, elle jeta un regard sur le lit voisin. Il était vide ; la jeune femme avait accouché la semaine précédente. On lui avait pris son bébé pour le faire adopter et elle était partie le jour même en pleurant toutes les larmes de son corps. Savitri serra plus fort son fils contre elle, dans un geste protecteur.

Fiona s'arrêta net. Il y avait un homme dans la chambre. Immobile, il lui tournait le dos et regardait Sundaram, qui dormait comme un bienheureux sur son matelas. En l'entendant réprimer un cri de surprise, il se retourna, un sourire aux lèvres ; il devait déjà sourire avant de se retourner, mais ce n'était pas un sourire amical. Elle commença à reculer vers la porte, mais en se rappelant Sundaram, elle se plaqua contre le mur, dans l'espoir de pouvoir aller récupérer son enfant en se glissant le long de la paroi.

« Bonjour, Fiona », dit Mani, et son sourire s'élargit. Elle ne répondit pas.

« Alors, tu n'es pas contente de me voir ? Il y a longtemps que je n'étais pas venu ici, je ne t'ai pas manqué ? »

Elle continuait à se taire.

« Pourquoi restes-tu collée à ce mur ? Ne me dis pas que tu as peur. Tu sais bien que je ne te ferai aucun mal. Je ne voudrais même pas toucher une ordure comme toi, espèce de traînée. Je me demande comment mon frère peut supporter de te toucher, toi une femme que tant d'hommes ont eue avant lui, des hommes de basse condition, qui plus est. Tu n'es qu'un lamentable tas de merde. » Il se tut et commença à tousser sans pouvoir s'arrêter. Les quintes de toux le secouaient, le pliaient en deux. À la fin il tira un chiffon sale de la ceinture de son *dhoti*, cracha dedans, inspecta le glaviot, remit le chiffon à sa place et poursuivit sa mercuriale.

« Tu es couverte de fange de la tête aux pieds. Mais mon frère, mon propre frère, issu pourtant d'une noble lignée, a cru bon de faire de toi un membre de notre famille. Eh bien, je vais te dire une chose : ni toi ni mon frère n'appartenez a ma famille. Je n'ai pas de frère répondant au nom de Gopal. Et je n'ai pas de sœur non plus. Cette fange a déshonoré notre famille. Tu as donné naissance a de la fange. Ce bébé n'est que de la fange. Vous savez ce que vous êtes, vous autres Anglais ? Une sale meute de rats ! Les Indiens vous haïssent avec chaque fibre de leur être et nous vous combattrons jusqu'à la dernière goutte de sang ! Si je n'étais pas malade, je me serais engagé dans les troupes d'Hitler ; puisse-t-il vous anéantir tous jusqu'au dernier, hommes, femmes et enfants ! Puissent ses armées envahir votre pays afin qu'il se rende maître de chaque brin d'herbe ! Mais pour le moment… on va descendre pour parler un peu. J'ai une proposition à te faire. Tu as peur ? Bon, je passe devant. »

Le voyant s'approcher d'elle, elle courut vers la porte, tel un lapin aux abois. Mais elle voulait avant tout l'éloigner de Sundaram et, quand elle le vit descendre l'escalier, elle le suivit, après avoir tiré le rideau sur la porte pour protéger l'enfant.

Il entra dans la cuisine, avec Fiona sur les talons.

« Tu ne m'offres pas une tasse de thé ? Tu as perdu le sens de l'hospitalité ? »

Elle prit la boîte de thé, remplit la bouilloire avec de l'eau contenue dans un récipient en terre, alluma la cuisinière et mit l'eau à chauffer pendant que Mani l'observait sans rien dire.

« Où est-elle ? »

Fiona se retourna d'un bloc et le regarda, les yeux écarquillés. « Qui ça ?

— Tu sais de qui je veux parler, ricana Mani. La putain dont je ne prononcerai même pas le nom.

— Je n'en sais rien.

— Ne mens pas. Dis-moi où elle est. Où se cache-t-elle ? Ne me fais pas perdre mon temps. Je sais qu'elle se cache quelque part. Je sais que Gopal l'a cachée. J'ai entendu des bruits courir à son propos et j'en veux la confirmation. Où est cette putain ? Dis-le-moi, tout de suite. Sinon... »

Il sortit un couteau de la ceinture de son *lungi*. Il était petit, mais effilé. Serrant le couteau dans la main droite, il leva la gauche. De son pouce gauche, il montra la chambre où dormait Sundaram, en haut de l'escalier.

59

SAROJ

« Tu es ridicule, Saroj. Je te le dis pour la dernière fois, ce n'était pas un coup monté, je n'y suis absolument pour rien ! J'avais complètement oublié Gopal et son projet de te marier à Nat... crois-moi, pour une fois ! Et puis laisse-lui une chance, pour l'amour de Dieu ! Nat n'est pas un de tes admirateurs larmoyants et transis, modèle courant. Si seulement tu voulais déposer les armes une minute, tu t'en rendrais compte.

— Tu veux bien cesser de te mêler de mes affaires, Ganesh ? Et t'occuper des tiennes pour changer, au lieu de mettre ton nez dans ce qui ne te regarde pas ?

— Au contraire, selon ta théorie, ça *me* concerne. Tu cherches un bouc émissaire pour le rendre responsable de ton désarroi et c'est moi que tu as choisi. Eh bien, laisse-moi te dire une chose : il se trouve que je connais Nat beaucoup mieux que toi et si tu préfères jouer les petites Reines des Neiges offensées, c'est tant pis pour toi, et pas pour lui. Et j'ajouterai encore une chose, Saroj, Reine des Neiges, c'est un compliment. Tu es en train de devenir une petite garce très ordinaire.

— Tu... tu...

— Tu n'es plus ce que tu étais. Tu as toujours eu la dent dure, c'est vrai, mais il y avait tout de même en toi quelque chose de fondamentalement... de fondamentalement bon, qui transparaissait. Oui, c'est vrai, j'ai espéré un moment que Nat et toi vous pourriez vous accorder, parce que s'il existe un garçon avec un cœur d'or, c'est bien lui et c'est ce que je souhaitais pour toi. Mais ce n'est pas pour cette raison qu'il était là où il était samedi. Il était là parce que je ne pouvais pas trouver mieux comme témoin, pour moi, pour nous, pour Trixie et moi, et pas pour toi. Rappelle-toi, c'était nous qui étions les héros du jour. Nous ne pensions pas à te faire rencontrer Nat. On ne cherchait pas à vous marier. Vois-tu, Saroj, le monde ne tourne pas autour de toi. Tu ne pourrais pas te comporter... comment dire ? normalement ? Comme tu étais avant !

— Toi aussi tu as changé. J'ai toujours eu confiance en toi. J'ai toujours su que tu étais de mon côté, en toutes circonstances. Aujourd'hui, pour une raison quelconque, tu es de son côté à lui, et puis il y a autre chose, tu m'as insultée et...

— Je suis toujours de ton côté, mais ça ne signifie pas que je ne sois pas capable de te dire tes quatre vérités, au contraire. Ça te ferait grand bien de te voir comme les autres te voient. Parce que tu sais quoi ? Tu te souviens comme tu haïssais Baba ?

— Je le hais toujours.

— Oui. Justement. Par conséquent tu ferais bien de commencer par te haïr toi-même. Parce que tu es en train de devenir sa copie conforme. Les gens te fuient exactement comme ils le fuyaient dans le temps. Pensesy. Tu dois avoir les mêmes gènes, en définitive. »

Saroj raccrocha brutalement.

Elle desserra les mains. Elle avait les paumes moites de transpiration. Elle les essuya sur les manches de sa chemise, croisa les jambes et serra ses bras autour d'elle, parce qu'elle avait froid tout à coup, elle était glacée malgré le soleil de juin qui brillait au-dehors et projetait dans le salon de longs rayons paresseux de fin d'après-midi. Elle frissonna, remonta ses genoux contre la poitrine et se cala entre les bras du fauteuil de James. Peut-être avait-elle attrapé un virus ? L'envie la prit de courir dans sa chambre pour se glisser dans son lit et se pelotonner sous l'édredon pour sombrer dans le sommeil bienheureux de l'oubli. Ne plus penser à rien. Ne plus penser à lui.

Il avait téléphoné tous les jours, mais elle refusait de lui parler. Un fois elle avait décroché et c'était lui, alors elle avait raccroché brutalement, comme elle venait de le faire avec Ganesh. Elle était incapable de lui parler. Elle ne pouvait se fier à sa voix. Elle ne pouvait se fier à rien ni à personne. Ni à Ganesh, ni à Trixie, ni à elle-même.

Depuis le mariage, la plus grande confusion régnait dans son esprit. Le cadre qui structurait sa vie depuis qu'elle avait résolu d'être médecin se défaisait. D'avoir pris cette décision lui avait procuré un sentiment d'identité revigorant, l'impression d'avoir un but. Elle s'était assigné un objectif précis et concret en vue duquel elle travaillait sans relâche, et auquel tout le reste était subordonné. Toute son énergie était canalisée et elle ne s'accordait aucune distraction. Elle avait redoublé sa dernière année de lycée avec une seule idée en tête : obtenir des résultats exceptionnels aux A Levels. Trois A. Pas moins. Elle y était parvenue. Elle pouvait et ferait encore mieux. Et puis, ça.

Depuis samedi, depuis qu'elle avait plongé son regard dans ses yeux noirs comme un lac sans fond, des yeux qui savaient tout, voyaient tout, elle sentait que la solide construction qu'elle avait édifiée était en train de s'écrouler comme si elle était bâtie sur du sable. Elle luttait comme une forcenée pour que chaque minuscule pierre reste en place. Mais cela ne l'empêchait pas de chanceler.

Il s'agissait d'un combat de volontés ; pas celle d'un autre contre la sienne, mais de deux volontés s'affrontant en elle. L'une d'elles lui était familière, elle était claire, nette et elle l'avait cultivée, alimentée et exercée en vue d'un but unique. Et puis il y avait l'autre, vague, imprécise, en friche, imprévisible, une force étrangère qui l'envahissait, menaçant de renverser l'échafaudage auquel elle s'accrochait désespérément.

Et personne ne comprenait.

« Il t'aime, lui avait dit Trixie au téléphone. Il t'aime vraiment, Saroj. Il nous l'a dit. Il t'aime depuis toujours, il a toujours su que ce serait toi et personne d'autre. C'est un miracle. Je n'avais jamais rien entendu de plus beau. Si tu laisses passer cette chance... Écoute, tu ne sais rien de Nat. Il est à Londres depuis longtemps, mais il va bientôt terminer ses études et retourner en Inde... pour de bon ! Il ne te reste donc pas beaucoup de temps. Il a même retardé son départ à cause de toi. Tu pourrais au moins avoir une conversation raisonnable avec lui, au lieu de l'envoyer promener chaque fois qu'il...

— Et MOI, est-ce que ça vous arrive, les uns et les autres, de penser à moi ? s'exclama Saroj. Vous n'avez tous que Nat à la bouche, ce que Nat ressent, ce que Nat veut. Nat, Nat, Nat. Et moi, qu'est-ce que je veux ? Que m'importe qu'il soit amoureux de moi ? Pourquoi devrais-je m'en préoccuper ? Ce n'est pas nouveau. En tout cas, je suis loin d'être amoureuse de lui, même très vaguement.

— Tu te défends trop, Saroj. Je me pose des questions !

— Il n'y a pas de place pour un homme dans ma vie ! » avait alors dit Saroj, et depuis elle ne cessait de le répéter, comme un *mantra* de Ma.

« Alors, *fais-en*, bon sang ! » avait répliqué Trixie, exaspérée. Elle ne comprenait pas et ne pouvait pas comprendre. Ganesh non plus. Et Nat moins que quiconque.

Ce combat de volontés dura toute la semaine. Saroj se battit de la seule façon qu'elle connaissait, en s'obligeant à aborder le problème de façon rationnelle, logique et méthodique. Selon elle, il existait trois raisons de poids pour empêcher Nat d'entrer dans sa vie.

Première raison majeure : sa carrière. Tout le monde savait que l'amour se combinait mal avec la science – et son travail était de la science, pure et sans mélange. Il n'était pas question que ça change. Certaines personnes sont capables d'établir des compartiments dans leur cerveau, de réserver un secteur pour le travail et un autre pour l'amour ; mais ce faisant chaque compartiment se trouve diminué et Saroj refusait de soustraire même une fraction du potentiel consacré à ses études.

Deuxièmement, Nat était son cousin. Elle l'avait découvert peu après le mariage : Nat était justement le fameux Nataraj tant vanté par l'oncle Gopal. Son cousin, le fils de Gopal. Cela expliquait pourquoi celui-ci s'était fait le champion de cette union – par pur intérêt personnel. Il n'était pas motivé par le souci de veiller à l'accomplissement des dernières volontés de sa sœur – à ce propos, qu'y avait-il exactement dans sa fameuse lettre ? – mais de caser son fils chéri.

La troisième raison était la moins concrète, mais la plus importante, affectivement parlant. Saroj était très experte pour disséquer ses motivations, les analyser, les étiqueter, et elle était lucide. Elle se rebellait intérieurement contre ce qui aurait été, une fois de plus, un mariage arrangé. Ma avait intrigué en sous-main pour le faire aboutir, de même que Gopal. Saroj n'avait pas passé des années à repousser les tentatives de Deodat pour la marier à un garçon de son choix, pour succomber à celles de Ma et de Gopal visant au même but. Il ferait beau voir ! Elle ne se laisserait pas manipuler. Par simple fidélité à elle-même, elle ne permettrait pas qu'on l'oblige à accepter un tel mariage, et comme c'était une objection hautement personnelle, moins rationnelle, il lui fallait se défendre d'autant plus contre des sentiments qui risqueraient – risqueraient ! – de l'attendrir.

Le seul moyen de lutter, elle s'en rendait compte, c'était la colère. La colère était un aliment, une force assez puissante pour combattre l'agitation qui régnait en elle et la juguler. Si elle réussissait à entretenir sa colère, elle pourrait résister. La colère, renforcée par des arguments logiques, rationnels.

Ainsi armée, Saroj se mit en devoir de remettre de l'ordre dans sa vie bouleversée. Comme chaque été depuis qu'elle était en Angleterre, elle travaillait dans la pharmacie de son demi-frère James, mais cette année-là fut marquée par un brusque regain d'activité et par un intérêt inaccoutumé pour les préparations que vendait James : elle le bombardait de questions et prenait des notes, tout en poursuivant ses recherches personnelles. Elle travaillait comme si elle avait un examen à présenter, ce qui était le cas, dans un certain sens. En quittant la pharmacie, elle se rendait à la bibliothèque et rentrait chez elle chargée de livres se rapportant à son sujet, pour se gaver ensuite de connaissances, de notions et de données. Deux fois par semaine elle faisait du tennis avec Colleen, et cette semaine-là, elle joua comme si le tennis n'était pas un sport mais une bataille qu'elle livrait les dents serrées, en frappant impitoyablement ses balles, qui passaient au ras du filet comme des boulets de canon.

À la fin de la semaine, elle sut qu'elle avait gagné. Son cerveau était à nouveau cet espace ordonné et familier où elle se trouvait bien, et la marée émotionnelle avait reflué, vaincue. Elle se sentait forte et étrangement euphorique, comme si elle venait de réussir l'examen le plus important de sa vie. Sa détermination avait été mise au défi et elle avait surmonté l'épreuve.

Du coup, elle pouvait se permettre de se montrer magnanime. Elle n'aurait pas de rancune ; Trixie et Ganesh lui manquaient et elle se rendait compte qu'en leur battant froid elle donnait trop d'importance à Nat. Elle les avait laissés en plan le jour de leur mariage, c'était à elle de faire le premier pas. Le vendredi soir elle appela Trixie.

« Salut, c'est moi.

— Oui. » La voix était froide, méfiante. Saroj eut un sourire indulgent. Avec son enthousiasme habituel, Trixie avait pris feu pour une histoire d'amour qui n'existait pas et maintenant elle était vexée de voir qu'elle n'aboutissait pas au dénouement dont elle rêvait. Il fallait l'amadouer, tout en restant ferme

« On fait la paix, Trixie ?

— Je ne sais pas, quelle paix ?

— La paix entre nous. Je viens de me rappeler que je

ne t'ai même pas félicitée. C'est la faute de cette histoire stupide. Écoute, est-ce qu'on ne pourrait pas tirer un trait dessus et se remettre à vivre ?

— Saroj, il me semble tout de même que…

— Arrête, Trixie. Pas un mot de plus. Je viendrai te voir demain, mais à la seule condition que tu ne prononces jamais le nom de qui tu sais.

— Eh bien…

— Allons, Trixie. On ne va pas se fâcher pour ça. Tu es ma belle-sœur maintenant, en plus de ma meilleure amie, et ce serait vraiment trop bête.

— Non, c'est…

— Trixie ! Pas un mot de plus ! L'affaire est classée. À demain matin, dix heures, d'accord ?

— Bon. Comme tu voudras. Il y a ici quelque chose que je meurs d'impatience de te montrer. Tu me manques, à moi aussi, et à Ganesh. À demain, alors. »

Saroj raccrocha avec un large sourire peint sur le visage. Elle avait l'impression d'être enfin arrivée saine et sauve dans une vallée, après avoir escaladé une montagne, ou encore d'avoir traversé un océan à la nage pour gagner un lointain rivage.

60

SAROJ

Ganesh et Trixie avaient compté sans le réseau de la rumeur publique, qui ne se limite pas aux belles-sœurs, tantes, cousines et autres parents, ou même à la communauté indienne en général, laquelle n'a pas non plus le monopole des ragots et du respect des convenances. Ce fut un colonel britannique en retraite scandalisé qui tira le premier coup de feu. À R., un minuscule village du Yorkshire, quelqu'un – une femme, peut-être, mais pas forcément – qui avait coutume de fourrer son nez partout fit allusion à un étrange mariage, célébré dans la chapelle désaffectée de la propriété de Mr et Mrs P.-B. Le bruit en parvint aux oreilles indignées du colonel C., qui écrivit sur-le-champ au journal local afin de porter ces faits honteux à la connaissance d'une population sans méfiance. La jeune mariée était une immigrée africaine. Le marié un immigré indien et, sans doute, comble d'horreur, un hindou ; l'officiant était un hippie – s'agissait-il vraiment d'un pasteur chrétien ? La réception qui s'était tenue ensuite dans une maison de campagne des environs avait dégénéré, disait-on, en une effroyable orgie, vu que les invités, un mélange d'Indiens et d'Africains, avec peut-être quelques Anglais, étaient sous l'emprise de la drogue et/ou de l'alcool. On avait entendu des chants hindous s'échapper de la chapelle, pendant la cérémonie, et des tambours africains résonner à travers la lande du Yorkshire. Tout cela était une mascarade, une farce, une gifle à l'Église d'Angleterre, un blasphème, une insulte à Dieu et à l'ensemble de la chrétienté.

Cette lettre tomba entre les mains de la communauté indienne de Bradford, qui la photocopia pour la faire circuler, et elle arriva ainsi jusqu'à Londres où elle déclencha de multiples supputations. Les Indiens sont des gens curieux ; qui pouvait bien être cet hindou qui avait épousé une Africaine dans une église chrétienne ? Une enquête fut menée, par qui et comment, on ne le sut jamais exactement, mais ses résultats, exacts dans leur ensemble, confirmèrent l'existence de ce mariage et fournit même les noms des intéressés. Le marié s'appelait Ganesh Roy, frère de Walter Roy, avocat de renom, et fils de Deodat Roy, domicilié à West Norwood. Un entrefilet parut dans le bulletin indien auquel Deodat était abonné. C'est ainsi qu'il apprit la mauvaise nouvelle et fut aussitôt frappé d'une seconde – et presque fatale – crise cardiaque.

Par chance, il n'était pas seul à ce moment-là. Sa femme de ménage venait de lui apporter son courrier : une ou deux factures et son bulletin. Il avait donc lu la lettre funeste pendant qu'elle était là et eut la bonne idée de faire son infarctus alors qu'elle récurait l'évier de la cuisine, le samedi suivant le mariage.

À l'instant où Deodat était victime de cette attaque, Saroj frappait à la porte de l'atelier de Trixie.

« Entre, c'est ouvert », cria celle-ci.

Saroj eut l'impression de plonger au sein d'un kaléidoscope tournant au ralenti. Elle fut assaillie de tous côtés par une explosion de couleurs, intensifiées par la lumière qui entrait à flots par les lucarnes et par la grande verrière, tandis que Trixie s'avançait vers elle, les bras tendus, radieuse, dans une ample robe longue aux teintes éclatantes et tourbillonnantes, telle l'impératrice de ce royaume psychédélique inondé de soleil.

Saroj se frotta les yeux et, une fois remise du choc, elle comprit ce qui s'était passé : Trixie avait retourné toutes ses toiles en les disposant tout autour de l'atelier ; excepté deux ou trois qu'elle avait installées sur un chevalet, elles étaient presque toutes appuyées contre les murs inclinés de la mansarde, sauf quelques-unes qui étaient encadrées et accrochées à toutes les parois suffisamment rectilignes pour les recevoir. De petits univers étincelants, qui vous faisaient signe d'approcher et d'entrer, tout en irradiant l'espace qui les séparait dans un enchevêtrement rutilant, un flamboiement si intense qu'il en devenait douloureux.

Dans une sorte de transe, Saroj se dirigea vers le tableau qui était à l'évidence l'œuvre maîtresse, une toile non encadrée, posée sur son chevalet, au milieu de la pièce, ce tableau qu'elle n'avait pas eu le droit de voir lors de sa visite précédente, et qui était maintenant dévoilé.

« Trixie ! Bravo ! »

Elle ne put rien dire d'autre. Elle regardait le tableau, clouée sur place et leva à peine les yeux quand Ganesh s'approcha. Elle tendit la main pour l'attirer à elle et ils restèrent là tous les deux, sans bouger, à contempler Ma.

Car c'était Ma, parfaitement reconnaissable, bien qu'elle fût représentée de profil, tandis que ses mains s'apprêtaient à couper une rose, avec beaucoup d'amour et de tendresse, comme toujours, avant de la glisser délicatement dans le panier pendu à son bras, à côté des autres. Ma, dans le jardin de Waterloo Street, et derrière, la maison avec sa tour, pas la carcasse calcinée qu'elle était devenue quand Saroj l'avait vue pour la dernière fois, mais une vraie maison, entière et toute blanche. Ma portait un sari rose avec une bordure finement décorée, rabattu sur sa tête, ainsi qu'elle le faisait quand le soleil cognait trop fort. Ma dans son élément. Car bien qu'elle eût la tête tournée, il émanait d'elle tant de force et de grâce que Saroj sentit les larmes lui monter aux yeux. Elle regarda Trixie qui s'était approchée sans bruit, lui prit la main, après avoir lâché celle de Ganesh, et l'entoura de son bras.

« Oh, Trixie !

— Ça te plaît ? » C'était une question inutile, mais elle la posa tout de même, tant sa modestie était grande. Sa voix, néanmoins, trahissait sa joie et une discrète fierté, la fierté du travail bien fait et fait avec amour.

« Je l'ai appelé *La Guirlande de noces*, précisa-t-elle. J'ai d'abord essayé de faire un portrait d'elle mais je n'avais pas de photo et je n'arrivais pas à rendre ses yeux, aussi je l'ai mis de côté en attendant d'avoir plus de métier. C'est le tableau que j'ai peint pour Ganesh, comme cadeau de mariage. »

Elle eut un petit rire embarrassé, tandis que Saroj la serrait contre elle, puis en montrant les murs, elle dit : « Vas-y, regarde. »

Saroj fit le tour de la pièce à pas lents, en prenant çà et là une toile de petit format pour l'examiner de plus près à la lumière de la verrière ou en s'agenouillant pour regarder un grand tableau.

Elle en conclut que si le portrait de Ma était le chef-d'œuvre de la collection, c'était simplement parce qu'il était unique dans sa catégorie. Le plus simple de tous. Le seul, par exemple, où ne figurait qu'un seul personnage, et il en émanait ce quelque chose de tendre et de subtil, qui caractérisait Ma, un rayonnement imperceptible qui ne sautait pas aux yeux, qu'on ne remarquait qu'à condition de s'y attarder, et là résidait son éclat.

Mais les peintures de Trixie étaient toutes éclatantes, du moins celles qu'elle avait choisies pour orner ses murs. Elles palpitaient de vie, d'une vie ardente, enivrante, qui frappa Saroj de plein fouet, l'étourdit et lui coupa le souffle. Les scènes qu'elles représentaient vous invitaient à entrer, mieux encore, elles vous happaient. Sous les yeux des badauds, deux grosses mammas noires, dont une cliente avec un enfant blotti sous ses jupes, se querellaient de part et d'autre d'un étal croulant sous des piles d'ananas, d'oranges et de cachimans, au marché de Bourda ; on voyait même les gouttes de sueur sur le front de la marchande, on l'entendait crier, on sentait sa colère face aux accusations de l'acheteuse et on reculait de peur de se faire injurier et peut-être de recevoir sur la tête le bâton de bambou qui lui servait à chasser les gamins facétieux, mais on ne pouvait s'empêcher de se réjouir d'être de retour chez soi, de s'imprégner des bruits et des odeurs de ce jour de marché, tout en remplissant son panier de mangues, de mandarines et d'ananas mûrs à point, à condition que la dame le veuille bien ! On croyait entendre la marchande crier : « Des cachimans, les ménagères, regardez mes *ma-gni-fi-ques* cachimans », en étirant le mot « magnifique », en le chantant presque, comme si elle en avait plein la bouche.

« Viens, tu les as assez vus. Je vais te montrer mon préféré, s'impatienta Trixie en entraînant Saroj vers un chevalet placé dans un coin. Voilà, c'est *Les Orpailleurs*. Ça te plaît ? »

Sa modestie lui valut un regard dédaigneux de la part de Saroj, qui se mit à examiner la toile avec attention.

Le tableau représentait un groupe de chercheurs d'or debout dans une rivière peu profonde dont l'eau limpide donnait des reflets argentés aux galets ronds et marbrés. L'un d'eux, un robuste Noir au corps luisant et musclé, juché sur une pierre plate et vêtu seulement d'un vieux short kaki qui lui glissait sur les hanches, avec un bout de ficelle effilochée en guise de ceinture, riait à gorge déployée, une main à la taille et l'autre levant une petite flasque de rhum qu'il montrait à ses compagnons. D'un moment à l'autre, il allait la porter à ses lèvres pour la vider. À côté, deux autres orpailleurs, pareillement vêtus, le regardaient en s'esclaffant ; l'un d'eux tenait une batée pleine de cailloux, où se trouvait peut-être – ou peut-être pas – une minuscule pépite d'or, il la tenait d'une main contre sa hanche et de la paume de l'autre, il frappait son grand front luisant. Le troisième personnage, penché sur l'eau, s'apprêtait à y plonger sa gamelle pour ramasser des cailloux. Le quatrième, un tout jeune adolescent, assis les jambes écartées sur un gros rocher rond, agitait son index. C'est lui qui racontait l'histoire qui les amusait tant, une blague très crue, qui vous donnait envie de rire à vous aussi, tandis que le cinquième larron, appuyé sur le même rocher, les yeux cachés par les bords avachis d'un grand chapeau de paille, qu'il avait rabattu devant sa figure pour se protéger du soleil, se contentait de sourire. Il souriait tranquillement, comme s'il ne pouvait s'empêcher de trouver ça drôle, malgré lui, et ses étincelantes dents blanches faisaient un contraste surprenant avec le noir violacé de sa peau.

« Ça te plaît ? demanda Trixie pour la troisième fois, d'un ton presque anxieux.

— Oh, Trixie ! Ce que tu es *bête* ! Tu sais bien que c'est génial. Elles sont toutes géniales ! Toutes ! Tu es vraiment une artiste.

— C'est ce que je me tue à lui répéter, cria Ganesh depuis la cuisine. Mais elle ne veut pas me croire.

— C'est miss Abrams qui avait compris la première. Tu te souviens, Trixie ? “Patricia Macintosh, vous feriez mieux d'employer votre talent à quelque chose de constructif.”

— Oui. Et il me semble que c'est ce que j'ai fait. Si on mangeait un morceau ? » ajouta-t-elle en montrant la table.

C'est comme si Nat n'avait jamais existé, pensa Saroj en tirant une chaise pour s'asseoir. Comme s'il n'était jamais entré dans ma vie pour tenter de jeter à bas tout ce que je m'efforce de construire. Maintenant que Trixie et moi avons fait la paix, nous avons d'autres sujets de conversation, ses tableaux, ses projets d'avenir et..

La sonnerie stridente du téléphone retentit. Trixie décrocha et tendit le combiné à Ganesh, qui écouta, dit quelques mots, puis se tourna vers Saroj, le visage décomposé.

« C'était James. Baba vient encore d'avoir une attaque. »

61

SAROJ

Comment faire pour haïr une pitoyable loque humaine ?

Installé sur une table, à côté du lit, un électrocardiographe égrenait les battements du cœur de Deodat. Égrenait sa vie. Le rythme était redevenu régulier, il n'y avait plus de danger immédiat, mais la vie est une chose fragile, susceptible de s'arrêter à tout instant.

Une semaine s'était écoulée depuis le second infarctus et les médecins qualifiaient son état de stationnaire. Bien qu'il fût incapable de parler, la cause de l'attaque n'était que trop évidente. En allant chercher des vêtements et quelques affaires de toilette chez son père, après que celui-ci eut été hospitalisé d'urgence, Ganesh avait trouvé le fameux bulletin ouvert à la page de l'article incriminé et aussitôt compris. Par conséquent il se tenait sur la réserve. On aurait bien le temps de s'expliquer quand Baba serait rétabli. S'il se rétablissait un jour.

C'était la première fois que Saroj lui rendait visite. Elle ne l'avait pas vu depuis près de deux ans, à l'occasion du mariage d'un cousin.

Au début elle avait refusé de lui rendre visite. Elle était prête à le laisser partir, s'il devait partir, à le laisser quitter ce monde sans le soulagement d'une réconciliation. Qui est-il pour moi ? se disait-elle. Nous n'avons aucun lien de parenté. Il n'est pas mon père, je ne suis pas sa fille. Elle se délectait de son pouvoir de le faire souffrir, sachant qu'il avait besoin de son absolution pour mourir en paix. Ce pouvoir d'accorder ou non le pardon, elle s'y était tout d'abord accrochée, puis vers la fin de la semaine, elle s'était laissé convaincre d'aller le voir et de l'absoudre. « D'accord, avait-elle dit à Ganesh sur un ton de grande dame. Mais j'irai seule. »

Elle était arrivée une demi-heure plus tôt, avec l'intention de l'accabler de son mépris et de lui pardonner.

Mais elle n'avait pas prévu ça.

Baba avait toujours été maigre, mais maintenant il n'avait plus que la peau sur les os. On aurait dit un enfant grandi trop vite et son visage détendu reflétait une innocence si tangible que Saroj se sentit coupable par contrecoup. Coupable de l'avoir délaissé, à cause d'une rancune alimentée par une haine puérile. Baba avait eu tort, dès le début. Tort de haïr, tort de la battre. Mais ces torts prenaient racine dans le sentiment bien inoffensif de sa propre impuissance. Il avait joué au despote, mais c'était une illusion, un mythe entretenu par l'acceptation des autres à croire en son autorité et à s'y plier, comme elle-même l'avait fait. Elle y avait cru et s'était soumise. Mais où était ce pouvoir aujourd'hui ? Où était la haine, où était tout ce passé ? Évaporés.

Jamais Saroj n'avait autant eu conscience de sa propre fragilité, de la fragilité inhérente de Baba, de la fragilité de l'humanité tout entière. Une fragilité absolue. Que représentait la réussite au regard de la suprême impuissance de l'homme à vaincre la maladie et cette chose inévitable, la mort ? Il n'existe pas un seul être humain capable de commander à la mort et tout pouvoir est faible et limité, excepté celui de la mort sur la vie. Ce que les hommes nomment puissance n'est qu'une ombre montrant le poing au soleil. Si Deodat devait disparaître, maintenant, dans une heure, cette nuit, demain, elle ne pouvait rien pour l'empêcher, et cette incapacité l'emplissait d'un effroi révérenciel et d'un profond repentir. Entre elle et Baba il n'y avait plus que l'instant, un instant plein de compassion et, pour le moment, son seul désir était de le lui faire comprendre avant qu'il soit trop tard. Elle le conjura en silence d'ouvrir les yeux. Il refusa. Le sentiment de son impuissance engloutit son orgueil forcené et le réduisit à néant.

Elle tenait une de ses mains dans les siennes. Elle ne se rappelait plus quand elle la lui avait prise ; ça s'était produit à son insu, de même que les larmes, qui se formaient sous ses paupières, menaçaient de couler sur ses joues.

Elle le conjura encore une fois d'ouvrir les yeux. Il s'obstinait plus que jamais à rester inaccessible, réfugié dans un sommeil artificiel. Doucement, pour donner plus de force à son injonction, elle lui pressa la main, mais avec précaution, de peur de la casser, tant cette main lui semblait maigre et fragile entre les siennes. Molle comme un oisillon nouveau-né.

Faites qu'il vive ; faites seulement qu'il vive assez longtemps pour que je puisse lui dire de ne plus s'inquiéter. Je vous en supplie.

L'infirmière jamaïcaine de service entra tout à coup en faisant claquer ses sabots blancs et annonça avec un large sourire :

« Excusez-moi, mais vous devez sortir. Le docteur va arriver.

— Pourrais-je lui parler ? demanda Saroj en lâchant la main de Baba pour la poser délicatement sur le renflement que faisait sa cuisse drapée de blanc.

— Vous n'avez qu'à l'attendre dehors et tenter votre chance », répondit-elle d'une voix chaleureuse et traînante qui remonta sur le mot chance

Saroj se leva pour sortir.

Une haute silhouette dégingandée, qui se tenait près de la porte, recula vivement et disparut dans le couloir.

Saroj revint le lendemain, mais cette fois, ce fut elle qui s'arrêta sans rien dire sur le seuil de la chambre, car Baba avait déjà un visiteur. Elle ne le voyait que de dos, mais devina que c'était Nat. Elle le devina à cause de son cœur qui s'accélérait et de la panique soudaine qui s'emparait d'elle. Malgré son envie de fuir, elle resta là, comme pétrifiée, à regarder et écouter.

C'était une chambre à trois lits. Celui de Baba se trouvait près de l'entrée; il n'y avait personne dans celui du milieu et le dernier était occupé par un homme d'un âge indéterminé. La veille, il avait eu de la visite, sans doute sa femme; ce jour-là, il dormait et on aurait pu croire que Nat et Baba étaient seuls dans la chambre. Nat parlait. Il lisait quelque chose à haute voix.

Arjuna bondit en avant, noir comme un nuage de pluie, resplendissant tel un arc-en-ciel illuminé par les éclairs, son arc et son carquois frémissant, son armure luisant dans le soleil.

Les spectateurs poussèrent des acclamations qui s'élevèrent vers les cieux et parurent n'avoir jamais de fin. Des instruments de musique retentirent, le mugissement caverneux de la conque se mêlait au choc discordant des cymbales et au fracas des timbales. Quand le tintamarre cessa, Arjuna fit montre de sa magnificence.

Avec l'arme d'Agni, le dieu du Feu, il créa du feu, avec l'arme de Varuna, le dieu de l'Océan, il emplit d'eau l'arène, avec l'arme de Parjanya, il déclencha la pluie. Avec l'arme de Bhauma il pénétra dans la terre, avec celle de Parvati il fit naître des montagnes; et avec la suivante l'univers disparut. D'un instant à l'autre Arjuna se dressait sur la terre, immense, ou bien planait au-dessus; il courait; sur son char; sautait à terre, immobile comme un rocher; rapide comme l'éclair. Le Terrifiant plantait ses traits d'argent dans des cibles mobiles ou minuscules, et ses flèches balayaient l'arène des étincelles crépitantes de mille coups de foudre. Drona exultait, Bhishma s'enflait de fierté, Kunti s'évanouit de bonheur.

Saroj connaissait cette histoire du *Mahabharata*, bien entendu; Ma la lui avait si souvent racontée dans son enfance que les mots – pas les mots eux-mêmes, car Ma la racontait avec des mots à elle, elle ne la lisait jamais, comme le faisait Nat en ce moment –, la flamme, l'esprit même d'Arjuna lui revinrent tout à coup, comme si elle se retrouvait soudain assise en tailleur en face de Ma, dans la lumière tamisée de la pièce de la *puja*, avec Ganesh appuyé contre sa mère, à son habitude, elle penchée en avant, totalement envoûtée, et Indrani le menton posé sur ses genoux repliés, le regard rêveur.

Elle tressaillit. Nat ne lisait plus. Il parlait sur le ton de la conversation et elle se rendit compte avec un rien de jalousie que Baba était réveillé et qu'il avait écouté l'histoire, tout comme elle.

« Voilà, Pitaji, c'est tout pour aujourd'hui. Je reviendrai demain et nous continuerons la lecture. »

Pitaji ! Nat l'avait appelé Pitaji ! Père en hindi ; un terme exprimant un grand respect, mêlé à une profonde affection. Deodat fondait, il ronronnait presque de contentement. Personne ne l'avait encore jamais appelé ainsi...

« Tu t'arrêtes toujours au moment le plus passionnant, dit-il sur le ton pleurnichard d'un petit enfant.

— Justement, rétorqua Nat en riant, n'est-ce pas ainsi que les conteurs tiennent leurs auditeurs en haleine, de manière à ce qu'ils reviennent ? C'est un vieux truc, ceux qui fabriquent les feuilletons télévisés n'ont rien inventé !

— Peut-être, mais on en arrive au moment où Karna va entrer dans l'arène et où la joute va commencer entre Arjuna et lui. J'aimerais bien que tu continues jusqu'à l'arrivée de Karna. Encore seulement deux pages et ça suffira.

— Bon, d'accord, si votre cœur peut supporter une telle excitation, je vais continuer, mais après je m'arrêterai pour de bon, c'est d'accord ? Plus de si ni de mais ! »

Le tournoi s'acheminait vers son issue triomphale quand un bruit effrayant, semblable à un coup de tonnerre, retentit à l'entrée. Arjuna et Drona se regardèrent, vivement intrigués ; car ils avaient tous deux reconnu le bruit que faisait le puissant guerrier en se frappant les avant-bras, signe qu'il voulait relever le défi.

Dans le silence stupéfait qui suivit, le guerrier s'avança, un guerrier aux longues foulées et au port altier ; pareil en éclat au soleil, à la lune et au feu ; il bondit dans l'arène et se redressa ainsi qu'un palmier doré, royal comme un lion sans peur. Il promena dédaigneusement son regard sur les spectateurs assemblés et l'arrêta sur Drona, qui attendait, pétrifié d'étonnement, entouré des cinq frères Pandava.

Alors le nouveau venu prit la parole et sa voix puissante et fière résonna comme un coup de tonnerre : « Arjuna ! Ne sois donc pas si content de toi. Car tout ce que tu viens de faire, je peux le faire moi aussi, et mieux ! »

Après avoir lu pendant encore dix minutes, Nat se mit à débattre des mérites respectifs d'Arjuna et Karna avec Deodat, qui prenait le parti d'Arjuna, le héros traditionnel, alors que Nat préférait Karna, l'outsider.

Ils discutaient amicalement, chacun défendant calmement son point de vue et, à la stupéfaction de Saroj, Baba *écoutait* les arguments de Nat en faveur de Karna. Autrefois, Baba faisait taire d'une voix tonitruante quiconque osait ne pas être d'accord avec lui, même sur les sujets les plus anodins. Dix ans plus tôt, cette discussion aurait commencé et fini sur cette déclaration catégorique de Baba : « Arjuna est le plus fort, parce que Dharma est de son côté. » Mais la voix qui répondait en ce moment à la plaidoirie de Nat en faveur de Karna était douce, aimable et intéressée.

Saroj réalisa tout à coup que Ganesh avait dit vrai. Baba avait changé en mieux, il avait compris la leçon, et tout le monde, sauf elle, le savait. La preuve était là.

Elle avait envie de se mettre en colère. En colère contre Baba, pour avoir changé par rapport à l'image qu'elle gardait de lui ; pour avoir eu le *courage* de changer, de devenir une version agrandie, meilleure et plus généreuse de lui-même. En colère contre Nat, pour être là, en ce moment, à converser avec Baba d'une façon qu'elle n'aurait jamais crue possible. En colère contre eux deux, pour la relation intime et naturelle qui s'était nouée entre eux, pour leur évidente complicité et pour l'avoir exclue. En colère, peut-être, pour l'avoir trahie. Ces deux hommes, qui prétendaient l'aimer, semblaient pourtant suffisamment détendus, ici, en ce moment, dans le confort stérilisé de cette chambre d'hôpital, Baba malgré la mort qui le menaçait, et Nat en dépit de son échec à la conquérir, pour débattre d'un vieux mythe indien sans aucun rapport avec leur situation. *Et moi, alors ?* criait son cœur.

« Excusez-moi, mademoiselle, vous entrez ou vous sortez ? Décidez-vous. »

Cette question formulée sur un ton agacé était purement théorique, puisqu'il lui était impossible de *sortir*, étant donné qu'un chariot de plateaux-repas, poussé par une infirmière, lui coupait la retraite et qu'il ne lui restait que la ressource d'*entrer*. D'entrer dans cette chambre sans issue où toute cette éventuelle souffrance et un gouffre insondable se préparaient à l'engloutir.

Deux têtes se tournèrent vers elle. Un grand silence s'installa. Saroj attendait. Que l'un d'eux soit le premier à parler.

Baba mit un moment avant d'accommoder son regard et de reprendre suffisamment ses esprits pour la reconnaître. Mais il eut ensuite une réaction tellement vive que Nat dut le retenir par l'épaule pour l'empêcher de se redresser dans son lit comme un ressort.

« Saroj ! Saroj ! C'est toi ! Te voilà enfin ! Oh, ma chérie, tu es venue ! Approche-toi, viens, laisse-moi te regarder, viens, mon petit, assieds-toi près de moi, sur le lit ! »

Puis il se tourna vers Nat et dit, d'une voix qui tremblait de joie et de fierté : « Voilà ma fille, celle dont je t'ai parlé, c'est ma Saroj, la plus jeune de mes enfants, la cadette de mes filles ! Viens, ma chérie, pourquoi restes-tu là, viens, regarde, il y a de la place pourtant, viens t'asseoir sur le lit, à côté de ton vieux Baba, laisse-moi te regarder ! »

Il tapota d'une main le bord du lit et tendit l'autre à Saroj, qui ne put que s'approcher et s'asseoir en hésitant, en prenant bien garde de ne pas regarder Nat.

Jamais de sa vie elle ne s'était sentie aussi embarrassée.

« Bon, je ferais bien de m'en aller », dit Nat, et avant qu'aucun d'eux ait pu réagir, il était parti.

Une heure plus tard, quand Saroj sortit de l'hôpital, la nuit qui commençait à tomber enveloppait d'un voile sombre le parking grisâtre et la rue où se trouvait l'arrêt de l'autobus. Tout en allant rejoindre la file d'attente, elle se surprit à regarder machinalement autour d'elle. Ce n'est qu'après, quand le bus arriva, qu'elle y monta et s'assit en continuant à examiner les passants dans la rue, qu'elle réalisa que c'était Nat qu'elle cherchait. Elle avait bien cru le retrouver à la sortie de l'hôpital et éprouva un choc de constater à quel point elle était déçue qu'il soit parti sans l'attendre.

62

SAVITRI

En se réveillant avant l'aube, le lendemain de son accouchement, Savitri s'aperçut que ses pensées étaient tournées vers le futur, vers les jours, les semaines, les mois et les années à venir. Nataraj... Elle sourit. Il dormait sûrement. Elle avait envie de se lever, pour aller le regarder derrière la vitre de la nursery, comme elle avait vu d'autres mères le faire, mais elle était encore lasse et c'était bon de rester couchée en laissant venir les rêves. Il serait toujours temps, quand Nataraj se réveillerait en réclamant son dû et que Sœur Carmelita ou Sœur Maria le lui apporterait pour la tétée. Ils avaient toute la vie devant eux; elle réalisa soudain que Nataraj lui avait ramené David. David n'était pas mort. Non, il était là, dans son cœur, elle le sentait de façon aussi palpable que s'il avait été véritablement présent, assis à son chevet, souriant, lui tenant la main, lui caressant la tête ou la joue. Elle ferma les yeux. Il était là. Des larmes lui montèrent aux yeux. Comment pouvait-il en être autrement? David était un esprit, et les esprits ne meurent pas, ne peuvent pas mourir – son esprit devait être attiré vers elle et c'était justement ce qu'elle ressentait et qui l'enveloppait d'une chaleur réconfortante... Il faut que je me cramponne à ça, pensa-t-elle. Que j'y croie de tout mon cœur et de toute mon âme, et alors ça deviendra une réalité.

David lui tint compagnie une heure durant, puis le ciel commença à s'éclaircir. Elle entendait la rumeur de la maison qui s'éveillait. Bientôt Sœur Anna lui apporterait son petit déjeuner et, comme tous les jours, elles feraient un brin de causette. Elle avait hâte de lui montrer son fils.

Elle se leva pour aller aux toilettes. En regagnant sa chambre, elle passa devant une fenêtre ouverte et des voix montant de la cour attirèrent son attention. L'une de ces voix lui était familière. Trop familière. Mais elle en prit conscience trop tard.

Une voiture était arrêtée près du portail, juste sous la fenêtre, une voiture noire, dont la portière arrière était ouverte ; le chauffeur était assis à l'avant et un homme qui parlait à Sœur Carmelita s'apprêtait à monter derrière, et elle connaissait cet homme, c'était son frère Mani, et Mani portait un paquet dans les bras, et ce paquet, elle le devina instinctivement, était Nataraj, son bébé, son fils, son bien-aimé, le fils de David, son amour, son avenir, sa vie.

« Mani ! » hurla-t-elle par la fenêtre, et Mani leva la tête, la vit, sauta dans la voiture, claqua la portière, et l'auto démarra dans une pluie de gravillons, en emportant son enfant.

Elle descendit l'escalier quatre à quatre, sortit dans la cour, puis dans la rue, et se mit à courir jusqu'au moment où quelqu'un la rattrapa et la ramena dans la maison, folle de chagrin.

Savitri fit prévenir Gopal, qui vint la chercher deux jours plus tard. Elle serait même partie avant, par le car de Madras, mais elle n'avait pas d'argent et personne n'accepta de lui en prêter.

« Vous finirez par vous consoler, assura Sœur Carmelita. Comme les autres. Dites-vous que c'était la meilleure solution. Il sera adopté par une famille chrétienne qui l'aimera, avec un père, un père et...

— Comment avez-vous pu ? » se contenta-t-elle de répondre. Quelle petite effrontée, pensa Sœur Carmelita. Mais qu'attendre d'autre, après tout, de la part d'une païenne ?

« Pourquoi ne l'as-tu pas empêché ? reprocha Savitri à Gopal, un peu plus tard, anéantie par son malheur. Pourquoi lui avoir parlé de cet enfant ? Pourquoi lui avoir dit où je me trouvais ? Tu étais le seul à le savoir.

— Pourquoi m'accuses-tu ? Je ne lui ai rien dit du tout, répliqua Gopal en détournant les yeux, car il ne pouvait supporter les reproches qu'il y lisait.

— Mais alors, comment l'a-t-il su ?

— Je n'en ai aucune idée ! Je te le jure ! Il m'a peut-être suivi quand je suis venu te voir chez les sœurs. Qu'est-ce que j'en sais ? »

Une semaine plus tard, c'était Gopal qui sombrait dans le désespoir. Les Baldwin étaient en train de dîner, quand il fit irruption chez eux, hagard, échevelé, l'air d'un fou.

« Sundaram a disparu ! Mani l'a enlevé, lui aussi ! »

Savitri bondit. « Non ! Quand ? Comment ? »

Henry se leva à son tour et entraîna Gopal vers un fauteuil. Le malheureux s'y laissa tomber, s'essuya le front avec un coin de son *lungi* et se mit à pleurer à chaudes larmes. Savitri se sentit prise de nausées. Non pas ça. Oh, pas ça. Pas Sundaram ! Elle s'approcha de son frère, posa les mains sur ses épaules secouées de sanglots et, peu à peu, il se calma et raconta ce qui s'était passé.

« J'étais… j'étais à mon travail. Fiona était seule à la maison, sur la véranda du fond. Elle lisait un roman. Une de ces inepties qu'elle fait venir d'Angleterre. Ah, combien de fois lui ai-je dit de ne pas perdre son temps avec ces âneries ! Mais non, elle continue, et voilà le résultat ! Quand elle est remontée à l'étage, le bébé n'était plus là ! Disparu ! Volé ! Maintenant il faut que je retourne chez moi, nous le cherchons partout, j'étais seulement venu vous prévenir. »

Il voulut se lever mais il chancela et recommença à pleurer.

« Mon fils ! Mon fils chéri ! Mani l'a enlevé comme il t'a enlevé le tien, Savitri ! Comment mon frère a-t-il pu me faire une chose pareille ? Mon propre frère !

— Est-ce que Fiona l'a vu ? » L'indignation fit sortir

Savitri de l'état de choc émotionnel et d'extrême désarroi où elle était plongée depuis une semaine et elle se mit à analyser froidement la situation. « Si Fiona l'a vu, on pourra le faire arrêter. Il a forcément caché les deux bébés quelque part. Il faut que la police nous aide. Pour Nataraj, on ne pouvait rien faire, puisque Mani a les papiers... mais cette fois, c'est différent ! Si nous sommes en mesure de dire à la police que Mani a enlevé Sundaram, ils pourront l'arrêter et l'obliger à parler. »

Pour la première fois depuis la disparition de son fils, elle entrevoyait un espoir. Si on apportait la preuve que Mani avait pris l'un des bébés, la police en déduirait obligatoirement qu'il avait aussi pris l'autre... S'ils parvenaient à en retrouver un, ils retrouveraient également l'autre !

« Fiona est allée à la police, mais ils n'ont rien fait. Ils lui ont dit d'attendre deux jours. Elle a fouillé tout le quartier et interrogé tous les voisins. Elle a questionné le marchand qui est installé devant chez nous, il a vu le voleur, mais ce n'était pas Mani !

— Ce n'était pas Mani ! Je croyais...

— Je veux dire que ce n'était pas Mani en personne. Ce marchand a vu un garçon d'une douzaine d'années entrer chez nous avec un panier, mais ça ne l'a pas alerté. Le garçon est ressorti au bout de cinq minutes, avec son panier qui semblait plus lourd, et on en a déduit que Sundaram était dedans. Il était sûrement envoyé par Mani, mais comment le prouver ?

— C'est impossible, dit Savitri en sentant son espoir s'évanouir. Mani est trop malin pour avoir agi lui-même, bien entendu. Il a pris les deux enfants. Il ne les rendra jamais. Mais pourquoi, Gopal ? Pourquoi ? Pourquoi est-ce qu'il nous déteste à ce point ? » Elle lui avait déjà posé cette question, mais cette fois, elle ajouta : « Pourquoi est-ce qu'il déteste aussi nos enfants, qui ne lui ont rien fait ?

— Ces enfants sont des Lindsay pour moitié. Les Lindsay sont des Anglais... des Blancs, des étrangers. Ils représentent pour Mani une abomination. C'est une abomination pour lui de les avoir dans sa famille.

— Mais ils sont innocents ! s'écria June. De plus ils lui sont apparentés par le sang ! Vous autres Indiens, vous attachez tellement d'importance aux liens familiaux, aux héritiers mâles, alors pourquoi... »

Gopal la regarda d'un air apitoyé. « Vous autres Anglais, vous vous faites des illusions, vous vous croyez supérieurs aux Indiens. Mais pour un hindou orthodoxe, vous êtes hors caste, et c'est une souillure que d'avoir des contacts avec vous. Le sang impur des Lindsay a souillé le sang pur des Iyer. Voilà comment raisonne Mani. C'est pour ça que je ne voulais pas revenir avec Fiona, à Madras. C'est pour ça que j'ai essayé de cacher à mon frère mon mariage et la naissance de mon fils. C'est mon ambition qui m'a poussé à m'installer ici, ma carrière... ah, si j'avais su !

— Mais que va-t-il leur faire à ces pauvres petits ? Il ne... Il ne leur fera pas de... mal ? » balbutia Savitri, en employant un terme mesuré à la place du mot effrayant qui lui venait à l'esprit et que jamais elle n'oserait prononcer tout haut. Gopal ne répondit pas et la question resta en suspens.

Il y avait déjà beaucoup de monde dans le car de Bangalore et la banquette du fond était entièrement occupée. Pourtant l'homme qui venait de monter s'y dirigea sans hésitation et s'assit entre deux autres voyageurs qui se poussèrent sans dire un mot pour lui faire de la place. Il avait à la main un ballot noué par le haut, qu'il posa par terre, entre ses pieds. Il retira l'écharpe qui lui couvrait les épaules, la roula grossièrement en une boule qu'il plaça sous sa tête, sur le bois du dossier, et se prépara à dormir. Le voyage allait être long. Il en aurait pour toute la nuit. Son commanditaire lui avait certifié qu'il n'aurait pas d'ennnuis. Que grâce à la poudre qu'il avait administrée, on n'entendrait rien. Jusqu'à présent, tout s'était bien passé, sauf que dans le premier car, il avait eu une belle frayeur, quand le ballot posé sur ses genoux avait remué et que son voisin l'avait regardé d'un air intrigué. Voilà pourquoi, cette fois, il l'avait mis par terre.

Comme ça, on ne verrait rien. En plus, il faisait nuit. À ce qu'on lui avait dit, la poudre ne faisait effet que pendant cinq heures environ. Ce serait amplement suffisant. Il arriverait à la maison indiquée un peu avant l'aube, quand il ferait encore sombre. Cette maison se trouvait en ville, et non à la campagne, contrairement à l'autre. Il y avait même dans le mur une ouverture spécialement conçue pour y glisser incognito ce genre de paquet. Celui qui lui avait confié ce travail était au courant de ces choses. C'était un homme intelligent, et malin.

Le voyageur s'endormit et se réveilla au bout de deux heures. Le car roulait à travers la campagne déserte, en brinquebalant dans l'obscurité la plus totale. Ses phares n'étaient même pas allumés et il se dirigeait apparemment à la lueur argentée dispensée par la pleine lune. Tout le monde dormait, sauf lui. Quelque chose venait de le réveiller, qui s'était introduit dans son sommeil pour rappeler à l'ordre ses nerfs tendus. Encore ce bruit – une sorte de miaulement, sourd, mais assez fort pour que la peur s'empare de son cœur. Pas la peur du paquet qui, en soi, était inoffensif, mais la peur d'être découvert.

Il glissa la main sous sa nuque pour prendre son oreiller de fortune, se pencha sur le ballot et appuya l'écharpe roulée dessus, pour étouffer le bruit. Le ballot se tortilla, il appuya plus fort. De plus en plus fort, jusqu'à ce qu'il s'immobilise complètement.

63

SAROJ

La chose se produisit en pleine nuit, dans son sommeil. Ce fut comme une grande vague montant des plus lointaines profondeurs de son être, qui emporta les digues élevées par la raison, démantelant la forteresse de logique soigneusement édifiée, balayant toute son identité, submergeant jusqu'au sens qu'elle avait d'être et de se transformer, pour ne laisser que ce flot, tiède et léger, accompagné d'une éblouissante impression d'euphorie, si réelle, si vraie, si palpablement présente que tout ce qui avait existé auparavant, tout ce qu'elle avait connu, pensé ou cru penser était anéanti, nul et non avenu, sans plus de substance que la brume. Mais en même temps, tout ce qui avait été, était et serait jamais, s'y trouvait, toute la vie y était contenue, et c'était l'amour. De la beauté à l'état pur.

Elle dormait, mais cette chose qui ne dormait pas la réveilla et demeura, car ce n'était pas un rêve, mais quelque chose de réel. Elle avait les joues baignées de larmes.

Saroj allait voir Baba tous les jours et chaque fois elle pensait qu'*il* serait là. Tous les autres venaient. Walter, Richie, James et même quelquefois leur femme, mais lui jamais. Elle aurait voulu questionner Ganesh, mais les mots restaient coincés dans sa gorge. Elle se désespérait. Ne serait-il pas déjà parti ? Elle fouillait sa mémoire… qu'est-ce que Trixie avait dit à ce propos ? Avait-elle mentionné une date, un jour ? L'oncle Gopal n'avait-il pas parlé en passant de l'endroit où il habitait ? Elle s'imagina en train de faire le guet sur le trottoir, devant son immeuble. Seulement l'apercevoir. Lui parler un instant. Elle était allée trop loin, maintenant elle s'en rendait compte. Elle aurait dû lui dire quelque chose, lui accorder au moins un regard, un sourire, le jour où ils s'étaient rencontrés au chevet de Baba. Mais elle l'avait ignoré. Mis en fuite. Elle ne devait pas s'attendre à... Il n'allait pas... Elle avait tout gâché. Elle ne pouvait plus travailler, plus lire, au tennis sa raquette passait à côté des balles. Elle ne pouvait plus ni manger ni dormir.

Baba se rétablissait. Il était hors de danger. Il reprenait des forces. La présence de Saroj, ses visites quotidiennes, son pardon avaient opéré des miracles.

Nat avait disparu. Trois jours passèrent. Il aurait fallu interroger Trixie. Elle s'en sentait incapable. Il le faudrait pourtant. Trixie aurait la réponse. Ganesh aussi.

En définitive ce fut Ganesh qui lui téléphona.

« Est-ce que tu pourrais venir ? Il faut que je te parle.

— À quel sujet ?

— Au sujet de Baba, évidemment.

— Ah. » La déception lui fit chavirer le cœur. Elle avait cru que ce serait au sujet de Nat. Mais Nat était parti. Cette fois, elle en avait la certitude. Il était retourné en Inde, pour toujours. Il s'était découragé. Et c'était elle, personnellement, qui l'avait chassé.

« Un jour ou l'autre, Baba va quitter l'hôpital, dit Ganesh en prenant une chaise pour s'asseoir à côté d'elle, à la table ronde et blanche, placée sous le vasistas. Une question se pose : où ira-t-il ensuite ? »

Saroj versa du thé dans sa tasse, y ajouta du lait et du sucre, et en but une gorgée. Le trouvant trop chaud, elle prit un beignet de pomme de terre.

« Tu as une idée ?

— J'ai téléphoné à Indrani, et elle a dit que Baba devrait revenir en Guyana pour s'installer chez elle.

À mon avis, c'est la meilleure solution. Elle a du temps pour s'occuper de lui et ils se sont toujours bien entendus.

— Baba n'est pas en état de voyager, objecta Saroj.

— Je voulais dire dès qu'il sera assez bien pour partir. Dans quelques semaines, ou dans quelques mois. Nous verrons.

— Peut-être, mais Baba n'a jamais eu confiance dans les avions. Il risquerait d'avoir tellement peur au moment du décollage qu'il pourrait avoir une troisième crise cardiaque et mourir sur place.

— Pourquoi l'avion ? Il pourrait prendre le bateau, comme lorsqu'il est venu ici.

— Tu es fou, Ganesh ! Il ne peut pas voyager seul, pas plus qu'il ne peut vivre seul. Il lui faudrait quelqu'un pour partager sa cabine et veiller sur lui.

— Parfait. Justement Trixie et moi avons l'intention de retourner bientôt en Guyana. On pourrait l'emmener. Il n'y aurait qu'à avancer la date de notre départ et prendre le bateau.

— Tu veux retourner là-bas ?

— Oui. Trixie a un peu le mal du pays, elle a envie de revoir sa mère et de passer quelques jours à Tobago. Ce serait notre voyage de noces, en quelque sorte. Baba pourrait donc partir avec nous. Le seul problème, c'est…

— Le seul problème, c'est moi, dit Trixie avec une moue. Moi, ma peau noire et mes cheveux crépus. Deodat Roy ne peut pas me sentir. Au sens propre. Et je ne vois pas pourquoi je devrais… »

Ganesh se gratta la tempe.

« Bon, on verra. Avec le temps, ça s'arrangera. Il faut qu'il s'habitue peu à peu à l'idée que nous sommes mariés. Qu'il apprenne à te connaître. Baba a beaucoup changé ; c'est seulement qu'il a reçu un choc, à cause de la façon dont il l'a appris.

— Tant qu'il me haïra, je n'ai pas l'intention de lui courir après, non merci.

— De toute manière, cette idée ne me plaît pas, dit Saroj. Comment sera-t-il soigné là-bas ? Avec son cœur malade, il vaut mieux qu'il reste ici pour suivre un traitement.

— On n'habitera pas dans la brousse ! Le Dr Jaikaran était son meilleur ami, à Georgetown, et il est cardiologue. Baba sera entre de bonnes mains. Je pourrais peut-être partir seul avec lui et Trixie me rejoindrait ensuite.

— Ça alors, pas question ! Nous partons ensemble, ou alors pas du tout ! Je n'ai pas l'intention de me cacher de Deodat Roy, crise cardiaque ou non. J'ai bien envie d'aller lui dire deux mots, rien que pour... »

D'un geste tendre Ganesh la prit par l'épaule et la fit taire en lui mettant la main sur la bouche. « Chut. Tu ne feras rien du tout.

— Ça ne plaira pas à Baba de vivre à Georgetown, objecta Saroj. Il y a trop de mauvais souvenirs, trop d'ennemis. Ce serait l'enfer.

— Et si tu proposais une solution ? Ce qui est certain, c'est qu'il ne peut pas retourner à West Norwood. Impossible. Pas tout seul. S'il reste en Angleterre, il faudra qu'il vive en famille. Et les seuls qui pourraient le prendre chez eux, dit Ganesh en se tournant vers Saroj, c'est nous. Soit Trixie et moi, ou alors toi. Et comme il n'est pas question que Trixie...

— Tu proposes que nous habitions ensemble ? Que j'aille vivre avec lui à West Norwood ? »

Le silence retomba. Ganesh et Trixie baissèrent les yeux pour ne pas regarder Saroj qui, de son côté, se rendait compte, non sans se sentir vaguement coupable, que tout son être refusait cette solution. C'était une chose de se réconcilier avec Baba, de prier pour sa guérison, de désirer qu'il vive et retrouve la santé. C'en était une autre, elle le découvrait tout à coup, de le prendre avec elle et de s'occuper de lui jusqu'à la fin de ses jours.

« Je ne peux pas, dit-elle, presque dans un murmure.

— Dans ce cas... » Ganesh haussa les épaules et se leva avec l'air de dire qu'il n'y avait plus rien à ajouter. Il prit la théière vide et disparut dans la cuisine. « Dans ce cas, c'est réglé. Baba ira en Inde, reprit-il en élevant la voix pour que Saroj puisse l'entendre.

— En Inde ? »

Saroj regarda Trixie, qui détourna les yeux en se mordillant le pouce. Ganesh réapparut avec une théière pleine.

« Oui. En Inde.

— Tu as perdu l'esprit, Ganesh. Tu ne songes tout de même pas à envoyer Baba chez ses parents du Bengale ! Il ne connaît absolument personne dans ce pays !

— Mais si. Il a une sœur et deux frères, plus leurs enfants. J'ai fait leur connaissance quand je suis allé là-bas. Et d'aussi loin que je me souvienne, l'Inde a toujours été son principal point de référence. Sa Terre promise. Il a vécu en exil presque toute sa vie. Il donnerait n'importe quoi pour vivre ses dernières années dans son pays. Mais ce n'est pas au Bengale que je pensais.

— Où, alors ? Où ? » Saroj regarda d'abord Trixie, qui continuait à l'éviter, puis Ganesh, qui la considéra avec une expression tranquille, légèrement ironique, lui sembla-t-il, la théière à la main.

« Nat a proposé de l'accompagner. »

Le cœur de Saroj se mit à battre à tout rompre.

« *Nat ?*

— Ne prends pas cet air ahuri, Saroj. C'est ta faute. Tu refuses de t'encombrer de Baba, Trixie et moi ne pouvons nous charger de lui, et tu as exclu la Guyana. Il ne reste plus que Nat. C'est à prendre ou à laisser.

— Mais... pourquoi ? Comment...

— Nat est médecin, comme son père. En cas d'urgence, il y a un hôpital dans la ville la plus proche de leur village, et à Madras...

— Nat est encore à Londres, alors ? À Londres ?

— Oui, bien sûr. Mais... »

Saroj se leva d'un bond, se rua vers le téléphone qu'elle décrocha en criant : « Quel est son numéro ? »

La sonnerie de la porte d'entrée tinta. Trixie courut ouvrir. Saroj se sentait timide et empruntée, comme une toute jeune fiancée hindoue drapée dans son voile, le jour de ses noces. Son cœur faisait des bonds comme un poulain fantasque, son estomac se retournait en tous sens et sa langue restait collée à son palais. Nat entra, un bouquet de roses à la main. Est-ce qu'il rougissait, était-ce son imagination ou était-ce elle qui rougissait ? Ou peut-être les deux ?

Elle n'aurait su le dire. Elle savait seulement qu'il l'avait prise dans ses bras, qu'elle pressait son visage contre son épaule, qu'il sentait bon, que c'était bon qu'il soit là et que, sans trop savoir comment, elle était enfin arrivée au port.

64

SAVITRI

Avec l'aide de Henry, Savitri se mit à la recherche de Nataraj. Elle s'aperçut que, à son insu, elle avait abandonné ses droits parentaux au profit de Mani. Pendant l'accouchement, on lui avait fait signer un papier rédigé en tamoul, une langue qu'elle ne connaissait qu'oralement. Naturellement confiante dans les personnes qui l'assistaient en ces moments difficiles, elle n'avait pas pris la peine de demander des explications.

L'expérience avait appris à sœur Carmelita que cette méthode épargnait beaucoup de complications. Dieu seul savait ce qu'il advenait des nouveau-nés remis au père, à la mère ou au frère aîné de ces jeunes femmes ! Naturellement, celles-ci se désespéraient en réalisant ce qu'elles avaient fait, mais si douloureux que ce fût pour elles, il était indéniable que l'enfant y trouvait largement son compte. Ce bébé, ce Nataraj, serait placé dans un bon orphelinat chrétien et là, grâce à son teint clair, il trouverait certainement une bonne famille chrétienne pour l'adopter. Dommage, tout de même, pour son prénom. La sœur venait juste de donner l'extrait de naissance et les autres papiers à l'oncle de l'enfant, quand la mère s'était mise à hurler à la fenêtre comme une harpie, et avant qu'elle ait pu ajouter quoi que ce fût, l'oncle avait pris la poudre d'escampette. Par conséquent le petit se trouvait affublé du fâcheux prénom de Nataraj. Quel dommage ! Enfin, on lui en trouverait certainement un autre, plus convenable, au Bon Pasteur, l'orphelinat qu'elle avait recommandé.

Un bon orphelinat catholique.

Henry engagea un avocat pour tenter d'apporter la preuve que la procédure d'abandon de l'enfant en faveur de son oncle n'était pas légale. L'espoir rendit Savitri euphorique… au début. Mais il fallut s'attaquer à la forteresse de la bureaucratie. Une signature se fait d'un trait de plume, mais il est impossible de l'annuler. Les documents étaient transmis d'un bureau à l'autre, envoyés de Madras à Pondichéry, et se perdaient en chemin, enfouis sous des piles d'autres papiers. Les fonctionnaires examinaient la situation sous son aspect juridique, ouvraient et refermaient des dossiers, empochaient des pots-de-vin, sirotaient leur café, sortaient pour déjeuner, se confondaient en excuses en vous regardant avec des yeux inexpressifs et oubliaient toute l'affaire. Elle s'adressa au tribunal ; reçut une lettre polie de l'assesseur principal. Une autre du sous-secrétaire au ministère de l'Intérieur. Mais personne n'y pouvait rien. L'administration faisait traîner les choses en longueur. Pendant des semaines. Des mois. Des années.

Savitri alla voir Mani. Elle le supplia, l'implora de lui dire où était Nataraj. Il eut un sourire méchant et la traita comme elle le méritait, en femme de mauvaise vie. « Rappelle-toi, Savitri. L'Inde est un pays où il y a des millions, des centaines de millions d'habitants. Il se peut que ton fils soit à Bombay, à Calcutta ou à Delhi. Il se trouve peut-être dans le Kanpur, l'Amritsar ou le Bihar. Il se peut même qu'il soit dans un village des environs. Comment feras-tu pour le savoir ? Non, tu ne le sauras jamais. »

Il aurait bien continué à ironiser de la sorte, mais une quinte de toux le fit taire et Savitri repartit.

Au bout de trois années, Savitri acquit la certitude qu'elle ne reverrait jamais Nataraj.

Au bout de trois années, elle se rendit compte qu'elle était sur le point de devenir folle.

Elle dévorait des yeux tous les bébés de sexe masculin qu'elle rencontrait. Si c'était Nataraj ? Elle le voyait partout, à califourchon sur la hanche d'une inconnue croisée dans la rue, à la fenêtre d'un autobus qui passait, sur un trottoir, dans un rickshaw, sur un porte-bagages ou une barre de vélo, au bazar, dans une échoppe, partout. Elle se surprit à arrêter des petits garçons inconnus, des petits garçons de l'âge correspondant. Elle les examinait sous toutes les coutures, tournait autour d'eux, leur palpait le cou. Elle savait qu'elle ne retrouverait jamais la paix – du moins tant qu'elle habiterait un pays où son fils vivait lui aussi, où chaque enfant qu'elle rencontrait pouvait être Nataraj.

« Dans ce pays, il faut avoir des relations, disait Henry. Si seulement on connaissait quelqu'un qui a le bras long, quelqu'un qui…

— Le colonel Hurst, peut-être ? Il aimait tant Savitri, proposa June.

— Non, surtout pas un Anglais ! Avec le climat politique qui règne en ce moment ! Un Anglais qui tenterait d'intervenir, d'user de son pouvoir dans une affaire entre Indiens, ce serait désastreux. Et de toute manière, ce n'est sûrement pas le colonel qui nous aiderait à retrouver l'enfant de David !

— Mais alors, qui pourrait nous venir en aide ? dit Savitri, d'une voix cassée par le désespoir. Ah, mais si… »

Elle poussa un petit cri. Un nom lui était soudain venu à l'esprit. Elle savait à qui elle allait s'adresser. Un homme qui l'aiderait à coup sûr, car il avait un cœur d'or. Quelqu'un qui saurait *écouter*. Un homme, un Indien, qui jouissait dans son pays d'une influence sans limites. Elle s'adresserait au plus haut niveau, à cet homme qui venait tout de suite après Dieu.

Elle alla chercher un bloc de papier et écrivit une lettre longue de dix pages, pour raconter son histoire et implorer de l'aide, pour qu'il fasse pression afin de débloquer la machine administrative. Elle la relut, la plia, la mit dans une enveloppe qu'elle adressa au Mahatma Gandhi. Au moment d'humecter le timbre du bout de la langue, pour le coller à la place habituelle, elle crut entendre son cœur cogner. Elle se rendit à la poste en courant presque et c'est d'une main tremblante qu'elle glissa le pli dans la boîte. *Il m'aidera. Je le sais. Oh, Bapu, s'il vous plaît, aidez-moi.*

Elle n'avait jamais pleuré. Elle était brûlée à l'intérieur, desséchée au point de ne pouvoir verser une seule larme.

Six mois passèrent et Savitri était de plus en plus découragée. Gandhi n'avait pas répondu à sa lettre. Elle se défaisait de l'intérieur. *Rends-toi utile*, se dit-elle, et elle trouva à s'employer comme bénévole au grand hôpital public de Madras, où elle fut la bienvenue. *Consacre-toi aux autres et tes infortunes personnelles perdront de leur importance. Tiens bon. Nataraj est quelque part, qui t'attend. Ce n'est pas de penser à lui, de te torturer sans cesse qui le ramènera. Fais ton possible pour le retrouver, mais occupe ton corps et ton esprit à une tâche plus haute.* Et c'est ce qu'elle faisait.

Elle tenait dans ses bras un bébé que son mendiant de père avait amputé et aveuglé pour récolter davantage d'argent, et elle se disait qu'il y avait dans le monde des malheurs plus grands que le sien et qu'elle devait s'en souvenir afin de garder la raison.

Une raison que Fiona était en train de perdre. Sundaram restant introuvable, elle sombra de plus en plus profondément dans le désespoir. Incapable de se prendre en charge, et encore moins de s'occuper de Gopal, elle était retournée à Fairwinds, dont elle avait hérité après la mort de ses parents, à Londres, dans un bombardement. Une petite bonne chrétienne veillait sur elle et elle avait un cuisinier. Quant à Gopal, il noyait son chagrin dans l'alcool et dans le travail ; il était retourné à Bombay et avait tiré un trait sur cette période désastreuse de sa vie.

Seule Savitri refusait de renoncer à espérer.

Henry et June s'inquiétaient pour elle. Un jour, June lui dit :

« Écoute, Savitri. Henry et moi avons décidé de partir en Australie. Premièrement, son contrat s'achève à la fin de l'année, deuxièmement, la guerre est à nos portes, et troisièmement, les Anglais ne vont pas tarder à être chassés de l'Inde. J'ai un frère qui vit à Perth, et c'est là que nous irons nous installer. Il faut que tu viennes avec nous, que tu te fasses une nouvelle vie. Tu as encore tant de ressources en toi. Ta vie n'est pas finie, mais tu la gâches en restant ici. Nous serons ravis de t'avoir avec nous. Nous t'aiderons à te procurer les papiers nécessaires, à trouver un travail et pour tout le reste. »

Savitri se contenta de secouer la tête.

Savitri se pencha pour ramasser la lettre.

Une lettre personnelle, de lui, de Bapu. Il s'excusait d'avoir tant tardé, mais sa femme était morte au cours de l'année et il avait eu lui-même de gros ennuis de santé. La malaria, la dysenterie et le ver solitaire l'avaient cloué au lit et rendu incapable de répondre au courrier pendant quelque temps. Il ne pensait pas pouvoir faire grand-chose pour lui venir en aide, mais il allait adresser une note de sa main aux services concernés. En attendant il était indispensable pour Savitri de retrouver la paix de l'âme. En toutes circonstances, disait Bapu, il faut avoir l'âme en paix. « Il existe un authentique Mahatma qui vit non loin de Madras. Je vais vous donner son adresse. Allez le voir. Là vous trouverez du réconfort. »

65

SAROJ

Tout au long de ces derniers jours, Nat l'avait courtisée et apprivoisée en douceur. Tel un bouton de rose, elle avait déployé un pétale après l'autre, en hésitant d'abord un peu, car elle se trouvait en terrain inconnu et ne connaissait pas le chemin ; mais il était tendre, il était fort, son amour aussi stable qu'un rocher, vrai, et les régions crépusculaires de l'âme de Saroj s'ouvrirent pour lui, comme éclairées par une chaude et douce lumière ; elle avait trouvé des mots à lui dire et compris comment transformer les ombres en paroles et tout partager avec lui.

Elle ne connaissait pas vraiment Londres, tant elle avait vécu repliée sur elle-même ; Nat lui fit découvrir la ville. Elle voyait, mais sans vraiment voir, car l'amour qui la portait était plus réel que tout. Auprès de Nat, son cœur débordait de joie, Nat dont les yeux étaient toujours prêts à accueillir les siens, qui la prenait par les épaules, par la main, écartait une mèche de cheveux de son front ; Nat, la chaleur de ses caresses et la beauté de son rire.

Jamais elle n'avait autant ri ; le rire illuminait la beauté de ses traits, car il les éclairait de l'intérieur ; il la nourrissait et elle s'épanouissait.

Chaque jour ils se retrouvaient au chevet de Baba. Quand elle arrivait, après son travail, Nat était déjà là. Elle aimait s'approcher silencieusement, par-derrière, les surprendre en pleine conversation et les écouter.

Elle s'aperçut que Nat était capable de battre Baba à son propre jeu en lui présentant d'obscures traductions de textes sanscrits et, à force d'argumenter, il l'amenait à abandonner des idées et des préjugés si ancrés en lui qu'ils constituaient, croyait-elle, l'essence même de son être. Dans le monde de Baba, chaque créature vivante avait une place bien déterminée dans la hiérarchie de l'existence, une place assignée par Dieu pour toujours. Avec sa logique, sa finesse et son humour, Nat faisait voler en éclats ce monde rigoureusement structuré.

« Voilà, Pitaji, j'ai trouvé ce livre dont je vous ai parlé. C'est un commentaire très ancien des sutras védantiques. Un résumé en douze chapitres des points essentiels par un dénommé Sri Karapatra Swami, et ça vient d'être traduit en anglais. C'est l'un des plus beaux textes advaitiques. Il y est dit qu'il n'existe pas de différence fondamentale entre un *brahmane* et un sudra.

— Quelle absurdité ! La différence entre un *brahmane* et un sudra est pareille à la différence entre un lotus et une motte de terre ! Arrête de te moquer de moi !

— Est-ce que vous pariez que je suis capable de réfuter cette croyance ? Qu'au cœur même des Vedas vous trouverez l'enseignement qu'il n'existe aucune différence ?

— Les différences ont été établies depuis l'origine des temps !

— Qu'est-ce que vous pariez ?

— Ah ha, je te vois venir ! Tu es le méchant Sakuni qui cherche à l'emporter sur le bon Yudhisthira en usant d'ignobles ruses ! »

Nat rit et menaça Baba de son index. « Non, non, Pitaji, vous ne me ferez pas le coup du bien contre le mal ! Vos écrits védiques eux-mêmes disent qu'il n'y a pas de différence, je l'ai ici, écrit noir sur blanc. Je vous le lis ? »

Par une sorte de tour de passe-passe, la main de Nat, vide l'instant d'avant, agita un petit livre jaune sous le nez de Baba.

« Donne-moi ce livre ! s'écria Baba, la main tendue.

— Non, je vais vous le lire. Vous n'aurez qu'à le relire tout seul après. Écoutez. » Il ouvrit le livre à une page marquée d'un signet. *Dans le* Sutra de Samhita, *il est dit que*… Docile, Baba écoutait lire Nat, qui au moment de tourner la page leva encore une fois l'index en disant : « Écoutez bien, maintenant, Pitaji, nous y sommes : … *Il n'y a absolument aucune distinction afférent à la caste, au stade de l'existence ou à d'autres considérations semblables. Que vous soyez un chercheur, un érudit, un* pandit, *un illettré, un enfant, un jeune homme, un vieillard, un célibataire, un propriétaire, un* tapasvi, *un* Brahmane sanyasin, *un* Ksatriya, *un* vaisya, *un* sudra, *un* chandala *ou une femme… C'est là le principe incontesté des* Vedas *et des* sastras.

— Ça ne se peut pas ! » s'écria Baba.

Nat eut un petit rire et poursuivit sa lecture en imitant Baba : « *Disciple* : Ça ne se peut pas. *Comment un homme, une femme ou un* chandala *illettrés peuvent-ils être mis au même rang qu'un* pandit *versé dans l'étude des sastras ?* »

Nat lisait, interrompu de temps à autre par Baba qui contestait les interprétations du texte. Saroj entra discrètement dans la chambre, prit une chaise et s'assit pour écouter. Nat et Baba lui accordèrent à peine un regard.

« Je ne vois pas l'intérêt de ces discussions oiseuses, dit-elle, profitant d'un silence, car elle commençait à s'ennuyer. Ça suffit, maintenant, parlons de choses concrètes. »

Nat referma son livre et la regarda en souriant.

« Tu viens tard aujourd'hui. »

Deodat tendit la main. Elle la prit et il l'attira tendrement, en tapotant le bord du lit pour qu'elle s'y assoie.

« Nat était en train de m'expliquer la doctrine de l'*advaita*. La non-dualité. Il est beaucoup trop intelligent pour moi. Ces advaitistes me terrifient ! Ils seraient capables d'anéantir l'univers tout entier et de réduire la totalité de l'humanité à un moi unique, sans mélange et sans aucune distinction !

— Toutes ces élucubrations me dépassent, dit Saroj. Moi, je crois à ce que je vois, à ce que je peux toucher et prouver.

— Oui, mais écoute, Saroj : si notre univers n'est rien d'autre qu'un concept de l'esprit, comme le prétendent les advaitistes, qu'y a-t-il à prouver et qui pourra le prouver ? » Il y avait de l'excitation dans la voix de Baba, qui s'était redressé sur les coudes.

« Allez, laissez-la tranquille, Pitaji. Saroj a dit qu'elle voulait nous parler de choses concrètes, alors écoutons-la.

— Même si ces choses concrètes sont totalement irréelles ? Hein ? Qu'est-ce que tu dis de ça ? Selon ta théorie...

— Pas *ma* théorie. L'enseignement advaitique remonte à plusieurs milliers d'années. »

Saroj ne put que regarder Baba avec une stupéfaction muette. Il lui semblait voir devant elle un être entièrement nouveau, un vieil homme détendu, ouvert, généreux, affable, en train de blaguer avec Nat, le responsable de ce miracle. Car Saroj ne doutait pas une seconde que c'était grâce à Nat, et à lui seul, que Baba avait trouvé le chemin de la rédemption. Exactement comme elle. Sa réconciliation avec Baba n'était qu'un autre aspect de ce grand miracle, sa conséquence logique, son résultat, et non sa cause. C'était à croire qu'un pouvoir bienfaisant et curateur se dégageait des mains de Nat, transformant en or tout ce qu'elles touchaient.

« Alors, quelle est cette chose concrète dont tu voulais nous parler, Saroj ?

— Oh, rien de particulier. C'était seulement pour vous faire changer de sujet. Tout ça est trop abstrait pour moi.

— Eh bien, moi j'ai quelque chose de concret à vous dire. Pourquoi Ganesh et sa femme ne viennent-ils pas me voir ? »

Ils le regardèrent tous deux, stupéfaits. Puis Nat se tourna vers Saroj avec une expression triomphante et un large sourire, mais comme elle ne faisait que bredouiller en réponse à la question de Baba, il dit : « Pitaji, Ganesh et sa femme seront ici demain à la même heure. Je vous le garantis.

— Baba, on pensait, on pensait…

— Vous pensiez que j'étais un imbécile, un vieillard entêté, incapable de reconnaître ses erreurs. Eh bien, ainsi que Nat vient de l'expliquer si clairement, il n'existe absolument aucune différence entre les diverses formes physiques, donc inutile de s'énerver. Même le pauvre dvaitiste ignorant que je suis doit se souvenir de ce qu'a dit Krishna sur le champ de bataille de Kurukshetra, à savoir que le sage conserve sa sérénité en toutes circonstances. Qu'ils viennent donc me voir et cessent de me traiter comme un pauvre idiot sénile. Qu'ils viennent donc ! »

66

SAROJ

Deodat Roy fit la paix avec Ganesh et Trixie, et, à croire que c'était la dernière affaire qu'il lui restait à régler sur cette terre, il mourut la nuit suivante.

Ses papiers, réunis en plusieurs liasses attachées par un ruban, faillirent se répandre entre les mains de Saroj. Elle les avait trouvés sous son lit, dans une valise renfermant sa correspondance et divers documents personnels. Elle les tria pour en faire deux tas, l'un à jeter et l'autre, constitué de papiers officiels, à mettre de côté pour examen ultérieur. La plupart iraient certainement rejoindre le tas à jeter. Avec un soupir, elle dénoua le ruban de la dernière liasse.

Deodat avait entretenu avec l'Inde une correspondance réduite mais constante. Jusque-là, Saroj n'avait pu lire aucune de ces lettres, car elles étaient écrites en bengali et seules les enveloppes étaient rédigées en anglais. Elle aurait certes pu tout jeter systématiquement, comme Ganesh l'avait suggéré, mais elle s'y refusait ; sa nature méticuleuse, méthodique, lui interdisait de se débarrasser aussi inconsidérément d'un document, quel qu'il soit, et il lui incombait par conséquent de faire le tri, de tout passer au crible, afin de recueillir peut-être quelques grains de blé.

Ce qu'elle avait en main en ce moment semblait prometteur : quatre aérogrammes indiens bordés de bleu et de rouge, dont trois portaient au dos l'adresse de divers membres de la famille Roy, à Calcutta. La quatrième lettre était différente. Son écriture arachnéenne était difficilement lisible, mais malgré la pénombre régnant dans le logement désert, Saroj réussit à déchiffrer le mot « Madras », inscrit en majuscule. C'était étonnant. Ma était native de Madras, mais pas Baba. Toute la correspondance de Ma avait brûlé en même temps qu'elle. Baba réglait ses affaires personnelles à son bureau ; à la maison, se plaignait-il véhémentement, il y avait trop de remue-ménage avec les enfants qui ne cessaient d'entrer et de sortir. C'était aussi au bureau que se trouvait la vieille machine à écrire déglinguée sur laquelle il tapait son courrier, personnel et professionnel, et c'est pour cette raison que ces papiers n'avaient pas été détruits.

Saroj déplia l'aérogramme, si mince, si fragile qu'elle crut qu'il allait tomber en poussière entre ses mains. Avec le sentiment de s'aventurer sur un terrain interdit, elle entreprit de déchiffrer son contenu.

Cela lui prit beaucoup de temps, car l'écriture tournait souvent au gribouillis et l'encre était fanée par le temps. Après avoir lu la lettre une seconde fois, elle la recopia sur un cahier d'écolier à moitié vierge, qui se trouvait parmi les papiers, l'autre moitié étant occupée par des listes de chiffres à la signification mystérieuse.

Cher monsieur,

Ma famille a été très intéressée par votre annonce ci-jointe, parue dans le Times of India. *Je m'empresse de vous envoyer une photographie de ma sœur cadette, une belle jeune femme brahmine, hélas restée veuve de bonne heure et sans descendance, bien qu'elle se soit avérée capable d'engendrer une progéniture en bonne santé. Elle a eu un fils adorable, malheureusement décédé aujourd'hui, de même que feu son époux. Je cherche pour elle un second mari et l'éloignement ne constitue pas un obstacle. Bien que cette photo ne soit pas récente, ayant été prise avant son mariage, je suis sûr que vous en conclurez que ma sœur pourra faire une épouse des plus appropriée pour votre estimée personne. Elle est très belle et c'est une femme d'intérieur hors pair. Ainsi que vous le souhaitez, elle parle parfaitement l'anglais. Elle excelle dans la cuisine et toutes les autres tâches ménagères. Si jamais cette humble candidature retenait votre attention, merci de répondre à l'adresse ci-dessus indiquée.*

Bien à vous

La signature était illisible, mais en tête de la lettre figurait ce nom : G.P. Iyer, suivi d'une adresse à Madras. L'oncle Gopal. Cet incorrigible entremetteur. C'était donc la lettre qui avait réuni Ma et Baba, la lettre envoyée en réponse à la petite annonce classée dans les archives familiales de l'oncle Balwant, la lettre accompagnant la première photo d'une Ma jeune et confiante dans l'avenir.

Saroj recopia tout dans le cahier. Elle était en proie à des sentiments confus : excitation, regret, curiosité, espoir, tout se mêlait, mais ce qui l'emportait c'était l'envie irrépressible de faire partager sa découverte à ceux qu'elle aimait, Ganesh et Trixie, mais surtout Nat.

Nat lui manquait, comme toujours quand il n'était pas là. Mais aujourd'hui, ces mots resurgissant du passé réveillaient en elle une sorte d'angoisse, soulevaient une montagne de questions. Ma représentait une blessure non cicatrisée, une plaie encore à vif, en arrière-plan du bonheur et de la beauté du présent. Elle avait hâte de partager avec Nat la douleur que lui causait la perte de Ma. Elle regretta de ne pas avoir de photo à lui montrer, mais – par une ironie du destin, songea-t-elle – toutes les photos de Ma, mise à part celle de l'oncle Balwant – avaient été détruites dans l'incendie. Il fallait que Nat fasse connaissance avec cette période de sa vie. Qu'il fasse connaissance avec Ma. Qu'il touche la plaie du doigt.

Saroj offrit ses blessures à Nat. À son tour, il lui offrit les blessures d'autres êtres. « Leurs blessures sont plus profondes que les tiennes, Saroj. Viens avec moi. Viens partager mon travail. Tu verras, il n'existe pas de plus grande satisfaction.

— Mais je viens à peine de commencer mes études, objecta-t-elle. Comment ferais-je ?

— Il y a de bonnes universités à Madras et à Bangalore. Et quand tu auras terminé, tu ne manqueras pas de travail à Prasad Nagar. Il y a tant à faire. Je pense aux femmes, Saroj. Tu serais un cadeau du ciel ! Papa et moi faisons de notre mieux mais, vois-tu, les hommes les intimident. Il nous est impossible de leur parler comme tu pourrais le faire. Pas question d'aborder avec elles des sujets tels que le contrôle des naissances et le cycle ovulaire, et elles n'aiment pas qu'on les accouche. Si tu étais là, ça changerait tout.

— Pour ça, il faudrait avoir la vocation, Nat. Je ne suis pas sûre d'être à la hauteur.

— Tu as toujours visé très haut, et c'est justement ce qu'il y a de plus haut. Tu peux me croire. »

L'enthousiasme de Nat était contagieux. Saroj commençait à penser que Prasad Nagar était le paradis sur terre. À en croire Nat, le seul fait de poser le pied sur le sol de Prasad Nagar était le plus grand bonheur au monde, et la possibilité de travailler gratis pour les pauvres, dans des cabanes en torchis ou sous le soleil aveuglant, avec un équipement des plus rudimentaire et quelques médicaments obtenus à force de supplier les géants de l'industrie pharmaceutique, constituait l'honneur et le privilège les plus grands que Dieu pût accorder. Il l'avait presque convaincue.

« L'Inde me semble tellement lointaine, tellement étrangère, avoua-t-elle pourtant.

— C'est là que sont tes racines. Et puis… écoute, Saroj, si tu m'aimes, tu aimeras l'Inde. Soit on aime l'Inde, soit on la déteste, et tout ce que je suis, tout ce que tu sais de moi, c'est à l'Inde que je le dois. L'Inde véritable, l'Inde cachée derrière le chaos, la saleté, la démence, la laideur, l'Inde de l'esprit. Tu le sentiras. J'en suis sûr. Et tu l'aimeras. Tu tomberas sous le charme, tout comme moi.

— Il y a toute une partie de moi, qui remonte à mon enfance, qui rejette totalement l'Inde. Mais il y a aussi autre chose, c'est un peu flou pour le moment, mais je le sens. Une fascination. Un mystère à découvrir. Et puis cette lettre, l'oncle Gopal en détient la clé. J'aimerais bien le revoir, Nat. Je voudrais en savoir davantage. J'ai besoin de savoir qui était réellement Ma, quelle a été sa vie avant de traverser l'océan pour repartir de zéro. Comme si en découvrant Ma, j'allais me découvrir moi-même.

— Tu y arriveras, je te le garantis. »

Voler, c'est planer dans l'immobilité, se disait Saroj. Dans un espace infini entre le passé et l'avenir. Tout ce qui a existé avant s'est arrêté, des portes se sont refermées et d'autres se sont ouvertes : cependant les portes qui vont s'ouvrir sur mon avenir s'ouvriront aussi sur mon passé, non pas mon passé personnel, mais celui de mes ancêtres, celui d'une multiplicité de générations d'hommes et de femmes qui se sont rencontrés, mariés, ont fait des enfants, et moi je me trouve tout en haut de ce processus, dans cet avion qui m'emporte presque à l'autre bout du monde pour me ramener chez moi !

L'ampleur même de la chose la stupéfiait. Elle avait honte d'ignorer à ce point ses racines. De tout son être, elle s'efforçait d'avancer, elle voulait à tout prix comprendre et savoir qui elle était, d'où elle venait. Il lui semblait qu'une profusion de richesses l'attendait, là, presque à portée de la main, et qu'elle-même était un calice fermé, ignorant l'existence d'un tel trésor et qu'il suffisait maintenant d'ouvrir ce calice et de l'élever pour le laisser couler en elle…

Saroj et Nat prirent une chambre dans un hôtel situé à une demi-heure de l'aéroport de Colombo. Ils disposaient d'une terrasse donnant sur la plage, de la mer à leurs pieds et de deux semaines rien que pour eux seuls. Ils arrivèrent en pleine nuit, morts de fatigue, et eurent tout juste la force de se laisser tomber sur le grand lit, au milieu de la chambre, pour passer leur première nuit ensemble enlacés dans les bras l'un de l'autre…

L'aube les réveilla avec le chuintement de l'eau sur le sable et le pépiement hésitant d'un oiseau sur la rambarde de la terrasse. Ils s'éveillèrent dans la douceur d'un amour aussi vaste et enveloppant que l'océan, un amour si sûr et si profond qu'ils comprirent qu'il existait déjà longtemps avant eux et n'attendait que leur venue, un amour qui les accueillait comme la mer se referme au petit matin sur un fidèle en train de faire ses dévotions. Ils se fondirent l'un dans l'autre ainsi qu'une poupée de sel se dissout dans la mer. Ils se rencontrèrent dans une immobilité qui était mouvement et un mouvement qui était immobilité. Aimer, c'est ne faire qu'un ; perdre son identité dans l'amour n'est pas se perdre, mais se trouver dans l'autre, car l'union de deux êtres est plus solide et plus vaste que la somme de leurs deux êtres séparés. Deux flammes mêlées en une seule.

Un peu plus tard, ils allèrent prendre un bain. L'eau était tiède et délicieuse, leur peau luisante et dorée, leur regard limpide et joyeux. Les jours se fondaient dans les nuits et les nuits dans les jours, et il n'y avait plus ni jour ni nuit, seulement les amplitudes du temps, mesuré à l'aune de cet amour qui grandissait, s'épanouissait et les enserrait de plus en plus étroitement, rythmé par l'écho de leurs rires et leurs pas sur le sable.

« N'est-ce pas que ce serait merveilleux si on pouvait mettre le temps en conserve, l'enfermer dans une pièce où personne n'irait jamais, sauf nous ? Chaque fois qu'on le voudrait, on pourrait y entrer, retrouver notre époque, et tout serait exactement comme maintenant, sans aucun changement. »

Saroj parlait presque dans un murmure. Ils étaient assis au bord de l'eau, à la limite des vagues dont l'écume montait vers eux et essayait vainement de leur chatouiller la pointe des pieds. C'était le crépuscule ; à peine une minute plus tôt le dernier lambeau du soleil rougeoyant venait de disparaître derrière l'horizon. Ils étaient seuls. Aucune vie n'animait plus la plage et excepté les lumières papillotantes d'un avion s'apprêtant à atterrir à Colombo, aucun mouvement ne venait troubler l'immense ciel sans nuages. Nat la serra un peu plus fort contre lui.

« Tu as froid, dit-il, et puis : Est-ce que tu penses à demain ? Est-ce que tu as peur ?

— Oui, Nat. Je voudrais que demain ne vienne jamais. Je voudrais que ces moments n'aient pas de fin. Je n'ai pas envie d'aller à Madras, j'aimerais ne plus jamais voir personne, mais seulement rester ici avec toi.

— Tu seras toujours ici, avec moi, désormais. Parce que où que tu sois, j'y serai aussi. À chaque moment de chaque jour et de chaque nuit. Même si tu ne pouvais ni me voir ni m'entendre ni me toucher, je serais là, Saroj. Tu ne le sens pas, tu ne le sais pas ? Partout et toujours.

— Oh si, Nat, bien sûr. Mais quand même. Tout est tellement… tellement parfait. Je voudrais que ça ne finisse jamais. Mais ça finira. Demain. À l'instant même où nous monterons dans l'avion de Madras, le monde extérieur va nous rattraper et nous reprendre.

— C'est de ça que tu as peur ?

— Pas vraiment peur. Je voudrais seulement que ça ne soit pas. Ça me semble tellement loin. La seule chose qui compte, c'est ça. Demain à la même heure, tout sera fini. Du passé.

— Mais non, ce ne sera pas fini. Là où nous serons, ça existera. Là, Saroj, là, en nous ! Voilà ce qui est réel et non ce qui nous attend de l'autre côté. »

D'un large geste, il désigna l'océan, vers l'ouest, vers l'Inde. Cette Inde qui, quelques jours plus tôt, attirait Saroj comme un aimant, lui semblait maintenant menaçante. Comme un monstre tapi, s'apprêtant à la dévorer, à l'aspirer, à l'avaler, pour détruire cette extrême perfection qu'elle partageait avec Nat. Elle frissonna et se blottit contre lui. Elle ne savait quel nom donner à sa peur. Peut-être était-ce simplement la conscience que tant de bonheur, tant de perfection ne pouvait durer toujours, qu'une chose aussi précieuse était forcément très fragile…

Je ne le mérite pas, se surprit-elle à penser, presque malgré elle. *C'est si précieux, si inestimable. Si vulnérable*. Elle tendit la main pour s'en emparer, mais ne rencontra que la peur. *Ça ne durera pas*, disait la peur. *Il va se passer quelque chose de terrible. Tout va s'effondrer. Ce n'est pas pour moi ; je suis trop imparfaite ; comment pourrais-je garder pour moi tant de perfection ?*

67

SAVITRI

Savitri arriva à l'ashram en plein midi par une journée caniculaire. Elle ne rencontra pas le moindre signe de vie, à part un paon perché sur le toit d'une cahute. Sous un pipal, un chien dormait, étendu de tout son long ; les trémulations de sa queue faisaient fuir les mouches. Elle poursuivit son chemin parmi des cabanes au toit de chaume, blanchies à la chaux, éparpillées dans la campagne, en marchant avec précaution sur le sable rouge, si brûlant qu'il lui lacérait la plante des pieds.

Assis sur la véranda de l'une de ces cabanes, un homme revêtu de la tunique de cotonnade orange des *sanyasin* s'éventait avec des plumes de paon. Il lui fit signe d'approcher et, quand elle fut à portée de voix, il dit : « Vous venez d'arriver ? Avez-vous pris votre repas ?

— Non.

— Vous voulez manger maintenant ou préférez-vous que je vous conduise chez le Maharshi ?

— Conduisez-moi chez lui », murmura Savitri.

Le *sanyasin* se leva, renoua son *lungi*, se couvrit la tête avec un pan de tissu et sortit de l'ombre de la véranda pour lui montrer le chemin.

« C'est là, dit-il d'une voix que le respect assourdissait. Il est toujours seul à cette heure-ci, mais les visiteurs peuvent venir le voir à n'importe quel moment. Entrez. Entrez. »

C'était une maisonnette coiffée d'un toit bas en chaume. Elle entra et quand ses yeux se furent accoutumés à l'obscurité, après la lumière aveuglante du dehors, elle crut qu'il n'y avait personne, tant il faisait sombre, à cause des volets fermés. En posant le pied sur les dalles noires qui couvraient le sol elle ressentit une agréable sensation de fraîcheur.

Le tic-tac d'une pendule était le seul bruit qui troublait le silence, un silence si palpable qu'elle eut l'impression de pouvoir le toucher et qu'il l'emplit jusque dans les profondeurs de son être.

À gauche, dans un coin, se trouvait un lit, qui composait le seul mobilier de la pièce. Un homme y était couché. À côté, quelqu'un d'autre, probablement un domestique, somnolait, assis par terre en tailleur, appuyé contre le mur. Sur un petit tabouret brûlait une minuscule lampe à huile, flanquée de trois bâtons d'encens dégageant une fumée odorante, dont les volutes blanches s'entrelaçaient pour se dissoudre ensuite dans l'atmosphère. Des pétales de roses séchaient dans un plat de cuivre, avec du *vibhuti* et du *kum-kum* déposés en vrac. Ce mélange de parfums de rose, de ghee en combustion, d'encens et de *vibhuti* s'infiltra peu à peu dans les pensées tourmentées de Savitri et les apaisèrent. L'homme étendu sur le lit ne portait qu'un pagne pour tout vêtement. Il avait les cheveux blancs et pouvait être âgé de soixante-dix ans, peut-être plus, peut-être moins. C'était difficile à dire. Un sourire flotta sur ses lèvres quand il posa sur elle son regard serein comme la pleine lune. Il voyait à travers elle. Elle se sentit transparente comme si sa vie et sa souffrance se déployaient tout entières entre eux tel un drap froissé pour se montrer à lui. Elle, en revanche, ne voyait presque rien, car les larmes lui brouillaient la vue. Elle s'approcha à pas lents en élevant les mains dans le geste du *namaste*. Il lui rendit son salut. Elle s'inclina, les jambes tremblantes, et perdit le contrôle de ses muscles. Elle s'effondra sur le sol et éclata en sanglots ; ils montaient en elle depuis des profondeurs inconnues, des anfractuosités dissimulées sous des couches, des strates, des carapaces de souffrance, qui se désagrégèrent, se résorbèrent et fondirent dans ses larmes. Son corps se soulevait, se pliait de douleur, elle pleurait, seule, sur les froides dalles noires. Des gargouillis et des hoquets s'échappaient d'elle, sans qu'elle en éprouve aucune honte ou qu'elle cherche à garder la face. Ses larmes ne tarissaient pas, elles coulaient, coulaient et couleraient jusqu'à la fin des temps, elle aurait beau verser un océan de larmes, encore et encore, jamais son chagrin ne se tarirait, il était inépuisable, il était trop grand, trop infini pour être mesuré ou pour cesser un jour.

Il semblait qu'elle pleurait depuis des siècles quand, d'elles-mêmes, ses larmes s'arrêtèrent. Elle en fut la première surprise. Au bout de quelques instants, elle s'assit, se sécha les yeux avec un coin de son sari et les ouvrit. Ils rencontrèrent les siens. Il souriait et son regard l'enveloppait toujours d'une belle et chaude lumière. Elle était incapable de détourner les yeux. Aucun mot ne lui venait. Les mots étaient inutiles. Elle se contentait de le regarder et de le laisser la regarder, son âme était nue, il voyait dans tous ses recoins et c'était bon.

Savitri, qui avait guéri tant de gens, sentait maintenant sur elle une main bienfaisante. En réalité ce n'était pas une main, mais quelque chose de plus subtil. Une lumière curatrice. Tellement puissante qu'elle aspirait en elle les ombres spectrales de la souffrance, la laissant légère comme l'éther, déchargée, libérée. Elle sentit, plus qu'elle n'entendit, la porte de la cabane s'ouvrir et quelqu'un entrer. Peu à peu la pièce se remplit de personnes qui s'asseyaient en silence. La pause de midi était terminée.

Savitri passa six semaines à l'ashram. Elle n'échangea pas une seule parole avec le Maharshi qui, au reste, parlait très peu. Ici les paroles semblaient superflues, de même que des vaguelettes désordonnées sur un lac lisse comme du verre.

Elle resta six semaines et y serait bien restée définitivement. Le monde extérieur n'exerçait plus sur elle aucun attrait, aucune fascination. Elle s'en était dépouillée comme le papillon s'extrait de son cocon. C'était douloureux. Il ne pouvait y avoir de retour possible.

Pourtant, au bout de ces six semaines, la nouvelle lui parvint, silencieuse, importune, qu'elle devait partir. Qu'une vie nouvelle l'attendait. Et qu'elle devait entrer dans cette vie, en femme nouvelle.

Ce fut Gopal qui vit l'annonce dans le *Times of India* et il s'empressa de l'envoyer à Savitri.

Avocat brahmane éducation anglaise, veuf, bien établi à Georgetown, Guyane britannique, Amérique du Sud, revenus et statut social excellents, cherche en vue remariage femme brahmine en âge d'avoir des enfants, désireuse de refaire sa vie dans grande et agréable maison de Georgetown et d'élever une famille. Veuve non exclue. Dot non exigée. Condition indispensable : savoir lire et écrire, et parler excellent anglais. Prière envoyer photo.

Savitri prit son bâton de khôl sur sa coiffeuse et entoura l'annonce d'un grand cercle noir. Au moment du petit déjeuner, elle poussa la coupure de journal vers June.

« Voilà, dit-elle sur un ton sans réplique.

— L'Amérique du Sud ! Mais c'est à l'autre bout du monde !

— L'autre bout du monde est exactement là où je veux aller.

— Mais tu ne connais même pas cet homme ! » protesta June.

Savitri rabattit une mèche de cheveux derrière son oreille, avec un de ses rares sourires, un sourire mélancolique.

« Tu oublies… Je suis indienne !

— Savitri, tu es indienne, mais ta mentalité est anglaise. Tu vis avec nous depuis si longtemps, depuis toujours même. Tu as aimé l'un d'entre nous et tu étais prête à te marier par amour. Tu connais la différence. Tu ne peux pas faire ça. Tu ne peux pas faire simplement le contraire de ce que tu as appris auprès de nous, pour te plier aux traditions. C'est de la passivité... de la faiblesse ! »

Savitri penchait la tête. Elle sourit. « Je suis restée une Indienne, June. Cela signifie que je ferai naître en moi de l'amour pour cet homme, quel qu'il soit, et quoi qu'il soit. Évidemment, je ne pourrai pas l'aimer comme j'ai aimé David, c'est quelque chose qui arrive une seule fois dans la vie, une chose unique et qui ne finira jamais parce que David est toujours avec moi, à chaque minute de chaque jour. Par conséquent peu importe où je vais, ce que je fais et qui j'épouse. Qu'est-ce que ça peut changer ?

— Tout de même... épouser un homme que tu n'as jamais vu.

— Ça ne pourra pas être pire que mon mariage avec Ayyar, et pourtant j'y ai survécu, n'est-ce pas ? Vois-tu, June, reprit Savitri après un silence, j'ai le sentiment, la certitude presque, d'avoir une tâche, un devoir à accomplir. Peut-être faut-il que je sois mère encore une fois. Peut-être est-ce le seul moyen d'exorciser le fantôme de mes enfants disparus. Qui sait ? Peut-être est-ce pour ça que je suis appelée vers cet homme. En effet, en Inde, qui voudrait épouser une veuve ?

— Comme tu es fataliste, Savitri... Je ne peux pas croire que c'est toi qui parles ! Après tant de souffrances, tant de drames, tu mérites bien un peu de bonheur, un peu de réussite, et avec notre aide et notre soutien... Oh, le monde s'ouvre devant toi maintenant que tu es libérée de ta famille ! Tu pourrais avoir une vie professionnelle ! Écoute, nous allons t'aider. Reprends tes études. Passe des examens. Tu pourrais même devenir médecin. C'était ton rêve, souviens-toi ! Pourquoi courir le risque de souffrir encore ! »

Savitri la regarda avec tendresse et lui tapota les mains. Elles étaient chaudes, moites et en perpétuelle agitation. Celles de Savitri étaient fraîches et tranquilles.

« J'ai eu une vie professionnelle. Ces mois à Singapour, les dernières semaines. C'était suffisant pour cinq vies.

Faire n'importe quoi d'autre serait une retombée... Quand j'étais mariée, l'une de mes seules consolations étaient les poèmes de Tagore. Celui que je préfère... le connais-tu ? c'est celui de cette jeune fille qui a passé la nuit avec son bien-aimé. Elle attend son départ dans l'angoisse, sans oser lui demander la guirlande de roses qu'il a autour du cou. À l'aube, une fois qu'il est parti, elle fouille dans le lit dans l'espoir d'y trouver quelques pétales. Mais...

« *Pauvre de moi ! Qu'ai-je trouvé ? Quel gage a laissé ton amour ? Ce n'est ni fleur, ni flacon de senteur, ni aromates. C'est ton puissant glaive, étincelant comme une flamme, pesant comme un coup de tonnerre...* »

Elle s'interrompit, comme si elle buvait les mots, et sa voix trembla légèrement. June, fascinée, la fixait avec une expression presque terrifiée. Le regard brillant et lointain, Savitri semblait l'avoir oubliée.

Quand elle se retourna enfin, ses yeux n'avaient pas de larmes. « June ! Ces souffrances m'ont rendue forte. Il n'y a plus de peur en réserve pour moi dans ce monde. Ni de larmes. »

Avant de partir, Savitri retourna voir Mani. Il vivait avec sa femme et ses enfants dans une masure en brique, non loin d'Old Market Street. Elle n'entra pas. Elle s'arrêta sur le *tinnai*, devant la porte, et dit :

« Tu as gagné, Mani. Je quitte l'Inde. Je ne ferai plus honte au nom des Iyer. Te voilà débarrassé de moi, pour toujours. Je n'ai pas oublié Nataraj, ajouta-t-elle en redressant la tête. Mais je connais ta cruauté, je sais que tu ne me le rendras pas et que je ne pourrai jamais le retrouver toute seule. Je prie Dieu de veiller sur lui, de le protéger et c'est mon assurance qu'il ne lui arrivera rien de mal. Je vais tout de même te laisser mon adresse. Si jamais tu changeais d'avis et que tu écoutais ton cœur et ta conscience, tu n'auras qu'à m'écrire pour me dire où il se trouve et je reviendrai le chercher. Je prie aussi pour toi, Mani, pour que ton âme trouve le pardon de Dieu. C'est tout ce que j'avais à dire. »

Mani, qui l'avait accueillie avec son sourire railleur, quand elle était arrivée, détourna les yeux et elle eut l'impression que c'était *elle* et non lui qui avait gagné, car les yeux de son frère se voilèrent et elle comprit que la crainte de Dieu était entrée dans son cœur. Elle le regarda et eut pitié de lui car la mort était inscrite sur son visage. Elle sentait l'odeur de la mort. Mani allait mourir, il serait incinéré et le secret de l'endroit où se trouvait Nataraj brûlerait avec lui. Elle le vit dans ses yeux. Et pourtant…

Il avait l'air de réfléchir, de faiblir. Il resta un moment sans parler, puis il lui dit d'attendre en marmonnant, rentra dans la maison et revint avec un papier plié.

« Nataraj est mort, annonça-t-il. Il est tombé malade et il est mort, il y a plusieurs années. Ce n'est pas la peine que tu reviennes jamais à Madras. En voici la preuve. »

Il lui tendit le papier. Elle le déplia. C'était un reçu de crémation.

D'après la date à peine lisible, griffonnée au bas de la facture, Nataraj devait avoir une dizaine de jours à l'époque. Elle hocha la tête et lui rendit le papier. Sans verser une seule larme.

Savitri quitta Bombay sur le navire portugais, le *Benjamin Constant*, qui se rendait en Guyane britannique via l'Afrique du Sud et le Brésil.

Elle épousa Deodat Roy. Six ans plus tard, elle était mère de trois enfants en bonne santé, Indrani, Ganesh et Sarojini.

68

SAROJ

Le monstre qui allait détruire la perfection de l'amour portait un nom : il s'appelait Madras. Non que l'amour lui-même se trouvât détruit. Mais l'amour cherche à se refléter, à se voir en réflexion dans le monde extérieur, dans la paix, la beauté et dans une absolue perfection. Le manteau magique dont la plage de Ceylan les avait enveloppés représentait ce monde parfait.

Madras, c'était le chaos multiplié par la confusion, une cacophonie de bruits et d'odeurs, un enchevêtrement de véhicules brinquebalants, exhalant puanteur, bruit et saleté. Mais Nat était là, un roc dans la tourmente, calme, rompu à ses pratiques. Nat conservait sa sérénité dans cet asile d'aliénés, et Saroj s'accrochait à lui comme à une bouée de sauvetage. À quoi servent les livres, ici, en ce moment précis ? songeait-elle amèrement. Si ce n'était pas pour Nat…

En sortant de l'aéroport, ils prirent un car pour Mount Road, où Nat arrêta un rickshaw et aida Saroj à grimper sur la banquette lacérée et incrustée de crasse. Le *rickshaw-wallah* était un *Dravidien* grand et maigre, vêtu d'un *lungi* à carreaux bleus retroussé dans la ceinture, qui laissait voir des jambes toutes en peau, os et muscles tendineux. S'accompagnant d'un coup de corne assourdissant, il enfourcha son vélo et se jeta dans la mêlée en zigzaguant parmi les voitures, les camions, les bus, les bicyclettes, les charrettes à bras ou à bœufs, les piétons, les vaches, et autres usagers de Mount Road, sans jamais cesser de klaxonner. Saroj se désintéressa momentanément de la pagaille régnant autour d'elle pour regarder Nat. Il était parfaitement détendu. Il semblait heureux dans ce délire et souriait d'un air satisfait. Un sourire nostalgique, affectueux et indulgent, comme celui d'une mère qui voit son enfant se traîner dans la boue et lui accorde néanmoins l'absolution. Il aime cette ville de fous, se dit-elle. Pourrai-je l'aimer un jour, moi aussi ?

Nat dirigeait le *rickshaw-wallah* vers une rue secondaire ; Vallaba Agraharam, lui rappelait-il à tout instant, de peur qu'il n'oublie et, au grand effroi de Saroj, celui-ci se retournait également à tout instant pour faire des commentaires au lieu de regarder devant lui. Nat ne paraissait pas inquiet. Il parlait en tamoul, une langue rude et agressive – tout comme la ville de Madras – aux oreilles de Saroj qui l'entendait pour la première fois. Mais Nat avait une élocution élégante et mélodieuse, alors que l'autre, qui lui répondait en hurlant, donnait l'impression d'être furieux. Pourtant, au moment de leur remettre leurs bagages, après les avoir déposés devant Broadlands Lodge, il sourit le plus aimablement du monde et quand Nat l'eut payé, il éleva ses mains jointes à son front, les pièces serrées entre ses paumes, en signe de remerciement, puis il rangea l'argent dans un coin de son *lungi*, qu'il noua et rentra dans sa ceinture, avant de remonter sur son vélo.

« Viens ! » fit Nat en suspendant à ses épaules les deux sacs composant tous leurs bagages. Inutile de s'encombrer, avait-il dit. Personnellement, il avait des vêtements indiens sur place et excepté une tenue de rechange pour l'avion et une autre pour la ville, son sac contenait uniquement des médicaments et diverses fournitures que son père lui avait demandé d'apporter.

Saroj avait beaucoup réfléchi à la façon dont elle s'habillerait, une fois arrivée en Inde. Le sari était à première vue ce qui s'imposait, mais elle n'en avait plus porté depuis des années et ne s'était jamais sentie à l'aise ainsi vêtue. Le sari symbolisait la culture qu'elle avait expressément rejetée ; du moins avant la mort de Ma. En Angleterre, elle n'en mettait jamais. En prévision de son voyage, elle avait acheté des pantalons en coton et deux longues jupes flottantes qui, grâce à la mode hippie, abondaient dans les magasins de Londres. Nat lui avait conseillé d'éviter les jupes au-dessus de la cheville, un conseil qu'elle n'avait guère apprécié, mais elle se rendait compte maintenant qu'il avait eu raison. Dans son pantalon, elle se sentait d'autant plus gênée et déplacée qu'elle était indienne. Et puis elle était abasourdie, désemparée et morte de fatigue.

Broadlands Lodge était un hôtel de troisième catégorie. Mais Nat avait l'habitude d'y loger quand il venait à Madras et il avait réservé la meilleure chambre.

« La suite des jeunes mariés », avait-il remarqué avec une lueur polissonne dans les yeux.

Les chambres étaient réparties sur trois étages flanqués chacun d'une véranda donnant sur une cour centrale, au milieu de laquelle se trouvait un jet d'eau hors d'usage. Les voyageurs occidentaux avaient fait de cet établissement leur quartier général à Madras et tandis que Saroj et Nat parcouraient les vérandas et montaient les escaliers pour aller à leur chambre, des garçons chevelus et des filles en jupe longue, qui discutaient, appuyés à la balustrade ou buvant du *chay*, assis devant leur porte, leur disaient bonjour.

« On dirait que tout le monde te connaît ici.

— Non. Mais j'ai l'impression de tous les connaître. Ils disent automatiquement bonjour à tous ceux qui viennent d'Occident.

— Comment peuvent-ils savoir que nous venons d'Occident ? Nous sommes indiens tous les deux !

— Nous avons l'allure occidentale, dit-il avec un sourire. Voilà, nous y sommes. Les dames d'abord ! »

Il s'écarta pour la laisser entrer la première. Située tout en haut de l'hôtel et accessible par un escalier privé, la chambre trônait dans un splendide isolement. Comme l'aire d'un aigle, se dit Saroj. Des fenêtres s'ouvraient sur trois des côtés, et sur le quatrième, il y avait une porte donnant accès à la salle de bains et aux toilettes. On dirait notre tour de Waterloo Street, pensa-t-elle à nouveau, en chassant aussitôt ce souvenir. C'était une grande pièce, propre, fraîche et agréable, sans aucune comparaison possible avec les réduits qu'elle venait de voir aux étages inférieurs. Elle se laissa tomber sur le grand lit placé au milieu de la chambre, sous un ventilateur rouillé que Nat venait de mettre en marche et qui commença lentement à tourner en grinçant.

« Ça te plaît ? » Il posa les sacs sur une table, contre le mur, et s'approcha du lit.

« C'est parfait, répondit-elle en lui tendant les bras. Un refuge idéal contre le monde extérieur. Une bulle de temps. »

Quand ils sortirent, un peu plus tard, la nuit était tombée et une étrange brillance, une sorte de fébrilité enveloppait la ville. Cette fois ils étaient à pied. Nat voulait lui faire sentir Madras avec tous ses sens.

« J'aurais pu t'emmener dans un hôtel de luxe, dans un beau quartier ombragé, mais nous nous serions coupés de tout ça – il désigna un mendiant à demi nu accroupi devant une échoppe – pour nous réfugier dans notre bulle de temps. Mais je veux que tu voies, que tu sentes, que tu saches ce qu'est la pauvreté et la misère, et la misère d'une ville indienne comme celle-ci ne ressemble à aucune autre misère au monde. Ne te détourne pas : regarde-la en face et aime-la. Parce que tout ceci fait partie de toi, de nous. »

Ils s'arrêtèrent devant un restaurant et jetèrent un coup d'œil à l'intérieur. Il faisait sombre, mais à mesure que ses yeux s'accoutumaient à l'obscurité, Saroj distingua des rangées de tables autour desquelles des Indiens étaient assis. Ils avaient des assiettes en fer et mangeaient en poussant la nourriture vers leur bouche avec les doigts. Au-dessus de l'entrée, était inscrit : *Arjuna Bhavan – Délicieux menus végétariens*. Des petits garçons couraient entre les tables avec des bassines rouillées pour ramasser les verres sales, que d'autres passaient à l'eau, avant de les essuyer avec un chiffon crasseux. Le sol mouillé était jonché de débris de nourriture.

« Ça c'est l'Inde, dit Nat, d'un ton grave. L'Inde véritable, l'Inde des rues. J'ai souvent mangé ici. On y va ? »

Saroj se sentit parcourue d'un frisson de dégoût qu'elle tenta vainement de maîtriser. Avec un petit rire, Nat l'entoura d'un bras protecteur.

« Bon, je vois que c'est trop pour un début. Allons-nous-en avant que tu te sentes mal. »

Ils marchèrent pendant dix minutes sans rien dire. Les trottoirs de Mount Road fourmillaient de piétons qui se bousculaient, se poussaient, s'écrasaient, se marchaient sur les pieds, ils étaient encombrés d'une humanité vêtue de haillons ou de beaux atours, de chemises en soie ou de loques, une humanité à moitié nue, drapée dans des saris, habillée d'amples *kurta* d'un blanc immaculé ou de pantalons et de chemises informes, dépourvues de boutons, déchirées, rapiécées ou richement ornées – une humanité, qui se déversait en foule des Wellington Talkies, des Hot Meals Ashoka, des magasins de confection Parvati et des comptoirs d'appareillages électriques Ramlal ; une humanité qui achetait peignes, soutiens-gorge, porte-savon, billets de loterie à des vendeurs de rues, qui attendait aux arrêts d'autobus, montait et descendait des rickshaws…

Dominant les rues grouillantes, de gigantesques panneaux publicitaires éclairés par des projecteurs se découpaient sur le ciel de la nuit, pour déployer, bien au-dessus du monde réel, un autre univers, paisible, paradisiaque, et peuplé de héros roses et joufflus, en train de contempler langoureusement de voluptueuses beautés au regard de biche, au teint laiteux et aux formes avantageuses moulées dans un sari.

Ils rencontrèrent des mendiants, des infirmes, un petit garçon avec un oiseau qui prédisait l'avenir, des tas d'ordures, une mère portant un enfant estropié ; et, sentant que l'Inde, ou plutôt Madras, ce microcosme du pays tout entier, cherchait à l'enfermer dans ses bras, Saroj se débattit, perdit la bataille, repartit au combat. *C'est ça l'Inde,* avait dit Nat. *C'est une partie de toi-même... ne la renie pas...*

Peut-être, mais ça suffit, je n'en peux plus... Ils venaient justement d'arriver au pied d'un escalier dissimulé entre deux boutiques. Nat lui prit la main pour la conduire dans le havre de paix qu'était le restaurant Buhari, où ils retrouvèrent à nouveau le calme.

« Comment te sens-tu ? » Assis en face d'elle à une table recouverte d'une nappe blanche, il lui sourit de derrière la carte, et elle crut qu'il se moquait d'elle, de sa versatilité. Mais non. « Je sais que c'est un choc et je t'ai obligée à te jeter tout de suite à l'eau. Mais je sais aussi que tu nageras, parce que tu es assez forte pour résister. Je ne peux pas te protéger de quoi que ce soit, Saroj, il faut que tu voies tout, même le pire, car c'est ça, l'Inde. Il n'y a pas de bulle de temps. »

Comme elle ne disait rien, il ajouta :

« Je te recommande vivement le tandoori chicken. Et puis ils font les meilleurs lassi de tout Madras. »

69

DAVID

La journée du vendredi 13 février commença sous de mauvais auspices. L'hôpital Alexandra se trouva privé d'eau. Le personnel continua à accomplir sa tâche du mieux possible, en s'efforçant d'ignorer l'affolement qui régnait à l'extérieur, le hurlement des sirènes, le fracas des obus, l'explosion des bombes meurtrières.

L'assaut prit tout le monde au dépourvu. Tout à coup l'hôpital se trouva envahi par des Japonais brandissant des baïonnettes, qui se répandirent dans les couloirs et dans les salles. Le lieutenant Weston courut à l'entrée de service en agitant un drapeau blanc, ce qui lui valut d'avoir le cœur transpercé par la baïonnette du Japonais qui entra le premier.

David se préparait à pratiquer une intervention quand ils firent irruption dans le bloc et encerclèrent le groupe réuni autour de la table d'opération en hurlant des ordres incompréhensibles. Tout le monde leva immédiatement les mains en l'air. Les Japonais continuèrent à crier et les firent sortir en leur montrant la porte de la pointe de leur arme. Le patient, incapable de bouger, vit son sort réglé d'un coup de baïonnette en pleine poitrine.

Le personnel fut rassemblé dans le couloir et on les fit reculer, les mains en l'air. Le capitaine Smiley se glissa au premier rang et montra les brassards de la Croix-Rouge qu'ils portaient tous, en hurlant « Hôpital, docteur ! », mais il aurait tout aussi bien pu crier « Couché ! » à un chien enragé en train de tailler un lièvre en pièces.

Sous les yeux de David horrifié, le lieutenant Rogers eut le cou transpercé par une baïonnette. Des amis et des collègues s'écroulaient autour de lui, blessés à mort, tandis que les Japonais, ivres de sang, continuaient à les frapper, en plongeant indifféremment leur arme dans des cœurs, des gorges ou des têtes.

Puis ce fut son tour. Il vit la baïonnette dressée et, derrière, les dents du Japonais qui souriait, il vit comme au ralenti la lame sanguinolente descendre droit sur son cœur. Il vit sa fin arriver et murmura une prière ; il sentit le fer pénétrer dans sa chair et s'effondra sur le tas des corps ensanglantés.

Je suis vivant, pensa-t-il, et il se demanda comment c'était possible. C'est alors qu'il se rendit compte que c'était son bras qui lui faisait mal.

Comment est-ce possible ? se disait-il et, soudain, il se rappela l'étui à cigarettes dans la poche gauche de sa chemise. Il lui avait sauvé la vie en faisant dévier la baïonnette au tout dernier moment. Maintenant son agresseur s'en prenait à la victime suivante ; à travers ses paupières mi-closes, David assista au massacre, entendit les cris des mourants et les hurlements féroces des Japonais. L'un d'eux était en train de s'assurer qu'ils étaient tous bien morts en les frappant à coups de pied pour voir s'ils réagissaient, afin d'achever promptement ceux qui vivaient encore. David resta donc immobile. Une douleur fulgurante le parcourut au moment où la baïonnette lui entrait dans le pied, et il serra les dents pour ne pas crier. Il pensa à Savitri. Il existe un moyen d'échapper à la souffrance, avait-elle dit, et il essaya de se souvenir de quoi il s'agissait, mais avant que cela lui revienne, il sombra dans une inconscience miséricordieuse.

Les Japonais qui arrivèrent ensuite sur les lieux étaient moins barbares. Trouvant David vivant, ils le firent prisonnier. Comme il était médecin et pouvait leur être utile, ils lui coupèrent le pied et l'expédièrent à Changi comme médecin de la prison. Il survécut à l'enfer. À la fin de la guerre, il regagna Madras, plus mort que vif, pour tâcher de rassembler les lambeaux de sa vie.

La première nouvelle qu'il apprit le consterna : une bombe avait détruit la maison de Londres où ses parents habitaient avec Marjorie. Ils avaient péri tous les trois. Il pleura ces êtres morts à cause de lui, car s'il ne s'était pas enfui avec Savitri, ses parents auraient passé les années de guerre à Madras et seraient toujours en vie. Il n'aurait jamais connu Marjorie, la douce innocente qui rêvait de vivre un grand amour avec un homme incapable de l'aimer comme elle le méritait.

Savitri était introuvable. Son enquête lui révéla que les femmes et les enfants partis avec le même convoi qu'elle avaient presque tous été tués et que son bateau avait coulé à la suite d'un torpillage. Il chercha désespérément un indice laissant espérer qu'elle figurait au nombre des rares rescapés, mais personne ne put rien lui dire. Si elle avait survécu, elle serait sans aucun doute rentrée l'attendre à Madras. Et l'enfant, qu'était-il advenu de lui ?

Il apprit par des compatriotes britanniques que June et Henry avaient émigré en Australie depuis quelques mois à peine.

Gopal. Où était Gopal ? Gopal et Fiona ? Introuvables eux aussi. On aurait dit que toutes les personnes que David connaissait à Madras avaient disparu. Il retourna à Fairwinds, en souvenir du passé.

« Fiona ! »

La femme assise dans le rocking chair leva la tête et posa sur lui un regard embrumé. « Fiona, c'est moi ! » répéta-t-il, et il monta en courant les marches de la véranda, s'attendant à la voir se lever d'un bond pour se jeter dans ses bras. Mais elle restait assise, en se balançant d'avant en arrière dans le vieux fauteuil en rotin qui avait appartenu à leur mère.

« Fiona ! Parle-moi ! Qu'est-ce que tu as ? » Il se planta devant elle et vit qu'elle serrait quelque chose contre sa poitrine, une chose enveloppée dans des chiffons.

« Qu'est-ce que tu as, Fiona ? Pourquoi est-ce que tu ne dis rien ? C'est moi, David ! Je suis revenu ! »

Elle eut une vague réaction, posa les yeux sur lui et il rencontra un regard vide d'expression.

« David ? » Elle avait une petite voix flûtée, presque enfantine.

« David. » Elle essaya de se lever, mais elle glissa. Il lui tendit la main, elle la prit et il l'aida à se mettre debout. Elle gardait serré contre elle le paquet de chiffons sales.

« David, dit-elle pour la troisième fois. David. David. Connais-tu Sundaram ? Voici Sundaram. Mon bébé. »

Elle lui tendit le paquet, David voulut le prendre et elle le lui retira. Mais il en avait vu suffisamment. C'était une poupée, une poupée à la figure malpropre.

« Fiona, dit-il avec douceur. Que t'est-il arrivé ? Où est Gopal ? Où est Savitri ?

— Gopal ? Savitri ? » Elle se tut, comme si elle réfléchissait. Puis elle secoua la tête, lentement, tristement. « Tous partis. Gopal. Savitri. Nataraj. Tous partis. Mani a gagné. Je suis de la fange. De la fange immonde. Il m'a laissé Sundaram. Sundaram est tout ce qui me reste. »

David la prit par les épaules et la secoua gentiment. « Fiona, s'il te plaît, parle-moi, essaie de te souvenir. Où est Gopal ? Où est Savitri ? Dis-le-moi ! Qui est ici avec toi ? Tu es seule ? Est-ce que Gopal habite ici, avec toi ? Qui s'occupe de toi ? »

Fiona secoua encore la tête. « Pas de Gopal. Pas de Savitri. Pas de Nataraj. Il ne reste que Sundaram. Mon Sundaram chéri. » Elle se mit à chantonner en souriant à la poupée, et David se rendit compte qu'il n'obtiendrait d'elle aucune réponse sensée.

Il promena son regard autour de lui. Le jardin était en friche, certes, mais la partie de la véranda où ils se trouvaient paraissait bien entretenue et l'allée qui la longeait avait été balayée récemment. Fiona portait des vêtements vieux mais propres, elle était correctement coiffée et semblait bien nourrie. Il y avait forcément une personne qui habitait ici et s'occupait d'elle. Il partit à la recherche de cette personne. Dans la cuisine, il trouva une femme qui dormait dans un coin, étendue sur une natte. Il la réveilla et elle se redressa en se frottant les yeux. Ils échangèrent quelques mots en tamoul, qui lui apprirent que Gopal avait installé Fiona à Fairwinds, mais qu'ensuite il était parti, probablement à Bombay. Et que Mani était coupable de tout. D'avoir volé Sundaram et un autre bébé, le neveu de Fiona. Nataraj.

David alla trouver Mani. Mani ricana, toussa et finit par lui dire que Savitri était partie dans un pays lointain pour se marier.

« Et Nataraj, son fils ? Tu l'as volé ! Je le sais ! Qu'as-tu fait de lui ! »

Mani continua à ricaner et à railler, pendant que David suppliait. Et quand il eut compris que David ferait n'importe quoi pour retrouver Nataraj, une lueur s'alluma dans ses yeux et il dit : « Qu'est-ce que tu donnerais pour avoir l'adresse de Nataraj ?

— Je te donnerai de l'argent ! Un *lakh* de roupies !

— Un *lakh !* » Mani rit mais son rire dégénéra en une violente toux qui l'ébranla de la tête aux pieds. Quand elle fut passée, il dit : « Un *lakh*, tu plaisantes. Ton fils ne vaut-il pas pour toi davantage qu'un *lakh* ?

— Cinq *lakh* !

Mani secoua la tête. « Il me faut plus que ça. J'ai besoin d'une fortune. Je suis malade et j'ai besoin d'un médecin. Il me faut de l'argent pour me payer le meilleur médecin qui puisse exister. J'irai en Angleterre, en Amérique, pour trouver un docteur et pour ça il me faut de l'argent. Dix *lakh* de roupies, en livres anglaises. Je sais que ce n'est rien pour toi. »

Mani lui remit une adresse. David ramena le petit garçon à Fairwinds et retourna voir Mani.

« Il me faut son extrait de naissance.

— Il a été détruit, mais je t'en donnerai un autre en échange d'une petite somme », dit Mani, et David, fatigué, accepta.

L'extrait de naissance était un faux. Il portait le nom de Nataraj, mais avec des parents qui n'étaient pas les siens. Des parents qui s'appelaient Gopal et Fiona Iyer.

« Qu'est-ce que c'est que ça ! » s'écria sèchement David. Mani haussa les épaules.

« C'est à prendre ou à laisser. Je refuse que le nom de cette femme souille ma famille. Je refuse que le nom des lyer soit entaché à cause d'un bâtard demi-caste. Je n'ai pas de sœur… elle n'existe pas pour moi. »

David réfléchit et poussa un soupir résigné. Dans un sens, Mani avait raison. Nataraj était un enfant illégitime, un terrible stigmate à porter, dans ce pays. Avec le nom de Savitri sur son extrait de naissance, on pourrait un jour découvrir la vérité et lui faire des misères. Mieux valait lui attribuer des parents mariés, des origines respectables. Par conséquent, officiellement, Nat resta Nataraj Gopal Iyer, enfant légitime de Fiona et de Gopal Iyer. De la sorte, ni lui ni personne ne saurait jamais qu'il portait une flétrissure due à sa naissance.

De toute manière je vais l'adopter, se dit David, et il s'appellera Lindsay.

Une semaine plus tard, Gopal débarqua de façon tout à fait inattendue. En voyant le petit Nat, il s'écria : « Mais Nataraj est mort ! Mani a montré la facture de la crémation à Savitri, avant son départ de l'Inde !

— Il a fait ça pour être sûr qu'elle ne reviendrait jamais à Madras, rétorqua David. C'est Nataraj, mon fils. Celui qui est mort, c'est ton fils, Sundaram. »

Mais en regardant le petit garçon à la peau café au lait, Gopal acquit la certitude que c'était le sien. « Je sais que c'est mon fils, Sundaram. Quel tour me joue le destin ! En effet, je ne peux pas le prendre avec moi pour le moment ; je n'ai pas de travail, pas de femme. Je n'ai personne pour s'occuper de lui. Mais toi, David, tu es riche. Tu pourras lui donner une bonne éducation. Garde-le. Je vais te le laisser. Je t'autorise même à l'appeler Nataraj. Mais au fond de mon cœur, je sais qu'il est à moi. »

70

SAROJ

« En Inde du Sud, on commande son café au mètre et pas à la tasse ! »

Nat désigna un client en train de transvaser adroitement son café d'un récipient à l'autre, à la table voisine. Le café n'était plus qu'une longue bande marron plongeant tour à tour dans chacune des tasses, un ruban de liquide fumant, qui emprisonnait l'air environnant, plus frais, en crêtes d'écume, avant d'être de nouveau précipité en chute libre, rattrapé, lâché et repris.

Un jeune serveur vêtu d'un short kaki déchiré et d'un tricot de corps crasseux arriva en souriant avec leur café déjà sucré et additionné de lait. Les deux tasses étaient retournées sur des récipients en inox, moins hauts et plus larges. Saroj prit la sienne et l'examina. Elle était vide. Elle regarda Nat d'un air perplexe.

Nat souleva la sienne et le café se répandit dans le second récipient. Il le transvasa dans la tasse, qu'il éleva à une cinquantaine de centimètres au-dessus de sa tête basculée en arrière, ouvrit la bouche et versa. Saroj voulut faire comme lui, mais elle s'y prit très mal et des filets bruns lui coulèrent de chaque côté du menton. Elle crachota et s'essuya la bouche du revers de la main.

« Pourquoi est-ce qu'on ne fait pas les choses normalement, dans ce pays ?

— C'est l'habitude ici, mon petit ! Comment ta mère t'a-t-elle élevée ? Une des règles, quand on boit en public, consiste à ne jamais toucher le récipient avec les lèvres. Tu verses. De cette façon, les tasses ne sont pas contaminées par des bactéries. Ingénieux, n'est-ce pas ?

— Oui, enfin, sauf si l'on considère qu'elles sont toutes lavées ensuite dans la même eau sale. » Elle jeta un regard dégoûté sur la bassine en plastique où le garçon était maintenant en train de laver les tasses qu'il trempait dans l'eau avant de les poser sur le comptoir en vue d'une prochaine utilisation.

« Tu ne te sens pas bien ? »

Saroj hocha tristement la tête. Elle promena son regard sur les tables du café, sur les hommes qui y étaient assis ; ils étaient vêtus de *lungi* ou de pantalons, leurs cheveux noirs et huileux plaqués en arrière, les coudes appuyés sur la table, en train de piocher dans des montagnes de riz avec leurs doigts. Il mangeaient avec précipitation. Leurs mains trempaient le riz dans le *sambar*, puis le roulait en petites boules brunes qu'ils enfournaient dans la bouche. Il y en avait qui paraissaient se disputer. Saroj et Nat ne mangeaient rien. Ils s'étaient bourrés de bananes pendant le trajet en autobus.

« Pourquoi est-ce qu'ils crient comme ça ?

— Ils ne crient pas. Ils parlent, tout simplement.

— Ah bon. » Saroj fit une nouvelle tentative pour verser du café directement dans sa bouche et, cette fois, elle y parvint. Elle avala le breuvage tiède en déglutissant bruyamment. « Je suis en train d'apprendre, Nat. Je m'applique et j'apprendrai. Sois patient.

— Mais oui. » Il pressa son genou contre le sien, sous la table, faute de pouvoir lui prendre la main, car ça ne se faisait pas en public. « Je t'avais prévenue : soit on aime l'Inde, soit on la déteste. On peut même faire les deux ensemble. Je t'ai montré l'aspect facile à détester. Tu verras l'autre aspect plus tard. »

Dès leur arrivée à la ville, Nat et Saroj se trouvèrent de nouveau plongés dans un tourbillon de folie collective, un tintamarre dissonant mêlant les cris des *rickshaw-wallahs* et les klaxons tonitruants. Il ne lui restait plus qu'à s'accrocher à Nat, à fermer les yeux et les oreilles au charivari, à se concentrer sur sa présence tranquille en se laissant guider à travers la cohue. Elle se retrouva assise auprès de lui dans un rickshaw, qui filait en tanguant dans les rues grouillantes menant à la gare routière. Il lui prit la main. Elle la serra pour y puiser de la force et le regarda. Ses yeux lui servaient de point d'ancrage. Elle s'appuya contre lui. *Je le peux ! J'y arriverai ! Pour lui et pour l'amour. C'est une épreuve et je la surmonterai !*

Le *rickshaw-wallah* les conduisait comme s'ils étaient des princes de sang. En entrant dans le village, il appuya longuement sur son klaxon et le bruit fit sortir de leurs cabanes des mères de famille qui se rangèrent sur le bord de la route en agitant la main ; les enfants délaissèrent leurs jeux et les hommes tournèrent la tête pour les regarder passer.

Ils arrivèrent chez David escortés par une troupe de garçons et de filles à moitié nus qui couraient à côté du rickshaw en hurlant : « *Daktah tamby, daktah tamby, daktah tamby !* »

Nat, tout heureux, riait avec les enfants, il se penchait pour saisir une main, puis une autre, en les appelant par leur nom. Il tira à lui un garçonnet qui venait de grimper sur le marchepied, l'assit sur ses genoux, lui pinça la joue, et le petit lui jeta les bras autour du cou en lui parlant dans cette langue étrange, commune à Nat et à tous ces gens, mais qui excluait Saroj.

Un Occidental vêtu d'un *lungi* blanc se tenait devant un portail ouvert, sous une grande arche en bois sur laquelle était inscrit, en anglais et en tamoul : Prasad Nagar. Il s'approcha du rickshaw, déposa l'enfant par terre et Nat lui tomba dans les bras. Ça doit être son père, se dit Saroj, mais l'instant d'après, Nat l'aidait à descendre en disant : « Saroj, je te présente Henry.

Henry, voici la grande surprise dont je t'ai parlé dans ma lettre. Où est papa ? » Il prit Saroj par la main et lui fit franchir un autre portail, en face de chez Henry.

« David est en ville, Nat. Il a emmené un malade à l'hôpital et voudra probablement assister à l'opération. Je ne pense pas qu'il sera de retour avant ce soir. »

Nat parut déçu. Il regarda Saroj en souriant et lui effleura le coude en lui faisant signe de s'engager sur une allée sablée, s'ouvrant entre de hauts murs treillissés. Des bougainvilliers géants grimpaient à l'assaut des croisillons. Leurs ramures sinueuses s'accrochaient au treillage pour former un tunnel de feuillage, ombragé et luxuriant.

Les enfants s'apprêtaient à leur emboîter le pas, mais Henry les chassa et leur referma le portail au nez sans ménagement, ce qui ne parut pas les froisser. Ils grimpèrent sur la traverse du haut et s'y installèrent sans cesser de sourire et de les appeler, tandis que les plus jeunes s'écrasaient la figure contre les barreaux pour regarder dans la cour. Henry, Nat et Saroj s'arrêtèrent au bas d'une véranda et Saroj se déchaussa. Nat ouvrit un robinet et lui fit signe de venir se laver les pieds. L'eau fraîche était un délice à ses pieds fatigués et poussiéreux, et elle la laissa couler plus longtemps que nécessaire. Elle était stupéfaite de l'accueil réservé à Nat. Le voici chez lui, réabsorbé par cette communauté qui est le terreau qui l'a nourri et a fait de lui ce qu'il est. Moi, je viens du dehors, je suis une étrangère. Elle entendait les deux hommes discuter amicalement en attendant qu'elle ait fini. Nat racontait leurs vacances à Ceylan, Henry lui posait des questions, Nat répondait. Elle entendait sans écouter. Elle écoutait sa voix intérieure.

Il est chez lui et je suis une étrangère. Tu vois combien ils l'aiment ! Il les connaît, ils le connaissent, ils font partie de lui. Je me sentirai toujours de trop. Oui, c'est tranquille ici, dans cette maison. J'ai l'impression de me retrouver chez moi, dans le jardin de Ma, avec cette voûte d'immenses bougainvilliers ! C'est joli, c'est propre, ce n'est pas Madras, c'est encore une autre Inde. L'Inde de Nat. Mais je suis tout de même une étrangère. Ils ne voudront pas de moi ici ! Il n'a d'yeux que pour ce Henry. Il m'ignore. Que vais-je faire ? Qu'est-ce que je fais ici ?

Elle s'écarta pour laisser Nat se laver les pieds à son tour, et voilà que Henry l'invitait à monter sur la véranda, déroulait un tapis pour qu'elle s'y assoie, lui demandait si elle voulait du thé ou du café, tournait une clé dans la porte et entrait, puis Nat venait la rejoindre et se laissait tomber sur le tapis, à côté d'elle. Nat, inchangé, qui lui souriait comme il le faisait à Londres, à Ceylan ou dans l'avion et, pour le moment du moins, tout était bien.

Ils burent du thé sur la véranda en grignotant des biscuits et Saroj écouta les deux hommes parler. De temps à autre Nat ou Henry lui souriait en essayant de la faire participer à la conversation, mais elle était distraite. Elle regardait autour d'elle et ce qu'elle voyait lui plaisait. La petite maison de David était protégée de la rue et des curieux par de grands bougainvilliers, de même que l'allée la reliant au portail. Les cascades de fleurs d'un orange éclatant, les grappes vermillon et violettes composaient un refuge odorant, d'épais murs de végétation renfermant des arbustes plus modestes et des couleurs plus douces – le beige laiteux des frangipaniers bordés de jaune, le rose des lauriers, le mauve tendre des hibiscus. Assise adossée au mur de la maison, Saroj pouvait se croire chez elle – c'est-à-dire dans le jardin de Waterloo Street, à l'autre bout du monde, où grâce aux soins amoureux de Ma, s'épanouissaient les mêmes fleurs. L'agitation qui avait pris possession de tous ses sens, presque dès l'arrivée à l'aéroport de Madras, commença à refluer, de même que ses inquiétudes au sujet de Nat. Elle sentit son corps se détendre spontanément, comme si on le déchargeait d'un poids, comme si ce corps avait lui aussi le sentiment de se retrouver chez lui, qu'il voyait dans ce lieu un asile sûr et prenait acte de l'accueil silencieux de la nature.

Avec un grand soupir, elle s'appuya contre le mur blanchi à la chaux. Je peux y arriver, pensa-t-elle. Je le peux et j'y arriverai. C'est ici que je m'enracinerai. C'est ici que je m'épanouirai et que je grandirai, avec Nat auprès de moi. Elle lui prit la main et sentit ses doigts se refermer sur les siens. Ses paupières s'alourdissaient. Elle entendit très vaguement Nat rire au moment où son corps s'affaissait sur le sien et c'est à peine si elle se rendit compte qu'il l'allongeait sur le tapis. Me voilà chez moi, songea-t-elle, juste avant que le sommeil, qui l'avait fuie à Madras, ne l'emporte enfin.

Quand elle se réveilla, il faisait nuit. Elle entendit des voix, celle de Nat, celle de Henry et une autre qui devait être celle de David. David était rentré. Son futur beau-père. Elle se redressa en hâte, fit machinalement courir ses mains dans ses cheveux et rajusta sa tenue. Elle se sentait poisseuse, incrustée de la poussière du long trajet en autocar, et il lui tardait de prendre une douche et de se changer, chose à laquelle la fatigue l'avait empêchée de penser à son arrivée, bien des heures plus tôt. Combien d'heures ? Elle regarda sa montre à la faible lumière provenant de la fenêtre, au-dessus de sa tête. Huit heures. Elle avait envie d'aller rejoindre les trois hommes à l'intérieur de la maison, mais une soudaine et violente timidité la paralysait. Comment David allait-il accueillir la fiancée que lui ramenait son fils bien-aimé ?

Elle se rappela le robinet où elle s'était lavé les pieds. Elle se leva, descendit les marches de la véranda, se baissa et chercha le robinet dans le noir. Elle l'ouvrit, prit de l'eau fraîche dans ses mains et s'en arrosa la figure. Un délice. Elle se frotta le cou, les bras et aurait sans doute ôté son corsage pour se laver tout entière si la porte grillagée ne s'était ouverte en grinçant. Nat sortit et vint s'accroupir auprès d'elle.

« Alors, tu as bien dormi ? »

Elle s'aspergea une dernière fois le visage et répondit : « Mmm ! Ton père est rentré, je crois.

— Oui. Je lui ai tout dit sur toi. Il est venu te voir pendant que tu dormais et il meurt d'impatience de faire ta connaissance.

— Mais je ne suis pas du tout présentable ! J'aimerais pouvoir me doucher, me laver les cheveux, me changer ! Sinon il va me prendre pour une vraie clocharde !

— Mais non. Mais tu peux prendre une douche si tu veux. Viens. »

Il la conduisit dans une petite pièce centrale dépourvue de mobilier, avec une porte sur chacun des quatre côtés. Il en ouvrit une qui donnait sur un cabinet de toilette. Sous un robinet fixé au mur, se trouvaient deux seaux remplis d'eau avec un gobelet accroché au rebord.

« Voilà du savon et une serviette », dit Nat en lui mettant dans la main un pain de savon Chandrika Ayurvedic.

Une fois seule, Saroj contempla les seaux et leur gobelet d'un air désespéré. Ce qu'il me faudrait, pensait-elle, c'est mariner des heures dans une baignoire remplie d'eau chaude, mousseuse et parfumée. Mais ça, c'est l'Inde, mon nouveau pays. Il faudra que je me contente d'eau froide puisée dans un seau. Aujourd'hui et pour toujours.

Elle sortit de la salle de bains, rafraîchie, récurée à fond et toute parfumée de la senteur épicée du savon Chandrika, ses cheveux mouillés noués sur le sommet de la tête. Elle portait le *shalwar kameez* à motifs cachemire dans des tons de bleu, qu'elle avait acheté à Madras, un peu froissé par le voyage, mais propre et frais. Encore un petit effort pour être une jeune et élégante fiancée modèle, se dit-elle mélancoliquement en retraversant la pièce centrale pour entrer dans celle où les trois hommes poursuivaient leur conversation.

Elle s'arrêta sur le seuil et trois visages se tournèrent vers elle. Celui de Nat, cher et familier, celui de Henry enjoué et encadré d'oreilles en chou-fleur, et celui de David.

Elle n'avait jamais vu un visage comme le sien, jamais vu un homme d'âge mûr dont elle aurait pu dire – même en étant indulgente – qu'il était beau. Mais David était beau. Pas tant à cause de ses traits, qui étaient réguliers et d'une distinction presque classique. Sa peau, tannée et brunie par des années de soleil tropical, semblait comme corrodée. Il avait des cheveux grisonnants rejetés en arrière, mais deux mèches indisciplinées qui retombaient sur son grand front lui donnaient un air d'adolescent rebelle. Ses yeux d'un gris marbré, grands et écartés comme ceux de Nat, étaient beaux eux aussi. Mais ce fut leur expression, et celle de sa physionomie tout entière, qui attira et retint l'attention de Saroj. Elle ne parvenait pas à s'en détacher, même pour regarder Nat qui, elle le sentait, guettait sa réaction.

C'est quelqu'un de *bon*, pensa-t-elle. Il est bon, purement et simplement, et on ne peut lui appliquer d'autre qualificatif. La bienveillance, l'honnêteté, la générosité, l'humanité, l'amour – tout cela se trouvait contenu dans cette bonté, réuni dans une lumière qui irradiait littéralement de sa personne, ruisselait de ses yeux, éclairait son sourire. C'était la même bonté qu'elle sentait chez Nat – mais plus, bien plus, l'accomplissement, le summum de cette bonté, une bonté faite de force et de compassion, qui l'enveloppa avant même que David se fût levé pour se porter au-devant d'elle, les mains tendues.

« Saroj ! Soyez la bienvenue ! »

Timidement, elle prit ces mains, mais David s'avança encore d'un pas et ses bras l'enserrèrent, si bien qu'elle se sentit entourée, emplie par cette bonté. Elle eut envie de pleurer et ferma les yeux.

Quand elle les rouvrit, son regard se posa par hasard sur une photo encadrée, accrochée au mur, derrière David. Elle tressaillit et se raidit. Sentant son trouble, David la lâcha. Elle s'écarta et le contourna pour s'approcher du portrait, qui représentait une jeune Indienne souriante, les cheveux partagés au milieu par une raie et le front orné d'un *tika* parfaitement rond. Il n'y avait pas de doute possible, c'était la même photo, très agrandie, que celle qui figurait dans les archives de l'oncle Balwant. C'était bien Ma.

Saroj se retourna, le visage rayonnant.

« C'est Ma ! dit-elle à David. C'est Ma, Nat ! C'est ma mère, quand elle était jeune. »

Puis ses yeux passèrent rapidement sur Henry, avant de se poser sur David, dont elle attendait impatiemment la réaction face à ce miracle faisant qu'ici, chez lui, il y avait une photo de Ma.

« Cette femme est votre mère ?

— Oui, bien sûr... Mais comment... Ah, c'est vrai ! Votre sœur ! Votre sœur était mariée avec son frère, mon oncle Gopal. Vous avez grandi ensemble, vous, Fiona et oncle Gopal. Je n'avais pas réalisé que... »

La voix coupante de David l'interrompit.

« Que savez-vous concernant Fiona et Gopal ?

— Je voulais justement t'en parler, papa, intervint Nat, mais maintenant tu sais tout. Je suis au courant pour Gopal et Fiona, je sais que ce sont mes parents. Et figure-toi que Saroj est la fille de la sœur de Gopal. C'est une longue histoire et... »

David l'arrêta net.

« Comment va-t-elle ? Où est-elle ?

— Mais... elle est morte. Elle est morte il y a quelques années, dans un incendie.

— Morte ? Savitri est morte ? » La souffrance inscrite sur le visage de David, l'abîme qui s'ouvrit alors dans son regard laissa Saroj muette de stupeur. Elle avait compris, et Nat aussi : David aimait Ma. La mère de Saroj. Savitri, ainsi qu'il l'avait appelée.

David regarda Nat et, dans ses yeux, la souffrance laissa place à la pitié. « Nat. Mon Nat. J'aurais dû te le dire. Et maintenant c'est trop tard. J'aurais dû te dire pour Savitri. Ta mère. »

À ces mots, Saroj se pétrifia. Nat aussi. Il lui lâcha la main. Henry détourna les yeux. La flamme de la bougie vacilla. Dehors, même le chœur strident des insectes parut se taire face à cette monstruosité et ils restèrent tous les quatre en suspens au bord de ce silence.

Puis David reprit la parole.

« C'était la fille du cuisinier… »

71

NAT ET SAROJ

David parla deux heures durant sans s'interrompre. Tout de suite, presque, l'horreur de la révélation qu'il venait de faire sembla s'effacer et à sa place apparut Savitri. Savitri telle qu'elle était autrefois, la petite fille qu'il avait aimée, puis la femme qu'il avait adorée. Sa voix souriait. Elle était chaude et vibrante des souvenirs qui l'assiégeaient et coulaient maintenant en un flot de mots. Ainsi qu'un fleuve retenu par un barrage de brindilles, un barrage maintenu en place par un seul rameau capital, portant le nom de Savitri, et ce rameau une fois ôté, les eaux déferlèrent, emmenant tout avec elles. Le récit de David les transportait dans un autre temps et dans un autre monde, ses paroles étaient des fenêtres sur le passé et peu à peu l'esprit de Savitri revivait en s'enroulant autour d'eux comme la chaude et douce lueur d'une flamme.

Mais Saroj était glacée, paralysée par quelque chose de pire que l'épouvante.

« Mais alors, qui suis-je en réalité ? s'écria Nat quand David se tut. Nataraj ou Sundaram ? »

Il se leva d'un bond et commença à aller et venir dans la pièce. « Qui suis-je ? Lequel des deux enfants est mort ? Nataraj ou Sundaram ? Lequel des deux a survécu ? Lequel des deux suis-je ? » Il s'arrêta devant la photo de Savitri et s'appuya contre le mur, le visage dans les mains.

« Tu es… commença Henry, mais David l'interrompit.

— *Sundaram* est mort, Nat ! Tu es Nataraj. Évidemment !

— Mais comment peux-tu le *savoir* ? C'est impossible ! Seul Mani le savait de façon certaine !

— Ne me demande pas comment je le sais, Nat. Je le sais voilà tout. Je sais que tu es mon fils !

— Mais c'est ce que Gopal croit lui aussi ! Il en est persuadé, exactement comme toi, pourtant l'un de vous deux se trompe ! Si c'était *toi* qui te trompais, papa, et si c'était Gopal qui avait raison ? »

La question de Nat resta en suspens, sans réponse, dans le cœur de Saroj. Elle se surprit à prier. À travers le froid qui la glaçait, s'infiltrait une mince lueur d'espoir. *Faites qu'il soit le fils de Gopal, en définitive. Oh, faites qu'il ne soit pas celui de Savitri ! Faites qu'on ne soit pas frère et sœur !*

Faites que Gopal soit le père de Nat. Faites que Gopal soit le père de Nat. Ces mots revenaient dans sa tête tel un *mantra*.

En contrepoint de cette prière désespérée, David et Nat livraient une bataille de mots, où chacun défendait sa vie, sans laisser à Henry la possibilité de placer un mot entre deux salves.

« Gopal s'est mis dans la tête que tu étais son fils. Quand il est venu me voir, j'ai eu la bêtise de lui montrer l'extrait de naissance, où il figurait comme étant ton père, et la graine a germé dans son esprit. L'un des deux bébés était mort, l'autre était vivant, ça, au moins, c'était une certitude. Il s'était mis dans l'idée que le vivant, celui que j'étais allé chercher, était *son* fils. Il *voulait* le croire, Nat ! Il *fallait* qu'il le croie ! Il n'acceptait pas que son fils soit mort ! Et voilà que l'un des deux enfants avait réapparu… toi ! Il te voulait ! Il te voulait absolument !

— Puis-je seulement… » dit Henry en levant la main comme un enfant en classe, mais Nat le fit taire par ses vociférations.

« Gopal est mon père ! Il l'est forcément ! Je te demande pardon, papa, je t'aime plus que lui, mais je veux que Gopal soit mon père ! Est-ce que tu comprends ? Tu ne vois donc pas ! Il faut qu'il soit mon père ! Et Fiona ma mère ! Où est-elle maintenant ?

— Toujours à Fairwinds. J'ai engagé une infirmière spécialisée en psychiatrie qui habite sur place et prend soin d'elle. J'ai songé à l'envoyer en Angleterre, dans une clinique, mais je suis sûr qu'elle est plus heureuse à Fairwinds, avec sa poupée. Mieux que dans une quelconque maison de fous en Angleterre. Je vais la voir de temps en temps. Elle ne me reconnaît pas.

— C'est ma mère ! Il faut que j'aille la voir... Je pourrais peut-être la guérir ! Quand elle saura que je suis vivant, peut-être que... »

Le désespoir qui enflait sa voix faisait écho à la panique emplissant le cœur de Saroj. Elle releva la tête et rencontra son regard. Ils tendirent les mains l'un vers l'autre, comme pour se rassurer mutuellement. Ensemble, peut-être, ils parviendraient à faire que ce soit vrai. À faire que Nat soit le fils de Fiona et pas celui de Savitri.

« Écoutez-moi, vous deux, je peux... » Henry tenta encore une fois d'intervenir mais il fut de nouveau interrompu par David.

« C'est possible, bien sûr », dit-il, et un doute terrifiant noya son regard. « Mais non. Ce n'est pas possible, Nat. J'ai toujours...

— Tu es exactement comme Gopal, papa. Tu veux que ce soit vrai, alors tu es persuadé que ça l'est. Tu ne vois donc pas que je ne *peux pas* être le fils de Savitri !

— Mais si, tu es son fils ! Je le sais, je le sens ! Plus encore que je sens que tu es mon fils, je sens que tu es le sien ! Elle me parle à travers toi, tu es son portrait ! Son esprit vit en toi ! Elle t'a transmis tous ses dons. Les mains qui guérissent. Le pouvoir ! C'est d'elle que ça vient !

— Tu as toujours dit que c'était un don de famille. Dans ce cas, il a pu m'être transmis par Gopal. C'est son frère, après tout ; ces choses ne se transmettent pas forcément en ligne directe. *Thatha* avait le don, pourquoi ne pourrait-il pas exister à l'état latent chez Gopal, son petit-fils ? »

David secoua la tête. « Je le sais, je le sens ! Elle vit en toi ! Tu crois vraiment que tu pourrais être le fils de Gopal et de Fiona ? Des êtres falots et insipides, tous les deux ? Au fond de ton cœur, ne sais-tu pas que tu es mon fils et le sien ? Quand Mani m'a appris que Savitri avait quitté l'Inde pour aller se marier à l'autre bout du monde, poursuivit David d'une voix douce, j'ai compris que c'était fini. Je ne lui ai même pas demandé où elle se trouvait. De toute manière, il ne me l'aurait pas dit. Fiona le savait peut-être, mais elle avait presque totalement perdu la raison. Je n'ai même pas questionné Gopal. Je savais que je l'avais perdue, qu'on ne pourrait pas revenir en arrière. Savitri me croyait mort. C'est pourquoi elle s'était mariée… c'est une Indienne, avec la force et la faculté d'adaptation d'une Indienne, et je savais qu'elle tirerait un bon parti de sa vie, quel que fût le tour qu'elle prendrait. Je savais qu'elle n'avait pas d'autre possibilité que de se remarier… étant veuve, avec toutes ces médisances, elle n'avait aucune chance de retrouver un mari dans son pays ; quel Indien l'aurait épousée ? Elle avait eu la chance de pouvoir émigrer, de se remarier. Il n'était pas question que je me manifeste, malgré l'envie que j'en avais. J'ai donc renoncé à elle. Mais quand je t'ai retrouvé, Nat, ç'a été comme si je l'avais retrouvée. Comme si elle me tendait les bras et revenait dans ma vie sous ta forme. Je *sais* que tu es mon fils. »

Le silence retomba et un goût d'amertume, un goût de bile, remonta dans la gorge de Saroj, parce qu'elle aussi le sentait. Savitri – Ma – vivait en Nat. Elle avait reconnu Ma en lui dès le tout début. Cette attirance mutuelle n'était en fin de compte rien d'autre que la voix du sang.

« Est-ce que vous allez m'écouter, tous les deux ! dit Henry, en rompant le silence. Je vous l'aurais dit tout de suite si vous m'aviez écouté. Nat est Nataraj. Sans aucun doute possible. »

Il avait fini par capter leur attention. Saroj et Nat échangèrent un ultime et douloureux regard, avant de se retourner vers lui, dans l'attente de ce qu'il allait dire et sachant que ce serait leur arrêt de mort.

« Savitri a vécu chez nous pendant deux ans, après la naissance de Nat, commença Henry d'une voix posée. Pendant tout ce temps elle a fait des recherches pour tenter de retrouver sa trace. Elle s'est battue avec l'Administration, mais elle l'a également cherché au sens propre. Elle ne pouvait pas s'en empêcher. Elle disait avoir un moyen de le reconnaître à coup sûr et c'est pourquoi elle examinait tous les petits garçons qu'elle rencontrait, elle les prenait dans ses bras et leur baissait le col pour leur tâter le cou. Ce grain de beauté que tu as derrière l'oreille droite, Nat. Savitri avait le même et son bébé aussi. Elle nous l'avait dit. Tu es Nataraj, l'enfant qu'elle a mis au monde. Tu as ce grain de beauté. »

Machinalement, la main de Nat remonta vers son oreille. Il croisa le regard de Saroj et ils comprirent l'un et l'autre. Puis il détourna les yeux.

Un nouveau silence, long et éloquent. Dans ce silence, Saroj eut l'impression que deux mondes se substituaient l'un à l'autre. Le monde de Nat s'éloignait et elle sombrait dans celui de Ma. Celui de Savitri. Nat lui échappait silencieusement. Il venait de découvrir quelque chose d'immense, de miraculeux, un trésor, plus précieux qu'elle, Savitri. Ma venait de le lui prendre.

72

NAT

« Dis-moi, papa, pourquoi après s'être désintéressé de moi pendant tant d'années, Gopal a-t-il soudain débarqué à Londres avec son idée stupide de vouloir nous marier ? Et puis comment m'a-t-il retrouvé ? »

Henry toussa de façon ostentatoire. « On dirait que c'est mon tour de fournir des explications. Je dois vous faire un aveu. Il y a quelques années, j'ai rencontré Gopal par hasard, à Madras. Toi, Nat, tu étais en Angleterre. Voyons… ça devait être quelques mois avant que tu reviennes ici pour la première fois, l'année de l'inondation. Je lui ai demandé des nouvelles de Savitri. June était restée en contact avec elle pendant les premiers temps, mais vous savez ce que c'est… les liens s'étaient défaits peu à peu, et quand June est partie avec son pilote, elle a emporté l'adresse de Savitri et je n'ai plus rien su d'elle. Ce jour-là, Gopal m'avait appris qu'elle était très malade. Elle avait un cancer.

— Un cancer ! »

Saroj regarda Henry, stupéfaite.

« Oui. Elle avait un cancer du sein et ne voulait pas se faire opérer. Elle estimait avoir terminé sa tâche en ce monde. Elle n'avait encore rien dit à sa famille. D'après Gopal, elle acceptait tout à fait l'idée de mourir. Il envisageait d'aller la voir à Georgetown ; ils avaient toujours été très proches.

— Elle ne nous a jamais rien dit », murmura Saroj. Là encore, Ma l'avait trompée, pas en mentant carrément, cette fois, mais en cachant la vérité.

« Bien entendu, dit Henry, Savitri détestait qu'on s'apitoie sur son sort. Mais j'avais mon idée. Ses enfants étaient alors presque adultes, ça ne pouvait donc nuire à personne… pourquoi ne pas les réunir tous les trois, elle, David et Nat ? Pourquoi ne viendrait-elle pas à Londres pour s'y faire soigner ? Même si la Sécurité sociale refusait de la prendre en charge, j'étais sûr que David assumerait les frais du traitement. De les savoir vivants, elle reprendrait goût à la vie… bref, je suis allé personnellement à Londres pour me renseigner, pour chercher des spécialistes susceptibles de la soigner, avant d'en parler à qui que ce soit. Je ne voulais pas faire naître de faux espoirs. Mais j'ai tout de même écrit à Savitri pour lui dire que Nat et David étaient vivants. Je voulais qu'elle ait au moins cette consolation ! C'était au moment où je suis venu te voir, à Londres, Nat, pour te ramener ici par la peau du cou !

— C'est sûrement la lettre qu'elle avait reçue juste avant de mourir, la lettre remplie de bonnes nouvelles », dit Saroj.

Henry confirma d'un signe de tête. « Elle m'a répondu et écrit à Gopal. Elle était folle de joie, elle me disait qu'elle viendrait, qu'elle ne voulait pas se faire soigner, mais qu'elle viendrait en Inde pour revoir David et Nat. Elle me suppliait de ne rien te dire, David. Elle voulait te faire la surprise.

« Quelque temps après, Gopal m'a écrit pour m'annoncer qu'elle était morte… sans me donner de détails. Il me demandait l'adresse de Nat à Londres et je la lui ai donnée. C'est tout. Depuis je n'ai plus eu aucune nouvelle de lui.

— Il était bien trop occupé, ironisa Nat.

— Tu ne dois pas lui en vouloir, Nat. Il avait de bonnes intentions. Et puis il croit sincèrement que tu es son fils. »

Je l'espère aussi, pensa Saroj. Je l'espère de tout mon cœur.

Des souvenirs resurgissaient dans son esprit harassé, des souvenirs qui correspondaient exactement avec ce que David et Henry venaient de leur apprendre. Elle était au bord de l'évanouissement. *Voilà* ce que disait la lettre, celle que Ma avait reçue la veille de sa mort, la lettre qu'elle devait lui montrer, la raison pour laquelle elle souhaitait se rendre séance tenante à Londres, puis en Inde. Henry lui avait révélé la vérité et elle ne pensait plus qu'à rentrer dans son pays au plus vite pour retrouver sa vraie vie et son passé. Elle voulait que Saroj fasse connaissance avec « des gens »... Nat, bien sûr, et puis David. Quelle merveilleuse réunion de famille.

Sauf que Saroj n'avait pas sa place dans la photo. Saroj n'avait rien à voir avec l'histoire de Savitri, avec sa vie, avec son passé, et tout en continuant à les écouter, elle se repliait dans l'ombre, en voyant Nat et son père se tendre la main et se rapprocher peu à peu. Sans elle.

Ils partageaient un même héritage. Réécrivaient l'histoire. La gommaient de leur existence. Prise de nausée, elle regardait Nat revendiquer son passé.

« Comme je regrette, papa. Sincèrement. Notre vie aurait pu être tellement différente ! Si seulement elle avait attendu ! Attendu que tu reviennes de Changi !

— Il n'y a pas de "si seulement", Nat. C'est ce qu'elle t'aurait dit. Il y a une raison à tout, disait-elle. Elle aurait dit que c'était la volonté de Dieu. »

David posa tendrement sa main sur celle de Nat. Ils échangèrent un regard où se lisaient une affection et une communion si profondes que Saroj en ressentit un pincement de jalousie.

« Il y a longtemps que j'aurais dû te parler d'elle, Nat. Mais je l'avais refoulée, elle et son souvenir, tout au fond de ma mémoire, et je faisais tout pour qu'elle y reste. Je craignais que le simple fait de penser à elle, de te dire son nom, de réveiller le passé, ne me détruise. Je me suis réfugié dans mon travail ; c'est ce qu'elle aurait voulu ; ce que nous aurions fait ensemble si tout s'était passé normalement. Ce que j'ai construit ici, Nat, je l'ai construit pour elle, en sa mémoire. Prasad Nagar est un monument à sa mémoire. Une façon pour moi de la faire revivre, mais sans la souffrance. Elle m'a servi d'inspiration.

— À moi aussi. Même sans la connaître.

— Elle vit en toi, Nat. Ses mains sont tes mains… des mains d'or. Elle vit en toi. Elle bouge à travers toi. »

Nat éleva les mains, les paumes vers le haut et les considéra en hochant la tête. À la lumière des bougies, il était beau, tellement beau et doré que c'en était douloureux à voir.

Anéantie par le choc, Saroj les écoutait. Ils parlaient de sa mère, mais avec chaque mot qu'ils prononçaient, ils la lui volaient pour la transformer en cette étrangère : Savitri. David, Nat et Savitri – c'est ainsi que l'histoire aurait dû se terminer, sur un dénouement heureux. Quant à elle, Saroj, elle n'aurait jamais dû naître. Si Ma avait su plus tôt que David avait retrouvé Nat, elle aurait quitté Deodat. Il n'y avait aucun doute là-dessus. Quitté Deodat pour aller rejoindre l'homme et le fils qu'elle aimait vraiment, sans penser une minute à lui donner des enfants.

Savitri n'aurait jamais dû aller à Georgetown, ni épouser Deodat, elle aurait dû attendre l'homme de sa vie, attendre David, et Nat ! Elle aurait dû y croire ! Garder la foi ! Ainsi le conte de fées serait devenu réalité ! Cendrillon aurait dû retrouver son prince. J'ai été une erreur, pensa Saroj, je n'aurais jamais dû naître, j'existe faute de mieux, à titre de remplaçante, de même que Ganesh et Indrani. Nous sommes l'envers de la vie de Savitri !

Sa mère, la Savitri qu'elle connaissait, était un mensonge, une imposture, une actrice jouant un rôle pour tenter d'oublier sa vraie vie, la vie qu'elle aurait dû avoir. Et Nat ! Il avait de quoi être heureux maintenant, il se voyait pourvu d'une mère, alors que Saroj avait perdu la sienne, son amour, sa joie.

LIVRE III

73

MRS D

Saroj

Comment peut-il dormir ? Comment fait-il pour dormir ?

Elle mourait d'envie de le réveiller, de le secouer, de le frapper, de l'insulter. *Comment peux-tu dormir, espèce de salaud, ne vois-tu pas ce qu'on nous a fait ? Comment peux-tu rester couché ainsi et sourire dans ton sommeil, heureux d'avoir retrouvé ta chère maman, alors que tu sais parfaitement que cela signifie que tout est fini pour nous deux ?*

Elle le regarda et son cri muet emplit de détresse tout l'espace. *Mon frère ! C'est mon frère ! Mon frère est mon amant !*

Nat continuait à dormir, étendu de tout son long auprès d'elle, sur la véranda. Le seul homme qu'elle eût jamais aimé était son *frère... Nous sommes les enfants de Savitri !* Elle enfouit la tête dans son oreiller et le mordit en réprimant des sanglots dévastateurs. La veille au soir, elle avait voulu analyser la situation, dresser l'inventaire de tout ce qu'elle impliquait d'effroyable et passer la nuit à ressasser la funeste vérité qui venait de déferler sur eux. Mais David y avait mis le holà. Il avait dit qu'il était tard et que demain, du travail les attendait. Qu'il était l'heure d'aller se coucher et qu'on avait assez parlé. Il serait toujours temps, demain matin, de résoudre les problèmes.

Résoudre les problèmes ! Comme si ce problème-là pouvait être résolu ! Mais Nat s'était vite ressaisi, il avait refoulé toute cette abomination dans un coin de sa tête – *Oh comme je hais cette résignation qui est la maladie des Indiens !* –, avait préparé un lit pour eux deux sur les tapis de la véranda et lui avait donné un drap pour se couvrir. Ils s'étaient couchés dans les bras l'un de l'autre. Il tremblait, mais son étreinte était celle d'un frère. Il l'avait consolée et invitée à dormir.

« Je t'aime, Saroj, avait-il dit pour finir. Quoi qu'il advienne, souviens-t'en. Je t'aime véritablement. On s'en sortira. On trouvera une solution ensemble. » Il l'avait embrassée sur la joue, puis s'était endormi comme un petit enfant, la laissant remâcher son chagrin, pleurer dans son oreiller, mordre son drap et se retourner en tous sens.

Des heures s'étaient écoulées et elle n'en pouvait plus. L'aube approchait et c'était une aube qu'elle aurait voulu ne jamais voir, puisque de quelque manière qu'on abordât la situation, on ne changerait rien au fait que Nat était son frère.

Si elle attendait de leur dire au revoir, ils essaieraient de la faire revenir sur sa décision. Ils lui demanderaient de rester, par politesse, pour entendre sa version de la vie de Savitri, pour s'étonner de ce qu'elle était devenue, pour pleurer sa mort. Saroj n'avait rien à faire ici. Autant partir maintenant, ce serait plus facile pour tout le monde.

Elle n'avait pas encore défait ses bagages. Elle n'eut qu'à s'habiller, à se recoiffer dans le noir, à pendre son sac à son épaule et à gagner la ville à pied. Là, elle réveilla un *rickshaw-wallah*, qui dormait dans son véhicule, pour se faire conduire à la gare routière. Le premier autocar partait à quatre heures. Elle n'eut même pas à entrer dans Madras. Elle descendit à l'arrêt de l'aéroport, changea sa réservation et attendit son avion.

Elle arriva dans un Londres déserté. Tous ceux qu'elle aimait étaient absents. Jamais pourtant elle n'avait eu autant besoin d'affection et de réconfort, même après la mort de sa mère. Elle était une étrangère sur une terre étrangère, ne sachant où aller, abandonnée de tous. Elle avait envie de rentrer dans son pays, de retrouver Trixie, Ganesh et la ville de son enfance.

Deux semaines plus tard, elle prit l'avion pour Georgetown. Ganesh et Trixie l'attendaient. Elle se jeta dans leurs bras et ils l'étreignirent, l'enveloppèrent de leur amour, avant même de savoir ce qui lui était arrivé. Parce que la détresse était inscrite sur son visage, elle débordait de ses yeux, alors son frère et son amie comprirent et la serrèrent très fort contre eux.

La convalescence promettait d'être longue, mais ici, dans ce cadre familier, dans cette ville douillette où chaque visage accueillait son retour par un sourire, elle finirait par guérir.

Et puis, ici il y avait quelqu'un d'important. Son père. Maintenant qu'elle avait tout perdu, elle se raccrocherait à ça. Maintenant qu'elle était tout à fait orpheline, Balwant – qu'elle ne considérait plus comme un oncle – devrait reconnaître sa paternité, au moins en secret et sans que tante Kamla l'apprenne. Elle pourrait peut-être aller vivre chez eux, rebâtir sa vie depuis ce havre sûr, cette jolie maison balayée par le vent. Se réchauffer à l'amour d'un père. Ce n'était qu'un prix de consolation, certes, mais c'était un début.

Un certain nombre de questions risquaient, bien entendu, de rester à jamais sans réponse. Comment, après avoir aimé David, Ma avait-elle pu aller vers un autre homme ? Mais Savitri – *Ma* – croyait que David était mort. Elle avait connu trop de drames dans sa vie et il lui fallait absolument repartir de zéro. En quittant l'Inde, elle s'était dépouillée de son passé – totalement. Elle avait renoncé à être Savitri. Mais Ma était un être humain. Un homme comme Balwant avait dû être un rayon de soleil dans la vie monotone qu'elle menait dans l'ombre de Deodat. Saroj se contentait de ces réponses.

Elle s'installa chez Balwant de qui elle espérait tant. Mais il la décevait ; chose curieuse, il ne réagissait pas à ses avances, ni à ses allusions. Pourquoi ? Pourquoi ne la reconnaissait-il pas comme sa fille ? Il était toujours aussi cordial, mais Saroj voulait plus, beaucoup plus, plus qu'il ne pourrait lui donner. Comment Balwant pourrait-il jamais combler le vide laissé dans son cœur par Nat ?

Elle ne pouvait ni faire revivre le passé, ni le réécrire. Les années vécues à l'étranger l'avaient changée et, plus les semaines passaient, moins elle se sentait à sa place. Le bonheur de Trixie et de Ganesh ne faisait que lui rappeler son propre malheur et, de toute manière, ils ne tarderaient pas à repartir. À Georgetown, Trixie jouissait d'une célébrité passagère – un gros poisson dans une petite mare – mais l'atmosphère fiévreuse de Londres lui manquait, tout comme à Ganesh qui s'ennuyait, loin de la grande ville et de son travail, et échafaudait des plans pour monter une société de restauration. Devait-elle retourner, elle aussi, auprès du Moloch indifférent ? Recommencer sa vie là-bas ? Elle avait l'impression de flotter dans des limbes, de n'être ni ici, ni là, et le seul endroit où elle aurait aimé se trouver lui était interdit.

Au bout d'un mois, elle acquit la certitude qu'elle attendait un enfant – l'enfant de son frère.

74

SAROJ

Une sensation aiguë de déjà-vu.

Elle et Trixie dans la salle d'attente du Dr Lachmansingh, le cœur battant, en train de se tordre les mains en pensée, de lancer des regards à la dérobée vers les visages satisfaits et les ventres arrondis des Indiennes, et Trixie qui était l'exception, la seule Noire. Mais aujourd'hui, les rôles étaient inversés.

Ce n'est pas juste, ce n'est pas ce que je voulais, protestait Saroj, mais il n'y avait personne pour l'entendre, hormis son esprit rebelle qui s'insurgeait de toutes ses fibres et de toutes ses forces à l'idée d'un avortement. Mais la voix de la raison, pareille à celle d'un père sévère, impitoyable, disant, le doigt levé : « Il le faut, c'est la seule solution », couvrait toutes les autres.

Et derrière toutes ces voix : Nat. Qui jamais ne s'effaçait un seul instant et qui, tel un personnage se profilant à l'arrière-plan d'une scène de bataille, assistait au carnage, le regard calme et bienveillant. Pendant cinq longues semaines, Saroj s'était efforcée de chasser son image, mais ce n'était pas une image, il était *là*, toujours, tellement mêlé à elle que l'arracher de sa vie aurait équivalu à se détruire elle-même.

Elle avait essayé le raisonnement. C'est ton frère, se disait-elle. Bien sûr que tu l'aimes. Tu l'aimes comme un frère, comme Ganesh. C'est pour cela que tu t'es sentie attirée vers lui, c'était la voix du sang. Tu l'as tout de suite reconnu parce que Ma est en lui, de même qu'elle est en toi, et tu as seulement commis l'erreur de le voir comme un amant, comme un homme, et non comme un frère. Mais Nat continuait à sourire.

Elle avait envisagé une réconciliation. Elle se reprochait d'être partie sans prévenir. Elle avait eu tort de s'enfuir en pleine nuit, sur un coup de tête. Elle aurait dû se laisser une chance d'avoir avec eux une vraie discussion. Nat et David auraient sûrement eu des arguments intelligents et apaisants à lui fournir, et une relation nouvelle se serait établie entre elle et Nat.

Mais rien n'y faisait. Elle l'aimait, mais pas comme un frère. Elle savait faire la différence.

En plus elle allait bientôt mettre au monde son enfant – l'enfant de son frère – à moins d'empêcher cette chose de grandir en elle.

« Miss Roy ? » Trixie lui secouait le bras, quelqu'un l'appelait et elle sortit de sa méditation. L'infirmière sourit : « Le docteur vous attend, miss Roy. Ah, vous venez, vous aussi ? » demanda-t-elle à Trixie qui s'était levée pour suivre Saroj dans l'étroit couloir menant au cabinet de consultation.

« Oui, elle m'accompagne », déclara Saroj d'un ton ferme, en saisissant la main de Trixie, qui lui rendit sa pression et échangea avec elle un sourire de complicité amusé. Exactement comme la dernière fois. Mais comparé à aujourd'hui, ç'avait été facile – ah bon ? Trixie aimait Ganesh elle aussi, autant que Saroj aimait Nat, enfin presque. Si on lui avait laissé le choix, à l'époque, elle aurait préféré garder l'enfant et épouser Ganesh et seuls son âge et sa situation l'en avaient dissuadée. Mais non, ce n'était pas comparable. Trixie avait préféré partir à Londres et vivre sa vie avant d'avoir des enfants. Pour elle, ç'avait été une libération et non un traumatisme. Mais pour Saroj, c'était un crève-cœur.

C'était le même bureau avec, assis derrière, le Dr Lachmansingh, son même stylo en suspens au-dessus de son bloc-notes. Le même sourire pour les accueillir, quand il reconnut Saroj. Il se leva pour venir leur serrer la main. Il se souvenait vaguement de Trixie à qui il adressa un petit signe de tête, sans rien dire, car il avait oublié son nom, mais il ne cacha pas son plaisir de revoir Saroj.

« Vous voilà donc revenue ! Je pensais que vous étiez partie définitivement, pour apporter votre contribution à l'exode des cerveaux ! J'espère que vous avez changé d'avis et que vous allez rester ici ! Je me demande bien comment on peut avoir envie d'aller s'installer dans cette glaciale Angleterre ! »

Saroj l'approuva, sourit, puis quand ils eurent échangé quelques menus propos, elle prit les choses en main et déclara tout de go : « Docteur Lachmansingh, j'ai de graves ennuis. »

Chacun se carra aussitôt dans son fauteuil, en prenant un air de circonstance.

« Est-ce que vous vous rappelez la fois où Trixie était venue vous voir pour un avortement, il y a… »

Au moment où la mémoire lui revenait, il regarda Trixie et sa bouche s'ouvrit, mais avant qu'il ait pu demander ce qu'il était advenu de *cette* grossesse, Saroj poursuivit :

« Vous lui aviez dit ce jour-là que l'avortement ne vous semblait acceptable que dans certains cas particuliers… Comme l'inceste. » La gorge serrée, Saroj s'obligea à continuer, sans s'interrompre, afin que tout sorte avant que le courage ne lui manque. « Eh bien, voilà, il faut que je me fasse avorter parce je suis enceinte de mon frère. »

De stupeur, le menton du Dr Lachmansingh, avec sa barbiche bien taillée, se décrocha. « De… de Ganesh ? »

Saroj ne put retenir un petit rire en songeant à l'ironie de la situation. Encore Ganesh. « Non. Tout de même pas. Pas Ganesh. Je ne suis pas tombée si bas. Je vais tout vous raconter. »

Ce qu'elle fit.

« Monte boire quelque chose. J'ai besoin de toi tout de suite », dit Saroj à Trixie, en arrivant chez Balwant. Elles étaient déjà au milieu de l'escalier quand Sita, la petite-fille de Balwant, dévala les marches en courant, manquant les faire tomber.

« Saroj ! Saroj ! Il y a quelqu'un qui t'attend depuis une éternité, quelqu'un qui vient de l'Inde !

— Quoi ? » Saroj finit de grimper l'escalier quatre à quatre. En haut, Nat l'attendait et, déjà, elle était dans ses bras, sans plus penser à rien, sans se soucier de rien, toute prudence, toutes réserves envolées. Elle se retourna vers Trixie qui arrivait sur le palier.

« Tu sais ce qu'on va faire, Trixie ? Plus question de boire quelque chose. On va y aller… *tout de suite*.

— On va aller où ? demanda Nat. Dis donc, ça fait trois heures que je t'attends, j'ai plein de choses à te raconter et tu ne penses qu'à ficher le camp encore une fois ?

— Oui, mais cette fois, je t'emmène ! » lança-t-elle en l'entraînant hors de la maison.

75

PARVATI

Les rues de La Pénitence étaient pleines d'ornières, et les maisons grises et délabrées : des bungalows en bois, avec la peinture qui s'écaillait et des volets cassés, des rigoles noires et nauséabondes, des bas-côtés envahis de mauvaises herbes et jonchés d'ordures. Après avoir erré pendant un quart d'heure, ils finirent par trouver la maison. Une maison minuscule, pratiquement rien de plus qu'une pièce sur pilotis, mais on avait fait un effort pour l'agrémenter, car des rideaux vert et rouge flottaient aux fenêtres ouvertes. Un faisceau de bannières déchirées, pendant mollement à des piquets de bambou, près de la clôture, indiquait que ses occupants étaient des hindous. La cour consistait en un petit carré de terre séchée, parsemé d'herbes folles ; contre la palissade du fond, la carcasse rouillée d'une Ford Perfect abritait une citrouille géante qui déployait ses grosses tiges vertes par les fenêtres béantes. Trixie se gara dans l'étroite ruelle, aussi près du caniveau que c'était possible sans tomber dedans, et ils durent sortir tous les trois par l'autre portière.

Saroj examina la maison, puis le bout de papier où le Dr Lachmansingh avait inscrit une adresse.

Elle monta l'escalier branlant, souleva le heurtoir, puis le laissa retomber.

« C'est qui ? »

Elle tourna la tête ; la voix était toute proche, presque à son épaule. Une femme apparut à la fenêtre, à moins d'un mètre d'elle. Elle semblait vieille et fatiguée, mais son visage était si familier que Saroj sentit son cœur s'arrêter. En voyant Saroj, la femme haussa les sourcils et dit simplement : « Ah. J'arrive. »

Elle disparut et la porte s'ouvrit.

« Sarojini », dit-elle seulement. Elles se regardèrent en silence, sans faire un geste. Mais Saroj entendait son cœur cogner. Elle essuya sur sa robe ses mains moites de transpiration. Nat et Trixie se tenaient derrière elle, également silencieux. Quelle ressemblance ! Malgré son âge, malgré la lassitude et la tristesse de son regard, les plis autour de sa bouche et ses joues marquées par la petite vérole, Saroj crut se trouver face à face avec elle-même.

« Bon, restez pas dehors. Entrez. Entrez. »

Elle s'écarta pour les laisser passer et Saroj vit alors ses cheveux enduits d'huile de noix de coco, qui lui arrivaient presque aux genoux, tressés jusqu'à la taille en une corde épaisse, puis à partir de là, libres, roussâtres, très raides et fourchus… Mais quelle longueur ! Comme si elle avait lu dans ses pensées, la femme se retourna et lui toucha la tête.

« T'as coupé tes cheveux, je vois, commenta-t-elle. T'avais de si beaux cheveux. Comme moi dans le temps. M'dame Deodat disait qu'elle les couperait jamais, pour qui soient comme les miens. Pour me faire honneur, qu'elle disait.

— C'est moi qui les ai coupés. Je les ai coupés… juste après… mon séjour à l'hôpital. » Elle prononça les derniers mots presque en chuchotant, comme si elle découvrait que le sacrifice de sa chevelure représentait la plus grande folie de sa vie. Elle s'était coupé les cheveux pour punir une mère qui, en réalité, n'était pas la sienne.

« J'suis venue t'voir à l'hôpital, dit la femme sur un ton de conversation enjoué. Viens, mon p'tit, assieds-toi, assieds-toi. Tiens, prends le fauteuil. J'vais chercher des chaises pour tes amis. » Elle recula d'un pas, tira une des deux chaises entourant la table et la mit en face du grand fauteuil, devant la fenêtre de la véranda. Ensuite elle prit l'autre, qu'elle plaça de manière à compléter le cercle, et ils s'assirent tous les trois, tandis qu'elle restait debout.

« J'ai une autre chaise dans la chambre, dit-elle en riant. J'vais aller la chercher dans une minute, mais vous voulez pas un peu de citronnade ? Du lait de coco ? Ou bien du thé ?

— De la citronnade, s'il te plaît », murmura Saroj, et Nat et Trixie hochèrent la tête. Elle jeta un regard à Nat et vit aussitôt qu'il avait compris.

« C'est quand je t'ai vue la dernière fois, reprit la femme. À l'hôpital. Quand j'suis venue pour donner du sang.

— Je t'ai vue, dit Saroj. Je t'ai vue penchée sur moi. J'ai cru que c'était un rêve ou une hallucination. J'ai cru que c'était moi. Tu me ressemblais tellement ! Ou plutôt, c'est moi qui te ressemble !

— Oui, mon p'tit. » Elle ouvrit le minuscule réfrigérateur et en sortit une carafe de citronnade. Elle en remplit trois verres qu'elle mit sur un plateau qu'elle leur présenta.

« C'est c'qu'elle disait, m'dame Deodat. Elle disait que t'étais comme moi. Elle m'a même donné des photos, tu sais. Elle apportait toujours des photos. J'en ai tout un album plein. Quand m'sieur Roy y m'a renvoyée j'ai commencé à faire collection. »

Elle poussa un soupir et se tut.

— Tu es… Tu es Parvati, n'est-ce pas ? Ma nounou ?

— Tu te souviens de moi ?

— À peine. Je me souviens vaguement d'être avec toi, et puis Baba t'a renvoyée… je lui en ai tellement voulu. Après ça, je me suis mise à le détester ! Une haine si enfantine, mais si vraie pourtant…

— C'était pas vraiment un méchant homme, tu sais. Il m'a acheté cette maison. J'ai eu au moins ça. Mais il avait tellement honte ! À cause de c'qui était arrivé avec moi.

— Qu'est-ce qui s'est passé, Parvati ?
— T'es pas au courant ? Alors j'vais te raconter. »

Savitri avait mis deux enfants au monde, Indrani et Ganesh, puis il se passa quelque chose. Elle lisait sur le visage de son mari comme dans un livre ouvert et la culpabilité y était inscrite. Elle aurait voulu qu'il se confesse, mais c'était trop espérer.

Finalement, pourtant, il fut obligé de lui parler de la belle et jeune Parvati, pauvre comme une souris, dont la mère, veuve depuis un an, était venue le supplier de l'aider.

« On n'a plus rien, Mr Roy. Rien du tout », se lamentait la femme. Deodat s'était alors caressé la joue en les regardant, elle et sa fille.

« Qui vous a dit de venir me voir ? Pourquoi vous adressez-vous à moi, plus particulièrement ?
— Mon pauv'mari, y parlait toujours de vous. C'était votre cousin au second degré. Y disait qu'y jouait avec vous quand vous étiez p'tits.
— Comment s'appelait votre mari ?
— Ram Verasamy. »

Deodat réfléchit et la mémoire lui revint. C'étaient en effet de lointains parents, mais Verasamy était parti à New Amsterdam et ils avaient perdu le contact. En effet, il avait entendu dire qu'il était mort, mais n'était pas allé à l'enterrement. Toutefois la solidarité familiale lui imposait de faire quelque chose. Il fit revenir la mère et la fille à Georgetown, les installa dans une maison en location, trouva un emploi de femme de ménage à la mère, s'assura qu'elles avaient de quoi se nourrir et se vêtir… et tomba amoureux de la fille. Amoureux fou.

La tête basse, il avoua tout à Savitri ; elle sourit et, tandis qu'il pleurait, elle posa la main sur la sienne en signe de pardon.

« Ce n'est pas grave. Tu n'es qu'un être humain, un homme. Les hommes sont faibles dans ce domaine. Ce n'est pas grave.

— Mais il y a une autre chose, déclara Deodat, incapable de la regarder en face. Parvati attend un enfant… un enfant de moi ! »

Ils restèrent tous deux sans parler un long moment. À la fin, Deodat dit d'une voix mal assurée : « Tout est ma faute et il faut que je répare mes torts. Je ne peux pas la laisser avec un enfant né hors mariage ! Les gens les traiteraient, elle et l'enfant, comme de la vermine. Aussi je me disais… je me suis demandé… j'ai toujours souhaité avoir une famille nombreuse, avoir d'autres enfants, mais…

— J'ai compris », dit Savitri. Elle savait qu'ils n'auraient plus d'enfants ensemble. C'était comme ça depuis la naissance de Ganesh. « Tu veux donc que nous adoptions cet enfant ? C'est bien ça ?

— C'est quelque chose de terrible à demander à sa femme ! Quel affront pour toi ! »

Mais Savitri se contenta de rire. « Ce n'est pas un affront. Je le ferai avec joie ! Mais as-tu pensé à la mère de cet enfant ? Tu veux lui prendre son bébé ? Est-ce que tu te rends compte que c'est une chose épouvantable ?

— Je te l'ai dit, elle ne peut pas élever cet enfant elle-même. Elle sera obligée de le faire adopter. Elle se réjouira de voir son enfant grandir dans un foyer accueillant, avec une bonne mère.

— Il ne faudra pas que ça se sache, déclara Savitri d'un ton ferme. Il ne faudra pas qu'on sache qu'elle a eu un enfant. Sinon elle ne trouvera jamais de mari. Il faut faire ça en secret. Il faudra faire croire que cet enfant est de moi. Nous l'engagerons comme nurse et je partirai peut-être quelque temps avec elle. Il faut que je réfléchisse. Fais-moi confiance. »

Le moment venu, Savitri partit donc pour Trinidad, avec Indrani, Ganesh, et Parvati comme bonne d'enfants. À leur retour, Savitri avait un autre bébé, appelé Saroj. Sachant combien il est dur pour une femme d'être privée de son enfant, Savitri partagea Saroj avec Parvati, qui devint sa nounou bien-aimée, sa seconde mère.

« Tu te rappelles cette photo, Trixie ? demanda Saroj. Celle des deux ans de Ganesh, sur la plage ? Je savais qu'il y avait quelque chose de bizarre. Elle a été prise en juillet et je suis née en septembre. Ma aurait dû être enceinte, mais sur la photo, elle était mince comme un roseau. »

Quand il regardait sa petite fille, son enfant préféré, Deodat avait peur pour elle, car c'était une enfant du péché. Il fallait la débarrasser de cette mauvaise influence, de cette pécheresse, cette Parvati, qui avait eu tant de pouvoir sur ses sens, même si elle l'avait perdu à la suite de ce qui s'était produit. Ce serait difficile de la renvoyer, parce que Saroj l'adorait, et sa femme – qu'il redoutait de contrarier de quelque manière que ce fût – l'encourageait dans cette voie. Mais Parvati laissa un jour l'enfant jouer, toute nue, chez les voisins nègres. C'était une faute grave. Une chose strictement interdite. C'était l'occasion qu'il attendait. Il la mit à la porte.

À partir de ce jour Deodat commença à veiller jalousement sur Saroj car elle portait en elle la semence du vice. Si jamais elle avait hérité de la beauté de *cette femme* ! De son absence de sens moral ! Il jura de tout faire pour elle. De la protéger des périls de la sensualité. De la cacher à la gent masculine, comme un trésor précieux. Pauvre petite. À sa vue, son cœur se serrait. Il se promit de lui trouver un bon mari ; ce serait son premier et plus sacré devoir.

Quand la mère de Parvati se trouva à l'agonie, Savitri vint la soigner, elle lui apporta des médicaments, lui imposa les mains et épongea la sueur de son visage. Pour son mari et ses enfants, elle allait au temple. Ce fut le début d'une double vie, une vie de ruses.

Peu après la mort de sa mère, Parvati fut atteinte de terribles démangeaisons, douloureuses au toucher, aux mains et aux bras. Elle alla consulter à l'hôpital de Georgetown, mais rien n'y fit. Savitri lui imposa les mains et, en quelques jours, sa peau desquama, retrouva son aspect normal et elle n'eut plus jamais d'ennuis. Parvati en parla à toutes ses amies et quand

Savitri revint la voir, les malades l'attendaient en faisant la queue dans la rue.

Elle commença alors à soigner les gens de La Pénitence. Au début elle ne venait qu'un après-midi par semaine, quand elle était censée aller au temple. Mais la demande grandissant, elle vint également une heure chaque matin, quand ses enfants étaient à l'école et Deodat au bureau. Elle apportait des herbes, des potions, des tisanes, des racines et des poudres, et elle rendait visite aux malades à domicile pour leur imposer les mains.

La maison de Parvati devint une sorte de dispensaire. Les habitants de La Pénitence affluaient pour voir Savitri, parce qu'elle avait un sourire et une main particulier. Quand elle leur imposait les mains, ils se sentaient de nouveau bien. Ils croyaient et ils étaient guéris.

À la mort de sa mère, Parvati se retrouva presque sans un sou. Personne ne voulait l'épouser, parce que le bruit courait qu'elle avait été la maîtresse d'un homme marié dont on ignorait le nom. On disait aussi qu'elle avait accouché d'un enfant bâtard qu'elle avait fait adopter. Cependant, elle était toujours belle et si personne n'en voulait pour épouse, beaucoup la voulaient comme maîtresse. Elle choisit donc un homme marié pour l'entretenir. Après lui, il y en eut un autre et encore un autre.

Mais la beauté est une chose fugitive et celle de Parvati se fana rapidement. Savitri lui donnait de l'argent et de la nourriture, mais après sa mort, vinrent des temps difficiles… et d'autres hommes.

« J'suis une mauvaise femme, une femme indigne, dit Parvati. T'aurais pas dû venir. Et maintenant qu'tu sais, tu devrais t'en aller et m'oublier. Je suis contente que t'es venue mais je comprendrai. Va-t'en maintenant et tâche de m'oublier. Prie pour moi. »

Mais Saroj écoutait à peine. Elle regardait Nat avec un sourire triomphant.

« Mais je savais déjà tout. C'est pour ça que je suis venu », dit Nat sur le chemin du retour.

Ils étaient assis l'un près de l'autre sur la banquette arrière. Saroj se laissa aller contre lui et sentit ses bras autour d'elle. En l'entendant, elle se recula pour le regarder dans les yeux.

« Tu *savais* ? Mais comment pouvais-tu savoir ?

— Eh bien, après ton départ, j'ai été très malheureux. Cette affaire me minait et il fallait que j'en sache davantage. Je suis donc allé trouver Gopal. Je lui ai demandé de me dire enfin la vérité et c'est ce qu'il a fait.

— Qu'est-ce qu'il t'a dit ?

— Il aimait Savitri et voulait faire quelque chose pour qu'elle trouve enfin le bonheur. Tu sais, il est scénariste, il a une imagination prodigieuse. L'idée de nous marier lui paraissait merveilleusement romanesque – son fils (à ce qu'il croyait) avec la fille de Savitri. Une espèce de justice poétique, d'équilibre karmique, un rétablissement général de la situation, une histoire parfaite pour un film. C'est ce qu'il m'a dit. Et puis il a ajouté une remarque qui changeait tout : "Bien que ce soit seulement sa fille adoptive."

« Crois-moi, Saroj, quand j'ai entendu ça, j'ai poussé un hurlement. Un véritable hurlement ! Je l'ai fait répéter, expliquer. C'est vrai, a-t-il dit, et il a paru surpris que nous ne le sachions pas.

« Il n'était pas au courant de tous les détails, il ne savait pas pour ton père et Parvati, mais il savait que Savitri n'était pas ta mère biologique. Pour moi, c'était amplement suffisant. Je me suis précipité ici comme une flèche !

— Ma voulait me le dire, mais elle est morte. Elle voulait me le dire, Nat. À cause de cette lettre elle était très excitée, le jour où elle est morte. Elle voulait m'emmener en Inde pour me faire connaître des personnes. Toi et David. Elle était sur le point de tout me dire. Et c'est alors qu'elle est morte.

— Oui. Tiens, lis ça. »

Il passa la main dans la poche de sa chemise et en sortit une enveloppe pliée en deux qu'il tendit à Saroj.

Cher frère Gopal,

Je regrette que tu ne m'aies pas mise au courant beaucoup plus tôt, mais comment pourrais-je me plaindre ! La joie que me cause leur résurrection compense largement toutes ces années de désespoir, où j'ai cru que David et Nataraj étaient morts.

J'ai eu une vie difficile, Gopal, mais je sais que c'en est fini désormais de mon mauvais karma. La lettre de Henry en est la preuve. Ceux que j'aime sont vivants ! Et des cendres des années écoulées, mon cher frère, il est sorti tant de bien ! De si beaux enfants – trois m'ont été donnés pour remplacer les cinq que j'ai perdus. Amrita, Shanti, Anand, Ganesan et Nataraj. En définitive j'en ai perdu quatre et non cinq, puisque Nataraj vient de m'être rendu ! Et voilà que j'ai de nouveau quatre enfants. J'adresse mes remerciements à Dieu !

Gopal, je vais partir pour Londres puis pour l'Inde aussitôt que possible et j'emmènerai avec moi ma plus jeune fille Sarojini. Tu te souviens, c'est la petite fille que nous avons adoptée et nous avons quelques difficultés à lui trouver un bon mari car elle est très moderne d'esprit et aussi têtue que je l'étais moi-même.

Je me demande comment elle s'entendra avec Nataraj. Après tout, il est à moitié anglais et il vit à Londres, il aura donc certainement des idées modernes, lui aussi ! Elle est aussi intelligente qu'elle est belle. Je l'emmène donc avec moi. J'ai tellement hâte de voir mes deux enfants réunis ! (Ah, ces mères ! Je pense quelquefois que nous avons toutes une âme de marieuse ! Toutefois je garderai mon idée pour moi et laisserai faire la nature.)

Je vais téléphoner à Saroj dès maintenant. Elle ne voudra peut-être pas venir en Inde, mais dès que je prononcerai le mot Londres, je sais qu'elle n'aura pas besoin de se le faire dire deux fois...

Saroj remit la lettre dans l'enveloppe, se blottit tout contre Nat et sourit rêveusement. « Savitri, Mrs D., Ma. Qui qu'elle soit, elle a tout arrangé à la perfection, n'est-ce pas ? Je crois la voir, assise là, en train de tirer les ficelles. De veiller au moindre détail. Le Dr Lachmansingh a dit… *Nat* ! Ça alors, Nat, j'ai failli oublier… » Elle lui prit la main et la pressa sur son ventre. « Le détail le plus important… »

ÉPILOGUE

« Les cendres redeviendront cendres... » La voix du pasteur ronronnait. Quel raseur...

Gita tira sur le bas du *shalwar kameez* de maman. La tête de maman, baissée en signe de respect pour les morts, se tourna légèrement et Gita leva la sienne, le regard brillant, mourant d'envie de parler, les mots enfermés en elle ainsi qu'un petit ruisseau prêt à jaillir de terre. Ici pas de solennité funéraire. Maman réprima un sourire et posa un doigt sur ses lèvres. « Chut », articula-t-elle.

Les yeux de Gita se voilèrent de déception, elle fronça le nez et secoua ses boucles noires. Puis elle leva un petit pied nu pour se gratter le mollet avec les ongles de son autre pied, écrivit son nom sur le sable du bout de son gros orteil, picota le derrière de grand-mère et rit sous cape. Tout le monde la regarda en fronçant les sourcils. Papa agita un doigt grondeur, ce qui la fit rire de nouveau. Le pasteur se tut enfin et l'assistance commença à marcher lentement autour de la tombe ouverte de Fiona, en y jetant des pelletées de terre, et des fleurs, des quantités de fleurs. Quand ce fut fini toute la famille reprit le chemin de la maison.

Gita marchait entre grand-mère et grand-père, qui la tenaient chacun par une main et elle en profitait pour se balancer et faire des bonds. Maman parlait avec grand-mère, elle lui disait de l'emmener, elle Gita, voir la mer. Cela faisait longtemps qu'on lui promettait de lui montrer la mer et en entendant ça elle se mit à danser autour de grand-mère en la tirant par la main et en criant : « Oui, oui, oui, allons voir la mer ! »

« Je viens, mon p'tit, mais j'peux pas courir aussi vite que toi, tu sais ! dit-elle, et du coup, Gita la tira encore plus fort.

— Prends ton temps, Parvati, dit maman. Déshabille-la et laisse-la se baigner. Nous viendrons vous rejoindre dans un moment… je veux seulement faire d'abord un tour dans la maison. »

Grand-père expliqua à Parvati comment aller à la mer. Il désigna l'endroit où l'allée tournait, à travers la jungle de bougainvilliers cachant le portail. « Prenez à gauche dans Atkinson Avenue, disait-il, et au bout de quelques minutes vous verrez le flamboyant. Traversez l'avenue à cet endroit et, là, vous trouverez un sentier qui vous conduira tout droit à la mer. Vous ne pouvez pas la rater ! »

Gita entraîna Parvati, sous le regard attendri de ses parents.

« Quelle petite coquine ! dit Saroj. Sais-tu que, ce matin, elle a essayé de prendre la poupée dans le cercueil de Fiona, juste avant qu'on le cloue ? J'ai dû lui promettre de lui en acheter une autre !

— Il est temps qu'elle en ait une. Les petites filles de trois ans ont besoin d'avoir une poupée, vois-tu !

— Mais pas celle de Fiona. La pauvre Fiona a besoin de sa poupée, elle aussi.

— Qui sait, peut-être qu'en ce moment elle est avec la vraie. Avec Sundaram. »

David et Henry se promenaient dans la roseraie, tout en parlant du passé. Le jardin était en friche et les rosiers ne fleurissaient plus. Ce n'était plus qu'un buisson plein d'épines.

— Ils auraient bien besoin de la main de Savitri, remarqua Henry. Comme tout le reste, d'ailleurs.

— Un jardinier… murmura David d'un air songeur, en voyant arriver Nat et Saroj.

— C'est un paradis rendu à l'état sauvage, dit Saroj en jetant un regard émerveillé autour d'elle. Il suffirait de s'en occuper avec un peu d'amour et quel havre de paix ce serait ! En plein Madras ! Je ne l'aurais jamais cru !

— C'est ça l'Inde, dit Nat. Un paradis au milieu de l'enfer.

— Voulez-vous que je vous fasse visiter la maison ? demanda David. Tout doit être recouvert de moisissure, mais ça vous donnera peut-être une idée de ce qu'elle était autrefois. »

À l'intérieur, il faisait frais, humide et sombre. David allait de pièce en pièce pour ouvrir les volets, mais la véranda entourant la maison empêchait le soleil d'entrer, ce qui était d'ailleurs sa fonction. Il n'y avait plus de mobilier, sauf dans l'aile des domestiques, où Fiona avait vécu ses dernières années. Solitaire, abandonnée, violée par le temps, la maison semblait se recroqueviller sous leurs regards fureteurs, comme honteuse de sa nudité, des mousses bleutées recouvrant le carrelage et tapissant les murs jadis immaculés.

« Elle est immense, dit Saroj. C'est dommage qu'elle soit inhabitée, qu'il n'y ait personne pour s'en occuper. Quel gâchis !

— Maintenant que Fiona est morte, commença David, on pourrait peut-être la vendre, ou alors…

— J'ai une bien meilleure idée, coupa Nat. On va la nettoyer. Remettre le jardin en état. Et Saroj s'y installera quand elle reprendra ses cours à l'université.

— Moi, habiter ici ? s'exclama-t-elle. Mais c'est beaucoup trop grand pour une personne seule. Je serai perdue !

— Tu n'auras pas besoin d'occuper toute la maison. On commencera par restaurer la pièce du devant, la véranda et la cuisine. Et puis tu ne seras pas seule. Gita et Parvati pourront habiter là aussi. Elles préféreront sûrement vivre avec toi à Madras, plutôt qu'à la campagne avec papa et moi. En ville, ce ne serait pas très drôle pour Gita, mais *ici*…

— Ce sera merveilleux ! » Les yeux de Saroj s'illuminaient à mesure que cette idée, suggérée par Nat, faisait son chemin dans son esprit. « Elle sera comme Savitri, elle vivra dans un paradis… seulement il y a l'école.

— Henry n'aura qu'à s'installer ici avec vous. Il pourra aussi bien lui faire la classe ici qu'au village, exactement comme il le faisait pour les enfants de Fairwinds autrefois. Qu'en penses-tu, Henry ? Est-ce que ça te plairait de revenir à Fairwinds ?

— Si ça me plairait !

— Mais... Savitri n'était pas seule. Elle m'avait comme camarade de jeu, objecta David. Ici Gita mourra de solitude, paradis ou pas. Vous la connaissez. Elle a besoin de compagnie, d'avoir d'autres enfants autour d'elle.

— Et alors, pourquoi n'en aurait-elle pas ? Henry pourra très bien prendre d'autres élèves. On fera venir des enfants du quartier.

— Une école ! Voilà ce qu'il faut faire ! On va ouvrir une école de filles ! Des filles de famille nécessiteuses, des petites filles intelligentes et avides d'apprendre...

— Oh *oui* ! J'imagine ce que ça sera... plein de salles de classe... » Saroj sortit pour se précipiter dans la pièce voisine et elle voyait déjà les petites filles à leur pupitre, avec leurs yeux noirs et brillants posés sur le maître, elle entendait la psalmodie de leurs voix, leurs cris quand elles se bousculaient pour sortir au moment de la récréation, dans un envol de queues-de-cheval et de jupes tourbillonnantes, accompagné de la cavalcade des pieds nus tout autour de la véranda. Il faudra aménager un terrain de jeu, pensa-t-elle. Des balançoires, un portique, du lait frais tous les jours... Nous aurons quelques vaches. Quelqu'un pour préparer les repas... un professeur de tamoul, de dessin, de musique, un gymnase...

« Il n'y aura pas assez de place pour tout, conclut-elle. Les salles de classe occuperont toute la maison. Il faudra en construire une autre, beaucoup plus petite, pour y habiter, Gita, Parvati et moi. À cet endroit... viens Nat, je vais te montrer, et peut-être aussi une troisième pour loger des pensionnaires, des fillettes de la campagne, et... »

Elle le prit par la main et l'entraîna dans le jardin, le doigt pointé, en s'exclamant et en faisant des gestes.

David et Henry les suivirent sans se hâter.

« Je ne l'avais encore jamais vue comme ça », s'étonna David. Jusqu'ici, elle s'était montrée une belle-fille attentive, pleine de zèle, mais un peu distante, qui se donnait beaucoup de mal pour trouver ses repères sans jamais y parvenir complètement. La bonne volonté était là, mais il manquait quelque chose. Une étincelle de vie ? L'enthousiasme, la passion, un petit plus ? Une certaine lumière, inimitable, ineffable. Cette *chose* qui se situe sous la surface, par-delà le savoir-faire : l'inspiration, l'imagination. L'âme. Une vision. L'amour.

Au moment où il les rejoignait, David dit : « Nous étions en train de nous demander, Saroj, si tu étais vraiment sûre de vouloir devenir gynécologue ? L'enseignement ne te tenterait-il pas davantage ? »

Elle rit, la tête rejetée en arrière et prit Nat par la taille, en s'appuyant contre lui. « Non, non, je sais ce que je veux, et je sais où est ma place. Mais il me faudra quelques années pour y arriver, et d'ici là, *tout ça* – elle engloba la totalité de Fairwinds dans ses bras écartés – devrait être en état de fonctionner. Nous lui donnerons le nom de Savitri. Nous le lui dédierons. L'École Savitri Iyer. »

David et Nat échangèrent un regard et sourirent en même temps. « Tu veux que je te dise une chose, Saroj ? remarqua David. J'ai identifié les symptômes. Tu as attrapé la maladie de Savitri. Tu n'en guériras jamais. »

GLOSSAIRE

Advaita : non-dualité ; doctrine philosophique selon laquelle rien n'existe en dehors de l'Esprit, toutes les formes participant de l'Esprit et les différences physiques n'étant qu'une illusion. Les écoles de l'Advaita et la Dvaita (dualité) constituent les deux principaux courants philosophiques de l'hindouisme.

Ahamkara : sentiment du « moi », ego.

Amma (tamoul) : mère.

Anna : valait 1/16e de roupie. N'a plus cours aujourd'hui.

Appa (tamoul) : père.

Arathi : lent balancement de la flamme sacrée pendant les cérémonies.

Ayah : domestique qui s'occupe des enfants.

Bhakti : amour spirituel, dévotion à Dieu.

Brahmane : membre de la caste des prêtres dans l'hindouisme.

Chappal : sandales.

Chay : thé.

Choli : petit corsage à manches courtes porté sous le sari.

Daktah : docteur.

Dhal puri : galette fourrée aux lentilles.

Dhobi : laveur, laveuse.

Dhoti : pièce d'étoffe drapée autour des hanches, portée par les hommes.

Diwali : fête en l'honneur de Rama et de Lakshmi, qui dure cinq jours.

Dravidien : indigène de l'Inde du Sud à la peau foncée.

Dvaita : dualité. Les dvaitistes adorent un Dieu personnel, distinct du fidèle – voir Advaita.

Iddly : boulette de riz de l'Inde du Sud.

Jaggary : sucre brun fabriqué à partir de la sève de palmier.

Kama : érotisme, désir sensuel.

Kirtan : chant dévotionnel.

Kolam : motif élaboré dessiné à la craie ou avec de la poudre, devant le seuil d'une maison ou d'un temple.

Ksatriya : membre de la caste des guerriers.

Kum-kum : poudre rouge que les fidèles se mettent sur le front.

Kurta : chemise ou tunique couvrant le genou, portée par les hommes, sur un pantalon à coulisse.

Lakh : 100 000.

Lingam : pierre dressée représentant Shiva ou l'Absolu.

Lungi : pièce d'étoffe enroulée autour des hanches, vêtement masculin traditionnel de l'Inde du Sud.

Mahout : celui qui conduit les éléphants.

Mantra : formule sacrée récitée sous forme d'incantation.

Memsahib : femme mariée européenne, venant de « madamsahib ».

Mitthai : pain sucré frit et croustillant.

Mudra : positions des mains et des doigts dans la danse indienne, dont chacune a une signification précise.

Naligi (tamoul) : demain.

Namaste : se dit pour saluer quelqu'un, en joignant les mains devant la poitrine.

Paan : mélange de feuilles de bétel, de noix d'arec et de chaux qui facilite la digestion.

Pal : lait

Pallu : extrémité du sari, qui s'enroule autour des épaules.

Pandit : érudit versé dans la connaissance des traditions et des textes sacrés.

Patti (tamoul) : grand-mère.

Pradakshina : déambulation autour de la cella d'un temple, dans le sens des aiguilles d'une montre.

Puja : culte rituel.

Pulau ayam : spécialité malaisienne, poulet aux épices.

Punkah : éventail en tissu actionné par une corde.

Puri : sorte de crêpe.

Rajasic : tendance à l'activité ; désir, agressivité, ambition.

Rickshaw-wallah : homme qui conduit un rickshaw.

Rudrakshra : grains de chapelet dédié à Shiva, utilisé pendant la récitation des mantras.

Sadhu : ascète, celui qui essaie d'atteindre l'illumination.

Sahib : terme de respect par lequel on s'adresse aux Européens.

Sambar : sauce épicée de l'Inde du Sud, qui accompagne le riz.

Samosa : beignet de viande ou de légumes épicé.

Sanyasin : personne en quête de Dieu, ayant renoncé à ses biens, à sa caste ainsi qu'à tous les attachements et les désirs terrestres. Porte une tunique de couleur ocre.

Sattvic : tendance vers le haut, vers la lumière ; spiritualité, pureté, félicité.

Shalwar kameez : tenue féminine composée d'une chemise arrivant au genou et d'un pantalon large.

Sharpai : lit rudimentaire constitué d'un cadre en bois et de sangles entrecroisées.

Shehnai : instrument de musique ressemblant à un hautbois, dont on joue souvent lors des mariages, en Inde du Nord.

Sruti : texte sacré, terme musical.

Tamasic : tendance vers le bas, vers la matière ; obscurité, paresse, ignorance.

Tamby (tamoul) : petit frère.

Tapasvi : personne pratiquant l'abstinence, menant une vie austère.

Thatha (tamoul) : grand-père.

Tika : point rouge ornant le front des femmes hindoues.

Tinnai : plate-forme surélevée ou véranda en façade, dans les maisons de l'Inde du Sud.

Veena : instrument de musique traditionnel de l'Inde du Sud.

Vibhuti : cendre sacrée.

Wallah : personne exerçant une tâche spécifique (dhobi-wallah : laveur, rickshaw-wallah, etc.)

REMERCIEMENTS

Je remercie les personnes suivantes qui, toutes, ont contribué, d'une façon ou d'une autre, à l'existence de ce livre : Pratima, qui l'a inspiré, Hilary Johnson, Sarah Molloy et Susan Watt, qui y ont cru, Katherine Prior, pour sa contribution historique, Sridhar, mon premier lecteur et premier critique, pour ses encouragements si précieux, Chris et Zarine, qui m'ont aidée et supportée, Jürgen, Miro et Saskia, tous les miens, pour m'avoir fait l'inestimable cadeau de leur temps.

6556

Composition Chesteroc Ltd
Achevé d'imprimer en France (La Flèche)
par Brodard et Taupin
le 20 mars 2007 – 40706
Dépôt légal mars 2007. EAN 978 2 290 32835 4
1er dépot légal dans la collection : avril 2003

Éditions J'ai lu
87, quai Panhard-et-Levassor, 75013 Paris
Diffusion France et étranger : Flammarion